이
유

청어람미디어

RIYU
by MIYABE Miyuki
Copyright © 1998 MIYABE Miyuki
All rights reserved.
Originally published in Japan by ASAHI SHIMBUN PUBLICATIONS INC., Tokyo.
Korean translation rights arranged with RACCOON AGENCY INC., Japan through
THE SAKAI AGENCY and SHINWON AGENCY CO.

이 책의 한국어판 저작권은 신원 에이전시를 통한 (株)朝日新聞社와의 독점 계약으로
청어람미디어에 있습니다. 저작권법에 의해 한국 내에서 보호를 받는 저작물이므로
무단 전재와 무단 복제를 금합니다.

이유

미야베 미유키 장편소설

이규원 옮김

차례

사건 _ 14
입주자 _ 58
가타쿠라하우스 _ 91
이웃들 _ 105
병을 앓는 여자 _ 150
도피하는 가족 _ 187
매수인 _ 243
집행방해 _ 281
집을 구하다 _ 295
아버지와 아들 _ 327
집을 사다 _ 346
나이어린 엄마 _ 364

가족사진이 없는 가족 _ 392
산 자와 죽은 자 _ 422
귀가 _ 463
현장에 없던 사람들 _ 495
가출인 _ 518
아야코 _ 545
노부코 _ 579
도망자 _ 607
출두 _ 636

해설 _ 660
옮긴이의 글 _ 673

도쿄 도 고토 구 다카바시 2쵸메에 있는, 경시청 후카가와 경찰서 산하 다카바시 제2파출소에, 같은 동네 니노산에 있는 간이여관 '가타쿠라하우스'의 딸 가타쿠라 노부코가 찾아온 것은 1996년 9월 30일 오후 5시경이었다.

이때 파출소에서는 이시카와 고지 순사가, 자전거 도난 신고를 하러 온, 근처 조토제2중학교 1학년 다나카 쇼코를 앞에 앉혀놓고 도난신고서를 작성하고 있었다. 가타쿠라 노부코와 쇼코는 모두 조토제2중학교 농구부 소속인데, 이날 노부코는 몸이 아프다면서 클럽 활동을 쉬고 일찍 귀가한 상태였다. 그 사실을 알고 있던 다나카 쇼코는 노부코를 보자 크게 낭패했다.

만약 운동하기가 싫어서 꾀병을 부린 거라면 이는 노부코 한 사람의 문제가 아니었다. 그것이 드러나면 농구부 1학년 전체가 연대책임을 져야 할 심각한 일이었다. 그래서 노부코가 파출소 앞까지 왔다가 안에 쇼코가 앉아 있는 것을 보고 발걸음을 멈추었을 때, 다나카 쇼코는 거의 심장이 멎을 것 같았다. 하필 이런 곳에서 얼굴을 마주치다니, 정말 재수도 없다. 땡땡이 칠 거라면 왜 좀 더 철저하게 행동하지 못할까.

가타쿠라 노부코는 파출소 문에서 2미터 떨어진 곳에 서서 주저하는 기색을 보이고 있다. 다나카 쇼코는 친구를 못 본 체하기로 작정하고 이시카와 순사 쪽으로 눈길을 돌렸다. 그런데 그래도 노부코는 그 자리를 떠나지 않고 있었다. 뭘 저렇게 우물쭈물거린담, 하고 쇼코가 초조해하고 있을 때, 이시카와 순사가 밖에 서 있는 노부코를 보고 말았다.

이 동네 '가타쿠라하우스'는 간이여관으로서 오랜 연륜을 가지고 있다. 실 도매상에서 직원으로 일하던 창업자 가타쿠라 소로가 지방에서 의류 구매차 찾아오는 상인들을 보고 바쿠로쵸(에도시대부터 각종 도매상이 모여 있는 상거래 중심지로서, 도쿄 역 가까이에 있다—옮긴이) 근방에 '가타쿠라여관' 간판을 내건 것은 메이지 중엽이었다. 그 뒤 다카바시 주변 지역의 변화에 발맞추어 '가타쿠라하우스'의 모습도 조금씩 변하였고, 1945년 종전 이후 지금까지는 오로지 노무자들에게 싸고 깨끗한 잠자리를 제공하는 여관으로 자리를 잡고 영업을 계속해 왔다.

가타쿠라 집안은 대대로 이 가업을 이어왔다. 만약 딸 노부코나 아들 하루키가 가업을 잇는다면 6대째가 되는 셈이다. 하지만 노부코의 어머니한테는 그럴 마음이 없어서 자기 대에서 '가타쿠라하우스'를 정리할 생각이었는데, 이 일을 두고 시어머니와 다툼이 끊이지 않았다. 얼마 전, 그러니까 두 달쯤 전 한여름에도 시어머니 다에코가 며느리와 다투고 집을 뛰쳐나가 밤이 깊도록 귀가하지 않자, 걱정이 된 가타쿠라 일가가 파출소에 실종신고를 하는 소동이 있었다. 그때 파출소를 지키고 있다가 수색을 하느라 고생한 것도 이시카와 순사였다.

이시카와 순사는 전부터 가타쿠라 일가를 알고 있었다. '가타쿠라하우스'는 그가 하루에도 몇 번씩 순찰을 도는 길목에 있었다. 그래서 순찰하다 들러서 수인사를 나누고 무슨 일은 없는지 안부를 묻는 일도 많았다. 바로 그날도 오후 1시경에 들러서 카운터에 있던 노부코의 아버지를 만나, 그젯밤에 기요스미 거리의 식당에서 발생한 화재와 그 뒤처리에 대해서 이야기를 나눈 참이다.

"노부짱, 무슨 일이야?" 이시카와 순사는 말을 걸었다. "무슨 일로 왔어?"

순사의 친근한 말투에, 다나카 쇼코는 앞에 앉아 있는 순사와 밖에 서 있는 가타쿠라 노부코의 얼굴을 번갈아보았다. 노부코는 여전히 파출소 밖에서 우물쭈물하고 있었다. 그렇겠지, 수습이 안 되겠지. 그런 생각을 하자 쇼코는 짜증이 났다.

"노부짱, 이리 들어와." 하고 쇼코가 소리를 질렀다. "이미 들통 났잖아, 숨길 방법도 없고."

"오, 너희, 서로 아는 사이냐?" 하고 이시카와 순사가 물었다.

"들통 나다니, 뭘? 뭐가 들통 났는데?"

쇼코가 사정을 설명했다. 순사는 웃음을 터뜨렸다.

"땡땡이 치면 못써, 노부짱."

"괜히 우리까지 덤터기 쓰고 운동장을 열 바퀴나 돌아야 한다고요." 하고 쇼코가 입을 삐죽거렸다.

"아저씨만 잠자코 있어주시면 되는데."

"그건 안 되지. 명색이 경찰인데."

이시카와 순사는 그렇게 응수하며 가타쿠라 노부코를 보았는데, 노부코는 여전히 입을 다문 채 고개를 숙이고 있었다. 소녀의 안색에서 순사는 퍼뜩 보통 일이 아니라는 것을 느꼈다.

"무슨 일이니, 노부짱?"

이시카와 순사는 의자에서 일어나 밖으로 나가 노부코 옆에 섰다. 그리고 비로소 노부코가 잔뜩 긴장해서 가늘게 떨고 있다는 것을 알았다.

순사는 황급히 주위를 살펴보고는 노부코의 팔을 잡고 파출소 쪽으로 끌었다. "일단 안으로 들어가자."

노부코는 고개를 숙인 채 파출소 안으로 발을 들여놓았다. 가까이서 친구의 얼굴을 본 다나카 쇼코도 노부코의 상태가 심상치 않다는 것을 비로소 알 수 있었다. 도난신고서에 날인하려고 막도장을 쥐고 있던 쇼코는 조금 무서운 생각이 들어서 당황한 목소리로 말했다.

"나는 자전거를 잃어버려서 온 거야. 도서관 앞에서. 자물쇠를 채워두지 않았더니 금방 없어졌어."

노부코는 대답을 하지 않았다. 고개를 숙이고 제 발만 응시한 채 바르르 떨고 있었다. 분홍빛 트레이너 상의에 청바지를 입고 '가타쿠라하우스'라는 글자가 찍힌 비닐 샌들을 신고 있었다.

숙박객이 가까운 데 잠깐 나갈 때 신는 이 샌들을 노부코는 평소 끔찍이 싫어했다. 어떤 자가 신던 것인지 알 수도 없는 불결한 물건인 데다 빈티가 잘잘 흐른다는 이유에서다. 쇼코는 그 말을 몇 번이나 들어서 잘 기억하고 있었다. 그런데 지금 친구가 그 샌들을 신고 온 것이다.

그때 가타쿠라 노부코의 눈에서 눈물이 주르륵 굴러서 비닐 샌들의 '가타쿠라하우스'의 '하' 자 위에 떨어졌다.

아래턱을 바르르 떨면서 노부코는 천천히 고개를 들었다. 그리고 말했다.

"잡지에 나온 사람이 우리 집에 있어요. 신문에도 났던 그 사람이요."

노부코가 말한 사람은 1996년 6월 2일 미명에 발생한 아라카와 구의 일가족 4인 살해사건의 중요 참고인으로 지명수배된 샐러리맨 이시다 나오즈미(46세)였다.

그러나 이시카와 순사는 노부코의 말을 금방 믿을 수 없었다. 노부코 또래의 여자애들은 안 그래도 생각이 외곬으로 치닫기 쉬운 데다가 요즘 가타쿠라 집안이 내내 평온하지 못하다는 것을 순사는 잘 알고 있었다. 어쩌면 노부코도 무의식적으로 외부의 극적인 자극을 찾아내서 울적한 감정을 분출하려고 하는 것인지도 모른다…… 하고 복잡하게 생각했다. 동료들 사이에서 이시카와 순사는 비행청소년 보호나 지도를 잘 하는 사람으로 알려져 있었고, 자신도 그 분야에 열의를 가지고 있었다. 사실은 경관이 아니라 교사가 되고 싶었던 시절도 있었다.

"노부짱, 정신 차려. 마음을 가라앉히고."

허리를 굽혀 노부코의 얼굴을 들여다보며 순사가 말했다.

"그런 사건의 관련자가 가타쿠라하우스에 묵고 있을 리가 있겠어? 만약 그랬다면 노부짱의 부모님이 금방 알아보셨을 텐데."

노부코는 두 눈에 눈물을 그렁그렁 달고 고집스레 도리질을 했다. 다나카 쇼코는 노부코 옆으로 다가가 한 팔을 둘러 급우의 어깨를 안았다.

"이시다 씨가, 정말, 있어요, 우리 집에요." 하고 노부코는 띄엄띄엄 말했다. 말할 때마다 새 눈물이 뚝뚝 떨어졌다. "아빠도 엄마도, 알아요."

"정말이냐?"

"나한테, 부탁했어요. 이시다 아저씨가요. 파출소에 가서 경찰을 불러달라고. 그 아저씨, 몸이 너무 아파서, 도저히, 걸어올 수가 없대요."

힘겹게 거기까지 말하자 마음이 조금 가라앉는지 한숨을 내쉬었다.

"이제 지칠 대로 지쳤대요. 그러니 경찰을 불러 달래요. 어서 가보세요."

이시카와 순사는 당황했다. 허리를 펴고 노부코를 내려다보면서 으음, 하고 신음소리를 냈다.

그때 쇼코가 뜻밖에 날카로운 목소리로 단호하게 말했다. "빨리 가보세요, 아저씨."

"어?"

"노부쨩, 절대로 거짓말 할 애가 아녜요. 가보는 게 좋을 거예요. 아저씨 실적도 되잖아요."

이시카와 순사는 여전히 개운치 않은 얼굴로 순찰용 자전거에 걸터앉았다.

"너희는 잠깐 여기 있어라."

그렇게 이르고 가타쿠라하우스를 향해 페달을 밟았다. 그는 이때까지도 노부코의 말을 믿지 않았다. 아니, 정확하게 말하면 자기 자신을 믿지 않았다. 일가족 4명을 살해했을 가능성이 높은 자를 이 몸이 만나다니, 있을 법이나 한 일인가.

순사가 떠나자 가타쿠라 노부코는 작은 소리로 말했다. "이시다 씨는 살인 같은 건 하지 않았어."

다나카 쇼코는 힘주어 고개를 끄덕여 주었다. "그래, 알았어."

"그냥 불쌍한 아저씨일 뿐이야."

"알았어. 네 말, 난 믿어."

고마워, 하고 노부코는 말했다.

노부코가 신고한 내용에 거짓이나 착각은 없었다. 이때 이시카와 순사가 만나게 된 남자는 틀림없이 이시다 나오즈미였고, 그가 모습을 드러냄으로써 '아라카와 일가족 4인 살해사건'의 수수께끼에도 마침내 햇볕이 비춰들게 된다.

사건은 왜 일어났는가.

살해된 것은 '누구'이며, '누가' 죽였는가.

그리고 사건 앞에는 무엇이 있고, 뒤에는 무엇이 남았는가.

사건

 사건이 일어나던 날 밤에는 비가 억수처럼 쏟아졌다.
 6월 2일, 간토 지방은 아직 장마철에 들지 않은 상태였다. 그날 내린 비도 추적추적거리는 장맛비가 아니라 강한 서풍과 낙뢰를 동반한 몹시 사나운 비였다. 6월 1일 오후 6시부터 2일 오전 0시까지 예상강수확률은 80퍼센트, 실제로 강한 비가 내리기 시작한 것은 2일 오전 2시 전후부터이고, 새벽까지 1백 밀리미터를 넘는 강우량을 기록한 지역도 있었다. 치바 현 남부지방에서는 주택 침수 피해도 발생하고, 이바라키 현 미토 시내에서는 낙뢰로 3백 가구가 정전을 겪었다. 도쿄 23개 구에 호우홍수 경보가 발령된 것이 오전 2시 30분, NHK 종합방송에서는 1시간 간격으로 호우에 관한 뉴스를 내보내고 있었다.
 사건은 이런 경황에 발생했다. 발생 당시의 상황을 파악하기가 매우 어려웠고, 사건이 일어난 시각을 확정하기가 힘들었으며, 제1신고자 특정에 착오가 있었고, 이것이 초동수사 단계에서 현장 부근에 공연한 혼란을 부르는 등 사건은 처음부터 간단치 않았다. 애초에 본줄거리만 추적했다면 매우 단순한 내용이었을 이 사건을 묘하게 복잡한 것처럼 보이게 만든 원인은 오로지 그날의 날씨에 있었다.

평소라면 지하철 히비야 선 기타센주 역 플랫폼에서도 보이는 '반다루 센주기타 뉴시티' 웨스트타워 25층의 위용도 이날은 비바람에 기가 꺾여 뿌얀 물안개 속에 묻히고 말았다. 보다 정확하게는, 동서 고층 타워 두 개 동과 그 중간에 자리한 중층 한 개 동을 포함한 '반다루 센주기타 뉴시티' 전체가 억수같이 쏟아지는 빗속에 가라앉아 있었던 것이다. 따라서 사건 현장인 웨스트타워 20층 2025호의 창문을 만약 이때 누가 일삼아 올려다보았다고 해도 물안개 말고는 아무것도 보지 못했을 것이다.

'반다루 센주기타 뉴시티'의 개발 및 건설 계획은 프로젝트로서는 1985년 4월에 세워졌다. 대형 도시은행과 그 계열 부동산회사, 건설회사, 지역밀착형 중규모 건설회사가 손을 잡는 공동사업이었다.

처음부터 이 프로젝트에는 대규모 재개발 사업에 따르게 마련인 현지 주민과의 갈등이 거의 없었다. 그 가장 큰 이유는 부지 매수에 문제가 없었기 때문이다.

건설사업 예정 부지의 8할이 '주식회사 니타이'라는 합성염료 제조회사의 소유였다. (주)니티이의 기다란 로고마크가 옆구리에 그려진 높은 굴뚝은 오랫동안 이 마을의 얼굴 노릇을 했다. 그러나 주민과 (주)니타이가 엮어온 역사는 한편으로는 끊임없는 갈등의 역사이기도 했다. 고도성장기 이래 아라카와 상류의 이 부근까지 주택 건설의 파도가 밀려오고, 주거전용지역과 준공업지구가 복잡한 직소퍼즐처럼 혼재하기 시작하면서 늘 분쟁이 끊이지 않았다. 소음, 악취, 폐수, 운송트럭에 의한 교통사고 등. 따라서 (주)니타이가 철거되고 그 자리에 대형 아파트가 들어선다는 계획에 반대하고 나설 주민은 한 명도 없었다.

예전 (주)니타이의 부지도, 그리고 현재의 반다루 센주기타 뉴시티도 아라카와 구 사카에쵸 3쵸메와 4쵸메에 걸쳐 눕듯이 자리하고 있다. 예전에 사카에쵸의 동장이던 아리요시 후사오는 이렇게 말한다.

"니타이 씨가 땅을 팔고 다른 곳으로 공장을 이전할 거라는 얘기는 70년대 중반부터 가끔 들었습니다. 그 회사도 자금 사정이 그리 좋지 않아서 수도권에 공장을 가지고 있기가 힘들었던 거예요. 하지만 그 얘기는 나왔다가는 슬그머니 사라지기를 여러 차례 했지요. 그래서 84년 봄이었나, 니타이의 토지 매각에 관한 설명회를 개최하니 참석해 달라고 상공회의소 담당자가 정식으로 통지했을 때는 상당히 놀랐습니다."

아리요시는 지금은 아라카와 구를 떠나 사이타마 현 미사토 시에서 살고 있지만, 당시는 '사카에 플라워로드'라는 상가에서 식당을 운영하고 있었다. '사카에 플라워로드'는 2차선 도로를 끼고 32개의 각종 영세 점포가 처마를 나란히 하고 있는 상가로서, 부근 지역에서 쇼핑객을 불러 모아 지금도 제법 번잡하다. 아리요시의 식당은 니타이의 사원들도 자주 이용했으므로, 그들을 통해서도 회사의 토지 매각 및 이전에 대한 정보가 흘러나오고 있었다.

"얘기가 나왔다가도 제대로 진행되지 못하고 늘 흐지부지된 것도 결국은 니타이가 염료회사였기 때문이에요. 땅속에 뭔가 문제가 되는 화학물질이라도 스며들어 있지 않을까 하는 걱정이 있었기 때문이라고 합니다. 하긴 20년쯤 전에 고토 구나 에도카와 구 쪽에서 6가크롬 소동이 있었잖아요. 그곳도 화학공장 부지였지요."

그러나 83년에 이야기가 나와서 이듬해 정식으로 결정된 부지 매각 및 이전 건은 별다른 어려움 없이 매끄럽게 진행되었다. 매수자인 파크건설은 아파트 건설업자 중에서는 신흥 세력이지만, 특히 이런 종류의 대형 개발 사업에 실적이 있었고, 이 매각 건이 진행되는 동안에도, 요코하마 시 교외의 낡은 집합주택을 등가교환 방식을 이용해 한층 커다란 아파트촌으로 변모시킨 참이어서 회사가 한참 상승 기운을 타고 있었다.

"게다가 시절도 워낙 좋았잖아요." 하며 아리요시는 웃는다. "버블이 막 시작될 때니까. 니타이 씨도 땅을 비싼 값에 팔아서 꽤 벌었을 거예요."

파크건설은 니타이 부지를 사들이자 바로 주민을 모아놓고, 이미 가동되기 시작한 만다루 센수기타 뉴시티 건설 계획에 대하여 설명했다. 이즈음이 되자, 니타이 부지 매각이 완료되기 전부터 파크건설 측이 니타이 근방의 주택이나 건물의 소유자를 상대로 토지 매수 신청을 하는 등 상황은 점점 분명해져 갔다.
"땅을 넘기라는 이야기를 하러 온 사람들이, 니타이 쪽이 마무리될 때까지 토지 매수 신청을 주위에 발설하지 말아 달라고 부탁한 것 같아요."
파크건설 측에서는, 니타이 부지라는 압도적인 면적의 토지를 확보하기 전에 대규모 아파트 개발 계획이 외부로 흘러나가면 어떤 문제가 생길지 알 수 없다. 예정 부지 밖의 지구에서 사람들이 토지를 팔아치울 수도 있고, 감정적인 반대운동이 일어날지도 모른다고 염려했던 것이다.
"사카에 플라워로드의 점주들 중에도 매수 제안을 받은 토지 주인이 있었어요. 나중에 상가조합 내부에 분쟁이 일어나서 아주 힘들었습니다. 누구나 남이 돈을 벌면 배가 아프게 마련이죠."
이런 형태로 약간의 마찰은 일어났지만, 앞에서 말한 대로 반다루 센주기타 뉴시티 건설 계획 자체는 주민의 환영 분위기 속에서 착수되었고, 니타이 설비 이전과 철거, 부지 기초공사에 3년 세월을 보내고, 88년 여름, 마침내 아파트 착공에 들어갔다. 분양 계획이 처음 발표된 것도 이때였다.
지상 25층 규모의 동서 양 타워에는 각각 3백 세대가 입주하고, 중앙의 작은 건물은 15층 규모로, 여기에는 관리사를 비롯하여 185세대가 입주하게 된다. 총 785세대. 지하에 만든 전용 주차장에는 전 세대 분의 주차 공간을 확보한 것 외에 20대 정도의 방문 차량을 위한 공간도 마련되어 있다.

단지 안에는 법규에 따라 녹지가 마련되고, 어린이공원이나 연못, 인공 수로 등이 흩어져 있다. 그곳은 사카에쵸 일대의 영세한 공장과 상점과 낡은 단독주택이 혼재하는 거주공간하고는 차원을 달리하는 별천지 분위기를 풍긴다. 그런데 이때 아파트 단지 내의 녹지나 공원을 외부 주민에게 개방할 것이냐 말 것이냐를 두고 큰 분란이 일어났다.

'개방하지 말자'는 방침을 원하는 파크건설 측과 반드시 '개방해야 한다'는 주민 측. 아라카와 구청에서도 결정을 내리지 못하는 등, 이 문제는 좀처럼 결말이 나지 않았다. 유야무야 상태에서 반다루 센주기타 뉴시티 관리조합이 정식으로 관리를 인계받았고, 그 뒤에도 주민 앙케트와 이사회 결정에 따라 1년 혹은 반년마다 방침이 뒤바뀌어 왔다.

등가교환을 위한 미분양분을 제외한 일반 분양분은 88년 8월부터 89년 9월까지 5차례에 걸쳐 분양되었는데, 매회 매진되었다. 최고가격대인 3LDK(LDK는 거실·식당·주방을 말하며, 그 앞의 숫자는 방의 수를 뜻한다—옮긴이) 중에는 경쟁률이 25대 1을 기록한 물건도 있었다. 입주 개시는 각 분양 시기로부터 반년 내지 1년 후로 예정되어 있었다. 그렇다면 90년이 되는데, 이때는 바로 버블경제가 무너지는 해였다. 반다루 센주기타 뉴시티라는 '마을'은 버블경제와 함께 탄생이 약속되고, 그 붕괴와 함께 산고를 겪게 된다.

그러나 거품으로 부풀어 오른 경제가 무너져 내릴 때 가장 혹독한 피해를 입은 것은, 이 새로운 '마을'의 경우, '마을'을 건설한 파크건설 측이 아니라 그 '마을'로 이주하려고 하는 새로운 '주민'이었다.

"그 집은 본래 재수가 없는 곳이었어요."

이렇게 말한 것은 반다루 센주기타 뉴시티 웨스트타워의 관리인 사노 도시아키였다. 그의 나이는 55세. 사건 발생 5개월이 경과한 현재, 빈집이 된 2025호에 이틀에 한 번씩 들러서 창문을 열고 공기를 바꾸는 것도 그의 할일 가운데 하나였다.

"2025호 말고도 빈집은 많습니다. 중앙동에는 없지만, 동서 타워를 합치면 22개 호. 그 가운데 절반은 1년 이상 빈집이었습니다. 하지만 2025호만은 역시 뭔가 느낌이 달랐어요. 동료들 중에도 안에 들어가기 싫다는 사람이 많아요. 귀신이 나온다는 소문도 있고."

사노는 청소일로 꺼칠해진 손으로 이마를 쓸면서 웃는다.

"나는 그런 건 별로 의식하지 않는 편입니다. 그런 것까지 일일이 신경 쓰면 아파트 관리를 못해요. 그래서 안에 들어가기는 하는데…… 역시 기분이 썩 좋지는 않아요."

파크건설이 지은 아파트는 주민들이 결성한 관리조합이 관리를 맡되, 파크건설의 자회사인 주식회사 파크하우징에 업무를 위탁하는 형식을 취한다. 따라서 사노를 비롯하여 반다루 센주기타 뉴시티의 관리인이나 청소원들은 모두 (주)파크하우징의 사원이거나 준사원이다.

사노는 96년에 근속 20년을 헤아린다. 인력 변동이 심한 건물 관리업계에서는 이미 베테랑이다. 그런 사노가 말하는 2025호의 '재수 없음'이란 어떤 성질의 것일까.

"묘하게 사람이 뿌리를 내리지 못하는 아파트나 집이 있지요. 사람이 오랫동안 살지 않으면, 아니, 전출입이 잦다는 의미가 아니에요, 임대아파트나 공동주택에는 그런 집이 흔하니까. 그런 뜻이 아니라 오래 살 생각으로 이사 온 사람이 어떤 사정으로 금방 이사를 나가는 집이나 아파트 말입니다. 2025호도 그런 곳이었습니다."

그러나 그렇게 말한다면, 반다루 센주기타 뉴시티 전체가 재수가 나쁜 아파트라고 말할 수 있다고 지적하는 사람도 있다. 입주가 완료된 90년 10월부터 96년 11월 말 현재까지 입주 세대의 무려 35퍼센트에서 거주자가 바뀌었기 때문이다. 더구나 이 35퍼센트 가운데 18퍼센트는 2번 이상 바뀌었다. 단 6년 사이에 말이다. 아무리 전체 세대수가 많다고 해도 주거용 분양 아파트로서는 상식 밖으로 높은 수치다.

"버블이 꺼지고 엄청난 불경기가 닥쳐서 융자금을 계획대로 갚지 못하게 되는 경우가 제일 많지요. 그리고 투자 목적으로 샀다가 계획이 틀어지자 오래 버티지 못하고 매물로 내놓는 경우도 있어요. 임대도 어려웠으니까요. 뭐, 대개 이 두 가지 가운데 하나일 겁니다."

일반인들에게 '아라카와 일가족 4인 살해사건'으로 기억되는 대량살인사건이 일어난 이 웨스트타워 2025호도 예외가 아니다. 그러나 2025호에 얽힌 사연에 대해서는 나중에 상세하게 언급하기로 하고, 지금은 먼저 사건의 개략적인 경과부터 되짚어보기로 하자.

96년 6월, 날짜가 2일로 막 바뀌는 시간대였다. 앞에서 말한 것처럼 그날 밤에는 많은 비와 낙뢰가 있었다.

"그날은…… 한 시가 조금 지나서 회사를 나왔습니다."

웨스트타워 2023호에 사는, 편집대행사에 근무하는 가사이 미치코는 기억을 되살린다.

"날씨가 그래서 콜택시를 불렀는데, 운전사가 초보자여서 길을 잘 모르더군요. 그래서 평소처럼 택시 안에서 졸지도 못하고 내내 라디오를 듣고 있었습니다. 기상정보였던 것 같아요. 아파트 가까이에 왔을 때 운전사에게 게이트 위치를 가르쳐주었습니다. 지하주차장에 도착해서 택시를 내릴 때 시계를 보니 2시 조금 전이었어요. 남편이 먼저 돌아와 있을지도 모른다는 생각에 서둘러 엘리베이터로 갔습니다."

웨스트타워와 이스트타워는 모두 주거층과 지하주차장이 직통 엘리베이터로 연결되어 있다. 웨스트타워의 엘리베이터는 건물 중앙의 양편에 3기씩, 모두 6기가 마주보고 있다. 그 가운데 한 박스의 버튼을 누르면 제어 컴퓨터에 의해 제일 가까운 곳에 있는 엘리베이터가 반응하여 승강 동작에 들어간다. 시내 호텔이나 백화점에는 다 있는 설비지만, 대규모 집합주택에 채택된 경우는 드물다.

가사이는 2호기의 버튼을 눌렀다. 그러자 뒤쪽의 4호기가 반응했다. 뒤로 돌아서 표시등을 보니 4호기가 20층에 있다가 막 내려오기 시작한 참이었다.

"비어 있는 박스가 아무리 많아도 어느 한 대가 움직이면 그것이 내려올 때까지 기다려야 합니다. 게다가 오후 11시 이후에는 절전 운전 모드로 바뀌어서, 매일 귀가가 늦는 나는 늘 짜증이 나곤 했습니다."

가사이는 레인코트와 우산에서 떨어지는 물방울에 신경을 쓰면서 그 자리에서 기다렸다. 4호기는 중간에 서지 않고 곧장 내려오고 있었다. 심야인 데다 뇌우가 내리는 날이므로 어느 주민이 지하주차장까지 내려오나 보다, 하고 가사이는 짐작했다.

"그런 시간에 걸어서 외출할 사람이 있을 거라고는 생각할 수 없었으니까요."

그러나 4호기는 1층에서 정지했다. 그리고 표시 램프는 좀처럼 바뀌지 않았다.

"실제로는 5분도 안 기다렸겠지만, 10분쯤 지난 것처럼 느껴졌습니다. 이런 시간에 무엇 때문에 엘리베이터를 붙들고 있을까, 하고 짜증이 났지요."

웨스트타워의 1층은 주거층이 아니다. 현관과 집회소, 우체국, 관리실, 택배 등의 각종 업자를 위한 카운터가 있을 뿐이다.

기다리다 지친 가사이는 비상계단을 통해 1층으로 올라갈까 생각했다.

"그런데 비상계단은 개방형이 아니라 계단실로 되어 있어서 한낮에도 어두컴컴해요. 조금 무서워서 어쩔까 망설였습니다."

그러는 중에 4호기가 마침내 지하 1층으로 내려왔다.

"문이 열릴 때 안에 누가 타고 있을지도 모른다고 생각하고 옆으로 비켜섰습니다. 왜 그런지 모르지만, 누군가 타고 있을 것 같은 느낌이 들었습니다."

엘리베이터는 비어 있었다. 가사이는 안으로 들어가 20층 버튼을 누르려고 하다가 발치의 비닐시트 위에 직경 20센티미터 정도의 거무죽죽한 자국이 있는 것을 보았다. 누가 무슨 액체를 흘렸는지, 물기를 띤 채 반짝이고 있었다.

"그것이 피라는 것은 금방 알았습니다. 하지만 그때는 무섭다는 생각보다는, 아까 엘리베이터가 1층에 한참 정지해 있었던 것은 누가 부상자를 밖으로 부축해내느라고 그랬나보다, 하고 생각했어요."

가사이는 엘리베이터를 타고 위로 올라갔다. 20층에 도착했을 때 멀리서 희미하게 구급차가 사이렌을 울리며 다가오는 소리를 들었다. 조금 전 떠올렸던 부상자를 다시 생각하면서 자택인 2023호로 서둘러 갔다.

일반적으로 고층아파트는 다 그렇지만, 반다루 센주기타 뉴시티도 개방형 복도가 아니다. 동서 양 타워는 원형에 가까운 타원형을 이루고 있으므로, 각층 복도도 상하로 찌그러진 원형을 그리며 각 층을 크게 일주하고 있다. 가사이는 4호 엘리베이터에서 내리자 시계 반대 방향으로 복도를 걸어서 타워 서쪽 면에 있는 자기 집으로 향했다. 2023호에 닿으려면 2025호와 2024호 앞을 지나가게 된다.

배치도를 봐도 알 수 있지만, 반다루 센주기타 뉴시티 각 세대에는 현관에 전용 포치가 있고, 반 평쯤 되는 이 포치에는 공동

복도에 면한 쪽으로 어른 허리 높이 정도 되는 장식문이 달려 있다. 이 장식문이 활짝 열려 있으면 통행에 지장을 주는데, 닫는 것을 깜빡 잊거나 귀찮다고 그냥 활짝 열어서 벽에 붙여두는 입주자도 많아, 출입할 때는 반드시 꼭 닫아두라는 주의문이 몇 개월에 한 번씩 엘리베이터 안이나 현관홀 게시판에 나붙는다. 특히 이 20층에서는 바로 보름쯤 전인 5월 중순, 2013호의 유치원생이 어중간하게 열려 있던 이웃집 장식문에 머리를 부딪쳐서 10바늘이나 꿰매는 사고가 발생해서, 이 문제에 관하여 조금 신경이 예민해져 있는 참이었다.

그런데 가사이가 복도를 걸어가다 보니 2025호의 장식문이 복도를 거의 가로막듯이 활짝 열려 있는 것이었다. 게다가 이 장식문 바로 옆 복도 바닥에도 엘리베이터 안에서 본 것과 같은 거무죽죽한 자국이 묻어 있었다.

이때도 가사이는 당황하거나 하지는 않았다.

"그때까지 본 것을 종합해서, 부상자가 나온 곳이 바로 2025호로구나, 하고 생각했습니다. 구급차 도착을 기다리지 못하고 미리 밑으로 내려갔구나, 하고 말이죠. 장식문을 닫으며 지나가려고 했습니다."

2025호의 현관 포치를 밝혀주고 있어야 할 현관 앞 전등이 꺼져 있었다. 그러나 대문이 10센티미터쯤 열려 있고, 거기로 불빛이 새어나오고 있었다. 가사이가 소리를 내지 않으려고 조심스레 장식문을 닫고 있을 때, 그 폭 10센티미터의 불빛 속을 누군가 걸어서 가로질러 갔다.

"정말로 보았어요. 사람이 지나갔어요. 발소리는 들리지 않았지만 분명히 본 것을 기억합니다."

이때 가사이가 본 사람 그림자, 정확하게는 발그림자이지만, 그것이 실제인지 착시인지, 분명히 그때 2025호에 사람이 있었는지 어떤지는 수사가 시작될 때 중대한 문제가 된다.

장식문을 닫은 가사이는 자택으로 돌아갔다. 의류회사에 근무하는 남편 가즈유키가 먼저 귀가해 있었다. 가사이는 구급차 사이렌 소리를 들었느냐고 물었지만, 가즈유키는 텔레비전을 보느라 듣지 못했다고 했다.

"옷을 갈아입으면서, 남편에게 복도와 엘리베이터 안에서 핏자국을 보았다고 이야기했습니다. 남편은 평소 나처럼 귀가가 늦지만, 그날은 11시 지나서 귀가했던 것 같습니다. 내내 집 안에 있다가, 자정쯤에 중앙동 종합 현관홀의 자판기로 담배를 사러 갔는데, 그때는 엘리베이터 바닥이 깨끗했다고 합니다. 그렇다면 역시 그것은 아까 그 부상자의 피겠구나, 하고 생각했지만, 비바람이 하도 심해서, 창문을 열고 구급차가 어디 서 있는지 내려다볼 엄두가 나지 않더군요. 그렇지 않아도 평소 창문을 여닫는 일이 거의 없었고, 그런 것을 할 수 있는 아파트도 아니에요."

환기는 전용 환기구를 사용하며, 장시간 창문을 열어놓지 말고, 베란다에 이불 등을 널어도 안 된다. 반다루 센주기타 뉴시티의 관리규약 제30조다. 고층아파트에서만 볼 수 있는 규칙이지만, 타워동에서도 10층 이하의 저층에서는 이 제30조를 어기는 일이 많아서 이사회에서 종종 문제가 되고 있었다.

그러나 이날 밤 웨스트타워 12층에서 이 규약을 위반한 세대가 있었다. 12층의 25호, 즉 1225호에 사는 사토 요시오 씨 일가다. 그리고 가사이가 사이렌 소리를 들었던 구급차는 바로 사토 씨가 부른 것이었다.

사토 가는 금융회사에 다니는 요시오와 아내 아키에, 고교 3년생인 장남 히로시, 중학 3년생인 딸 사이미의 네 식구다. 오전 2시에 깨어 있던 것은 수험생인 두 자녀뿐이었다. 사이미의 비명소리가 들리기 전까지 부부는 벌써 잠이 들어 있었다.

"꺄악, 하는 사이미의 비명에 눈을 떴습니다." 하고 사토 아키에는 말한다. "자리에 누운 채, 방금 들린 소리가 뭐지? 하고 생각하는데, 거실 쪽에서 뛰어오는 소리가 들리더니 사이미가 뛰어들어 왔습니다."

사이미는 방금 위에서 누가 밑으로 떨어졌다고 했다. 깜짝 놀란 부부는 잠자리에서 일어나 거실로 달려 나갔다.

이때 사이미가 거실에 있던 것은 잠자기 전에 텔레비전 일기예보를 보려고 했기 때문이다. 그 직전까지 히로시와 사이미는 각자 자기 방에서 공부를 하고 있었다. 아이들 방은 1225호의 남동쪽에 있고, 부모의 침실은 내부 복도 건너편에 있다. 각 방은 일단 복도를 거치지 않으면 왕래할 수 없는 구조다.

이때 사토 가의 기억은 사람마다 미묘한 차이가 있는데, 지금은 사이미의 증언을 중심으로 일가족의 행동을 되짚어보기로 하자.

공부를 끝낸 사이미는 텔레비전 일기예보를 보고 자려고 자기 방을 나왔다. 이때가 그녀의 기억으로는 오전 2시 5분쯤 전, 혹은 10분쯤 전이었을 것이라고 한다. NHK텔레비전 종합방송의 '호우정보'가 매시간 방송되는 것을 알고 있었으므로 마침 시간이 되었다고 생각하고 거실로 나가서 텔레비전 스위치를 켰다. 뉴스는 아직 시작되지 않았고, 텔레비전에는 음악과 함께 기상도가 정지화면으로 나오고 있었다.

사이미는 거실 창문으로 다가갔다. 하늘을 올려다볼 생각이었다. 천둥벼락을 끔찍하게 싫어하는 탓에 약간 신경이 예민해져 있었다. 6월 2일은 일요일이고, 이튿날인 3일은 월요일로 그날은 주초부터 자기가 싫어하는 수학 시험이 예정되어 있어서 그 준비 때문에 이 시간까지 공부를 했던 것이다. 그런데 종종 번쩍이는 벼락과 천둥소리 때문에 제대로 집중을 할 수 없었다. 어서 뇌우가 지나가줘야 할 텐데, 하고 생각하고 있었다.

사이미는 창문 커튼을 열었다. 그리고 유리 너머로 하늘을 올려다보는 순간, 위에서 뭔가가 휙 떨어지며 시야를 위에서 아래로 가르며 지나갔다. 그것은 분명히 머리 쪽이 밑으로 쳐진 채 누워 있는 사람이었다. 사이미는 꺄악! 비명을 지르고 부모님 침실로 달려가 두 사람을 깨웠다. 부모는 사이미와 함께 거실로 뛰어나왔고, 요시오가 파자마 차림으로 베란다로 나가 난간을 잡고 밑을 내려다보았다.

"베란다로 나서자 남편의 파자마 자락이 걷어 올려질 것처럼 요란하게 펄럭이고, 억수같이 쏟아지는 비에 금세 흠뻑 젖더군요." 하고 아키에는 말한다. 그리고 그녀의 기억으로는 거실 창가에서 혼란에 빠진 사이미를 달래고 있을 때 텔레비전 화면은 아직 움직이지 않고 있었다. 일기도 정지화면 상태 그대로였다고 한다. 즉, 그때는 아직 오전 2시 전이었다는 말이다.

"사람이 쓰러져 있어." 하고 말하고 요시오는 베란다에서 거실로 돌아왔다. "구급차를 부르는 게 좋겠어. 당신은 관리인실에 전화를 해."

아키에가 전화를 걸기 시작하자, 방 안에 있던 히로시가 소란한 소리에 놀라 거실로 나왔다. 요시오는 사정을 설명하고, 밑에 내려가 상황을 살피고 올 테니 너는 여기 있으라고 히로시에게 일렀다. 사이미는 벌써 눈물을 쏟고 있었고, 아키에도 안색이 파랗게 질려 있어서,

"히로시가 차분해야 할 텐데, 하고 생각했습니다."

히로시는 베란다로 나갔다. 난간 너머로 몸을 내밀자 12층 아래 땅바닥에 쓰러져 있는 사람의 모습이 보였다. 앞서 말한 대로 타워동 1층은 거주층이 아니므로 건물 주위에는 일반 아파트에서 볼 수 있는 세대별 전용 정원이 없다. 잔디밭에 철쭉더미가 빙 둘러 자리잡고 있을 뿐이다. 쓰러져 있는 사람은 철쭉더미 사이에 엎드린 자세로 두 팔을 움츠리고 있었다.

구급차를 부른 뒤 아키에는 남편이 이른 대로 관리인실에 전화를 걸었다. 반다루 센주기타 뉴시티는 관리인이 상주하는 아파트로, 동서 타워와 중앙동마다 관리인이 입주해 살면서 매일 오전 9시부터 오후 7시까지 접수구를 열어놓고 있다. 야간 긴급

연락도 각동 관리인실로 하게 되어 있고, 비상연락용 전화번호도 지정되어 있다. 아키에가 전화하자 벨이 몇 번 울리기 전에 웨스트타워의 관리인 사노 도시아키가 받았다. 상황을 설명하고 이미 구급차를 수배했다고 말하자 사노도 당장 나가보겠다고 말했다.

12층 베란다에 나가 있던 히로시는 처음에 아버지 요시오가, 그리고 2, 3분 뒤 관리인 사노가, 쓰러져 있는 인물 곁으로 달려가는 모습을 내려다보고 있었다. 그 동안 다른 사람이 현장을 지나가거나 접근하지는 않았다. 비는 줄기차게 쏟아지고 머리 위에서는 거대한 플래시를 터뜨리듯 번개가 번쩍이고 하늘 밑동이 구릉구릉 울리고 있었다. 히로시는 몇 번인가 상공을 올려다보았지만, 저 인물이 어디 창문에서 떨어졌는지 단서가 될 만한 것은 발견할 수 없었다.

지상에서는 요시오도 사노도 우산을 받치고 있었지만 거의 소용이 없었다. 두 사람 모두 잠옷 차림이었는데, 이미 흠뻑 젖어 있었다.

"쓰러져 있는 사람이 젊은 사내라는 것은 금방 알 수 있었습니다." 하고 사노는 말한다. "하얀 반소매 티셔츠에 청바지를 입고 있었어요. 이미 숨을 쉬지 않는다는 것을 알 수 있었기 때문에 건드리지 않기로 했습니다."

사토 요시오도 사노도 본 적이 없는 얼굴이었다.

사노가 도착한 직후 사이렌 소리가 들렸다. 사노는 구급차를 유도하기 위해 철쭉더미 옆을 떠났다.

증언들을 맞추어보면, 마침 이 시간에 2023호의 가사이 미치코가 지하주차장에 도착해서 웬일인지 1층에서 멈춘 채 내려올 줄 모르는 엘리베이터를 한참을 기다렸고, 겨우 내려온 엘리베이터에 탔다가 바닥에 혈흔이 있는 것을 발견하고 20층에 도착한 것이다. 그러나 12층에서 엘리베이터를 타고 밑으로 내려간 사토는 엘리베이터 안에서 아무하고도 마주치지 않았다. 요시오가 이용한 엘리베이터는 2호기였고, 버튼을 누르자 금방 내려왔다고 한다.

"가장 가까운 층에 멈추어 있던 것이 내려왔겠지요. 별로 기다리지 않았습니다."

가사이 미치코가 귀가한 시간은, 그녀의 증언에 따르면 '2시 직전'. 사토 사이미가 거실에 나와 텔레비전을 켰을 때 텔레비전 화면이 아직 정지화면이었던 것, 나아가 아카에가 사이미를 진정시키고 있을 때도 화면은 여전히 정지화면이었다는 것을 고려하면, 추락 사건은 2시 전이라고 생각할 수 있다. 그러면 추락 사건과 가사이의 귀가 중에 무엇이 먼저였을까? 이것은 4호기 바닥에 신선한 혈흔을 남기고 1층에 내린 인물이 추락 사건 이전에 4호기를 탔는지 이후에 탔는지를 결정하는 중요한 문제다. 그렇다면 오전 2시 전후의 엘리베이터 운행 기록과, 방범 카메라에 녹화된 엘리베이터 내부 모습을 조사해보자.

먼저 운행 기록에 따르면 오전 1시 57분 30초에 2호기가 14층에 정지해 있다가 12층으로 이동했고, 다시 곧장 1층으로 내려갔다. 이것이 사토를 태운 엘리베이터의 기록이라는 것은 2

호기 방범 카메라 화면으로도 확인할 수 있었다. 비에 젖어 몸에 착 달라붙은 파자마를 입은 사토가 대형 랜턴을 들고 엘리베이터 문 앞에 서 있는 모습이 찍혀 있었다. 참고로, 이 2호기가 1층에 정지한 직후인 2시 2분 14초에 20층에 정지해 있던 4호기가 1층으로 내려가기 시작했다. 이 4호기는 1층에서 약 4분간 정지해 있다가 지하 1층으로 내려갔고, 그리고 다시 20층으로 올라갔다. 이것이 혈흔을 남긴 인물과 가사이 미치코의 탑승 기록이라는 것은 틀림이 없었다. 하강하는 4호기에서는 보통 키에 보통 살집의 남성이 방범 카메라를 피하려는 듯 등을 돌리고 머리를 숙이고 있는 모습이 방범 카메라에 기록되어 있다. 흑백 영상이어서 옷 색깔 등은 알 수 없지만, 하얀 와이셔츠에 검은 바지를 입고 있다. 카메라 각도 때문에 발치까지는 찍히지 않았다. 이 인물은 조작 버튼 패널에 밀착하듯 바짝 다가서서 두 팔을 몸 안쪽에 숨기는 듯한 자세를 취하고 있다.

1층에서 이 남자가 내리고, 지하 1층에서 가사이가 탔다. 조작 패널 바로 밑에서 무엇인가를 발견한 듯 몸을 조금 굽히는데, 혈흔을 발견하는 장면일 것이다. 그 후 그녀는 버튼을 누르고 20층으로 올라간다.

즉, 먼저 추락 사건이 있었고, 그 다음 사토가 내려가고, 그 다음 20층에서 수상한 인물이 내려가 1층을 통해서 밖으로 나가고, 지하 1층에 있던 가사이가 20층에 올라간 즈음, 사토 부인이 부른 구급차가 도착한 셈이다. 그렇다면 이 중키에 적당히 살이 찐 수상한 남자가 1층 현관을 통해 뇌우 속으로 걸어 나가는 장면을 누군가 목격하지 않았을까?

 1225호 바로 밑에 있던 사토는 아무도 보지 못했다. 그러나 관리인 사노는 자택을 나올 때 엘리베이터 가동음을 들었다.

 "고속 엘리베이터인데요, 일반 엘리베이터보다 가동음이 약간 커서, 그것 때문에 민원이 들어온 적도 있습니다. 집을 나와 현관홀을 가로지를 때 분명히 들었습니다. 틀림없습니다."

 이 가동음은 아마 4호기가 20층에서 1층으로 내려오는 소리였을 것이다. 집을 나와 1225호 바로 밑의 철쭉더미 쪽으로 가는 것이 한 템포만 늦었어도 사노가 4호기를 타고 내려오는 이 인물과 마주칠 가능성이 있었던 것이다.

 여기서 한 가지 생각할 것이 있다. 사토와 스치듯이 20층으로 올라간 2023호의 가사이가 2025호 실내를 누군가 걸어서 가로지르는 것을 보았다고 증언한 것이다. 이것이 착각이 아니라면 추락 사건이 일어난 뒤에도 2025호에 누군가가 있었다는 말이다. 그러나 이 사건은 철쭉더미 사이에 쓰러져 있는, 하얀 셔츠에 청바지를 입은 젊은 남성이 2025호에서 추락한 것이고, 게다가 그 2025호에는 또 다른 사체가 있다는 것이 밝혀져 곧 문제가 되는 것이니, 여기에서는 일단 옆으로 젖혀두고, 반다루 센주기타 뉴시티에 구급차가 도착한 이후의 상황으로 이야기를 돌리기로 하자.

 반다루 센주기타 뉴시티 단지 안으로 들어가는 경로는 세 개가 있다. 먼저 지하주차장으로 들어가는 자동차 전용 지하도. 직사각형 단지 북동쪽 모서리에 있는 이 전용 지하도의 입구에는 게이트가 설치되어 있는데, 이 게이트를 개폐하려면 게이트 쪽에 있는 패널박스 키패드에 정해진 패스코드를 입력하거나 키패드 밑 슬롯에 키 카드를 삽입해서 인증번호를 조회해야 한다. 키패드나 슬롯은 자동차 운전석 창문을 내리고 손을 뻗으면 쉽게 닿는 거리와 높이에 설치되어 있다.

가사이 미치코는 자가용으로 출입할 때는 키 카드를 사용하지만, 그날 밤처럼 택시로 귀가할 때는 운전수에게 패스코드를 가르쳐주고 입력을 부탁하곤 한다. 그녀가 택시를 내리면, 빈 택시는 그 패스코드를 입력해서 다시 게이트를 빠져나간다. 이 게이트를 이런 식으로 이용하는 주민이 많으니 사실상 패스코드는 제 노릇을 못하는 상황이고, 관리조합에서도 이 문제로 골치를 앓고 있었다. 자가용 말고는 지하주차장 출입을 금하자는 제안도 나왔지만, 주민 앙케트에서 다수의 찬성을 얻지 못해서 그대로 유지되고 있다. 차선책으로는 패스코드를 빈번하게 바꾸는 것 정도인데, 이 역시 그때마다 키 카드를 교환해야 하므로 번잡하다는 불평을 사고 있었다.

이 지하주차장에 일반 차량이 출입하는 문제는, 앞에서 말한 반다루 센주기타 뉴시티 단지를 외부에 개방하느냐 마느냐 하는 문제하고도 밀접한 관계가 있었다. "사건이 있던 6월 2일은 '폐쇄' 방침을 취하고 있을 때였습니다."라고 관리인 사노는 설명한다. "이 문제는 정말 해결이 쉽지 않아서, 세 달마다 정례이사회가 열릴 때마다 한 번은 폐쇄했다가 한 번은 개방했다가 하면서 내내 방침이 바뀌어왔어요. 그래서 오히려 더 혼란스러웠지만, 주민 앙케트에서 의견이 반반으로 갈려서 이사회에서도 다수결로 정할 수가 없었지요."

구체적으로 '폐쇄' 때는 어떻게 되느냐 하면, 지하주차장으로 들어가는 길을 제외한 나머지 두 개의 경로―이 두 경로는 지상에 있으므로 앞으로 '지상 경로'라고 부르겠다―의 출입구를 파이프 게이트로 막아버리고 통행금지 패찰을 걸어놓는다. 이 지상 경로는 차 두 대가 가까스로 스쳐지나갈 수 있는 포장도로이지만, 차도와 보도가 구별되어 있지 않다.

이 출입구에 게이트를 설치하면 외부에서 오는 차량이나 오토바이는 반다루 센주기타 뉴시티 단지 안으로 들어갈 수 없다. 그래서 택시가 지하주차장을 사용하게 되는 것인데, 폐쇄하면 수상한 자가 침입할 여지도 그만큼 줄어들고, 내부 녹지에도 아이들을 안심하고 내보낼 수 있으므로 보안을 중시하는 주민들이 적극 지지했다. 물론 입주자들은 지하주차장으로 출입할 수 있고, 사전에 관리인실에 신고해두면 택배업자, 세탁업자, 이사 차량 등도 패스워드나 키 카드로 지하주차장 게이트를 통과할 수 있으므로 얼핏 아무 문제도 없는 것처럼 보인다.

"그런데 그게 그렇지가 않습니다. 입주자들이 외출할 때 늘 자동차를 사용하란 보장이 없잖아요. 걸어갈 때도 있고, 더욱 문제가 되는 것은 자전거였어요."

반다루 센주기타 뉴시티 입주자 전용 자전거 주차장은 단지 안 녹지에 마련되어 있다. 자전거 주차장을 지하에 두면 자동차와 자전거가 같은 게이트로 출입하게 되므로 사고가 일어날 수 있기 때문이다. 자전거 이용자 중에는 어린이나 여성이 압도적으로 많고, 출입도 빈번하게 마련이다. 그 자전거 이용자들은 지상 경로 출입이 '폐쇄' 상태에 있으면 '출입금지' 앞에서 자전거를 내려서 게이트 옆을 가까스로 빠져나가야 한다. 이때 역시 게이트를 옹색하게 빠져나가려고 하는 보행자들과 접촉할 때도 있다. 출입금지 게이트는 도로 양옆에 50센티미터 정도만 틈을 두고 도로를 차단하고 있어서 유모차를 밀고 가는 여성이나 휠체어 이용자는 제 힘으로는 통행할 수 없다는 문제도 발생했다. "일상적으로 출입을 해야 하니까 정말 번거롭기 짝이 없어요. 그래서 자전거를 타는 아이들은 일단 엘리베이터에 자전거를 싣고 지하로 내려가 지하 통로를 통해서 출입하기 시작합니다. 그래도 아직 사고가 일어나지는 않았지만, 지하주차장으로 자동차를 몰고 출입하는 입주자들 사이에서 불평이 끊이지 않았습니다."

"이래서는 오히려 더 위험하니까 게이트를 치우고 단지 안팎을 자유롭게 드나들 수 있게 하자는 의견이 나온 것도 당연한 일이었지요. 하지만 이것도 역시 어려운 문제여서, 지상 경로를 열어놓으니 이것은 또 이것대로 번거로운 일이 잔뜩 생겨났던 겁니다."

우선 보안 중시파가 염려한 대로 수상한 사람이 단지를 출입하기가 쉬워진다. 특히 한밤중에 귀가하는 여성이 단지 안에서 수상한 자에게 붙들려 위협을 당하거나 빈집털이범이나 속옷 절도범이 배회하거나 낯선 십대 청소년들이 잔디밭에 앉아 맥주를 마시고 음악을 틀며 소란을 떠는 등 불상사가 잇달았다. 95년 8월의 '개방' 시기에는 함부로 들어온 청소년들이 불꽃놀이를 해서 단지 안을 지나가던 남성 거주자가 로켓 불꽃에 화상을 입는 사건까지 일어났다.

 게다가 또 한 가지 골치 아픈 일이 있었다. 두 개의 지상 경로는, 하나는 중앙동에서 뻗어 나와 웨스트타워 앞에서 단지 서쪽으로 빠져나가고, 또 하나는 중앙동에서 이스트타워 앞으로 왔다가 단지 동쪽으로 빠져나간다. 그래서 외부 차량이 단지 동쪽(또는 서쪽)에서 단지 안으로 들어와 두 개의 지상 경로를 지나 단지 서쪽(또는 동쪽)으로 빠져나갈 수 있다. 즉, 반다루 센주기타 뉴시티 단지 내부를 샛길로 이용할 수 있다는 것이다. 그리고 실제로 개방책을 취하자 이 샛길을 이용하려는 외부 차량이 눈에 띄게 늘어났다.

 "도대체 이 길을 샛길로 이용할 수 있다는 것을 어떻게들 알아냈는지 모르겠지만, 어느 날 이스트타워 관리인이 묘한 샛길 지도를 사왔더라고요. 책방에서 샀대요. 그 지도를 보니 반다루 센주기타 뉴시티 단지를 가로지르는 샛길이 떡하니 실려 있더군요. 말문이 막히더군요."

 이렇게 되자 이 문제는 단순히 입주자만의 문제가 아니라 반다루 센주기타 뉴시티라는 새로운 마을이 안고 있는 구조적인 결함으로 받아들여진다. 기본적인 개혁안이 몇 가지인가 제시되었지만, 그것을 실행하려면 막대한 비용이 필요해서 개보수 적립금을 절반 이상 써야 할 터였다. 어쩔 수 없이 어느 때는

'개방'해서 '폐쇄'의 해악을 줄이고, 또 어떤 때는 '폐쇄'해서 '개방'의 장점을 포기하는 매우 군색한 대증요법을 거듭하게 되었던 것이다.

이야기가 옆길로 한참 샜지만, 6월 2일 오전 2시경 사건이 발생하고 사토 씨가 부른 구급차가 달려오고 있을 때, 반다루 센주기타 뉴시티의 출입구는 이상과 같은 상황에 있었다. 사노는 당연히 이런 사정을 알고 있었으므로 사토 요시오가 구급차 이야기를 하자 어느 게이트로 오라고 했느냐고 물었다. 그 게이트를 열어둬야 하기 때문이다. 사토는 미처 거기까지는 생각하지 못했다. 전화는 아내가 걸었으므로 나는 모른다고 대답했다. 사노는 중앙동으로 달려가 그곳 관리인을 깨우고 110번(긴급한 사건 및 사태를 경찰에 신고할 때 이용하는 전화번호—옮긴이)에 신고하라고 부탁했다. 중앙동 관리인 시마자키 아키후미와 아내 후사에는 흠뻑 젖어서 달려온 사노한테 "웨스트타워에서 누군가 뛰어내려서 자살했다."는 말을 들은 것으로 기억하고 있다.

"구급차는 벌써 불렀지만 110번에는 아직 안 했어요. 전화를 해주세요."

"몇 호 사람인지 아세요?"

시마자키 부부는 당시 중앙동 관리인으로 입주한 지 한 달 정도밖에 되지 않았다. 사노와 비슷한 연배였지만 업무에서는 한참 후배가 된다.

"아직 몰라요. 젊은 사내 같은데, 엎드려 있는 데다, 손을 대면 안 될 것 같아서 얼굴을 볼 수 없었어요."

"사망한 건가요?"

"전혀 움직이지 않거든요. 이미 틀린 것 같아요. 게이트를 열어놔야 하니까, 시마자키 씨, 동쪽으로 가실래요? 난 서쪽으로 갈 테니까."

시마자키는 110번 신고를 후사에에게 맡기고 사노를 따라 밖으로 나갔다. 구급차 사이렌은 벌써 바로 가까이까지 와 있었고, 시마자키가 이스트타워 쪽 출입구까지 오자 점멸하는 빨간 라이트가 보였다. 구급차가 동쪽에 도착한 것이다.

시마자키가 게이트를 열려고 달려가자, 이스트타워 관리인 사사키 시게루가 단지 안에 울려 퍼지는 사이렌 소리에 깨어나 놀란 얼굴로 달려왔다. 사사키는 3개 동 관리인 중에서 제일 젊은 서른두 살이다. 시마자키와 둘이서 게이트를 들어올려서 치우고, 간단히 사정을 전해들은 사사키는 구급차를 선도해서 웨스트타워로 향했다. 시마자키는 역시 밖으로 나온 사사키의 아내 가나코에게 주민들이 전화로 문의를 할지 모르니 관리인실에 있는 것이 좋지 않겠느냐고 말했다.

"무슨 일이냐고 물으면 뭐라고 대답할까요?" 하고 가나코가 물었다.

"투신자살 같으니, 그렇게 말해두면 될 거요."

사실 구급차가 단지 안에 들어온 뒤 웨스트타워에서 한 통, 중앙동에서 두 통, 이스트타워에서도 한 통, 관리인실에 문의 전화가 걸려왔다. 각 문의 전화에는 각 관리인의 아내들이 대응했는데, "투신자살 같다"는 대답을 듣고 창문으로 아래를 내려다보거나 안뜰 녹지까지 상황을 살피러 내려오는 주민도 있었다.
 웨스트타워의 철쭉더미 옆에서 혼자 애쓰고 있던 사토 요시오는 구급대원들이 다가오자 마음이 놓였다. 그들이 처치를 시작하자 방해가 되지 않도록 뒤로 물러났다. 그때 사노가 돌아왔다. 구급대원은 다시 일어나서, 사노가 관리인이라는 것을 알고, 경찰에는 신고했느냐고 물었다.
 "벌써 사망한 것 같습니다. 유체는 건드리지 않았지요?"
 "예, 건드리지 말자고 말해두었습니다."
 "이 사람 신원은 모릅니까?"
 "이 타워동 사람 같기는 한데요……."
 "지금 상태로는 얼굴이 잘 보이지 않아요."
 사노 들은 구급대원들에게 자기들이 이 자리로 달려오게 된 사정을 설명하기 시작했다. 그때 순찰차 사이렌 소리가 다가왔다. 사노가 중앙동 시마자키 부부에게 달려가서 110번 신고를 의뢰한 뒤 채 5분도 지나지 않았을 때였다.
 "참 빨리 왔구나, 하는 생각에 살았다는 기분이 들었습니다. 나도 관리인 경력이 길어서 입주자의 자살미수라든지 상해 사건은 여러 번 겪어봤지만, 이때는 역시 엄청난 비가 쏟아지는 가운데 일어난 사건이라 상황이 그다지 분명하지 않아서 아주 불안했습니다."
 달려온 것은 아라카와 북부서의 순찰차로, 경관이 두 사람 타고 있었다. 한 경관이 순찰차에서 내려 커다란 회중전등으로 일동을 비추면서 말했다.

"여기서 신고했군요? 싸움으로 부상자가 나왔다고 하던데."

사노와 사토는 어리둥절했다. 싸움이라니. 중앙동의 시마자키 후사에는 110번에 뭐라고 신고한 것일까.

"아뇨, 싸움이 아닙니다. 투신자살 같은데요."

가까이 온 경관들은 철쭉더미 사이에 쓰러져 있는 사체를 보고는 꽤 험악한, 하지만 동시에 크게 당황한 표정이 되었다.

사토 요시오는 언짢은 예감이 스쳐 지나가는 걸 느꼈다.

"경찰이 달려오는 사태는 처음 겪지만, 뭔가 일이 잘못되고 있다는 것을 직감할 수 있었습니다. 경관들이 나와 사노 씨 얼굴을 힐끔힐끔 쳐다보더군요. 구급대 사람들도 처음에는 우리 이야기를 믿을 수밖에 없었지만, 경관들과 이야기를 하면서 우리를 의심하기 시작하는 분위기였습니다."

이러다 잘못되면 괜히 덤터기를 쓰겠구나 생각한 사토는 적극적으로 나서서 경관들이 어떤 신고를 받고 출동한 것인지 물었다. 그러나 경관들은 대답은 하지 않고, 사노와 사토의 신원을 확인하고는 사정을 설명해보라고 요구했다. 한 사람은 순찰차 무선으로 본서와 교신을 시작했다.

그러는 동안에도 비는 억수같이 쏟아지고 있었다. 사토는 몸이 차다차게 식어, 6월인데도 불구하고 이빨 부딪히는 소리가 나도록 아래턱을 떨었다. 그러나 그 모습을 마음이 동요하고 있는 증거라고 받아들일까 겁이 나서 어금니를 꽉 깨물고 떨리는 것을 참고 있었다.

"중앙동의 시마자키라는 관리인이 신고를 했을 겁니다." 하고 사노는 말했다. 시마자키가 관리인실에서 대기하고 있을 테니 불러오자고 했지만, 경관들은 사노에게 이 자리를 뜨지 말라고 명령했다.

그때 순찰차가 한 대 더 도착했다.

"뭐가 뭔지 알 수가 없는 게, 자꾸 겁이 났습니다." 하고 사노는 말한다.

먼저 해명부터 하자면, 반다루 센주기타 뉴시티에 순찰차 출동을 요청하는 110번 신고는 두 건이 있었다.

경시청 통신지령센터의 기록에 따르면 오전 2시 13분에 신고 한 건이 들어왔다. 이것이 중앙동 관리인 시마자키의 아내 후사에가 한 것으로, 반다루 센주기타 뉴시티라는 아파트 이름, 번지, 신고자 이름, 사건과의 관계에 대해서도 그녀는 분명하게 신고를 했다. 투신자살인 것 같다는 이야기도 했다.

그런데 이보다 먼저, 오전 2시 4분에 들어온 신고가 있었다. 처음에 달려온 아라카와 북부서의 순찰차는 이 신고를 받고 온 것이었다. 이 신고는 어떤 여성이 했는데, 매우 당황하고 있었고 목소리도 작고 빨랐다. 반다루 센주기타 뉴시티라는 아파트 이름은 말했지만, 번지까지는 말하지 않았고, 이름을 묻자 대답 없이 전화를 끊어버렸다.

신고 내용은 '싸움을 하다가 한 사람이 다쳐서 쓰러졌다. 여럿이 한 사람을 때리고 있다. 남자가 현장에서 도망치는 것을 보았다.'는 것이었다. 사노와 사토가 직면한 상황과 겹치는 내용은 전혀 없었다.

아라카와 북부서에서는 몇 분 차이로 들어온 두 건의 신고를 심각하게 보고 각각에 순찰차를 파견했다. 신고가 따로 두 건이어서 혼란을 일으킬 수 있으니 조심하라는 내용을, 후속 순찰차가 반다루 센주기타 뉴시티에 도착하기 전에 선행 순찰차에 연락하려고 했지만, 그보다 먼저 선행 순찰차가 현장에 도착한 탓에 타이밍이 맞지 않았다고 한다.

그러나 선행차의 경관이 본서와 연락을 취하고 후속차가 도착하기에 이르자 오해와 혼란의 이유가 두 건의 신고에 있다는 것이 겨우 밝혀졌다. 사노와 사토는 새삼 놀랐다.

"장난전화가 아닐까 생각했습니다. 하필 그 시간에 그런 못된 짓을 한담, 하는 생각에 식은땀이 났습니다."

구급차가 부상자를 싣고 달리는 기색도 없고 순찰차가 두 대나 달려오자 12층 베란다에서 상황을 내려다보던 사토 히로시는 아버지가 걱정되었다. 히로시는 아래 상황을 보러 가려고 엘리베이터를 탔다. 엘리베이터에는 역시 상황을 보러 내려가는 입주자가 타고 있었다.

사건이 알려지면서 입주자들도 술렁이기 시작했다. 저층부 여기저기서 불이 켜지고 창문으로 얼굴이 나타났다. 각 현관홀에도 주민들이 모이기 시작하고 관리인실 전화는 연신 울려댔다.

경관들은 히로시한테도 사정을 들었다. 신고가 두 건이었다는 사실을 안 뒤에도 이 사건을 대하는 경관들의 신중한 태도에는 변함이 없었다. 히로시는 그때를 생각하면 지금도 화가 난다고 말한다.

"위에서 떨어지는 사람을 내 동생이 봤던 거라고 말했더니, 그렇다면 왜 구급차보다 110에 먼저 신고를 하지 않았느냐고 묻더군요. 어이가 없더라고요."

경관들은 일을 분담해서 현장 보존 작업에 들어가고, 한 사람은 아라카와 북부서에 무선연락을 했다. 사노 들은 경관이 지시하는 대로 웨스트타워 현관홀로 이동하고, 구급대원들은 돌아갔다. 무엇보다 먼저 철쭉더미 사이에 죽어 있는 젊은 사내가 몇 호에 사는 누구인지부터 밝혀내야 했다.

일단 집에 돌아가 옷을 갈아입은 사노는 두 경관을 따라 25층부터 13층까지 각 층을 방문했다. 한편 궁금증을 못 견디고 관리인실을 방문하는 입주자도 많아서 웨스트타워는 혼란에 빠져들고 있었다.

반다루 센주기타 뉴시티에 입주하는 관리인으로는 기혼자만 채용하므로 사노도 당연히 기혼자였는데, 당시 그의 아내 마사코는 유방암 수술차 입원 중이었다. 사노 부부의 외동딸 유키미는 스무 살의 단기대학 학생으로, 관리인실을 지키며 주민들의 문의에 대답하는 일은 그녀가 혼자 맡았다.

"무슨 일인지 분명하지가 않아서 불안하기는 했지만, 그리 무섭지는 않았습니다. 게다가 무슨 사건인지는 몰라도 벌써 경관들이 와 있었으니까요."

유키미가 혼자 관리인실을 지키고 있을 때, 2023호의 가사이 미치코가 전화를 해서, 무슨 사건이 일어난 모양인데, 아까 4호 엘리베이터를 타보니까 바닥에 혈흔 같은 것이 묻어 있더라고 전해주었다. 깜짝 놀란 유키미는, 지금 경관들이 위로 올라갔으니까 그대로 말해주라고 가사이에게 말했다.

가사이 미치코는 전화를 끊고 20층 엘리베이터 홀로 나갔다. 3호 엘리베이터가 막 올라오는 참이었다. 서둘러서 '위' 버튼을 눌러 엘리베이터를 20층에 세우고, 문이 열리자 안에 타고 있던 경관들에게 혈흔 이야기를 했다. 경관들이 즉시 4호 엘리베이터로 갈아타 보니 분명히 혈흔 같은 흔적이 있었다. 가사이가 이용한 뒤로도 이 소동 때문에 여러 번 운행되면서 여러 사람들이 이용한 탓에 혈흔은 이미 어지러워져 있었다. 경관은 즉시 4호기를 봉쇄했다. 사노가 수동으로 엘리베이터 운행을 멈추고 1층에 고정시켰다.

가사이 미치코는 귀가할 때 구급차 사이렌 소리도 들은 데다가 이어서 순찰차 사이렌 소리까지 들리자 관리인실에 전화 연락을 한 것이다. 가사이의 신원을 확인하고 그녀에게 2025호 앞에서도 혈흔 같은 것을 보았다는 말을 듣자 경관들은 2025호부터 탐문하기로 했다.

이때 이미 가사이는 복도에서 혈흔을 발견했을 때 2025호 실내에는 불이 켜져 있었고, 사람도 있었던 것 같다는 말을 했다. 그러나……

"관리인실에 전화한 다음 엘리베이터 홀로 갈 때 다시 2025호 앞을 지나갔어요. 그때 보니 장식문은 활짝 열려 있고 혈흔 같은 것도 그대로 있었지만 현관문은 꼭 닫혀 있더군요. 그것이 이상해서 경관과 사노 씨에게 그 사실도 전했어요."

미치코까지 동반한 경관들은 사노를 앞세우고 2025호로 향했다. 미치코의 말대로 장식문은 복도 쪽으로 활짝 열려 있었고, 바닥에는 피 같은 것도 몇 방울 떨어져 있었다. 벌써 말라가고 있었다.

사노는 그것을 보았을 때,

"이상하게 예감이 안 좋더군요." 하고 말한다.

"누가 병으로 입원했다든가 교통사고를 당했다든가 하는 안 좋은 소식을 전하는 전화가 걸려올 때면, 처음 따르릉 하는 벨 소리만 들어도, 아, 이건 안 좋은 전화로구나, 하고 감이 올 때가 있지요. 목덜미가 서늘해진다고들 하나요? 꼭 그런 느낌이었습니다."

현관문은 확실히 닫혀 있었다. 경관들은 2025호 입주자에 대하여 사노에게 질문했다. 문패도 없고 사노도 금방 기억해낼 수가 없어서,

"솔직히 당황했어요. 2025호는 이사가 잦았거든요."

반다루 센주기타 뉴시티 관리규약에 따르면 입주하는 세대는 관리사무소에 세대 인원, 각자의 이름, 성별, 나이, 관계, 긴급 연락처 등을 일정한 서식에 기입해서 제출해야 한다고 되어 있다. 관리사무소에서는 그것을 보고 반다루 센주기타 뉴시티 주민대장을 만든다.

"누가 새로 구입해서 이사를 하거나 임차인이 바뀌는 경우에도 새 입주자는 즉시 서류를 제출하게 되어 있습니다. 개중에는 프라이버시 침해라고 구체적인 내용을 피하는 사람도 있지만,

그런 사람이라도 최소한 세대주 이름과 세대원, 긴급연락처만은 제출하도록 되어 있습니다. 웨스트타워의 경우, 대장 정정이나 서류 수취 같은 작업을 나 혼자 하고 있으니까 어느 세대에 대해서나 한 번은 정보를 훑어보았을 텐데, 애초에 세대수가 너무 많아요. 게다가 관리인실과 친하게 지내는 가족이 있는가 하면 안 그런 가족도 있어서, 역시 친한 가족이 기억에 많이 남지요."

2025호에 대해서 사노는 별로 좋은 기억이 없었다.

"전에도 말씀드렸다시피 2025호는 영 재수가 없다고 할까 인연이 안 좋은 곳이었어요. 분양 때 구입한 첫 주인이 1년인가 지나서 팔아버렸어요. 처음부터 전매 목적으로 구입한 사람일 텐데, 총량규제(1990년 버블 시기에 지가 앙등과 토지투기를 억제하기 위하여 부동산에 대한 융자를 규제하는 정책―옮긴이) 등으로 부동산 값이 크게 떨어지기 시작하자 혼비백산한 거지요. 결국은 분양가보다 2할 이상 빠진 가격으로 팔아서 큰 손해를 보았는데, 그래도 팔고 나갔으니 다행이라고 해야겠지요. 그 뒤로 더 떨어졌으니까."

2025호의 분양가는 1억 720만 엔이다. 이것이 8,250만 엔에 매물로 나왔고, 최종적으로는 8,120만 엔에 작자가 나섰다.

"젊은 신혼부부여서 깜짝 놀랐어요. 어떻게 자금을 마련했는지 궁금해서 말이죠."

사노를 놀라게 한 이 젊은 부부는 사실은 상당한 자산가의 자식으로, 자금에서는 어려움이 없었다.

"하지만 뭐가 틀어졌는지 이사 온 지 얼마 안 돼서 이혼 얘기가 나왔대요."

결국 입주 반년 뒤 부부는 이혼했다. 2025호는 젊은 아내 차지가 되었지만, 그녀도 1년쯤 살다가 매각하고 나갔다. 이때 판 가격이 7,250만 엔.

"값이 어쩌면 그렇게 계속 떨어지기만 하는지 정말 많이 놀랐어요."

세 번째 매수자이며 입주자였던 것이 고이토 노부야스라는 샐러리맨 가족이었다.

"고이토 씨라…… 그렇지, 이 '고이토'라는 성이 좀처럼 기억나질 않더군요. 문패라도 달고 살았으면 바로 기억이 났을 텐데."

그래도 이리저리 기억을 뒤져내서 사십대 부부와 학교에 다니는 아이 하나가 있는 가족을 생각해내고 경관에게 말했다.

"그럼 저 밑에 죽어 있던 젊은 남자가 여기 살던 사람이 아니라는 말입니까?" 하고 경관이 물었다.

사노는 자신이 없어졌다. 아마 그런 것 같은데, 잘 모르겠다고 대답했다.

"아무리 머리를 쥐어짜내도 이 고이토 씨를 만난 기억이 없어요. 부인은 한 번 만나봤지만…… 입주 절차인지 뭔지 때문에 말이죠. 인상이 분명하지 않아요. 바꿔 말하면 그만큼 얌전하고, 우리 처지에서 보자면 걱정할 게 없는 세대였던 셈이지요. 그런 고이토 씨 가정에서 과연 누가 피를 흘리거나 베란다에서 떨어져 죽는 소동이 일어날까 하고 생각하니 자신이 없었습니다."

그래도 아무튼 안으로 들어가 보지 않고서는 문제가 풀리지 않는다. 사노는 인터폰을 눌렀다.

두 번, 세 번 눌렀지만 응답이 없다. 닫힌 문 저편에서 인터폰 울리는 소리가 들렸다.

"경관이 문에 귀를 바짝 대고 무슨 다른 소리가 들리지는 않는지 확인했습니다."

손잡이를 만져보니 자물쇠가 걸려 있지 않아 쉽게 열 수 있었다. 경관 한 사람이 앞장서고 사노가 그 뒤를 따르고 또 다른 경관이 맨 뒤에 서서 현관으로 들어섰다. 가사이 미치코는 복도에 남아 기다리고 있었다.

"어깨 너머로 돌아보니 가사이 씨가 울상을 짓고 서 있었어요. 그 부인은 관계가 없으니까 당장 돌려보내는 것이 좋지 않을까 생각했습니다."

"실례합니다, 고이토 씨!" 하고 사노가 소리쳤다. "한밤중에 죄송합니다. 관리인입니다."

대답이 없었다.

"나는 겁이 나서 자꾸 불렀습니다. 현관은 깨끗하게 정돈되어 있고, 신발장 위에는 아무것도 놓여 있지 않았어요. 벽에는 그림 한 장 걸려 있지 않았고요. 다만 여성용 장화 한 켤레가 신발 빗는 자리 한켠에 가지런히 놓여 있었습니다."

2025호는 전용면적 101.24평방미터에 방이 네 개 딸린 아파트다. 흔히 말하는 분리형으로, 현관에서 집 중앙으로 복도가 곧장 지나가고, 그 막다른 곳에 약 7.5평짜리 거실이 있다. 그리고 복도 건너, 현관에서 볼 때 오른쪽에는 주방과 방이 두 개, 왼쪽에는 욕실과 방이 하나, 다다미방이 하나 등 각각 세 개의 공간이 나란히 자리잡고 있다. 거실바닥과 방바닥은 나무무늬 바닥재로 마감했다.

"복도와 거실 사이에 문이 있는데, 그 문이 이쪽으로 활짝 열려 있었습니다. 그래서 복도 끝에서도 거실 한복판이 보였습니다. 불이 켜져 있었으니까요."

사노의 기억으로는 거실과 복도, 그리고 화장실에 불이 켜져 있었다고 한다. 다른 세 개의 방은 문이 다 닫혀 있었고, 욕실과 다다미방의 칸막이 당지만이 열려 있었다. 그러나 다다미방에는 불이 켜져 있지 않았다.

"서향 아파트라서 거실 창도 서쪽으로 나 있습니다. 창문이 열려 있어 비바람이 그대로 거실 바닥으로 들이치고 있었습니다. 레이스 커튼 자락이 바닥에서 1미터 정도 높이까지 날려올라가 춤을 추고 있었고요."

경관들은 사노에게 이 아파트의 구조에 대해서 질문했다. 사노가 기억이 나는 대로 설명하자 그들은 복도를 걷기 시작했다. 곧장 거실로 향하지 않고 좌우에 닫혀 있는 방문들을 열고 주인 이름을 부르고 들여다보았다.

"회중전등을 켜고, 불 꺼진 방 안을 휘 둘러보았습니다. 스위치가 문 바로 옆에 있습니다, 하고 가르쳐주었지만, 아뇨, 이대로 괜찮습니다, 하더군요. 아마 현장을 건드리지 않으려는 거겠지요."

경관 한 사람이 거실로 들어가다가 이쪽으로 등을 보인 채 흠칫하며 멈춰서는 것을 사노는 보았다. 그가 동료를 부르자 동료도 마침 다다미방 안을 들여다보다가,

"어이, 여기도 한 사람 있어, 하고 큰 소리로 말했습니다. 나는 무릎이 덜덜 떨려서 그 자리에 가만히 서 있기도 힘들었습니다."

경관들은 긴장한 표정으로 사노를 돌아보고는 그를 가까이 오라고 불렀다. 사노는 벽에 손을 짚고 걸음을 옮기다가 곧 손을 움츠렸다. 만지면 안 된다고 생각했던 것이다.

"경관이 회중전등으로 다다미방을 비춰주었습니다. 어지러워진 방 한복판에 이불이 펴져 있는데, 시트가 꾸깃꾸깃했습니다. 처음에 나는 경관이 무엇을 보라고 하는 것인지 알 수 없었어요. 하지만 회중전등 빛을 따라가며 살펴보니 그 불빛 안에 작은 손이 보였습니다."

요 위에 하얀 거즈 커버를 씌운 모포가 덮여 있었다. 그 끝에서 요를 움켜쥔 형태로 손가락을 구부린 오른손이 삐죽이 나와 있었다.

"이불 위를 회중전등으로 비추자 반대쪽 자락에 욕의를 입은 다리 두 개가 튀어 나와 있었습니다. 하얗고 뼈가 불거진 것이 심하게 말라 있었습니다."

경관은, 노인 같군요, 하고 말하고, 방 안에는 들어가지 않은 채 고이토 씨네 가족이냐고 사노에게 물었다. 사노는 제정신이 아니어서 금방 입을 떼지 못했다.

"고이토 씨 집에 노인이 있었는지 기억이 나지 않았습니다. 고이토 씨에 대한 것은 아무것도 모르겠다는 기분이 들어서, 경관한테 자꾸 미안하다고 말했던 것 같아요."

경관은 사노의 팔꿈치를 잡아 주의를 환기시킨 다음 거실 쪽으로 데려갔다. 거실 문 앞에서 세 사람은 마비된 듯이 멈춰섰다.

"천장 조명이 켜져 있어서 회중전등은 필요 없었습니다. 모든 것이 잘 보였습니다."

넓은 거실에는 가구가 띄엄띄엄 놓여 있었다. 남쪽 벽면을 따라 대형 텔레비전과 컴포넌트스테레오가 놓여 있고, 그 옆에 사이드보드의 유리가 빛나고 있었다. 왼쪽에는 소파 세트와 플로어테이블, 오른쪽에는 식탁과 의자 네 개. 그리고 민예가구풍의 커다란 느티나무 찻장이 북쪽 벽을 차지하고 있었다.

원목무늬 바닥에 카펫은 깔려 있지 않았다. 원목무늬 바닥 위에 한 사람이 등을 이쪽으로 향한 채 태아처럼 몸을 구부리고 쓰러져 있었다. 여자였다.

"경관이 쪼그리고 앉아 맥을 짚어보았습니다. 이미 틀렸다는 것은 아마추어인 나도 알 수 있었습니다. 머리가, 그러니까 뒤통수가 울퉁불퉁 깨져서 새빨갛게 되어 있었어요. 그 밑바닥에는 피가 별로 흘러나와 있지 않았습니다. 스친 듯한 핏자국만 있었어요. 그런데 그 여자가 입고 있던 긴소매 셔츠 자락이 원래 색깔을 알 수 없을 정도로 새카맣게, 그러니까 피에 젖어 새카맣게 되어 있었어요."

강풍에 레이스 커튼이 날려올라갔다. 사노는 베란다 쪽을 바라보았다. 거기에도 남자 한 명이 쓰러져 있었다.

"베란다로 상반신을 내놓고 엎드려 있었습니다. 아마 필사적으로 기어서 베란다로 나가는 문지방을 넘다가 기진맥진한 것처럼 보였어요. 바닥에 핏자국이 묻어 있는데, 마치 무거운 물건을 질질 끌고 간 자국 같았습니다. 그걸 보면 스스로 기어간 것이 아니라 질질 끌려간 것을 알 수 있었어요. 이 사람은 머리 전체가 엉망으로 깨져 있었습니다."

지금도 꿈에 보인다고 사노는 말한다.

"꿈이라고 할까 백일몽이라고 할까. 빈 집을 청소하려고 문을 열면, 있지도 않은 커튼이 펄럭이는 것이 보이고, 머리가 엉망으로 깨진 사람이 둘이나 쓰러져 있는 거예요."

경관들은 신중하게 사노를 데리고 가서, 쓰러져 있는 두 사람의 얼굴을 보여주었다. 사노는 용기를 쥐어짜내서 들여다보았지만, 어느 얼굴이나 기억에 없는 듯했다.

"두 사람 모두 눈을 감고 있었습니다. 만약 뜨고 있었다면 나는 줄행랑을 쳤을 거예요."

경관들은, 고이토 부부입니까? 하고 물었다. 사노는 모르겠다고 대답했다. 나이는 대강 그 또래 같았지만 얼굴을 확인할 수 없었다.

"베란다로 나서자 얼굴을 들고 있기가 힘들 정도로 비가 쏟아졌습니다. 무엇에 쓴 것인지 파란 비닐시트가 펼쳐져 있고, 네 모퉁이를 화분으로 눌러 놓았는데, 비닐시트가 화분째 날아가 버릴 것 같았습니다."

세 사람은 현장을 그대로 두고 가만히 복도에서 현관으로 물러났다. 경관 한 사람이 그 자리에 남고, 다른 경관과 사노는 여전히 복도에 있던 가사이 미치코를 바로 집으로 돌려보내고 관리인실로 내려왔다. 경관은 거기에서 경찰서로 전화를 하고, 사노는 웨스트타워 주민대장을 뒤졌다.

"2025호에는 틀림없이 고이토 씨의 이름이 기재되어 있었습니다."

세대주: 고이토 노부야스, 41세, 기계제조사 근무. 처: 시즈코, 40세, 의류점 근무. 장남: 다카히로, 10세, 사립 다케노카와 학원소학교 재학. 고이토 일가가 2025호의 소유자가 되어 이사 왔을 때의 서류 기록이다. 날짜는 92년 4월 1일.

"2025호 거실에 살해되어 있던 남녀는 나이로 보면 고이토 부부라고 해도 이상할 게 없었어요. 다만 나로서는 얼굴을 알 수 없었어요."

고이토 부부의 얼굴을 알고 있을 이웃 주민에게 확인을 부탁하는 수밖에 없다. 사노는 깊은 무력감과 꺼림칙함에 사로잡힌 채 관리인실에서 대기했다.

"그렇게 앉아 있는데, 경찰 쪽에서 잇달아 사람들이 찾아왔습니다. 이런 일이 처음이라 누가 무엇을 하는 사람인지 알 수가 없었어요. 시키는 대로 움직였을 뿐이지요. 다만 감식인이라는 사람은 드라마에서 본 대로 정말 파란 작업복을 입고 왔더군요. 어쩐지 텔레비전을 보고 있는 것 같더라고요."

오전 2시 40분부터 3시까지 20분 사이에, 관할서 아라카와 북부서 형사과 사람들이 경황없이 달려온 데 이어서, 살인 등 중대 사건의 초동수사를 담당하는 경시청 기동수사대와 당직 감식과가 반다루 센주기타 뉴시티에 도착했다. 폭풍우 속에서 이들을 맞이한 사노 들은 이 요란한 수사 개시에 그저 눈을 휘둥그레 뜨고 있는 수밖에 없었을 것이다.

오전 3시 반까지는 이 사건을 담당하게 된 경시청 수사1과 제4계 형사들도 현장에 집합했다. 벼락은 그쳤지만 비바람은 점차 거세어져서 모두들 현장까지 오느라 고생을 했다.

이 한밤중의 현장에 마지막으로 도착한 것은 도쿄지검의 담당 검사였는데, 마침 2023호의 가사이 미치코가 웨스트타워의 현관홀에 서 있다가 검사가 도착하는 장면을 쳐다보고 있었다.

남편 가즈유키에게, 이렇게 집에 있어봐야 잠도 못 자고 아무 일도 손에 잡히지 않으니, 차라리 나가서 상황을 살펴보자고 말했지만, 2025호를 경관이 지키고 있어서 안을 들여다보는 것은 고사하고 그 앞 복도를 지나갈 수도 없었다. 동요가 확산되면서 주민들이 하나 둘 복도로 나와 삼삼오오 모여서 사정도 모른 채 수군거렸다. 하지만 무엇 하나 알 수 있는 것이 없었다. 그래서 일단 관리인실로 가보기로 하고, 옷도 갈아입지 않고 다시 1층으로 내려왔던 것이다.

"하지만 관리인실에도 경관들이 있어서, 사노 씨가 안에 있는 것은 보였지만 도저히 말을 붙일 만한 상황이 아니었어요. 하는 수 없이 순찰차 주위에서 사람들이 바삐 움직이고 있는 것을 보면서 현관홀 앞에 서 있는데, 말끔하게 양복을 입은 남자가 택시에서 내리자, 기다리던 사람이 우산을 받쳐주었어요. 급한 걸음으로 서쪽 철쭉더미 쪽으로 걸어갔습니다."

가즈유키는 큰 사건이라 형사들이 많이 모이는 거라고 말했지만, 미치코는 그 사람이 형사처럼 보이지 않았다.

"형사가 도착하는 분위기하고는 조금 달랐어요. 더 높은 사람이라는 느낌이 들었어요."

가사이 미치코는 홍보지 편집을 담당하고 있지만, 개인적으로는 추리소설을 좋아해서 상당히 많이 읽었다. 전에 읽은 소설 중에는 검사가 주인공인 작품도 있었다.

"그 생각을 하면서 남편에게 저 사람은 형사가 아니에요, 틀림없이 검사일 거예요, 하고 말했어요."

가즈유키는 조금 놀라면서, 검사가 왜 사건 현장에 오느냐고 물었다. 미치코는 그 추리소설의 줄거리를 떠올리며 말했다.

"큰 사건일 때는 검사도 현장에 오거든요, 하고 대답했는데, 대답을 하고 보니 점점 두려워졌어요. 아까 2025호 앞에 있을 때도 걱정을 했지만, 그때 생각하던 것보다 훨씬 심각한 사태인가 보다 하고…… 관리인실에 있는 사노 씨의 낯은 잿빛으로 질려 있었어요."

2025호가 바로 한 집 건너 옆집이라는 점도 새삼 섬뜩하게 느껴졌다. 가능하면 빨리 자세한 사정을 알았으면 좋겠다고, 미치코는 두려움에 떨면서 생각했다.

하지만 관리인 사노도 2025호에서 과연 무슨 일이 일어났는지, 특히 죽어 있던 사람이 어디에 사는 누구인지를 알지 못한 채 혼란에 빠져 있었다.

"그래도 그때는 2025호의 그 사람들이 네 명 모두 고이토 씨네 식구가 아니라는 것은 상상도 하지 못했어요. 아니, 그런 상상을 할 수 있는 상황이 아니었어요. 나도 모르는 사이에 주민이 감쪽같이 바뀌어 있다니, 말도 안 되는 이야기잖아요."

입주자

도쿄 무사시노 시 기쓰조지 혼마치의 이쓰카 시 가도변의 작은 임대 건물 4층에 흰 바탕에 초록 글씨로 '하마시마학습교실'이라고 적힌 간판이 걸려 있다. 학생들에게 '하마주쿠'라는 애칭으로 불리는 이 학원에 88년부터 전임교사로 근무해온 여교사가 있다. 고이토 다카코, 53세. 사건 현장인 반다루 신주기타 뉴시티 웨스트타워 2025호에 당시 '거주하는 것으로 되어 있던' 고이토 가의 세대주 고이토 노부야스의 누이다.

하마시마학습교실은 일반 입시학원하고는 방침이 달랐다. 초중학교 학습커리큘럼을 따라가지 못하는 아이, 이지메를 당하거나 교사와 갈등을 일으키는 등의 이유로 학교에 갈 수 없게 된 등교거부 학생들을 받아들여, 그 아이들이 자기 속도로 필요한 만큼 교육을 받을 수 있도록 한다는 목적으로 설립되었다. 교사와 학생 사이가 매우 가까워서, 예를 들어 학생이 갑작스러운 병이나 사고, 가정불화나 가출 등 어려운 일을 겪을 때면 학생이나 그 가족이 도움이나 조언을 구하러 전화를 하거나 찾아오는 경우도 적지 않다. 때문에 6월 2일 오전 2시 반이 지난 시간에 베갯맡의 전화가 울리기 시작할 때도 고이토 다카코는 또 그런 전화일 거라고 생각했다.

상식을 벗어난 시간대였지만, 상황이 급하면 능히 그럴 수도 있다. 다카코가 침실에 전화를 둔 것도 이런 상황에 즉시 대응하려는 배려였다. 숙면에 들어가 있었기 때문에 눈이 금방 떠지지 않았다. 손을 더듬어 수화기를 들었다.

들려오는 소리는 중년남성의 차분한 목소리였다. 그는 정중한 말투로 먼저 고이토 다카코 씨냐고 확인했다. 그리고 다카코가 왜냐고 묻기도 전에 신분을 밝혔다.

"경시청 아라카와 북부서 형사과라는 말을 듣는 순간 머릿속이 새하얘지는 것 같았습니다. 우리 학원 아이들이 또 무슨 사건을 저질렀구나, 하는 생각 때문에."

그러나 저쪽 이야기를 듣고 보니 아무래도 다른 일 같았다. 동생 노부아스 일가에 관한 일 같았다.

"동생 식구들한테 무슨 일이 있느냐고 묻자, 무슨 일이 있었는지 없었는지 아직 모른다, 다만 동생이 사는 아파트 안에서 무슨 일이 있었는지는 몰라도 몇 사람이 쓰러져 있다고 하더군요."

이 통화는 아라카와 북부서의 경관이 웨스트타워 입주자 명부에서 고이토 항목을 찾아내고 거기 적혀 있는 '긴급연락처'에 전화를 걸었던 것이다. 고이토 다카코는 동생이 자기 전화번호를 긴급연락처로 등록해 두었다는 것을 이때 처음 알았다.

"경관은, 노부야스 씨의 현주소가 반다루 센주기타 뉴시티 웨스트타워 2025호가 틀림없지요? 하고 물었습니다. 그리로 이사했다는 말은 들어서 알고 있었으므로, 그렇다고 대답했습니다. 사실 동생하고는 벌써 몇 년째 만나지도 않고 연락도 없었거든요."

다카코가 동생 신상에 무슨 일이 있느냐고 물어도 전화 저쪽의 경관은 방금 전에 했던 설명만 반복할 뿐 확실한 설명을 해주지 않았다. 2025호 안에 쓰러져 있던 세 명과 베란다에서 추락한 한 명 등, 모두 네 명이 이미 사망했다는 사실도 다카코는 듣지 못했다. 다만 '쓰러져 있다'는 말뿐이었다.

옷도 제대로 챙겨 입지 못한 채 고이토 다카코는 반다루 센주기타 뉴시티로 가야 했다. 그러나 그녀는 지금까지 그 아파트에 딱 한 번밖에 가보지 않았다. 왜냐하면 이 아파트 구입을 계기로 동생 일가와 절연 상태가 되었기 때문이다.

"직접 차를 몰고 간다고 하니까 저쪽에서 길을 가르쳐주었습니다. 무슨 일인지 알지도 못한 채, 노부야스나 시즈코는 물론이고 어린 다카히로가 너무 걱정되어서 안절부절 못했습니다."

무사시노 시에서 아라카와 구까지는 한참을 가야 한다. 더구나 날씨는 최악이었다. 신경을 많이 소모하는 피곤한 길이었지만, 다카코는 길을 서두르면서도 4년 전 정월 초, 역시 이번과 비슷한 한밤중에 노부야스한테 걸려온 전화를 떠올리고 있었다.

"새벽 3시에 불쑥 전화를 해서는, 누나, 아파트를 사야 하는데 돈이 조금 모자라, 돈 좀 빌려줄래? 하는 거였어요."

고이토 다카코와 노부야스는 8살 차이 나는 남매다. 부모는 사이타마 현 고시가야 시내에서 세탁소를 하고 있었다. 늘 일에 치여 사는 어머니를 대신해서 다카코가 노부야스를 어릴 때부터 곧잘 돌봐주었다. 그래서 동생 성격이라면 훤히 알고 있다고 믿었다.

"노부야스한테는 소심한 데가 있어요. 성마른 성격이죠. 참을성이 없어서 성마른 것이라기보다는, 무슨 생각이 들면 그것이 정말로 잘 될지 어떨지 당장 확인하지 못하면 안절부절 못하는 타입이지요. 그것 때문에 종종 동생을 야단쳤지만, 어른이 돼서도 나아지질 않았습니다. 업무에서는 그런 성마른 기질이 좋은 쪽으로 작용해서 매사에 빈틈이 없었습니다. 특히 영업부에 있을 때는 거래처에서도 인정을 받는지, 본인도 그걸 자랑하곤 했습니다."

한밤중에 걸려온 돈 꿔달라는 전화에 다카코는 화가 났다. 도대체 너는 변한 게 하나도 없구나, 하고 화를 내보았지만, 노부야스는 내내 웃으며 듣고 있었다. 그러면서도, 꿔줄 거냐고, 속없이 명랑한 말투로 몇 번을 재촉했다.

"아주 괜찮은 물건이거든, 시즈코도 마음에 들어하니까 무슨 일이 있어도 사야겠어, 하면서 꽤 들떠 있더군요. 이것저것 계산해보았지만 아무래도 500만 엔이 모자라, 그러니까 누나가 빌려줬으면 좋겠어, 하고 가볍게 말하더군요. 나는 머리카락이다 곤두서는 것 같았습니다."

500만 엔이나 되는 큰돈을 어떻게 그렇게 손쉽게 마련할 수 있을까. 무엇보다도, 500만 엔이나 부족한 것이 '자금이 조금 부족' 한 정도냐, 하며 다카코는 화를 냈다.

"동생은 돈 귀한 줄 모르고 호강하며 자란 도련님이 아니에요. 오히려 완전히 반대였지요."

고이토 다카코는 지금 생각해도 괘씸한지 날카로운 말투로 말한다.

"영세한 세탁소여서 우리 집은 생활 자체가 늘 검소했어요. 게다가 부모님은 내가 스물네 살 때 잇달아 돌아가셨어요. 노부야스는 아직 학생이었고, 가게는 부모님의 병치레가 잦아진 이래 개점휴업 상태여서 그쪽에서는 수입이 거의 없었습니다. 보험금으로 겨우 빚은 껐지만, 너무 돈이 궁해서…… 나는 그때 교직에 있었지만, 내 급료로 노부야스의 학비까지 대는 것이 너무 힘들어서 결국 동생은 3학년 때 대학을 중퇴하게 되었습니다."

그 후 노부야스는 도쿄 도내에 있는 기계제조사에 취직해서 회사의 독신자숙소에서 생활했다. 그는 워낙 박봉이라고 투덜대면서 종종 다카코에게 용돈을 타러 왔다.

"맨날 돈이 없네, 돈이 없네 궁시렁대면서도 5만 엔이나 하는 셰틀랜드 스웨터를 입고, 간부들도 들고 다니지 않을성싶은 아타셰케이스를 들고 다니는 것이, 씀씀이가 영 엉망이었어요."

노부야스의 씀씀이가 헤프다고 다카코는 늘 야단을 쳤다. 분수에 맞게 살라고 몇 번이나 설교했는지 모른다.

대개의 경우 동생은 누나의 그런 훈계를 웃는 얼굴로 흘려듣곤 했다. 여전히 용돈을 조르면서, 나중에 출세하면 갚겠다는 말도 했다. 한번쯤 호되게 고생해보지 않으면 정신을 못 차리겠구나, 하며 다카코는 걱정했다.

그래도 이 당시에는 오누이 사이가 아직 꽤 친밀했다. 하나밖에 없는 누나고 하나밖에 없는 동생이었던 것이다. 서른이 지나도록 독신으로 있는 누나가 걱정스러웠는지, 만나는 남자 없느냐, 맞선을 보면 어떨까, 하며 자주 걱정해주던 것도 이즈음이었다.

고이토 다카코는 그 이야기를 할 때만은 지금도 웃는 얼굴이 된다.

"회사 선배를 소개해주겠다고 해서 긴자의 한 레스토랑으로 불려나간 적도 있어요. 그런데 너무 비싼 곳이라, 도대체 어떻게 계산하려고 이러나, 하고 걱정만 하고 있었어요. 물론 그 선배하고는 다시 만나지 않았습니다. 와인이나 요리에 해박한 것이, 아무래도 윤택한 생활에 길든 남자처럼 보였는데, 나는 그런 게 딱 질색이거든요."

실제로 동생은 그날 저녁 식사대금을 신용카드로 지불했는데, 나중에 카드대금을 결제하지 못해서 다카코에게 돈을 꾸러 왔다. 그런 식으로 아무 생각 없이 돈을 쓰는 버릇이 동생의 생활 속에, 하루아침에 고칠 수 없을 만큼 완전히 스며들고 단단히 뿌리를 내린 것을, 당시 다카코는 깊이 걱정했다.

"게다가 끼리끼리 어울린다는 말도 있듯이……."

노부야스가 스물일곱 살, 그리고 다카코가 서른다섯 살 되는 해 봄, 그는 다카코에게 약혼을 했다고 알렸다. 기무라 시즈코라는 스물여섯 살 아가씨로, 직장 동료라고 했다.

혼인 이야기부터가 아닌 밤에 홍두깨였을 뿐만 아니라, 벌써 시즈코의 부모를 만나 결혼 허락을 받고, 날짜도 잡았다고 해서 다카코는 깜짝 놀랐다. 그런데 동생의 반려가 될 아가씨한테 받은 첫 인상이 아주 좋지 않았다.

"그 시절부터 시즈코는 화려한 걸 좋아했어요."

다카코의 눈에는 시즈코가 치장한 유명 브랜드 옷이나 장식품들이 분수에 넘치는 것처럼 보였던 것이다.

"노부야스가 그런 성격이라 배필은 차분하고 검소하게 살림할 줄 아는 여자이기를 바랐어요. 그래서 너무 실망했어요. 애기를 들어보니 지극히 평범한 샐러리맨 집안에서 자랐다고 해서, 역시 요즘 젊은 사람들은 다 이런가, 그래도 찾아보면 건실한 여자도 있을 텐데, 하며 이런저런 생각에 잠을 이루지 못했지요."

다행히 노부야스는 영업 능력이 뛰어나서 회사 업무도 잘 해내고 급료도 조금씩 늘고 있었다. 동생 부부는 결혼 후 얼마 동안 맞벌이를 했지만, 3년 뒤 시즈코는 임신을 하면서 퇴사했고, 마침내 장남 다카히로가 태어난다. 그 해 노부야스는 영업부에서 기획부로 이동, 직함은 기획부 차장이지만 사실상 한 팀을 책임지는 자리에 올랐다.

그러나 다카코는 순조롭게 출세가도를 걷는 노부야스에 대해서는 근심이 줄어들었지만 그 대신 새로운 고민이 생겼다. 갓난아기 다카히로였다.

"시즈코는 다카히로에게 가능한 한 영재교육을 시키고 싶다고 했습니다. 나도 교사이므로 부모가 자식 교육에 열성적인 것을 꼭 나쁘게 보지는 않아요. 하지만 그저 돈만 많이 들인다고 되는 것은 아니지요."

다카히로가 첫돌을 맞이할 때까지도 다카코와 시즈코는 장난감이나 옷 때문에 종종 말다툼에 가까운 논쟁을 벌였다. 시즈코와 친정 부모가 안전성이나 편의성보다 겉모양이나 가격에만 신경 썼기 때문이라고 다카코는 말한다. 그리고 최초의 결정적인 대립은 시즈코가 16개월 된 아기를 '프라이머리 베이비스쿨'에 입학시키겠다고 했을 때 일어났다.

다카코가 보기에, 취학연령은 고사하고 유아원 다닐 나이도 안 된 아기를, 장차 고급 사립 유치원이나 초등학교에 넣으려는 목적만으로 그런 실체를 알 수 없는 베이비스쿨에 떠맡긴다는 것은 상식을 벗어난 짓이었다. 그래서 대체 어떤 교육을 하는지, 그 베이비스쿨은 어떤 자격을 가진 인물이 운영하는지를 집요하게 물었다. 현역 초등학교 교사였던 다카코로서는 교육 종사자라는 처지에서라도 잠자코 있을 수는 없다고 생각한 것이다.

그러나 시즈코와 친정 부모는 강경했다. 저명인사들의 자녀가 다니는 베이비스쿨이라고 하면서 다카코의 말을 무시했다. 연간 오십 몇 만 엔이나 하는 비용도 친정 부모가 대준다고 했다.

"그 즈음부터 많은 것들이 눈에 띄게 어긋나기 시작했어요."

결국 다카히로는 프라이머리 베이비스쿨에 들어갔다. 보육원과 유치원도 그 베이비스쿨 출신이 많이 가는 사립에 들어가고, 나아가 초등학교도 유명 사립교 몇 군데 중에서 지원하게 된다. 대학까지 한 재단 안에서 연결된 초등학교들이다.

"초등학교도 게이오, 게이오 하고 수선을 떨었지만 요치샤幼稚舍(게이오기주쿠는 게이오기주쿠대학을 필두로 여러 개의 고등학교, 중학교, 초등학교가 '일관교육' 체제를 취하고 있는데, 요치샤는 그 초등학교의 이름이다. 그 연원은 1874년까지 거슬러 올라가, 일본에서 가장 오래된 초등학교 가운데 하나다. 초등학교라도 경쟁률이 높아서 따로 입학시험을 치르며, 현재 연간 학비는 약 1,500만 원 정도다—옮긴이)에 응시했다가 떨어졌어요. 그래서 다케노카와학원에 들어갔는데, 분명히 말하면 그곳은 사립이라도 삼류예요. 교사인 내가 보기에는, 그런 학교에 통학하느라 고생하느니 차라리 동네 공립학교가 훨씬 좋아요. 하지만 시즈코한테는 아들을 사립에 보냅네, 하는 기분이 필요했을 거예요. 주위 아줌마들한테 자랑해야 하니까. 다카히로를 위해서가 아니라 허영심을 채우는 것이 더 중요했던 거예요."

지금까지 다카히로의 교육에 관해서는 시즈코와 친정 부모가 전면에 나선 것처럼 써 왔는데, 실제로 아버지 노부야스는 회사 내 지위가 올라갈수록 더 바빠져서 집안일은 전부 시즈코에게 일임한 상태였다.

"딱 한 번, 노부야스가 나한테 전화를 걸어서 하소연을 한 적이 있어요. 집에 돌아가도 마음이 별로 편하지 않다, 빨리 출세

해서 더 두둑한 월급봉투를 가져다주지 않으면 곤란하다는 식으로 닦달한다고 말이죠. 그래서 내가 그랬어요. 시즈코의 말만 듣고 내 말은 들은 척도 안 하더니, 다 자업자득이다. 하지만 역시 동생이라 딱한 생각이 들더군요."

그런데 며칠 뒤 오누이가 그런 통화를 했다는 것이 시즈코에게 전해졌다. 아마 시즈코에게 마뜩찮은 마음이 쌓여 있던 노부야스가 부부싸움을 하다가 별 생각 없이 "누나도 이렇게 말하더라." 하고 말했을 것이다. 화가 난 시즈코는 다카코에게 전화를 걸었다.

"형님은 내내 독신으로 외롭게 사니까 우리 부부를 질투하는 거예요. 이제 그만 내버려두세요, 하고 소리를 지르더군요."

그 사건 이후 다카코와 노부야스 가족은 빠르게 소원해져 갔다. 그래서 1992년 정월 초에 걸려온 노부야스의 전화는 아주 오랜만이었던 것이다.

"시즈코는 그렇다 쳐도, 동생 노부야스와 하나뿐인 조카 다카히로는 늘 마음이 쓰였어요. 그런데 내가 잘 있었냐고 물을 틈도 없이 다짜고짜 500만 엔만 빌려달라니, 놀란 입이 다물어지지 않더군요."

너는 어떻게 변한 게 하나도 없니, 500만 엔이나 모자란다면 애초에 그 물건은 너희한테 어울리지 않는 거다, 빚을 내서라도 사겠다는 생각은 버려라, 포기해라.

다카코는 이렇게 야단쳤지만 노부야스는 기가 죽기는커녕 그 아파트가 얼마나 근사한지, 다카히로에게 얼마나 이상적인 환경인지를 당당하게 주장했다.

　새삼 설명을 보탤 것도 없이 이때 고이토 노부야스가 구입하려고 하던 '멋진 물건'은 바로 반다루 센주기타 뉴시티 웨스트 타워 2025호였다.

　화는 나지만, 다카코는 끈기 있게 동생을 유도해서 물건의 이름과 소재지, 판매가격, 현재의 자금 형편, 융자 전망에 대해서 자세한 이야기를 들었다.

　"듣다 보니 자꾸만 기가 막히고, 나중에는 무서워지더군요. 7,250만 엔이라고 했어요. 원래는 억션(억대 '맨션'이라는 의미—옮긴이)이었어, 그것이 지금 7,500만까지 떨어진 거야, 횡재라고! 노부야스가 바보처럼 들떠서 그렇게 말하기에 내가 말했어요. 1억 엔이든 7,500만 엔이든 우리 일반 서민한테는 딴 세상 얘기다, 횡재라고 생각하는 것부터가 잘못된 것이라고."

　그러자 노부야스는 한바탕 웃었다.

　"누나, 요즘 누가 일반 서민이란 말을 써. 그거 사어가 됐다고, 하더군요. 누나는 오랫동안 교사 노릇만 해서 세상물정을 통 모른다는 거에요."

　다카코가 초등학교 교사를 그만두고 '하마시마학습교실'로 옮겼을 때도, 그런 지진아들을 상대로 학원을 해서 무슨 돈이 되겠느냐, 기왕 할 거면 입시학원 강사나 해라, 하며 한참을 트집 잡던 노부야스였다. 다카코는 자기와 동생이 전혀 다른 이념으로 움직이는 세계에서 살고 있다는 것을 새삼 깨달았다.

　게다가 7,250만 엔 전액을 자기가 다 마련해야 하는 것은 아니라고 노부야스는 설명했다.

"시즈코의 친정이 사실은 제법 자산가에 속한다고. 그래서 지금도 다카히로한테 드는 돈을 대주고 있지만, 이번 아파트 구입도 처갓집 도움을 받을 수 있다고 하더군요."

장인이 자기 명의의 땅을 팔아 그 돈을 증여 형식으로 시즈코에게 주었다고 한다.

"유산 형식으로 상속받는 것을 기다리는 것이 싫으니 증여로 해달라고, 동생 부부가 전부터 처가 어른들한테 부탁했다고 합니다. 재산 분배라고 생각하면 편하지 않느냐는 거지요. 그 이야기는 나도 전부터 들어서 알고 있었어요. 하지만 아무리 딸한테 잘해주는 부모라도 역시 재산을 나눠달라는 요구는 마뜩치 않았던 것 같아요."

고이토 시즈코한테는 남동생이 하나 있는데, 그 동생이 친정집의 대를 이을 자식이었다. 그 동생이 누이에 대한 재산 증여에 강력하게 반대하는 것이 커다란 이유였다.

"처가에서 돈만 받았다면 내 집 마련도 한참 전에 이루었을 텐데."

그러나 이번에는 공략이 쉽지 않던 동생을 설득하는 데 성공한 것 같았다.

"1992년이었어요. 버블이 꺼지고 땅값이 푹푹 떨어질 때였죠. 노부야스가 아내와 함께 처남을 만나서, 이제 땅으로 돈 벌던 시대는 끝났다, 앞으로는 땅 같은 것 가지고 있어봐야 득 될 거 하나도 없다, 한시라도 빨리 팔아치우는 것이 좋다고 설득했다고 합니다. 오래 가지고 있을수록 부모한테 물려받는 유산 총액만 줄어들 뿐이라고요. 걔네들, 제 입맛대로 궤변을 늘어놓는 데는 대단한 능력이 있거든요."

동생 부부 이야기를 하는 고이토 다카코의 말투가 이 대목에서 아주 날카로워졌다. 이렇게까지 혹평하는 까닭에 대해서는 나중에 고이토가 사람들의 말을 자세히 소개할 때 설명하기로 하고, 여기서는 먼저 고이토 다카코가 보았던 사태의 추이를 조금 더 따라가 보기로 하자.

"구체적으로 어떤 얘기가 오갔는지는 모르지만, 처남이 양보해서 시즈코가 증여를 받게 되었겠지요. 나중에 이것이 우환을 불러오게 되지만……."

그 당시를 생각하면 지금도 치미는 분노를 참기 힘든지, 고이토 다카코는 입가에 희미한 경련을 일으키며 말한다.

"이야기를 다시 돌리면, 그럼 처가에서 얼마나 받았느냐고 물었더니 3,500만 엔이라고 하더군요. 사실은 4,000만 엔이 넘을 줄 알았는데, 세금은 많고 땅값은 떨어져서 500만 엔이 모자라게 되었다고 하더군요."

고이토 부부한테는 계약금에 쓸 만한 저축이 없었다. 다시 말하면 7,250만 엔 가운데 증여받은 3,500만 엔이 자기자금이고, 나머지는 모두 빌리겠다는 말이었다.

"주택금융금고에서 대출받고, 중개 부동산회사가 소개하는 은행 대출을 받고, 후생연금에서 빌리고, 회사에서도 퇴직금 선불 형식으로 대출받고…… 아무튼 빌릴 수 있는 데선 다 빌린다는 이야기였어요. 그래도 문제의 500만 엔이 부족하다, 그래서 나한테 빌리고 싶다는 것이었지요."

다카코로서는 도저히 납득할 수 없는 이야기였다. 너무 위태로워 보였다.

"모처럼 처가에서 그런 거금을 준다니, 그 돈으로 분수에 맞는 집을 사라고 타일렀습니다. 요즘은 5,000만 엔으로도 얼마든지 훌륭한 집을 마련할 수 있지 않느냐, 그러면 대출을 조금만 받아도 되지 않느냐고 말이죠. 노부야스가 샐러리맨으로서는 상당히 높은 연봉을 받는다는 것은 알고 있었지만, 그렇다고 해도 빚을 4,000만 엔이나 진다는 것은 터무니없는 일이에요. 게다가 왜 꼭 그런 고급아파트여야 한답니까."

누이한테 돈을 빌릴 수 없겠다. 적어도 반다루 센주기타 뉴시티 웨스트타워 2025호를 구입하기 위한 자금은 얻어낼 수 없겠다는 것을 확인하자 고이토 노부야스는 전화를 끊었다.

"끊기 전에 작은 소리로, 아내가 누나한테만은 돈 얘기 하지 말라고 했는데, 이런저런 생각에 잠을 못 이루다가 그만 저도 모르게 전화를 하고 말았다고 하더군요. 그 소리에 또 가슴이 미어지고, 동생이 인생을 잘못 살고 있는 게 아닌가 하는 생각도 들었어요. 전화기 앞에서 잠시 머리를 감싸고 있었습니다."

그런데 그로부터 1주일쯤 지나서 노부야스가 다시 전화를 했다. 돈을 다 마련했으니 지난번 전화 통화는 잊어달라는 것이었다.

"돈을 마련했다니, 어떻게? 어디서 빌렸느냐고 물어도 대답을 하지 않았습니다. 괜찮아, 이제 곧 계약할 거야, 하며 다시 들뜬 말투로 돌아가 버렸어요."

다카코의 생각으로는 전혀 괜찮은 것 같지 않았다. 눈에 띄는 대로 주택정보지를 사서 조사해보니, 반다루 센주기타 뉴시티에서 매물이 두 개 나와 있었다. 모두 25층에 있는 3LDK와 4LDK. 가격은 7,800만 엔과 8,950만 엔. 노부야스가 사려고 하는 아파트는 아닐 것이다. 그 밖에 세를 놓은 아파트도 나와 있었다. 1LDK가 월 23만 엔에 관리비 별도.

다카코에게는 어느 쪽이나 상식 밖의 금액이었다. 게다가 25층이라는 수가 다카코를 심란하게 했다. 초고층 아파트인 것이다. 그렇게 높은 건물에서 사는 것이 아직 열 살밖에 안 된 조카의 몸과 마음에 뭔가 악영향을 끼치지는 않을까.

앉아서 걱정만 하고 있기도 답답해서, 다음 주 일요일 다카코는 반다루 센주기타 뉴시티에 직접 가보기로 했다. 주택정보지에 나오는 주소를 가지고 아라카와 구의 지도를 조사해보니 지도에도 실려 있을 정도로 대규모 아파트라는 것을 알았다.

그날은 맑아서 기타센주 역 플랫폼에 내리자 반다루 센주기타 뉴시티의 동서 타워가 왠지 비현실적인 문의 문기둥처럼 허공을 찌르며 서 있는 것이 보였다. 다카코는 첫눈에도 나라면 저런 곳에서는 못 산다, 거저 준대도 사양하겠다고 생각했다. 그런 심정은 역 앞에서 택시를 타고 반다루 센주기타 뉴시티로 가까이 가면서 더욱 강해져 갔다.

"택시 운전사가 그곳 사정에 밝은 사람이어서, 원래는 화학염료회사가 있던 터를 재개발해서 아파트를 지은 거라고 가르쳐주었어요. 운전사가, 굉장히 호화롭죠, 하고 연신 감탄하더군요."

아닌 게 아니라 호화롭긴 했다. 그러나 다카코는 마음에 들지 않았다. 주변 동네 위로 붕 떠 있는 것처럼 튀어 보이는 반다루 센주기타 뉴시티의 모습이, 아파트 단지를 빙 두른 회색 담장이, 반다루 센주기타 뉴시티에서 기타센주 역까지 '특별히 주문 제작 했습니다!'라고 말하는 것처럼 깨끗하게 포장된 컬러타일 보도가.

"그 보도를 보니 『오즈의 마법사』가 생각났어요." 하고 다카코는 말한다. "그 이야기에 나오는 노란 벽돌길 말예요."

유토피아로 이어지는 특별한 길.

"나한테는 역겹기만 했습니다."

반다루 센주기타 뉴시티로 향하는 도로 양쪽으로 모르타르 미장이 떨어져나간 단독주택, 녹슨 바깥계단에 화분을 매단 연립주택, 작업복과 목장갑을 널어놓은 함석지붕을 얹은 가게, 잡초가 무성한 공터 따위가 보인다. 반다루 센주기타 뉴시티는 경기 급락에 휘둘리다 쓰러져버린 공장촌이 꿈꿀 것 같은 이상향처럼, 낮은 지붕들과 전봇대 행렬 위로 참으로 깔끔하게 우뚝 솟아 있었다.

다카코가 방문할 당시, 반다루 센주기타 뉴시티 관리조합은 단지를 '개방'하고 있었기 때문에 그녀는 아무 어려움 없이 단지 내 녹지까지 들어갈 수 있었다. 거주자로 보이는 젊은 주부들이 화초 옆에 자전거를 세워놓고 이야기를 하고, 포장을 씌운

트럭에 물건을 가득 실은 야채상이 중앙동 앞에 판을 벌여놓고 있었다. 아이들도 여기저기서 캐치볼을 하거나 롤러스케이트를 타며 놀고 있었다.

그런 일상의 냄새가 나는 풍경이 다카코를 그나마 위로했다. 아닌 게 아니라 이렇게 넓은 단지라면 다카히로도 교통사고 걱정 없이 안심하고 놀 수 있을지 모른다.

하지만 다케노카와학원에 통학시키는 문제는 어떻게 할 셈일까. 지금도 전차를 타고 다니는데, 이사하면 환승이 더 많아질 것이다. 통학 시간이 더 걸리면 집에서 보내는 시간은 그만큼 줄어들고, 아파트 단지 안에서 친구를 사귈 기회도 줄어들 것이다. 단지 안에 깨끗한 공원이 있다한들 함께 놀 친구가 없으면 무슨 소용일까.

노부야스와 시즈코의 얼굴을 떠올리며 다카코는 씁쓸한 생각만 곱씹었다. 다카히로에게 훌륭한 환경을 줄 수 있다고 하지만, 그들이 생각하는 '훌륭한 환경'이란 무엇을 기준으로 훌륭하단 말일까?

그날 밤 집에 돌아온 다카코는 정말 오랜만에 노부야스의 집에 전화를 걸었다. 일요일 저녁이라 예상대로 노부야스는 집에 있었다. 전화를 받은 동생은 다카코가 반다루 센주기타 뉴시티를 둘러보고 왔다는 말을 하자 갑자기 당황하는 말투로 변했다.

곁에 있는 시즈코의 귀를 의식하는 것이다. 시누이한테만은 돈 꿔달라는 이야기를 하지 말라고 했다는 시즈코의 심정을 다카코는 나름대로 이해하고 있었다. 왜 안 그렇겠는가. 다카코가 늘 입이 아프도록 지적해온 '분에 넘치는 사치'를, 그것도 인생의 대사인 내 집을 구입하는 상황에서 또 저지르려고 하는 것이다. 따라서 다카코한테만은 죽는 한이 있어도 '돈이 모자라니 좀 빌려 달라.'는 말을 하고 싶지 않을 것이다.

그러나 노부야스는 그 이야기를 했고 다카코는 듣고 말았던 것이다. 들은 이상 이쪽도 하고 싶은 말은 해야 한다. 허둥대면서 얼버무리려고 하는 노부야스에게, 올케를 바꾸라고 분명히 말했다. 노부야스는 바꿔주고 싶지 않았지만, 전화를 받는 남편 모습에서 사정을 눈치 챘는지 시즈코가 나서서 수화기를 받았다.

"시즈코가 판에 박힌 인사말을 늘어놓기에, 그런 인사는 필요 없다, 내가 왜 전화를 했는지 잘 알 것이라고 말했더니 태도가 싹 변하더군요."

이때 시즈코와 나눈 대화를 다시 떠올리고 싶지 않다고 고이토 다카코는 말한다. 다카코가 노부야스의 청을 거절한 것이나 반다루 센주기타 뉴시티를 찾아가서 둘러보고 왔다는 이야기를 하자, 시즈코는 갑자기 감정을 터뜨리며 공격적인 말을 쏟아냈다. 그 말 한마디 한마디가 지금도 다카코에게 언짢은 기억으로 남아 있다.

"몇 번이나 되풀이하는 말이, '형님은 독신이라서 가정이 뭔지 자식이 뭔지 아무것도 몰라요.'라는 거였어요. '애도 안 낳아본 사람이 자식 장래를 걱정하는 부모 마음을 어떻게 알겠어요.' 그저 그 말밖에 안 하더군요. 나는 내 집 마련하는 것을 나쁘다고 말하는 것이 아니었어요. 다만 그런 바벨탑 같은 초고층 아파트가 정말로 다카히로에게 좋겠느냐, 게다가 그런 아파트를 사려고 엄청난 빚까지 져야 하지 않느냐, 그 두 가지가 걱정돼서 이렇게 전화를 하는 것인데, 시즈코는 그런 말은 아예 못 들은 척 하고, 결국에는 '형님은 노부야스를 빼앗겼다는 생각에 나를 미워하고 우리 부부 사이를 갈라놓으려고 하는 거예요.' 하고 말하더군요. 꼭 어린 여학생처럼 엉엉 울면서. 나는 완전히 질려버리고 말았어요."

결국 제대로 대화도 해보지 못한 채 통화는 끝나고, 고이토 다카코의 우울한 심정은 전혀 풀리지 않았다. 며칠 동안 혼자 속앓이를 한 다음 다카코는 작심하고 동생네 집을 찾아가게 된다.

"당시 동생은 세타가야의 가미노게에 살고 있었습니다. 민간 임대아파트였는데, 회사에서 집세를 지원해주고 있다고 하니 결국 사택과 비슷한 거겠지요. 동생은 다카히로가 태어난 이래 죽 거기 살았습니다. 평소 별로 왕래가 없다고는 해도 전에 몇 번인가 간 적이 있습니다. 그날은 시즈코가 저녁 준비로 바빠지기 전인 오후 3시를 골라서 찾아갔는데, 도착해서 먼저 아파트 전체를 찬찬히 둘러보았어요. 관리가 잘 된 깔끔한 아파트였어요. 구태여 급하게 이사하지 않아도 좋을 텐데, 하는 생각이 들더군요."

다카코가 놀란 것은 동생 집의 인터폰을 눌러도 대답이 없었다는 것이다. 시즈코는 집에 없는 것 같았다. 장보러 나갔나 싶어서 현관 앞에서 기다려 보았지만 한 시간 가까이 지나도록 돌아오지 않았다.

"그렇게 기다리는데 다카히로가 학교에서 돌아왔습니다. 교복 차림에 어깨가방을 메고 버스정류장에서 이쪽으로 걸어오더군요."

다카히로는 고모 얼굴을 보자 달음박질로 다가왔다.

"고모, 어쩐 일이세요? 하며 걱정스런 얼굴로 묻더군요. 초등학생이지만 최근 엄마가 전화 통화하는 것을 보면서 무슨 안 좋은 일이 있구나, 하고 짐작한 거죠. 엄마 만나러 왔다고 하니까 엄마는 아직 퇴근하지 않았다고 하더군요."

다카코는 몰랐지만, 고이토 시즈코는 그 즈음 신주쿠의 백화점에 있는 양품점에서 일하고 있었다. 평일에만 일하고, 근무시간은 오전 10시부터 오후 6시까지. 따라서 다카히로가 귀가할 때는 당연히 집에 없다.

다카코는 다카히로가 열쇠로 문을 열어주어서 겨우 집 안으로 들어갈 수 있었다.

"어쩌면 그렇게 지저분하던지…… 주방에는 설거지거리가 잔뜩 쌓여 있고, 렌지는 기름때로 덕지덕지하고, 화장실과 욕실은 물때로 시커멓고, 아무튼 집 안이 온통 지저분했어요. 세탁기 위에까지 먼지가 쌓여 있어서, 엄마는 빨래 안 하니? 하고 나도 모르게 묻고 말았습니다."

그러자 다카히로는, 엄마는 직장을 다니게 된 뒤로는 너무 피곤해서 빨래를 하지 않는다, 전부 세탁소에 맡긴다고 대답했다. 그리고 다카히로는 이제 영어회화 학원에 가야 한다고 했다.

"영어학원과 수영교실을 마치면 밤 9시가 된다고 합니다. 어느 학원이나 버스를 타고 가야 한다고 했어요. 그럼 간식이나 저녁은 어떻게 먹니? 배 고프지 않니? 하고 물었더니 엄마가 늘 냉장고에 먹을 걸 넣어두니까 그걸 덥혀서 먹는다고 해요. 눈물이 쏟아질 뻔했습니다."

냉장고에는 샌드위치가 들어 있는데, 직접 만든 것이 아니라 사온 것이었다. 그것을 인스턴트 수프와 함께 먹고서 다카히로는 집을 나섰다.

"뭔가 따끈한 것을 만들어주고 싶었지만, 다카히로가 시간이 없다고 서둘러서요. 그 애를 보낸 뒤 나는 참을 수 없을 만큼 화가 났어요."

다카코는 다카히로에게 엄마가 돌아올 때까지 기다리겠다고 하고 혼자 고이토의 집에 남았다. 그리고 '분노를 에너지로 돌려서' 팔을 걷어 부치고 온 집 안을 청소했다. 주방이며 욕실을 구석구석까지 쓸고 닦고, 세면대 구석에 쌓아둔 빨래거리를 빨아 치웠다. 그것을 건조기로 말려서 다림질을 하고 있을 때 시즈코가 직장에서 돌아왔다. 이미 저녁 8시가 지나 있었다.

"지금도 전부 기억하고 있어요. 샛노란 슈트를 입고 있었어요. 카나리아옐로라고 하던가요. 화장도 빈틈없이 하고 향수도 뿌렸더군요. 아타셰케이스 같은 가방을 든 것이 누가 보면 텔레비전 뉴스캐스터라고 하겠더군요."

시누이 손으로 말끔하게 정리된 집 안을 한눈에 알아보고 고이토 시즈코는 펄펄 뛰며 화를 냈다. 남의 집에 함부로 들어와서 이게 무슨 짓이냐고 악을 쓰자, 이에 질세라 다카코도 언성을 높였다.

"올케야말로 지금 뭐 하는 짓이야, 응?"

결국 며칠 전 전화로 옥신각신한 것은 아무것도 아닐 정도로 심하게 싸웠다. 이웃에서 걱정스런 얼굴로 상황을 살피러 올 정도였다고 한다. 서로 소리소리 지르며 비난을 주고받다가 결국은 다시는 우리 집에 오지 말라는 시즈코의 악담에 떠밀려 다카코는 고이토의 집을 뛰쳐나왔다.

그날 밤 다카코는 노부야스를 만나지 못했지만, 나중에 동생이 전화를 했다.

"시즈코한테 얘기 들었는데, 이건 누나가 너무한 거야. 나도 누나를 잘못 봤어. 이제 오누이 연은 끊겼다고 생각해줘, 그렇게 말하더군요. 뭐라고 대꾸할 새도 없었어요."

세상에 하나밖에 없는 동생이에요, 하고 고이토 다카코는 강조한다.

"그런데 연을 끊겠다는 거예요. 내 딴엔 노부야스를 위하고, 다카히로를 위해서 그랬던 건데, 그런 내 심정은 전혀 몰라주더군요."

다카코는 이튿날 노부야스와 직접 이야기하려고 점심시간에 그의 회사로 찾아갔다. 회사에 있던 노부야스는 회사 로비에서 다카코를 만나기는 했지만 대화에 응하려고 하지 않았다.

"노부야스도 '누나는 가정을 꾸려본 적이 없기 때문에 주부나 엄마의 심정을 모르는 거야.' 하고 말했습니다. '다른 사람이 함부로 부엌과 욕실을 건드렸으니 시즈코가 얼마나 상처를 받앉을지 상상해봐.' 하고 말이죠. 하지만 그렇다면 나도 할 말이 있었어요. 시즈코를 보고 누가 '주부'라고 하겠어요? 집 안을 쓰레기통처럼 만들어놓고 속내의까지 세탁소에 맡기고 자식한테 저녁밥도 지어주지 않는데, 그게 어떻게 주부란 말입니까? 더구나 시즈코는 그날 저녁 자기는 외식을 하고 돌아왔더군요. 자기만 제대로 저녁을 챙겨먹은 거예요. 그래서 귀가도 늦었던 거고. 그래놓고 자식 걱정한다고 으스댄다니까요."

다카코가 그렇게 주장하자, 노부야스는, 나나 다카히로나 시즈코한테 아무 불만도 없다, 애초에 이런 일은 다른 사람이 뭐라고 참견할 일이 아니라고 대답했다.

"어쨌든 연을 끊는 거니까 우리를 이 세상에 없는 사람이라고 생각해라, 나도 이제 누나는 없다고 생각할 테니까, 그렇게 말하더군요. 그래서 아, 이제는 틀렸구나, 하고 깨달았습니다."

이렇게 해서 고이토 다카코는 동생 부부와 절연상태가 되었다. 다만 그 뒤, 다카코의 기억으로는 4월 중순경, 일가가 반다루 센주기타 뉴시티 웨스트타워 2025호로 이사했다는 엽서가 날아왔다.

"그때 내 눈에는 그 엽서가 넌지시 약을 올리는 것이라고밖에 보이지 않았습니다. 애초 싸움의 발단이 그 아파트에 있었으니까요. 내가 반대한 것도 잘 알고 있으면서, 굳이 이사했다는 엽서를 보낸 거예요."

이것이 1992년 봄의 일이다. 그리고 4년 동안 소식 두절 상태로 있다가 어느 날 심야에, 동생이 사는 그 아파트에 '몇 사람이 쓰러져 있다.'는 신고를 받은 것이다.

"처음 깜짝 놀란 가슴이 조금 진정되자 이런저런 생각도 할 수 있게 되었어요. 차를 몰고 가면서 많은 생각을 했습니다."

다카코는, 말하기 어려운 얘기지만, 하고 말머리를 떼고,

"제일 먼저 떠오른 생각은 동반자살이란 거였습니다. 4년 전, 500만 엔을 빌려달라는 노부야스의 전화를 떠올리자, 그것 말고는 없겠다는 생각까지 들었습니다. 역시 빚을 갚지 못했구나, 옴짝달싹 못하게 되자 동반자살을 하고 말았구나, 하고…… 공기가 없어 숨을 못 쉬는 듯한 심정이었어요."

역시 4,000만 엔 가까운 빚을 지면서까지 내 집을 마련하는 것에 대하여 좀 더 철저하고 단호하게 반대해야 했던 것은 아닐까. 나에게도 중간에 포기한 책임이 있는 것은 아닐까.

"특히 다카히로를 생각하니 가슴이 미어지고 눈물이 쏟아지려고 해서…… 그 아이도 이제 중학교 2학년이 되었겠구나, 어떤 소년으로 자랐을까 생각했습니다. 나도 괘씸한 마음에 입학도 축하해주지 않았으니, 조카가 어떻게 자랐는지 모르고 살아온 거지요. 그런데 다카히로가 집 안에 쓰러져 있다니, 그때는 그렇게밖에 생각할 수 없었어요. 동생 집에서 쓰러져 있다면 당연히 동생과 그 가족이라고 생각하는 것이 당연하지 않습니까."

고이토 다카코가 반다루 센주기타 뉴시티에 도착한 것은 오전 4시가 가까울 때였다. 비바람이 내리는 데다가 지리도 어두운 동네에서 자꾸만 길을 잘못 들었기 때문에 예상보다 시간이 많이 걸렸던 것이다.

"아파트 단지 대문 앞에 순찰차 한 대가 서 있었습니다. 경관이 랜턴을 들고 경비를 서고 있는 것 같았어요. 나는 그 문을 지나서 단지 안으로 들어가도 좋은지 어떤지 알 수가 없어서, 그 경관에게 사정을 이야기하니까 바로 길을 가르쳐주었습니다. 이쪽은 동문이니까 저기 멀리 있는 건물이 웨스트타워입니다, 하고요. 자동차를 타고는 안으로 들어갈 수 없다고 해서 거기 주차해놓고 우산을 쓰고 웨스트타워까지 걸어갔습니다."

도중에 아라카와 북부서의 형사가 불러 세웠고, 고이토 노부야스의 가족이라고 하자 웨스트타워 1층 관리인실까지 데려다주었다.

"타워 주변 여기저기에 순찰차가 서 있었습니다. 그 밖에도 승용차가 몇 대 더 보였습니다. 모두 경관들의 차였겠지요. 비는 여전히 심하게 내렸지만, 아파트 아래 지면에 기둥을 세우고 거기에 비닐시트를 씌워 텐트처럼 만들어둔 곳이 있었습니다. 경관들이 그 주변에서 작업을 하고 있더군요. 무엇을 하는 것인지 궁금했습니다."

그것은 20층 베란다에서 추락한 것으로 보이는 젊은 남성의 사체가 있던 장소를 비바람으로부터 보호하기 위한 조치였지만, 다카코는 아직 그 사실을 모르고 있었다.

"관리인실에서 아라카와 북부서와 경시청의 형사들을 만났습니다. 관리인 사노 씨도 만났고요. 그 시점까지 밝혀진 사건의 내용을 거기서 처음 들을 수 있었습니다."

2025호실에서 중년 남녀가 한 명씩, 그리고 70세 내지 80세

가량으로 보이는 할머니의 사체가 발견되었다는 것, 그 밖에 20대 젊은 남성 한 명이 죽어 있었다는 것, 추락사로 보이지만, 어디에서 떨어졌는지, 떨어져서 죽은 것인지 그 전에 죽어 있었는지 등에 대해서는 아직 단언할 수 없다는 것, 그러나 지금은 적어도 추락 장소에 대해서는, 상황으로 보건대 세 구의 사체가 발견된 2025호의 베란다가 아닐까 판단하는 것이 자연스럽다는 것.

"사체를 보고 싶다고 하자 아직 현장에서 여러 가지 조사를 하고 있어서 곤란하다고 하더군요. 관리인 사노 씨가 걱정을 많이 해주셨는데, 왠지 나보다 더 당황한 것 같았습니다."

고이토 다카코는 현장에 도착해서 사태에 직면하고 나니까, 차를 몰고 길을 헤매고 있을 때보다 냉정해져 있었다. 각오가 되었다고나 할까.

"나는 먼저 다카히로는 어디 있느냐고 물었습니다. 다카히로는 열네 살입니다. 요즘 아이들이 아무리 발육이 좋아도 열네 살 소년이 스무 살 넘은 남자로 보일 일은 없겠지요. 나는 다카히로가 없는 것이 이상하다고 말했어요. 게다가 그 할머니라는 사람도 이상했어요. 내가 짐작할 수 있는 사람이라면 시즈코의 친정어머니 정도인데, 아직 그 정도로 늙지는 않았을 것이다, 많아야 육십대 후반일 것이라고 생각하고 그렇게 말했습니다."

경관은 고이토 노부야스의 키와 체중, 신체적 특징 따위를 질문했다. 다카코는 기억이 나는 범위 안에서 최대한 성의껏 대답했다.

다카코는 경관들과 이야기를 하면서, 경관들이 2025호의 사체는 어쩌면 고이토 노부야스 일가가 아닐지도 모른다고 생각하기 시작한 것 같다고 느꼈다. 하지만 다카코는 자기가 그렇게 생각하기 시작한 탓에 경관들도 그렇게 생각하는 것 같다고 느끼는 것인지도 모른다는 생각도 들었다.

"이것은 그때는 모르다가 나중에 들어서 알게 된 사실이지만, 경찰에서는 내가 달려오기 전에 2025호와 같은 층에 사는 주민들로부터 최근 이 아파트에는 고이토 씨들이 없었던 것 같다, 다른 사람이 살고 있었던 것 같다는 이야기를 듣고 있었다고 합니다. 하지만 그런 사실을 전혀 의식하지 못하는 이웃들도 있었다고 하니까, 형사들에게도 상황은 그다지 명확하지 않았던 것이지요."

수사가 시작된 뒤 사체가 현장에서 반출될 때까지 대체로 1시간 정도 걸린다. 지상에 떨어져 있던 사체는 먼저 반출되었지만, 2025호 내부의 사체 3구는 오전 5시가 지나서야 실려 나왔다.

"이 자리에서 얼굴을 확인할 수 있을까요, 하고 물었더니, 아니요, 경찰서로 와주세요, 하더군요. 그래서 경찰차를 타고 아라카와 북부서까지 갔습니다."

반다루 센주기타 뉴시티에서 아라카와 북부서까지는 자동차로 10분쯤 걸리는 거리다. 바람은 아직 강했지만 빗발은 많이 약해지고 있었다.

아라카와 북부서의 영안실은 경찰서 지층에 있다. 동행한 경관이, 공간이 좁아서 유체가 옹색하게 안치된 것처럼 보일지도 모르겠다고 하면서 내내 미안해하던 것을, 고이토 다카코는 기억하고 있다.

"내 심정은 왠지 아주 복잡했어요. 말씀드렸다시피 의심은 하고 있었습니다. 노부야스네 식구들이 아니지 않을까…… 아무래도 그런 느낌이 들었습니다. 경찰 쪽에서도 그렇게 생각하는 것 같다는 느낌도 들었고요. 하지만 한편으로는 그렇게 의심하는 것은 내가 그러기를 바라고 있기 때문일 거라는 생각도 들었습니다. 동생네 식구들한테 닥친 사태를 받아들이고 싶지 않아서 회피하고 있는 거라고 말이죠."

영안실은 정말로 좁았고, 관들은 어깨를 붙이고 나란히 안치되어 있었다. 문을 열고 안으로 발을 들여놓을 때 다카코는 그 경황에도 관에 안치해 놓았구나 하는 생각을 했다.

"영화 같은 걸 보면 시트에 싸인 채 실려와 영안실 받침대 위에 그냥 노출시킨 채 뉘어 놓지 않습니까. 그런 상상을 하고 있었거든요. 그런 생각을 하고 있을 상황이 아닌데도, 사람이란 참 이상한 존재예요."

다카코가 처음 본 것은 2025호 안에 쓰러져 있던 중년남성의 얼굴이다. 관 뚜껑을 열자,

"순간 눈을 감아버렸어요."

그 찰나, 내가 정말 동생의 얼굴을 분간할 수 있을까, 하는 생각도 들더라고 한다. 소식이 끊겼던 4년이 문득 엄청나게 긴 공백처럼 느껴졌다고 한다.

눈을 뜰 때 다카코는 아이처럼 주먹을 꼭 쥐고 있었다. 그리고

관 속으로 시선을 옮겼다.

 전혀 본 기억이 없는 얼굴이었다. 창백한 얼굴에 눈은 감고 입술은 약간 일그러져 있어서, 이미 죽은 사람인데도 묘하게 표정이 있었다. 그러나 다카코가 아는 얼굴이 아니었다.

 고이토 노부야스는 아니었다.

 "아니에요, 하고 나 스스로도 깜짝 놀랄 만큼 큰 소리로 말했습니다."

 틀림없습니까, 하고 경관이 다짐했다. 다카코는 여러 번이나 고개를 끄덕였다.

 "머리를 맞아서 얼굴이 딴사람처럼 보일지도 모르니 잘 살펴보라고 했습니다. 하지만 틀림없었어요. 솔직히 말하면 나는 그때 망자의 머리에 심한 상처가 있다는 것도 금방 알아채지 못했습니다. 눈에 들어온 것은 표정뿐이었고, 그래서 금방 무섭다고 느끼지도 않았던 거예요."

 다른 세 사람도 다카코가 모르는 얼굴이었다. 역시 이 네 사람은 고이토 가족이 아니었던 것이다.

 "마음이 놓이자 갑자기 머리가 어찔어찔했습니다. 형사가 내 손을 잡고 영안실에서 1층 회의실 같은 곳으로 안내해 주었습니다. 거기서 물 한 잔을 마셨습니다."

 경찰뿐만 아니라 고이토 다카코에게도 이것으로 사태가 끝난 것은 아니고, 다만 출발점이 분명해졌을 뿐이었다. 영안실의 네 사람이 고이토 노부야스의 가족이 아니라면 이들은 대체 어디 사는 누구란 말인가. 그리고 반다루 센주기타 뉴시티 웨스트타위 주민대장에 따르면 2025호에 살고 있어야 할 고이토 노부야스, 시즈코, 다카히로 세 사람은 지금 어디 살고 있을까?

"형사는 내가 그 네 사람의 얼굴을 전혀 본 적이 없다는 것을 확인하자, 그러면 동생분 가족이 지금 어디 있을지 짐작 가는 곳은 없느냐고 물었습니다. 하지만 나도 그게 궁금했습니다."

다행히 고이토 다카코는 꼼꼼한 성격이라서 가족이나 친구, 지인의 주소나 연락처를 주소록에 착실히 적어두고, 그것을 가지고 다니는 습관이 있었다. 때문에 아라카와 북부서에서 즉시 고이토 노부야스의 근무처나 전화번호, 시즈코의 친정집 주소 등을 경관에게 가르쳐줄 수 있었다.

밤이 물러가고 궂은 날씨나마 하늘이 훤해지고 있었지만 6월 2일은 일요일이다. "노부야스의 회사는 아마 쉴 거라고 생각했습니다. 만약 누가 출근한다고 해도 적어도 8시는 지나야 연락이 닿겠지요. 그래서 일단 시즈코의 친정에 전화를 걸어보기로 했습니다. 6시가 지났으니까 새벽이긴 해도 용납 못할 실례는 아닐 거라고 해서."

전화를 거는 경관 옆에서 다카코는 새로운 불안에 빠져들었다. 동생들 신상에 무슨 일이 일어난 것이다. 왜 그 아파트에 없었을까. 왜 다른 사람이 살고 있었을까. "관리대장 긴급연락처에 어째서 내 전화번호가 올라 있었을까를 생각했습니다. 이런저런 상황을 고려하면 시즈코 친정집 전화번호가 기재되어 있어야 더 자연스럽지요. 나하고는 절연상태였으니까."

어쩌면 노부야스는 언젠가는 누이와 화해하고 싶었던 것인지도 모른다. 긴급연락처로 누이 전화번호를 올려둔 것은 그런 심정 때문인지도 모른다. 다카코는 그렇게 생각했다.

　전화가 연결되었다. 경관이 새벽부터 전화해서 죄송하다고 사죄하고 상대방의 신원을 확인했다. 틀림없이 시즈코의 친정 기무라 씨의 집이었다.

　"아라카와 북부서라는 말에 시즈코의 친정에서도 크게 놀랐을 게 분명하다고 생각했습니다. 형사는 살인이니 하는 말은 하지 않고, 고이토 노부야스 씨 가족에게 연락할 일이 있어서 소재를 찾고 있다는 내용을 아주 공손한 말투로 자연스럽게 전하더군요."

　다카코는 손을 무릎에 올려놓고 앉아서 전화에 귀를 기울이고 있었다. 전화를 하던 경관이 말했다.

　"와 계시다고요? 고이토 시즈코 씨가 댁에 계시다고요?"

　마침내 시즈코가 전화를 받았다. 다카코는 경관 손에서 수화기를 낚아채고 싶은 충동을 애써 참고 있었다.

　"편히 주무실 시간에 참 죄송합니다, 라고 형사가 말하더군요. 누구는 이렇게 혼비백산해 있는데 시즈코는 태평하게 아침잠을 자고 있었구나, 생각하니 화가 치밀었어요. 하지만 시즈코가 친정에 있다면 다카히로도 함께 있을 것이다, 그 아이는 무사하구나, 하는 생각에 죽었다 살아난 기분이었습니다."

　사실 다카히로도 시즈코의 친정에 있었다. 그러면 세 식구가 시즈코 친정에서 생활하고 있단 말일까? 경관이 하는 말을 가만히 듣고 있던 다카코는 저간의 사정이 궁금했다.

"통화가 끝나자 형사가, 고이토 씨, 동생분 가족은 무사한 것 같습니다, 하고 말했어요. 다만 그 아파트에 살고 있지 않는 이유에 대해서는 여러 가지 복잡한 사정이 있는 듯하니, 앞으로 차근차근 알아내야 할 것 같습니다, 하더군요. 나는 노부야스 가족을 여기로 부를 거라고 알고 있었는데, 형사들이 직접 찾아간다고 하더군요. 시즈코의 친정은 히노 시에 있어요, 거기까지 가실 건가요? 그럼 저도 함께 가면 안 될까요? 하고 물었더니, 지금부터는 수사에 관한 사항이므로 고이토 씨는 그만 집에 돌아가셔도 됩니다, 하더군요. 경찰차로 보내주겠다고 하면서요. 그래서 나는 수고하셨습니다, 하고 그 자리를 물러났지요."

고이토 다카코의 얼굴에 쓴웃음이 떠오른다.

"나는 내내 교직에 있었습니다. 하마시마학습교실은 요즘 학교 교육의 방법론에 반기를 드는 듯한 성격이 있어서, 뭐랄까요, 그래요, 이데올로기적으로는 지금의 나와 예전의 나는 차이가 있습니다.

하지만 절대로 변하지 않는 부분도 있습니다. 그것은, 어쨌든 나는 '교사'라는 것입니다. 교사는 학교 안에서는 가장 위에 있는 존재니까, 어쨌거나 무슨 일이 있을 때 문 밖에 나가 있으라는 말은 한 번도 들어본 적이 없어요. 사실 학교에서 가장 힘이 있는 사람은 교사니까요. 그래서 그때는 꽤 어이가 없더군요. 게다가 나는 가족인데, 하는 마음에…….

하지만 객관적으로 생각하면 경찰의 조치는 당연했어요. 무사하다는 것을 안 순간, 동생 식구들은 처지가 바뀌어서 이번에는 살인사건의 관련자가 된 셈이니까요. 어쨌거나 동생 소유의 아파트에서 사람이 넷이나 죽어 있었으니까."

고이토 다카코의 인식은 이 시점에서는 올바랐다. 그러나 곧 고이토 노부야스는 반다루 센주기타 뉴시티 2025호에 살고 있지 않을 뿐만 아니라, 이미 그 소유자도 아니라는 사실이 판명된다.

가타쿠라 하우스

 자석이 쇳가루를 끌어 모으듯 '사건'은 많은 사람을 빨아들인다. 폭심지에 있는 피해자와 가해자를 제외한 주위의 모든 사람들, 이를테면 각자의 가족, 친구와 지인, 근처 주민, 학교 친구나 회사 동료, 나아가 목격자, 경찰의 탐문을 받은 사람들, 사건 현장에 출입하던 수금원, 신문배달부, 음식배달부 등, 헤아려보면 한 사건에 얼마나 많은 사람들이 관련되어 있는지 새삼 놀랄 정도다.
 물론 이 사람들 전부가 '사건'에서 등거리에 있었던 것은 아니며, 또 서로 관계를 맺고 있는 것도 아니다. 그들 대다수는 '사건'을 기점으로 방사형으로 그어진 직선 끝에 있는 것이며, 바로 옆 방사선 끝에 있는 다른 '관련자'하고는 전혀 면식이 없는 경우도 많다. 또 한 사건이 해결되는 과정에 커다란 역할을 하는 사람들이 사건이 마무리될 때까지 무대 위에 등장하지 않는 경우, 즉 사건에서 가장 먼 곳에서 생활하고 있는 경우도 있다.

반다루 센주기타 뉴시티 웨스트타워 2025호의 '일가족 4인 살해사건'에서는 이 후자의 전형적인 예로서 간이여관 가타쿠라하우스 사람들을 꼽을 수 있을 것이다. 이 사건에서 사실은 한 번도 공식적으로 용의점이 표명되지 않았지만 세간에서는 가장 사악한 인상으로 두텁게 덧칠당한 인물, 이시다 나오즈미와 오래도록 관련을 맺게 되는 가타쿠라 가이다.

가타쿠라 가는 식구가 다섯인데, 대문 문패에 다섯 사람의 이름이 꼼꼼하게 적혀 있다. 세대주 가타쿠라 요시후미는 마흔두 살로, 가타쿠라하우스를 경영하고 있다. 요시후미의 아내 유키에는 마흔 살, 여관 경영을 돕고 있으며 주로 경리를 담당한다.

자녀는 둘. 딸 노부코는 지난 4월에 열세 살이 된 중학교 1학년, 아들 하루키는 열두 살로 초등학교 6학년이다.

가족 중에 다섯 번째 인물은 요시후미의 어머니 다에코, 예순여덟 살이다. 실은 문패의 어디에 다에코의 이름을 쓰느냐 하는 문제를 놓고 가타쿠라 가에서 분란이 일어난 적이 있다. 요시후미의 어머니이자 가타쿠라하우스의 선대 경영자의 부인인 다에코에게 경의를 표하는 의미에서 현 경영자이자 세대주인 요시후미의 이름보다 앞에 와야 하는지, 아니면 지금은 은퇴한 처지니까 한 발 양보해서 손자 하루키 이름 뒤에 얌전하게 올려놓아야 하는지.

가타쿠라하우스가 위치한 곳은, 마을 친목회나 이웃 커뮤니티가 좋은 쪽으로든 나쁜 쪽으로든 긴밀한 곳이다. 특히 가타쿠라

가처럼 가업을 대대로 이어온 집안들 사이에서는 더욱 그렇다. 남편을 여의고 아들에게 당주 자리를 넘기기는 했지만 아직 마음은 현역인 시어머니와, 이 처녀라면 그 집안 안주인의 매운 닦달질도 견딜 수 있을 거라고 해서 시집온 며느리 사이의 분쟁은, 각 진영마다 '이웃' 응원단이 붙어서 상당히 까다로운 문제가 된다.

이야기만 들어보면, 그깟 문패에 이름 올리는 차례야 할머니가 양보하면 그걸로 끝날 일 아니냐고 할지 모르지만, 당사자 사이에서는 심각한 문제였다. 특히 문패를 걸어야 할 건물이 도쿄올림픽 당시, 선대 당주이며 다에코의 남편, 즉 요시후미의 아버지 이와오가 지었던 집을 허물고 다시 지은 것이었기 때문이다.

가타쿠라하우스라는 간이여관 규모 자체는 그리 크지 않다. 신오하시 거리에서 남쪽으로 한 구획 들어간 골목의 20평쯤 되는 터 위에 지은, 지극히 평범하게 생긴 이층집이다. 모르타르로 마감한 외벽에 반투명유리 창문이 나란히 나 있다. 양쪽 옆집도 오래 전부터 간이여관이었지만, 두 집 모두 여러 가지 사정으로 지금은 영업을 하지 않는다.

가타쿠라하우스가 있는 골목을 빠져나가면 일방통행 거리가 나온다. 가타쿠라 가의 살림집은 이쪽 거리에 있다. 살림집은 여관보다 부지가 넓어서 약 30평인데, 이와오는 이 터에 똑같은 구조의 이층집을 두 채 지었다. 그리고 한 동에 가족들이 살고 다른 동은 세를 놓았다. 용적률을 보면 위법 건축이 분명하지만,

이 지방 집들은 다 이런 식이어서 아무도 뭐라고 하지 않았다.

그런데 노후한 가타쿠라 가를 다시 짓는 것은 아들 요시후미가 유키에와 결혼할 즈음부터 품어온 염원이었다. 그럴 경우 살림집뿐만 아니라 옆의 세를 준 집도 함께 재건축하기로, 아니 옆 동을 임대할 것이 아니라 30평 부지에 삼층이나 사층 건물을 올려서는 임대하자는 아이디어였다.

이 계획이 마침내 추진되기 시작한 것은 1988년이었다. 전에 없던 호경기여서, 흙 한 되가 금 한 되―설령 그것이 거품이라 해도―값이 나간다고 하던 시절이다. 가타쿠라 가나 가타쿠라하우스에도 가끔 부동산업자가 찾아오곤 했다. 땅을 팔라는 것이다.

가타쿠라 요시후미는 땅을 팔 생각이 없었다. 땅을 팔면 가업을 접어야 한다. 노부코나 하루키가 장차 어떻게 먹고살지는 그 아이들 자유라고 생각하지만, 적어도 자기 대에서는 간이여관업을 접고 다른 사업을 시작할 수는 없었다. 게다가 경기가 워낙 좋아 노무자가 늘고 있는 덕분에 가타쿠라하우스도 잘 되고 있었다.

요시후미는 오랜 꿈을 실현하려면 융자가 쉬운 지금밖에 없겠다고 판단했다. 마침 그때 오랫동안 세 들어 살던 다나코가 이사를 해서 집이 비었다. 다시없는 기회였다. 임대계약을 대행해주던 그 동네 부동산사무소도 같은 의견이었다. 사층 아파트로 짓고 그 중에 두 개 층을 임대하면 임대료 수입이 전보다 두 배로 늘 것이고 대출금도 요시후미 대에서 그럭저럭 갚을 수 있다는 계산도 나왔다. 그 지역 신용조합에서 땅을 담보로 대출을 받을 수도 있다. 가족들도 물론 대찬성이었다.

 이리하여 가타쿠라 가는 새로워졌다. 새 건물이 완성된 것은 1989년 9월이었다.

 문패에 이름을 올리는 문제는 이때 발생했다. 발생이라고 하면 너무 요란한 표현처럼 들릴지도 모르지만, 이것은 한 집안의 '서열'의 문제일 뿐만 아니라 가타쿠라하우스의 역사가 배경에 깔린 투쟁이므로 말썽이니 싸움이니 하는 경박한 말보다는 역시 '문제 발생'이라고 하는 것이 예의에 맞을 것이다.

 요시후미와 유키에는 자기 대에서 집을 새로 짓고 더구나 몰라보게 번듯해졌으므로 자연히 어깨에 힘이 들어갔다. 하지만 다에코가 생각하기에는, 아들 부부가 그렇게 어깨에 힘을 줄 수 있는 것도 애초에 다에코와 이와오가 선대의 재산을 잘 지켜서 후대에 넘겨준 덕분이니, 감사하다고 절을 해야 마땅하지 위세를 떨 일이 아닌 것이다. 그러므로 문패에 내 이름을 제일 앞에 올리라고 요구한 것이다.

 유키에와 다에코는 그 전부터 권력다툼을 해온 터라 서로 상대방 속을 훤히 꿰고 있었다. 그러나 이번 경우에는 전에 없이 불확실한 요소가 가미되어 있었다. 요시후미다. 그는 지금까지 아내와 어머니가 다투어도 최대한 모른 척 해왔다. 그래서 유키에는 내내 동네 응원단에게 불평을 털어놓았다. 우리 남편은 어머니라면 찍소리도 못한다고. 그러나 이번 문패 사건에서는 유키에가 시어머니를 상대로 밀고 당기고를 시작하기 전에 요시후미가 먼저 나서서 어머니를 몰아세웠다. 나중에 유키에는, 남편도 나름대로 어머니한테 울분을 쌓아왔다가 이번 일로 한꺼번에 분출한 거라고 생각하게 된다.

한때는 어머니의 이름만 적은 문패를 따로 달자는 타협안도 나왔지만, 요시후미는 그것도 받아들이지 않았다. 어머니는 벌써 은퇴한 지 오래다, 옛날은 옛날이고 지금은 내가 가장이다, 라는 강력한 주장에 다에코는 기가 꺾였다기보다는 그저 놀랍기만 했다. 결국은 다에코가 꺾였다. 그래서 가타쿠라 가의 새 문패에 다에코의 이름은 맨 뒷자리에 오르게 되었다.

1989년이라면 아라카와 구의 니타이 부지에 반다루 센주기타 뉴시티의 바벨탑이 착착 올라가고 있을 때다. 나중에 거기에서 발생하는 살인사건에 비하면 문패에 이름 올리는 순서를 놓고 다투는 것은 아무 일도 아닐 것이다. 가타쿠라 가와 '아라카와 일가족 4인 살해사건'을 연결하는 선은 아득할 정도로 길고 멀었다.

1996년 6월 2일, 가타쿠라 가에서 아라카와 사건을 처음 안 사람은 가타쿠라 요시후미였다. 그는 아침 8시부터 방송되는 일요일 뉴스쇼를 보고 있었다.

가타쿠라하우스는 간이여관이어서 손님에게 식사는 제공하지 않는다. 그래서 요시후미와 유키에 두 사람이 충분히 꾸려나갈 수 있으므로 종업원은 고용하지 않았다. 이 부부는 잠은 여관에서 자지 않는다. 밤 10시에 여관 현관을 닫고 카운터의 이동식 금고를 들고 살림집으로 돌아온다. 그 대신 새벽 5시까지는 출근하며 일요일도 예외는 아니다.

가타쿠라하우스를 이용하는 손님들은 일반 샐러리맨과는 달리 일요일에도 일을 나가는 경우가 많아서 숙소도 마음대로 닫을 수가 없다. 또 지하철 공사현장 같은 데서 밤새 일하고 새벽에 숙소로 돌아오는 손님도 있어서 새벽부터 여관 문을 열어두지 않으면 장사를 할 수 없다.

말은 출퇴근이라고 해도 골목 이쪽 끝에서 저쪽 끝을 오가는 것이다. 카운터에 인터폰을 설치해서 급한 용무가 있으면 버튼을 누르라고 손님들에게 설명해둔다. 그렇게 해서 지금까지 별문제 없이 영업을 해왔다. 다만 숙소 비품에는 돈을 쓰지 않는다. 손님 중에 맘보가 고약한 사람이 비품을 몰래 내다파는 일이 전에 여러 번―그래야 몇 번 안 되지만―있었던 것을 교훈으로 삼은 것이다.

그런 사정 때문에 6월 2일 아침, 요시후미가 카운터에서 보고 있던 텔레비전도 동그란 채널이 달린 구식 모델이었다. 아침 청소를 마치고 손님을 다 내보낸 뒤 여기서 인스턴트커피를 마시며 한숨 돌리는 것이 요시후미의 일과여서, 이때 텔레비전을 켠다. 평일이라면 NHK 연속극이 시작될 때부터 끝날 때까지가 휴식 시간이다.

그러나 일요일은 텔레비전 연속극이 쉬므로 민방 뉴스쇼를 본다. 8시 10분을 지날 때 텔레비전을 켜자 마침 아라카와 구의 사건이 뉴스로 나오고 있었다. 중계 카메라가 초고층 아파트를 잡고 있었다.

아침이 되면서 비가 겨우 그쳤고 바람도 잦아들었다. 하늘에는 여전히 구름이 빠르게 흘러가고 있었지만, 곧 햇살이 비칠 기세였다. 맑지 못한 하늘과 구름을 배경으로 타워 같은 아파트가 우뚝 솟은 광경은 아무 생각 없이 화면을 보고 있던 요시후미의 흥미를 끌었다.

커피를 타고 있는데 유키에가 출근했다. 유키에는 살림집에서 아침밥상을 차리고 설거지와 청소, 세탁을 해야 하므로 매일 아침 이 시각에 나온다. 요시후미가 아라카와 쪽에서 큰 살인사건이 있었다고 이야기하자 그녀도 놀라서 함께 텔레비전을 보았다.

그 시점에서는 살해된 네 사람의 신원이 아직 밝혀지지 않았다는 것만 보도될 뿐, 그 네 사람이 아파트의 본래 거주자가 아니라는 등의 상세한 정보는 나오지 않았다. 며칠 뒤에는 보도 내용이 완전히 바뀌지만, 일요일 아침까지는 대량 살인사건이라는 점에서만 센세이셔널 할 뿐, 그 이상의 부가가치는 아직 알려지지 않았던 것이다.

세상이 무서워졌으니 우리도 조심해야겠다는 말을 주고받으며 부부는 평소처럼 일을 시작했다. 반년쯤 전부터 한 경비업체로부터 가입하라는 권유를 받아왔는데, 이참에 가입하는 것이 좋지 않겠냐는 이야기도 나왔다. 유키에는 솔깃했으나 요시후미는 비용 대 효과라는 점에서 반대하고 있었다. 뉴스로 전해졌을 뿐인데도 네 사람이라는 피살자의 수는 그에 걸맞는 파문을 불러일으킨 것이다.

그날 아침 가타쿠라 가의 자녀들은 일요일 늦잠을 즐기고 있어서, 두 아이 모두 부모가 출근한 것도 알지 못했다. 물론 텔레비전도 보지 않았다.

가타쿠라 노부코가 자기 방 침대에서 일어난 것은 오전 10경이나 되어서였다. 4층 아파트 중에 1, 2층이 가타쿠라 가의 살림집이고, 노부코의 방은 2층 동쪽에 있다. 복도 건너편이 하루키의 방인데, 노부코가 옷을 갈아입고 아래층으로 내려가려고 복도로 나와 보니 동생 방의 문이 반쯤 열려 있고 텔레비전 게임 소리가 흘러나왔다. 아이들 방에 텔레비전을 한 대씩 놓는 것을 부모는 허락하지 않았다. 하루키가 조르자 차마 거절하지 못하고 사다준 것은 할머니 다에코였다. 때문에 노부코는 자기 방 텔레비전을 볼 때마다 어머니 눈치가 보였다.

"넌 아침부터 게임이니?"

문을 노크하고 그렇게 핀잔을 주자 하루키는 지금이 무슨 아침이냐고 꿍얼댔다. 노부코는 억지를 쓰는 동생에게 잔소리를 하고는 계단을 내려갔다.

주방도 거실도 조용했다. 노부코는 우유 한 잔으로 늦은 아침을 때웠다. 점심은 어머니가 돌아와 밥상을 차려준다. 노부코는 도울 때도 있고 못 본 체할 때도 있다.

할머니가 보이지 않고 목소리도 들려오지 않는 것을 이때는 아직 이상하게 여기지 않았다. 할머니 방은 1층 남쪽 구석에 있고, 그 바로 옆에 화장실과 세면실과 욕실이 있다. 노인이 한밤중에 화장실에 쉽게 출입할 수 있도록 배려한 배치였다.

다만 그 대신 거실이나 주방에서는 다에코의 모습을 금방 볼 수 없다는 결점도 있었다. 어떤 때는 방에 있을 거라고 생각했는데 사실은 없었다거나, 없는 줄 알고 아무 말 없이 외출했다가 돌아오면, 다녀온다는 인사도 못 하느냐고 핀잔을 듣는 등 불편한 점도 꽤 있었다.

평소 다에코는 마음이 내키면 가타쿠라하우스에 나갔다. 여관에 와도 이불을 개거나 빨래를 하는 것은 아니다. 대개 두 평이 조금 넘는 카운터에 들어가 텔레비전을 보거나 낮잠을 자거나 한다. 이제는 일하고 싶지는 않지만 여관 주인 기분만은 놓치고 싶지 않은 것이리라.

"텔레비전은 당신 방에서 봐도 될 텐데. 당신 방이 따로 없는 것도 아니고."

유키에는 종종 그렇게 불평했다. 노부코는 엄마 편을 들고 싶은 마음이 없는 것은 아니지만, 할머니는 자기 방에서 혼자 텔레비전을 보는 것보다 여관 카운터에서 가끔 손님이나 아버지와 얘기도 하면서 지내는 것이 더 즐거운 거라고 내심 이해하고 있었다.

그래서 이때도 할머니의 기척이 없는 것을, 여관에 나가 있기 때문이라고 생각했다. 텔레비전을 켜자 야생동물 프로그램을 하고 있어서 잠시 혼자서 그것을 보았다.

11시가 되자 하루키가 주방으로 내려와, 뭐 먹을 것이 없을까, 하고 기웃거린다.

동화에 나오는 승냥이처럼 늘 배가 고프다고 하는 동생은 바닥에 떨어져 있는 부스러기라도 주워 먹을 것처럼 보였다. 다만 유일하게 텔레비전 게임을 하고 있을 때는 입을 움직이지 않지만, 게임을 그만두는 순간부터 아귀로 돌변한다. 노부코도 한참 먹을 나이지만, 동생의 식탐을 보면 와구와구 먹는 것이 어린애 같은 짓처럼 보여서 늘 기분이 언짢아진다.

하루키가 부산스럽게 움직이는 것이 싫어서 자기 방으로 돌아갈까 생각했다. 오후에는 친구와 가까운 비디오 대여점에 가기로 되어 있다. 중고 CD를 세일한다는 전단지가 들어와서 한번 구경하러 가려는 것이다.

그 전에 머리를 감아야 했다. 노부코는 두피가 지성이라 늘 신경이 쓰였다. 친구 옆에 있다가 머리에서 냄새가 난다는 말이라도 듣는다면 도저히 살 수가 없을 것 같았다. 앞머리를 내리고 있어서 늘 신경을 쓰며 청결하게 유지하지 않으면 이마에 금세 여드름이 솟는다. 안 그래도 요즘 하룻밤 자고 나면 볼 한복판에 빨간 화산이 톡톡 튀어나와 있곤 해서 신경이 예민해져 있었다.

정확히 11시 몇 분쯤에 주방을 나와 세면실로 갔는지, 노부코는 기억하지 못한다. 전혀 의식하지 않았기 때문이다. 잠자리에서 빠져나온 얼굴을 씻을 때도, 급탕기 스위치를 켰으니 이제 뜨거운 물이 나오겠지, 하는 생각밖에 없었다.

할머니 방문 앞을 지나면서 누군가의 신음소리를 들은 것 같다고 느꼈을 때도 처음에는 텔레비전 소리일 거라고 생각하고 지나쳤다. 순간적으로, 어, 할머니가 방 안에 계셨네, 하고 생각했다. 그리고 세면대 앞에 서서 샤워 꼭지를 들고 온수가 더 뜨거워지기를 기다리는데, 할머니 방 쪽에서 쿵 하는 소리가 들렸다. 무엇인가가 쓰러지는 소리였다.

처음에 노부코는 조금 이상하게 생각했다. 샤워 꼭지를 잠그고 귀를 기울였다. 소리는 더 들리지 않았다. 주방에서 하루키가 커다란 소리로 〈와랏테이이토모〉 총결산을 보고 있었다. 방금 들린 소리도 텔레비전에서 나는 소리였나?

노부코는 세면실에서 나와 복도 쪽으로 고개를 내밀고 살펴보았다. 특별한 것은 없다. 무엇이 쓰러진 것도 아니다.

괜히 신경이 예민했나? 하며 세면대 쪽으로 돌아서려고 하는데 다에코 방에서 목소리가 들렸다. 아까 희미하게 들었던 신음소리 같았다. 이번에는 분명했다. 텔레비전이 아니었다.

노부코는 급히 복도로 나와 할머니 방의 문을 열었다. 문을 열면서 할머니? 하고 부를 생각이었지만, 실제로는 손이 먼저 움직였던 것 같다. 방 안 상황을 본 순간 '할머니'란 말을 끝까지 할 수가 없었던 것이다.

할머니가 다다미 위에 등을 구부리고 쓰러져 있었다.

너무나 놀라서 온몸이 굳어버리고 울음소리도 나오지 않았다. 엉거주춤 서 있는데 다에코가 다다미 위에서 가까스로 고개를 들고 노부코를 보았다. 노부코는 그제야 몸을 움직여 다에코 옆으로 달려갔다.

"할머니, 왜 그래요? 괜찮아요?"

다에코는 축 늘어진 몸으로 눈꺼풀만 바르르 떨고 있었다. 호흡이 얕고 가빴으며, 눈은 눈물에 젖어 축축해 보였다. 일어나려고 하는지 발을 버둥거렸지만 그다지 잘 움직이지 못했다. 발뒤꿈치가 바닥에 부딪히자 쿵 하는 소리가 났다. 아까 그 소리도 이 소리였던 것이다.

몸이 굳어서 일어나지 못하겠다는 것을 할머니는 띄엄띄엄 토막 난 말로 겨우 전했다. 머리도 아프다고 했다. 그제야 눈물이 쏟아지기 시작한 노부코는 큰 소리로 하루키를 불렀다. 빨리 달려가서 엄마한테 말해! 할머니가 큰일 났어! 하고 거듭 소리쳤다. 평소 굼뜬 하루키도 즉시 달려와 보았다. 동생의 건방진 얼굴이 금세 일그러졌다. 하루키가 집을 뛰어나가, 얼굴이 굳은 유키에를 데리고 돌아올 때까지 노부코는 열심히 다에코의 몸을 문지르고 있었다. 다에코는 눈을 감고 있었다.

결국 구급차를 불렀다. 유키에가 동승해서 가까운 병원에 입원시켰고, 지금 안정을 취하고 있다는 전화가 온 것이 2시가 지나서였다. 그때까지 노부코와 하루키는 집을 나와 내내 가타쿠라하우스에 있었다. 아버지와 함께 카운터에 있는 것이 마음이 놓였기 때문이다.

2시가 지나서 유키에는 잠옷 따위를 챙기러 잠시 집에 들렀지만, 구급차를 타고 갈 때처럼 긴장한 얼굴은 아니었다. 일요일이라 아직 상세한 검사는 받아보지 못했지만, 그리 심각한 상태는 아닌 것 같다고 했다. 적어도 뇌졸중이나 심장 관련 질환은 아니라고 한다.

"하지만 쓰러져 계실 때는 굉장히 괴로워하셨는데."

노부코가 말하자 유키에는 기분이 조금 상한 듯한 표정으로, 의사가 걱정 말라고 하잖니, 하고 말했다. "그리고 병원에 도착해보니 말짱하게 깨어 있더라."

"뭐야, 꾀병을 부린 거야, 할머니가?"

하루키가 그렇게 말하자 노부코는 동생 머리에 꿀밤을 주었다. 유키에가 웃음을 터뜨렸다. "꾀병은 아니야. 하지만 생각하는 것처럼 그렇게 심각한 병은 아니라는 거지. 뭐, 기분 탓 아니겠니?"

기분 때문에 숨이 막히고 몸까지 굳을까? 노부코는 납득이 가지 않았다.

어쨌든 다에코는 입원해서 검사를 받기로 했다. 노부코는 왠지 겁이 나 아버지 얼굴을 보러 가타쿠라하우스에 가보았지만, 아버지는 벌써 완전히 마음을 놓은 얼굴로 한 손님과 한가롭게 장기를 두고 있었다. 노부코는 조금 화가 났다.

6월 2일은 가타쿠라 노부코에게 이런 하루였다. 뉴스 같은 것에는 관심이 없었으므로 '아라카와 일가족 4인 살해사건'에 대해서 전혀 모르고 지나갔다.

사건은 아직 노부코로부터 한참 멀리 있었다.

이웃들

 사건이 발생한 밤이 가고 동이 튼 6월 2일 일요일을 반다루 센주기타 뉴시티는 어떻게 맞이했을까?

 밤새 사납게 불던 폭풍우도 새벽에는 잦아들고 오전 8시가 지날 때부터는 파란 하늘이 비치게 되었다. 단지 내 녹지에는 강풍에 쓰러지거나 기운 나무들도 눈에 띄고, 잔디 위에는 나뭇잎이나 꽃잎들이 어지럽게 널려 있었다. 관리회사에서 파견된 청소원들도 일요일은 쉬기 때문에, 태풍이 쓸고 지나간 듯한 풍경은 하루 동안 그대로 방치되었다.

 반다루 센주기타 뉴시티 관계자 중에서는 웨스트타워 관리인 사노 도시아키가 사건에 대해서 가장 풍부하고 정확한 정보를 가지고 있었다. 특히 중요한 정보는 2025호의 사체 세 구와, 바닥에 추락한 한 구가 2025호 거주자 명부에 있는 고이토 가사람이 아니라는 사실인데, 당시 사노의 머릿속은 단지 내 녹지의 풍경보다 더하면 더했지 못하지 않을 만큼 온통 헝클어져 있어서, 관리인으로서 다음에 무엇을 해야 할지 얼른 판단을 내리지 못하고 있었다.

그날 아침, 아라카와 북부서에는 정식으로 '아라카와 일가족 4인 살해사건' 특별수사본부가 설치되고 본격적인 수사가 시작되었다. 2025호에 죽어 있던 피해자들의 정확한 신원을 확인할 수 있는 정보를 얻으려면 웨스트타워를 중심으로 모든 세대를 탐문해야 했다. 사노는 경찰로부터, 그 작업을 매끄럽게 진행하려면 거주자명부인 주민명부가 필요하니, 보여달라는 요청을 받았다.

그러나 이는 사노 혼자 결정할 수 있는 일이 아니었다. 거주자명부를 작성할 때 프라이버시 보호를 위해 외부 인물이나 단체에 명부를 제출하거나 열람시키는 것을 일체 금하겠다고 약속했기 때문이다. 설령 상대가 경찰이고 수사에 꼭 필요한 정보라고 해도 관리인이 독단으로 명부를 건네주면 나중에 무슨 봉변을 당할지 알 수 없다.

"그래서 회사에 문의해볼 테니 잠시 기다려달라고 말했습니다. 그런데 우리 회사 파크하우징 사람들도 원칙적으로 일요일은 쉽니다. 전화를 걸자 수위가 받더군요. 그래서 내가 속한 아파트관리부든 영선부든 청소부든, 아무튼 어느 부서든지 내선으로 연결해달라고 부탁했습니다."

어느 사무실에서도 응답이 없었다. 사노는 식은땀이 나는 기분이었다.

그러자 수위는 파크하우징 긴급연락망에 따라 아파트 관리부장의 호출기로 걸어보기로 했다.

"그래서 일단 전화를 끊고 기다리기로 했는데, 형사들 앞에서 명부도 넘기지 않은 채 아무것도 하지 않고 가만히 기다리고 있는 것도 미안스러워서, 잠깐 궁리를 해서 모회사 파크건설 아파트사업부 쪽에 전화를 걸어보았습니다. 아파트사업부라면 일요일에도 모두 출근합니다. 특히 반다루 센주기타 뉴시티의 건설과 분양을 사실상 총괄적으로 책임지던 아파트사업부장 다나카 씨라는 사람은 나도 안면이 있었어요. 아주 칼 같은 사람이므로 뭔가 확실한 조언을 해주지 않을까 기대했지요."

시각은 오전 9시가 가까워지고 있었고, 탐문수사를 담당한 사람들은 명부 제출이 결정되지 않자 벌써 활동을 시작했다. 관리인실에는 경찰의 방문에 불안을 느끼거나 사건 내용을 알고 싶어하는 주민들로부터 연신 전화가 걸려왔다. 직접 관리인실로 찾아와 경관한테 정보를 들어보려고 하는 사람도 있고, 뭐가 마음에 안 드는지 시비조로 나오는 주민도 나타났다.

파크건설에 연락해보니 아파트사업부에는 이미 직원이 출근해 있었다. 사노는 긴장과 초조로 말이 엉겼지만, 전화를 받은 아파트사업부 직원에게 상황을 설명했다. 상대방은 크게 놀라며 자꾸만 신문에 보도되었느냐고 물었다. 사노는 아직 오늘 조간을 보지 못해서 모르겠다고 대답할 수밖에 없었다. 직원은 사노에게 전화를 끊지 말고 기다리라고 해놓고 신문을 가지러 갔다. 사노는 그보다 이쪽 사정이 급하니 제발 도와달라고 소리치고 싶었다.

잠시 후 돌아온 직원은 신문에는 보도되지 않았다고, 노골적으로 안도하는 말투로 말했다. 그리고 사노한테도 경찰이 물어도 분양이나 관리에 관한 정보를 함부로 발설하지 말라고 주의를 주었다. 사노는 상대방의 일방적인 말을 듣다가 중간 중간 끼어들며 명부 건에 대해서 열심히 설명했지만, 그런 것은 내줄 필요가 없다고만 말할 뿐 사노의 입장에 대해서는 전혀 고려해주지 않았다.

"그럼 모회사로부터 명부를 내주지 말라는 명령을 받았다고 해도 되겠습니까?"

그렇게 묻자, 그렇게 노골적으로 말하는 바보가 어디 있느냐고 호통을 쳤다. 적당히 둘러대라는 것이었다.

파크하우징 관리부장도 호출기로 연락해 놓았지만 아직 연락이 오지 않는다. 잘은 몰라도 중대하고 긴급한 사태인 듯하니 아파트사업부장 다나카 씨가 와보는 것이 좋을 것 같다, 꼭 연락해달라고 사노는 열심히 부탁했다. 상대방은 들어주지 않았다. 현장에서는 경찰에게 적당히 협력하면 된다, 이쪽에서 홍보쪽 사람이 즉시 가서 처리할 테니까, 하고 빠르게 말하고는 전화를 끊어버렸다.

사노는 어찌해야 좋을지 알 수 없었다.

"그때처럼 화가 났던 적은 없었어요. 더구나 그 자는 결국 제 이름도 밝히지 않았어요."

탐문수사를 효과적으로 하려면 당연히 명부가 있어야 유리하다. 수사에 문외한인 사노도 그것은 알고 있다. 그러나 흔쾌하게 명부를 제공했다가 나중에 그 일로 회사가 프라이버시 침해로 소송이라도 당하면 큰일 난다는 생각 때문에 전화를 걸어서 문의한 것이다. 또 입주자에 대한 정보를 풍부하게 가지고 있는 사노는 자기가 섣불리 행동할 경우 그런 소송을 걸고 나설 주민을 두어 명 마음에 두고 있었던 것이다.

"날 보고 어떻게 적당히 얼버무리란 거야."

결국 사노는 공중에 붕 뜬 상태가 된다. 이스트타워 관리인 사사키, 중앙동 관리인 시마자키하고도 상담해 보기는 했지만, 두 사람 모두 독단으로 명부를 넘겨주는 것은 삼가는 것이 좋다는 의견일 뿐, 달리 묘안이 없었다. 어떻게든 경찰의 수사에 협력하고 싶다는 생각은 있었으므로 사노와 마찬가지로 안타까운 표정을 짓고 있었다.

사노의 이야기를 들은 사사키는, 모회사 파크건설이 이 사건에 예민하게 반응하는 것은 이번에 분양 중인 사가미하라의 초고층 아파트 건 때문이 아닐까, 하고 말했다. 사노는 그 점을 깨끗하게 잊고 있었지만, 그의 말을 듣고 보니 납득이 갔다.

이번 사건의 상세한 내용은 아직 아무것도 모른다. 하지만 파크건설의 처지에서 보자면, 대대적으로 분양한 대형 초고층 아파트 반다루 센주기타 뉴시티에서 일가 4명 살해라는 보기 드문 살인사건이 일어났다는 것만으로 이미지가 상당히 훼손되는 것을 각오해야 한다. 그렇지 않아도 초고층 아파트가 거주공간으로 적절한 것인지를 놓고 이의를 제기하는 사람들이 많다. 보통 높이의 아파트에 비해 엘리베이터 내 범죄 발생률이 높은 경향이 있고, 높은 곳에 산다는 것에 대한 심리적인 부담감이 있고, 오르내리기가 겁이 나서 아무래도 집 안에 틀어박히기가 쉽고, 이웃과 교류가 드물고 연대감도 희박해서 이웃에서 무슨 일이 일어나도 잘 모르고, 설사 알아도 도우려고 하지 않는 등 무관심한 경향이 강하고…….

"그런 의미에서 보자면 이번 사건은 그 전형이라고 봅니다. 아무도 모르는 사이에 2025호의 거주자가 바뀐 거니까."

파크건설 홍보담당자가 달려오는 것은 지극히 당연한 이야기였던 것이다.

그러나 실제로는 홍보부의 누군가가 헐레벌떡 달려오는 것보다 파크하우징의 아파트관리부장 이데 야스후미가 연락을 받고 현지에 도착하는 것이 더 빨랐다. 이데는 시나가와 구에 있는 자택에 있다가 호출기 연락을 받고 상황을 파악하기 위해 득달같이 반다루 센주기타 뉴시티로 달려온 것이다.

이데 야스후미는 마흔두 살, 아내와 두 딸이 있다. 파크하우징에서는 드물게 중도입사한 사람이다. 와세다대학 정경학부를 졸업하고 오사카에 거점을 둔 대형 도시은행에 10년간 근무한 뒤 이른바 헤드헌트를 통해서 파크하우징으로 옮긴 이력을 가지고 있다.

"이데 부장이 여기 나타난 것이 10시경이었나요. 전에도 말했다시피 다나카 사업부장은 몇 번 만나봤지만, 이데 부장을 만난 것은 이때가 두 번째였습니다."

관리인 사노가, 말하자면 직속상관 중에 제일 높은 이데보다 모회사의 아파트사업부 부장을 더 잘 알고 있다는 것은 언뜻 이상하게 보인다. 요컨대 아파트사업부장은, 특히 반다루 센주기타 뉴시티 같은 대형 프로젝트일 경우에는 건설 중이나 분양 중에도 입주 개시 때도 빈번하게 현지를 방문하지만, 정작 모회사 파크하우징 관리총괄책임자인 관리부장은 관리 현장에는 일일이 얼굴을 내밀지 않는다. 실제로 이때도 이데는 사노를 비롯한 관리인들의 바로 위 관리직인 이 지역 담당 계장하고도 연락을 취하고 현지로 불렀다. 총괄책임자인 자신이 판단하기에도 현장 상황이라면 계장이 더 잘 알고 있다는 인식이 있었던 것이다.

아파트 단지에 도착한 이데 부장은 바로 관리인들로부터 자초지종을 듣고, 당면한 문제인 주민명부 제출 문제에 대해서는 양타워와 중앙동에 긴급이사회를 소집하라고 지시를 내렸다. 다행히 일요일 아침이어서 집에 있는 이사가 많았다. 입주 주민 대표인 이사들을 모아서 의견을 듣고 다수결로 정한다면 명부를 제출하는 데 따른 문제가 없게 되고, 제출하지 않더라도 경찰의 이해를 얻기가 쉬울 거라는 판단이었다.

그제야 마음이 놓인 관리인들은 이데 부장의 지시에 따랐다. 각 동의 이사들에게 연락해보니 긴급이사회를 개최할 수 있을 만큼 모일 수 있다는 것을 알 수 있었고, 중앙동의 집회실이 모임장소로 정해졌다.

이데 부장은 이 밖에도 중요한 지시를 내렸다. 반다루 센주기타 뉴시티에서는 관리인실에서 각 세대에 텔레비전 문자방송을 내보낼 수 있는 시스템이 갖추어져 있었다. 평상시에는 관리인실의 공지사항이나 지역 이벤트 정보, 가까운 상점의 선전 등을 내보내고 있다. 이 채널을 이용해서, 웨스트타워 2025호에서 살인사건이 발생한 사실, 지금은 아파트 단지 안에 위험이 없다는 것, 경찰이 수사에 착수했고 곧 경관이 각 가정을 방문할 것으로 예상되니 경관의 질문에 차분하게 협조해 달라는 것, 나아가 어떤 장면이나 소리 등 이 사건과 관련된 정보를 알고 있다면 관리인실에 알려주기 바란다는 등, 경찰이 요구하기 전에 먼저 적극적으로 주민에게 홍보하라고 명령한 것이다. 이즈음 텔레비전 뉴스에 사건이 처음 보도되고, 반다루 센주기타 뉴시티 단지 바깥에 텔레비전 방송차량이 도착하는 등의 움직임 때문에, 지금까지 사건 발생을 알지 못했던 세대에도 동요가 번져나가는 참이었으므로 이는 적절한 지시였다.

한편 긴급이사회는 오전 11시에 시작되었다. 정오가 지나면서 결론이 나와, 주민명부는 제출하지 않기로 결정되었다.

이즈음에는 관리부의 반다루 센주기타 뉴시티 담당 계장도 도착했다. 이데 부장은 관리인실 업무를 그와 사노에게 맡기고 자신은 이 긴급이사회에 참석했다. 솔직히 말하면, 제출하지 않는다는 결론이 나올 줄은 몰랐다고 그는 말한다.

"5, 6년쯤 전이던가, 우리가 관리하던 미나토 구의 아파트에서 비슷한 문제가 발생한 적이 있습니다. 50세대가 채 안 되는 아파트였으니까 규모는 전혀 다르지만, 아주 비슷한 경우였어요. 강도상해사건이 일어나자 경찰이 수사 자료로 입주자명부

열람을 요구했어요. 그때도 역시 이사회를 열고 투표를 했는데, 열람에 반대한 사람은 딱 한 명뿐이었습니다."

어서 범인을 잡기를 바라므로 경찰에 전폭적으로 협력하자는 의견이 많았다고 한다.

"이번에 반다루 센주기타 뉴시티에서도 범인 체포를 바라는 주민들의 마음은 다를 것이 없었다고 봅니다. 그러나 그것과는 또 별개로 일종의 시민의식이라고 할까요, 설령 수사에 필요하다고 하더라도 직접적인 관련이 없는 주민의 개인정보까지 공개할 필요가 있느냐는 사고방식이 싹트고 있었던 겁니다."

물론 이사 중에는, 특히 나이든 이사 중에는 경찰에 협력해야 한다, 특별히 감출 것이 있는 것도 아니니 주민명부를 보여주어서 해가 될 일은 없을 거라는 의견을 가진 사람도 있었다. 그 수가 많지는 않지만 이들은 상당한 강경파였다. '제출 거부'를 지지하는 이사들은 이들을 설득하기 위하여 다음 두 가지 점을 강조했다.

하나는, 반다루 센주기타 뉴시티는 보통 아파트가 아니라 일개 지방자치체 규모를 가지고 있다. 그렇다면 입주자명부는 주민등록부나 마찬가지다. 어떤 자치체에서 살인사건이 일어났다고 해서 그 자치체의 장이 주민 전원의 명부를 경찰에 제출하겠는가. 그것은 역시 지나친 것이 아닌가.

또 하나는, 입주자명부를 제출하지 않아도 경찰은 이미 독자적인 정보를 가지고 있을 것이다. 경관이 각 가정을 방문하여, 역시 '외부에 공개하지 않는다'는 약속 아래 가족 구성원이나 세대주 직업 등을 기록한 명부를 만들어 파출소에서 보관하고 있다. 실제로 한신 대지진 때는 그 주민명부를 이용해서 사람들의 안부를 확인했다는 이야기도 있다. 그 명부가 있는데 왜 아파트 입주자명부가 또 필요하단 말인가?

두 가지 다 타당한 의견이었고, 결과적으로 투표에서는 이 두 가지 점으로 제출 찬성파를 굴복시킬 수 있었다. 토론이 뜨거웠음에도 불구하고 이사회가 금방 끝난 것은, 첫 투표에서 제출 거부가 과반수를 넘자 진행을 맡은 이사가 더 이상의 왈가왈부를 허용하지 않았기 때문이다.

그러나 이 결정은 나중에, 사건의 본줄거리와는 별로 관계가 없는 곳에서이기는 하지만, 한 가지 소동을 부르는 원인이 되었다. 하지만 거기에 대해서는 나중에 다시 말하기로 하고, 지금은 다시 2025호와 그 주변으로 눈길을 돌리기로 하자.

수사본부의 경관들이 각 호를 방문하는 작업은 동서 양 타워와 중앙동에 인원을 나누어 일제히 시작되었다. 이 밖에 반다루 센주기타 뉴시티 단지 주변의 상황이나 역전 택시 승강장에 대한 탐문도 시작되었다. 아라카와 북부서는 총동원 상태였고, 경시청 본부나 인근 경찰서에서도 수사관을 파견해서 지원했다. 여담이기는 하지만 다음날인 월요일에는 반다루 센주기타 뉴시티나 그 주변 동네 아이들이 다니는 초중학교들에서는 '어제 찾아온 형사 아저씨들'이 큰 화제였다고 한다.

웨스트타워에서는 2025호가 있는 20층 전체가 중요한 탐문 대상이었지만, 그 중에서도 특히 현장 바로 옆집인 2024호와,

엘리베이터에서 혈흔을 발견한 가사이 미치코가 사는 2023호에 많은 시간을 할애했다.

"왜 그렇게 똑같은 질문을 반복하는지 모르겠어요."

가사이 미치코는 지금도 눈살을 조금 찌푸리면서 말한다.

"회사를 나와서 집으로 오는 코스부터 엘리베이터가 좀처럼 내려오지 않아서 초조해하던 것까지, 한 열 번 정도는 반복해서 말했습니다."

경관이 특히 확인에 확인을 거듭하면서 물은 것은, 그녀가 지나갈 때 현관문 틈새로 새어나온 빛 속을 누군가가 가로지르는 것을 보았다는 대목에 대해서였다. 이것에 대해서는 처음 도착했던 아라카와 북부서의 경관들에게 이미 이야기했지만, 확실히 보았느냐, 남자 발이었느냐 여자 발이었느냐, 그때 실내에서 무슨 소리가 들렸느냐 등 질문은 아주 시시콜콜했다. 가사이 미치코는 조금 겁이 났다.

"거짓말을 하는 것도 아니고 본 것을 그대로 전하는 거니까 무서워할 일은 하나도 없었지요. 경관들도 정중하게 대해주고, 어디 불편한 데는 없느냐고 걱정해주기도 하고, 친절했어요. 하지만 아직 자세한 내막은 몰라도 어쨌든 네 명이나 죽었다는 것은 이미 알고 있었으니까, 그때 내가 본 그림자가 어쩌면 범인이 아닐까 하고 생각하니까 왠지 책임이 무겁게 느껴졌어요. 엄청난 일에 말려들고 말았다는 걸 비로소 실감했습니다."

남편 가사이 가즈유키도 아내와 함께 질문에 응했다. 미치코의 귀가시간, 구급차 사이렌이 들려온 시각 등 두 사람의 증언은 어긋나는 점 없이 아귀가 자연스럽게 맞았다. 그런데 2025호 거주자에 대한 질문에는 두 사람 모두 대답할 것이 거의 없었다.

"나와 남편이 아파트 생활을 좋아하는 것은 골치 아픈 이웃을 감당하지 않아도 되기 때문입니다. 그래서 2025호는 물론이고 벽 하나를 사이에 둔 2024호나 2022호에 대해서도 아는 게 없어요. 정말 하나도 모릅니다."

이 탐문이 이루어질 때까지도 수사본부 측은 탐문을 하는 주민들에게 2025호 거주자가 명부에 있는 고이토 노부야스 가족이 아니라 다른 사람들이었다는 사실을 밝히지 않았다. 2025호에는 어떤 사람들이 살고 있었는지, 그들의 나이와 인상착의, 가족 구성은 어떠했는지, 교류는 있었는지, 최근 무슨 수상한 일이나 이상한 일은 없었는지를 주로 질문했다. 그렇게 물었을 때도 주민의 입에서 "그러고 보니 최근 그 집에 사는 사람들이 바뀐 것 같아요."라는 이야기가 나오는지 어떤지를 살피고 있었던 것이다. 어차피 조금 뒤면 거주자가 바뀌었다는 이상한 사실도 텔레비전 뉴스를 통해서 보도될 터였다. 따라서 선입견이나 경찰에 영합하려는 의견을 배제할 수 있는 시간도 얼마 남지 않은 상태였다.

그러므로 가사이 미치코도 고이토 노부야스 가에 대해서는 알지 못하고 있었다. 사람이 사는 집인지 빈집인지조차 분명히 파악하지 못하고 있었다.

"나는 안 그래도 근무시간이 불규칙한 편집대행사라는 곳에서 일하고 있습니다. 남편도 의류제조회사에 다녀서, 해외를 포함해서 출장이 잦고, 봉제공장이나 단골 점포를 돌아다니느라 그야말로 과로사 직전이라고 해도 좋을 정도로 바쁩니다. 휴일도 달력대로 찾아 쓸 수 없고, 새벽같이 나가서 한밤중에 퇴근합니다. 이웃들과 교류할 틈이 없어요. 아예 신경 쓸 여유가 없습니다. 현관을 나서다가 마주치거나 엘리베이터에 같이 탄다거나 하면 눈인사 정도는 하지요. 하지만 그 사람이 몇 호에 사는 사람인지는 알지 못합니다. 내가 확실히 아는 사람이라면 웨스트타워 관리인 사노 씨 정도입니다, 라고 말했습니다."

최근 이 층에서 이사나간 집이 있었습니까? 2025호에서 큰 짐을 실어내는 모습을 본 적이 있습니까? 매일 밤늦게 귀가한다면 야간에 부자연스럽게 커다란 짐을 들고 드나드는 사람을 본 적은 없습니까? 가사이 부부는 어느 질문에나 서로 얼굴만 멀뚱멀뚱 마주볼 뿐, 떠오르는 것이 없다, 기억이 없다는 대답밖에 하지 못했다.

"그때는 왜 그런 걸 묻는지, 그것이 살인사건과 어떤 관계가 있는지 의아했습니다."

마지막으로 경관들이 미치코가 본 '실내를 가로질러 걸어간 발'에 대해서 재차 확인하고, 그녀가 어젯밤 귀가할 때 받은 택시 영수증에서 택시 번호를 받아 적고 다음 집으로 조사하러 갈 때까지 탐문은 무려 2시간 가까이나 걸렸다.

"우리 집은 내가 이것저것 본 게 있으니까 특별하긴 하지만, 그래도 탐문이란 것이 이렇게 힘든 것인 줄 몰랐다고 남편과 이야기했습니다. 하지만 2025호에 사는 사람이라면 관리인실에서 명부를 보면 바로 알 수 있지 않느냐는 말도 했어요."

그렇다면 2024호는 어떨까? 2025호와 똑같은 구조이며, 반다루 센주기타 뉴시티 중에서는 제일 넓은 평형인 이 집에는 기타바타케 아쓰코라는 여성 사업가가 살고 있었다. 나이는 마흔하나, 이혼 경력이 있고, 초등학교 4학년생과 2학년생 자녀를 키우고 있다. 동거하는 예순일곱 살 노모가 가사일과 아이들 챙기는 일을 맡고 있다. 6월 2일 일요일은, 본래대로라면 아침부터 온 가족이 도쿄디즈니랜드로 놀러갈 터였다.

"한밤중에 일어난 소동에 대해서는 몰랐습니다."라고 기타바타케 아쓰코는 말한다. 직선적인 보브커트 헤어스타일이 잘 어울리는, 말투가 분명한 여성이다.

"아이들이 디즈니랜드에 간다고 전날부터 들떠 있었어요. 비가 그치지 않으면 못 간다고 하자, 아이들이 집 안에 티슈로 만든 데루데루보즈(맑은 날씨를 기원하며 처마 따위에 거는 인형—옮긴이)를 매달았어요. 2일 오전에 경찰차가 왔을 때도 여기저기 매달려 있어서 집 안 풍경이 조금 재미있었지요."

기타바타케 가에서는 이제나저제나 폭풍우가 지나가기를 기다리던 두 아이들이 제일 먼저, 이 아파트에서, 아니 바로 옆집에서 무슨 사건이 있는 것 같다는 것을 알았다. 아침 6시쯤이었다고 한다.

"첫째아이가 할머니를 깨웠다고 합니다. 잠에서 일찍 깨어 화장실에 갔다가 여러 사람이 시끄럽게 복도를 오가는 소리가 들리자 도어아이로 내다보니 경찰관이 서 있더래요. 그래서 어머니가 복도로 나갔다가, 경관 옆에 있던 사람한테 사정을 전해 듣고 깜짝 놀랐던 겁니다. 지난밤부터 소동이 있었는데 아무것도 모르고 있었느냐는 말에 어머니는 얼굴이 빨개졌습니다. 하지만 다행히 이 건물은 방음이 뛰어나서 양쪽 이웃은 물론이고 위 아래층에서도 아무런 소리가 들리지 않았던 겁니다. 내가 복도 쪽 방에 있었으면 무슨 소리를 들었을지도 모르지만, 우리 집에서는 복도 쪽 방은 어머니가 쓰시는데, 어머니는 귀가 조금 어두우시거든요."

불안한 마음으로 바깥 상황을 살피고 있는데, 아파트 전용 채널의 문자방송으로 사건이 있었다는 내용이 전달되고, 마침 뉴스에서도 첫 보도가 나갔다. 그래서 기타바타케는 울고 보채고 짜증을 내는 아이들에게 일단 디즈니랜드 계획은 연기한다고 말했다.

"뭔가를 물으러 경찰이 방문할 거라고 생각했거든요. 우리는 바로 옆집이니까요."

기타바타케 아쓰코는 니시마자부에 있는 '발칸'이라는 레스토랑 펍의 주인이다. '발칸'은 유한회사로, 그녀의 살림집 반다루 센주기타 뉴시티 웨스트타워 2024호도 (유)발칸 명의로 되어 있다. 입주한 것은 작년 12월이다.

"여자들과 아이들밖에 없는 세대라서 보안을 우선시해서 골랐습니다. 반다루 센주기타 뉴시티도 그 점이 마음에 들어서 이사를 온 거고요. 그런데 이런 엄청난 사건이 일어났네요."

"아이들을 키우니까 당연히 애들 친구의 부모들과 교류하게 됩니다. 하지만 절대로 쉽게 사람을 사귀지는 않습니다. 어머니한테도 그런 방침을 분명히 말씀드려 놓았습니다. 다만 어머니는 집안일을 하시니까 아파트에서 보고 듣고 하시는 게 많지요. 그래서 아파트 사정에 대해서는 나보다 잘 아실 겁니다. 그래서 경찰이 오기 전에 이웃에 어떤 사람이 사는지 아시느냐고 물어보았습니다."

기타바타케 아쓰코의 어머니 치에코는 딸과는 대조적으로 평생의 대부분을 가사로 보낸 여성이다. 자연히 아쓰코나 2023호의 가사이 미치코하고는 다른 각도에서 이웃 주민들의 동정을 알 수 있을 것이다. 딸이 그렇게 묻자 치에코는, 옆집은 식구가 많은데, 휠체어를 타는 할머니도 한 사람 있어, 하고 대답했다.

"내가 웃었어요. 어머니가 '할머니'라고 말할 정도면 그 분은 나이가 어지간히 많겠네요, 하자, 어머니는 분명히 당신보다 연상이라고 말씀하셨어요. 어디가 아픈 것 같고, 심하게 야위었다고 하더군요. 그 할머니가 탄 휠체어를 며느리 같은 사람이 밀고 나가는 것을 최근에도 몇 번인가 보았다고 하더군요."

마침내 2024호를 방문한 경관들에게도 이것은 귀중한 정보였다. 2025호 안에는 분명히 나이 많은 여성의 사체가 한 구 있었고, 사체를 실어낸 뒤 실내를 수색해보니 창고에 접이식 휠체어가 있었다. 기타바타케 치에코는 또 휠체어를 밀던 '며느리 같은' 여성의 인상착의를 설명했는데, 2025호 안에 있던 중년여성의 사체를 짐작하게 하는 내용이었다. 치에코의 증언으로 비로소 그 고령의 여성과 중년여성이 지난 밤 외부에서 2025호를 방문한 사람이 아니라 얼마 전부터 2025호에 거주해온 사람인 것 같다는 사실이 확인된 것이다.

치에코의 증언에서 흥미로운 점은, 옆집이 '대가족이다' '식구가 많은 것 같다'는 것을 특히 강조한 것이다. 앞에서 말한 것처럼 치에코는 귀가 약간 어두운 데다가 익숙지 않은 상황에 긴장한 탓에, 경관과 이야기할 때도 종종 아쓰코가 거들어야 했다. 그러나 정신은 매우 맑고 관찰력과 기억력도 뛰어났다. 탐문하러 간 경관이 이웃집이 대가족 같다면 몇 정도 있는 것 같더냐고 묻자, 한 사람 한 사람의 특징을 들면서 이렇게 말했다.

―휠체어를 타는 나이 많은 여성

―그 아들로 짐작되는 중년의 샐러리맨 같은 남성. 쉰 살에 가까우며, 아침에 출근할 때 상의는 걸쳐도 넥타이는 거의 매지 않는다. 쓰레기 버리러 갔다가 종종 얼굴을 보았다.

―이 중년남성의 아내로, 이 집의 며느리로 보이는 중년여성. 종종 휠체어를 밀었다. 화장기가 없고, 조금 살집이 있고 차림새는 조금 허술하다.

―이 중년부부의 누이동생으로 보이는 여성. 삼십대 초반이나 중반이며, 옷차림이 화려하고 화장도 진하다. 인상이 아주 좋지 않다. 인사를 해도 모른 척한 적이 있다.

―중년부부의 아들로 보이는 젊은 남성. 스무 살 정도로 보였다. 종종 양복을 입을 때가 있는 것으로 봐서 학생은 아닌 것 같다. 역시 무뚝뚝하다.

―중년부부의 막내로 보이는 소년. 중학생쯤 되어 보이고 예의가 바르다. 인상이 좋다. 학교가 멀리 있는지 아침 일찍 엘리베이터를 타고 내려간다.

그리고 또 한 사람, 복도에서 한두 번 마주쳤을 뿐이지만, 마흔 살쯤 된 중년남성이 있다고 한다. 이 사람은 아침에 양복 차림으로 출근하는 모습을 본 적이 있고, 평상복 차림으로 엘리베이터 홀 앞에서 우산을 들고 골프 스윙 연습을 하는 것을 본 적도 있다. 역시 중년부부 가운데 어느 쪽의 친척일 거라고 치에코는 말했다.

치에코의 기억이 참으로 구체적이어서 경관들도 놀랐지만, 아쓰코도 놀랐다.

"하마터면, 어머니도 참 한가하시나보네, 하고 말할 뻔했다니까요." 하고 웃으면서 말한다.

"하지만 웃으면 안 되겠죠. 어머니의 세계가 그만큼 좁다는 거니까요. 어머니가 그 좁은 세계에서 잘 참아주시는 덕분에 내가 밖에 나가서 일할 수 있는 거니까요."

치에코가 특별히 2025호에 흥미를 가지고 관찰한 것은 아니었다. 평소 장보러 가거나 쓰레기 버리기, 그 밖의 소소한 일 때문에 출입을 하다보니 이웃과 마주치거나 엘리베이터를 같이 타거나 쓰레기통 앞에서 만나거나 했을 뿐이다. 나중에 아쓰코가 시험 삼아 2023호의 '가사이'라는 문패가 달린 집에 대해서 물어보자,

"그 집은 부부 두 사람밖에 없는 모양인데, 모두 귀가가 늦어.

부인은 너보다 더 늦더구나, 하고 핀잔을 주듯이 말씀하셨어요."

게다가 허구헌날 음식을 시켜 먹더라, 라고 했다.

"그래서 내가 말했죠. 나는 어머니 덕분에 음식을 시켜 먹지 않아도 된다고. 어머, 죄송해요. 이건 주제하고는 무관한 얘긴데."

하던 이야기로 돌아가자. 만약 2025호 사람들이 기타바타케 치에코가 열거한 대로 일곱 명이라면 분명히 요즘 보기 힘든 대가족인 셈이다. 더구나 그 가운데 네 명―고령의 여성과 중년 부부, 젊은 남성―은 이번에 사체로 발견된 네 사람과 일치한다.

그러나 경관이 잘 물어보니, 치에코의 증언에는 보충해야 할 요소가 있다는 것을 알았다. 우선 치에코는 옆집의 일곱 사람, 그녀가 '대가족'이라고 말한 일곱 명이 한 자리에 있는 것을 본 적이 없다는 것이다.

하지만 자녀가 크면 온 가족이 함께 외출할 일은 별로 없다. 그러므로 일곱 사람 모두가 현관이나 엘리베이터에 모여 있는 것을 본 적이 없다고 해서 그리 이상할 것은 없다. 다만 질문을 계속해 나가는 가운데 또 한 가지 걸리는 점이 나왔다. 치에코가 옆집의 일곱 사람을 '만난 시기'가 제각각이라는 것이다.

앞에서 말한 대로 기타바타케 가가 2024호로 이사한 것은 1995년 말로서, 사건 당시, 이 집은 이사 온 지 아직 반년 정도밖에 지나지 않았다. 그리고 엘리베이터 홀에서 골프 스윙 연습을 하던 사십대 남성이나, 차림새가 화려한 삼십대 여성, 인상이 좋은 중학생 같은 소년은 이사 온 지 얼마 지나지 않아서 얼굴을 보았다. 그런데 오십대 남성이나 휠체어 타는 노파, 휠체어를 미는 중년여성, 그리고 스무 살쯤 된 젊은이를 보게 된 것은 지난 초봄부터였다는 것이다.

"작년 말 이사할 때 양쪽 옆집에 인사하러 갔었느냐고 경찰이 묻더군요." 하고 기타바타케 아쓰코는 말한다. "그때 인사하러 갔다면 당연히 나도 2023호와 2025호의 아저씨나 부인의 얼굴을 잘 알고 있었겠지요. 적어도 복도에서 마주치는 것보다는 잘 알았을 거예요. 하지만 유감스럽게도 인사하러 가지 않았습니다. 관리인실에는 찾아갔었어요. 처음에 말씀드린 대로 우리는 이웃을 사귀는 데 꽤 엄격한 편이라서요."

이는 좋지 않은 경험이 있었기 때문이다.

"이혼한 뒤 어머니와 함께 살기로 하고 처음 이사한 아파트에서 힘든 일을 겪었어요. 벌써 6년쯤 전인데, 당시는 나도 여자와 아이들밖에 없는 가정이 되었다는 것이 왠지 두려웠고, 더구나 나는 집을 자주 비웠어요. 이웃을 의지하고 싶은 마음이 있었지요. 그런데 그게 말썽을 일으키더군요."

이웃집 남자가 기타바타케 가에 남자가 없는 것, 아쓰코가 재산이 있다는 것을 알고 노골적으로 손을 뻗어왔다고 한다.

"그 사람은 자칭 건축가였는데, 정말 그런지 어떤지 지금은 의심스럽지만, 아무튼 집에서 일하는 사람이었어요. 부인은 밖에서 일하고요. 처음에는 인상이 좋고 붙임성도 좋아서, 우리 어머니도 싹싹한 사람이라고 좋아했어요. 그래서 이웃으로 허물없이 교류하게 되었는데, 이 사람이 점점 함부로 행동하는 거예요. 볼일도 없이 찾아와서는 집 안을 어슬렁거리고, 아이들을 회유하려 들고…… 그러다가 하루는, 오늘은 아내가 집을 비우니 저녁이나 같이 먹자고 하면서 제멋대로 장을 봐서 우리 집에 들여놓기도 했어요. 나는 밤늦게 가게를 닫으니까 새벽 2시가 지나서 돌아오는데, 내가 돌아오는 발소리를 듣고 나와서는 초인종을 누르고 한잔 하자고 하기도 했어요. 항상 싱글벙글 웃으면서 비위를 잘 맞추는 사람이지만 점점 기분이 나빠졌어요."

이렇게 부담스러운 교류는 하지 않겠다고 딱 잘라 말해줘야지, 하고 다짐하던 차에 그 남자가 먼저 속마음을 비추었다. 사업을 확장하는데 자금이 조금 부족해서 어려움을 겪고 있다. 투자한다고 생각하고 이웃의 정을 생각해서 조금 빌려주지 않겠느냐, 하는 것이었다.

"100만 엔이라고 하더군요. 이 사람, 제정신인가 싶더군요. 내가 그렇게 쉬운 여자로 보였나 봐요."

기타바타케 아쓰코는 얼굴을 똑바로 보고 딱 잘라 거절했다. 그 이후 이웃으로 교류하는 것도 사양하겠다고 말했다. 여성으로서는 쉽지 않은 과감한 행동이었지만, 상대방도 만만치 않았다.

"그날 이후 쉴 새 없이 괴롭히기 시작했어요. 전화를 걸어 놓고 아무 말도 안 하고, 우편함을 뒤지고, 내 가게나 아이들 학교 앞을 지키고 있다가 뒤를 밟고, 아이들 자전거를 훔치거나 고장내고, 하여튼 온갖 짓을 다했어요. 그 중에도 제일 괴로웠던 것은, 공교롭게도 그 사람이 관리조합 이사였는데, 이사회 석상에서 우리 아이들이 너무 뛰어다녀서 밤에 잠을 잘 수 없다느니, 내가 불특정한 남자들을 집 안으로 끌어들여서 아파트 환경이 나빠지고 있다느니, 있는 거 없는 거 죄 끌어대며 중상모략을 하는 거였습니다. 나도 변호사와 상담해서 대항수단을 강구해서 열심히 싸웠지만, 결국 제풀에 지쳐서 1년이 채 못 돼 그 아파트를 나오게 된 겁니다."

'발칸' 경영이 막 궤도에 오른 참이어서 이사 비용 지출이 꽤 부담스러웠다고 한다. 또 아직 어린 아이들한테도 정신적으로 좋지 않은 후유증이 남았다.

"그 이후 이웃과 쓸데없는 교류는 일체 말자고 다짐했어요. 그래서 이사 왔을 때 인사도 안 한 겁니다. 여자가 가장 노릇을 하자면 흔히 생각하는 것보다 어려운 일이 많습니다. 쌀쌀맞은 여자, 예의를 모르는 여자로 보이는 것쯤은 아무것도 아닙니다. 관리인이나 관리회사하고만 문제가 없으면 그것으로 충분하다고 봅니다. 지금도 그렇게 생각하고 있어요. 요즘은 이웃이란 의지가 되는 존재가 아니라 경계해야 할 대상입니다. 서로 못 본 체하고 사는 것이 딱 좋다고 봅니다."

그런 형편이라 2025호에 대해서도 정확한 정보를 알지 못한다고 아쓰코는 경관들에게 설명했다. 경관들도 납득하는 눈치였고, 기타바타케 가가 과거에 당한 피해에 대해서도 동정을 보여주었지만, 치에코의 증언에 대해서는 더욱 세세하게 질문을 계속했다.

그들이 가장 알고 싶어하는 것은, 치에코가 말한 '휠체어 타는 할머니' 등 네 명을 처음 본 초봄부터 지금까지, 그 네 명 가운데 누군가와, 그 이전부터 얼굴을 보았던 세 명 가운데 누구가가 함께 있는 것을 본 적이 있느냐, 하는 것이었다.

사건의 전모가 분명한 지금 시점에서 보면 경관들의 질문이 의도하는 바는 명백하다.

초봄 이전에 목격된 세 명. 골프 스윙 연습을 하던 샐러리맨 같은 남자와, 차림새가 화려한 여성과 중학생. 이들이 고이토 노부야스 가일 것이다. 그리고 초봄 이후의 네 명이 이번에 사체로 발견된 사람들일 것이다. 이 두 가족이 치에코가 말하는 초봄을 경계로, 아직 이유는 알 수 없지만, 바뀐 것이 아닐까.

그렇게 바뀐 것이, 두 가족이 모두 관련된 어떤 사정 때문인지는 아직 알 수 없다. 하지만 고이토 가가 공공연하게, 적어도 관리인 사노에게라도 한마디 인사를 하고서 이사 간 것이 아니라 살짝 빠져나갔으며, 그 다음 가족 네 명 역시 아무도 모르게 입주해서 살아온 것으로 추측해보면, 뭔가 드러내기 힘든 사정이 있었을 가능성은 충분하다. 그렇다면 이 두 가족의 관계는 무엇일까?

기타바타케 치에코는 두 가족을 한 가족으로 알고 있었다. 그들이 각자 혼자서, 혹은 두 명 세 명씩 짝을 지어서 2025호를 드나드는 장면을 보았기 때문이다. 문제는 그 두 명 혹은 세 명의 조합이다.

기억력이 뛰어난 치에코였지만, 2025호 주민(그렇게 그녀가 믿고 있던 사람들) 한 사람 한 사람을 만났을 때의 상황을 빠짐없이 정확하게 기억해내서 증언할 수는 없었다. 차근차근 질문해 가는 가운데 구체적인 사항이 분명해지기도 하고 오히려 모호해지기도 한다. 다만 치에코는 딱 한 가지, 극히 최근, 아마 지난주 중순이었다고 생각되는 주목할 만한 장면을 기억하고 있었다.

"엘리베이터 홀 앞에서 옆집 며느리로 짐작되는 중년 여자와 그 동생일 것으로 짐작되는 화려한 옷차림의 여자가 서서 이야기를 하는 것을 보면서 지나갔다고 합니다."

기타바타케 치에코는 장을 보고 돌아와 1층에서 엘리베이터를 타고 막 올라온 참이었다. 엘리베이터 박스 안에서는 혼자였다. 문이 열려서 밖으로 나오자 20층 홀에서 여자 두 명이 마주서 있었다. 오, 옆집 부인과 동생이로군, 하고 생각했다. 시각은 오후 3시경, 나이 많은 쪽 부인은 셔츠와 바지에 에이프런 차림이었지만, '동생' 쪽은 밝은 분홍색 긴소매 슈트를 입고 팔에 핸드백을 걸고 있었다. 빈틈없이 화장을 했지만 가까이서 보니 삼십대기보다 마흔을 넘긴 여자처럼 보여서 조금 놀랐다. 치에코는 두 여자에게 가볍게 눈인사를 하고 지나갔다.

경관은 치에코에게 그때 두 사람의 분위기가 어땠느냐고 물었다.

"어머니는 다른 사람을 나쁘게 말하지 못하는 분이라 대답하는 데 아주 힘들어했어요. 느낀 그대로 말하면 된다고 내가 말씀드리자 겨우 입을 떼셨어요."

왠지 말다툼이라도 하는 듯한 분위기였다고 치에코는 말했다. '동생'의 얼굴이 아무래도 화가 나 있는 것처럼 보였다는 것이다.

 이 시점에서 탐문에 나간 경관들은 이 '동생'이란 사람이 고이토 시즈코일 거라는 확신을 가질 수 있었다. 그녀의 친정에는 이미 수사본부에서 형사들이 찾아갔다. 고이토 가 사람들한테 사정을 들으면 이번에 유체로 발견된 네 사람의 신원을 밝혀낼 수 있을 거라고 생각했다.

 "어머니는 근심에 빠졌어요. 괜한 말을 한 건 아닌가, 하고 불안해하셨어요. 수사에 협력한 거니까 걱정할 거 아무것도 없다고, 오히려 좋은 일을 하신 거라고 격려해 드렸지요."

 경관들이 물러갈 때 기타바타케 아쓰코는 날씨도 개였으니, 예정대로 아이들과 도쿄디즈니랜드에 가도 되겠느냐고 물었다. 경관들은 웃으면서 전혀 문제가 없다고 대답했다. "그래서 안심하고 외출했습니다. 다만 왠지 현장을 피하는 것 같다는 기분도 있었어요. 우리는 바로 옆집일 뿐, 사건하고는 아무 관계도 없는데, 참 이상한 일이죠."

 옆집에서 네 사람이 한꺼번에 살해되었다. 그것에 대한 공포심은 처음부터 별로 느끼지 않았다고 기타바타케 아쓰코는 말한다. 2일 당시까지만 해도 2025호 살인이 강도에 의한 것인지, 원한에 의한 것인지 전혀 알 수가 없었음에도 불구하고 말이다.

 "말씀드린 것처럼 우리 가족은 전에 '이웃'이 얼마나 무서운 것인지 실감했습니다. '이웃'이 무섭다는 것은 곧 세상이 무섭다는 것이고, 결국은 '커뮤니티' 자체가 무섭다는 겁니다. 그러니까 언제 무슨 일이 일어난대도 이상할 것이 없지요."

무엇이 무서우냐 하면, 사람처럼 무서운 것도 없다고 그녀는 말한다.

"나는 장사를 하는 사람이라 물론 고객은 소중하다고 생각합니다. 하지만 한 사람의 생활인이라는 차원으로 돌아왔을 때는 나 혼자 어린 자식들과 늙은 어머니를 부양하는 처지라 한순간도 긴장을 풀 수 없어요. 2025호 사건에 대해서는, 당시는 아직 아무것도 몰랐으니까, 죽음의 신이 우리를 아슬아슬하게 비껴갔다는 심정도 있었습니다. 예전 경험을 통해서, 잘못한 게 아무것도 없어도 잠깐 한눈을 팔거나 긴장을 늦추기만 해도 엉뚱한 재앙을 당할 수 있다는 것을 배웠기 때문에, 우리 집은 무사하고 옆집은 몰살을 당했다는 것도 오히려 냉정하게 받아들일 수 있었습니다. 어머니는 조금 지친 것처럼 보였지만, 그날은 외출하길 잘했다고 생각했어요."

시간을 조금 뒤로 옮기면, 이날 밤 기타바타케 아쓰코와 치에코와 아이들이 잠시나마 반다루 센주기타 뉴시티 웨스트타워 2025호 사건을 잊고 신데렐라 성 위에서 화려하게 터지는 불꽃에 환호하고 있던 오후 8시 반쯤, 이 사건에서 고이토 가 다음으로 중요한 관련자이며, 나중에 전 국민에게 추적을 받게 되는 이시다 나오즈미라는 이름이 사건의 전면에 떠오른다.

한편 웨스트타워 20층의 다른 입주자들은 어떤 증언을 했을까?

기타바타케 아쓰코가 말하듯이 반다루 센주기타 뉴시티 건물은 방음이 매우 뛰어나다. 대형집합주택이 갖추어야 할 이상적인 조건이 범죄수사에서는 부정적으로 작용한다. 벽을 같이 쓰며 생활하는 사람들이지만 이웃집에 대한 정보를 별로 가지고 있지 않은 것이다.

여기서 다시 파크하우징 아파트 관리부장 이데 야스후미의 이야기를 들어보자.

"통계를 내본 것도 아니고, 또 이런 것은 애초에 통계 내기도 힘든 일이라 내 경험에 의지한 느낌밖에 없지만, 아무래도 집합주택에서는 주택의 질이 높아질수록 입주자들의 교류가 약해지는 경향이 있는 것 같습니다. 물론 흔히 말하는 '억션'에서도 입주자끼리 사이가 좋아서 종종 누구네 집에 모여서 바비큐파티를 연다는 곳도 있습니다. 하지만 일반적으로는 고급을 내세우는 아파트일수록 이웃 간의 교류도 미약한 것 같습니다."

왜 그럴까?

"가장 타당한 이유는 역시 프라이버시 문제겠지요. 제일 알기 쉬운 예를 들자면, 연예인이죠. 연예인들은 이웃과 교류하는 곳보다는 옆에 누가 살고 있는지 모를 정도로 익명성이 철저히 보장되는 곳을 좋아합니다. 재계 인사들도 그렇지 않습니까? '억션' 아파트를 구입할 만한 재력이 있는 사람은 당연히 단독주택을 선호하고, 실제로 단독주택에 살면서 아파트를 세컨드하우스라든지 작업실, 혹은 극단적인 경우에는 밀애를 위한 공간으로 가지고 있는 사람들이죠."

이데 부장은 이 대목에서 허허 웃고는,

"실제로 입주자 중에는 이렇게 집 본래의 개념에서 조금 벗어난 용도로 아파트를 구입하거나 빌리는 사람이 꽤 섞여 있습니다. 그리고 역시 그만한 재력이 있는 사람이라면 기업이나 조직에서 중요한 지위에 있는 경우가 많으므로 필연적으로 모두들 바쁘죠. 그래서 통장 자리를 떠맡기보다는, 기부금을 남들보다 조금 많이 낼 테니까 봉사활동에서 빼달라는 식으로 나오지요. 그런 입주자들이 모이면 이웃 간의 교류는 희박해지는 것이 당연하지요."

생각해보면 참 아까운 일이죠, 하고 이데 부장은 말한다.

"나는 일개 월급쟁이지만, 가끔 회사에서 보조금을 받아 많은 회비를 내고 일삼아 다른 업종 교류 파티나 이벤트에 참석하기도 합니다. 그런데 이웃을 살펴보면 바로 옆집에 제조업 부장이 살고, 건넛집에 유통업계에 다니는 사람이 살고, 세 집 건너에 출장요리 회사를 운영하는 부인이 사는 경우가 있습니다."

그렇게 생각해보면 일본인이 꾸리는 현대 커뮤니티는 완전히 '회사 단위'라는 현실이 드러난다고 그는 말한다.

"특히 남성들이 그렇습니다. 그런데 여성들은 조금 달라요. 여성들이 더 수다스럽다든지 친구 사귀는 데 능하기 때문이 아니라, 실은 아이들 때문입니다. 여성들은 아이를 중심으로 커뮤니티를 만드는 겁니다."

이데 부장의 의견에는 이론이 제기될지도 모르지만, 적어도 반다루 센주기타 뉴시티 웨스트타워 2025호 사례에서는 그의 지론이 입증된 셈이다. 2025호 입주자에 대해서 가장 풍부하고 구체적인 정보를 준 것은 웨스트타워에 사는 아이들이었기 때문이다.

 탑 속에 갇힌 것처럼 서로 교류가 거의 없는 마을이지만, 아이들은 또래의 존재를 정확하게 감지한다. 사춘기에 접어드는 연령대라면, 또래라는 존재가 꼭 마음 편안한 것은 아니며, 접근하고 접촉하는 양상이 우호적이지 않은 경우도 많지만, 다행히 1992년 2025호에 입주한 고이토 일가의 외아들 다카히로는 당시 아직 열 살이었다. 기타바타케 치에코의 증언에 따르면 다카히로는 올 '초봄'까지는 확실히 웨스트타워에 있었고, 그 시점에는 열네 살이었다. 아직은 순진한 구석이 많은 연령대다.

 탐문을 계속해보니, 같은 20층의 2010호에 고이토 다카히로를 아는 사람이 있었다. 미야자키 노부오라는 열네 살 소년이다. 이 집은 신규 분양 때 입주했고, 고이토 다카히로하고는 엘리베이터를 수십 번은 같이 탔으며, 먼저 말을 건네기도 했지만,

 "별로 달가워하지 않더군요. 말수가 없는 아이였어요."

 미야자키 노부오는 소년축구클럽에서 활동하면서 합숙이나 원정이 잦아서 친구가 많았다. 그래서 굳이 고이토 다카히로와 친구가 될 필요를 느끼지 못했다. 언뜻 본 다카히로가 '창백한 얼굴'에, '축구 같은 운동에는 전혀 흥미가 없을 것 같고' '공부만 할 것 같은 인상'이어서 흥미를 접은 점도 있었다고 한다.

 그래도 고이토 다카히로에게 말을 붙여본 것은 그가 다케노카와학원 교복을 입고 있었기 때문이다. 미야자키 노부오가 클럽 팀에서 친하게 지내는 소년이 다케노카와학원에 다니고 있었기 때문이다.

"이치카와라는 친구인데, 그 친구를 아느냐고 물었더니 모른다고 하더군요. 그게 초등학교 5학년 때였나."

같은 층에 사는 데도 불구하고 복도나 홀에서 고이토 다카히로와 마주칠 기회가 적었다고 미야자키 소년은 말한다.

"하지만 그럴 만도 했어요. 여기서 다케노카와학원을 다녔으니, 통학하는 데만 못해도 한 시간 반은 걸리거든요."

미야자키 노부오가 가장 최근에 고이토 다카히로를 본 것은 올해 2월 초나 중순이었다고 한다. 엘리베이터나 복도가 아니라 단지 내 녹지를 가로질러 가는 고이토 다카히로를 보았다고 한다.

"커다란 보스턴백 같은 것을 들고 있었어요. 바닥만 쳐다보면서 느릿느릿 걷고 있었어요."

그러고 보니 최근에는 전혀 마주친 적이 없었다고 한다. 그래도 2025호가 이사하는 모습은 보지 못했고, 당연히 그 집에 살고 있을 줄 알았다. 그때 미야자키 노부오는 클럽 최초의 여름방학 유럽 원정을 앞두고 있어서, 그 대표 멤버로 선발되기 위해 연습에 여념이 없었다. 자기가 바쁘니까 주위에 신경 쓸 여유가 없었다고 한다. 이데 부장의 말을 빌리면, 고급아파트에서는 아이들도 스케줄에 쫓기며 사는 것이다.

20층 거주자들로부터는 기타바타케 치에코와 마찬가지로 휠체어를 탄 할머니와, 그 휠체어를 미는 중년여성을 보았다는 증언을 몇 가지 얻을 수 있었다. 그 모습이 '궁상스러워서' 싫더라는 의견도 있었고, '이 층에 이런 노인이 있었나?' 하고 의아하게 생각한 사람도 있었다. 하지만 실제로 이 휠체어 할머니와 이야기를 나눠본 것은 역시 아이들이었다. 한 층 아래 19층에 사는 고교 1학년 여학생이었다.

고구레 미카라는 이 소녀는, 정확한 날짜는 잊었지만 '아직 겨울코트를 입고 있을 때', 우연히 휠체어 할머니와 그걸 미는 아주머니와 함께 엘리베이터를 탔다. 엘리베이터는 곧장 밑으로 내려가 1층에 도착했다. 고구레 미카는 예의바르게 '열림' 버튼을 눌러 할머니들에게 길을 양보했고, 휠체어가 엘리베이터에서 홀로 나가다가 바퀴가 틈에 걸려 움직이지 못하자 얼른 가서 도와주었다. 할머니는 매우 수척했고 체중도 가벼워서, 소녀와 아주머니는 휠체어를 쉽게 들어 올려서 홀로 내보낼 수 있었다.

"그 아주머니는 아주 정중하게 고맙다고 말했어요."

그리고 신세를 지는 김에 길을 좀 가르쳐달라고 하면서, 이 근처에 우체국이 어디 있느냐고 물었다. 동문을 나가자마자 왼쪽으로 꺾어져서 아파트 담을 따라 걷다가 두 번째 교차로를 건너면 바로 보인다고 가르쳐주자, 아주머니는 자신 없는 말투로 미카의 안내를 되풀이하고는 미카에게 고맙다고 인사하고 멀어져 갔다.

"휠체어를 탄 할머니는 내내 밝게 웃고 있었지만 말은 하지 않았어요. 눈이 눈물에 젖어 잘 보이지 않는 것 같았어요."

고구레 미카가 가는 길은 우체국과는 반대 방향이었지만, 할머니들이 제대로 가는지 걱정이 돼 그들이 동문을 나갈 때까지 별 생각 없이 뒤를 따라갔다. 그리고 할머니들이 동문을 나서서 왼쪽으로 꺾어지는 것까지 확인했다.

"새로 이사 온 사람인가 보다, 생각했어요."

수사본부가 탐문에서 얻은 정보를 취합해보니, 엘리베이터 주변이나 단지 내 산책로를 중심으로 이 '휠체어 할머니와 그것을 미는 여성'의 조합이 올해 3월경부터 빈번히 목격되었다는 것을 알았다. 역시 눈에 띄는 사람들이었던 것이다. 다른 증언들은 한결같이 '3월 초나 중순경부터'라고 하는 데 반해 고구레 미카는 '아직 겨울 코트를 입고 있을 때'라고 말한 것이 약간 걸리기는 하지만, 3월에 꽃샘추위가 찾아와 겨울코트를 꺼내 입었을 가능성도 있다. 또 기타바타케가 '초봄'이라고 말한 것을 생각해보면 2025호의 거주자가 바뀌거나 구성원이 늘어난 때를 3월이라고 생각해도 좋을 것이다.

그리고 웨스트타워에서는 단순한 목격담이 아니라 2025호 거주자인 고이토 가와 직접 접촉했다는 증언이 하나 나왔다. 이것도 역시 중학교 2학년 여학생이었다. 810호에 사는 시노다 이즈미라는 소녀다.

이 소녀가 만나서 이야기한 사람은 고이토 다카히로와 어머니 시즈코였다. 날짜도 정확히 기억하고 있었다. 올해 정월 초, 1월 5일이었다.

이 소녀가 고이토 다카히로와 처음 만난 곳은 쓰레기장, 쓰레기 컨테이너 집적소였다. 색깔로 가연성 쓰레기, 불연성 쓰레기 버릴 곳을 구별한 컨테이너가 여러 개 놓여 있다. 양 타워동과 중앙동에서 나오는 쓰레기가 모이는 곳이므로 면적도 꽤 넓다.

파크하우징의 신년 관리업무는 1월 6일에 시작되므로, 5일 오후, 시노다 이즈미가 어머니 심부름으로 쓰레기를 버리러 왔을 때는 상당수의 컨테이너가 이미 꽉 찬 상태였다. 악취도 심해서 이즈미는 쓰레기봉투를 컨테이너에 던져 넣고 바로 돌아서려고 했는데, 그때 제일 안쪽 대형쓰레기 전용장소에 자기 또래의 소년이 있는 것을 보았다. 무엇을 버리는지 조금 궁금해서 살펴보니, 그 소년은 발치에 대형 스테레오카세트를 내려놓고 쓰레기집적소에서 막 나가려고 하는 참이었다.

멀리서 봐도 소년이 버린 스테레오카세트가 아직 새 거라는 것을 알 수 있었다. 바로 달려가서 확인해보니 거의 신품이나 마찬가지였다. 이즈미는 쓰레기집적소를 뛰어나가 그 소년을 따라갔다. 소년이 천천히 걷고 있어서 금세 따라잡을 수 있었다.

"이봐, 잠깐만."

뒤에서 부르자 소년은 흠칫 놀라며 돌아보았다. 볼이 홀쭉하고 얼굴이 창백한 소년이어서,

"무슨 병이 있는 것 같았어요."

이즈미는 가쁜 숨을 고르며, 아까 대형쓰레기 전용장소에 버린 카세트라디오는 고장이 나서 버린 거냐고 물었다. 소년은 주뼛주뼛 발끝만 움직일 뿐 금방 대답을 하지 않았다.

"아직 새 거던데, 혹시 불량품이야? 정말 버리는 거야?"

내처 묻자 더욱 곤혹스러운 표정으로 꾸물거린다. 이즈미는 조금 짜증이 나서,

"정말 버리는 거라면 내가 가져가도 되겠니? 불량품이라도 수리하면 되니까. 아깝잖아, 거의 새 거던데."

시노다 이즈미한테는 언니가 있고, 언니는 따로 스테레오타입의 카세트라디오를 가지고 있었다. 이즈미도 마음은 간절했지만 세뱃돈으로 최신형 워크맨을 사버려서 카세트 살 돈이 부족했다. 수리 요금만 들이면 신품이나 다름없는 것을 얻을 수 있으니, 이런 횡재도 없다.

"하지만 그 아이는 곤혹스런 표정으로, 가져가지 않는 게 좋다는 식으로 중얼거렸어요."

이즈미는 짜증이 나서, 이런 놈은 그냥 무시하자, 생각하고 카세트라디오를 가져가려고 쓰레기집적소 쪽으로 돌아가기 시작했다. 버린 물건을 줍는 것은 줍는 사람 자유다. 양해를 구할 필요도 없는 것이다.

그런데 이번에는 소년이 이즈미를 쫓아왔다. 그 카세트라디오를 제대로 버리지 않으면 자기가 엄마한테 혼난다는 것이었다. 꽤 당황하는 눈치였다.

"너네엄마 참 이상하다. 절약하면 큰일 난다는 거니?"

"그게 아니라……."

소년은 울상을 짓고는, 사실은 자기 것이 아니라는 말을 했다. 이즈미는 깜짝 놀랐다. 이 대목에서 소녀의 부모가 웃으면서 말했다. "얘가 워낙 단도직입적이랄까, 머리 구조가 단순한 아이라서요."

이즈미가 큰 소리로 말했다.

"뭐야? 네 것이 아니라면 누구 거니? 훔쳐온 거니?"

마침 그곳으로 고이토 시즈코가 다가왔다. 이즈미는 어느 집 부인이 쓰레기를 버리러 온 줄 알았지만, 그 부인은 앞에 있는 소년을 발견하자 부리나케 달려와 소년의 팔꿈치를 붙들고 야단부터 쳤다. 그래서 이즈미도 그 부인이 소년의 엄마라는 것을 알았다고 한다.

"뭐하고 있니? 잘 버렸어? 하고 대뜸 야단을 치는 거예요. 남자애는 당장 울 것 같은 얼굴로 아무 말도 못하고 있었어요."

매사에 당당한 이즈미가 그녀에게 물었다.

"아줌마, 아줌마가 얘 엄마예요? 방금 얘가 버린 카세트라디오를 내가 가져가도 되느냐고 물어보고 있었어요. 괜찮죠?"

그러자 소년의 어머니는 어금니를 앙다문 듯한 얼굴로 이즈미를 쩨려보고는, 구질구질하게 남이 버린 물건을 주워가느냐, 너는 도대체 어디 사는 애냐고 물었다. 이즈미는 기가 죽지 않고, 웨스트타워 810호에 사는 시노다예요, 하고 대답했다.

소년의 어머니는, 쓰레기통이나 뒤지는 애가 이 아파트에 살리가 없다, 거짓말쟁이 같으니! 하고 소리를 쳤다. 대단한 기세였다.

"와, 그때 완전히 돌아버리는 줄 알았어요."

남의 집 귀한 딸한테 거짓말쟁이라니, 우리 엄마라도 가만히 있지 않을 거라고 이즈미는 생각했다.

"거짓말 아녜요. 그 증거로 나중에 우리 엄마랑 같이 아줌마네 집에 갈게요. 아줌마는 몇 호에 사세요?"

이즈미가 정면으로 대응하고 나서자 소년의 어머니는 거기에는 대답하지 않고 소년을 잡아채듯이 하며 쓰레기장을 나가려고 한다. 나름대로 자존심이 상해서 자세를 가다듬고 있던 시노다 이즈미는, "잠깐만요!" 하고 소리치며 뒤를 쫓아갔다. 부인은 꼭두각시처럼 끌려가는 소년 때문에 걸음이 느렸고, 이즈미는 그들을 쉽게 따라잡을 수 있었다.

"너무한 거 아녜요? 거짓말쟁이라니. 비겁하게 도망치지 말아요!"

상대가 아저씨였다면 이즈미도 조금 기가 죽었을지도 모른다. 그러나 같은 여성이다. '아줌마'인 것이다. 무섭지 않다. 오기가 발동해서 따지고 들자, 단지 내 녹지 앞까지 왔을 때 소년의 어머니가 히스테리를 일으켰다.

"야, 나도 몰라, 니 맘대로 해봐!"

그렇게 악을 쓰고 붙들고 있던 소년의 손을 놓고 웨스트타워 쪽으로 달려갔다. 소년은 갑자기 팽개쳐지듯이 풀려난 탓에 잠시 비틀거렸지만 가까스로 넘어지지는 않았다. 그는 난처한 표정으로 이즈미를 쳐다보았다.

이즈미는 분노를 넘어 어안이 벙벙했다. 잠시 후에야, "너네 엄마, 어떻게 된 거 아니니?" 하고 말했다.

소년은 이즈미에게 사과했다. "우리 엄마가 요즘 건강이 별로 좋지 않아."

"그렇게 보이지도 않던데."

소년의 어머니는 낡은 스웨터와 스커트 차림에 샌들을 꿰신고, 머리는 부석부석했다. 볼썽사나운 모습이기는 했지만 건강이 나빠 보이지는 않았다.

"병이 있어." 하고 소년은 작은 소리로 말했다. 그리고 부탁하는 말투로, "그 카세트라디오, 가져가지 말아줘. 가져가봤자 별로 좋은 일도 없을 거야."

매사에 당당한 이즈미도 조금 언짢은 기분이 들기 시작했다. 카세트라디오에 미련은 있었지만 소년의 말을 그대로 받아들였다. 소년이 솔직하게 보였을 뿐만 아니라 아주 비참해 보인 것도 이즈미의 동정심을 자극하기 시작했다.

"우리도 웨스트타워에 사는데……." 하고 소년은 말을 꺼냈다.

"몇 층?"

"20층. 2025호의 고이토라고 하는데, 곧 이사 갈 거야."

그녀가 이 말을 전할 때, 탐문하던 경관들은 이 대목에서 몇 번이나 확인하고 또 확인했다. 정말로, 틀림없이 고이토 소년이 이사를 갈 거라고 말했나?

소년이 분명히 그렇게 말한 것을 시노다 이즈미는 기억하고 있다. 착각이나 혼동은 없다.

고이토라고 밝힌 소년과 함께 이즈미는 웨스트타워 엘리베이터를 탔다. 풀이 죽어 입을 다물고 있던 소년은 이즈미가 8층에서 내리려고 하자 급하게 "미안해." 하고 말했다.

집에 돌아온 이즈미는 어머니에게 쓰레기장에서 있었던 일을 전했다. 어머니는 대형쓰레기 처리장에서 함부로 물건을 주워

오려고 했다고 먼저 호되게 야단부터 쳤다. 그리고 고개를 갸웃했다. 고이토라는 소년과 그 어머니의 태도에 어쩐지 얼른 수긍이 가지 않았기 때문이다.

"그 카세트라디오, 혹시 폭탄이라도 장치된 거 아냐?"

이즈미의 언니가 농담을 했고, 집 안에서 이러쿵저러쿵 하는 것보다는 모녀 셋이서 쓰레기장으로 내려가 보기로 했다.

카세트라디오는 아직 거기 있었다. 그러나 상부의 CD재생용 데크 뚜껑이 깨지고, 손잡이도 떨어져나가고, 카세트테입용 뚜껑도 떨어져나간 무참한 상태로 변해 있었다. 조금 전의 사건으로부터 30분 내지 40분밖에 지나지 않았는데, 그 동안 누군가 여기 와서, 이즈미처럼 이 카세트라디오를 주워가는 것을 방해하기 위해 일부러 부숴놓은 것 같았다.

그로부터 얼마 동안 2025호의 고이토라는 집은 시노다 가의 모녀에게 관심의 대상이었다. 이즈미의 어머니는 엘리베이터나 홀, 단지 내 어딘가에서 고이토의 어머니와 마주치기를 기대했고, 이즈미한테도 만약 만나거든 바로 알려달라고 말해두었.

하지만 끝내 마주친 적이 없었다.

시노다 이즈미가 그 일을 겪은 것이 정월 초였다. 적어도 1월 초까지는 고이토 가가 분명히 2025호에 살고 있었던 것이다. 주목할 점은 이때 목격된 고이토 시즈코가 평상복 차림에 머리도 부석부석했다는 것이다. 정월 연휴에 집에서 쉬고 있다고 해서 옷차림에 전혀 신경을 쓰지 않았던 것일까?

전체적으로 웨스트타워의 다른 주민들과 접촉이 적고 인상이 희미해서 관리인 사노도 기억하지 못하는 고이토 가였던 만큼, 시노다 이즈미의 일화는 상당히 극적인 것이었다. 당시 고이토 가에는 시즈코가 사소한 일에도 발끈할 만큼, 심지어 자기 아들이나 이즈미 같은 어린 소녀에게도 발끈할 만큼, 뭔가 좋지 않은 일이 벌어지고 있었던 것은 아닐까. 왜 멀쩡한 카세트라디오를 버리려고 했을까? "가져가도 별로 좋은 일도 없을 거야."라는 다카히로의 말에는 어떤 의미가 있을까?

탐문에 나선 경관들은 이런 불가해한 점들도, 그리고 더욱 커다란 수수께끼인 저 사체 네 구의 신원도, 고이토 시즈코의 친정에 있는 고이토 가 사람들만 만나면 금세 밝혀질 거라고 생각하고 있었다. 히노 시내에 있는 시즈코의 친정 기무라 가에는 아침 일찍 담당경관이 찾아가기로 했다.

그런데 정오 가까이 되어서 탐문수사반이 반다루 센주기타 뉴시티 단지 안에 일차 집결했을 때, 의외의 소식이 날아들었다. 고이토 가의 세 사람이 자취를 감춰서 현재 소재를 알 수 없다는 것이었다.

"내가 그 소식을 들은 것도 역시 정오 지나서였던 것 같습니다. 긴급이사회가 끝나고 웨스트타워 관리인실로 돌아와 보니 사노 씨가 전해주더군요. 연락이 되고 있던 고이토 씨 일가가 사라졌다고 말입니다."

고이토 가가 반다루 센주기타 뉴시티로 돌아오는 일은 없을 터였다. 도피했다고 해도 자식이 딸려 있으니 그리 고생하지 않고도 찾아낼 수 있을 거라는 예측도 하고 있었다. 다만 관리인 사노가 경찰로부터, 예를 들면 반다루 센주기타 뉴시티에서 열린 무슨 행사라든지 입주자 간담회 같은 모임의 기록사진 중에서 고이토 가의 세 사람 얼굴을 확인할 수 있는 사진이 있다면 제공해달라는 부탁을 받았다고 했다.

공교롭게 그런 사진이 없어서 또다시 미안한 마음에 사로잡혔다.

"그렇게 미안해할 거 없다고 사노 씨를 위로했습니다. 경찰도 관리사무소에 그리 큰 기대는 하지 않고 있다고 하면서 말이죠."

이렇게 편안한 말로 사노 씨를 위로했지만, 이데 부장도 내심 불안을 느끼기 시작했다.

"고이토 가족이 도피했다는 소식을 듣고, 이거 이중으로 골치 아파졌구나, 하고 생각했습니다."

이번 살인사건이, 입주자가 피해자가 된 사건일 뿐만 아니라 입주자가 가해자가 된 사건일 가능성이, 아주 조금이지만 생겨났기 때문이다. 고이토 가가 사건과 전혀 무관하다면 경찰을 피할 리 없다. 뭔가 꺼림칙한 어두운 구석이 있으니까 필사적으로 도피했을 것이다.

"물론 살인사건 자체가 더없이 끔찍하고, 일어나지 말아야 할 일이지요. 그러나 아파트 판매업자, 관리회사의 처지에서 말하자면, 그 처지만 고려한다면 말입니다만, 이번 같은 사례에서는 우리가 판매한 아파트에서 피해자가 나온 데 따른 피해가 1백, 가해자가 나온 데 따른 피해가 1백. 게다가 이 두 가지가 겹치면 덧셈이 아니라 곱셈이 되지요."

보안을 생각하면, 피해자가 나왔다는 사실의 부정적인 영향은 크다. 그러나 아파트 자체가 아니라 거기에 사는 거주자의 '격'이라는 잣대를 가지고 볼 때, 가해자가 나온 데 따른 이미지 추락도 크다. 특히 사람을 넷이나 죽인 범인이 거주자 중에 있다면 반다루 센주기타 뉴시티뿐만 아니라 파크건설의 전체 아파트의 이미지에 심각한 악영향을 주게 된다.

건설회사나 분양회사는 아파트를 판매할 때 구입 희망자의 자금 조달 능력, 융자 상환 계획, 자기 자금 비율 등에는 눈을 번뜩인다. 그러나 세대주의 인격이나 인품까지 감안해서 심사를 하거나, 그것으로 매매 가부를 판정하거나 하지는 않는다. 그래도 일단 사건이 터지면 판매한 기업의 이미지가 타격을 받는다.

"이런 점이, 단순히 '부동산'이라고 단정해버릴 수 없는 '집', 즉 '가정'을 상품으로 다루는 기업의 어려운 점입니다."

그렇지 않아도 현대는 '기분의 시대'라고 그는 말한다.

"치밀한 데이터나 상세한 사실의 축적은 그 다음 문제입니다. 필요한 것은 '기분이 좋다'는 것이지요. 아파트 관리에서도 이 점이 중요합니다. 그저 청소하고 택배를 대신 받아주고 정원을 손질하는 것만으로는 이제 안 됩니다. 그런 서비스는, 여기 사는 사람이니까, 비싼 관리비를 지불하니까 누릴 수 있는 기분 좋은 특권이라고 느끼도록 운영해나가야 합니다."

반다루 센주기타 뉴시티가 고급 초고층 아파트라는 캐치프레이즈와는 달리 실제로는 이사도 잦고 빈집도 많고, 실제 분양

실적은 상당히 저조했다는 것은 이미 '사건'장에서 말했다. 파크건설은 이 알려지지 않은 약점을 털어버리기 위해서라도 반다루 센주기타 뉴시티의 '고급' 이미지를 지켜내야만 한다. 더구나 이 장 앞머리에서 말한 것처럼 파크건설은 당시 사가미하라에 반다루 센주기타 뉴시티와 비슷한 유형의 초고층 아파트를 건설하고 막 분양에 나선 참이었다. 긴급을 요하는 정도로 보자면 오히려 그쪽이야말로 큰 문제라고 해도 좋다. 반다루 센주기타 뉴시티는 갖가지 사정은 있어도 어쨌거나 신규 분양은 벌써 오래 전에 끝난 물건이다. 하지만 사가미하라는 이제부터 시작이다.

정오 지나서 긴급이사회가 끝날 즈음, 파크건설의 아파트사업부장 다나카 다쿠미가 달려왔다. 이데보다 두 살 아래지만 대규모 아파트 개발업체라는 파크건설의 이미지를 거의 혼자서 만들어낸 수완가다. 그 다나카가 날카로운 눈빛으로 달려와 이데에게 그때까지의 상황을 전해 듣고는 더욱 험악한 표정으로 변했다. 그러자 이데도 조금 기가 죽기 시작했다.

"다나카 씨는 사가미하라 현지 판매사무소가 당황하고 있어서 일단 응급 매뉴얼을 만들어놓고 여기로 달려왔다고 하더군요. 사가미하라와 아라카와 구는 지역 사정도 전혀 다르고, 거리도 동서쪽으로 한참 떨어져 있는데도 그쪽 구입 희망자들 사이에서 동요가 생겨났던 거죠. 사실 그럴 만도 하지요. 어디 한두 푼 하는 물건입니까."

사가미하라 판매사무소에서는 접수 담당 여직원이 손님에게,

그런 사건이 발생했는데도 철저한 보안이라니, 다 헛소리 아니냐는 비난을 듣고 울음을 터뜨리는 해프닝까지 일어났다. 휴일이어서 좀처럼 연락이 닿지 않던 중역들하고도 점차 연락이 되기 시작했고, 본사에서는 이번 사건의 대책본부를 꾸리기 시작했다. 이데는 그 대책본부와 현장을 연락하는 일을 맡으라는 명을 받고 일단 웨스트타워 관리인실에 앉아 있게 되었다.

이데 부장과 다나카 부장이 미간에 깊은 주름을 파고 있는 동안에도 탐문수사는 계속되었다. 한편 이데의 지시로 시작한 관리인실의 문자방송 홍보가 결실을 맺기 시작해서, 경관들이 방문하기도 전에 이런저런 정보를 전해오는 주민이 나타났다. 각 관리인은 그 내용을 기록해서 경관들에게 그때그때 전했다.

수집된 정보는 옥석이 섞여 있어, 언뜻 봐서는 사건과 무관해 보이는 것, 선입견이 다분한 목격담이나 풍문 따위가 대부분이었지만, 그 중에는 경관들이 주목할 만한 것도 있었다. 올 2월부터 3월 초까지 야쿠자 같은 사내 한 명 혹은 두 명이 단지 내부 혹은 웨스트타워 주위를 어슬렁거렸다는 것이다. 주로 야간, 그것도 밤 10시 이후 시간대였다고 하는데, 개중에는 평일 대낮에 야쿠자 같은 사내가 차를 타고 온 적도 있었다고 한다. 그런데 그때는 반다루 센주기타 뉴시티가 '폐쇄' 시기여서 당연히 그 자동차는 들어갈 수 없었다. 그러자 그 사내는 큰 소리로 욕설을 퍼부으며 단지 입구를 막고 있는 파이프 철책을 걷어차고는 어디론가 사라졌다는 정보도 있었다. 더구나 이 정보는 다른 주민한테서도 나왔다. 그 일이 있었던 것은 동문이었지만, 그

밖에 '야쿠자 같은 남자'를 보았다는 증언은 거의 웨스트타워 주변에 한정되어 있었다.

관리인 사노에게 이 이야기를 전해들을 때, 그때까지 사건의 수수께끼에 대해서 거의 체념 상태였던 이데 부장의 머리에 아주 미약하게나마 어떤 생각이 번뜩였다.

이 '야쿠자 같은 남자'가 이번 사건과 관련이 있다고 쉽게 단정할 수는 없다. 그러나 고급아파트—몰래 퇴거한 입주자—야쿠자 같은 남자—그 남자들이 출몰하기 시작한 시기와 2025호 입주자가 바뀐 시기가 겹친다는 것—이런 점들을 종합적으로 고려하자 문득 어떤 가설이 떠오르는 것 같았다.

"하지만 너무 복잡하게 생각하다가 헛다리짚는 것은 아닌가, 하는 생각도 들었어요. 그래서 고이토 가 사람들이 잡히거나, 사정이 조금 더 상세하게 알려질 때까지 잠자코 있자고 작정하고 꽤 고민하면서 오후를 보냈습니다."

이 고이토 가의 세 사람이 하치오지 시내의 비즈니스호텔에서 시즈코 친정에 전화를 걸었다가, 대기하고 있던 경관의 설득에 따라, 가까운 파출소에 출두하여 사정청취에 응하기 시작했다는 소식이 들어온 것은 오후 4시경이었다.

"그래서 비로소 부담 없이 말해본 겁니다. 혹시 2025호가 경매에 넘어간 것은 아닐까, 하고 말이죠. 고이토 가는 대출금을 갚지 못해서 야반도주를 하고 2025호는 은행에 차압당해서 경매에 넘어갔다, 그래서 3월경부터 2025호에 살게 된 사람은, 전문적인 꾼인지 이용만 당하는 아마추어인지는 알 수 없지만, 흔히 말하는 '버티기꾼' 일당이 아닐까, 하는 가설입니다."
 이것은 정곡을 찌르는 가설이었다.

병을 앓는 여자

반다루 센주기타 뉴시티 웨스트타워 2025호 사건이 6월 2일 오전 8시대 텔레비전 뉴스에 보도되었다는 것은 '가타쿠라하우스' 장에서 이미 언급했다. 속보는 그 후에도 이어져서, 11시부터 정오까지 각 방송국 뉴스에서도 이 소식은 다른 소식을 누르고 현장중계를 곁들인 톱뉴스로 보도되었다.

그러나 이 단계까지만 해도 경찰의 발표가 매우 제한된 내용이어서, 어느 방송국에서나 사건의 구체적인 내용을 깊이 파고들지는 못했다. 물론 고이토 노부야스라는 이름도 이 시점에서는 전혀 보도되지 않았다.

피해자 숫자도 한결같지 않았다. 단정적으로 '일가 네 명'이라고 하는 방송국, '세 명 혹은 네 명'이라고 여유를 둔 방송국, '발견된 사체가 네 구'라고 신중하게 표현한 방송국 등 그 표현이 다양하다는 사실이 흥미롭다. '세 명 혹은 네 명'이라는 표현에는 '웨스트타워 땅바닥에 사망해 있던 젊은 남성이 실내의 세 명을 살해한 후 베란다로 뛰어내려 자살했다'는 추측이 배후에 깔려 있다. '사체가 네 구'라는 표현에도 역시 '네 구 가운데 세 구는 살해된 것이고, 나머지 한 구는 자살한 범인'일지 모른다는 생각이 감추어져 있다.

이런 추측은 사건이 인지된 직후부터 수사를 담당했던 경관들 가운데 일부가 생각하던 것이었다. 거주자가 바뀌었다든가, 가사이 미치코가 2025호 현관문 틈새로 목격한 사람 그림자(정확하게는 발그림자였지만)라든가, 엘리베이터 내의 수상한 중년남자 같은 불확실한 요소들이 아직 보태지지 않은 아주 초기의 현장만을 보았다면, 이 추측은 개연성이 상당히 높은 것이었다.

다만 오해가 없도록 미리 말해두지만, 혹시 이 글을 읽고, 초동수사 단계에 이런 추측이 경찰의 머리에 뿌리를 내리고 있었으니, 그 선입견에 따라 수사가 이루어지지 않았을까, 하고 걱정하는 독자가 있다면, 그것은 기우라는 것이다. 이 가설은 현장검증이 진행되면서, 폭풍우가 지나가기 전에 먼저 사라져갔다. 그러나 보도된 뉴스에는 그 잔재가 남아 있었다. 사건이 발생한 6월 2일부터 사건이 전면적으로 해결되는 10월 중순까지 온갖 보도 매체가 검토하고 분석하고 억측하게 되지만, 보도된 내용을 그러모아보면 증언들이 서로 모순되거나 사실인정이 어긋나거나 완전한 엉터리가 섞여 있거나 흡사 현대괴담 같은 분위기를 풍기는 풍문이 새로운 유력한 증언으로 다루어지는 등, 참으로 온갖 것들이 죄다 등장하는 혼란상을 보여주는데, 그 징

조는 이미 이 단계에서부터 어렴풋이 나타나고 있었다.

예를 들면 오후 3시대 뉴스에서는, 주요 텔레비전 방송국 가운데 하나가 일가 4인 살해사건의 피해자 신원이 '회사원 고이토 씨와 그 가족'이라고 속보로 보도했다. 이는 명백한 오보이며, 그 방송국에서도 실수라는 것을 금세 알아내고 저녁 뉴스 시간에 서둘러 정정 보도를 해야 했는데, 아무튼 이 시점에서는 특종으로 다루었다.

웨스트타워의 관리인 사노 도시아키는 관리인실에서 이 텔레비전 뉴스를 보고 깜짝 놀라, 출입하는 경관들에게 오보를 알려주었다. 아무래도 '웨스트타워 2025호에 고이토 씨라는 가족이 살고 있었다' 혹은 '살고 있다'는 일부 주민의 전언이 그런 추측을 낳은 것 같고, 공식발표에 없던 사실이므로 경찰 측의 잘못은 아니다. 하지만 오후 3시라면 히노 시내의 시즈코 친정에서 고이토 노부야스 일가가 도피해서 아직 행방을 모를 때이므로 일가의 동향에 이 뉴스가 영향을 줄 수도 있으므로, 그 점에서 고약한 오보였다.

그런 만큼, 1시간쯤 지나서 고이토 노부야스 일가가 하치오지에서 출두하여 경찰의 보호 아래 들어왔을 때, 수사를 담당한 사람들은 한결같이 가슴을 쓸어내렸다. 나중에 확인해보니 고이토 가 사람들은 아무도 이 보도를 듣거나 보지 못했다.

일요일이어서 석간이 발행되지 않으므로 뉴스는 오로지 텔레비전과 라디오로만 보도되었다. 하지만 저녁 이후 심야까지 방송된 뉴스는 더 이상 보다 상세하고 구체적인 사건 정보를 보도

하지 못했다. 고이토 가 사람들이 입을 열기 시작한, 그들 쪽의 '사정'은 아직 경찰 밖으로 흘러나가지 않고 있었고, 매스컴들도 수면 아래서는 치열한 취재경쟁을 벌이고 있었지만, 아직은 초기 단계여서, 아무데서도 확실한 정보를 파악하지 못하고 있었다(앞에서 말했듯이 한 건 잡았다 싶으면 오보였다는 사례는 있었지만). 사체가 네 구나 발견된 무섭고 충격적인 사건이었지만, 왠지 내용은 잘 보이지 않았던 것이다. 그도 그럴 것이, 실내에서 일어난 사건인데도 '살해된 것은 누구이고, 실제 피해자는 몇 명인가?'라는 것조차 좀처럼 명확해지지 않았던 것이다.

다만 한 가지, 저녁시간대부터 최신정보로 보도되기 시작한 것이 있다. 사건 당시 현장에서 도피한 것으로 보이는 수상한 남성이 있었다는 사실이다. 엘리베이터 내 방범카메라에 이 인물의 모습이 남아 있다는 것도 보도되었다. 그가 부상당했을 가능성이 있다는 것까지 언급한 뉴스도 한 군데 있었다. 그리고 이 사건에 대해서 이날 각 방송국은 방송이 끝날 때까지 통상적인 프로그램인 뉴스나 스폿뉴스를 통해서 반복적으로 보도하였다.

텔레비전 브라운관을 통하여 반다루 센주기타 뉴시티는 단 하루 만에 일본에서 가장 유명한 아파트가 되었다. 특징적인 두 개의 타워는 도쿄 도 아라카와 구라는 곳에 한 번도 가 본 적이 없는 사람의 눈에도 완벽하게 각인되고 말았다.

우리는 '매체'를 통해서 현실을 파악한다. 텔레비전 화면으로 뉴스나 다큐멘터리를 보고, 혹은 신문이나 잡지를 읽고, 지금 이 나라에서, 이 세계에서 무슨 일이 일어나고 있는지, 그 정보를 얻고 있다. 육안으로 보고, 제 발로 다니며 겪고, 손으로 만져서 느끼는 정보의 양은 '매체'가 가져다주는 그것에 비하면 턱없이 적을 수밖에 없다. 일하고, 즐기고, 아이 키우고, 환자를 돌보고, 공부하는 등, 자기 생활 속에서 나름대로 땀 흘리며 살아가는 지극히 평범한 사람들의 행동 범위 안에는 약해藥害 에이즈 소송도, 대장성 관료의 부정행위도, 환경보호단체가 그물을 자르고 놓아준 돌고래 떼도, 귀가하는 여학생을 납치한 위조 넘버 밴 차량도 존재하지 않는다.

그래도 그런 사실들을 뉴스로 전해들을 수는 있다. 사실을 알면 분노하고 슬퍼하고 걱정하고, 내가 할 수 있는 일은 없을까, 뭔가 해야 하지 않을까, 하고 생각할 수도 있다. '보도'란 바로 그것을 위해서 존재하는 기능이라고, '보도' 종사자들은 말할지도 모른다. 시민의 알 권리를 충족시키는 일이라고 말이다.

그런데 '매체'가 발달한 현대는, 텔레비전 앞에 30분만 앉아 있어도 보통 사람이 평범하게 평생을 살면서 얻을 수 있는 정보보다 수십 배나 많은 양의 정보를 그 자리에서 얻을 수 있게 되어버렸다. 여기서 난해한 문제가 하나 생겨난다. '현실' 혹은 '사실'이란 과연 무엇이냐 하는 문제다. 무엇이 '리얼리티'고 무엇이 '버추얼 리얼리티'인가. 양자를 가르는 벽은 무엇일까. '실제 체험'과 '전해들은 지식'을 '입력된 정보'라는 틀로 바라본다면 현실과 가상현실 사이에는 차이가 전혀 없다고 말할 수 있고, 실제로 그렇게 주장하는 사람도 있다.

그러나 이는 정말일까?

이상과 같은 것을 6월 2일 오후 4시경, 도쿄 도 에도카와 구 하루에쵸의 '다카라식당' 3층에서, 다카라이 야스타카라는 열여섯 살 고교생이 생각하고 있었다. 식당 3층에 있었다고 해도 손님으로 와 있던 것은 아니고, 세를 들고 있던 것도 아니다. 다카라이 야스타카는 '다카라식당'을 경영하는 다카라이 무쓰오·도시코 부부의 아들로, 가게 2층과 3층은 다카라이 가의 살림집이고, 야스타카의 방은 3층 남쪽에 면해 있었다. 그는 자기 방 책상에 앉아 휴대용 워드프로세서로 글을 '집필'하고 있었다. 그가 쓴 원고는 그가 속한 SF클럽 'JSC'의 기관지 《웨이브메이커》에 실리기로 되어 있었고, 그 마감이 바로 내일인 월요일로 닥쳐 있었다.

앳된 1년생 신입부원이 마감을 못 지킨다면 선배들한테 좋지 않은 인상을 줄 것이다. 아니, 설령 늦더라도 선배 부원들을 아무 소리도 못하게 할 만한 하드한 작품이라면 오히려 거물 같은 인상을 풍길 수 있겠지만, 야스타카는 도저히 그런 작품을 쓸 만한 자신은 없었고, 그렇기 때문에 오후 내내 상당히 쫓기는 심정으로 있었다.

'다카라식당'은 주로 환상7호선을 통행하는 트럭이나 택시운전사를 상대한다. 새벽 5시 반부터 저녁 8시까지 영업하는데, 오후 2시부터 5시 반까지는 휴식시간이고, 매주 일요일은 정기휴일이다. 그래서 이번 6월 2일, 자기 방에서 머리를 싸고 워드프로세서를 두드리고 있는 야스타카의 주위는 한가롭고 조용했다. 아버지도 어머니도 매주 일요일은 한가롭게 이리 뒹굴 저리 뒹굴 낮잠을 즐기거나 밖으로 나가버리므로 어떤 경우든 집 안은 조용하다.

이는 다카라이 가의 살림집인 2·3층에서 거실이나 주방처럼 가족들이 일상 활동을 하는 공간이 2층에 모여 있는 탓도 있다. 3층은 가족 각자의 침실이나 창고뿐이고, 한낮부터 자기 방에 틀어박히는 것을 거실에서 가족들과 복닥거리는 것보다 좋아하는 나잇대는 다카라이 가에서는 야스타카밖에 없는 것이다.

아니, 정확하게 말하면, '나잇대'가 아니라 '그런 처지에 있는 사람'이라고 해야 한다. 야스타카에게는 두 살 연상의 누이 아야코가 있기 때문이다. 그녀도 가족보다는 자기 내면이나 자기만을 둘러싼 개인생활에 몰두할 시절이다. 그러나 현실 속에서 열여덟 살 아야코는 벌써 아기 엄마였고, 야스타카가 볼 때 아기 엄마 아야코에게는 개인생활 같은 것은 없었고, 그녀는 그런 현실에 아무 불만도 없는 것처럼 보였다.

다카라이 아야코는 고교에 다니지 않는다. 중학교를 졸업할 때부터 그렇게 정해놓고 있었다. 의무교육이 끝나면 집안 장사를 돕다가 나중에 가업을 잇겠다는 것이다. 이는 특별히 부모가 강제한 길은 아니었다. 오히려 부모는 아야코의 너무 이른 결심을 우려하는 심정이었다. 나중에 후회하지는 않을까? 적어도 고교 정도는 졸업해두는 것이 인생에서 선택의 폭이 넓어진단다—어느 부모라도 자식의 입에서 아야코의 결심과 같은 말을 들으면 십중팔구 그렇게 걱정할 것이 틀림없다.

하지만 아야코의 결심은 단단했다. 학교에 넌더리를 내고 있었기 때문이다. 초등학교 중반쯤부터 그녀는 한 번도 수업 내용을 이해한 적이 없었고, 재미있다고 느낀 적도 없었다. 중학교에 들어간 뒤에는 왜 이런 공부를 해야 하는지 이해할 수 없다는 생각뿐이었다. 나는 식당집 딸이고, 가업을 이을 것이다, 학자가 될 생각은 털끝만치도 없다.

'다카라식당'에서는 매일 스무 가지 반찬을 만든다. 그 중에 절반은 식당의 '기본메뉴'이고 나머지 절반은 끊임없는 개발을 통해서 태어나는 '신개발품'으로, 손님의 반응이 좋으면 '기본메뉴'로 승진할 기회가 있지만, 반응이 나쁘면 불과 몇 달 만에 없애버린다. 이러한 '신개발품'들을 만드는 데는 창의적인 궁리가 무엇보다 중요하지만 연구도 중요하다. 아야코와 야스타카의 부모가 일요일에 외출이 잦은 것은 식재를 찾아다니거나 소문난 식당이나 레스토랑에 맛을 보러 가기 때문이다.

아주 어릴 때부터 아야코는 부모가 일하는 모습을 관찰해 왔다. 그녀는 식당일이 좋았다.

이것은 집안 혈통이라고 아야코는 믿고 있었다. 아버지도 어머니도, '다카라식당' 이전에 이 지방에서 작은 양식당을 경영하던 외할아버지도 결국은 음식을 만들어 다른 사람 먹이는 것을 좋아하는 것이다. 맛있게 먹었다는 말을 듣고 싶은 것이다. 그런 일로 먹고살 수 있다면 그보다 더 나은 인생은 없다. 그것뿐이다.

아야코는 초등학교 5학년 때부터 식당일을 도와왔다. 매일 아침 등교하기 전에 설거지를 하고, 오후에 학교를 파하고 돌아오면 식당 청소나 저녁 영업의 밑준비를 돕거나 장을 보기도 했다. 터프하면서도 대범한 성격이라 친구는 많았지만, 친구와 노는 시간과 식당일을 돕는 시간은 그녀의 내부에서 정확하게 구분되어 있었다. 시켜서 하는 일은 아니므로 고역이 아니었던 것이다.

그 대신 학교가 고역이었다.

외할아버지 다케오는 아야코가 중학교 3학년일 때 여름에 사망했는데, 사망하기 불과 이틀 전까지 활기차게 식당일을 하고 주방에서 실력을 발휘했다. 특히 아야코를 귀여워해서, 딸 부부의 떨떠름한 얼굴을 못 본 체하고 아야코를 일찌감치 후계자로 정해두었다. 아야코는 이 외할아버지 영향을 크게 받으며 성장했다. 다케오는 지나칠 정도로 부지런한 일꾼이었다. 장사를 하기에는 모험심이 없다는 단점이 있어서 당대에는 식당을 키우지 못했지만, 그런 성품과는 달리 입은 아주 걸었다. 한마디로 말본새가 고약했던 것이다. 손녀 아야코는 할아버지의 입버릇을 흉내 내다가 종종 문제를 일으켰다. 초등학교 6학년 봄 때, 담임이 수업에 집중하지 못하고 숙제도 하지 않고 학교 공부는 자기랑 상관없다는 듯이 행동하는 아야코를 혼내자, 아야코는 이렇게 대거리했다. 공부 같은 거 싫어요, 이 놈의 학교, 지옥의 똥통 같은 곳이에요.

이것이 문제가 되어 다카라이 부부는 학교의 호출을 받았다. 머리 조아려 사죄하고 딸을 데리고 집으로 돌아온 부부는, 딸이 '지옥의 똥통'이란 말을 어디서 주워들었는지 굳이 묻지 않아도 뻔히 알고 있었다. 그래서 집에 돌아오자 아야코 옆에 다케오를 세워놓고 한참을 비난했다. 부모 서슬에 무덤덤한 아야코도 훌쩍훌쩍 울기 시작했지만, 다케오는 도리어 화를 내면서, 담임교사에게 지지 않은 아야코를 칭찬했다. 다케오의 생각에, 자고로 학교에서는 읽기, 쓰기, 산수만 배우면 되며, 그러려면 3년이면 충분하다. 더 공부하고 싶은 아이는 자기 좋을 대로 공부하면 그만이지만, 아야코처럼 장사 좋아하고 흥미도 있고 의욕도 있는 아이를 그 좁아터진 콘크리트 건물에 가둬두는 것은 '얼빠진 짓'이며, 아야코에게 공부하라고 강요하는 돼먹지 않은 교사를 '내 당장 달려가서 다리몽뎅이를 분질러놓겠다.'는 것이었다.

　식당일이 좋다는 아이의 마음을 왜 반갑게 받아주지 않느냐고 다케오는 딸 부부를 야단쳤다. 부모로서 그런 자랑거리가 또 있겠느냐는 것이었다.

　실제로 이 옥신각신은 다카라이 아야코의 장래를 정하는 데 커다란 분기점이 되었다. 아야코의 부모는 딸이 마음속으로는 '학교가 싫다, 노력이니 인내니 하는 것이 싫다, 식당일이나 하면 된다.'고 도피하는 것은 아닌가 걱정이었다. 그렇다면 그것은 그저 나태한 자의 자기합리화라고 치부했다. 그런 걱정을 잘 알면서도 역시 식당일이 좋기만 하다고 하니, 이 식당의 미래를 아야코에게 맡기기로 하자. 그렇다고 해도 의무교육은 건너뛸 수 없으며, 고교는 진학하지 않아도 좋다. 다만 상고에 진학한다면 식당 경영에 도움이 되는 부기를 배울 수 있으니, 그것은 한번 생각해 보지 않겠느냐고 권유하는 선에서 결론을 지었다.

"그리고 또 하나, 학교에 다니는 이상, 숙제는 빠짐없이 해야 한다. 선생님 말씀도 잘 듣고."

아버지가 다짐을 한 뒤로 아야코는 꽤 애써서 학교를 견뎌냈다. 중학교 3학년까지 참는 거다. 그러면 '지옥의 똥통'하고는 영원히 안녕이다.

그러나 아야코가 중학교를 마치기 전에 다케오가 덜컥 사망하고 말았다. 제일 의지하던 정신적인 지주를 잃자 아야코는 빠르게 빗나갔다. 다케오의 죽음은 시기로 봐도 더없이 나빴다. 중3 여름방학이어서 주위에서는 다들 입시니 수험이니 해서 야단이었다. 당시 다카라이 가에서는 아야코를 진학시키지 않기로 의견이 정해져 있었지만, 그것을 담임교사나 진로지도 교사에게 납득시키는 것이 난제로 남아 있어서 다카라이 부부도 속을 앓고 있었다. 이래저래 집안 분위기가 어두워지고 있었다.

다케오 사후에 아야코는 조금 빗나갔다. 밤에 또래들과 쏘다니며 놀다가 지도를 받은 적도 있고, 전에는 어울린 적도 없는 불량서클에 접근하기도 했다. 가방 안에 신나를 감추고 다니다가 아버지한테 얻어맞아 머리를 다섯 바늘이나 꿰맨 적도 있다.

조타수를 잃고 나뭇잎처럼 파도에 쏠리는 다카라이 가에서 가장 냉정하게 사태를 관찰하던 사람은 당시 열세 살이던 야스타카였다. 한창 예민한 나이에 접어들었지만 얌전한 기질을 타고나서 누이의 탈선에 편승하거나 영향을 받아 덩달아 빗나가는 일이 없었고, 빗나가는 누이를 미워하지도 않고 못 본 체하지도 않았다. 그저 두려웠다. 너무 두려워서 좀처럼 누이에게 접근하지 못했다.

야스타카가 누이를 싫어하지 않은 것은, 행실이 거칠어진 이유를 이해하고 있었기 때문이다. 소년의 눈에는 다 보였다. 훤히 보였다. 왜 아버지와 어머니나 교사에게는 그것이 보이지 않는지, 그것이 이상해서 견딜 수 없을 지경이었다.

아야코가 빗나간 것은 고교에 진학하지 않겠다는 결정을 교사가 이해해주지 않아서도 아니고, 교사가 강요하는 세상의 통념이 '지겨워서'도 아니고, 이러니저러니 하다가도 교사 앞에 서면 '굽신거리는' 부모가 한심해보여서도 아니다. 그런 것들도 조금씩 영향은 미쳤겠지만, 그것들은 결코 원흉이랄 만한 것은 아니었다. 바탕을 이루는 원인은 다케오의 죽음이었다. 그렇게 따르고 존경하던 할아버지가 죽어버린 것이다.

야스타카는 알고 있었다. 아야코는 다케오가 죽었다는 사실을 아직 받아들이지 못하는 것이다. 그것은 결국 '할아버지는 왜 죽어야 했을까?'라는 비통한 의문을 안고 있다는 말이 된다. 나아가 '사람은 왜 죽는 것일까?'라는 물음하고도 연결된다.

아야코나 야스타카나 가까운 사람의 죽음은 이번이 처음이었다. 따라서 '죽음'을 이해하려고 애써본 적이 한 번도 없었다.

세상에는 못된 놈들이 수두룩한데, 왜 그런 놈들은 멀쩡하고 할아버지가 죽었을까? 할아버지가 무슨 나쁜 짓을 했단 말인가. 내가 할아버지를 이렇게 좋아하는데, 왜 할아버지가 죽었을까?

도저히 납득이 가지 않는다. 이해할 수 없다. 순 엉터리 세상 아닌가. 아무것도 믿을 수 없다. 아야코는 그래서 거칠어진 것이다. 야스타카의 눈에는 그것이 뻔히 보였다.

그것은 아마도 누이와 나이가 가장 가깝고 눈높이가 그녀와 같은 만큼, 처음 경험하는 가족의 죽음에 야스타카 역시 크게 동요하고 있었기 때문일 것이다.

야스타카는 아야코만큼 할아버지와 친밀하지는 않았고, 솔직히 고백하자면 입이 건 할아버지가 무서웠다. 게다가 그는 손님을 대하는 것이 아무래도 성미에 맞지 않았다. 그는 할아버지나 부모나 아야코가 손님의 무리한 주문이나 불평을 능숙하게 받아주고, 당황하는 기색 없이 싱글벙글 웃으며 "매번 고맙습니다." 하고 인사하는 모습을 거의 신기한 곡예라도 보는 것처럼 바라보고 있었다. 그는 낯을 가리고 부끄럼을 타서, 종종 식당에 나가 있을 때 손님이 "어이, 학생, 여기 엽차 좀 줘." 하고 주문하면 온몸에 식은땀이 나서 냉큼 자리를 피할 정도였다. '다카라식당'의 손님은 요정 손님하고는 질이 다르다. 말씨도 거칠고 행실도 무뚝뚝하고, 또는 반대로 거북할 정도로 싹싹하다. 요컨대 이마에 땀을 흘리며 일하는 어른 남자들뿐이었다. 야스타카는 그들이 두려웠다.

게다가 누이와는 달리 야스타카는 공부가 싫지 않았다. 성적도 우수했다. 누이와 동생은 자석의 양극과 같았다. 다만 이 자석은 서로 끌어당길 정도로 서로를 잘 이해하고 있지 못했다. 그저 양극에 자리잡고 건너편 존재를 멀찍이 바라보고 있을 뿐이었다.

 그래도 학교가 싫고 공부가 싫은 아야코였지만, 이상하게도 동생이 공부 잘하는 것을 꽤 자랑하고 다녔다. 그녀가 친구들에게 "내 동생은 머리가 좋아." 하고 자랑하는 것을 우연히 들은 적도 있다. 그것은 쑥스럽고도 기분 좋은 일이었지만 이해할 수 없는 일이기도 했다.

 사망한 다케오가 야스타카를 아야코만큼 총애하지 않은 것은, 따라서 당연한 일이었다. 야스타카는 할아버지의 죽음이 슬프기는 했지만, 아야코의 그것처럼 가슴이 터지고 피가 터져 나올 것 같은 비탄은 아니었다.

 아야코의 탈선이 최고조에 달할 즈음, 야스타카는 부모의 안색을 살피며 조심스레 자기 의견을 전했다. 아버지도 어머니도 이 똑똑한 아들이 종종 어린 아이라고 생각할 수 없을 만큼 통찰력이 있고, 또 그것을 말로 표현할 줄도 안다는 것을 알고 있었다. 또 다카라이 가에는 가족의 말에 경청하는 매우 바람직한 가풍이 있었다. 부부는 야스타카의 말에 귀를 기울였다. 그리고 얼마 후, 야스타카는 분명하게 얘기 듣지는 않았지만 아무래도 그의 의견이 힘을 발휘해서 부모가 아야코와 대화를 한 것 같았다.

 아야코의 생활태도가 눈에 띄게 변화하지는 않았다. 결국 그녀의 방황은 중학교를 졸업할 때까지 이어졌다. 학교라는 족쇄가 풀려서 마음이 편해진 것과, 생활의 리듬이 바뀐 것이 주효했을 것이다. 그녀가 사귀던 불량한 친구들이 모두 진학해서 관계가 소원해졌다는 점도 있다.

강제당한 집단생활을 떠나자 아야코는 어떤 의미에서 고독해졌다. 그러자 그때까지 선창 밑바닥에 눌려 있던 본래의 아야코가 몸을 일으켰다. 장사를 좋아하는 피도 들끓기 시작했다. 손님 중에 아야코와 친한 운전사들도 있는데, 조금 냉정해지자 그들의 걱정스런 얼굴도 아야코의 시야에 들어왔다.

다카라이 아야코는 천천히 자기 키를 잡고 조타를 시작했다. 이는 부모에게도 각자의 조타실로 돌아갈 기회를 주었다. 마침내 질풍노도에 휩쓸리던 시절의 흔적은 오른쪽 관자놀이에서 옆으로 한 줄기 선명하게 나 있는 메시만 남게 되었다.

이리하여 다카라이 가도 '다카라식당'도 정상궤도로 돌아왔다. 야스타카의 생활에도 평온이 찾아왔지만, 어린 마음에 또렷하게 각인된 것이 있었다. 누이의 마음속에 '사람은 왜 죽을까?'라는 의문이 해결되지 않은 문제로 남아 있다는 것이다. 그녀는 그것을 말이나 사상으로 의식하지는 않았다. 그래서 행실이 거칠어졌던 것이지만, 생활태도가 예전처럼 돌아와도 그 의문은 해결되지 않은 채 침전해 있었다.

그리고 또 하나, 누이가 누굴 좋아하면 깊이 좋아한다는 것이다. 이는 상대가 꼭 식구가 아니라도 마찬가지일 것이다. 누이는 마음이 뜨거운 사람이구나, 하고 소년 야스타카는 생각하고 있었다. 그렇기 때문에 할아버지를 잃은 슬픔이 너무나 깊고 상처가 컸던 것이고, 거기서 쉽게 헤어날 수 없었을 것이다.

그 뒤 아야코가 연애를 하고, 그 결과 열여덟 나이로 아기 엄마가 되었을 때, 소년과 청년의 중간쯤까지 성장해 있던 야스타카는 더욱 풍부해진 어휘로 '누나는 정이 깊은 사람'이라고 생각했지만, 의미는 한가지였다.

그런데 6월 2일 일요일 오후, 야스타카가 방에서 워드프로세서와 씨름하고 있을 때 복도에서 어머니 도시코의 목소리가 들렸다. 어머니는 "나 들어왔다."라고 말했다. 어느새 외출했다 들어온 것이다.

부모와 누이와, 누이의 갓난아기 유스케는 점심식사 때 한 자리에 앉았다. 그때 점심 먹은 다음 모두들 오카치마치에 있는 중화요리 식재점에 장보러 가자는 이야기가 나왔다. 부모는 언제나처럼 휴일이면 기운이 팔팔했지만, 아야코는 조금 감기 기운이 있다고 했다. 미열이 있으니 자기는 오후에 방에서 자겠다고 했다. 실제로 그녀는 안색이 아주 좋지 않고, 종종 귀에 거슬리는 갈라진 소리로 기침을 하고 있었다.

그러고 보니 오늘 아침 아야코는 방에서 나오는 시간도 많이 늦었었다. 걱정이 된 도시코가 안부를 살피러 들여다보았을 정도다. 매우 드문 일이었기 때문이다.

갓난아기 유스케는 생후 두 달이 채 안 되어, 아직은 밤이고 낮이고 없다. 엄마 아야코로서는 유스케와 나란히 잘 수 있는 때가 밤이고, 유스케를 위해서 일해야 할 때가 낮이었다. 야스타카는 누이의 생활이 놀랍기만 했다. 아야코는 유스케를 보살피면서도 가사를 돕고 식당에도 얼굴을 내밀고 바지런하게 일했다. 누이가 늘어지게 늦잠을 자는 것은 본 적이 없었다. 그러던 그녀가 좀처럼 일어나지 않았으니 컨디션이 상당히 안 좋은 것이다.

도시코도 아야코의 파리한 얼굴을 보고 걱정이 되었는지 외출 계획을 접으려고 했다. 하지만 아야코는 그녀로서는 드물게 조금 신경이 날카로운 말투로, 나 신경 쓰지 말고 나갔다와라, 그동안 방에서 자고 있을 테니까, 라고 말했다. 도시코가 아기한테 감기가 옮으면 안 된다는 둥, 열은 재보았냐는 둥 여러 가지 말을 했지만, 아야코는 나른한 표정으로 흘려듣다가 유스케를 안고 자기 방으로 들어가 버렸다.

아야코와 유스케가 쓰는 방은 야스타카의 방과 마찬가지로 3층 남쪽에 있지만, 두 방 사이에 계단과 복도가 있다. 그래서 서로 방에 틀어박혀 있으면, 어지간히 큰 소리가 아니면 듣지 못한다. 야스타카는 쓰던 원고로 머릿속이 가득 차서 점심식사가 끝나자마자 방에 틀어박혀서 꼼짝도 하지 않았다. 부모가 외출을 했는지, 아야코가 잠을 자는지 정확한 상황은 알지 못했다.

야스타카가 책상 앞에 앉은 채 대답을 하자, 도시코가 방문을 열고 얼굴을 디밀었다. 일찍 오셨네요, 하고 그가 말하자, 암만해도 걱정이 돼서 일찍 돌아왔다고 말했다. 어머니는 "아야코는 어떠니?" 하고 물었다.

나는 내내 여기 있었기 때문에 잘 몰라요, 하고 야스타카가 대답했다. 도시코는 이어서, 유스케가 울지는 않든? 하고 물었다. 잘은 모르지만, 우는 소리는 들리지 않았던 것 같다고 야스타카는 말했다. 방 안을 들여다보시면 아실 거 아녜요?

그러자 어머니는 말했다. "들여다봤는데, 없어."

야스타카는 놀랐다. 누나가 외출을 했나? 한마디 남겨두고 나가면 좋았을 것을. 평소에는 꼭 그렇게 했다.

가까운 데 장보러 간 것은 아닐까요? 하고 야스타카는 말해보았다. 감기약을 사러 간다든지.

"가까운 데가 아닌걸. 유스케 가방까지 들고 나갔으니까."

유스케 가방이란 유스케의 기저귀나 우유병 등을 넣고 다니는 커다란 비닐 숄더백이다. 아야코가 유스케를 데리고 외출할 때면 꼭 챙기는 물건이다.

"주차장에 자동차가 있는지, 지금 아버지가 보러 갔다."

도시코는 굳은 얼굴로 말했다. 다카라이 가에는 차가 두 대 있다. 한 대는 대형 밴으로, 패밀리카와 업무용을 겸한다. 또 한 대는 하얀 미니로, 주로 도시코가 사용한다. 두 대는 집 바로 뒤 주차장에 세워둔다.

아야코는 운전학원에 다닐 때 임신한 것을 알았다. 무쓰오와 도시코는 당장 운전 교습을 그만두라고 타일렀지만, 겁을 모르는 그녀는 결국 끝까지 다녀서 무사히 운전면허를 땄다. 무쓰오의 말을 빌리면, 소질을 타고났는지 여자치고는 운전 감각이 좋은 편이라는데, 면허를 딴 지 얼마 지나지 않아서 배가 잔뜩 부풀어 올라, 실제로는 거의 운전을 해보지 못했다. 그래도 출산 후에는, 배운 것을 까먹는 것이 아깝다고 하면서, 도로가 한산한 야간에 하얀 미니를 몰고 나가서 연습을 했는데, 그것은 어디까지나 연습이었지 차를 타고 멀리 가본 적은 없었다.

하지만 주차장을 보고 온 무쓰오는 하얀 미니가 없다고 했다.

"유스케를 태우고 나간 게로군."

"병원엘 갔을까요?" 하고 도시코가 말했다. "휴일에 진료하는 병원이 이 근처 어디에 있지 않던가요?"

그렇다면 야스타카에게 한마디 일러두고 나갔을 것이다. 게다가 휴일에 진료하는 병원을 찾아가야 할 만큼 상황이 나빴다면, 운전이 익숙지 않은 자가용차보다 택시를 불렀을 것이고, 필시 야스타카에게 함께 가달라고 말했을 것이다. 혹은 가능성이 더 희박하긴 하지만, 야스타카에게 유스케를 맡기고 혼자 가던가.

걱정을 하며 고개를 갸웃거리고 있는 동안에도 시간은 흘러갔다. 아야코도 걱정이고, 그녀가 데리고 간 아기도 걱정이므로 걱정이 곱이다. 도시코는 괜히 야스타카에게 화풀이라도 하듯이, 너 정말 아무 소리도 못 들었느냐고, 다짐을 놓았다.

야스타카의 머릿속에서도, 열심히 쓰던 원고 내용은 점점 빠져나가고 현실의 걱정과 불안이 천천히 그 자리를 대신 채워갔다. 가상현실이나 현실이나 입력정보라는 점에서는 등가를 갖는다는 소리는, 집안의 이런 걱정거리 앞에서는 초등학생의 억지처럼 유치하고 어찌되든 상관없는 일처럼 느껴진다. 그러면서도 한편에서는 이런 자잘한 일상과, 아까까지 원고지 위에 쓰던 것은 차원이 다르다는 고집스러운 긍지도 있어서, 야스타카는 매우 초조했다. 그래서 5시를 지날 즈음 아야코가 홀연히 돌아왔을 때는 하마터면 분통을 터뜨릴 뻔했다.

그녀는 잠자코 문을 열고 들어와 현관에서 맥없이 털썩 주저앉았다. 그 통에 야스타카의 분노는 순식간에 날아가 버렸다.

아야코는 병을 앓고 있는 것이 틀림없었다. 아기를 받으려고 손을 뻗은 야스타카는, 아야코의 날숨이 뜨겁다는 것과, 몸을 희미하게 떨고 있다는 것을 알았다.

"큰일났네…… 누나, 열이 대단해!"

야스타카는 큰 소리로 부모를 불렀다. 도시코도 야스타카 못지않게 질겁해서 서둘러 아야코의 손에서 유스케를 받아들었다.

"무슨 일이니? 어딜 갔었어?"

아야코는 젖은 솜처럼 널브러져서 대답을 하지 않는다.

"애, 말 좀 해봐!"

"역정은 나중에요, 엄마."

고개를 앞으로 떨구고 당장이라도 고꾸라질 것 같은 아야코를 야스타카는 아버지와 둘이서 부축해 일으켜서 힘겹게 그녀의 방까지 데려갔다. 아야코는 고통스럽게 밭은 숨을 쉬었고, 종종 심한 기침을 했다. 눈은 뜨고 있었지만 눈동자는 멍하니 초점이 없고, 핏기가 가신 볼과 대조적으로 새빨갛게 충혈되어 있다.

도시코가 아야코를 파자마로 갈아입히고, "몸이 차갑게 식었구나." 하고 혼잣말처럼 말했다. "유스케를 데리고 어딜 갔었을까?"

다행히 유스케는 꽤 건강해 보이고, 엄마와 떨어져서 조금 울었지만, 기저귀를 갈아채우고 우윳병을 물려주자 기분이 풀린 듯했다. 도시코와 무쓰오가 아야코에게 정신이 팔려 있자, 야스타카는 어색한 자세로 유스케를 안고 거실 안을 천천히 돌면서 달랬다. 유스케는 기분이 좋은지 방실방실 웃었다.

"아가, 엄마랑 어딜 갔었어?"

야스타카가 묻자 또 방긋이 웃는다.

"너한테 묻는 내가 바보지, 그치?"

아야코를 재우고 무쓰오와 도시코가 거실로 나왔다. 일동은 얼음을 사와야겠어, 그보다 먼저 병원에 데리고 갈까, 하며 두서없이 이야기를 했다.

"근데 차는? 차는 주차장에 있나요?"

야스타카가 그렇게 말하자 무쓰오는 즉시 주차장으로 갔다. 금세 돌아왔지만 무슨 일인지 겁에 질린 얼굴이었다.

"있어. 아야코가 어디를 돌아다닌 걸까?"

"그게 뭔 상관이에요. 병원 가는 게 급해요. 저 애를 태우고 가려면 밴이 낫겠지요?"

"아무래도 이상해." 무쓰오는 여전히 딴말을 한다. 아버지의 낯에 야스타카도 뭔가 불안해졌다.

"차가 어떤데요?"

무쓰오는 굵은 눈썹을 찡그렸다. "범퍼가 찌그러져 있어."

접촉사고라도 일으킨 것일까?

"그야 수리하면 되잖아요."

"그것만이 아냐. 차체가 지저분해. 흙탕물이라도 뒤집어쓴 것 같아. 얘, 야스타카, 미니를 세차한 게 언제냐?"

이 집에서 세차는 야스타카의 몫이다. 그 대신 나중에 면허를 따는 날에는 자동차 구입에 필요한 계약금을 대주기로 약속되어 있었다.

"그제였나? 엊그제였나? 잘 기억나지는 않지만 세차한 지 얼마 안 돼요."

"근데 차가 왜 저렇게 지저분하냐?"

"잠깐만요, 지금 무슨 얘기예요?"

도시코가 신경질적으로 말했다. 어머니는 매사에 분명한 사람이지만, 그런 만큼 어떤 상황이든 자기가 납득이 안 되면 언짢아했다.

"아야코의 미니가 지저분한 게 뭐가 이상하다는 거예요?"

야스타카는 아버지가 뭘 걱정하는지 알 것 같았다.

"누나가 어젯밤 그 큰비가 올 때 차를 몰고 어디를 갔다 온 걸까요?"

무쓰오는 눈썹을 잔뜩 찡그린 채로 있다. 도시코는 조금 놀란 얼굴로 눈을 깜빡거리다가 불쑥 화를 냈다.

"말도 안 되는 소리! 어젯밤 아야코와 유스케는 분명히 집에 있었어. 그런 날씨에 아기를 데리고 어딜 갔다왔다는 거야."

야스타카 품에 안겨 있는 유스케가 문득 "그윽" 하는 소리를 냈다. 야스타카는 당황해서 아기 등을 문질러주었다.

"너, 우유 먹인 뒤에 트림 시켰니? 안 시켰지?"

도시코가 야스타카의 손에서 아기를 건네받았다. 보드랍고 따뜻한 것이 품을 떠나자 야스타카는 갑자기 추워졌다.

"하지만 차가 지저분하니 그렇게밖에 생각할 수 없잖아."

"어젯밤 내린 비로 그렇게 되었겠죠."

도시코는 억지를 쓴다. 주차장에 지붕이 있다는 것을 잊고 있는 것 같다.

"어젯밤 그 빗속을 돌아다니다가 감기에 걸린 걸까."

무쓰오는 현실적이다. 야스타카는 고개를 끄덕였다.

"그렇게밖에 생각할 수 없어요."

"그럼 아까는 어딜 갔다 왔을까?" 하고 도시코는 중얼거렸다.

"알 수 없죠. 나중에 물어보는 수밖에 없어요. 그보다 정말 누나를 병원에 데려가는 게 좋지 않을까요?"

휴일에 진료하는 병원을 찾아보겠다면서, 도시코는 유스케를 안고 계단 밑 사무실로 내려갔다. 이름은 사무실이지만 책상만 하나 달랑 있을 뿐이고, 물론 전화번호부는 가지고 있었다.

"아무래도 예감이 안 좋아." 하고 무쓰오가 신음하듯이 말했다.

야스타카는 아버지의 얼굴을 옆에서 보면서, 뭐라고 대답해야 좋을지 망설이고 있었다. 아버지가 안 좋은 느낌의 예감으로 누구의 얼굴을 떠올리고 있는지, 야스타카는 잘 알고 있었다.

"아야코가 또 그 자하고 싸운 건 아닐까."

그렇다. '그 자' 다. '그 자' 가 분명하다.

"그야 모르죠. 그런 것 같기는 하지만."

무쓰오는 지겹다는 듯이 혀를 끌끌 찼다. "더 이상 만나지 말라고 그렇게 말했는데."

"단정하기에는 아직 일러요." 하고 야스타카는 말했다. "그리고…… 만약 누나가 그 자를 만나러 갔다고 해도 할 수 없는 일이잖아요."

"뭐가 할 수 없는 일이냐. 할 수 없는 일은 아무것도 없어." 무쓰오의 숨소리가 거칠어졌다. "바보 같은 소리 하지 마라."

야스타카도 특히 이 일에 관해서는 아버지가 금세 격해지고 이해력이 나빠진다는 것은 벌써부터 알고 있었지만, '바보'라는 소리를 듣고 보니 역시 기분이 상했다.

"그 사람 얘기만 나오면 욱하시는데, 이제 그만하실 수 없어요? 누가 뭐래도 그 사람은 유스케의 아버지잖아요."

무쓰오의 얼굴이 벌게졌다. 부끄러워하는 것이 아니라 피가 거꾸로 치솟은 것이다.

"그런 놈이 어떻게 애 아빠냐! 또 그런 소리 했단 봐라!"

그렇게 내뱉고 야스타카를 밀어젖히듯 하며 계단을 내려갔다. 발소리가 쿵쿵 들려온다.

야스타카는 한숨을 지었다. '그 자', 그 자는 계속 다카라이 가의 불씨로 남을 것이다. 하지만 유스케라는 아기가 여기 있는 이상, 그리고 모두들 유스케가 귀여워 어쩔 줄 모르는 이상, 언제까지나 '그 자'에 연연하는 것은 너무나 불행한 일이라고 야스타카는 생각한다. 아버지 어머니가 이제 조금 더 냉정해지고, 누나가 '그 자'에 대한 마음을 조금만 접어주면 많은 다툼과 갈등이 사라질 것 같았다.

아래층에서 유스케가 울고 있다. 도시코가 달래는 소리가 들려오지만, 잘 되지 않는 눈치다.

아기는 엄마의 건강과 기분을 민감하게 감지하고 반응한다. 그리고 아기가 엄마의 건강이나 기분의 이상을 감지하고 보챌

때, 정말로 아기를 달래줄 수 있는 사람은 역시 엄마밖에 없다. 이것만은 할아버지 할머니도 못하는 일이다.

왠지 갑자기 맥이 쏙 빠지는 것 같아서 야스타카는 또 한숨을 토했다. 유스케가 우는 소리를 듣고 있으니까 한층 울적해진다. 방으로 돌아가 쓰던 원고나 다시 쓰자, 생각하고 복도로 들어설 때 아야코의 방문이 덜컹 열렸다.

"누나?"

야스타카는 발길을 멈추고 아야코를 불렀다. 문은 20센티미터쯤 열렸지만 아야코는 얼굴을 내밀지 않는다. 야스타카는 문으로 다가가서 들여다보았다.

"누나!"

그리고 말문이 막히고 말았다. 파자마를 입은 아야코가 바닥에 쪼그리고 앉아 문에 기대고 있었다. 야스타카는 누이 옆에 앉아 부축해서 일으키려고 했다. "왜 그래, 누나? 몸이 그렇게 안 좋아?"

아야코는 두 손을 볼에 댄 채 몸을 부들부들 떨고 있었다. 바짝 탄 입술을 조금 벌리고 입으로 호흡을 하고 있다.

"화, 화장실에 가려고."

야스타카의 팔을 붙들려고 하면서 겨우 말을 짜냈다. 말을 채 마치기 전에 심한 기침이 터져나왔다.

야스타카는 누이를 부축해 일으켰다.

"화장실에 데려다줄게…… 아, 잠깐만."

누이를 문에 기대어놓고 그녀의 침대로 뛰어가 파자마 위에 걸칠 가운을 가져왔다. 그것을 아야코에게 입히고 천천히 화장실까지 데려갔다.

"지금 엄마가 휴일에 문을 여는 병원을 찾고 있어."

"병원은 됐어." 받은기침을 하면서 아야코가 대답했다. "신경 쓰지 말고 내버려둬."

또 거부하는 말을 한다. 왜 우리 집 식구들은 모두들 이렇게 고집스러울까.

"어떻게 내버려두라는 거야. 누나가 드러누우면 유스케는 어떻게 하라고."

아야코는 노파처럼 허리를 구부린 채 비틀비틀 걸어서 화장실로 들어갔다. 줄곧 기침을 하고 있다. 야스타카는 누이가 화장실 안에서 쓰러지면 어떻게 하나, 하고 안절부절 못하고 있었다.

잠시 뒤 아야코는 힘겹게 제 힘으로 화장실에서 나왔다. 야스타카가 다시 손을 내밀어 부축하려고 하자 고개를 거칠게 도리질하며 세면대 쪽으로 몸을 숙였다. 먼저 심하게 기침을 하고 나서 토했다. 야스타카는 당황해서 수건을 내밀며, 누나가 토한 것을 힐끔 보았다. 상상하던 것처럼 오물은 아니고 물 같은 것밖에 없었다. 누나는 지금까지 아무것도 안 먹었던 것일까?

아야코의 기침은 잦아들지 않았고, 세면대에 몸을 구부린 채 헛구역질을 거듭하고 있다. 야스타카는 누이의 등을 쓸어주었다. 심하게 떨고 있다. 걱정을 넘어서 겁이 덜컥 났다.

"누나, 구급차를 부를까? 응?" 하고 달래듯이 말을 건넸. "당장 병원에 가는 것이 좋겠어. 이거, 아무래도 이상해. 폐렴일지도 몰라."

아야코는 기침을 하고 침을 뱉으면서 도리질을 했다. "병원 같은 거 필요 없어."

"애들처럼 고집 피울 때가 아냐!"

"놔두라니까."

아야코는 울부짖듯이 말하고 세면대에 얼굴을 묻었다. 듣고 있는 야스타카까지 폐가 찢어지고 속이 뒤집힐 것 같을 정도로 심한 기침이 시작되었다.

"전화하고 올게."

야스타카는 세면대에 매달린 아야코를 두고 그 자리를 떠났다. 하지만 복도로 나오자 바로 꽈당, 하는 소리가 났다. 놀라서 돌아가 보니 아야코가 세면실 바닥에 쓰러져 있었다.

"누나!"

야스타카가 아야코 곁으로 달려가 쪼그리고 앉자, 그녀는 몸을 둥글게 구부린 채 기침을 시작했다. 야스타카는 누나의 등을 쓸면서 고개를 들어 큰 소리로 아래층의 부모를 불렀다.

"아빠! 엄마! 빨리 와 봐요!"

그리고 그때 비로소 바닥에 쓰러져 있는 아야코가 눈물을 뚝뚝 흘리고 있다는 것을 알았다.

다카라이 아야코는 집 근처 구급병원으로 실려 갔다. 급성폐렴 진단을 받고 병실에서 안정을 취한 것은 오후 6시가 지나서였다.

2인실의 창문 쪽 침상이었다. 다른 침상은 비어 있어서 개인실이나 다름없었다. 야스타카는 도시코가 시키는 대로 입원 생활에 필요한 것들을 사오거나 간호실에 인사하러 갔다. 무쓰오는 유스케를 안고 달래면서 병실 주위를 거닐다가 유스케가 보채면 아야코 얼굴을 보여주러 병실에 들어왔다. 도시코는 가끔 빈 침상에 유스케를 뉘고 기저귀를 가는 등 온 가족이 모두 매달린 상태였다.

완전간호이므로 가족의 간병은 필요 없으며, 오히려 금지되어 있다는 간호사의 설명에 도시코는 놀라기도 하고 분하기도 했다. 입원할 정도로 증상이 심각한 환자에게는 무엇보다도 가족의 간병이 필요하다는 것이 그녀의 지론이었다. 시아버지가 투병할 때도, 시어머니가 투병할 때도 내가 병원에서 숙식하면서 보살펴드렸는데, 하며 병원의 방침에 내내 분개해했다.

하지만 아야코가 쓰러지자 유스케 돌보는 일이 전부 도시코의 몫이 되었으므로 현실을 보더라도 도시코가 병실에 숙식할 수는 없는 일이었다. 행인지 불행인지 아야코는 모유가 적어서 유스케에게 오로지 분유만 먹이고 있어서 그 문제라면 걱정이 없었지만, 엄마가 곁에 없는 것을 민감하게 느끼는지, 유스케는 기분이 좋지 않았다.

"역시 엄마 건강이 나쁜 것을 아는구나, 가엾게도."

도시코는 유스케를 안고 달래면서 자기도 눈시울을 적시고 말았다.

저항력이 부족한 아기를 병실에 오래 두는 것은 좋지 않다고 간호사가 말했다. 야스타카가 듣기에도 그것은 지극히 상식적인 충고였다. 그래서 면회시간이 끝나는 오후 8시까지 자기가 병실에 남아서 누나를 지키고 있을 테니까 엄마 아빠는 유스케를 데리고 먼저 돌아가라고 제안했다.

도시코는 미련이 많았지만, 유스케를 생각해서 마지못해 납득하고 병실을 물러났다. 7시 가까이 되자 마침내 야스타카는 병실에 누이와 둘이 있게 되었다. 그는 등받이 없는 의자를 침상 옆에 붙여 놓고 앉았다.

아야코는 깜빡깜빡 자고 있다. 왼팔에 링거 바늘이 꽂혀 있고, 수건에 싼 얼음베개를 베고 있는데, 얼굴은 병실 침구 못지않게 새하얗다. 마른 입술 사이로 숨소리가 휴, 휴, 새어나온다. 아야코는 무슨 꿈이라도 꾸는지 종종 몸을 움찔움찔 움직였다. 그때마다 링거 튜브가 흔들린다.

야스타카는 두 손으로 천천히 얼굴을 문질렀다. 눈을 감아도 아야코의 불규칙하고 얕은 호흡소리는 잘 들렸다.

지금은 아야코에게 아무것도 물을 수 없다는 것은 알고 있었다. 야스타카는 누이의 잠든 얼굴을 말없이 지켜보는 수밖에 없었다. 그리고 누이의 저 망가진 모습을 보면서, 역시 어젯밤에 누나와 '그 자' 사이에 무슨 안 좋은 일이 있었구나, 하고 생각했다.

그 자. 아야코를 제외한 다카라이 가의 세 사람 사이에서는 오로지 이 대명사로 불리지만, 그에게도 물론 이름이 있다. 야시로 유지. 아야코보다 세 살 많으니까 지금 스물한 살이다. 아빠가 되기에는 너무 젊은지도 모른다.

야스타카가 야시로 유지를 처음 만난 것은 불과 1년쯤 전이다. 그가 다카라이 가를 찾아왔다. 그때는 이런 일을 전혀 예상하지 못했지만, 야시로 유지가 정식으로 다카라이 가를 방문한 것은 이때가 처음이자 마지막이었다.

  그때 아야코의 뱃속에는 벌써 유스케가 깃들어 있었다. 누이한테 애인이 생긴 것 같다는 것은 어렴풋이 짐작하고 있었지만, 임신했다는 소식에는 놀라지 않을 수 없었고, '속도위반'이라고 놀리기도 했다. 누이가 그와 결혼할 거라고 믿고 있었으므로 축하한다고 말하기도 했다. 그때 아야코가 마냥 기뻐하거나 떠벌리지 않고 문득 눈길을 떨어뜨린 것도 쑥스럽기 때문일 거라고 생각했다.

  부모 역시 아야코의 임신에 놀라지 않을 수 없었다. 다만 가업을 잇기로 한 탓에 또래보다 훨씬 빨리 사회인이 된 딸이므로, 무쓰오와 도시코는 딸의 결혼도 빠를 것으로 예상했고, 또 그편이 좋다고 생각하고는 있었다. 특히 도시코는, 아야코는 성실하다. 일찍 가정을 꾸리게 해주고 싶다. 틀림없이 좋은 아내, 좋은 엄마가 될 거라고 기회가 있을 때마다 말하곤 했다. 여자가 혼자 빈둥거리고 있어서 좋을 게 하나도 없다는 말도 했다.

  그래서 결혼도 하기 전에 임신을 했다고 해서 길길이 화를 내거나, 뱃속 아기의 아빠를 사위로 맞이하는 데 반대하는 부모는 아니었다. 상대방 인물에 틀림이 없고, 무엇보다도 아야코가 그 사내를 좋아한다면 딸의 행복을 위해서 전향적으로 생각할 준비는 되어 있었다.

야스타카는 분명히 기억하고 있다. 그날은 비가 추적추적 내리고 있었다. 그 며칠 전, 아야코의 입에서, 애인이 있고 그 남자 아기를 임신했다는 것, 그가 그 일로 곧 집을 찾아올 거라는 이야기가 나왔다. 그 뒤로 부모는 왠지 일손이 잡히지 않아, 딸의 얼굴을 곁눈질하며 왠지 쑥스러운 듯 주뼛주뼛거리고, 조금은 쓸쓸한 묘한 심정으로 일하고 있었다.

야스타카는 십대 중반에 '삼촌'이 된다는 사실에 어안이 벙벙했고, '자형'이라는 사내와 어떻게 어울려야 좋을지 얼른 상상이 안 되었다. 이번 일로 자기 인생이—물론 그럴 리는 없지만—조금 옹색해진 듯한 느낌도 들고, 물론 아야코가 행복하기를 바라지만, 조금은 화가 나지 않는 것도 아니어서, 누구한테 화풀이라도 하고 싶은 심정이었다.

아야코는 내내 날씨 걱정을 하고 있었다. 마치 비가 내리면 애인이 외출을 귀찮아해서 약속을 취소하고 다카라이 가를 방문하지 않기라도 할까봐 걱정하는 것 같았다.

아야코가 고교에 진학하지 않기로 결정했을 때, 부모나 아야코 본인이 조금 마음에 걸렸던 것은 친구가 적어지고 교우관계가 좁아지는 것은 아닐까 하는 것이었다.

같은 또래의 보통 아이들이 고교에 다닐 때 일을 하거나 다른 길을 걸어간다면 자연히 그들과는 멀어지고 자기보다 나이 많은 어른들이나 다른 세계 사람들과 어울릴 기회가 압도적으로 많아질 것이다. 그것이 아야코에게, 아야코의 장래와 행복에 어떤 영향을 미칠지, 이것만은 통 예상이 되질 않았다.

그리고 실제로 당시 열일곱 살 아야코가 애인으로 고른 남자는 당시 스무 살의 야시로 유지라는 회사원이었다. 아야코가 고교생이었다면 스무 살 청년을 만나 사랑에 빠질 일도 없었을 것이다. 서클 선배나 친구의 오빠를 만날 수도 있겠지만, 그런 기회는 지극히 제한되었을 것이다. 십대인 아야코의 학교 생활을 장식해줄 보이프렌드는 동급생이나 상급생 중에 있을 공산이 크다.

그러므로 야시로 유지가 찾아오는 것을 기다리면서 가족들이 일손을 잡지 못하고 있을 때 야스타카는 이제 누이는 아주 먼 곳으로 가버리게 되겠구나, 하는 생각을 하고 있었다. 누이의 인생길에 서 있는 푯말에는 나의 그것과는 전혀 다른 말, 다른 그림, 다른 기호가 적혀 있는 것이다…….

방에서 막연히 그런 생각을 하고 있는데, 아래층에서 부르는 소리가 났다. 손님이 오셨으니 내려와서 인사를 하라고, 도시코가 묘하게 변한 목소리로 말했다.

야스타카는 계단을 내려가 거실에서 처음으로 야시로 유지와 얼굴을 마주했다.

문을 열고 그와 마주치는 순간까지 내가 누이의 애인에 대하여 구체적으로 무엇을, 어떤 청년상을 기대하고 있는지 야스타카 자신도 잘 알지 못했다. 이런 구체적인 장면에 맞닥뜨리지 않을 때라면, 그냥 해보는 말로라도, 엘리트는 감당하기 힘들다든지, 너무 잘생긴 남자는 역시 여자관계가 복잡하게 마련이니까 좋지 않다든지, SF를 좋아하는 사람이라면 적어도 얘깃거리가 없어서 고생하는 일은 없을 거라든지, 얼마든지 조건을 내놓을 수 있었겠지만, 이 단계까지 와 버렸으니 무엇을 생각해도 다 소용없다. 현실을 그대로 받아들이는 수밖에…….

그러나 야시로 유지라는 청년의 얼굴을 처음 본 순간, 야스타카는 퍼뜩 생각이 들었다.

'이 사람 표정이 왜 이래?'

야시로는 막 부모와 인사를 나누는 참이었다. 거실 응접세트 옆에 파란 양복을 입고 출입구를 등지고 서 있었다. 야스타카가 거실로 들어가자 도시코가 먼저 알아보고, "아, 동생 야스타카예요."

그리고 야시로가 뒤를 돌아보았다. 야스타카는 그의 얼굴을 똑바로 보았다.

왠지 울상을 지은 듯한 얼굴이었다.

이것은 나도 언제가 될지는 몰라도 장차 겪어야 하는 장면이다, 라고 야스타카는 생각하고 있었다. 연인의 부모를 만나는 의식.

물론 긴장되겠지. 혀가 꼬일지도 모르고, 식은땀이 줄줄 흐를 것이다. 슬리퍼를 신으려고 하다가 발이 걸려 넘어질지도 모른다. 미래의 나 역시 틀림없이 그럴 것이다.

게다가 누이 커플의 경우, 벌써 배가 불렀지 않은가. 차마 얼굴을 마주하기가 부끄러울 것이다.

그것은 안다. 잘 알고 있다. 하지만 아무리 그렇다고 해도 이자는 왜 이렇게 우그러진 인상을 하고 있을까?

그리고 소파 옆 야시로 쪽에 서 있는 아야코를 힐끔 보았다. 아야코가 있는 자리는 가족이 아니라 손님이 왔을 때 앉는 곳이었다.

그녀 역시 울상을 짓고 있었다.

이래서는 도저히 '행복 시작'이라고 할 수가 없잖아, 하고 야스타카는 생각했다. 그리고 한 시간도 지나지 않아, 그 느낌이 맞았다는 것과 부모도 이 자리가 시작될 때부터 그것을 느끼고 있었다는 것을 알게 되었다.

야시로 유지는 그날 아야코와 결혼하게 해 달라고 부탁하기 위해 다카라이 가를 찾아온 것이 아니었다.

등받이가 없는 병원 의자는 좌대가 딱딱해서 계속 앉아 있자니 엉치뼈 근처가 아팠다. 야스타카는 자세를 조금 편하게 하려고 누이의 침상 가장자리에 팔꿈치를 대고 몸을 숙였다. 그 동작이 이불에 전해졌는지, 아야코가 목을 조금 움직이더니 마침내 천천히 눈꺼풀을 열었다.

"아, 미안." 야스타카가 당황해서 말했다. "깨웠나봐."

아야코는 천천히 눈을 껌뻑이면서 자기 몸을 덮고 있는 하얀 모포나 시야 가장자리에 매달려 있는 링거 병, 병실 천장이나 침대의 파이프 난간 등을 멍하니 바라보고 있었다. 그리고 나서야 겨우 눈길이 야스타카의 얼굴 위에 떨어졌다.

야스타카는 누이 얼굴을 들여다보았다.

"여긴 병원이야. 구급차로 왔어. 누나, 폐렴이래."

아야코의 호흡은 밭고 눈은 충혈되고 입술은 바짝 말라 있었다.

"애기 걱정은 하지 마. 별로 울거나 보채지 않으니까. 조금 전까지 아빠 엄마가 모두 여기 있었는데, 면회시간이 정해져 있어서 집으로 돌아갔어."

아야코의 입술이 희미하게 움직였다. 목구멍 안쪽을 긁는 듯한 기침이 터지자 야스타카를 외면했다. 기침이 심해서 아야코의 몸이 비틀렸다.

도시코라면 등을 쓸어줄 수도 있겠지만, 야스타카는 손을 내밀지도 못하고 엉거주춤 보고 있는 수밖에 없었다. 링거 튜브가 엉키지 않도록 서둘러 아야코의 팔을 누르는 것이 고작이었다.

발작 같은 기침이 겨우 잦아들자 아야코는 머리를 침상 중앙으로 돌렸다. 얼음베개에서 꿀렁, 하는 소리가 났다. 손을 뻗어 만져보니 벌써 미지근해져 있다.

"베개 갈아줄까?"

야스타카는 일어났다. 그때 아야코가 갈라진 목소리를 냈다.

"나, 죽니?"

야스타카는 엉거주춤한 자세로 누이의 창백한 얼굴을 내려다보았다. "어? 그게 무슨 소리야?"

고열에 충혈된 아야코의 눈이 꿈틀 움직이며 야스타카의 얼굴을 보았다.

"나, 이대로 죽을 수 있을까?"

야스타카는 다시 의자에 앉았다. 그리고 누이 쪽으로 몸을 기울이고, 일부러 놀리는 듯한 말투로 말했다.

"갑자기 무슨 잠꼬대야."

아야코는 야스타카를 가만히 쳐다보고 있었다. 누이의 날숨에서 약과 구토물 냄새가 났다.

"요즘 폐렴으로 죽는 젊은이가 어딨어." 싱긋 웃어보였다. "누나는 나랑 달라서 어릴 적부터 튼튼했잖아. 폐렴 같은 것에 걸려본 적이 없으니까 괜히 겁을 먹었구나? 보기보다 겁쟁이네."

아야코가 눈을 깜빡였다. 그러자 오른쪽 눈가에서 눈물이 주르륵 굴러 떨어졌다. 야스타카는 깜짝 놀랐다. 누나가 정말로 의기소침해져 있는 것이다.

"겁먹을 거 없어. 죽을병이 아니니까. 항생제 한 방이면 낫는다고. 금세 유스케한테 돌아갈 수 있어, 정말이야……."

야스타카는 하던 말을 삼켰다. 아야코의 눈에서 잇달아 눈물이 흘러넘쳐 얼음베개를 싼 하얀 수건 위에 떨어져 스며들고 있었다.

너무 놀라서 등골이 오싹했다.

"왜 그래? 왜 우는 거야?"

아야코는 계속 깜빡거리며 눈물을 주룩주룩 흘리고 있었다. 밭은 호흡 사이로 끅끅 흐느끼는 소리가 섞이기 시작했다.

"바보." 하고 속삭이는 듯한 목소리로 말했다.

"나, 죽을 수 있느냐고 물었어." 그렇게 말하고 또 기침을 했다. "죽는 것이 무섭다는 말이 아니야."

"누나, 대체 무슨 생각을 하는 거야?"

아야코는 몸을 모로 돌리고는 한 손으로 모포를 끌어올려 얼굴을 가렸다. 곧 억누른 오열이 새어나왔다.

"나, 죽고 싶어, 죽고 싶다고."

모포 밑에서 부들부들 떨고 있다. 야스타카는 누이의 몸에 손을 대고 다독이듯이 흔들었다.

"누나, 왜 이렇게 흥분하는 거야. 왜 그래? 폐렴이라니까. 알겠어? 단순한 병이란 말이야. 그래서 입원한 거잖아. 좀 침착하라고."

야스타카도 너무 낭패한 나머지 흥분하고 있었다.

"죽고 싶어. 나 같은 건 죽는 게 나아."

"왜 그런 바보 같은 소리를……"

갑자기 모포를 확 끌어내린 아야코는 눈물로 젖고 고열로 달아오른 얼굴을 야스타카에게 돌렸다. "죽는 수밖에 없어. 왜냐면 내가, 내가……"

"누나, 왜?"

"내가, 유지를 죽였어." 하고 다카라이 아야코는 말했다. "그 사람을 죽였어."

헉헉, 헐떡이는 듯한 격한 호흡소리와 함께 그녀는 이 말을 단숨에 토해냈다.

"텔레비전에서 야단났지? 내가 그 사람을 밀어서, 그래서 그 사람이 죽은 거야! 그 사람, 그 사람, 그 방엔 시체가 굴러다니고 있어서, 나, 나, 무서웠어, 무서워서 죽을 것 같았어!"

6월 2일 오후 8시 5분이 막 지날 때였다.

도피하는 가족

 도쿄 도 히노 시 히라타쵸에 있는 고이토 시즈코의 친정, 기무라 다다유키·이쓰코 부부의 집은, 지상 3층에, 반지하에 주차장이 있으며, 지은 지 얼마 되지 않은 모던한 구조를 가지고 있다.
 본채 앞 정원 건너편에는 지은 지 이십 수년이 된 목조 2층집이 있다. 이곳에는 일찍이 시즈코의 조부모가 살았다. 두 사람이 사망하자 한때는 허무는 것도 검토했지만, 아직 충분히 쓸 만한 집이고, 구조도 순수한 전통가옥에 풍취가 있어서 그대로 남겨두게 되었다. 시즈코의 조부모가 쓰던 가구나 전자제품 등도 거의 그대로 남아 있어서 어느 가족이든 몸만 옮겨와도 바로 생활할 수 있는 상태로 내내 빈집으로 남아 있었다.
 이 동네에서는 기무라 가가 자산가라는 사실은 잘 알려져 있었다. 그래서 멀쩡한 집 한 채를 창고 같은 상태로 방치하다시피 해도 근처 주민들은 아무도 의아하게 생각하지 않았다. 게다가 기무라 부부의 집과 같은 부지 안에 있는 건물이라서 남에게 세를 주기도 어렵다는 것은 누구나 짐작할 수 있었다. 또 콘크리트 담장 너머, 뜰에 있는 소나무나 박달나무나 벚나무들 가지 사이로 잠깐만 살펴봐도, 비어 있는 목조가옥이 철거하기에는 아까운 건물이라는 것은 금세 알 수 있었던 것이다.

"어차피 남 일이니까요. 더구나 담 너머 부잣집 일이고요. 속으로는 시샘을 해도 모두들 정말 신경 쓰지 않습니다."

기무라 부부의 집에서 북쪽으로 두 구획쯤 떨어진 곳에 풍치 있는 생울타리를 두른 이층집이 있다. 생울타리 동쪽 면에 나무 문이 달린 현관이, 북쪽에는 뒷문이 달려 있는데, 이 집도 상당히 커다란 목조주택이다. 이층집이라고 해도 이층 부분은 집 남쪽의 일부뿐이고, 전체적으로는 단층에 가깝다. 매우 호사스런 구조라고 할 수 있을 것이다.

이 집 서쪽에는 현관이나 뒷문과는 또 다른 문이 달려 있다. 최신식 알루미늄 섀시를 이용하기는 했지만, 오로지 기능만을 고려한 것이어서, 건물의 구조에 비춰보면 멋도 취향도 없이 오히려 전체적인 분위기를 해치는 역할을 하고 있다.

그 문 옆에 '사카다접골의원'이란 간판이 걸려 있다. 진료 시간은 오전 10시부터 정오까지. 오후에는 3시부터 저녁 8시까지. 사카다 다카시라는 48세의 접골의가 환자를 진료한다. 알루미늄 섀시로 만든 입구를 지나 안으로 들어서면 정면의 접수처에서 혈색 좋은 중년여성이 맞이해준다.

"시즈코하고는 초등학교 때부터 알아왔어요. 집단등교 할 때

손을 잡던 사이죠, 네."

사카다 쓰네코, 44세. 생울타리를 두른 풍치 있는 사카다 가의 맏딸이며, 사카다 다카시의 아내다.

"그래요. 남편은 데릴사위입니다. 대를 이을 아들이 없어서요."

사카다 가의 선조는 히노의 부농이며 지주였다. 대대로 농사를 지었는데, 쓰네코 조부 대에 가세가 기울어—아무래도 조부의 품행에 문제가 있었던 것 같다—많은 땅과 산을 잃고 말았다.

"아버지는 결혼이 늦어서 맏딸인 나를 아버지 나이 서른여덟에 낳았어요. 조부는 내가 태어나기 전년도에 뇌졸중으로 돌아가셨습니다. 그래서 나는 조부의 방탕한 생활을 직접 보지는 못했어요. 얘기는 많이 들었지요."

본래 쓰네코의 아버지가 가정을 늦게 꾸린 것도, 조부가 재산을 탕진한 탓에 집안을 다시 일으켜 세우는 데 오랜 시간이 걸렸기 때문이라고 한다.

"아버지는 차남인데, 큰아버지는 맏이라고 과보호를 받고 자란 탓에 버릇이 없었대요. 기질이 할아버지와 비슷했던 것 같아요. 그래서 집안을 아버지가 고스란히 짊어지게 된 겁니다. 큰아버지는 내가 세 살 때 돌아가셨는데, 객사하셨다고 해요. 집안사람들은 아무도 임종을 못했대요. 돌아가신 지방에서 화장을 해서 집에 뼛가루로 돌아왔다고 합니다. 호상은 아니었던 거죠."

사카다 쓰네코는 그 연배의 여성치고는 키가 크다. 173센티미터라고 한다. 팔다리도 길쭉길쭉하다.

"아버지는 체구가 작았어요. 160센티미터 정도니까요. 어머니도 작아요. 동생도 나보다 조금 작을 거예요. 근데 재밌는 것은, 그 방탕한 큰아버지가 키가 컸대요. 180센티미터가 넘었다고 합니다. 팔다리도 시원시원하게 길었고요. 그게 이 조카한테 유전된 모양이에요."

싱긋 웃는다. 눈가에 웃음주름이 잡힌다.

"실은 내 키가 큰 것을 아버지는 아주 싫어하셨어요. 여자가 키가 크면 시집가기 힘들다면서. 뭐, 그런 점도 있겠지만, 아버지의 본심은 그게 아니라 내 체구가 당신을 죽도록 고생시킨 형님을 닮았다는 것이 마음에 들지 않았거나 섭섭했던 게 아닐까요."

아버지와 형은 대대로 채워온 재산이라는 물탱크를 몽땅 비워낸 쌍둥이 수도꼭지 같은 존재였다. 그 두 사람을 보면서 자란 쓰네코의 아버지는 그들을 반면교사로 삼아, 지나치다 할 정도로 근엄하고 성실한 사람이 되었다.

"왠지 불쌍해 보일 만큼 꼼꼼하고 성실해요. 지금은 은퇴해서 골프밖에 모르는 얌전한 할아버지가 되었지만, 예전에는 정말 무섭고 까다로운 엄부였어요. 나는 여고 시절에 귀가시간을 어겼다가 따귀까지 맞았어요."

그런 아버지가 접골의였던 것이다.

"예전에, 그러니까 아버지가 삼십대였을 거예요. 그때는 오쿠보에 병원을 가지고 있었어요. 임대 빌딩에 사무실을 빌렸지요. 하지만 임대료가 꽤 비싸다는 것과, 그 즈음부터 히노의 이 근방도 주택이 많이 들어서고 마을이 번창해지자, 집에서 진료하면 어떨까, 하게 된 거죠."

자택의 일부를 개축해서 병원 간판을 내건 것이다.

"지금도 잊혀지지 않아요. '접골' 이라고 적힌 커다란 간판인데, 붉은 색깔의 붓글씨체였어요. 얼마나 창피하던지…… 친구들이 놀렸거든요. '뼈순이' 라는 별명까지 얻었어요."

쓰네코는 단기대에 입학해서 기숙사 생활을 시작했고 졸업하고는 시내 은행에 취직했다.

"아버지의 대를 이을 생각은 손톱만큼도 없었어요. 남동생도 마찬가지였고요."

쓰네코의 동생 사카다 마사노부는 대학에서 경제학을 전공하고 석유회사에 취직해서 전 세계를 뛰어다니게 되었다. 지금도 외국에서 생활하고 있다.

"지금은 카타르에 있어요. 앞으로 2년은 더 거기에 있을 거예요."

그런 형편이라 접골의원 간판은 쓰네코의 아버지 대에서 끝날 모양이라고 모두들 믿고 있었지만, 현실은 의외의 방향으로 흘렀다.

"남편은 내 직장 선배의 대학 동창이었어요. 잘 기억이 나지는 않지만, 아마 처음에 무슨 크리스마스 파티 같은 자리에서 소개를 받았던 것 같아요."

두 사람은 다른 사람들과 몇 번 놀러 다니다가 어느새 친해졌다.

"그때는 의사라고 들었어요. 정형외과라고. 그러다가 사귀기 시작해서 세 번짼가 네 번째 데이트에서 사실은 카이러프랙틱이 전문이라고 하는 거예요. 카이러 뭐? 싶었어요. 15년 전이었으니까요."

친절한 설명을 듣자 쓰네코는 바로 이해했다.

"요컨대 마사지와 접골을 합쳐놓은 거군요, 하고 내가 말했어요. 그이는 얼굴이 빨개져서, 아니 그게 아니라, 그보다 좀 더 과학적인 거라는 식으로 열심히 설명하더군요. 내가 그이의 말허리를 자르고 이렇게 말했죠. '나한테 접골에 대해서 설명하지 말아요. 접골원집 딸이니까.'"

물론 지금은 남편이 전문으로 하는 카이러프랙틱이 무엇인지 잘 이해하고 있다.

"이러니저러니 해도 결국은 결혼을 했으니 인연이었던 거죠. 아버지도 아주 좋아하셨어요."

이리하여 지금의 사카다 접골의원이 존재하게 된 것이다.

"결국 나는 남편을 데리고 친정에 돌아온 셈이 되었어요."

동창생 중에 자신과 같은 예는 거의 없다. 적어도 지금까지는.

"모두들 자기나 남편 직장 때문에 여기저기 흩어져 살거든요. 부모도 아직 칠십대. 요즘은 칠십대라도 팔팔하니까 자식 없이 노부부 둘이 살아도 그리 걱정이 되지는 않죠."

그래도 히라타쵸에 돌아와 살기 시작하자 주변 사람들이 많이 부러워한다고 한다.

"아주머니 아저씨들은 대개 내 어릴 적 친구들의 부모님이죠.

모두 외로워들 하세요. 사카다 씨는 좋겠어, 쓰네코가 곁에 있어서. 우리 자식 놈은 툭하면 전근이라, 규슈로 도호쿠로 해외로 옮겨 다니거든. 그게 아니면 마누라한테 꽉 잡혀서 부모 앞엔 코빼기도 안 비치거나."

히노 시를 비롯한 수도권 교외에는 사카다 가 같은 토박이 부농이나 지주의 자손, 고도경제성장 이후의 도시개발로 생긴 새로운 주택지로 이사 온 가정이 섞여 살고 있다. 그런 곳에는 '자식을 따로 살림을 차려서 내보낸 늙은 부모들'과 '부모 슬하를 떠나 따로 살림을 차린 젊은 부부나 젊은 부모들'이 거의 교류를 하지 않은 채 공간적으로는 아주 가까운 곳에 혼재되어 있는 것이다.

"자식 며느리가 코빼기도 안 비쳐."

라고 한탄하는 노부부의 낡은 주택 옆에는,

"들어와 같이 살자고 시어머니가 귀 아프게 말씀하시지만, 우리는 딱 질색이거든."

하며 아기를 안고 친구들과 수다를 떠는 젊은 엄마가 살고 있는, 타일로 마감한 신축 아파트가 있는 것이다.

"그런 점이 아주 재밌어요."

하고 사카다 쓰네코는 말한다.

"나는 복 받았다고 생각해요. 남편이 성을 사카다로 바꾸는 데 흔쾌하게 동의해준 것도 복이죠. 그이는 아들 사형제 가운데 셋째예요. 그 덕분에 성 바꾸는 일이 매끄럽게 진행된 점도 있지만, 아들이 넷이든 다섯이든 데릴사위로는 절대로 주지 않겠다는 집도 있잖아요."

 사카다 쓰네코는, 히노의 친정집을 '고향'이라고 부르는 것은 조금 요란한 느낌도 들지만, 하고 웃으면서 이렇게 말했다.

 "고향에 돌아왔다, 친정에 들어와 산다, 라는 말에는 어떤 정감이 묻어나요. 나는 그렇게 느껴요. 뭐랄까…… 아련하게 그립고 따뜻하고 포근해지는 느낌. 하지만 한편으로는 좌절이니 실패니 패배니 하는 느낌도 들어요. 조금 복잡한 말이죠."

 고향에 돌아온다, 친정에 돌아온다는 선택에는 '도망쳐 돌아온다'는 이미지가 따르게 마련이다. 그래서 이 말에서 '안심'이나 '안도'의 느낌을 받는 것 아니냐, 라고 사카다 쓰네코는 말하는 것이다.

 "적어도 우리 시대에는, 여자가 심각한 얼굴로 '친정으로 돌아갈래요.'라고 말하면 곧 이혼을 뜻하지요. 그래서 기무라 씨 댁의 그 빈 집으로 시즈코가 애들을 데리고 돌아온다는 소문을 들었을 때는 깜짝 놀랐어요."

 그 소문은 단골 미장원에서 파마를 하고 있을 때 들었다.

 이 미장원의 주인은 사카다 쓰네코와 외가 쪽으로 먼 친척인데, 역시 히라타쵸의 토박이인 데다 하는 일이 일이니만큼 정보통이었다.

 "기무라 씨 댁의 시즈코가 애를 데리고 친정으로 돌아왔대. 아마 그 비어 있는 집에 사는 모양이야…… 동네에서 시즈코가 걸어가는 것을 보았다는 사람도 있고, 우체국에서 보았다는 사람도 있어. 그래서 내가, 며칠 다녀가려고 온 거겠지, 하고 말했더니, 친정나들이치고는 너무 길다, 벌써 보름 이상 지난 것 같다고 하는 거야. 더구나 시즈코의 아이, 아마 아들이지? 친정집에서 전차를 타고 통학하는 것 같다고 하던데."

사카다 쓰네코는 놀라움과 함께 의아한 생각이 들었다.

"왜냐하면 기무라 씨 사모님, 그러니까 시즈코의 어머니는 내가 어릴 적부터 이쓰코 아줌마라고 불러온 분인데, 그 분은 우리 집 고객이거든요. 심한 어깨 결림과 편두통으로 고생하셔서 벌써 몇 년째 통원하고 있어요. 그래서 미장원에서 들은 얘기를 곧이곧대로 믿어도 좋을지 어떨지 모르겠더군요. 왜냐하면 그 며칠 전에도 우리 의원 접수대에서 이쓰코 아줌마를 만나서 날씨 얘기며 역 북쪽에 새로 문을 연 슈퍼마켓의 매출 얘기를 했거든요. 하지만 이쓰코 아줌마는 시즈코가 돌아왔다는 얘기는 비치지도 않았어요. 이상하지 않아요? 난 시즈코의 소꿉놀이친구인데."

미장원에서 돌아오자 사카다 쓰네코는 남편에게 그 소식을 전했다. 기무라 씨 댁의 이쓰코 아주머니가 시즈코에 대해서 뭐라고 하지 않던가요?

"남편은 아무것도 모르고 있었어요. 사실 평소 말수가 많지 않아서 환자하고 그다지 터놓고 얘기하지는 않지만요. 다만 요즘 이쓰코 아주머니의 편두통이 평소보다 빈번하게 나타나고 통증도 심해져서 본인도 힘들어한다고 하더군요."

그날 밤인가, 다음 날인가 기억이 분명하지는 않지만 사카다 쓰네코는 이 일을 부모에게도 이야기해 보았다.

"어머니는 나 못지않게 놀랐어요. 뭐어? 시즈코가 돌아와 있다는 거냐? 그러고 보니 아버지가 요전번에 신주쿠에서 전차를 타고 돌아오는데, 걔가 같은 전차를 타고 있었다고 하시더라."

다만 서로 대화는 하지 않았다고 한다.

"시즈코가 우리 아버지 얼굴을 기억하고 있을 리는 없을 테니까 모르는 것도 당연하지요. 잠자코 전차를 타고 와서 같은 역에 내려서, 우리나 시즈코 네나 같은 버스정류장을 이용하니까 버스도 한 버스를 타고요."

사카다 쓰네코의 아버지는 시즈코가 직장에서 귀가하는 것 같았다고 했다.

"퇴근하나 보다 하고 생각했다고 합니다. 나는 그 얘기에도 놀랐어요. 예? 시즈코가 직장을 다닌다고요? 하고. 벌써 십 년 이상 지난 일이지만, 중학 동창들이 신주쿠에 모여 동창회 비슷한 걸 했어요. 그때 시즈코가 아주 좋은 슈트를 입고 왔는데, 아마 외제 같았어요. 그뿐만 아니라 전체적으로 굉장히 세련되고 고급스러운 느낌이었어요. 아이가 아직 어려서 힘들 텐데, 하면서 모두들 깜짝 놀랐어요. 그랬더니 시즈코가 하는 말이, 남편이 연봉이 세서, 마누라가 살림에 찌들어 보이는 게 싫다면서 용돈을 듬뿍 쥐어준다고 하더군요."

나중에 친구들 사이에서, 그거 순 거짓말이라고 험담이 자자했다고 한다.

"또 시즈코는 공연히 염장 지르는 말을 했어요. 파트타임으로 일하는 것은 구질구질하다는 둥 자식한테 경제적으로나 정신적으로나 최고의 조건을 보장해 주는 것이 부모의 의무라는 둥. 그러려면 아빠의 사회적인 지위와 경제력이 필요하고, 엄마는 가정을 잘 관리하고 자식에게 정서교육을 해야 한다는 둥. 실제로 파트타이머로 일하는 사람은 당장 분통이 터지겠지요."

쓴웃음을 지으며 사카다 쓰네코는 말을 이었다.

"나는 시즈코랑 연하장 정도는 계속 주고받아 왔지만 얼굴을 볼 기회는 역시 거의 없었어요. 그래서 비교적 어른스러운 성격이었던 그 친구의 변화와 변신은 조금 당혹스러울 정도였어요. 하지만 그 친구가 되는대로 말하는 사람은 아니라는 것은 알고 있었어요. 그래서 시즈코가 거짓말을 하고 있다고는 생각하지 않았고, 시즈코는 전부터 지기 싫어하는 기질이 있었으니까 아무래도 그 기질이 이런 식으로 드러나나 보다, 뭐 그런 식으로 생각했지요."

그런 일이 있었던 터라, 시즈코가 직장을 다니는 것 같다는 말은 좀처럼 납득하기 힘든 뉴스였던 것이다.

"아이들 정서교육은 어떻게 하고? 웃을 일은 아니지만, 어머니랑 그런 말을 하다가 웃음을 터뜨리기도 했어요."

그때 시즈코가 친정에 돌아와 있는데도 기무라 이쓰코가 입을 꼭 다물고 있는 이유도 알 것 같다고 생각했다.

"아무래도 가정에 불화가 있나 보다 생각했지요."

아마도 시즈코는 이혼했거나 이혼 절차를 밟고 있을 것이다. 그래서 친정에 돌아왔다. 그래서 직장을 다니는 것이다.

"어머니는 이쓰코 씨가 그런 일에 대하여 입을 다물고 있는 것은 당연하다고 말했어요. 안 그래도 말하기 힘든 일이지만, 너도 알잖니, 시즈코 씨도 이쓰코 씨도 허세가 대단하잖니."

 이미 반다루 센주기타 뉴시티 사건의 전모가 분명해진 지금도, 그리고 그 사건에서 고이토 노부야스·시즈코 부부가 맡은 역할을 알고 있어도, 사카다 쓰네코는 여기서 '허세'라는 말을 사용하기를 망설였다. 그 점을 지적하자, 가볍게 고개를 움츠리는 시늉을 하며 웃었다.

 "그렇습니까? 딱히 망설인 것은 아니지만…… 나도 시즈코에게 허세가 있다고 봐요. 다만 뭐랄까, 그……."

 이 인터뷰는 사카다 쓰네코의 자택 거실에서 있었다. 따라서 사카다 쓰네코의 주위에는 그녀에게 낯익은 생활용품들로 넘쳐났다. 그리고 '허세'라는 말에 대해서 생각하는 그녀의 눈길은, 그런 생활용품 사이를 바쁘게 오가고 있었다. 발끝에 펜 슬리퍼. 테이블 위의 유리 재떨이. 바닥에 깐 인도면 러그. 창가의 관엽식물 화분. 그리고 인터뷰 도중 마침 오후 4시를 가리키며 오르골 소리로 연주하기 시작한 벽걸이시계.

 최종적으로 사카다 쓰네코의 눈길은 그 벽걸이시계 위에 멎었다. 직경 30센티미터쯤 되는 대형 시계로, 매시간 오르골 소리와 함께 내부 태엽장치가 작동해서 시계 밑 부분에서 작은 인형 악대가 등장해서 퍼포먼스를 연출하는 정교한 물건이다. 그녀의 눈은 작은북을 두드리며 빙글빙글 회전하는 인형을 보고 있었다.

 "저 시계, 아이들이 무척 좋아해요."

하고 빙긋 웃었다.

"귀엽죠? 나도 마음에 들어서 시계치고는 비싼 값이었지만 큰맘 먹고 샀어요. 지금은 완전히 물려서, 이 오르골도 매시간 시끄러워서 어떻게 좀 꺼버릴 수 없을까 생각할 정도예요."

시계 정도로 그친다면 허세는 아니겠죠, 하고 그녀는 중얼거리듯 말했다.

"나는 본래 허세란 말을 싫어해요. 그래서 시즈코한테도 쓰고 싶지 않은 건지도 몰라요. 게다가 결론만 보면 시즈코네가 특별히 나쁜 짓을 한 것은 아니잖아요? 버티기꾼을 불러들인 것은 잘못인지 모르지만, 그거야 시즈코네도 속은 거나 마찬가지니까."

고이토 시즈코가 반다루 센주기타 뉴시티 웨스트타워 2025호를 떠나 히노 시내의 친정집 기무라 가로 돌아온 것을, 아주 이른 시기에 소문이나 억측이나 추측이 아니라 본인의 입을 통해서 정확히 들어서 알고 있는 몇 안 되는 관계자 가운데 한 명이 구라바시 노리오라는 인물이다. 고이토 다카히로가 다니는 사립 다케노카와학원 중학교에서 소년의 담임을 맡은 교사다.

"고이토 씨가 전화를 했습니다. 면담을 하고 싶다고요. 그래서 만났지요. 1995년 시월 초쯤이었습니다."

당시 고이토 다카히로의 성적이나 학습태도에는 아무 문제도 없었다. 구라바시는 전화를 건 고이토 다카히로의 어머니에게, 물론 면담은 하지만, 괜찮으시다면 어떤 일 때문에 그러시는지 미리 언질을 주실 수 있느냐고 물어보았다.

그러자 그녀는 대답했다.

"실은 저희 부부가 곧 이혼할 예정입니다. 그래서 어쩌면 다카히로가 다케노카와학원을 계속 다니기 힘들어질지도 모르는데, 저로서는 꼭 보내고 싶고, 아무래도 힘들다면 어떻게든 좋은 학습 환경을 만들어주고 싶어서요. 그 문제를 상담하려는 거라고 그러더군요."

구라바시 노리오는 서른한 살, 지금은 결혼해서 곧 한 아이의 아빠가 될 예정이지만, 당시는 독신이었다. 중학교 교사 경력 8년 가운데 4년을 다케노카와학원에서 보냈다.

"등록금이 비싼 사립학교에서는 부모가 이혼해서 경제적인 문제가 생기면 아이가 도중에 그만두지 않을 수 없는 경우가 가끔 있습니다. 나도 전에 그런 경우를 본 적이 있습니다. 안됐지만 그 문제만은 학교에서도 어떻게 해줄 수가 없는 일이고……."

구라바시 노리오는 면담하는 자리에 자기 혼자가 아니라 학년 교무주임을 동석하게 하자고 고이토 시즈코에게 제안했다. 그 편이 도움이 될 것 같다고 말하자 그녀는 흔쾌히 승낙했다.

"당시 교무주임은 마야마 선생이었습니다. 사정을 말씀드리자 마야마 선생도 매우 안타까워했습니다. 고이토 다카히로 군은 우수한 학생이었으니까요. 그러나 가정 내 사정이니……."

이 면담 신청은 반다루 센주기타 뉴시티 사건이 발생하기 약 8개월 전의 일이다. 내친 김에 말하자면, 고이토 가 사람들이 반다루 센주기타 뉴시티 웨스트타워 2025호에서 모습을 감추고 다른 가족이 들어와 산 것으로 짐작되는 시기가 1996년 3월이다. 고이토 시즈코가 다케노카와학원에 면담을 신청한 것은 이보다도 5개월 이른 시점이 되는 셈이다.

더구나 시즈코는 이때 '곧 이혼할 예정'이라고 분명히 말했다.

"이혼 후에는 다카히로를 내가 맡는다. 친정이 히노 시에 있는데, 잠시 그쪽으로 이주하게 된다. 그렇게 되면 다케노카와에 통학하기가 힘들어질 것 같다고 하셨어요……. 그리고 경제적인 문제도 있었겠죠."

공립중학교로 옮긴다면 절차는 어렵지 않다고, 구라바시 교사는 설명했다.

"하지만 반대로 중간에 사립중학교로 편입하려면 절차가 복잡하지요."

구라바시 교사와 마야마 교무주임을 만나 면담할 때, 고이토 시즈코는 시종 침착했고 말씨도 정중해서,

"아주 확실한 보호자라는 인상을 받았습니다. 학교 행사나 학부모회 활동에 참가하는 것을 본 적은 없지만, 흥미는 있다고 했습니다. 아니, 열의를 가지고 활동할 만한 보호자로 보였다고 할까요."

실제로 고이토 시즈코는 구라바시 교사에게, 직장을 다니고 있어서 학교 활동에 협조하지 못하고 있다, 죄송하다는 말을 했다.

"마음 같아서는 열심히 참가하고 싶다고 하더군요."

구라바시 교사는 고이토 시즈코에게, 오늘 면담하러 학교에 오는 것을 고이토 다카히로가 알고 있느냐고 물었다. 그녀는 의외로,

"모를 겁니다." 하고 대답했다.

"왜 알리지 않았느냐고 묻자, 정말로 다른 학교로 전학하기 직전까지는 본인에게 알리고 싶지 않다고 했습니다. 상처를 받을 거라고 하면서."

그렇다면 나나 마야마 선생도 오늘 면담에 대해서 다카히로에게 잠자코 있는 것이 좋겠느냐고 묻자, 그렇게 부탁한다고 고이토 시즈코는 머리를 숙였다.

"고이토 씨가 돌아간 뒤, 마야마 선생과 상의했습니다. 실은 나로서는 판단이 너무 힘들었습니다. 고이토 씨는 그렇게 부탁했지만, 나는 다카히로 군에게 말하고 싶었어요."

부모의 이혼 얘기를, 더구나 어머니가 '곧 헤어진다'고 단언하는 단계까지 진행돼버린 상황을 중학생 소년이 전혀 눈치 채지 못할 리가 없다. 그렇다면, 다른 학교로 전학하는 문제를 상의하려고 어머니가 학교를 방문한 것을 감추어두는 것이 결코 좋은 일은 아닐 것 같았다.

"오히려 잠자코 덮어두었다가 마침내 때가 닥쳐서 '실은 나도 네 어머니와 상담을 해서 상황을 알고 있었다, 괴롭겠지만 기운 내라.'라고 말한다는 것은 박정한 짓 같았어요. 오히려 다카히로 군을 더 슬프게 하지 않을까 하는 생각을 금할 수 없었습니다."

또한 다카히로도 부모의 다툼으로 깊이 고민하고 있을 것이다. 상처도 받았을 게 분명하다. 그 심정도 들어주고 싶었다.

"그래서 어머니와 면담하고 이틀 뒤에 그 아이를 상담실로 불렀습니다."

그 이틀 동안 고이토 다카히로에게 이렇다 할 만한 변화는 나타나지 않았다. 특별히 낙담하지도 않았고, 평소처럼 얌전하고 수업 태도도 좋았다.

"솔직히 말해서 그 아이의 집안이 어떻게 되고 있는지 궁금했습니다. 어머니의 확고한 태도를 보면 부모가 결별하는 것은 확정적인 것처럼 느껴졌지만, 고이토 군의 생활태도에서는 아무런 변화도 보이지 않았어요. 전혀 낌새를 모를 리는 없을 테니까 필경 그 아이 나름대로 많이 참고 견뎌내는 걸 거라는 짐작은 갔습니다만."

다케노카와학원 중등부 상담실은 전문카운슬러가 학생과 상담할 때 사용할 뿐만 아니라, 이렇게 교사와 학생의 개인적인 면담의 장소로도 자주 사용되고 있어서, 그곳으로 불려가는 것은 학생에게 특별히 불길한 일은 아니었다. 고이토 다카히로는 방과 후 지정된 시간에 정확히 상담실에 나타나 인사를 하고 들어와 구라바시 교사 건너편에 앉았다.

이때는 마야마 교무주임 없이 구라바시 교사 혼자였다. 구라바시 교사는 자연스러운 분위기를 만들려고 애썼다.

"성적이나 학교생활에 무슨 문제가 있어서 부른 것은 아니라고 미리 말했습니다. 다만 조금 걱정 되는 일이 있는데, 그와 관련해서 네 심정을 듣고 싶다, 라는 식으로 말을 꺼냈습니다. 그러자 다카히로 군은 즉시 사정을 짐작한 것 같았습니다."

어머니가 선생님을 만나러 오셔서 걱정을 끼쳐드렸죠? 그것 때문인가요? 고이토 다카히로는 그렇게 물었다.

"차분했습니다. '걱정을 끼치다'라는 말은 보통 중학생들은 좀처럼 쓰지 않는 표현이죠."

그럼 어머니가 학교에 오셨던 것을 알고 있었니? 하고 묻자 다카히로는 고개를 끄덕였다.

"어머니가 너한테는 말하지 말라고 말씀하셨다고 하자, 곤혹스런 표정을 지으며 웃었습니다. '그런 부탁은 선생님만 곤란하게 만드는 건데…… 저희 어머니한테는 그런 점이 있어요, 죄송해요.' 하며 나에게 사과했습니다."

두 분이 곧 이혼할 거라는 말씀이 있었는데, 그것에 대해서 물어도 괜찮으냐고 물었다. 고이토 다카히로는, 물론입니다, 하고 대답했다.

"네 어머니는 이미 이혼이 결정된 것처럼 말씀하시던데, 하고 말하자 고이토 군은 비로소 조금 화가 난 표정을 짓더군요."

아직 아무것도 정해지지 않았습니다.

"그 말을 몇 번이나 했습니다. 아직 아무것도 정해지지 않았습니다. 부모님의 이혼도, 전학도, 아무것도."

여기서 다시 한 번 확인해두지만, 고이토 시즈코가 다케노카와학원을 방문한 것은 1995년 10월 초순으로, 반다루 센주기타 뉴시티 사건이 발생하기 8개월 전이다. 그리고 이 면담으로부터 5, 6개월이 지난 1996년 3월경에 고이토 가 사람들은 웨스트타워 2025호에서 자취를 감추고, 다른 가족이─사건의 피해자가 된 네 명이─그곳에 살게 되었다.

즉 1995년 10월 초순, 고이토 시즈코가 구라바시 교사를 방문할 즈음에는 남편과 헤어질 결심이 서 있었다. 하지만 그 뒤 어떤 상황의 변화, 혹은 심경의 변화로 이혼을 하지 않고 일가 세 명이 모두 2025호를 떠나 시즈코의 친정인 기무라 가에 의탁하게 되었다고 생각해도 좋을 것이다. 구라바시 교사를 만나 완강하다고 할 정도로 단호하게 이혼할 거라고 말했던 고이토 시즈코의 결의보다, '아직 아무것도 정해지지 않았다.'는 다카히로의 전망이 현실을 더 정확하게 예측하고 있었던 셈이다.

"그러게요, 그렇게 되었군요." 하고 구라바시 교사도 고개를 끄덕인다. "고이토 군의 어머니가 나에게 말한 내용 중에서 실현된 것은 일가가 아라카와의 반다루 센주기타 뉴시티에서 떠나 친정집으로 옮겨간다는 것뿐이었습니다. 부부는 이혼하지 않았고, 고이토 군도 전학하지 않았어요. 히노는 꽤 먼 곳이라 통학하느라 힘들었을 거예요. 그래도 그 4인 살해사건이 일어날 때까지는 열심히 통학을 했으니 기특하지요."

그렇다면 이즈음부터 고이토 가에는 과연 무슨 일이 일어나고 있었을까?

"담임 처지라 묻기가 어려웠지만……."

당시를 떠올리면서 구라바시 교사는 미안하다는 듯 어깨를 움츠린다.

"고이토 다카히로 군은 총명하니까 과감하게 물어보았습니다. 부모가 왜 이혼하려고 하는지, 너는 그 이유를 알고 있느냐고."

고이토 다카히로는 대답하지 않았다. 아니, 대답을 하지 않은 것은 아니었다.

"나도 잘 모른다고 하더군요."

구라바시 교사는 그 대답을 이렇게 해석했다.

"전혀 예측이 안 된다는 뜻에서 '잘 모른다'라고 한 것이 아니라고 생각했습니다. 오히려 이혼의 원인으로 짚이는 것이 몇 가지 있는데, 그 중에 무엇이 제일 문제인지, 그것을 알 수 없다는 뜻으로 들리더군요. 실제로 고이토 군은 슬퍼하거나 화를 내기보다 그저 당혹스러워하는 것처럼 보였습니다."

고이토 가에 무슨 일이 일어나고 있었을까? 시즈코에게 이혼을 결심하게 하고, 다카히로를 당혹스럽게 하고, 마침내는 일가를 자기 집 반다루 센주기타 뉴시티에서 떠나게 하고—더구나 '은밀히'—나아가 다른 일가 네 사람을 대신 살게 만든 사정이란 과연 무엇일까?

'아라카와 일가족 4인 살인' 사건이 해결되고 용의자도 체포된 지금은 이 '사정'이 사회적으로 널리 알려져 있다. 그러나 대대적인 보도경쟁이 펼쳐졌는데도 불구하고 이 사건에 관하여 고이토 가 사람들의 육성이 그대로 보도된 적은 의외로 한 번도 없었다. 그들은 공적기관의 조사에는 적극적으로 협조했지만, 매스컴 취재에는 전혀 응하지 않았기 때문이다. 이 사건에 대한 이야기가 전국을 석권하는 동안 그들은 조심스럽게 몸을 감추고 있었다.

그래서 이 글을 쓰면서는 꼭 고이토 가 사람들로부터 직접 이야기를 듣고 싶었다. 왜냐하면 사건이 발생한 저 6월 2일 오후, 하치오지에서 파출소로 줄두한 고이토 가 사람들로부터 이야기를 듣고서야 비로소 반다루 센주기타 뉴시티 웨스트타워 2025호실에서 무슨 일이 있었느냐, 라는 수수께끼, 적어도 사건의 첫 번째 수수께끼에 해답을 얻은 수사관계자와 똑같은 처지에서 보고 싶기 때문이다.

더불어 또 한 가지, 늘 '시합 종료 후의 평론가' 일 수밖에 없는 우리 처지이기에 오히려 해낼 수 있는 일, 즉 고이토 가 사람들이 그 당시 사태에 대하여 어떻게 생각하고 있었는가에 대해서도 솔직한 말을 듣고 싶었다.

고이토 노부야스 · 시즈코의 소재는 이 원고를 위한 취재활동을 시작한 시점에서는 전혀 알 수 없었다. 히노의 기무라 가에도 시즈코로부터 정기적으로 전화 연락은 오지만, 정작 어디에 있는지는 모르는 상태가 계속되고 있었다. 다카히로만은 기무라 부부 곁에 머물며 생활하고 있었지만, 소년도 부모가 어디에 있는지는 알지 못했다.

다카히로의 할머니 기무라 이쓰코의 증언에 따르면,

"다카히로라면 뭔가 알고 있을 거라고 생각했는지, 기자들이 열심히 그 애를 쫓아다녔어요. 그래서 잠시 친척집에 숨기도 하고 친구집에서 자기도 하고, 참 고생이 많았어요. 결국 다케노카와학원을 그만두게 되고……."

기무라 이쓰코는 분통을 이기지 못하는 모습으로 말한다.

"시즈코네는 나쁜 짓은 전혀 하지 않았어요. 살인에는 전혀 관계하지 않았다고요. 그 아이들도 속은 거라고요. 시즈코와 다카히로는 정말 피해자입니다. 잘못된 일이 있었다면 그건 노부야스가 한 짓 아닙니까. 그런데도 시즈코와 어린 것이 모진 일만 겪었어요."

고이토 노부야스의 누이 고이토 다카코의 말은 또 다르다.

"그렇게 된 건 시즈코 탓이에요."

그녀 역시 분노를 채 감추지 못하는 표정이다.

"그 여자의 사치가 모든 것의 원인 아닙니까. 허세나 부리고 주제 넘는 사치만 바라고. 노부야스의 결혼은 잘못된 선택이었어요. 동생은 시즈코 때문에 인생을 망쳤어요."

이 응수만 들어봐도 고이토 노부야스·시즈코 부부가 육친에게도 거처를 숨기는 이유를 알 것 같았다.

그래도 한 달쯤 정력적으로 정보를 모으고 관련자를 추궁한 결과 다행히 고이토 부부의 소재를 알아낼 수 있었다. 그러나 그들에 대한 인터뷰를 기술하기 전에, 몇 가지 단서를 달아두어야겠다.

우선, 고이토 시즈코의 희망으로 현재 그녀의 주거나 직업에 대해서는 밝히지 않겠다는 것이다. 이 취재가 이루어진 장소나 날짜에 대해서도 기술하지 않는다. 또 고이토 시즈코와 고이토 노부야스는 이 원고를 쓰는 지금 시점에는 정말로 이혼을 협의

하는 중이며, 다카히로 양육권을 비롯한 여러 가지 협의가 끝나는 대로 정식으로 헤어지기로 했다는 것도 덧붙여둔다.

그리고 고이토 노부야스는 만나주기는 했지만, 사건 당시의 상황부터 이혼에 이르기까지, 사건 이후의 상황에 대하여 아무것도 말할 수 없고, 말하지 않겠다는 것이 자신의 의견 표명이라는 코멘트를 했을 따름이다. 따라서 이 장 후반에 등장하는 것은 고이토 시즈코뿐이다.

그녀와 연락이 닿은 것은 사카다접골의원의 사카다 쓰네코 덕분이었다.

"시즈코가 종종 전화를 합니다."

앞에서 말했듯이 사카다 쓰네코는 고이토 시즈코의 소꿉놀이 친구이며, 시즈코의 어머니 이쓰코는 사카다접골의원의 고객이다. "시즈코네가 친정에 돌아온 즈음부터 이쓰코 아주머니의 건강이 나빠지기 시작했어요. 뭔가 골치 아픈 일이 있는 것 같다는 얘기를, 그 즈음부터 남편하고도 종종 이야기했어요. 다만 아라카와의 그 사건이 일어나기 전에는 시즈코와 만나지 않았고, 그 친구도 연락을 하지 않았어요. 처음 전화가 걸려온 것은 사건으로부터 두 달 후쯤인데, 그때는 벌써 친정집을 나간 뒤였어요."

이때 고이토 시즈코는 어머니 이쓰코의 상태가 궁금해서 사카다접골원에 전화를 걸었던 것이다.

"이쓰코 아주머니는 벌써 오래 전부터 우리 병원에 다니셨는데, 시즈코는 어머니 걱정이 많았어요. 어머니한테도 전화는 걸지만, 본인한테 직접 안부를 물어서는 상황을 알 수가 없다고 했어요. 어머니는 시즈코 걱정이고 시즈코는 어머니 걱정이니, 웬만해서는 사실을 그대로 말하지 않겠지요."

그래서 이쓰코가 단골로 다니는 사카다접골의원에 물어보자는 생각을 했다는 것이다.

"이쓰코 아주머니는 건강한지, 요즘도 매스컴 관계자가 기무라 씨 댁을 출입하는지, 다카히로는 잘 지내는지, 여러 가지를 이야기했어요. 시즈코는 적이 안도하는 눈치였어요. 아버지 어머니에게 전화를 하면 금방 우셔서 제대로 이야기를 못한다, 앞으로도 종종 너한테 전화해도 좋으냐고 묻기에 나는 물론 괜찮다고 대답했지요."

이리하여 고이토 시즈코가 일방적으로 전화를 거는 상황이기는 했지만, 어쨌든 끈은 연결된 것이다.

"나는 이 인터뷰에 응할 때도, 이런 취재 요청이 왔는데, 응해도 좋으냐고 시즈코한테 미리 물었습니다. 그 친구는, 상관없어, 있는 그대로 말해, 하고 말했습니다. 좋은 일 나쁜 일 다 털어놔도 좋아, 솔직하게만 말하면 어떤 얘기든 좋아, 하더군요. 다만 네가 아무리 솔직하게 말해도 그대로 기록될지 어떨지는 보장할 수 없다고 했어요. 꽤 냉소적이더군요. 왜 안 그렇겠어요. 텔레비전이니 뭐니 해서 정신없이 두들겨 맞은 뒤였으니까."

사카다 쓰네코는 '날카롭다'고 해도 좋을 만한 눈빛을 하고 있다.

"나도 많이 망설였어요. 어릴 적 동무가 겪는 재난이니까요.

그걸 무슨 자랑이라고 떠들고 싶은 마음은 전혀 없었어요. 남편도 말렸어요. 하지만 잠자코 있자니 울화통이 치밀어서. 물론 시즈코가 부주의했다거나 사치를 부린 점은 있겠지요. 나도 그런 점까지 감쌀 생각은 없어요. 하지만 시즈코가 꼭 누굴 죽이기라도 한 것처럼 떠들고 있잖아요. 이건 아니죠. 학창시절의 남자관계에 대한 소문 같은 것까지 죄 끌어내서 떠드는 것은 너무한 거잖아요. 젊을 때부터 사치스러웠다느니 어쨌다느니 하는 말들. 시즈코가 근무하던 가게의 직원들도 지들 마음대로 떠들고 있던데, 그런 말들이 사실인지 아닌지 누가 알겠어요."

그녀는 일부 텔레비전의 와이드쇼 프로그램이 이 사건과 고이토 일가와의 관계, 특히 고이토 시즈코와의 관계에 대해서 다룬 부분을 말하는 것이었다.

"시즈코의 시누이도 그런 텔레비전 프로그램에 나왔다죠? 얼굴도 이름도 감추고…… 이 인터뷰에도 응하던가요? 아, 그래요? 틀림없이 시즈코에 대해서 험담만 늘어놓았겠죠.

나는 그런 게 분했어요. 시즈코한테도 잘못한 점은 있죠. 하지만 그 친구가 하지도 않은 일로 비난받는 것은 잘못된 거잖아요? 그래서 내가 이 인터뷰에 응했고, 나중에 내 발언이 보도된 것을 읽어보니 제대로 씌어져 있기에 시즈코한테도 권했던 거예요. 남들이 함부로 떠드는 거 가만히 지켜보고만 있지 말고 니 하고 싶은 말을 해보라고 말예요."

"어디부터 얘기해야 하나요?"

고이토 시즈코의 첫마디는 이랬다.

"매스컴 관계자들, 사건하고는 아무 관계도 없는 것까지 시시콜콜 파헤치고 싶어하죠? 스무 살 시절에 사귀었던 유부남에 대해서라도 고백할까요?"

미리 말해두지만, 고이토 시즈코는 이때 맨정신이었다. 술기운에 시비조로 나오는 것은 아니었다. 오히려 몸가짐은 어색할 정도로 긴장해 있었고, 안색은 창백했으며, 때때로 눈꼬리가 바르르 떨렸다.

사건 후 생일을 맞이해서 마흔다섯 살이 되었다. 사건과 그 후유증으로 조금 까칠까칠해졌다고 본인은 말하지만, 겉모습은 제 나이보다 열 살쯤 젊어 보이고, 아름다우면서도 세련된 인상을 풍겼다. 그날은 차콜그레이 슈트 밑에 페퍼민트그린 블라우스를 받쳐 입고 있었다. 뚜렷하게 그어진 쌍꺼풀을 장식한 아이섀도에도 이 페퍼민트그린이 사용되었다. 액세서리는 금귀고리와 목걸이. 결혼반지는 보이지 않았다.

이 인터뷰에서 그녀에게 질문할 사항은 사전에 충분히 설명해두었다. 따라서 고이토 시즈코도 충분히 이해하고서 만남에 응했을 터인데, 분위기에 익숙해질 때까지 잠시 동안은 매우 공격적인 발언이 이어졌다. 그 말들을 듣다 보니 그녀의 기억력이 상당히 좋다는 것을 알게 되었다. 그녀가 자학적으로 인용하는 내용들, 이를테면 '이런 말도 들었다, 저런 말도 보도되더라' 등, 그녀의 과거에 관한 보도 내용을 대체로 정확하게 떠올렸고 게재된 매체나 발언한 인물, 프로그램 이름이나 방영 시기 등도 정확했기 때문이다.

 순 거짓말이다. 부당한 트집이라고 생각하면서도 그런 기사나 발언을 눈 감고 귀 막고 지낼 수는 없어서, 그런 말들에 일일이 분노를 품고 지내왔으니 지칠 만도 했던 것이다. 이 점은 오히려 지나치게 진지한 그녀의 성격을 말해준다.

 말하자면 한바탕 '분풀이'를 한 다음, 고이토 시즈코는 물을 한 잔 마셨다. 단숨에 한 컵을 거의 다 비우고는 잔을 그대로 들고 잠시 눈을 지그시 감고 있었다. 다시 눈을 뜨고 잔을 테이블에 내려놓고 고개를 들어 몸 전체를 이쪽으로 돌렸다.

"미안합니다. 그럼 무엇부터 시작할까요?"

─왜 반다루 센주기타 뉴시티 2025호를 남몰래 떠났는지, 그 뒤 왜 다른 '가족'이 살고 있었는지, 그 점부터 시작해 주십시오.

 그녀는 천천히 고개를 끄덕이고 입을 열었다.

"이미 아시겠지만, 우리는 대출금을 갚을 수 없게 되었어요. 그래서 그 집이 경매에 부쳐지게 되었습니다."

경매.

그리 생소하지는 않지만, 일반인이 일상생활에서 보게 되는 일은 거의 없는 말이다. 법원을 통해서 이루어지는 경매제도에 대해서는 다음 장에서 상세하게 설명할 것이니, 지금은 고이토 시즈코의 진술로 이야기를 진행해가겠다.

"경매라고 하면 왠지 미술품이나 골동품 분야의 이야기 같지 않습니까? 나는 그런 식으로 생각했어요. 부자들의 우아한 취미에 따라다니는 말 같다는 느낌…… 경매, 입찰, 낙찰. 그렇죠? 그래서 고이토한테, 남편한테 아무래도 위험하다, 이대로 가다가는 경매에 부쳐질지도 모른다는 말을 처음 들었을 때는 그게 뭐예요? 하고 웃음을 터뜨렸을 정도였어요."

하지만 웃을 일이 아니었다.

당시 반다루 센주기타 뉴시티 웨스트타워 2025호의 소유자는 고이토 노부야스이며, 등기부에도 당연히 그의 이름이 올라 있다. 그러나 그 등기부의 '저당권자' 난에는 2025호를 구입할 때 돈을 빌린 금융기관명도 기재되어 있다. 고이토가 말하는 '경매에 부쳐진다'는 것은, 채무자, 이 경우에는 고이토 노부야스가 대출금 상환을 상당히 오랜 기간 연체하여 지불불능 상태에 빠졌다고 판단되면 저당권자가 대출금을 회수하기 위해 고이토 노부야스의 부동산을 차압해서 경매에 부쳐달라고 법원에 신청하는 것을 말한다.

"우리 경우는 주택금융공고가 경매를 신청했는데, 그곳에서 대출받은 돈이 가장 많았으니까요. 나는 그게 무슨 말인지 얼른 이해하질 못했어요. 대출 관계는 전부 남편한테 맡기고 있었으니까요. 대출이니 뭐니 하는 것은 주부가 나설 일이 아니거든요. 그렇잖아요?

그러다가 어느 날 갑자기—그쪽 담당자 얘기로는 결코 갑자기는 아니었다고 하지만, 남편은 넘어가기 직전까지 나한테 아무 말도 하지 않았거든요, 나한테는 아닌 밤에 홍두깨였던 거죠—이대로 가면 차압이다, 경매다, 라는 말을 들은 거예요. '경매'라는 말에는 웃을 수도 있었던 나였지만, '차압'이란 말에는 가슴이 덜컹했어요. 나쁜 느낌밖에 없는 말이었으니까. 주택금융공고가 왜 차압 같은 걸 하나, 고리대업자도 아니고 공공기관인데, 하고 내가 아우성을 치니까 남편이 웃더군요."

주택금융공고도 분명 금융기관이다. 그래도 주택금융공고는 상환을 연체한다고 해서 금세 차압이나 경매 신청을 하지는 않는다. 일반 은행보다 유예기간을 더 오래 주는 경향은 분명히 있고, 그 점에서는 고이토 시즈코의 이 반론에도 근거가 없는 것은 아니다.

그러나 버블경제가 붕괴하고 지가폭락에 따른 불량채권이 증가하자 요즘은 주택금융공고도 변하고 있다. 대출금 상환이 장기간 중단되고 개선될 전망이 없다고 판단되면 일반 금융기관과 마찬가지로 차압도 하게 되었다. 고이토 가의 2025호가 바로 이 경우였다.

"대출금 상환은 물론 중지되어 있었어요."

눈길을 떨어뜨리고 고이토 시즈코는 말했다.

"아까도 말했지만, 나는 그런 문제는 다 남편한테 일임하고 신경 쓰지 않고 살았어요. 매월 남편 월급에서 생활비만 넘겨받아서 살림을 꾸려나갔습니다. 모자랄 때는 남편한테 말하면 그이가 마련해 주었어요. 이런 얘기는 와이드쇼 같은 데서는 전혀 다뤄주지 않았지만, 사실은 그랬습니다. 우리 집에서 지갑은 남편이 쥐고 있었어요."

그럼 대출금이 연체되고 있다는 것은 어떻게 알았을까?

"그거야 자꾸만 전화가 오고 편지도 왔으니까요. 은행 융자담당자가 찾아오기도 하고. 내가 만나도 소용이 없어서, 그때마다 남편한테 가보라고 했지요. 나도 직장을 다니고 있어서 낮에는 집에 없었거든요."

상환이 중단되어 있다는 것을 고이토 노부야스는 어떻게 해명했을까?

"걱정할 거 없다, 내가 알아서 해결한다, 그 말뿐이었어요. 일이 터질 때까지는."

정말로 남편이 알아서 해결할 거라고 믿었을까?

"믿었죠. 내내 그래왔으니까."

고이토 시즈코는 여배우처럼 어깨를 요란하게 으쓱해 보였다.

"주는 대로 받으셨으니까, 이번 달엔 조금 모자란다고 하면 5만 엔, 혹은 10만 엔을 보태주었습니다. 다카히로의 학비나 우체국 학자금보험 같은 것도 노부야스가 알아서 했습니다. 나는 돈에는 통 무뎌서…… 말하자면 경제관념이 없는 편입니다. 그래서 이렇게 낭비가니 뭐니 하는 말을 듣는 거겠지만."

또 자학으로 흐른다.

"그러니까 남편한테, 이제는 틀렸다, 이 아파트는 차압당할 것이다, 라는 말을 듣고 기겁을 했지요."

―그게 언제 얘깁니까?

"경매된다는 얘기를 들은 것 말인가요? 맨 처음이요? 1995년…… 3월경이었어요."

―부인한테는 그야말로 청천벽력이었겠군요.

"그래요. 남편이 농담하는 줄 알았어요."

다시 습포제 광고라도 하는 것처럼 어깨를 요란하게 으쓱해 보인다. 아무래도 의도적인 몸짓 같았다.

"하지만 농담이 아니었어요. 생각할수록 식은땀이 나서, 남편을 추궁했습니다. 어떻게 된 일이냐고."

고이토 다카코의 인터뷰를 기술한 장에서, 반다루 센주기타 뉴시티 웨스트타워 2025호를 구입할 당시, 자금을 어떻게 융통했는지 설명했다. 시즈코의 친정에서 받은 돈이 있어서 차입금액이나 지불계획도 특별히 무모한 것은 아니었을 것이다. 고이토 노부야스의 연봉으로 봐도 전체적으로는 무리가 없는 범위였다. 또 그렇지 않으면 주택금융공고도 대출을 해주지 않는다. 금융공고가 융자한 물건 중에 회수불능 사례가 적고, 따라서 차압 건수도 적다는 것은 애초에 융자 허용 기준이 까다롭기 때문이다.

그런데 왜 고이토 가의 경우는 회수불능이 되고 말았을까?

"남편은 여러 가지를 말했어요. 한때 주식에 손을 댄 적이 있는데, 나는 거기에 대해서도 자세한 사정은 모르지만, 그쪽에서 손해를 봤다는 둥, 업무상 알게 된 사람에게 돈을 떼었다는 둥. 농담 하지 마라, 그런 일로 어떻게 대출금을 갚지 못할 정도로 힘들어질 수가 있느냐고 내가 화를 내면서 소리를 질렀어요. 그랬더니 이렇게 투덜대는 거예요. 사실대로 말하자면 당신이 사치스러운 탓이라고."

―그러나 당신은 매월 정해진 생활비를 받아서 살림을 했고, 모자랄 때 남편에게 말하면 잠자코 보태주었다고 하시지 않았

습니까?"

고이토 시즈코는 몇 번이나 고개를 끄덕였다.

"네, 그래요. 그랬어요. 그래서 나는 돈 걱정을 해본 적이 없었어요. 불평해본 적도 없고요. 정말이에요."

이 대목에서 작심을 한 것처럼 무릎을 앞으로 내밀고 목소리에 힘을 주었다.

"사건 이후 그 아파트가 경매물건이란 것이 알려진 뒤 매스컴에서는 나를 두고 있는 거 없는 거 죄 끌어내서 써댔어요. 남편이나 자식은 안중에도 없는 겉멋만 든 골빈 여자라고. 그 네 사람이 살해된 것도 애초에 내가 낭비벽이 있어서, 그 때문에 2025호가 경매에 나온 탓이라는 식으로 쓰기도 했죠. 하지만 어떻게 생판 타인에게 그런 말을 할 수 있습니까? 왜 얼굴도 모르는 사람들이 나를 그런 식으로 비난할 수 있나요?"

주먹을 꼭 쥐고 무릎을 치고는,

"나는 결코 사치스럽다고는 생각하지 않아요. 물론 다카히로를 위해서는 무엇이든 해주었어요. 그 아이의 성장에 도움이 된다면 무엇이든 해주고 싶었으니까요. 하지만 나를 위해서 돈을 쓴 적은 없어요. 낭비도 하지 않았고요. 정말 이것만은 분명히 써주세요. 나는 말예요, 예를 들어 남편이 이번 달 생활비로 30만 엔을 주었다고 합시다. 그런데 조금 모자라서 10만 엔을 더 받았다고 해요. 그렇다고 해서 다음 달, 지난달에 그렇게 흔쾌하게 10만 엔을 보태주었으니까 아예 처음부터 40만 엔을 달라고 말하거나 한 적이 없어요."

흥분한 고이토 시즈코를 진정시키려고 잠깐 휴식시간을 가졌다. 그녀는 커피를 주문해서 급히 마시면서 담배 두 대를 부지런히 피웠다.

"큰 소리 내서 미안해요. 말이 조금 빨랐나요?"

그런 걱정은 안 해도 좋다고 대답하자, 한숨을 짓고 자리를 고쳐 앉으며 자세를 바로 했다.

"그래서 저…… 음, 처음 경매 이야기를 들었을 때를 얘기했었나…… 왜 대출금을 갚지 못하게 되었나, 였나요?"

―남편이 당신을 비난하기 시작했다는 얘기까지 했죠.

"그래요. 1주일이나 열흘쯤 매일처럼 그 일로 티격태격 했어요. 시급한 상환금에 대해서는, 내가 어떻게든 해결한다, 해결하면 될 거 아니냐, 하는 식이었어요…… 남편을 비난했지만, 그래도 그이 말을 믿었어요. 지금 생각하면 바보 같은 짓이었지만."

머리를 쓸어 올리고 쓴웃음을 짓는다. 고이토 시즈코의 헤어스타일은 롱헤어. 파마기가 없는 스트레이트헤어다.

"이러니저러니 하는 동안 다른 사실들도 알게 되었습니다. 남편의 돈 쏨쏨이 같은 걸 추궁하다가 알게 된 거죠. 카드회사에 빚이 아주 많더군요…… 사교나 용돈으로 빌린 돈이었던 것 같습니다. 청구서 같은 것을 전부 회사로 배달되게 해 놓아서 나는 통 몰랐지만."

―당신은 어땠습니까?

"나 말입니까? 뭐가요?"

일부 잡지에서 당신한테도 따로 빚이 있다고 보도되었죠? 역시 카드회사였나요? 여러 회사에서 총 150만 엔 정도라고 하던데, 그 점에 대해서는 뭐라고 하시겠습니까?

고이토 시즈코의 눈빛이 험악해졌다.

"그게 무슨 상관이죠?"

―딴 뜻이 있어서 묻는 것은 아닙니다. 남편한테는 당신이 모르는 빚이 있었다. 그럼 당신은 어땠나, 이 기사 내용이 사실인지를 확인하고 싶을 뿐입니다만.

"그건…… 일단은 사실입니다."

―일단은, 이라고 하신 것은?

"금액이 조금 틀려요. 100만 엔도 안 됐으니까."

―알았습니다.

고이토 시즈코는 잠깐 입을 다물고 있었다. 그리고 불쑥 기침을 계속하더니, 봇물이 터진 것처럼 말하기 시작했다.

"조금 설명을 해야겠군요. 그 돈은 물론 내가 쓴 겁니다. 그건 부정하지 않겠어요. 하지만 그건 그야말로 업무상 필요한 것이었어요. 나는 부티크에 근무하고 있었어요. 판매 할당량이 있어서 그걸 채우지 못하는 달에는 내 돈으로 물건을 사서라도 수치를 맞추어야 했습니다. 그럴 경우, 사원 할인도 안 되고, 상당한 부담이 됩니다."

반다루 센주기타 뉴시티 거주자 대장에는, 고이토 시즈코는 '의류점 근무'라고 기재되어 있다. 이 '의류점'은 아오야마 2쵸메에 있는 수입품 전문 부티크 '인비지블'이며, 고이토 시즈코는 다카히로가 초등학교에 입학한 해 봄부터 이곳에서 점원으로 근무했다.

"물론 정사원은 아닙니다. 파트타임이었죠, 파트타임." 하고 자조적으로 내뱉듯이 말했다.

"정사원이 나만큼 실적을 올렸다면 벌써 오래 전에 어느 지점 한 곳을 책임지는 자리에 올랐을 거예요. 내 입으로 말하기는 뭣하지만, 나는 우수한 판매원이었다고 자신해요."

―왜 정사원이 안 되셨나요?

"안 된 게 아니라 받아주질 않았어요. 연령제한에 걸려서."

―사원들은 대개 젊은 사람인 것 같더군요.

"모두들 와이드쇼 인터뷰에서 나에 대해서 이러쿵저러쿵 하더군요. 예, 젊은 여자들뿐이었어요. 대개 이십대이고, 많아야 삼십대 초반이죠."

고이토 시즈코는 전투적으로 머리를 흔들었다. 긴 머리카락이 흐트러져서 얼굴을 가린다.

"가게 이름 '인비지블'은 '눈에 보이지 않는 것'이란 뜻입니다. 아시죠? 즉, 눈에 보이는 패션뿐만 아니라 눈에 보이지 않는 지성이나 교양, 풍부한 감성 같은 것도 판다는 컨셉이지요. 하지만 가게의 실상은 한심하기 짝이 없었어요. 그 사원 여자애들만 해도 모두들 비싼 양장이나 화장품, 식도락여행에만 정신이 팔린, 머릿속이 텅 빈 인형 같은 애들뿐이었으니까. 나는 그 속에서 고군분투했습니다."

―다른 직장을 찾아볼 생각은 안 해봤나요?

"말했죠? 나는 우수한 판매원이었어요. 적성에 맞았다고요. 그렇지 않았다면 처음부터 채용되지도 않았을 거예요. 연령제한 때문에."

—지금도 일을 하고 있나요? 역시 의류 관련 일입니까?

"아뇨, 지금은 달라요. 부티크처럼 손님을 상대하는 장사는 할 생각이 없어져서."

고이토 시즈코는 조금 자세를 무너뜨리고 발을 꼬았다. 조금 지친 것 같았다.

"어쨌든 내가 지고 있던 빚은 이번 사건하고는 관계가 없어요. 남편도 그건 인정했어요. 그이도 내가 카드회사에서 돈을 빌린 것은 몰랐으니까요. 남편이 모르게 처리하고 있었으니까."

—돈 갚느라 생활비를 헐지는 않았다는 말인가요?

"네, 물론이죠."

—그럼 차압과 경매 얘기가 처음 나왔을 때로 돌아갑시다. 기억하실 줄 알지만, 1995년 10월 초, 당신은 다카히로의 담임선생을 만나러 간 적이 있지요?

"다케노카와학원 말입니까?"

—그렇습니다. 구라바시 교사였죠.

"구라바시 선생님 말이군요. 네, 만났습니다."

—그때 어떤 얘기를 나눴는지 기억하나요?

"다카히로의 전학 얘기를 했습니다."

—차압이나 경매가 완료되면 2025호에서 나가야 된다, 다카히로도 전학해야 한다고 생각했군요.

"그렇습니다. 결국 4월중에 경매 절차가 들어가서 10월까지는 입찰 절차가 시작될 테니까요. 매수인이 정해지면 바로 나가야 한다고 해서."

―그때 구라바시 교사한테는 경매가 아니라 '곧 이혼하니까 나와 다카히로는 히노의 친정으로 돌아간다.'고 말하지 않았나요?

"이혼……."

이 한마디를 중얼거리고 입을 다물었다. 그때까지 개방되어 있던 마음과 분위기를 꽉 잡아서 다시 끌어들이는 듯한 침묵이었다. 입술을 일자로 다물고 있었다.

"네, 그런 이야기를 했습니다."

―당시 그런 생각을 하고 있었던 건가요?

"이혼 말입니까? 예, 예, 생각하고 있었어요. 진지하게요."

―대출금을 갚지 못해서 살던 집이 차압당하고 경매에 나오게 된 것 때문입니까?

"그것과 그것에 따르는 여러 가지 것들 때문이었죠."

그렇게 말하고 두 손으로 얼굴을 문질렀다. 그 동작과 함께 조금 전에 안으로 닫아걸었던 감정을 다시 풀어놓는 듯했다.

"나를 비난하는 남편의 그 방식을 무엇보다 납득할 수가 없었어요. 내내 잠자코 있다가 사태가 빼도 박도 못하게 되니까 그제야 당신이 나한테 생활비를 조른 탓이다, 어째서 주는 돈만으로 살림하지 못하는 거냐, 하면서 전부 내 탓으로 돌렸어요. 너무 황당했어요. 이런 사람이었나, 하는 생각이 들었어요. 지금까지 믿어왔던 것이 전부 와르르 무너지는 기분이었어요. 이래서는 함께 살아갈 수 없겠다고 생각한 겁니다."

―당시 남편하고 이혼에 대해서 이야기하고 있었나요?

"했어요. 남편은 불만이었던 것 같아요. 내가 하는 말을 이해하지 못했어요. 그이 처지에서 보자면 잘못은 너한테 있는데 왜 내가 욕을 먹어야 하며, 왜 네 입에서 먼저 이혼 얘기가 나오느냐? 하는 거였겠죠. 적반하장이라는 식이었어요."

―그럼 남편은 이혼에 동의하지 않았군요?

"그때는 그랬죠. 지금은 동의하고 있어요. 벌써 마누라 될 여자까지 정해놨을 정도니까."

―남편한테 다른 여자가 있다는 겁니까?

"네, 그래요. 그리고 남편이 아닙니다. 나는 그 사람의 그 무엇도 아니니까. 아직은 호적상 부부인 데다, 노부야스, 노부야스 하고 부르는 것은 시누이가 쓰는 호칭이라 싫고 해서 '남편'이라고 부르고 있지만, 그것도 편의상 그런 것이고, 마음은 이미 남남입니다."

―실례했군요. 그러나 그때는 결국 이혼하지 않았지요?

"예, 하지 않고 있었어요."

―이혼하지 않고 1996년을 맞이한 뒤, 가족 세 사람이 2025호를 몰래 빠져나가 친정으로 돌아갔군요.

"몰래 빠져나갔다는 식으로 복잡하게 말하지 말아주세요. 야반도주한 겁니다. 그건 야반도주 이외에 아무것도 아니었습니다."

─3월이었지요?

"예. 그걸 어떻게 잊겠어요. 3월 8일 밤이었어요. 가구나 전자제품을 그대로 두고 당장 필요한 물건만 챙겼어요. 1월부터 4월까지는 단지를 개방하던 때라 밤에도 차를 정원 쪽에 댈 수 있었어요. 누가 지켜보고 있을까봐 조마조마했어요."

─이웃들한테 아무 말도 없이 나갔나요?

"친하게 지낸 이웃도 없었고, 또 그때는 금방 돌아올 줄 알았거든요. 이혼 얘기도 그래서 일단 연기한 상황이었으니까.

─금방 돌아온다고요?

"네. 남편이 그렇게 말했어요. 아는 사람 중에 차압이나 경매에 밝은 사람이 있어서 많은 조언을 해준다고 했어요. 그 사람이 말하는 대로 하면 약간의 수수료만 부담하면 아파트를 되찾을 수 있을 거라고 했습니다. 물론 또 빚을 지게 되겠지만, 아는 사람이 돈 빌려줄 곳도 소개해준다고 했어요."

─고이토 노부야스 씨는 언제부터 그런 말을 하기 시작했나요?

"12월인가? 음력 12월에 들어선 뒤였나?"

─경매 절차는 이미 진행 중이었나요?

"네. 하지만 입찰이 끝나고 매수인이 정해지려면 해가 바뀌고 봄이나 되어야 할 거라고 했습니다."

─그래서 당신은 내내 2025호에서 살고 있었군요?

"그렇습니다. 3월 8일까지는."

─왜 3월 8일에 야반도주를 한 겁니까?

"이제 매수인이 정해질 때였으니까. 정해지기 전에 야반도주하는 것이 좋다고 해서. 그래서 그 네 사람이 들어와 살게 된 것이지요."

―당신은 그 네 사람의 신원에 대해서 당시 어느 정도나 알고 있었습니까?

"아무것도 들은 것이 없었습니다. 남편이 아는 사람이 고용한 사람이라는 것뿐이었어요. 정말입니다."

―이혼을 결심할 정도로 신뢰관계가 무너진 남편, 아니 고이토 노부야스라는 사람의 제안을 곧이곧대로 믿었나요? 따져보거나 의심해보지는 않았습니까?

그녀는 급하게 머리를 쓸어 올렸다. "그럴 기운도 없었어요."

―아는 사람한테 부탁하면 2025호를 되찾을 수 있다. 고이토 노부야스 씨가 그렇게 자신하던가요?

"자신만만했어요. 그리고 뭐…… 나도 조금 영향을 받았다고나 할까. 안 돼도 본전이니까 한번 해보자는 식이었죠."

―그렇군요.

"그 아파트에는 내가 부모한테 물려받은 돈을 몽땅 쓸어 넣었잖아요. 되찾을 수만 있다면 되찾고 싶어하는 게 당연하잖아요? 집을 되찾고 난 다음에 이혼할 생각이었어요. 그래서 그때까지는 남편한테 맡겨보자 생각하고."

―당신들은 3월 8일에 야반도주했고, 그 뒤 그 피해자 네 명이 들어와 살았군요. 경매 절차가 완료되고 매수인이 정해진 것은 언제였나요?

"아시잖아요? 나는 정확한 날짜는 잊어버렸어요. 4월이었던 것 같아요."

―4월 10일입니다.

"그랬나요? 4월 10일이었군요."

―매수인은 이시다 나오즈미였죠?

"실은 그 사건이 일어나고 세상이 시끄러울 때까지도 나는 매수인 이름도 몰랐어요. 알 필요도 없었고요. 우리는 벌써 오래전에 야반도주를 했으니 그 뒤에 상황이 어떻게 되고 있는지 모를 수밖에 없었어요. 또 그 점이 남편이 아는 사람이 주선해준 대책의 매력이었고요."

―그럼 이시다 나오즈미하고는 한 번도 만난 적이 없다?

"네, 한 번도."

―피해자 네 명하고는 여러 번 만났지요?

"……네."

―야반도주한 뒤에도 그들이 사는 2025호를 방문했고요.

"그 사람들이 아파트를 깨끗하게 쓰고 있는지 걱정이 돼서요. 가구도 그대로 놔두고 나와서요."

―6월 2일 아침, 당신의 소재를 찾던 경찰이 히노의 친정집으로 전화를 걸었을 때는 놀랐었나요?

고이토 시즈코의 얼굴이 창백해졌다.

"놀랐냐고요? 당연히 놀랐지요. 당연하잖아요."

그녀답지 않게 말끝을 약간 얼버무린다.

"사건에 대해서는 아무것도 모르고 있었으니까 전화를 받고 너무 놀랐습니다. 게다가 이른 아침이었으니까요. 아마 6시도 안 되었을 거예요. 식구 중에 텔레비전을 본 사람도 없어서 소식을 듣지 못했어요."

―처음에 경찰의 전화를 받은 사람은 누구입니까?

"어머니예요."

―그러니까 전화는 부모님 집으로 갔군요?

"네."

―당시 당신의 가족은 같은 부지 안에 있는 2층짜리 목조주택에 살고 있었던 거죠?

"네, 더부살이 하고 있었죠."

―그럼 전화를 받은 어머니가 당신을 부르러 그 집으로 건너왔나요?

"그렇습니다. 나랑 남편을 부르러."

―어머니는 무슨 말로 당신들을 불렀나요?

"너희 아파트에서 무슨 사건이 일어났다고 경찰이 너희 행방을 찾고 있다고요. 어머니도 경황없이 말씀하셔서 처음에는 우리도 무슨 말인지 알아듣지 못했어요."

고이토 시즈코의 얼굴에 쓴웃음이 떠오른다.

"아파트에서 무슨 일이 일어난 것 같다는 말을 들었을 때, 처음에는 불이 났나 싶었어요. 그런 것밖에 떠올릴 수 없었어요."

―부모님한테는 경매 건이나 그 이후 상황을 상세하게 설명했나요?

"네, 일단 대강은 말씀드린 상태였어요."

―그럼 부모님도 당신 가족이 경제적으로 궁지에 몰려서 아파트를 포기할 수밖에 없는 상황이라는 것은 알고 있었군요?

"네."

―이야기를 조금 거슬러 올라가보지요. 확인을 위해서 묻는 것이니 말씀해 주십시오. 부모님이 사정을 알고 있었다면 대출금 상환을 못하고 있을 때 부모님에게 한 번 더 돈을 융통해 달라고 부탁할 수도 있었을 텐데, 그 방법은 검토해보지 않았나요?

고이토 시즈코는 턱을 깊이 끌어당겼다. 입술을 꼭 다물고 몇 번인가 눈을 깜빡인다.

"그건, 네, 당연히 했지요. 도와줄 수 있느냐고. 하지만 잘 안 됐어요."

―왜입니까?

"동생이 반대했기 때문입니다."

―남동생 말입니까?

"네. 원래 동생은 처음에 우리가 그 아파트를 살 때, 부모가 땅 판 돈을 우리에게 준 것을 내내 원망해 왔어요. 나도 부모 재산을 물려받을 권리가 있고, 그 당연한 권리를 주장한 것일 뿐인데, 동생은 마치 도둑 보듯이 했거든요."

―장차 당신과 동생이 상속받을 재산 중에서 당신 몫을 미리 받는 형식이었습니까?

"나는 그렇게 생각했습니다."

―그 말씀은, 동생분이 보기에는 누이의 몫은 이미 건너간 상

테니까 아무리 대출금 상환이 어렵다고 해도 더 이상은 줄 수 없다는 거였나요?

"하지만 어쩌면 그럴 수가 있습니까."

고이토 시즈코의 목소리가 날카로워졌다. 의자에 앉은 채 무릎을 앞으로 쑥 밀고나왔다.

"그래도 누나 동생 사이예요. 피를 나눈 혈육이 집을 빼앗길 지경에 빠져서 고통을 겪고 있는데, 누나 몫은 이제 없으니까 한 푼도 내줄 수 없다. 어떻게 그런 냉정한 말을 할 수 있나요? 나는 그날 이후로 동생 부부를 절대로 용서하지 않겠다고 작심했습니다. 걔네들은 아버지나 어머니가 우리를 도와주려고 걔네들 모르게 예금을 인출하거나 집을 팔지 못하게 집문서와 인감까지 빼앗아 가지고 있었어요. 세상에 누가 이걸 친동생이 한 짓이라고 생각하겠어요."

―부모님은 당신에게 돈을 주려고 부동산을 팔았다고 했는데, 또 무슨 재산이 남아 있었습니까?

"약간의 주식하고 예금이 있었고, 부동산으로는 친정집 부지와 건물이 있었습니다."

―그것 말고는 없나요?

"없습니다. 하지만 언젠가 상속이 되면 히노의 그 땅은 비싼 값에 팔릴 테니까 실질적으로는 동생 몫이 더 많았어요."

―그러면 그 시점에서는 부모가 당신 가족에게 해줄 수 있는 것으로는 살 집을 빌려주는 것 정도밖에 없었다는 얘기가 되는군요?

"그렇지요. 또 큰돈을 신세질 수는 없었습니다. 부모님도 생활을 연금에 의지하고 있었으니까. 금리가 낮아서 예금 금리는 도움이 되지 않았거든요."

―잘 알겠습니다. 얘기를 경찰이 전화했을 때로 돌립시다. 어머님이 당신들을 부르러 건너오셔서 전화를 받으러 부모님 거처로 갔군요.

"남편이 받았습니다."

―당신도 옆에서 듣고 있었나요?

"예."

―남편…… 고이토 노부야스 씨는 무슨 말을 하던가요?

"그 사람도 크게 당황한 눈치여서…… 왠지 횡설수설했어요. 아무튼 우리 가족은 셋 다 무사하다는 말은 하더군요."

―경찰은 2025호에 살던 '가족'이 고이토 씨와 아는 사람들인지 알고 싶어했을 텐데요…….

"처음에 경찰은 우리가 그 사람들에게 아파트를 빌려준 것으로 생각한 것 같아요. 아니, 남편이 그렇게 말했던 것 같아요. 세를 준 거라는 둥, 중개해준 부동산사무소가 아니면 자세한 것은 모른다는 둥…… 경찰도 점차, 이거 이상하네, 하고 생각했겠지요. 남편은 왠지 우왕좌왕 말하다가 전화를 끊고는 얼굴이 하얗게 질려서, 큰일났다, 경찰이 이쪽으로 오고 있다, 고 말했어요."

―당신들한테 와달라고 하지 않고 경찰이 직접 기무라 씨 댁으로 오겠다고 했군요.

"네. 그러니 기다려 달라는 언질을 주었겠지요. 남편은 넋이 나간 사람처럼, 당장 피하지 않으면 큰일난다, 고 했습니다."

―피해야 한다고 했습니까?

"나는 또 질겁했지요. 왜 우리가 도망쳐야 하느냐고 추궁했습니다. 애초에 남편 얘기로는, 특별히 위험한 일은 없다, 다만 경매에 밝은 사람한테 맡겨두면 그 아파트는 되찾을 수 있다고, 그저 그 말뿐이었어요. 잠깐만 고생하면 된다고. 그런데 또 갑자기 도망을 쳐야 한다는 거예요."

―고이토 씨는 뭐라고 대답하던가요?

"그게 본래 법에 걸리는 일이랍니다. 우리가 당시 하고 있던 일이 불법이라는 거예요. 경매에 나온 집을 되찾으려고 다른 사람을 살게 하는 것이 사실은 불법이라고. 경찰한테 잡히면 나나 당신이나 감옥행이라고, 당장 울음을 터뜨릴 것 같은 얼굴로, 일단 피하자고 하더군요."

―당신은 금방 수긍했나요?

"당치않아요! 불법인지 아닌지 모르지만, 어쨌든 그런 짓을 한 것은 고이토였으니까요. 나는 상관하지 않았잖아요. 도망칠 생각은 없었어요. 그러자 그 사람은, 그럼 다카히로라도 데리고 가겠다고 하는 거예요."

―다카히로를?

"당신은 기가 세니까 경찰이 무엇을 묻거나 추궁해도 괜찮겠지만, 다카히로를 이런 일에 휘말려들게 할 수는 없다는 둥, 내 자식은 내가 지킨다는 둥 알 수 없는 말을 했어요. 하지만 어떻게 그럴 수가 있겠어요. 다카히로를 데리고 도망을 다닌다면 그거야말로 그 아이를 힘들게 하는 거잖아요. 절대로 안 된다, 경찰도 당장 만나라고 했어요. 그랬더니 그 사람…… 나를 죽일 것처럼 노려보더군요. 나한테만 책임을 떠넘기고 자기는 나 몰라라 할 거냐고. 그렇게는 안 된다, 당신도 함께 가야 한다고 했어요."

고이토 시즈코는 두 팔로 몸을 감싸고 잠깐 몸을 떠는 시늉을 했다.

"무서웠어요…… 시키는 대로 하지 않으면 그 자리에서 죽을지도 모르겠다는 생각도 들었어요. 정말로 죽일 작정이었을 거예요, 그 사람."

―그래서 결국 고이토 씨와 당신과 다카히로 셋이서 히노의 기무라 씨 댁을 나온 거군요.

"네, 그렇게 되고 말았어요."

몇 시경이었나요?

"7시도 안 되었을 거예요. 간발의 차이였나 봐요. 나중에 어머니한테 들으니, 우리가 나가고 20분쯤 지나서 경찰차가 도착했다고 하니까."

―당신들은 차를 타고 떠났나요?

"네, 일단 아버지 차를 빌렸습니다."

―그렇게 집을 나서서 어디 갈 데는 있었습니까?

"그런 게 어디 있겠어요. 일단 서쪽으로 가자고 했어요. 어쨌든 시내 쪽으로는 돌아갈 수 없었으니까요. 나와 다카히로는 남편이 윽박질러서 어쩔 수 없이 따라갔을 뿐이니까, 고이토가 어디에 차를 세우면 틈을 봐서 도망칠 생각을 하고 있었습니다."

—다카히로는 어땠나요?

"잔뜩 겁에 질려 있었지만, 똑똑한 아이니까 침착하게 있었습니다. 카라디오를 틀어서 뉴스를 들어보자고 한 것도 그 아이였어요."

—어느 도로를 달렸는지 기억합니까?

"중앙자동차도를 달렸습니다. 야마나시 쪽으로 가는 도로예요. 남편 회사의 휴양소가 이사와 온천 근처라, 우리 가족이 두 번인가 차를 타고 간 적이 있는데, 어쩌면 남편도 그 근처를 생각하고 있었는지도 모르죠."

—차 안에서 이야기해 보았습니까?

"별로 많이 이야기하지는 않았던 것 같습니다. 남편이 딱딱한 얼굴로 핸들을 잡고, 나와 다카히로는 뒷좌석에 어깨를 움츠리고 앉아 있었습니다."

—남편한테서 도망칠 생각은 여전했습니까?

"그래요. 정말 무서웠어요. 한 시간쯤 달렸을 때 다카히로가 화장실에 가고 싶다고 해서 휴게소에 들렀습니다. 그게 어디였는지는 잊었지만, 커다란 레스토랑과 매점이 있었어요. 하지만 아직 영업시간 전이어서 문이 닫혀 있었어요. 나도 화장실에 가는 척 하고 남자화장실 입구에서 다카히로를 붙들고, 둘이 도망치자고 했습니다. 여기서 110에 전화해서 경찰에 보호를 요청하자는 말도 했고요."

—다카히로가 뭐라고 하던가요?

"그러면 아빠가 불쌍하다고."

고이토 시즈코는 낙담한 듯 어깨를 떨구었다.

"아버지가 많이 두려워하는 것 같으니 혼자 두면 불쌍하다고 하는 거예요. 나는 너무 실망해서……."

―실망하다뇨?

"안 그렇습니까? 다카히로가 내 심정보다 그 아빠 자격도 없는 남자를 먼저 생각했으니까요. 그래서 내가 말했어요, 엄마도 무서워 죽겠어, 엄마는 아빠가 무서워, 경찰을 피해 도망치는 것도 무서워, 그런 엄마 심정은 몰라주는 거니? 그랬더니 그 아이, 내가 아버지를 설득해서 집에 돌아가도록 할 테니 어머니는 잠깐만 참아달라고 했어요."

―다카히로는 상황을 파악하고 있었나요?

"왜 도망을 가야 하는지 말입니까?"

―그 전에 애초에 2025호가 경매에 나오게 된 사정과 그 후 고이토 씨가 취한 조치 등에 대해서 말입니다.

"그건 나랑 비슷한 정도밖에 이해하지 못하고 있었을 거예요. 설명을 들은 적이 없으니까. 애초에 고이토의 말은, 잠깐만 참고 있으면 그 아파트는 되찾을 수 있다, 그것뿐이었으니까."

―그래도 다카히로는, 이렇게 도망쳐서 좋을 일은 하나도 없다는 것은 이해하고 있었군요.

"그랬던 것 같아요. 나한테도 그렇게 말했으니까. 경찰이 작정하고 찾으면 우리 같은 것은 금방 찾아낼 테니, 도망쳐봐야 소용없다고. 다만……."

고이토 시즈코는 여기서 말을 끊고 잠깐 어디가 아프기라도 한 것처럼 눈을 가늘게 뜨고 미간을 찡그렸다.

"다만 그 아이는 이렇게 묻더군요. 아버지가 그 아파트를 되찾기 위해 불법행위를 했는데, 이번 사건이 일어나 그것이 발각되고, 상황이 불리하니까 도망치는 거냐고, 아버지가 어머니에게 그렇게 말했느냐고, 그것뿐이냐고 말예요. 나는 그것뿐이야, 하고 대답했습니다. 나는 처음에 그 아이가 무엇을 걱정하는지 몰랐어요."

―무슨 말씀인가요?

"그러니까, 그때는 우리도 이미 라디오 뉴스로 2025호에서 살인사건이 일어난 것은 알고 있었어요. 경찰의 전화로는 자세한 상황을 알 수 없었고, 뉴스를 듣고서야 겨우 사건의 내용을 안 거예요. 사람이 넷이나 죽었다는 것. 그래서 그 아이는 아버지가 경황없이 도망치는 것은 그…… 살인 쪽에도 관련이 있기 때문이 아닌가 생각한 것 같아요. 그래서 내게 그렇게 물었겠죠. 아버지는 정말로 그 집을 되찾으려고 불법행위를 했기 때문에 쫓기는 거냐고, 그것만 걱정하는 거냐고."

―예리하군요.

"냉정하죠. 그 아이는 머리가 좋아요."

고이토 시즈코는 간만에 웃음을 지었다.

"나는 아연실색했어요. 거기까지 생각하지는 않았거든요. 억, 하고 숨이 멎는 느낌이었어요. 그래, 그럴 가능성도 있구나, 고이토가 살인사건에 말려든 건 아닐까, 그래서 저렇게 당황하며 도망치는 게 아닐까, 우리까지 데리고. 마치 얼굴에서 피가 싸악 소리를 내면서 빠져나가는 것 같았습니다."

―엄마가 당황하는 모습을 보고 다카히로는 어떻게 하던가요?

"내가 비틀거릴 만큼 충격을 받자 그 아이도 당황했겠지요. 어머니는 생각이 너무 앞서서 큰일이라고 하더군요. 아버지가 그 살인사건에 관련되었다고 단정할 상황은 아니다. 다만 아버지가 스스로 뭐라고 말하는지 알고 싶어서 물어보았을 뿐이라고. 그리고 자동차 쪽으로 돌아가더군요. 어쩔 수 없이 나도 따라갔습니다."

―고이토 씨는 무엇을 하고 있던가요?

"돌아가 보니 자동차에 없더군요. 키도 꽂아둔 채. 다카히로가 주변을 둘러보다가 매점 옆 공중전화가 늘어서 있는 곳에서 그 사람을 발견했습니다. 전화를 걸고 있었어요. 그렇게…… 한 20분 정도 우리를 기다리게 했습니다. 남편은 왠지 맥이 빠진 모습으로 돌아와서 전화가 통 안 된다, 도대체 어디에 있는 거야, 하고 말했습니다."

―상대방이 전화를 받지 않는다는 말인가요?

"아마 그렇겠죠. 그래서 다카히로가 누구한테 걸었느냐고 물었습니다. 남편은 넌 걱정할 거 없다, 라고 말하고 차를 탔습니다. 시동을 걸고 달리다가 잠시 후 방금 왔던 쪽으로 돌아가기 시작했습니다. 왜 돌아가느냐고 물었더니, 일단 연락을 취해야 한다고 하더군요."

―도쿄 방면으로 향한 거군요?

"무슨 일인지 몰라도 오전 내내 돌아다녔어요. 30분 정도 달리다가 멈추고, 또 달리다가 멈추고 하면서 계속 전화를 걸었어요. 남편은 휴대전화를 가지고 있었지만, 도망칠 때 깜빡 잊고 나왔나봐요. 아버지 차에는 카폰이 없어서 일일이 공중전화를 찾아야 했던 겁니다."

―고이토 씨는 어디에 그렇게 연락하려고 한 건가요?

"그건 경찰 쪽에 물어보셔야죠. 나는 모릅니다. 다만 지금 생각해보면 부동산업자였던 것 같아요. 부동산사무소라든지 2025호를 되찾기 위해 모종의 대책을 부탁한 상대방이겠지요. 나는 지금도 자세한 내막은 모르고, 알려고도 하지 않지만, 상대방은 부동산업자겠죠?"

―아마 그랬을 것 같군요.

"거의 울상을 짓고 전화를 걸었어요, 고이토는."

―6월 2일 점심때까지 그런 상황이 계속되었나요?

"그래요. 나 혼자였다면 벌써 남편 곁에서 도망쳤겠지만, 다카히로가 아버지 곁에서 마음고생을 하고 있어서 차마 도망치질 못했어요."

―경찰에 출두할 때는 하치오지의 한 호텔에 투숙하고 있었지요? 그 호텔에는 어떻게 투숙하게 되었습니까?

"다카히로가 그러자고 했어요. 이런 식으로 돌아다니면 오히려 더 눈에 잘 띄고, 지치고 배도 고프다면서. 어차피 멀리 가버리면 상대방과 전화 통화하기도 힘들어지니까 이 근방의 호텔에서 쉬고 싶다고. 마침 우리는 하치오지 시내에 있었어요. 그러자 고이토도 납득하고 제일 먼저 눈에 띈 호텔에 투숙한 겁니다."

―하치오지 뷰 호텔 7층 730호실이군요.

"그랬나요? 기억이 나질 않아요. 지저분했어요. 비교적 넓다는 게 그나마 다행이었지만."

―그 뒤 출두할 때까지 그곳에서 움직이지 않았나요?

"그렇지요…… 호텔 레스토랑에서 식사를 하고, 나는 방에서 쉬고 고이토는 내내 여기저기 전화를 걸고 있었어요. 상대방이 전화를 받을 때도 있고, 받지 않아서 안절부절 못할 때도 있었어요."

―무슨 이야기를 하던가요?

"잘 듣지 못했습니다. 게다가 그때는 이미 남편이 어떻게 되든 내 알 바 아니라는 심정이어서 귀를 세우고 들으려고 하지도 않았고요. 다카히로를 데리고 도망칠 생각만 했습니다."

―다카히로는 무엇을 하고 있었나요?

"내내 차분하게 앉아 있었어요."

―출두하기로 결심한 것은 고이토 씨입니까?

"다카히로가 권했어요."

고이토 시즈코는 적이 지쳤는지 목을 문지르면서 한숨을 지었다.

"그래요…… 3시경이었나? 고이토는 전화도 그만두고 그냥 멍하니 소파에 앉아 등을 구부리고 있었어요. 그때 다카히로가 다가가서 말을 했어요. 사정은 잘 모르지만 이대로 도망 다니는 것은 오히려 좋지 않은 것 아니냐고."

―고이토 씨가 잠자코 듣고 있던가요?

"처음에는, 어린애는 잠자코 있으라는 식이었어요. 하지만 다카히로는 조금도 주눅 들지 않고, 다정한 목소리로 끈기 있게 아버지를 달랬어요. 우리 아파트에서 네 사람이나 살해당했으니, 이건 보통 일이 아니다, 너무 무섭다고 말했어요. 그랬더니 남편은, 아버지도 무섭다고…… 그 사람은 다카히로보다 더 떠는 것 같았어요."

―그 대화가 계기가 되어서 도피를 중단한 겁니까?

"그런 셈이죠. 남편은 머리를 감싸고 주저앉아 있고, 다카히로는 계속 뭐라고 이야기하고 있었습니다. 그러자 남편은 다시 전화를 걸기 시작했어요. 가만 보니 우리 친정에 걸고 있었어요. 그래서 친정에 있던 경관의 설득을 받고 출두하기로 결심한 겁니다."

이리하여 오후 3시 반, 고이토 노부야스는 하치오지 뷰 호텔 근처의 파출소로 출두한다.

"파출소에서는 특별한 일이 없었어요. 경찰의 탐문을 피해서 도망을 쳤으니 틀림없이 혹독한 대우를 받을 거라고 짐작하고 마음을 단단히 먹고 있었는데, 호통을 치거나 윽박지르는 일은 없었습니다. 우리는 바로 하치오지에서 아라카와 북부서라는 곳까지 호송되었어요. 네, 경찰차로요."

―그 호송 때 있었던 에피소드에 대하여, 실은 고이토 노부야스 씨의 누님한테 들은 얘기가 있습니다만.

"뭐죠? 시누이가 또 뭐라고 험담을 했나요?"

―경찰차로 아라카와 구까지 돌아갈 때, 당신이 고이토 노부야스 씨와 같은 차에 타기 싫다고 말했다고 하더군요. 고이토 다카코 씨는 그렇게 증언했습니다. 정말 그랬나요?

고이토 시즈코는 웃음을 터뜨렸다.

"네, 네, 그랬어요. 고이토와 우리 모자를 다른 차에 태워 달라고. 경찰이 동행한다고 해도 그 사람이 언제 마음이 변해서 도망치려고 할지 알 수 없었거든요. 원래 성미가 급한 사람이니까. 그렇게 겁 많은 사람일수록 궁지에 몰렸을 때 무섭잖아요. 그때는 그 사람이 무슨 짓을 했는지 알 수도 없었고, 무서워서 견딜 수가 없었어요. 어쩜 세상에, 시누이가 그 일로 화를 내던가요?"

―화를 내는 것은 아니지만, 노부야스 씨가 불쌍하다고 말했습니다. 지금까지 내내 처자식을 위해서 애써왔는데, 그런 결정적인 상황에서 나 몰라라 내팽개친 것은 너무 심하다고, 고이토 씨가 누이한테 말했다고 하더군요.

"내팽개친 것은 아니지요. 위험을 느끼니까 함께 있고 싶지 않았던 것뿐이죠."

―고이토 노부야스 씨는 당신과 다카히로와 같이 있고 싶어했겠지요.

"그거야 그 사람 생각이죠. 그런 한심한 푸념에 맞장구치는 시누이도 시누이네요. 변한 게 없어요."

고이토 시즈코의 눈에 다시 전투적인 빛이 돌아왔다.

"나나 다카히로나 하마터면 인생을 망칠 뻔했어요. 솔직히 말하면 이제는 고이토 집안사람 이름을 듣는 것도 싫습니다. 질렸어요."

매수인

이렇게 고이토 노부야스가 출두함에 따라 6월 2일 저녁이 되어서야 비로소 아라카와 북부서의 수사본부도 2025호가 처한 상황을 구체적으로 알 수 있었다.

하지만 고이토 노부야스도 처음부터 순순히 털어놓은 것은 아니다. 집이 차압되고 경매가 신청된 것, 이미 입찰이 끝나 매수인이 정해진 것 등에 대해서는 순순히 설명했지만, 그가 아파트를 되찾기 위해 대책을 의뢰한 '부동산업자'에 대해서는 좀처럼 분명하게 말하지 않았다. 아는 사람 소개로 알게 된 업자이므로 그리 친한 사이는 아니라는 둥, 자기도 거의 속은 거나 마찬가지라는 둥 하며 열심히 방어선을 쳐둔 다음, 그 업자가 '잇키부동산'이라는 사실과, 그 전화번호나 회사 소재지에 대하여 자기가 아는 범위 안에서 부득불 설명하기 시작하기까지는 또 몇 시간이 걸렸다.

또 고이토 가를 대신해서 2025호에 살고 있던 네 사람에 대해서도, 아파트를 임대한 처지라 자신과 아내가 몇 번인가 만난 적이 있지만, 어디에 사는 어떤 사람들인지 자세한 사항은 모른다고 주장할 뿐이었다. 자기가 그들에 대해서 파악하고 있는 것은, 식구가 넷이고, 남편과 아내, 남편의 어머니, 그리고 부부의 외아들이 있다는 것, 성이 '스나카와'라는 것, 적어도 그 가족을 그 아파트에 데려다가 살게 한 잇키부동산 사람들이 '스나카와 씨'라고 불렀다는 것이 전부라고 말했다. 따라서 그들이 살해당하게 된 사정은 자기가 알 수 있는 것이 아니라는 것이다.

고이토 노부야스한테 얻은 정보는 반다루 센주기타 뉴시티 내의 회의실에 설치되어 있던 임시 수사 거점에도 즉시 전해졌다. 웨스트타워 관리인실을 지키고 있던 파크하우징의 이데 부장은 2025호에 관한 자기의 짐작이 정확했다는 사실에 만족했다.

"아파트 관리를 하다보면 이런 사례를 종종 볼 수 있거든요. 나는 처음 겪는 일이지만, 전부터 경매에 얽힌 트러블이나 버티기꾼에 대한 얘기는 듣고 있었어요. 그런 일을 전문으로 하는 요주의 단체라든지 악질적인 부동산업자 이름도 일종의 정보로서 파악하고 있었고요. 그러나 잇키부동산이라는 이름은 처음 듣습니다. 경찰도 나한테 이 업체가 그 방면에서 이름이 있는 곳이냐고 물었지만, 나는 들어본 적이 없어요. 조금이라도 협조하고 싶어서, 알 만한 사람이나 동업자들한테 전화로 물어보았지만, 아무도 모른다고 하더군요. 뭐, 부동산업계는 복마전 같은 구석이 있어서 온갖 인간들이 죄 몰려들거든요. 다만 경매와 버티기꾼이 얽혀 있다는 말을 듣고 마음이 조금 놓이기는 하더군요. 적어도 강도사건은 아니니까요."

그런데 경찰은, 정체를 알 수 없는 '잇키부동산' 관계자보다, 법원 입찰을 통해서 2025호를 낙찰받은 '매수인'을 먼저 찾아낼 수 있었다.

마침내 여기서 이시다 나오즈미라는 이름이 등장한다. 고이토 노부야스가 이시다의 이름과 자택주소, 전화번호를 알고 있었고, 수사본부는 즉시 이시다의 집으로 전화를 걸었다. 그러자 나이든 여성이 전화를 받았다. 이시다 나오즈미의 어머니 기누에였다. 기누에는, 이시다는 집에 없으며 언제 돌아오는지 모른다고 대답했다.

이시다 기누에는 이미 사건을 알고 있었다. 텔레비전 뉴스를 보았던 것이다. 그녀는 사건 현장이, 아들 이시다 나오즈미가 낙찰받은 물건이라는 것도 알고 있었다. 아무래도 예사로운 사건이 아닌 것 같은데, 우리는 아직 명도를 받지 못한 상태라 사건하고는 관계가 없지만, 역시 걱정이 돼서 마음을 졸이고 있으며, 아들 나오즈미가 돌아오기를 기다리는 참이라고, 기누에는 경관에게 말했다. 나오즈미는 오전에 외출했고, 어디로 가는지 말하지 않아서 행선지는 모른다고 했다.

이시다 가는 치바 현 우라야스 시에 있다. 에이단지하철선 우라야스 역에서 걸어서 5분쯤 걸리는 '하임에이와'라는 임대아파트 202호다. 3LDK에 식구는 넷. 이시다 나오즈미, 기누에, 나오즈미의 아들인 대학 2년생 나오키, 딸인 고교 2년생 유카리다. 이시다는 운전사로서 대형 물류회사 '상와운통'의 계약직 사원으로 일하고 있었다. 전날인 6월 1일은 야근조, 당일 6월 2일은 저녁 6시부터 근무하게 되어 있으므로, 아무리 늦어도 제시간에 출근할 수 있도록 귀가할 거라고 기누에는 경관에게 설명했다. 일요일이어서 두 자녀는 모두 밖에 나가 있었다. 두 자녀도 언제 집에 돌아올지 알 수 없다고 했다. 저녁밥은 신경 쓰지 말라는 말을 하고 나갔으므로 기누에는 나오즈미와 자기가 먹을 밥만 지어놓은 뒤 혼자서 우두커니 기다리던 참이었다.

그러나 출근시각인 오후 6시가 지나도록 이시다는 집에 돌아오지 않았다. 아직 돌아오지 않았느냐고 확인하는 경찰의 전화가 거듭되자 기누에는 마음을 졸였다. 어쩌면 외출한 곳에서 바로 회사로 출근했는지도 모른다는 생각에, 주오 구 하루미에 있는 회사의 물류센터에 전화를 걸어보았지만, 회사에는 나오지 않았다고 한다. 이시다는 지각이나 무단결근이 없던 사람이라 회사에서도 이상하게 생각하던 참이었다.

그러는 사이에 전화가 아니라 경관이 직접 집으로 찾아왔다. 저녁 8시가 가까운 때였다. 기누에는 경관들이 오늘 처음 온 것이 아니라 꽤 오래 전부터 집 근처에서 나오즈미가 돌아오기를 기다리고 있었던 것은 아닌가 하는 인상을 받았다. 일단 경관들을 집 안으로 들여서 다과를 내놓고 권커니 사양커니 하는 참에 전화벨이 울렸다.

기누에는 바로 수화기를 들었다. 상대방은 나오즈미였다. 실외에서 걸고 있는지 수화음이 소란하다. 걱정도 되고 경관들을 기다리게 한다는 부담감에 저도 모르게 거친 말투로 말했다.

"너 도대체 어디 있는 거냐? 회사는 아무 말도 없이 결근하고…… 그 아파트 사건 때문에 경관님들이 오셔서 너를 만나겠다고 저렇게 기다리고 계시는데."

나오즈미는 대답을 하지 않았다. 하지만 다실에 조심스런 기색으로 앉아 있던 두 경관이 기누에의 얼굴을 보았다. 순간 그 눈초리의 예리함에 기누에는 등골이 서늘했다. 뭔가 큰일이 벌어지고 있는 것은 아닌가, 내가 지금 엉뚱한 짓을 하고 있는 것은 아닌가 하는 생각이 머리를 스쳤지만, 어쨌거나 이미 늦었다.

조금 뒤 나오즈미의 작은 목소리가 들렸다.

"경찰이 언제부터 와 있었어요?"

기누에는 경관들의 얼굴을 슬쩍 살폈다. 두 사람 모두 차분한 기색으로 앉아 있고, 이제 기누에를 쳐다보고 있는 것도 아니지만, 그들이 이 통화에 귀를 바짝 세우고 있으리라는 것은 잘 알고 있었다.

"조금 전에 왔어."

기누에는 가능한 한 차분한 말투로 돌아가서 대답했다.

"그래요? 역시 왔구나."

나오즈미는 목소리를 죽여서 중얼거렸다. 말끝을 알아듣기 힘들 정도였다. 기누에는 갑자기 무서워졌다. 발치의 바닥이 모래밭으로 변해서 파도가 밀릴 때마다 쑥쑥 가라앉아가는 느낌이었다.

이런 느낌도 참 오랜만이었다. 나오즈미의 처 사치코가 유카리를 낳은 직후에 죽었을 때 이후로 처음이었다. 사치코를 부축해서 병원에 갔던 나오즈미가, 방금 처가 숨을 거두었다는 전화를 했었다. 그 전화를 받을 때도 이런 느낌이었다.

그 느낌은 두 번 다시 느끼고 싶지 않았다. 게다가 지금은 왜 이렇게 무서운 것인지 자신도 잘 알 수 없었다. 나오즈미는 어떻게 된 걸까. 왜 집에 돌아오지 않는 걸까. 왜 회사에도 가지 않았을까. 왜 당장 경찰을 만나 협조하지 않을까. 왜 나한테, 황당한 사건이 일어났군요, 하고 말하지 않을까.

기누에는 불쑥 밝게 웃기 시작했다.

"아하, 그랬니? 알았다! 아침부터 나가 있었기 때문에 우리가 산 아파트에서 큰 사건이 일어난 걸 아직 몰랐구나. 내가 성급했다. 화내서 미안하다."

그렇게 말하면서 기누에는 경관에게도 웃음을 지어 보였다. 가슴이 쿵쾅거렸다. 그들의 눈을 똑바로 보고 웃을 수가 없었다. 만약 그랬다가는 바로 지금 말한 내용을 기누에 자신도 전혀 믿지 않는다는 것이 금방 들통나버릴 것 같았다.

지금 한 말은 기누에의 바람이기는 하지만, 부질없는 바람이기도 했다. 나오즈미의 목소리만 들어봐도 그가 반다루 센주기타 뉴시티에서 일어난 4인 살해사건에 대하여 지금까지 전혀 몰랐다는 것은 있을 수도 없었다.

"엄마." 하고 전화 저편에서 이시다 나오즈미는 말했다.

기누에는 웃음을 거두었다. 요즘 나오즈미는 기누에를 '할머니'라고 불렀다. 자기 자식인 나오키와 유카리가 그렇게 부르니까 그도 그렇게 부르는 것이다. 그래서 기누에도 그를 '아빠'라고 부른다. '너'라고 부른 일은 있어도 좀처럼 '나오즈미'라고는 부르지 않았다. 이시다 가는 아이를 중심으로 돌아가는 가정이므로 가족의 호칭도 아이들 처지에서 본 것으로 되어 있는 것이다.

그런데 지금 나오즈미는 기누에를 '엄마'라고 불렀다. 겁에 질린 어린 아이처럼.

기누에는 목소리를 꿀꺽 삼키고 서 있었다. 수화기를 꼭 쥔 손가락이 차갑게 굳어가는 것을 느꼈다.

"엄마." 하고 나오즈미는 다시 한 번 말했다. "나, 큰일났어요."

기누에는 아무 말도 할 수 없어서 그저 전화기 버튼을 보며 눈만 꿈뻑이고 있었다. 발치의 바닥이 다시 모래밭이 되었다. 다시 "방금 전 사치코가 숨을 거두었어요."라는 나오즈미의 목소리가 들려왔다. 감당하기 힘든 불안과 절망의 파도에 발을 적신 채 멀거니 서 있던 그때의 그 기분이 기누에를 감쌌다.

"나오즈미, 너." 하고 기누에도 그를 불렀다. "너 괜찮은 거니?"

"아무래도 지금은 경찰을 만나지 않겠어요. 만나면 큰일 나요."

"나오즈미!"

"하지만 엄마, 난 아무도 죽이지 않았어요. 그 사람들, 죽이지 않았어요. 그러니까 날 믿어줘요."

"나오즈미, 너 지금 어디 있니?"

경관 한 사람이 조심스레 한쪽 무릎을 펴고 일어나 기누에 쪽으로 다가왔다. 가만히 기누에를 쳐다보고 있다. 기누에는 고집스레 전화기만 보고 있었다.

"나오즈미, 어디 있니? 집으로 와. 와서 제대로 얘기를 해야 해."

기누에의 말허리를 자르듯이 이시다 나오즈미는 말했다. "얘기해도 안 믿어줄 거예요. 나도 믿기 힘들 정도니까. 지금까지 말 안 한 거, 미안해요. 그 아파트는 역시 좋지 않았어요."

"나오즈미, 나오즈미."

"전화로는 곤란해요. 나오키와 유카리를 부탁해요."

"아주머니." 하고 경관이 기누에를 불렀다. "내가 통화해 볼까요?"

기누에는 턱이 덜덜 떨려서 대답을 할 수 없었다. 경관이 손을 내밀어 그녀의 손에서 수화기를 받아들기 전에 전화가 끊겼다.

이리하여 6월 2일 오후 8시 반경, 반다루 센주기타 뉴시티 웨스트타워 2025호 매수인 이시다 나오즈미의 소재를 파악하지 못했다는 것, 아무래도 그는 도망을 작정한 듯하다는 정보가 아라카와 북부서의 수사본부에 전달되었다.

당연한 일이지만, 이시다 나오즈미가 살인사건에 연루된 것이 아니냐 하는 의심이 제기되었다. 이시다 가에서는 가족들을 상대로 사정청취가 이루어지고, 한편 가족이 제공한 이시다 나오즈미의 사진이 수사본부에 전달되었다. 본부에서는 즉시 이 사진과 엘리베이터 내 방범카메라에 찍힌 수상한 중년남성에 대한 조회에 들어갔다.

그날 밤 늦은 시간에 열린 수사회의에서는 이시다 나오즈미의 존재와 그가 도피하는 것의 의미에 대해서, 또 역시 도피 중인 것으로 보이는 잇키부동산 관계자와 여전히 접촉이 안 된다는 것에 대하여 긴급 보고가 이루어졌다.

당장 급한 일은 잇키부동산 관계자와 이시다 나오즈미의 신병을 어떻게든 확보하는 것이었다. 2025호가 경매에 나오고 이시다 나오즈미가 매수인이 된 이후 어떤 문제가 발생하고 어떤 상황이 벌어졌을까? 이 시점이면 이미 사정청취에 응한 고이토 노부야스로부터도 어렵게 구체적인 진술이 나오고 있었지만, 그가 모르는 것도 많았다. 예를 들면 피해자 네 명의 신원을 고이토 노부야스는 전혀 알지 못했다. 이 점은 역시 그 네 명을 고용해서 2025호에 살게 한 잇키부동산 관계자에게 물어보지 않으면 알 수 없을 듯하다. 또 매수인 이시다 나오즈미와 2025호를 부당하게 점유하고 있던 잇키부동산 사이에 어떤 교섭이 있었는지, 그 교섭은 어느 정도나 진행되었는지, 혹은 어떤 난항을 겪었는지, 어떤 알력이 있었는지 하는 것도 고이토 노부야스는 거의 알지 못했다. 실제로 그는 2025호를 잇키부동산 측에 넘겨주고 야반도주한 뒤로는 거의 아무런 개입도 하지 않고 얌전히 방관자로 물러난 채 잇키부동산에 일임해 두고 있었다.

그 잇키부동산 사장이 어렵게 모습을 드러내고 아라카와 북부서 수사본부의 사정청취에 응한 것은 6월 5일 오후다. 그제야 겨우 익명이던 피해자들의 신원이 밝혀졌다. 마침 이즈음을 전후해서 각 매스컴에도 매수인 이시다 나오즈미의 존재와, 그의 도피 사실이 널리 알려지고 보도되기 시작해서 사건 전체의 정보량이 빠르게 증가했다. 정보량이 늘어나면서 혼란도 더 깊어졌지만, 그 전에 먼저 이 장과 다음 장에서 7월 2일까지의 수사 상황이나 관련자들의 움직임 등에 대하여, 또 '경매' 제도의 대강에 대하여 구체적 증언을 곁들여가면서 가능한 한 상세하게 서술해 두고자 한다.

웨스트타워 2025호는 소유자이며 거주자였던 고이토 노부야스 일가가 경제적으로 궁지에 몰리자 저당권자인 주택금융공고가 법원에 경매 신청을 하고, 경매가 진행되어 정식으로 '이시다 나오즈미'라는 매수인도 결정되어 있었다. 그러나 고이토 가는 2025호를 되찾으려고 매수인이 모르게 제삼자인 부동산업자를 끌어들여 매수인과 흥정하게 하고 자기들은 은밀히 2025호에서 퇴거했다. 이는 물론 불법행위이며, 매수인과 부동산업자 사이에 다툼이 일어나고 있었다. 이번에 살해된 네 명은 그 부동산업자 '잇키부동산'에 고용된 사람들이었던 것 같다.

"대체로 그런 상황입니다." 하고 사노 도시아키는 말한다. 여기서 다시 웨스트타워 관리인인 그의 이야기를 들어보면,

"이런 이야기가 나름대로 정돈된 형태로 내 귀에 들어온 것이 6월 4일경이었나요? 경찰에서는 이미 활발하게 조사하면서 파악하고 있었겠지만, 우리에게는 그렇게 자세히 가르쳐주지 않았고—그야 당연한 일이지만—신문이나 텔레비전 뉴스도 역시

5일경부터였어요. 이 정도로 앞뒤 조리가 맞게 보도되기 시작한 것은. 그래서 이 이야기가 공개되었을 때는 이미 매수인이 다툼 끝에 네 명을 죽인 게 아니냐, 하는 추측이 따라다녔으니까요."

사노의 기억은 올바르다. 텔레비전 매체에서는 5일 정오 뉴스부터, 신문에서는 그날 석간부터 '경매에 얽힌 다툼인가'라는 추측이 표면화되었다. 이는 앞에서 말했듯이 그날 이른 아침에 그때까지 숨어 있던 잇키부동산 사장 하야카와 잇키가 모습을 드러내 아라카와 북부서의 사정청취에 응했기 때문이다.

하야카와 사장은 5일 아침 7시 반이 지나서 치요다 구 간다타쵸에 있는 잇키부동산에서 도보로 2분 거리에 있는 임대용 빌딩 4층의 마작하우스 '기사라기'에 있다가 아라카와 북부서의 경관에게 발견된 것이다. '기사라기'의 종업원에 따르면, 하야카와 사장은 이곳의 단골이며, 6월 2일 반다루 센주기타 뉴시티에서 일어난 사건이 보도되기 시작하자, 장부 몇 권을 들고 나타나 그곳 사장인 기다 요시코에게 안쪽의 종업원용 수면실에 잠시 숨겨달라고 부탁했다고 한다.

하야카와 사장은 스기나미 구에 집이 있고, 처와 두 자녀가 있는데, 기다 요시코하고는 오랜 연인 사이였다. '기사라기'가 개점할 때도 하야카와 사장이 돈을 대주었고, 가게 안에서는 단골이라기보다 사장처럼 굴었다. 사건 직후 사장은 재빨리 가까운 은신처로 숨었던 셈이다.

아라카와 북부서의 수사본부는 한시라도 빨리 찾아내고 싶었던 하야카와 사장이 사흘 동안이나 코앞의 마작하우스에 숨어 있던 셈이니 체면을 크게 구긴 것이다.

"웨스트타워 회의실은 계속 수사본부의 지부처럼 이용되었기 때문에 나도 형사들의 출입을 쉽게 알 수 있었고, 무슨 일에 대해 판단 내리기가 힘들면 바로 상의를 했기 때문에 경관들과 이야기할 기회가 많았어요. 그래서 하야카와 사장이 발견되었다는 소식이 들어왔을 때, 한 형사가 체면이 완전히 구겨지고 말았다고 화를 내던 것을 기억하고 있습니다."

사노는 웃으면서 말했다.

"네 사람이나 죽은 큰 사건이라 관련자도 많고, 사건이 일어나자 그 관련자들이 모두 자취를 감춰버렸으니 얼마나 힘들었겠어요. 나는 그때까지 경관과 알고지낸 적은 없지만, 참 힘든 일이로구나…… 하고 생각했어요. 2025호에서 살해된 사람들도 안됐지만, 아무래도 정당한 절차를 거쳐 입주한 것은 아닌 것 같아서 그런지 별로 동정심도 생기지 않았습니다. 고이토 씨들이야 뭐 멀쩡히 살아 있을 뿐만 아니라, 이 모든 사태가 원래 그 사람들이 뿌린 씨앗 때문에 일어났으니까 불쌍하달 것도 없지요. 당시는 형사들이 고생이라는 생각밖에 없었습니다. 그러므로 하야카와라는 사장에 대해서 아주 음험한 사람이라는, 좋지 않은 인상을 가지고 있었습니다."

사정청취를 시작할 때, 하야카와 사장은 고이토 노부야스가 반다루 센주기타 뉴시티 웨스트타워 2025호를 세놓고 싶다면서 잇키부동산 측에 세입자를 찾아달라고 의뢰했다고 주장했다. 그 의뢰에 따라 잇키부동산이 움직인 결과, 살해당한 가족이 임차인이 되어 정식으로 임대계약을 맺었으며, 잇키부동산은 법정 중개수수료를 받았다는 것이다.

하야카와 사장은 그 증거로 관련자 전원의 서명 날인이 있는 부동산임대계약서, 잇키부동산이 고이토 노부야스에게 건넨 중개수수료 영수증 사본, 잇키부동산이 2025호를 임차한 일가로부터 입주 때 받은 임대료 결산계산서 등 세세한 서류들을 제출했다.

그러나 이에 대하여 고이토 노부야스가 강력한 반론을 제기했다. 고이토 노부야스에 따르면, 잇키부동산에든 하야카와 사장한테든 2025호를 세놓겠다고 의뢰한 적이 없다. 고이토 가가올 3월에 2025호에서 은밀히 퇴거한 뒤 그 일가족 네 명이 살게 된 것은, 경매가 진행되어 매수인까지 결정되어버린 2025호를 되찾기 위한 술수였을 뿐이며, 자신이 하야카와 사장과 상담한 내용도 오로지 그것뿐이었다는 것이다. 그리고 고이토 노부야스 자신도 '불법행위'인 줄 알고 있던 일, 즉 매수인에게 물건 양도를 미루는 것, 나아가 매수인으로부터 2025호를 턱없이 낮은 가격으로 되사들이거나 빼앗으려는 술책은 하야카와 사장이 제안한 것이었다고.

어느 쪽 말이 맞을까? 결론부터 말하면 고이토 노부야스가 진실을 말하고 있다. 그리고 하야카와 사장이 '그것은 임대차계약이었다.'고 계속 버티는 이유와 근거들은, 결국 경매물건을 둘러싼 다양한 트러블의 전형적인(또한 매우 초보적이고 유치한) 형태들이다.

그렇다고 해도 대기업의 샐러리맨 고이토 노부야스와, 전과는 없지만 부동산업자로서 매우 위험하고 불성실한 거래를 여러 차례 해온 잇키부동산의 하야카와 사장이 어떻게 인연을 맺게 되었을까?

지금으로서는 고이토 노부야스가 이 인터뷰에 응하지 않았기 때문에, 이 사건에 대한 그의 진술은, 그가 수사본부에 말한 내용, 사건 발생 후 3개월이 지나서 주간지 《아슈라》의 독점 인터뷰에서 밝힌 내용, 당시 배우자였던 고이토 시즈코, 누이 고이토 다카코의 말 등으로 재구성해가는 수밖에 없다.

아라카와 북부서 수사본부의 사정청취에, 고이토 노부야스는 하야카와 사장을 알게 된 것은 90년 6월경이라고 말했다.

당시 고이토 노부야스는 기계제조사 '야마토종합기계제작주식회사'에서 새로운 프로젝트에 임하고 있었다. 업무용 대형기계 전문 제조사인 그의 회사가 대규모 가전메이커와 제휴하여 가정용 비디오게임기를 제작하는 프로젝트였다. 스태프가 스무 명이 채 안 되는 이 신설 기획실에서 고이토 노부야스는 서브리더 직함을 받고, 다섯 명의 부하 스태프로 구성된 팀을 이끌고 있었다. 그의 팀이 맡은 일은, 제휴한 가전 메이커의 기획실과 협력해서 마케팅 리서치를 하는 것이었다.

당시 이 팀에서 고이토 노부야스의 지시를 받던 사원에 따르면, 이 프로젝트는 출발 당시부터 사내의 반발이 매우 강해서, 신설 기획실에 배치되는 것은 일종의 유배 같은 것이었다고 한다. 업무용 대형기계를 제작하는 '하드'한 회사가, 설사 가전회사라는 안내자가 있다고는 해도 일반 소비자를 상대로 '소프트'한 게임기를 제작하겠다고 뛰어든 것이니, 내부의 눈길이 곱지 않았던 것도 납득할 만하다.

이 사원에 따르면, 이 프로젝트는 본래 야마토종합기계 창업주 일가에 데릴사위로 들어가 회사를 물려받은 사장과, 이 사장을 고깝게 보던 원로격인 중역들의 대립을 외부 세력이 이용한 것이라고 한다. 가전메이커와 제휴한다고 해도 대형기계를 만드는 기술과 게임기를 만드는 기술은 근본에서부터 다르며, 야마토종합기계에 맡겨진 역할이라는 것도 빈 땅을 제공하는 것, 값싼 노동력을 제공하는 것 등 보조적인 것에 지나지 않았다고 한다. 그래도 야마토종합기계가 굳이 새로 기획실을 꾸리고 스무 명 가까운 사원을 배치한 것은 나름대로 기대와 의욕이 있었기 때문이다. 신설 기획실에 배치되는 것을 유배로 알았지만, 개중에는 자원한 사람도 있었다. 고이토 노부야스도 그 가운데 한 사람이다.

"사정이 복잡한 프로젝트라는 것은 이동할 당시부터 알고 있었어요."

하고 고이토 시즈코는 말한다.

"나는 그의 업무에 대해서는 잘 몰랐지만, 대형기계를 만드는 회사가 왜 게임기 같은 걸 만들까, 하고 이상하게 생각했습니다. 정말로 괜찮은 건지 걱정도 했어요."

이 '게임기'는 이른바 32비트 '차세대 게임기'다. 야마토종합기계가 기획실을 만들고 움직이기 시작한 89년부터 3, 4년이 지나면 소니, 파나소닉, 세가, 닌텐도 등이 펼치는 '차세대 게임기 전쟁'이 표면화되어, 경제지를 구독하지 않는 일반인이라도 32비트 게임기라는 말에 익숙해지지만, 당시만 해도 '32비트 게임기 전쟁'은 경제에 어둡고 게임에 흥미가 없는 사람들에게는 뭐가 뭔지 통 모를 현상이었다.

"고이토는 머리가 나쁜 사람은 아니에요. 기계제조사 영업맨으로서는 우수했다고 봐요."

고이토 시즈코는 냉정한 말투로 말했다.

"그래서 왜 굳이 잘 아는 업무를 버리고 전혀 낯선 기획실 같은 곳에 지원했는지, 아무리 설명을 들어도 알 수가 없었어요. 그 사람은 나름대로 열심이었지만……. 그가 맡은 마케팅이란 것도 상대방 가전회사의 마케팅 부문을 따라다니며 잡일 같은 거나 처리해주는 것 같았어요. 힘의 관계로 보나 실적으로 보나 마케팅 능력으로 보나 그것이 당연하겠지만. 그런데도 고이토는 열성적으로 현장을 돌아다니고, 작은 지방도시의 완구점 같은 데까지 일일이 돌아다니고 보고서를 썼습니다."

고이토 시즈코는 남편이 공연한 수고를 하는 것 같아서, 어느 날 상당히 집요하게 그의 속마음을 캐물은 적이 있다. 그러자 고이토 노부야스는 이렇게 대답했다.

"누군 생각이 없는 줄 알아? 나는 야마토기계를 위해서 이렇게 뛰는 게 아니야. 우리가 제휴한 가전메이커에서 스카우트 약속을 받았어, 라고 하더군요. 어떤 농간이 있었는지 모르겠지만, 자기가 스카우트되었다는 거예요. 지금 이렇게 하찮은 일이라도 열심히 하는 것은, 자기에 대한 스카우트 작업을 추진 중인 가전메이커의 중역을 위해서라고 하더군요."

어째 이야기가 너무 번지르르하네, 하고 고이토 시즈코는 의심했다. 하지만 정말로 가전제품을 만드는 대기업으로 전직할 수 있다면, 아무리 애를 써도 구조적으로 사양길에 있는 대형기계 제조사에 있는 것보다는 장래가 밝을 거라고 그녀도 생각했다.

"그래서 잠자코 지켜보았던 거예요."

결과적으로 야마토기계와 가전메이커가 만든 32비트 게임기는 94년 봄에 출하되었지만, 2년 뒤에는 판매도 제조도 중지되었다. 프로젝트는 실패로 끝난 것이다. 물론 양사의 제휴도 그것으로 끝이었다.

고이토 노부야스는 제휴처 가전메이커에 스카우트되지 않았다.

"나중에 2025호 경매 때도 그랬지만, 남편은 일이 잘 안 풀리면 입을 다물어버리는 나쁜 버릇이 있어요. 그래서 나는 가전메이커에 스카우트되는 건이 어떻게 무산되었는지도 모르겠고, 애초에 남편이 너무 쉽게 믿었던 것뿐이었는지 어떤지도—나는 그럴 가능성이 크다고 생각하지만—잘 모르겠어요. 물어보면 펄펄 화를 내서 묻지도 못했어요. 당신 전직 건은 어떻게 되었느냐고 물으려고 하면 금세 얼굴이 빨개져서 화를 내고, 당신이 날 그렇게 능멸하는 거냐고 난리를 쳐요. 남자 하는 일에 왜 여자가 참견이냐면서."

고이토 시즈코는 어깨를 움츠렸다.

"소심하고 귀가 얇은 구석이 있어요, 그 사람한테는. 게다가 의외로 사람을 너무 쉽게 믿어요."

그것은 고이토 노부야스가 이상할 정도로 강력하게 '힘'을 믿고 있었기 때문이에요, 하고 말을 이었다.

"힘이라고 해서 무슨 초능력 같은 걸 말하는 게 아닙니다. 좀 더 세속적인 거예요. 예를 들면 특별대우라든지 비장의 카드라든지 편법 같은 거 말예요. 이 세상의 어떤 업계나 회사나 조직에도 어김없이 그런 것이 있다는 거예요. 그리고 그 힘을 이용할 줄 아는 사람이 진짜 A급이라는 거예요."

언뜻 이해하기 힘든 말이었다.

"예를 들면 이런 거죠, 다카히로가 다케노카와학원에 입학할 때 이런 일이 있었어요. 우리 아이는 시험에서 아주 좋은 점수를 얻어서 아무 어려움 없이 다케노카와학원에 입학했지만, 사실 그 학교는 제1지망은 아니었어요. 제1지망은 다른 학교였는데, 그곳은 떨어졌어요. 그러자 고이토는, 사실은 제1지망 학교의 합격자 중에는 다카히로보다 점수가 낮은 아이들이 많을 거라고 하면서 분통을 터뜨렸어요."

―모든 건 연줄이야. 인맥이라고. 내가 그걸 가지고 있었으면 다카히로 집어넣는 것은 문제도 아닐 텐데.

"그런 것은 부정입학 아니냐고 물었더니, 그게 아니라고 화를 내더군요. 그런 지저분한 얘기가 아니다, A급에 있으면서 A급

루트를 확보하면 뇌물 같은 건 건넬 필요가 없다고 하더군요."

정말 중요한 것은 실력자에 줄을 대는 것이고, 그것만 할 수 있다면 아무것도 무서울 게 없다.

"법을 어겨도 공공연하게 알려지지만 않으면 아무 일 없이 지나간다, 그런 힘이 있는 곳이 따로 있다고 했습니다. 나는 그런 꿈 같은 이야기는 믿지 않았습니다만."

가전메이커에 스카우트 운운했던 것도, 결국 고이토 노부야스의 그런 '신앙'이 만들어놓은 꿈이 아니었을까요, 하고 시즈코는 말한다.

"실제로 그쪽 회사의 어떤 중역한테 호감을 샀을 수도 있어요. 또 그 중역이 그쪽 회사의 숨은 실력자일 수도 있고요. 고이토는 그런 곳에 정신이 팔려 있었어요. 제휴 같은 것은 최고경영자들이 결정한 것일 텐데, 자신은 제휴하고는 상관없이 따로 상대 회사와 줄이 닿아 있다는 환상을 품었던 거예요. 그런 환상을 아주 좋아하는 사람이었습니다."

고이토 시즈코는 서른두 살 때 유방암 소견이 있어서 정밀검사를 받은 적이 있다. 결과는 음성이어서 가슴을 쓸어내렸지만, 그때 고이토 노부야스의 태도는 그의 '힘' 신앙을 잘 말해주는 것이었다고 한다.

"누구누구가 그러던데, 유방암이라면 1백 퍼센트 고치는 의사가 나고야에 있단다. 소개받기로 했으니 이제 괜찮다, 안심해도 된다, 라는 식이었어요. 물론 치료비가 더 들겠지만, 지금 돈이 문제냐, 중요한 것은 연줄이다, 라고 목에 꽤 힘을 주더군요. 보통 사람들은 연줄이 없어서 명의를 만나보지도 못하고 죽는다고 하면서."

고이토 노부야스에게는 '일반인'에 대한 경멸과, '나는 일반인으로 끝내고 싶지 않다.'는, 거의 공포에 가까운 욕망이 있었다고 그녀는 말한다.

"우스운 것은, 그 사람한테는 야마토기계의 사장도 '일반인'이란 거예요. 그 데릴사위 사장은 자기 인맥이 전혀 없기 때문이라는 식이죠. 예를 들어 사장 부인이 유방암에 걸려도 어느 대학병원에 입원하는 정도밖에 손을 쓰지 못한다, 돈이 많으니까 특별실에 입원할 수는 있겠지만, 치료는 일반인과 다를 게 없다, 하지만 나는 당신이 유방암에 걸리면 일본 최고의 명의한테 진료 받게 해줄 수 있다, 그런 연줄을 쥐고 있다, 그런 힘이 있는 인맥을 알고 있기 때문이다, 이런 식입니다. 이런 것이 남자들이 좋아하는 동화 아닐까요?"

그리고 고이토 노부야스의 그런 사고방식이, 실은 2025호를 하야카와 사장에게 맡길 때도 작동했던 것이다.

주간지 《아슈라》의 독점 인터뷰에서도, 고이토 노부야스는 하야카와 사장과 처음 만난 것이 90년 6월경이라고 말한다. 이하 《아슈라》에 보도된 그의 말을 인용하겠다.

"프로젝트 기획실에 배치된 나는 89년 한 해 동안 외부를 돌아다니면서 자료를 수집했습니다. 따분하지만 중요한 작업이라 열심히 했습니다. 주로 각 도시의 완구점을 방문했지요. 슈퍼마켓의 완구매장도 방문하고요.

내가 원한 데이터는, 현재 게임기나 게임소프트웨어 유통에 어떤 문제가 있고, 현장의 소매업자는 어떤 불만이나 희망을 가지고 있는가 하는 점, 차세대 기기에 대해서는 어떤 판로, 어느 정도의 가격을 바라는가 하는 것이었어요. 우리는 하드웨어를 만들기 위해 제휴했지만, 게임기는 하드웨어만으로는 돌아가지 않고, 가전제품하고는 전혀 다른 경로로 판매되므로, 이것은 매우 중요한 조사 작업이었습니다.

그렇게 계속 외부를 돌아다니는데, 하루는 거의 망해가는 완구점을 발견했습니다. 소카 시내에 있는 그 완구점은 근처에 커다란 아파트 단지가 있고 버스정류장도 있어서 입지조건은 좋은 곳인데, 가게가 워낙 구석이더군요. 당시 일흔 살이 다 된 노인이 주인이라 어린이나 젊은층이 부담 없이 들를 만한 가게는 아니었어요. 도산 직전이더군요. 부채도 많고.

몇 번 드나들다 보니 주인인 노부부한테, 제1저당권자인 금융회사가 점포와 땅에 대하여 경매를 신청하였다는 이야기를 들을 수 있었습니다. 노인들도 기울어가는 가게를 어떻게든 살려보려고 3년 전 대출을 받아 대대적인 증개축 공사를 했는데, 그것이 결정타였던 겁니다.

나도 많이 마음이 아팠지만, 내가 해줄 수 있는 것은 아무것도 없었습니다. 딱한 마음은 들었지만 얼마 동안 잊고 지냈습니다. 그런데 반년쯤 지나서 다른 일로 그 근처를 지나다가 그 노인의 완구점은 어떻게 되었는지 궁금해지더군요. 경매에 나왔으니 이제 새로운 건물이 들어서거나 주차장으로 변했겠지, 생각하고 가보니 그 점포가 그대로 있어서 조금 놀랐습니다. 그래서 안으로 들어가 보니 마침 주인 노인 옆에 하야카와 사장이 있었던 겁니다."

이 소카 시내의 완구점의 상호는 '아키라완구'다. 고이토 노부야스의 말대로 89년 7월에 채무불이행으로 제1저당권자로부터 우라와 지방법원 고시가야 지부에 경매가 신청되고 입찰이 이루어져 90년 2월에 매수인이 결정되었는데, 그 매수인이 그해 4월 말에 이 토지와 가옥을 매각했다. 매각처는 잇키부동산. 즉, 고이토 노부야스가 만난 90년 6월의 이 시점에는, 구 아키라완구의 점포와 땅이 하야카와 사장의 잇키부동산 소유로 바뀌어 있었던 것이다.

"노인은 하야카와 사장에게 크게 고마워하고 있었어요. 사장님 덕분에 무일푼으로 쫓겨나지 않게 되었다, 우리도 편하게 은퇴할 수 있게 되었다고 눈물을 흘리며 고마워하더군요. 나는 정말 놀랐습니다. 경매로 나온 물건을 그런 식으로 처분할 수 있는 줄은 몰랐거든요. 그래서 즉시 사장님과 명함을 교환하고."

멋지고 '힘'이 있고, 사회 제도나 법률에 주눅 들지 않을 만한 루트를 쥐고 있는 인물을 이제야 만났구나, 하고 믿어버린 것이다.

고이토 노부야스의 그런 믿음을 천박하다고 비웃는 것은 쉬운 일이다. 사실 반다루 센주기타 뉴시티 웨스트타워 2025호를 구입하는 전말이나, 외아들 다카히로의 교육에 대한 사고방식 등을 돌아보면, 그의 기질 속에는 이런 나름의 믿음과, 자기가 믿는 바에 대한 '근거 없는 자신감' 같은 것이 있지 않았는가 생각된다. 일찌감치 하야카와 사장에게 믿음을 준 것도 내가 믿은 인물은 확실하다는 나름의 '이론'이 있었기 때문일 것이다.

그러나 고이토 노부야스가 하야카와 사장을 신뢰하게 된 것도 그로서는 그럴 만한 사정이 일부 있었다. 앞에서 말한 것처럼, 이 '아키라완구' 사장 부부가 당시 고이토 노부야스가 보는 앞에서, 하야카와 사장에게 크게 감사한다, 사장님 덕분에 노후 생활에 엄두를 낼 수 있게 되었다, 생명의 은인이라고까지 말했던 것이다.

'아키라완구' 사장 부부는 현재 사이타마 현 북부에 있는, 현에서 운영하는 집에서 살고 있다. 실명을 밝히지 않는다는 조건 아래 취재에 응하여 당시 사정을 말해주었다. 이하 'A씨'라 부르기로 하자.

A씨 부부는 지금도 당시의 하야카와 사장의 은혜를 잊지 않고 있다.

"물론 법에 어긋나는 일이 있었는지는 모르지만, 하야카와 사장님은 훌륭한 분입니다. 너무 무거운 처벌이 내리지 않았으면 좋겠는데."

A씨는 현재 75세, 부인은 73세. 수입원은 A씨가 가입한 국민연금에서 지급되는 약간의 급부금뿐이다. 부족하면 예금을 조금씩 찾아서 쓰고 있다. 92년 10월에 A씨가 협심증 발작으로 쓰러진 이후 내내 병원을 드나드는데, 통원에 시간도 많이 걸리고 교통비도 만만찮아서 걱정이라고 한다.

그러나 찾아서 쓸 수 있는 예금이 있어서 그나마 든든하다고 한다. 그리고 A씨 부부가 그런 예금을 가질 수 있게 해 준 것이 다름 아닌 하야카와 사장이라는 것이다.

"아키라완구가 어려워진 것도 다 내 책임이고 내 잘못이었습니다. 정말 뭐라고 변명할 길이 없는 일이지요. 부모한테 물려받은 가게였는데, 내가 말아먹은 거니까요."

A씨는 치아 상태가 나빠 틀니를 하고 있다. 그 탓인지 말끝이 분명하지 않다. 하지만 말하고자 하는 요지는 분명했고 말투도 활기가 있었다.

"그래도 머리를 쥐어짜서 매출을 올리려고 애썼고, 그 와중에 빚도 졌습니다. 큰 은행은 나 같은 사람을 상대해주지 않아서 지역 신용조합을 이용하고 있었는데, 큰돈은 빌릴 수가 없었습니다. 점포를 다시 꾸미고 잘 나가는 상품을 들여놓으려면 보증금이 있어야 하는데, 그러려면 큰돈이 필요했거든요."

같은 장사를 하는 동료를 통해서 훗날 제1저당권자가 되는 민간금융회사를 소개받은 것은 A씨가 마침 예순 살이 되던 해였다. 1989년 이 회사가 A씨의 토지와 가옥에 대하여 경매 절차를 밟을 때가 68세였으니, 그 회사와 8년간 거래를 한 셈이다.

"사실 그때 집사람은 이 나이에 새삼 가게를 새로 꾸미고 모험을 하는 것보다 가게의 토지와 건물을 다 팔고 그 돈으로 속편하게 조용히 살자고 했어요. 나이 예순이면 샐러리맨도 정년이라면서. 우리는 가게를 물려줄 자식도 없지 않느냐고 하면서요."

A씨도 이 제안에 마음이 끌리지 않은 것은 아니었다. 그래도

순순히 따를 수 없었던 것은 역시 '아키라완구'가 부모한테 물려받은 가게였기 때문이다.

"아버지는 참 대단한 분이어서, 이 가게뿐만 아니라 지점까지 가지고 있었어요. 그런데 내가 물려받아 운영하는 중에 지점이 망해버렸는데, 남은 이 가게까지 팔아치운다면 나중에 저승에서 부모님 뵐 낯이 없지요. 아버지가 이뤄놓은 것을 한평생 까먹기만 한 인생이 되잖아요."

당시 A씨의 부인은 토지건물을 팔면 얼마나 받을 수 있는지 궁금해서, 근처 부동산업자에게 평가를 부탁했다. 평가액은 고만고만한 것이었는데, 건물은 이미 내구연한이 지나서 평가 대상이 되지 못하고, 토지에 대한 평가액밖에 낼 수 없다는 것이었다.

그 이야기도 A씨의 마음을 아프게 했다.

"아버님 뵐 면목이 없구나…… 하는 생각에 정말 속이 쓰렸어요. 평가 대상도 못 된다니. 게다가 그 부동산업자는 건물이 없는 나대지였다면 더 비싸게 팔 수 있다, 건물이 있어서 그만큼 손해라는 말도 했습니다. 그 말을 들으니까 뭐랄까, 오기 같은 것이 생기기도 했지요. 좋다, 이 가게를 한번 번창시켜 보자, 나중에 남의 손에 넘기더라도 건물을 끼워 팔아서 '아키라완구'라는 이름이 남도록 하자, 하고 말이죠. 나이는 예순이지만 장사 하는 데 정년이 있는 것도 아니고, 또 건강에는 자신이 있었거든요."

마침 그때 기다렸다는 듯이, 앞서 말한 민간금융회사를 소개받은 것이다.

"고약한 회사는 아니었습니다. 처음부터 우리 가게와 땅을 가로채려고 한다거나 하지는 않았습니다. 아주 친절하게 대해주었어요. 젊은 담당자도 열심이었고, 내 마음도 잘 헤아려주었습니다. 나중에 버티다 버티다 더 이상 버틸 수 없어서 아키라완구를 경매에 내놓을 때도 담당자는 '죄송합니다, 아저씨.' 하고 미안해했습니다."

그러나 A씨 부인의 의견은 전혀 달랐다.

"하여튼 이이는 사람이 좋기만 해서, 여전히 저렇게 어수룩한 말만 하고 있다니까요. 우리가 금융회사에 속은 거예요. 당신이라면 가게를 얼마든지 번창하게 할 수 있다고 살살 부추겨서 높은 금리로 대출금을 떠안겼어요. 결국은 가게도 땅도 다 없어져 버렸으니 우리가 속은 거지요."

A씨의 부인은 남편이 옆에 앉아 있는데도 이렇게 단숨에 말해버렸다. 말투도 날카롭고, 거침없이 말하면서 A씨 얼굴을 곁눈질한다. 그러나 A씨는 이런 말에 익숙한지, 천천히 담배만 피울 뿐, 반론을 펴지 않는다.

"그러니 만약에 하야카와 사장님을 만나지 못했다면 우리는 남편의 어수룩한 짓 때문에 알몸으로 쫓겨났을 거예요. 사장님은 정말 좋은 분입니다. 하야카와 사장님도 우리가 금융회사에 속은 거라고, 그 자들이 처음부터 노리고 그런 거라고 말한 적이 있었어요."

A씨 부부가 하야카와 사장을 처음 만난 것은 1989년 7월 말

이다. 이미 토지에 대한 경매 신청이 이루어져서, 부부는 곧 닥쳐올 사태를 두려워하면서, 이사할 곳을 찾기 시작할 때였다.

"그때는 가게도 이미 닫은 상태였습니다. 금융회사 사람이 찾아와서, 이제 이곳은 당신네 집이 아니니까 장사도 그만두고 재고도 빨리 처분해서 가능한 한 빨리 퇴거하라고 했지만, 가진 돈은 없고 기댈 데도 없고 어디 물러날 데도 보이지 않아서, 하는 수 없이 우리 집인데도 숨어 살듯이 지내고 있었습니다. 점포는 셔터를 내리고, 밤에도 전깃불도 켜지 않고 커튼을 내리고요. 물론 현관도 단단히 걸어 잠그고요."

그런데 그 닫힌 셔터를 두드리는 소리가 한참 동안 들렸다. 철렁철렁 흔들고는, "실례합니다. 실례합니다." 하고 큰 소리로 불렀다. A씨 부부는 겁이 나서 숨을 죽이고 있었다.

"그랬더니 이번에는 살림집 현관으로 와서, 실례합니다, 안 계십니까, 하고 소리치는 거예요. 계속 숨어 있을까 생각했지만, 마침 점심 끼니때라 국수를 삶느라고 주방 환기구를 돌리고 있었는데, 그게 밖에서 빤히 보인다는 것을 알고는 하는 수 없이 내가 나가서 대답을 했지요."

그것이 하야카와 사장이었던 것이다.

"더울 때였는데도 사장님은 넥타이를 반듯하게 매고 상의를 벗어 팔에 걸치고 땀을 줄줄 흘리고 있었습니다. 법원 경매 서류를 보고 왔다고 하더군요."

A씨 부부는 법원 경매 절차에 대하여 구체적인 사항을 거의 알지 못했다. 그래서 하야카와 사장의 말을 그냥 받아들여서,

경매 참여자가 물건을 조사하러 온 것이라고 해석했다.

"그랬더니 사장님은, 아닙니다, 아닙니다, 하면서 손사래를 쳐요. 경매물건을 사전조사 하러 와도 물건의 내부를 들여다보거나 사는 사람과 얘기를 하면 안 되는 거라고 가르쳐 주었습니다. 멀찍이서 상태를 볼 수 있을 뿐이라고 하더군요. 그래서 좋은 물건 가려내기가 어려운 거라고 했어요."

A씨 부부가 안으로 들어오게 하자, 하야카와 사장은 잇키부동산 명함을 내밀며 인사를 했다.

"면허 번호도 다 적혀 있고, 사무실도 도쿄 간다타쵸에 있고 해서 우리는 금세 마음을 놓았습니다. 사장님 하는 양을 봐도 야쿠자 같은 사람은 아니라는 것을 금방 알 수 있었고요."

다만 사장이 말투가 빠르고 얘기도 급한 편이라 내용을 이해하는 것이 조금 어려웠다고 한다. "이 가게 건물과 땅이 경매로 넘어가버리면 아저씨, 아주머니도 힘들 것이다, 살 곳은 있느냐? 돈은 있느냐? 연금도 한참 더 납부해야 하는 거 아니냐, 하고 아주 살뜰하게 말씀해주었어요. 그리고 어쩌면 자기가 아저씨, 아주머니한테 작으나마 힘이 되어 드릴 수 있을지도 모른다고, 그렇게 말했어요……."

A씨 부인은 몸을 앞으로 내밀었다. 어떻게 힘이 되어 줄 수 있다는 말일까?

"올해 안에 입찰이 끝나고 매수인이 정해지겠지만, 그 매수인이 그다지 큰 부동산업자가 아니고, 비교적 얌전한 곳이라면 어떻게 해볼 수 있는 가능성이 높다고 사장님이 말했습니다. 어떻게 해보다니, 그게 뭡니까? 우리가 귀를 바짝 세우고 물었지요. 그랬더니 이 땅과 건물은 결국 내주어야 하지만, 그 전에 아저씨 빚을 다 없애고 거기다가 2, 3백만 엔의 현금을 만들어드릴 수 있습니다, 하는 거예요. 그러니 매수인이 정해지고, 내가 이런 매수인이라면 괜찮겠다고 판단하면, 어르신들은 내 말대로 해주면 된다고 했어요."

우리는 얼른 이해할 수는 없었다고 A씨는 말했다.

"경매라는 무서운 사태를 만난 것만으로도 벌써 제정신이 아니었으니, 그런 상태에서 복잡한 얘기 들어봐야 알아들을 수도 없었던 거예요."

그래도 전혀 흥미가 없지는 않았다. 내 말대로 하면 된다니, 어떻게 하면 되는 거냐고 A씨는 물었다.

"이곳을 나가야 하는 것은 애초에 정해진 일이니 어쩔 수 없는 일이지만, 돈을 받아낼 수 있을지도 모른다니 반가울 밖에요."

시장 이야기는 단순했다. 매수인이 정해지면 바로 야반도주를 해달라는 것이다. 그리고 이 건물은 얼마 전부터 사장이 준비해놓은 다른 사람에게 임대한 것으로 꾸며야 하는데, 서류에 서명만 해주면 된다는 것이었다.

"그래서 어떻게 우리한테 돈이 들어옵니까? 나는 깜짝 놀랐습니다. 얘기가 너무 만만해서 이상하다는 생각이 들었습니다."

하야카와 사장은 설명했다. 우선 누군가 A씨 부부와 계약하고 이 건물을 세내서 살고 있다면, 입찰로 이 땅과 건물을 낙찰 받은 인물이나 업자는 그 임차인을 함부로 쫓아낼 수가 없다고 한다. 임차인과 잘 타협해서 상당한 액수의 이사비를 지불하지 않으면 명도를 요구할 수 없다.

"임차인이 아니면 안 되나요? 그러니까 우리가 이대로 눌러 살면 안 되는 겁니까?"

그것은 안 된다고 사장은 말했다. 당신들은 당사자이므로 낙찰자가 강제로 쫓아낼 권리가 있기 때문이다. 그것은 정당한 권리거든요. 계속 버티면 강제집행이라는 것이 들어오고, 아저씨는 처벌을 받습니다.

"하지만 애초에 그런 임차인이 없잖아요?"

그러니까 이런 수를 쓰자는 겁니다.

"내놓고 할 얘기는 아니지만, 가짜로 만들어내는 거라고 하더군요. 하지만 당신들이 걱정할 일은 없다, 서류상의 계약일 뿐이니까. 실제로 들어와 살 사람은 자기가 알아서 구한다고 했습니다."

A씨 부부와 건물 임대차계약을 맺은 임차인은 자기는 여기 살 권리가 있다고 주장하며 매수인에게 대항한다. 매수인도 이런저런 대책을 강구하겠지만, 어떤 경우든 이쪽에서도 대항할 수 있다. 그렇게 해서 명도 시기를 계속 미루면 매수인은 어려움에 빠져서,

"임차인에게 이사비로 목돈을 주어서 내보내든지, 아니면 계속 버티다 진이 빠져서 모처럼 낙찰 받은 이 땅과 건물을 다른 사람에게 팔아넘겨버릴까 생각하기 시작합니다. 그때 내가 나

서는 겁니다. 하고 사장님은 말했습니다."

―이사비를 받는 경우는 그 중에서 약간의 몫을 떼어 아저씨들에게 줍니다. 하지만 그렇게 되면 큰 액수가 되지 않아요. 하지만 매수인이 이곳을 포기하기로 결심하고 내가 매끄럽게 사들일 수 있다면 아저씨들 몫도 큽니다.

"무슨 마술 같은 얘기였어요." 하고 A씨는 웃는다. "그런 일도 가능하냐고 사장님에게 물었을 정도였어요."

가능하지요, 가능하고 말고요, 하고 하야카와 사장은 단언했다.

―대체로 법원 경매물건은 시가보다 엄청나게 싼값이 매겨집니다. 싸다는 데 가치가 있지요. 그래서 임차인을 내보내는 데 많은 돈을 들이느니 차라리 전매를 해서 포기하라는 겁니다. 매수인이 규모가 작은 업자이거나 개인이라면 자금 회전이 급하니까 임차인이 버티면 아주 곤란한 거지요.

"얼른 믿기는 힘든 이야기였어요." 하고 A씨 부부는 말한다. 특히 남편의 어수룩함에 화가 나 있던 아내는 이 시점에서도 하야카와 사장의 이야기를 거의 흘려듣고 있었다.

"또 속는 것은 딱 질색이었으니까요."

A씨는 여전히 쓴웃음을 짓는다.

"나는 집사람보다는 마음이 동했어요. 바라지도 않던 횡재였으니까요. 그러니까 어려움에 빠진 매수인한테 사장님이 이곳을 싸게 사들여서 다시 시가로 전매하면 큰돈이 남는다는 얘기였어요. 시간은 조금 걸리지만 확실한 돈벌이죠. 그 중에서 우리한테도 한몫 떼어준다는 그런 얘기였던 겁니다."

하야카와 사장은 이런 말도 했다.

―아저씨들이 임차인을 꾸며내는 것이 싫다면 다른 방법도 있어요. 내가 성질 고약한 사람들을 여기 눌러 살게 해서 폭력조직에서 운영하는 금융업자 시늉을 내게 하는 겁니다. 우리는 '아키라완구'에 돈을 빌려준 채권자다, 빚을 못 받았으니 이 땅과 건물을 사용할 권리가 있다고 버티게 하면 매수인에게는 똑같은 효과를 발휘하니까요.

"다만 얘기를 듣다 보니 왠지 찜찜한 마음이 들더군요. 왜냐하면 사장님 말대로 하면 매수인이란 사람이 큰 곤경에 빠지지 않겠어요? 모처럼 낙찰 받은 토지건물인데, 마음고생만 하다가 끝내 포기하거나 비싼 이사비를 내줘야 하니까요. 또 그런 다툼이 일어나면 법원도 잠자코 있지는 않을 텐데, 하는 걱정도 들었고요."

그러자 하야카와 사장이 웃음을 터뜨렸다.

―걱정하실 것 없습니다.

―법원은 워낙 바빠서 무슨 트러블이 있다고 해서 적극적으로 나서는 일은 없습니다. 절대로 없어요. 물론 매수인이 여러 가지 법적인 절차를 밟으려고 하겠지만, 이쪽에서도 다 법적으로 대항할 수 있거든요.

―게다가 경매물건을 낙찰 받은 업자는 모두 이런 트러블을 어느 정도 각오하고 있습니다. 그렇지 않겠습니까? 그렇지 않으면 낙찰가가 그렇게 쌀 까닭이 없지요. 대개 아저씨처럼 성실

한 상인들이 운이 없어서 사업에 실패하면 집이며 가게며 땅까지 다 차압당하고 경매에 넘어가서 살길이 막막해집니다. 아저씨의 재산은 턱없이 싼값에 넘어가는데, 그 짓으로 돈을 벌려고 하는 자들을 걱정해줄 일이 어디 있습니까. 아저씨도 참 착하기만 하시네요.

물론 제삼자의 눈으로 보면 하야카와 사장의 말은 옳지 않고, 사장이 지탄하는 '경매물건으로 돈을 벌려고 하는 업자' 처지에서 보자면 "너도 똑같은 놈이잖아!" 할지도 모른다.

그러나 A씨는 그렇게 생각하지 않았다. 회의적이었던 A씨의 부인도 하야카와 사장이 '성실한 상인'이며 '정직한 사람'인 A씨의 불운을 진심으로 슬퍼하고 분개하고, 토지건물에 대하여 경매를 신청한 금융회사에 대하여 비판하는 말을 듣다 보니 마음이 풀어지게 되었다. 대출금 상환으로 한참을 허덕이다가 토지건물을 경매라는 형태로 포기하지 않을 수 없게 되기까지 누구 하나 A씨 부부를 이렇게 살갑게 대해주고 분개해준 사람이 없었던 것이다.

―요즘은 경기가 좋으니까 경매가 아니라 아저씨들이 직접 이 토지건물을 팔아서 빚을 끄는 방법도 있었습니다. 저당권을 가진 금융회사도 거기에 협력해줄 수도 있었을 겁니다. 그런데 난데없이 차압딱지 붙이고 경매에 내놓은 겁니다. 아저씨 처지를 손톱만큼도 생각하지 않는 거지요.

한마디씩 보태어질수록 하야카와 사장은 점점 더 의분을 표하고 말투도 허심탄회해졌다. A씨 부부의 눈에는 자기들을 위해

주먹을 불끈 쥐고 울분을 토해주는 하야카와 사장이 더없이 믿음직스러운 존재로 보였다.

"그 뒤 사장님은 자주 연락을 해주었습니다. 금융회사가 뭐라고 해도 아직 갈 곳을 구하지 못했다는 핑계를 대면서 계속 살아도 된다고. 그 사장님이 용기를 주어서 내내 그 집에서 생활할 수 있었습니다."

그리고 실제로 1989년 12월 초에 입찰이 진행되고 이듬해 2월에 매수인이 결정되자 A씨 부부는 사장의 계획에 따르기로 작정했다.

"매수인이 정해졌다는 소식을 사장님한테 들었습니다. 사장님도 일단 경매에 참가했다고 하더군요. 그리고 법원에서 바로 우리 집으로 오셔서 50만 엔을 선뜻 내주었습니다."

―이 돈은 나중에 아저씨들에게 내줄 돈의 일부를 미리 드리는 거니까 주저 마시고 받으십시오. 그리고 두 분이 생활할 아파트도 준비해 놓았으니 당장 필요한 것만 챙겨서 오늘밤 그리로 살짝 옮기십시오. 뒷일은 내가 다 알아서 할 테니 걱정하지 마시고요.

A씨 부부는 시키는 대로 했다.

"결국 사장님 계획이 이루어지기까지 1년 반 정도 걸렸습니다. 나머지 돈을 받기까지 그 정도 걸렸으니까…… 꼭 150만 엔을 받았습니다. 그리고 당시 사장님 소개로 창고지기로 취직해서 살림도 안정되었습니다."

이렇게 A씨 부부 이야기를 들어보면 과연 A씨 부부가 하야카와 사장에게 감읍하고 '생명의 은인'이라고까지 말하는 것도 당연한 일처럼 생각된다.

그러나 현실적으로 보자면 이는 명백한 불법행위다. 그리고 매수인 쪽에서 보자면 사태는 180도 뒤집힌다.

'아키라완구'의 토지건물을 낙찰 받은 것은 같은 소카 시내에 있는 '다케모토부동산'이라는 회사였다. 당시 '아키라완구' 건을 담당한 직원 히구치 히사오는 지금도 하야카와 사장의 이름만 들으면 마음이 우울해진다고 한다.

히구치는 법원의 경매물건을 취급한 경험이 없어서 '아키라완구' 건을 맡을 때,

"급하게 공부를 했습니다. 책 몇 권 읽고 경매 관련 사건에 밝은 변호사를 만나 조언을 듣는 정도였지만요. 그래도 트러블 사례를 들을수록 우울해지더군요. 폭력조직과 씨름하는 것이 딱 질색이었으니까요. 아무리 업무라도 부동산과 내 목숨을 맞바꿀 수는 없잖아요."

다케모토부동산이 관례를 깨고 법원 경매물건 '아키라완구'에 관여한 것은 고객 가운데 한 사람이 요청했기 때문이라고 한다.

"시내에 사는 고객이었습니다. 음식점을 경영하는 사장님인데, 전부터 아키라완구 땅을 주목하고 탐을 냈다고 합니다. 기회가 되면 거래를 제안할 생각이었는데, 잠깐 눈을 떼고 있을 때 가게가 망해서 경매에 나와버린 것이지요. 그래서 그 물건을 낙찰 받을 수 없겠느냐고 우리에게 의뢰한 것입니다. 아주 좋은 분이라 우리 회사는 경매물건을 취급하지 않는다는 말을 차마

하지 못했습니다. 그 후로는 뒤로 뺄 수가 없었습니다."

사실 이런 배경이 있었기 때문에 경매물건 입찰에 경험이 없는 다케모토부동산이 '아키라완구'를 무사히 낙찰 받아 매수인이 될 수 있었다. 처음부터 '돈을 벌어보자'가 아니라 '고객의 희망을 들어주자'는 의도로 임했으므로 입찰 가격을 약간 높게 써낼 수 있었기 때문이다.

"물론 아키라완구에 대해서는 사전에 여러 가지를 조사했습니다. 토지건물을 차압한 금융회사가 평이 나쁘지 않은 곳이어서 그 점에서는 안심할 수 있었지만, 이런 일에는 언제 어디서 다른 채권자가 불쑥 나타날지 알 수 없어서 내심 마음을 졸였습니다. 나도 틈을 내서 아키라완구의 상태를 점검하러 갔습니다. 그래서 A씨 부부가 퇴거한 것은 알았지만, 그걸 당연한 일이라고 생각한 탓에 오히려 너무 방심하고 말았지요……."

아둔했어요, 하고 히구치는 머리를 긁적인다.

"변호사의 조언 중에는 원래 주인이 물러난 뒤 다른 사람이 들어와 있지 않은지 확인하라는 조언도 있었습니다. 처음 경매에 참여할 때부터 명도가 끝날 때까지 계속적으로 사진을 찍어두면 좋다는 조언도 들었기 때문에 스냅 사진도 찍어두었습니다. 하지만 내가 찍은 사진으로는 건물 안에 다른 자칭 임대계약 입주자가 살고 있는 모습을 전혀 확인할 수 없었어요. 나중에 사장님한테도 야단을 맞았습니다. 자네는 눈을 제대로 뜨고 다니나, 하고 말이죠. 그러나 그건 하야카와 사장이 한 수 위였던 겁니다."

그런 만큼 원래 주인인 A씨 부부와 정식으로 임대차계약을 맺고 건물에 살고 있다는 사람들을 처음 만났을 때는 정말로 깜짝 놀랐다고 한다.

"당신들 계속 여기 살았소? 왜 여기 사는 거요? 무슨 권리가 있어서 이러는 거요? 하며 물정 모르는 아마추어처럼 요란을 떨었습니다. 상대방은 세 명으로 구성된 가족인데, 사십대 남성과 역시 사십대인 부인, 그리고 스무 살쯤 된 청년이었어요. 여기서 오락실을 한다고 하더군요. 인테리어도 조금 바꾸고, 게임 소프트웨어 판매뿐만 아니라 동전을 넣고 즐기는 게임기도 들여놓을 거라고 했어요. 참으로 주도면밀해서, 인테리어 교체 설계도니 뭐니 하는 것까지 보여주더군요. A씨 부부와 다 얘기했다. 하지만 이곳이 경매에 나온 줄은 몰랐다, 여길 쫓겨나면 도저히 먹고살 수가 없다고 우는 소리를 했어요."

울고 싶은 것은 우리 다케모토부동산이라고 악을 쓰고 싶었지만, 히구치에게 한 가지 다행이었던 것은 그 세 사람이 언뜻 매우 평범한 사람들이고 조직폭력배나 과격한 사상단체하고는 무관한 것처럼 보였다는 것이다.

"네, 얌전한 사람들이었습니다. 그건 정말 다행이었죠. 예, 웃으셔도 됩니다. 저는 겁쟁이입니다. 목숨보다 중한 게 어딨겠어요. 주먹은 싫어요. 다케모토부동산에 취직할 때도 처음부터 영업은 싫다고 분명히 말했을 정도예요. 서류 작성이나 데이터 관리 같은 걸 하고 싶었습니다."

그러나 얌전한 그 세 사람은 드세게 나오지는 않았지만 순순히 물러서지도 않았다. 죽겠다, 죽겠다 우는 소리를 하더니, 마침내 A씨 부부와 임대차계약 하는 것을 중개해주었다는 하야카와 사장을 등장시켰다.

"하야카와 사장도, 글쎄 뭐랄까, 평범한 부동산사무소 사장처럼 보였어요. 야쿠자가 아닙니다. 우리 얘기도 잘 들어주는 사람입니다. 그래서 나도 하야카와 사장의 말을 다 듣고 나서 변호사와 상담하려고 갔습니다."

그러자 변호사는 그것이 아주 흔한 수법이라고 했다. 고전적인 패턴이라는 것이다.

집행방해

 "집행방해에는 여러 가지 수법이 있는데, 하야카와 사장은 아키라완구나 반다루 센주기타 뉴시티 웨스트타워 2025호나 완전히 같은 방법을 썼습니다. 고전적이고 전형적인 수법이지요. 그다지 폭력적이지는 않습니다. 아키라완구 사례는 원래 주인 A씨 부부를 상당히 후대해주었지요. 하야카와 사장은 떼돈을 노리는 강탈자나 공갈꾼이라기보다는 말하자면 사상적인 이유가 있는 확신범이라고 해야 할 겁니다. 이런 유형의 사람이 끼어든다는 것도 부동산 경매 집행방해라는 사범의 특수한 점입니다만."

 변호사 도무라 로쿠로는 이렇게 말한다. 지금부터는 민사집행법에 밝고 경매물건 집행방해 건을 여러 차례 해결한 경력이 있는 도무라 변호사의 이야기를 잠시 들어보자.

 "내가 일하는 미나토 구의 법률사무소에서는 의뢰받는 사건의 약 2할이 경매부동산 집행방해에 관한 것입니다. 그 대부분을 내가 담당하고 있습니다. 아주 재미있어요. 이렇게 말하면 조금 어폐가 있지만, 흥미로운 사건이 많습니다. 경제문제뿐만 아니라 현대 일본사회가 안고 있는 다양한 모순과 난점이 부동산경매와 그 집행방해 사건을 통해 드러나고 있다는 것을 알 수 있습니다."

— '경매'나 '집행방해'나 일반인한테는 그리 익숙지 않은 말입니다만……

"그렇지요. 그럼 우선 그 점부터 시작할까요? 법원이 실시하는 부동산경매란 어떤 것인가? 여기에는 두 가지가 있습니다. 하나는 강제집행으로서의 경매, 또 하나는 저당권 실행으로서의 경매입니다. 그러나 현재 법원에서 다루는 부동산경매의 태반은 후자입니다. 아키라완구도 고이토 씨의 웨스트타워 2025호도 이런 경우입니다."

— 담보권을 행사하는 것이 경매란 말씀이군요.

"그렇습니다. 채권자(돈을 빌려준 쪽)가 채무자(돈을 빌린 쪽)에 대한 채권의 담보로(돈을 빌려주는 대가로), 채무자가 소유한 토지건물(부동산)에 저당권을 설정해서 등기합니다. 등기부라는 공적인 서류에 그 사실을 명기해두는 것입니다. 아키라완구 경우는 A씨에게 돈을 빌려준 금융회사가 아키라완구의 토지건물에 저당권을 설정해 놓았습니다. 고이토 씨 경우도 제1저당권자인 주택금융공고가 2025호에 저당권을 설정해 놓았습니다.

이 저당권은 채무자가 채무를 순조롭게 변제하면—즉 빚을 잘 갚으면 상환이 완료되는 시점에 소멸됩니다. 이제 빚이 없어졌으니 담보도 필요 없게 되는 것이지요. 이것이 이상적인, 가장 바람직한 형태입니다.

그런데 현실을 보면 채무자는 여러 가지 사정으로 채무 상환을 장기간 연체하거나 완전히 중지해버리기도 합니다. 상환할 전망이 없다, 빌려준 돈을 돌려받지 못할 것 같다고 판단되면, 채권자는 저당권을 설정해둔 부동산을 법원을 통해서 최대한 비싸게 팔아서, 빌려준 돈, 즉 채권을 회수하려고 합니다. 알기 쉽게 설명하자면 이것이 담보권의 실행입니다. 역으로 말하면 담보권이라는 것은 빚을 받아내지 못하게 된 경우, 담보를 넘겨받거나 돈으로 바꿀 수 있는 권리입니다.

아키라완구와 고이토 씨의 2025호 경우도, 채권자는 A씨나 고이토 씨가 대출금을 갚지 못하게 되었다고 판단했기 때문에 담보권 실행에 들어간 겁니다. 채권자가 경매를 신청하고 경매 개시가 결정되면 법원은 우선 대상 토지건물이나 아파트의 소유주가 채권자 이외의 다른 사람에게 담보물건을 팔아치우지 못하도록 법적인 절차를 밟습니다. 그리고 그 물건에 대한 정보를 공개하고 입찰을 받기 시작합니다. 이것이 경매 방식입니다."

―경매가 실시되면 낙찰자가 정해지지요. 그 낙찰자가 매수인이군요.

"그렇습니다. 매수인은 다케모토부동산 같은 전문 부동산업자일 경우도 있고, 이시다 나오즈미 씨 같은 일반 시민일 경우도 있습니다. 법원의 경매에는 누구나 참가할 수 있습니다. 일반인에게도 평등하게 문호가 열려 있으니까요.

 그런데 실제로는 법원의 경매부동산이라는 말은 독특한 분위기를 풍기지요. 왠지 까다로울 것 같고 문제가 많을 것 같아서 일반 서민은 쉽게 손을 댈 수 없을 것 같은 분위기 말입니다. 법원의 경매물건의 최저경매가는 시가보다 한참 낮게 설정되어 있어서 종종 횡재하는 경우가 있습니다. 반면에 말썽도 많지요. 한몫 잡을 것을 기대하고 수상쩍은 업자나 폭력조직이 끼어듭니다. 좋은 물건을 찾아내서 입찰하려고 해도 전문 경매꾼이 방해하거나 협박을 하기 때문에 아마추어는 웬만해서는 감당하기 힘들다, 이것이 일반적인 이미지일 겁니다.

 물론 그런 면도 있고, 지금도 그것은 골치 아픈 문제로 남아 있습니다. 그런 이미지가 워낙 강해서 선량한 구매자가 법원 경매물건을 점점 멀리한다는 악순환도 일어납니다.

 그래서 1983년 10월 1일부터 실행된 민사집행법에서는 더 많은 일반인들이 법원의 부동산경매에 쉽게 참가할 수 있도록 몇 가지 규칙을 정했습니다. 그 가운데 하나가 기간입찰이라는 제도입니다. 입찰서를 넣은 봉투를 집달관에게 제출하거나, 정해진 기간까지 우송해서 입찰에 참가할 수 있도록 하는 제도입니다. 요즘은 그것이 주류가 되었습니다."

―일일이 법원에 가지 않아도 됩니까?

 "그렇습니다. 더구나 누가 어느 물건에 입찰했는지, 외부 사람은 알 수 없습니다. 이렇게 해서 일반 서민을 이른바 경매꾼의 방해로부터 보호하는 것이지요.

이 제도 자체는 잘 시행되고 있고, 잘 고안해낸 친절한 제도라고 봅니다. 일반인의 입찰이 전보다 조금 증가했습니다. 그래도 역시 대세는 큰 변화가 없습니다. 법원 경매물건이라고 하면 여전히 왠지 위험하고 번거롭다는 이미지가 따라다니는 것이 현실입니다."

―아키라완구나 고이토 가의 2025호 같은 사례를 보면 그럴 만도 하다는 생각이 듭니다만.

"그렇지요, 불행한 일이지만 사실이 그렇습니다. 그럼 본문제로 들어갑시다.

일반인뿐만 아니라 부동산업자까지도 경매물건은 번거롭고 위험하니까 손을 대지 말자는 식으로 생각하게 되는 가장 큰 원인은, 우리가 지금 여기서 문제로 삼고 있는 '집행방해'라는 것입니다.

방해하는 방법도 크게 두 가지가 있습니다. 하나는 채권자가 경매를 신청하는 단계에서 방해하는 것. 또 하나는 낙찰 받은 매수인이 물건을 인도받지 못하게 부당하게 방해하는 것. 하야카와 사장이 한 짓은, 아키라완구 사례나 2025호 사례나 후자에 속합니다.

요즘은 그다지 크게 다루어지지 않지만 한때는 온 일본이 관심을 기울인 사건이 있습니다. 바로 추센住專 문제입니다. 대량의 불량채권을 안고 있던 추센을 처리하려면, 처리기구는 앞으로 산더미 같은 부동산을 경매해야 하는데, 그런 과정에는 늘 집행방해가 따라다닙니다. 채무자나 채권자 쪽 사람이 방해하는 경우도 있고, 한 다리 걸치고 이익을 차지하려는 제삼자가 방해하는 경우도 있고, 가지각색입니다. 이 과정에서 속속 체포자가 나오고 있다는 것을 아십니까?

그래요, 주로 '경매방해' 죄목으로 체포됩니다. '경매방해' 란 글자 그대로 폭력을 휘두르거나 괴롭히거나 위압적인 행위로 경매 절차를 방해하는 것입니다. 폭력이 없는 경우도 있습니다. 하야카와 사장의 수법이 바로 그거죠."

―가짜 임대차계약서를 작성한 것 말인가요?

"그렇습니다. 경매 절차나 물건 명도를 방해하기 위해서 아주 흔하게 사용되는 수단입니다.

임차권에는 단기임차권과 장기임차권이 있는데, 지금 우리가 화제로 삼는 것은 전자, 즉 단기임차권입니다. 연립이나 아파트를 빌릴 때 집주인과 임대차계약을 맺습니다. 2년이고 3년이고 기간을 정하고 임대료를 정해서 계약합니다. 그 계약 시기가 저당권을 등기한 이후이고, 건물이라면 계약기간이 3년 이내인 경우가 민법이 보호하는 단기임차권입니다.

이 단기임차권의 경우, 그 임차권이 대상 물건의 경매 개시 결정보다 먼저 설정된 것이라면 저당권자나 매수인에게 대항할 수 있습니다. 기간이 만료될 때까지는 임차인은 거기에 살 권리가 있다는 것이지요. 저당권자나 매수인이 기간 만료 이전에 퇴거시키고 싶다면 협의를 해서 적절한 이사비를 지불하는 등의 조치를 취해야 합니다.

그러나 그 임차권 설정이 경매 개시 결정 이후에 이루어졌다면 사정은 전혀 달라집니다. 임차인은 저당권자나 매수인에게 대항할 수 없고, 이사비를 요구할 권리도 없습니다. 부당하게 눌러 앉아도 법원에서 인도 명령이 나오며, 그래도 버티다가 강제집행으로 쫓겨나는 경우도 있습니다.

즉, 단기임차권일 경우, 그 임차권 설정이 경매 개시 결정 이전이냐 이후냐가 결정적입니다.

그럼 경매를 방해하기 위해서, 혹은 부당하게 이사비를 뜯어내기 위해서 경매 개시 결정 전부터 임차권이 설정되어 있었던 것처럼 서류를 날조하는 수법이 사용될 수 있습니다.

이미 아시겠지만, 아키라완구와 반다루 센주기타 뉴시티의 2025호에서 하야카와 사장이 사용한 수법이 바로 이것입니다.

어느 사례에서나 채무자를 몰래 야반도주하게 하고, 임차인으로 가장한 사람들을 살게 하고, 경매 개시 결정 전에 임대차계약이 성립해 있었던 것처럼 날짜를 꾸며서 임대차계약서를 쓰고 매수인에게 대항하려고 하는 것입니다.

아주 흔해빠진 속임수인데, 문제는 이 수법이 의외로 효과가 있다는 것입니다. 그 계약서가 거짓이라는 것을 밝히려면 저당권자나 매수인은 그런 임대차계약이 적어도 경매 개시 결정 이전에는 체결되지 않았다는 것을 증명해야 하는데, 있는 것을 없었다고 증명하는 것은, 있는 것을 있었다고 증명하는 것보다 훨씬 어려운 법입니다.

상대방은 계약서를 방패로 삼고 있는데, 이쪽은 상황 증거를 모으는 수밖에 없습니다. 이웃 사람들의 이야기를 모아서 문제의 임차인들이 정말로 이전부터 거기 살고 있었는지 확인한다거나. 어느 쪽이든 쉽지 않은 방법입니다.

다케모토부동산의 히구치 씨는 변호사한테 아키라완구의 토지건물을, 날짜를 넣어서 계속 사진을 찍어두라는 조언을 받았다고 했는데, 이는 정확한 조언이었다고 봅니다. 그런 사진이 있으면 임차권이 있다고 주장하는 쪽의 거짓이 분명해질 수도 있으니까요.

그러나 경매물건은 일반적으로 매물로 나오는 물건하고는 달리, 중개업자가 열쇠를 가지고 있어서 언제든 원하는 시간에 건물 안으로 들어가 구경하거나 사진을 찍을 수 있는 것이 아닙니다. 경매물건이 활짝 트인 장소에 있다면 몰라도 단독주택이나 빌딩일 경우는, 잘리는 부분 없이 온전하게 사진을 찍어서 증거를 남겨둔다는 것도 어려운 일이지요. 실제로 아키라완구 사례도 밖에서 찍은 스냅 사진은 증거로서 소용이 없었다고 합니다.

설사 날조든 거짓이든 단기임차권이 있다고 주장하며 대항하고 나오면 그 점에 대한 조사가 필요해지므로 법원도 쉽게 인도명령을 내릴 수가 없게 됩니다. 저당권자나 매수인 측은 이 거짓을 어떻게든 밝혀내서 불법적인 점유라는 것을 증명하고 점유자를 축출하는 데 온힘을 기울여야 합니다. 여기에 빼앗기는 시간과 노력이 보통이 아니지요.

이런 수법으로 저당권자나 매수인에게 대항하는 것을 업으로 삼는 자를 우리는 흔히 '버티기꾼'이라고 부릅니다. 프로죠. 버티기꾼은 노골적으로 위협적인 태도로 나오기도 하고, 폭력단이 뒷배를 봐준다고 암시하기도 하고, 아키라완구 사례처럼 선의의 제삼자를 가장하기도 하는 등 다양한 수법과 다양한 얼굴을 보여주는데, 어떤 얼굴을 가장하더라도 저당권자나 매수인한테는 상당한 경제적 심리적 고통이 됩니다. 특히 개인 매수인일 경우에는 매듭이 지어지지 않는 교섭에 진이 빠지거나 자금 회전 압박에 몰려서 결국은 싼 가격으로 물건을 팔아넘기거나 상대방 요구대로 많은 이사비를 내주는 처지에 몰리는 등 아주 딱한 경우가 많습니다.

누구나 협박을 당하면 겁이 나고 자꾸 떼를 쓰면 약해집니다. 개인이나 법인이나 마찬가지입니다. 경매부동산 집행방해는 바로 그런 점을 노리는 것이므로, 그냥 지능범이나 폭력범이 아니라 지능폭력범이라고 해야 할까요?

그리고 처음에도 잠깐 말했지만, 그냥 돈벌이만이 목적이 아니라, 약간의 사상적인 배경이 있는 사람이 끼어드는 경우도 있습니다. 하야카와 사장이 바로 그런 예라고 해도 좋을 겁니다.

재판소가 개인의 재산, 그것도 일반 서민의 재산을 빼앗아서 경매에 내놓는다—이건 전혀 사실이 아니죠, 실제로는 법원이 빼앗거나 하는 것이 아닙니다—는 것은 말도 안 된다, 절대 용서할 수 없다, 이 체제가 하는 일이 다 이 꼴이다, 악에 대해서는 불법행위를 해서라도 대항해서 서민을 지켜야 한다, 뭐 그런 사상으로 움직이는 버티기꾼도 있습니다.

아키라완구의 A씨 부부는 하야카와 사장한테 절이라도 할 것처럼 고마워하고 있지요. 실제로 사장은 그 부부한테는 좋은 일을 해준 겁니다. 매수인은 큰 피해를 입었지만.

그래요…… 바로 그래서 골치 아픈 문제입니다.

물론 기간입찰이라는 제도를 통해서 법원의 경매 절차가 일반인들에게 더 넓게 열렸다고 봅니다. 많은 일반인과 민간 자금이 참가해줘야 합니다. 이것은 지금 정말 절실하게 필요한 일입니다.

버블 후유증은 상상 이상으로 커다란 부담이 되어서 우리 사회를 짓누르고 있습니다.

한편에서는 불량채권화한 부동산이 남아돌고 있고, 다른 한편에서는 집이나 토지를 구하고 싶어도 구하지 못하는 사람들이 있습니다. 누차 얘기했듯이 법원 경매물건은 시가보다 싸니까, 이것이 민간 쪽으로 회전된다면 설령 처음에는 금방 표가 나지는 않더라도 반드시 일본 경제를 다시 일으키는 밑거름이 될 겁니다. 그러나 현실은 그렇게 좋은 방향으로 가지 않고 있습니다.

기간입찰로 입구는 넓어졌습니다. 다음에 해야 할 일은, 출구를 가로막고 있는 아주 수상쩍고 불투명하고 기기괴괴한 집행방해의 실태를 한시라도 빨리 밝혀내서 거기에 속전속결로 적절하게 맞서야 합니다.

그렇지 않으면 어느 정도 자금력이 있는 민간인들은 아무리 세월이 흘러도 경매부동산 쪽으로는 눈길을 돌리지 않을 겁니다.

지금 상황이라면 아마추어가 경매에 참여하기를 주저하는 것도 당연한 일입니다.

물론 집행방해를 통해서 폭력조직 같은 위험한 단체가 큰돈을 벌고 있다는 것도 심각한 문제입니다. 더구나 그들은 이런 문제라면 많은 경험을 통해서 노하우를 가지고 있거든요.

나도 지금까지 많은 사례를 지켜봐왔습니다. 재미있다고 한다면 어폐가 있겠지만, 정말이지 적들도 궁리를 많이 하고 있어요.

예를 들면, 불과 며칠 전까지만 해도 나대지였던 곳인데, 오늘 가보면 조립식주택이 떡 하니 서 있어요. 이런 정도는 다반사로 있는 일이지만, 그런 주택 앞에 사상적으로 꽤 과격해 보이는 단체의 깃발이 나부끼고, 부지 안을 도베르만이 어슬렁거리기도 합니다. 근처 주민들도 겁을 먹고 가까이 가질 않아요. 혹은 일본과 국교가 없는 남태평양의 작은 나라가 소유한 물건이라는 간판을 세우기도 합니다. 치외법권을 주장하는 거죠. 누구나 어처구니없는 짓이라고 생각하겠지만, 국교가 없으니 조사해볼 요량이 없는 겁니다.

아키라완구나 고이토 씨의 2025호처럼 제삼자인 임차인을 살게 하는 사례는 흔히 볼 수 있는데, 그 중에서도 말이 통하지 않는 외국인을 임차인으로 데려다놓거나 조직폭력배 같은 사내들을 여럿 데려다놓는다든가 하는 것도 아주 흔한 수법이지요.

임야나 공장부지 같은 경우, 매수인이 모르는 사이에 폐기물 처리업자와 멋대로 계약해서 며칠 새 폐기물을 산더미처럼 쌓아버리는 수법도 있어요. 폐타이어를 버리기도 합니다. 이런 사태까지 오면 매수인이 견디기가 힘들지요. 폐기물 처분하는 데도 많은 돈이 드니까요. 더구나 그런 짓을 시키는 자들은 폐기물업자한테 꼬박꼬박 돈까지 받으니까, 그야말로 도랑 치고 가재 잡는 격이지요.

 물건의 개요를 알려면 세 가지를 살펴볼 필요가 있습니다. 먼저 대상물건의 현황조사보고서. 이는 법원 집달관이 작성하는 것으로, 사진도 첨부됩니다. 다음으로 법원이 선임한 부동산감정평가사가 작성하는 평가서. 그리고 그 자료를 바탕으로 담당 재판관이 최종적으로 작성하는 물건명세서. 이 세 가지를 일독하고, 특히 물건명세서를 읽고 그 물건에 대하여 인도명령을 받아낼 수 있을지 없을지를 판단할 수 있다면 그 사람은 전문가입니다. 그 정도로 어렵습니다. 그래도 물건을 평가하는 재료는 기본적으로 이 세 가지입니다.

 물건명세서 비고란을 보면 대략 그것을 알 수 있지만, '점유자는 매수인에 대항할 수 없다.'고 되어 있다고 해도 퇴거명령으로 점유자를 내보낼 수 있는 것은 아닙니다. 법원도 점유자에게 인도명령을 내릴 수 없는 사례가 아주 많습니다.

 이러니 일반인이 경매 참가를 주저하는 것이 당연하지 않겠습니까. 물건명세서 비고란에, 이 건물에는 임차인이 있지만, 이 임차권은 매수인에 대항할 수 없다고 씌어 있어요. 그래서 안심하고 기간입찰에 참여해서 수월하게 낙찰을 받았다고 합시다. 그래도 막상 교섭을 해보면 임차인은 권리를 주장하면서 나가려고 하지 않아요. 그럼 법원에서 인도명령을 받아내려고 변호사와 상담해보지만, 이 건에서는 인도명령을 받아낼 수 없다, 명도소송을 해야 한다는 말을 듣습니다. 명도소송을 하려면 돈과 시간이 듭니다. 따라서 싸게 낙찰 받은 경매물건이지만, 결국은 경제적으로나 정신적으로나 비싸게 먹힙니다. 그런 사례가 수두룩합니다.

나는 경매 입찰에 일반인이 활발하게 참가할 수 있도록 법원이 노력하고 있다는 것을 잘 알고 있고, 그 노력은 충분히 평가해줘야 한다고 봅니다. 그러나 현실은 아직도 부족한 점이 많습니다.

다행히 민사집행법 제55조와 77조, 83조가 개정됨에 따라, 경매절차 과정에 단기임차권을 남용하는 불법점유자에 대해서는 전보다 훨씬 강력하게 대처할 수 있게 되었습니다.

법원 집달관도 인원이 부족합니다. 특히 경매 신청 건수가 많은 도쿄에는 더 많은 일손이 있어야 합니다. 집달관이 다른 강제집행 절차를 하면서 경매 현황조사까지 해야 하는 현행 방식으로는 스케줄로만 보더라도 지나치게 가혹하므로, 법원 내에 전문 부동산조사기관을 따로 설치하는 방법도 생각해야 한다고 봅니다. 버블경제 파탄의 영향도 있기 때문에, 빨리 손을 쓰지 않으면 미처리 안건이 눈덩이처럼 불어나 법원 본래의 기능까지 마비되기가 쉽습니다.

변호사 쪽을 봐도 민사집행법에 밝고 실무 경험이 많은 인재가 그리 많지 않은 것이 현실입니다. 일반적으로 채권자인 금융기관이 버블경제 붕괴 전에는 채권 회수에 대하여 심각하게 고민하지 않았고, 버블 붕괴 후에도 법적인 수단으로 채권을 회수하는 데 소극적이었던 것도, 유감이지만 사실입니다.

고이토 씨의 웨스트타워 2025호에서 일어난 살인사건 자체는 지극히 개인적인 비극인지도 모릅니다. 그러나 사건이 일어난 무대에는 현재 일본 부동산 유통의 문제, 법원 경매제도의 문제, 법률의 사각지대에서 활약하는 버티기꾼의 문제 등 간과할 수 없는 문제들이 숨어 있습니다. 그 2025호의 매수인이었다는 이유로 가장 강력한 혐의를 받던 이시다 나오즈미 씨는 그런 상황의 희생자가 아닌가, 하고 나는 생각합니다."

집을 구하다

도무라 변호사는 이시다 나오즈미를 '상황의 희생자'라고 말한다. 물론 그런 측면도 있을 것이다. 그러나 수사 당국이 처음 접촉했을 때 이시다가 취한 태도와 그 이후의 행동은 그저 불행한 매수인이라는 상황을 뛰어넘는 의혹을 살 수밖에 없는 것이었다는 것에 대해서는 이미 말했다. 이시다 나오즈미는 6월 2일 밤, 어머니 기누에와 전화 통화를 하면서, 지금 경찰을 만나면 큰일 난다, 나는 아무도 죽이지 않았다, 아이들을 부탁한다는 말을 남기고 자취를 감추어버렸다. 그리고 결과적으로는 9월 30일 밤 7시가 지나서 고토 구 다카바시의 간이여관 가타쿠라 하우스에서 신병이 확보될 때까지 약 4개월 동안이나 도피 생활을 했던 것이다.

이시다는 왜 도피했을까?

상식적으로 보자면, 도피했다는 사실만으로도 의심을 사기에 충분하다고 해야 한다. 도피 생활은 자신을 더욱 어려운 처지로 몰아넣으리라는 것을 스스로도 잘 알고 있었을 것이다. 실제로 이시다가 행방을 감춘 동안, '아라카와 일가족 4인 살해사건'을 다룬 주간지나 석간지의 기사, 혹은 텔레비전 보도 중에서 그를 범인으로 취급하지 않은 경우를 찾아보기가 힘들었다. 익명보도가 대부분이지만, 일부에서는 실명을 내보내기도 했다. 그가 도피한 직후, 수사본부가 단 한 번—실제로 지금 돌이켜봐도 그때 한 번뿐이었는데—이시다의 집을 수색한 적이 있는데, 그 직후의 보도는 벌써 그 네 명을 살해한 범인이 확정되기라도 한 것처럼 보도하는 것이 대세를 이루었다.

도피한 것은 뒤가 켕기기 때문이다. 뭔가 나쁜 짓을 했기 때문이다, 라고 한다면, 물론 이시다한테는 뒤가 켕기는 점이 있었다. 이시다가 도피한 2일 밤부터 꼭 하루가 지난 3일 밤, 수사본부는 웨스트타워 엘리베이터 내의 감시카메라에 찍혀 있는 '수상한 중년남성'이 이시다 나오즈미라고 거의 단정하기에 이른다. 또 2025호 현관문 안쪽에 성인남성의 오른손 손가락 지문이 매우 선명하게 남아 있고, 이것이 이시다 가에 있던 그의 소지품이나 일용품에 남아 있던 지문과 일치한다는 것도 확인되었다.

사건 현장에서 검출되는 지문은 여러 개가 뒤죽박죽 섞여 있거나 새 지문이 오래된 지문 위에 겹쳐 있어 판별이나 식별이 어려운 경우가 많다. 여러 사람이 거주하는 집에서 사건이 일어난 경우는 더욱 그렇다. 이런 것들은 대개 '잠재지문'이라 불리는 것들이다.

2025호에서 발견된 이시다의 지문은 그런 것하고는 조금 달랐고, 흔치 않은 경우였다. 선명한 정도가 아니라 마치 문 안쪽에 오른손 손바닥 전체를 찍어놓은 것처럼 다섯 손가락과 손바닥이 선명하게 남아 있었던 것이다. 따라서 판별이 쉬웠다. 이 자체는 애매한 점이 없는 사항이었고, 이는 엘리베이터 내 감시카메라 영상과 함께 크게 보도되기도 했다.

수사본부에서는 이시다의 이 손자국이, 그가 2025호에서 밖으로 나가려다가 현관에서 발이 걸려 넘어지려고 했거나 구두를 잘못 신어서 비틀거리다 문에 손을 짚고 몸을 지탱하면서 생겼을 거라고 생각했다. 어쨌거나 이로써 이시다가 사건 발생 당시 2025호에 있었다는 것은 거의 틀림이 없다고 단정하게 된 것이다.

훗날 이시다의 증언에 따르면, 그는 도망쳐 나올 때 문에 지문을 남겼다는 것, 엘리베이터 내 감시카메라에 찍혔다는 것 따위를 전혀 의식하지 못했다고 한다. 그럴 정도로 계산하고 있을 여유가 없었다고 했다. 따라서 그의 도망은, 이런 실수를 했구나, 저런 실수를 했구나, 내가 이러저러한 단서 때문에 의심을 사겠구나, 하는 식으로 구체적으로 검토하거나 반성한 다음에 선택한 길이 아니라, 감정적으로 쫓기는 와중에 선택한 것일 뿐이라고 보는 게 옳을 것이다.

그런데 엘리베이터 내 감시카메라에 찍힌 중년남성의 모습을 보면 양팔로 제 몸을 감싸고 등을 구부리고 있다. 복부나 팔, 혹은 옆구리 어디를 다친 것은 아닌가 짐작하게 하는 모습이다. 더구나 현관 앞과 엘리베이터 안에 혈흔이 남아 있었다. 그럼 6월 2일, 이시다 나오즈미는 부상을 당한 기색을 드러낸 적이 있었나?

당시는 이시다의 혈액형을 알 수 없어, 남아 있는 혈흔을 그의 혈액과 비교 감정할 수가 없었다. 따라서 참고로 삼을 만한 것은 이시다의 가족을 비롯하여 주변 사람들의 증언뿐이다. 만약 이시다가 보통 이상의 부상을 당했다면—엘리베이터 내의 혈흔은 상당한 출혈을 짐작하게 하는 것이었다. 도피 중에 병원에 들렀을 수도 있으므로, 이는 중요한 정보였던 것이다. 물론 만약 중상이라면 치료를 위해서라도 빨리 찾아내야 한다.

"지금도 그때 일들이 종종 꿈에 뵈는데, 내가 현장을 본 것도 아닌데 꿈에서는 늘 피가 흥건하게 흐르거든요. 그건 아마 아버지의 피일 거예요."

이시다의 아들 나오키는 이렇게 말한다. 6월 2일 밤 아버지가 경찰과 전화로 처음 접촉한 이후 종적을 감추었던 4달 동안, 할머니와 누이동생을 지키며 고군분투했던 이 청년은 사건 전날인 6월 1일이 마침 생일이어서 막 스무 살이 된 참이었다.

"2일 점심때 외출해서…… 여자친구랑 영화를 보러 갔어요. 그리고 쇼핑도 하고, 생일이라고 그녀가 한 턱 쏘았죠. 그리고 집에 돌아오니 벌써 열 시가 지났더군요."

집에 돌아오니 집 안에 낯선 사내들이 굳은 표정으로 앉아 있었다.

"현관문을 열자 할머니보다 먼저, 양복을 입은 건장한 남자들이 나와서 내 이름을 확인했습니다. 이때는 아버지가 무슨 사고를 당했나 보다, 생각했습니다."

그러나 사정을 듣고 보니 아무래도 상황이 이상했다. 교통사고는 아니었다.

"할머니는 주방에 있었는데, 얼굴이 하얗게 질려 있더군요. 할머니 얼굴에서 말 그대로 핏기가 싹 가신 것을 그때 처음 보았어요."

기누에는 나오키를 보자 구원병을 만난 것처럼 안도하는 기색이었다. 할머니의 설명은 얼른 알아듣기가 힘들었다. 나오키의 팔에 매달리다시피 하고서, 나오즈미가 어디로 가버렸다느니 많이 다쳤다느니, 경황없는 목소리로 말했다.

"아까도 말했다시피 나는 점심때 밖에 나갔고, 외출하기 전에도 뉴스를 주의 깊게 보지 않아서 반다루 센주기타 뉴시티 사건은 전혀 몰랐습니다. 만약 외출했다가 사건을 알았다면 바로 돌아왔겠지요. 아버지가 그 아파트 2025호 때문에 애를 태우고 있다는 것은 잘 알고 있었으니까요. 사실 나는 아파트 문제에 대해서 아버지에게 비판적이었어요."

할머니 기누에를 달래가면서 저간의 사정을 전해들은 나오키는 이번에는 자신의 온몸에서 핏기가 싹 사라지는 기분을 맛보았다. 한순간 발밑이 쑥쑥 꺼지는 느낌이 엄습해서 비틀거렸고, 언뜻 정신을 차리고 보니 옆에 있던 경관이 부축해주고 있었다.

"이 세상에 종말이 왔구나 하는 느낌이었습니다."

이시다 나오즈미는 보통 키에 보통 체구이며, 얼굴 윤곽은 단단한 인상을 풍기고 조금 엄격해 보이는 턱을 하고 있다. 아들 나오키는 죽은 엄마를 닮았다고 하는데, 나오즈미보다 머리 하나쯤 더 크고 얼굴이 길어서 조금 여성적인 인상을 풍기는 청년이다.

 아버지와 아버지가 겪은 사건에 대하여 말할 때 그는 종종 '무표정'이라고 해도 좋은 평이한 얼굴을 했다. 다만 온전한 '무표정'은 아니다. 눈동자가 흔들리고 손이 움직이고 발끝이 착지 장소를 찾는 것처럼 더듬거리고 고개를 조금 숙였다가는 올리고. 몸 전체로 어떤 감정을 표시하고 있다. 그의 '무표정'은 상반하거나 상승하는 감정들이 너무 많아서 한 가지 표정만 지을 수 없기 때문에, 아예 회로를 끊어버리고 이야기하고 있는 것인지도 모른다.

 "이 세상의 종말, 그래요, 그렇게밖에 느낄 수 없었어요. 이 아버지란 작자가 무슨 짓을 저지른 거야, 하는 생각이 들었습니다."

 이 말은 곧, 사건에 대해서 처음 듣는 순간, 나오키가 아버지를 의심했다는 것을 보여준다.

 그는 고개를 끄덕인다. 아주 단호한 태도다.

 "처음에 나는 내심 아버지를 의심했습니다. 아버지 짓이라고 단정했다고 해도 좋아요. 참 죄송한 일이지만…… 다만 당시 나는, 아까도 말했다시피 아버지에게 비판적이었습니다."

 나오키가 충격을 못 이기고 바닥에 주저앉아 있는데, 전화벨이 울렸다. 곁에 있던 경관들이 날카롭게 신경을 곤두세우는 것을 나오키는 분명히 느꼈다.

"내가 수화기를 들었습니다. 모두 나를 보고 있었어요. 나도 아버지한테 걸려왔을지도 모른다고 생각한 탓에 목이 꺽꺽해져서 목소리가 제대로 나오질 않았습니다."

그러나 나오즈미의 전화는 아니었다. 여동생 유카리였다.

"까맣게 잊고 있었지만, 사실은 그 애를 데리러 가기로 약속을 했었습니다."

고교 2년생인 유카리는 학교 취주악단에 속해 있었다. 활동이 활발하고 수준이 높기로 잘 알려진 이 클럽은 그만큼 지도도 엄격해서, 그날도 유카리는 일요일도 반납하고 자원자 몇 명과 함께 친구 집에 가서 특별연습에 열중했던 것이다.

"음악을 취미로 하고 있는 내 동생과 달리, 그 친구는 음악가를 꿈꾸는 여학생으로, 집에 방음 설비가 된 방까지 있어요. 그래서 전부터 일요일이면 그 친구네 집에서 마음 맞는 멤버 몇 명이 모여서 하루 종일 연습을 하는 일이 종종 있었습니다. 그럴 때는 대개 밤늦게 끝나기 때문에 유카리가 전화를 하면 내가 차를 몰고 데리러 갔습니다. 그날도 유카리는 내가 외출하기 전에 나갔어요. 나갈 때 동생은 나보고, 데이트에 정신이 팔려서 오늘 밤 나 데리러 오는 걸 잊으면 안 돼, 하고 다짐을 했었습니다."

친구네 집은 마이하마 역 근처로, 이시다의 집에서 차로 15분 정도 걸린다.

"유카리도 사건을 전혀 모르는 것 같았습니다. 한 친구를 집에 데려다주었으면 좋겠다고 해서…… 아무것도 모르는 덕분에 목소리가 밝았는데, 나는 왠지…… 목이 멘 것처럼 아무 말도 못했어요."

다만 자기를 쳐다보고 있는 경관들에게 '아버지가 아니다'라는 것을 알리려고 고개를 가로저어 보였다. 그래도 경관들이 뭘 묻는 표정을 짓고 있자, 수화기를 손바닥으로 막고,

"여동생이에요, 하고 말했습니다. 형사들은 벌써 할머니를 통해서 유카리가 친구네 집에 가 있다는 것은 알고 있었던 모양입니다. 우리도 한 사람이 동행할 테니, 함께 동생을 데리러 가자고 했습니다. 이런, 혼자 가기는 틀렸구나, 하고 생각했어요."

오빠, 누구랑 얘기하는 거야? 하며 유카리가 수화기 저편에서 의아해했다.

"조금 골치 아픈 일이 생겼는데, 너한테도 얘기를 해야 할 것 같다, 아무튼 당장 거기로 가겠다고 말하고 전화를 끊었습니다. 그때는 동생이 가엾기만 하고…… 아버지가 견딜 수 없을 정도로 미웠어요."

"너무 놀랐어요, 정말 쓰러지는 줄 알았어요."
하고 이시다 유카리는 말한다.
"전에도 종종 오빠가 데리러 와서 친구들도 다 부러워했고, 나도 조금 으쓱했어요. 그래서 그날 밤도 아무 생각 없이 평소처럼 기다리는데, 오빠가 낯선 아저씨랑 둘이서 차를 타고 왔는데, 얼굴이 딱딱하게 굳어 있더군요."

차분하고 부드러운 인상을 풍기는 오빠 나오키와 달리 유카리는 말도 조금 부산스러운 활달한 여고생이다. 단, 여기서 말하는 부산스럽다는 것은 좋은 의미로 하는 말이다. 변화무쌍한 표정, 한시도 가만있지 못하고 머리카락을 쓸어 올리고 볼을 만지고 스커트에서 보이지 않는 먼지를 털어내는 그녀의 몸짓은 아주 사랑스럽다. 낯선 사람 앞에서 '아버지' '할머니' '오빠'라고 해야 할 것을 종종 무심결에 '울 아빠' '울 할머니' '울 오빠'라고 말하고, 그때마다 수줍은 표정을 짓는다.

유카리 스스로도 자기가 '가족들에게 어리광을 부리며 자라서' 그다지 의젓하지는 못하다는 것을 알고 있는 것 같다. 그러나 일련의 사건을 겪어낸 지금도 그녀가 예전처럼 명랑함을 간직하고 있어서 왠지 안도감이 든다.

"차 안에 친구도 같이 타고 있어서 자세한 이야기는 하지 않았어요. 집에 돌아가 보니 울 할머니가, 아, 할머니가 울고 계셨어요. 그리고 2025호 사건에 대해서 전해 듣고, 아버지가 그 사건에 관계가 있는 것 같고, 지금 집을 나가 도피 중이라는 이야기를 들었어요."

오빠 나오키는 처음에 아버지를 의심했다고 했는데, 유카리는 어땠을까?

"아버지가 집에 돌아오지도 못하고 도망을 다닌다니, 정말 큰일 났다고 생각했어요. 하지만 나는…… 오빠처럼 화를 내면서 아빠를 미워하지는 않았어요. 뭐랄까…… 하지만 많이 불안했어요, 역시."

어쩌면 아버지가 살인을 했을지도 모른다는 불안감이었느냐고 묻자, 유카리는 잠시 손가락 끝을 쳐다보다가 작은 목소리로 대답했다.

"나는 살인이라는 것 자체를 상상할 수가 없었어요. 그것도 한 명이 아니라 네 명이잖아요? 무슨 소설이나 드라마 같았어요. 정말 그런 일이 일어났다니, 내 눈앞에서 본 것도 아니니, 우선 그것부터가 믿어지지 않았어요."

고개를 가만 갸웃한 다음 이렇게 덧붙였다.

"그때 제일 절실하게 느낀 것은 그런 아파트를 욕심내는 게 아니었다, 그걸 차지하려고 한 것이 잘못이었다는 거였어요."

이시다 나오즈미는 1950년, 시마네 현 마쓰에 시에서 태어났다. 마쓰에는 전통과자 제조가 활발한 곳인데, 이시다의 어머니 기누에도 작은 전통과자점 딸이었고, 아버지 나오타카는 그곳의 기술자였다. 말하자면 데릴사위였던 것이다. 이시다도 기누에의 친정집 성이다.

나오타카는 이웃 돗토리 현의 고기잡이를 하는 집안에서 태어났다. 여섯 형제 중 맏이인데, 중학교를 졸업하자 바로 고향을 떠나 여기저기 기숙하면서 일을 했다고 한다. 전통과자를 만드는 이시다과자점에서 마침내 기술자로 자리를 잡았고, 결혼할 당시 나오타카는 스물여덟 살, 기누에는 갓 스무 살이었다.

기누에는 당시를 이렇게 말한다.

"내 아버지도 본래 데릴사위였어요. 마쓰에의 이시다 집안은, 그걸 여계女系 가족이라고 하던가요? 딸만 낳고, 그 딸이 또 딸만 낳고. 그래서 내가 나오타카와 결혼해서 나오즈미를 낳자 일가친척들이 얼마나 기뻐했는지 몰라요."

대를 이을 자식으로서 축복을 받고 태어난 나오즈미는 일찌감치 자기 처지를 깨닫고 가게일도 보고 과자 제조도 돕는 영리한 아이였다고 한다.

"다만, 나중에 다 커서 보니 아주 평범한 체구이지만, 중학생 시절까지만 해도 워낙 조숙해서 근처 아이들보다 유난히 몸집이 컸어요. 그 큰 아이가 등을 구부리고 조그만 과자를 주무르고 있으니 친구들한테 놀림을 당하기도 했습니다."

기누에의 부모가 일흔 살을 전후해서 병으로 사망하자 가게는 나오타카·기누에 부부가 물려받게 된다. 그때는 나오즈미도 벌써 고교생이었고, 변함없이 열심히 가업을 돕고 있었다. 이시다과자점은 장사도 잘 되었으므로 대학 진학에 어려움은 없었지만, 나오즈미에게는 그럴 마음이 없었다. 어차피 가게를 물려받을 거니까 공부는 필요 없다는 생각에 고교 시절에는 오로지 운동만 했다고 한다. 수영부에서 활동하면서 현 대회에 평영선수로 출전하기도 했다.

나오즈미가 열일곱 살 나던 해 여름, 아버지 나오타카의 아버지, 즉 나오즈미의 할아버지가 사망하자 돗토리 현의 고향집에서 부고가 날아왔다. 고향에서는 나오타카 바로 밑의 동생이 집안을 잇고 있었다. 그 동생이 불쑥 전화를 해서 아버지가 갑자기 사망했다는 소식을 전한 것이다. 기누에가 차근차근 물어보니 벌써 반년쯤 전부터 입원해서 투병 중이었고, 그 소식은 나오타카한테도 가르쳐 주었다고 했다.

나오타카는 데릴사위라는 처지 때문에 아무래도 돗토리의 집하고는 연락을 뜸하게 하고 살았다. 기누에도 결혼 후 돗토리의 시댁을 방문한 것은 손으로 꼽아야 할 정도였다. 백중절이나 정월 같은 때 가끔 인사하러 들러도 그쪽 태도도 서먹서먹하고 마땅히 할 얘깃거리도 없어서 거북하기만 할 뿐이었다. 그래도 기누에는, 그거야 뭐, 아무럼 무슨 상관이냐, 하고 오히려 속편한 마음으로 지냈던 것인데, 그러나 만약 나오타카가 아버지가 죽을병으로 입원해 있다는 소식을 듣고서도 데릴사위라는 처지에 스스로 주눅이 들어 병문안도 삼갔던 것이라면, 그에게 너무 면목이 없다고 생각했다.

그러나 나오타카는, 그것은 공연한 걱정이라고 기누에를 달랬다.

"사위라고 해도 지금은 내가 이 가게의 주인이고, 이시다 집안 사람들의 눈도 예전처럼 고깝지는 않잖아. 돗토리 고향집에 가고 싶었다면 언제라도 갈 수 있었고, 아버지 병문안도 할 수 있었어. 가고 싶지 않으니까 가지 않았던 거야, 하고 말했어요."

기누에는 그때 처음 나오타카의 집안 사정을 듣게 되었다.

"여섯 형제인데, 그이만 배가 달랐다고 합니다. 그때까지 내가 나오타카의 어머니요 내 시어머니인 줄 알았던 분은, 나오타카를 낳은 분이 돗토리의 시댁을 나간 뒤에 새로 들어온 분이었다는 겁니다."

나오타카의 친어머니는 왜 돗토리 집을 나가버렸을까?

"그이가 자기 어머니는 돗토리 집에서 쫓겨났다는 말을 여러 번 해서, 차마 노골적으로 묻지 못하고 지내왔는데─결혼하고 이십 년이 지나도록 나한테도 얘기를 안 한 것을 보면 어지간히 말하기 싫었던 거겠지요─마음먹고 조심스럽게 물어보았습니다. 친어머니와 아버지가 사이가 나빴느냐고요. 그랬더니, 그게 아니다, 사실은 '아시이레콘'이었다고 하더군요."

'아시이레콘'이란 여성을 정식으로 며느리로 맞아들이기 전에, 이를테면 시험기간 동안 동거하게 해서, 시집에 잘 적응한다 싶으면 그대로 며느리로 삼고 적응하지 못하면 집으로 돌려보내는 풍습을 말한다. 요즘이라면 일부 여성단체가 입에 거품을 물고 분개할 법한 이 풍습이 1940년대까지도 분명히 우리나라에 존재했던 것이다.

"아시이레콘으로 들어왔지만, 시어머니와 맞지 않아 결국 돌려보냈답니다. 그런데 이미 뱃속에 아기가 있었고, 태어난 아기는 돗토리 집에서 찾아오고, 친어머니는 그 뒤 다른 집으로 시집을 갔다고 합니다."

그러므로 나는 어머니 얼굴을 본 적도 없고, 아버지한테도 제대로 사랑을 받은 기억이 없다고, 이시다 나오타카는 우울하게 말했다고 한다.

"여자는 삼계三界에 제 집이 없다(여자는 처녀 때는 부모를 따르고 결혼해서는 남편을 따르고 늙어서는 자식을 따르니, 평생 안주할 집을 가지지 못한다는 뜻─옮긴이)는 말도 있지만, 나는 사내로 태어나서도 삼계에 내 집이 없다고 말하더군요. 그래서 내가 그랬어요. 지금은 여기가 당신 집 아니냐. 웃더군요. 아니야, 이 집도 이시다 집안에서 빌려 쓰는 거나 마찬가지니까 역시 내 집은 없는 거야, 하고. 나는 왠지 그이가 야속하기도 하고 가엾기도 해서 아무 말도 못했어요."

결국 나오타카는 고향집의 아버지 장례식에 참석하지 않았다.

"당시 나오즈미는 왜 제 아버지가 장례식에 가지 않는지 이해할 수가 없어서 아버지한테 까닭을 물어봤대요. 그래서 아버지한테 저간의 사정을 듣고는 아버지의 아픔에 대해서 많이 생각했나 봐요. 마침 그때가, 뭐라고 합니까, 인생이랄지 삶의 의미 같은 것에 예민한 나이여서, 나오즈미도 나름대로 많은 생각을 했겠지요."

그로부터 얼마 후 나오즈미는, 과자 장사를 하지 않겠다, 집을 떠나 독립하고 싶다는 말을 꺼내서 나오타카와 기누에를 깜짝 놀라게 한다.

"우리는 너무 놀라서, 정말 가게를 물려받을 생각이 없냐고 물었습니다. 싫다는 걸 강요할 생각은 없었지만, 그래도 우리는 나오즈미가 어릴 때부터 가게를 물려받을 아이라고 믿어왔기 때문에, 애가 갑자기 왜 저러는지, 그저 당황스럽기만 했습니다."

나오즈미는 왜 갑자기 진로를 바꾸었는지, 그 이유를 자세히 말하려고 하지 않았다. 얼마 전부터 생각했던 거다, 취직해서 바깥세상으로 나가는 친구들이 부럽다고 띄엄띄엄 말할 뿐이었다.

"젊었으니까 대처로 나가고 싶었겠지요. 그 마음을 이해하지 못하는 것은 아니었으니까 무조건 안 된다고 말릴 생각은 없었습니다. 집단취직(1950년대 중반, 지방의 중고등학교 졸업자들이 지방관청 등이 전세 낸 열차를 타고 도시로 올라와서 집단적으로 취직하던 것을 말한다. 일본 경제가 고도성장기에 접어들 무렵, 값싼 노동력을 공급했다—옮긴이)을 하면 학교에서 번듯한 회사를 알선해주니까 걱정할 것도 없고요. 남편은, 사내아이라면 한때 집을 떠나보는 것도 좋을지 모른다는 말도 했습니다. 그래도 지금까지 해오던 얘기가 뒤집힌 것이 너무 실망스러워서 나는 나오즈미를 많이 타박했습니다."

그러나 아들의 결심은 변하지 않았다. 오히려 나오타카의 체념이 더 빨랐고 결국에는 기누에도 꺾였다. 언젠가는 돌아와라, 아마 돌아오고 싶어질 것이라는 말을 누누이 들려주고 나서야 부부는 나오즈미가 고향을 떠나 취직하는 것을 허락했다.

학교 측의 노력도 있어서 나오즈미한테는 몇 군데 괜찮은 취직자리가 주어졌다. 대부분 오사카나 고베에 있는 회사였고, 부모도 아들이 틀림없이 그쪽으로 갈 거라고 생각하고 있었는데, 정작 아들은 도쿄로 가겠다고 했다. 꼭 도쿄에 가고 싶다고 했다.

"그때 아들의 고집도 우리 부부로서는 정말 영문을 알 수 없었습니다. 왜 저럴까 하고…… 다만 남편은 뭔가 짚이는 것이 있었던 모양입니다. 아무것도 짐작하지 못하는 것은 나뿐이었습니다."

왜 이시다 나오즈미는 가업을 잇는다는 애초의 목표를 갑자기

버렸을까? 왜 굳이 물리적으로나 심정적으로나 가장 먼 도쿄로 눈을 돌렸을까? 나오타카는 그런 아들 마음을 어떻게 납득했다는 것일까?

기누에가 그런 속사정들을 나오즈미한테 직접 듣게 되기까지는 이십 수년을 더 기다려야 했다.

이리하여 이시다 나오즈미는 고교를 졸업한 직후 취직을 위해 상경하게 된다.

"내내 제과기술자가 될 생각이었기 때문에 다른 직업훈련은 받은 적이 없으니 나오즈미가 무엇을 할 수 있을지 걱정이었습니다."

취직할 기업은 도쿄 도 아라카와 구에 있었다. 닛폰염료주식회사. 1965년에 같은 업종의 주식회사 타이세이화학과 합병하여 '주식회사 니타이'가 되는 합성염료 제조회사다.

"아버지는 취직할 때부터 배송 부서에서 일했다고 합니다."

이시다 나오키는 어릴 때 아버지한테 회사 이야기를 듣는 것이 좋았다.

"초등학생 때는 다들 그렇지 않습니까? 아버지가 세상에서 제일 훌륭한 사람이라고 믿지요. 조금 더 자라면 아버지가 하는 업무의 내용까지 생각하게 되고, 예를 들어 소방대원이라면 굉장히 자랑스러워하고 일반 회사원이라면 조금 시시해한다든가 직업에 따라 감정이 달라져가지만, 대체로 열 살 때까지는 자기 아버지가 제일 대단한 사람이잖아요? 나도 그랬습니다."

배송부는 말단 부서 중에서도 자동화가 가장 어려운 부문이다. 들어오는 원재료든 내보내는 제품이든 취급할 때 조심해야 하는 위험물도 많고, 물건을 쌓아올리고, 헐어내고, 필요로 하는 부서에 보내고, 창고에 보관하는 등 어떤 작업이나 결국은 인력에 의지하는 수밖에 없다. 신규채용 사원이 가장 많이 배치되는 부서였다.

그 많은 배송부 신입사원 중에서도 이시다 나오즈미는 두드러진 존재였다. 일에 열심이고 공부도 열심이어서 선배들의 평도 좋았다. 운전면허를 비롯해서 다양한 자격시험에도 적극 도전하고, 회사 내 자격심사에도 합격했으며, 그런 시험공부에 필요한 보조금도 지원받았다.

스물두 살 때 대형면허를 취득해서 배송부 차량과로 이동했다. 이 부서에서는 탱크로리 운전 같은 일도 한다. 이송부문에서는 가장 좋은 자리고 핵심이라고 할 수 있는 곳이다.

"기댈 데도 없고 특기도 없이 집단취직으로 도쿄에 올라왔으니 오로지 노력에 노력을 거듭하는 수밖에 없는 인생이었죠. 덕분에 출세도 빨랐다고 합니다. 그런 애깁니다."

나오키는 마치 어린아이로 돌아간 듯한 얼굴로 환하게 웃는다.

"어릴 때 나는 그런 아버지가 정말 눈부시고 대단한 사람이라고 생각했습니다. 목가적인 시대였죠."

나오즈미는 마침내 차량부 상사의 소개로 맞선을 본다. 나중에 그의 아내가 되는 다나카 사치코는, 소개해준 상사의 먼 친척으로, 아라카와 구의 신용조합에 근무하고 있었다.

교제를 시작하고 두 달쯤 지나서 결혼하기로 결정했다. 나오즈미는 그제야 마쓰에에 계시는 부모에게 사치코에 대해서 알렸다.

"아, 결국 도쿄에서 가정을 꾸리나 보다, 이제 정말 마쓰에로 돌아오지 않을 생각인가 보구나, 하고 생각했습니다." 하고 기누에는 말한다.

그래도 나오타카와 기누에는 사치코의 됨됨이가 마음에 들어서 결혼 자체에 대해서는 크게 반겼다.

"좋은 며느릿감이라고 생각했습니다. 우리도 얼마나 기뻤는지 몰라요."

나오즈미는 결혼 후 회사의 독신자숙소를 나와 사택으로 들어갔다. 그러나 마침 그때 나오타카의 몸이 쇠약해지고, 마쓰에의 가게도 거의 남에게 맡긴 상태가 되고 있었다. 기누에는 이 사실을 나오즈미에게 말하지 않고 나오타카와 둘이 상의해서 대책을 생각하고 있었다.

"남편은 젊을 때부터 신장이 좋지 않았습니다. 그래서 병원도 몇 번 드나들었습니다. 그러다 나오즈미가 결혼한 직후, 역시 마음을 탁 놓아버린 탓인지, 투석을 받지 않으면 안 될 정도로 나빠졌습니다. 아직 그럴 나이는 아닌데도 무슨 잔병에만 걸려도 금방 쇠약해졌습니다. 지금 생각하면, 나오즈미가 도쿄에서 자리를 잡은 것에 안심도 하고 실망도 하지 않았나 싶어요. 나도 그랬으니까요."

결국 나오타카는 첫 손주 나오키의 얼굴도 보지 못하고 사망한다. 장례식 때 사치코는 임신 8개월이었다.

 나오즈미는 아버지의 타계로 커다란 비탄에 빠졌다. 기누에나 사치코가 위로해도 고집스럽다 싶을 정도로 울음을 그치지 않았다. 그리고 울음소리 사이사이로 "제가 못난 놈입니다." 하는 소리를 주문처럼 거듭 중얼거렸다. 왜 그런 소리를 하느냐고 달래도, 왜 그러냐고 물어도 고개를 가로저을 뿐이었다.

 기누에도 각오는 하고 있었지만, 이시다과자점을 물려받는 것에 대하여 나오즈미는 전혀 흥미를 보이지 않았다. 뿐만 아니라 어머니한테도 이시다과자점을 떠나 어서 도쿄로 올라오라고 권했다.

 그러나 기누에는 마쓰에를 떠날 마음이 없었다. 다만 현실적인 문제로 보자면 자기 혼자서는 이시다과자점을 꾸려나갈 수가 없었다.

 이시다과자점은 결국 이시다 가의 친척에게 맡겨지게 된다. 기누에는 신변잡화와 최종적으로 그녀에게 남은 얼마간의 예금만 들고 마쓰에 시내에다 작은 셋집을 얻었다. 그녀는 아직 건강해서 더 일할 수가 있었으므로 그 셋집에서 남편과 조상의 신주를 지키면서 다른 전통과자점에서 일하며 생활하고 있었다.

 "마쓰에 시내에는 전통과자집이 아주 많아서 제과 경험이 있으면 일자리는 쉽게 찾을 수 있었습니다."

 도쿄의 젊은 부부와 고향에 홀로 남은 어머니는 자주 연락을 주고받으면서도 저마다 바쁘게 살았다. 기누에는 종종 상경해서 며칠 묵으며 나오키의 재롱을 보는 것을 즐겼고, 남편을 여원 지금은 그것이 유일한 낙처럼 되었지만, 자식이 아무리 권해도 동거할 생각은 하지 않았다.

"사치코가 마음에 들지 않았던 것이 아닙니다." 하고 이 근면한 할머니는 쉴 새 없이 일해온 바짝 마른 두 손에 눈길을 떨어뜨리고 띄엄띄엄 말했다.

"다만 나오타카를 생각하면…… '삼계에 내 집이 없다.'는 말을 생각하면 너무 안쓰러워서."

도쿄의 나오즈미 집에 동거하면 실상이야 어떻든 남들 눈에는 역시 얹혀사는 꼴이 된다.

"나오타카는 위패가 되어서도, 역시 나는 식객 신세인가, 하고 한숨을 지을 것 같았어요. 그거야 나 혼자 생각이겠지만, 설사 셋집에 살더라도 그이 위패와 함께 있으면 그곳이 그이와 나의 집이 되는 것이니, 당신 아무한테도 기죽을 거 없어요, 하고 떳떳하게 말할 수 있을 것 같았어요. 그래서 마쓰에의 셋집을 떠날 수 없었던 겁니다."

그런데 그로부터 몇 년 지나기도 전에 기누에는 그런 마음을 접고 상경해서 나오즈미 들과 함께 살게 된다. 상황이 급변했기 때문이다.

"사치코가 그렇게 갑자기 세상을 등져서……."

나오즈미의 아내 이시다 사치코는 딸 유카리를 낳고 사흘 뒤에 사망했다. 지주막하출혈 때문이었다.

"사치코가 산달에 들자 이것저것 거들어줘야 할 일이 많을 것 같아서 내가 상경했습니다. 하필 그때 사돈 부인이 아파서 병원에 입원해 있었거든요…… 달리 도와줄 사람도 없었고요. 그러고 보니 사돈 부인도 사치코가 죽자 낙담을 한 탓인지 딸을 따라가듯이 돌아가셨습니다. 그때는 정말로 안 좋은 일만 계속 생겼어요."

이시다 나오즈미는 세 살배기 아들과 젖먹이 딸을 둔 홀아비가 되었다.

"이제 빼도 박도 못하게 되었지요. 그래서 나오타카의 위패를 안고 도쿄로 올라왔습니다. 그 뒤로 성묘 말고는 마쓰에에 들러본 적이 없습니다."

기누에와 같이 지내게 된 직후, 이시다 일가는 사택을 나와 아다치 구의 임대아파트로 옮겼다. 사택에서는 사원의 아내나 가족들 사이에 왕래가 잦아서 마음이 든든한 점도 있지만 스트레스도 많다. 안 그래도 대도시 생활에 익숙지 못한 기누에인데, 적어도 그런 스트레스에서 벗어나게 해주자는 나오즈미의 배려였다.

"그 아파트에서 한 삼사 년 살았습니다. 좋은 아파트여서 나도 만족했습니다. 가까이 작은 병원이 있어서, 그곳 소아과에 나오키랑 유카리를 데리고 자주 다녔지요. 아마 기무라 선생님이었을 겁니다. 여의사였지요.

나는 그렇게 그 아파트가 마음에 들었지만, 마침 그때…… 쇼와…… 오십칠 년, 팔 년이었나요? 니타이의 이전 얘기가 나온 겁니다. 나오즈미가 퇴근해서는, 회사가 멀리 이전한다고 하는데 어떻게 해야 할지 모르겠다고 하더군요. 같은 차량부 직원

중에는 운전사야 어디든 들어갈 수 있으니까 회사가 이전하면 그 기회에 그만두겠다는 사람이 많다고 해서 나오즈미도 고민하고 있었습니다."

합성염료회사 (주)니타이가 부지를 매각하여 이전하고, 그 터에 현재의 반다루 센주기타 뉴시티가 세워지게 되는 과정에 대해서는 '사건' 장에서 상세하게 설명했다. 매각 이전이 정식으로 결정된 것은 1984년이지만, 사내에서 풍문이 떠돌기 시작한 것은 그 전이었으므로 기누에의 기억은 틀림이 없다.

1983년이라면 1976년생인 나오키가 일곱 살, 세 살 터울인 유카리는 아직 네 살이다. 이제부터 아이들이 취학하면 갈수록 교육비도 많이 들 것을 생각하면서 이시다 나오즈미는 고민에 고민을 거듭했다.

"치바의 이치하라라는 곳으로 이전한다고 하는데, 그곳은 전부터 니타이의 공장이 있는 곳입니다. 아직 빈 땅도 많이 남아 있어서 그곳으로 옮긴다는 거였습니다. 땅이 넓어서 사택이나 공원 같은 것도 충분히 만들 수 있고, 학교도 새로 생기니까 안심하고 가족을 데리고 이주하면 된다고 했습니다. 설명회에서 그 이야기를 들으니 마음이 놓였습니다. 도쿄 같은 번잡한 곳보다는 치바가 낫겠다고 생각했으니까요. 그래서 나오즈미가 회사를 그만두겠다고 말할 때는 내가 크게 야단을 치면서 반대했습니다."

고교를 졸업하고 처음 부모 슬하를 떠나 집단취직을 위해 상경한 나오즈미를 어엿한 사회인으로 키워준 니타이라는 회사에 대하여, 기누에는 지금도 고풍스러운 고마움을 느끼고 있는 것 같다.

"취직해서 한 십 년쯤은 월급 줘가면서 공부를 시켰고, 십 년이 지나 이제 쓸 만한 일꾼이 되어서 이제야 회사가 그 동안 투자한 것을 뽑으려고 하는 참에 회사를 등지면 어떻게 하느냐, 그렇게 생각했지요."

이시다 나오즈미도 업무 내용이나 대우, 새로 이사할 곳 따위에 불만이 있었던 것은 아니다. 그러나 니타이 차량부의 직속 상사이며 사치코와 중매를 해준 사람이 회사 이전을 기회로 퇴직해서 독립할 계획을 세우고 나오즈미에게 도와달라고 부탁하고 있었던 것이다.

결국 이시다 나오즈미는 니타이를 퇴직하기는 하지만, 상사가 창업한 회사에도 가지 않고 상와통운의 계약사원이 되는데, 그간의 사정을 의외의 인물이 잘 알고 있었다. 니타이의 이전과 토지 매각 사정에 대해서도 밝았던, 당시 사카에쵸 촌장 아리요시 후사오다. 아리요시가 현지 상점가 '사카에 플라워로드'에서 음식점을 경영하고 있었다는 것은 앞에서도 말했시만, 그의 가게에 이시다가 상사와 함께 종종 왔었다는 것이다.

"그 2025호 사건이 일어나자, 이시다라는 사람이 수상하다고, 주간지 같은 데서 꽤 보도되었지요. 척 보니까 바로 기억이 나더군요. 그 사람이 바로 그 운전사 이시다 씨라는 걸 말입니다."

아리요시가 이시다의 얼굴과 됨됨이를 기억하고 있었다는 것은 금세 소문이 났고, 어디서 어떻게 일았는지, 한때는 매스컴

각사에서 여러 번 취재를 해갔다고 한다.

"기자들과 이야기하다가 기억이 나거나 분명히 알게 된 것들도 아주 많습니다. 이시다 씨가 우리 가게에 와서 그 상사, 아, 이름은 밝히면 곤란해요, 본인이 싫어할 겁니다. 이시다 씨와 알고 지내던 사이라는 게 알려지면 곤란하니까요. 당연히 그렇겠죠. 그런데 그 상사라는 사람이, 니타이가 이전한다는 풍문이 나돌기 얼마 전부터 종종 우리 가게에 와서 심각한 얼굴로 이야기를 하곤 했어요. 열심히 얘기하는 쪽은 상사였고, 이시다 씨는 잠자코 고개를 끄덕이며 듣고 있었지요. 나는 가게에서는 손님이 부르지 않는 한 공연히 대화에 끼어들거나 하지 않아서―카운터 손님은 다르지만―내용은 알 수 없었습니다. 다만 저 두 사람은 무슨 얘기를 저렇게 열심히 할까, 하는 생각은 했었어요. 하지만 기자가 이시다 씨의 경력을 조사하거나 회사 동료들을 취재하면서 알아낸 사실들을 나중에 전해 듣다 보니 그제야 납득이 가더군요. 아하, 그때 그 상사가 이시다 씨를 설득하려고 했던 것이었군, 하고 말이죠."

아리요시 후사오가 보기에 이시다는 썩 내키지 않는 모습이었다고 한다.

"딱 한 번, 애들이 아직 어려서 곤란하다는 말이 들려왔어요. 니타이는 큰 회사잖아요. 어린 자식이 딸린 몸인데, 굳이 대기업을 그만두고 예전 상사를 따라 신생 회사로 옮길 이유가 없지요. 이시다 씨가 상당히 곤혹스럽지 않았을까요?"

결과적으로 이때 이시다의 상사는 차량부에서 부하 몇 명을 빼내가는 형태로 독립하는데, 이것이 일종의 반항적인 행위로 문제가 되었다. 때문에 상사를 따라 나가지 않고 니타이에 남은 차량부원들도 처지가 거북해지지 않을 수 없었다.

"이시다 씨는 결국 그 와중에 사표를 냈다지요? 괜히 덤터기 쓴 겁니다."

상사가 니타이를 나가고 자신도 퇴사를 며칠 앞둔 어느 날, 이시다 나오즈미가 혼자 가게에 왔던 것을 아리요시는 기억하고 있다.

"집단취직으로 상경한 이래 계속 근무했던 회사이고, 이 가게도 자주 왔는데, 왠지 서글프네요. 주인장, 여기 한 잔 주세요, 하더군요. 물류회사에 취직하기로 정해졌는데, 그 회사가 하루미인지 시노노메인지에 본사가 있어서 치바의 우라야스로 이사 갈 거라고 하더군요."

참 정확하게도 기억한다 싶겠지만, 자세한 지명 같은 것은 "나중에 주간지 기사 같은 걸 읽고 여러 가지를 조합해서 기억해낸 것"이라고 한다.

"이 마을을 떠나는 것이 많이 섭섭하다고 했어요. 그때는 벌써 니타이 터에 커다란 아파트를 짓기로 결정되어 있었고, 우리는 그 정보를 알고 있었기 때문에 내가 이렇게 말해주었지요. 이시다 씨, 물류회사 운전사니까 마음만 먹으면 얼마든지 돈을 벌 수 있을 테니, 돈을 모아서 저 터에 들어설 아파트를 사서 이사 오면 되지 않느냐고. 그랬더니 그 사람, 그래요? 그런 대단한 아파트가 들어선답니까? 하고 꽤 감탄을 하더군요. 흥미를 보이는 표정이었어요."

아리요시는 자못 연설이라도 하듯이 말한다.

"그때 이시다 씨가 이랬습니다. 하지만 주인장, 외지 사람들이 그 고급아파트로 아무리 많이 이사를 와도 이곳 주민들은 상대해주지 않을 걸요? 이 지역에 도움이 되는 것은 역시 이 지역 사람들밖에 없다고 생각할 테니까요. 그래서 내가 그랬죠, 그렇지 않다, 이 가게에 들어오는 사람은 다 똑같은 손님이지, 외지인이 어딨고 토박이가 어딨냐고 말입니다. 그러자 그 사람은, 과연 그럴까요, 하고 웃더군요. 그런 고급아파트에 사는 부자들은 아무리 많이 모여도 서로 섞일 리가 없어요, 하더군요. 하지만 결국 그렇게 말했던 사람이 그 부자들 틈에 끼고 싶어서 그 아파트를 사려고 한 거 아닙니까?"

1986년부터 87년까지 아리요시 후사오의 가게 창문으로는, 반다루 센주기타 뉴시티의 철골 두 채가 짜여져 올라가는 모습이 잘 보였다고 한다.

"골조가 짜여져 올라가니까 여기서 보자면 점점 올려다보게 됩니다. 왠지 마땅치가 않다고 할까, 언짢더군요."

지금까지 알아본 바로는, 이시다 나오즈미가 건축 중인 반다루 센주기타 뉴시티를 구경하러 온 사실은 확인할 수 없었고, 또 이시다 가 사람들도 웨스트타워 2025호 건에 대해 안 것은 그것이 경매물건이 된 이후라고 증언하고 있다. 하지만 아리요시 후사오는 반다루 센주기타 뉴시티가 건축 중일 때 사카에 플라워로드에서 이시다 나오즈미를 본 적이 있다고 한다.

"거리에서 딱 마주쳐서 깜짝 놀랐어요. 덕분에 분명히 기억합니다. 어이구, 여긴 어쩐 일이냐고 물었더니, 대답은 않고 웃는 얼굴로, 엄청나게 커다란 건물이네요, 하더군요. 저것이 우리 가게 햇볕을 가려서 짜증난다고 농담을 했더니, 하하하, 왜 그러세요, 미안하게시리, 하더군요. 그때는 이시다 씨가 왜 미안하다는 거지? 하고 이상하게 생각했지만, 나중에 생각해보니 그때 벌써 그 아파트를 사기로 결심했었던 겁니다. 오매불망으로 집념을 불태우고 있었던 거죠. 하지만 그 때문에 그런 사건에 휘말려들었으니, 역시 한 가지에만 집착하면 안 좋은 모양입니다."

이시다 나오즈미는 니타이 터에 들어선 반다루 센주기타 뉴시티라는 아파트에 그때부터 그렇게 관심을 기울이고 있었다는 말인가.

이시다 가 사람들의 얘기로 알 수 있었던 그간의 사정은 아리요시 후사오가 기억하는 것하고는 상당한 차이가 있다. 우선 기누에는 이렇게 말한다.

"나오즈미는 니타이에서 상와통운으로 직장을 바꾸면서 급료가 상당히 좋아졌습니다. 니타이는 월급제였지만 상와는 계약직에 성과급이어서 일하면 일한 만큼 돈을 벌 수 있었으니까요. 그래서 나오즈미도 큰 맘 먹고, 대출을 받으면 되니까 집을 사자고 말했습니다. 그래서 아이들을 데리고 사이타마나 치바 변두리의 분양지를 몇 군데 보러 다녔습니다."

이것은 나오키도 기억하고 있다.

"한번은 내가 개를 키웠으면 좋겠다고 했어요. 세인트버나드 같은 대형견을. 아버지는, 그러려면 마당이 필요하다고 했어요. 그래서 우리가 구경하고 다닌 것은 분양용 단독주택들뿐이었어요. 아파트는 생각하지 않았어요, 그때는, 전혀."

상와통운에서 이시다와 같이 일하던 동료는 이런 이야기를 기억해냈다.

"이시다 씨가 우리 회사에 들어온 지 반년쯤 지났을 때, 한번은 술자리에서, 이제 내 집을 마련하고 싶어서 물색 중이라는 이야기가 나왔어요. 그래서 내가, 친척 중에 주택회사 직원이 있는데, 그 회사에서 주택 매매도 중개하고 주문주택도 지어준다, 거기에 부탁해봐라, 하고 소개해 주었어요. 그래서 두어 번 만나 이야기했나? 하지만 결국은 진행되지 않았어요. 나중에 이시다 씨가 나한테 미안하다고 사과를 했어요. 그 주택회사는 대기업이라 그런지 가격이 높아서 안 되겠다고 하더군요."

당시 이시다 가의 내 집 마련 욕구는 아무래도 단독주택으로만 쏠리고 있었던 것 같다.

"역시 마당 있는 집이 좋다고 얘기하는 걸 직접 들은 적이 있습니다."

그러나 사카에 플라워로드의 아리요시 후사오는 반다루 센주기타 뉴시티 건설 당시 이시다 나오즈미와 우연히 만났을 때, 분명히 앞서 말한 대화를 나누었다는 주장을 굽히지 않았다.

"이제 와서 가족이나 본인이 사실을 솔직하게 말할 리가 없잖아요. 전부터 그 아파트를 갖고 싶어했다고 말하기가 볼썽사납지 않겠습니까. 진실은 아는 사람만 아는 겁니다. 누가 뭐래도 나는 그때 이시다 씨를 만났으니까요. 이것은 사실입니다."

아리요시가 말하는 대로 진실은 아는 사람만 아는 것인지도 모른다. 그럼 이시다 가가 단독주택을 열망하면서도 당시 끝내 집을 사지 않은 이유는 무엇일까?

실제적인 문제로, 니타이에서 상와통운으로 옮길 당시, 바라던 대로 '마당 있는' 집을 사서 자리를 잡았다면, 십 년 뒤 이시다 가가 반다루 센주기타 뉴시티 웨스트타워 2025호 사건에 말려드는 일은 없었을 것이다.

"정말이지 지금 생각하면 그때 집을 사두었으면 좋았을 걸 그랬습니다. 사기로 작정했었는데. 하지만 마침 그때……"

그 사건이 일어났어요, 하고 이시다 기누에는 말했다.

"어디였더라, 가나카와 현의…… 오오후나였나요, 아쓰기였나요. 강도사건이 있었어요. 아내와 딸을 집에 두고 남편 혼자 지방에 내려가 살면서 직장에 다닌다는 집인데, 아주 크고 좋은 단독주택이었답니다. 그런데 집을 비운 사이에 도둑이 들었고, 여자들만 있는 집이란 것을 알게 된 도둑이 그대로 강도로 돌변해서 결국 두 사람을 살해하고 말았지요."

기누에의 말을 근거로 조사를 해보니, 이는 1987년 8월 가나카와 현 후지사와 시에서 발생한 강도살인사건이었다. 체포된 범인은 빈집털이 상습범으로, 전과도 여러 개 있는데, 그때까지는 얌전한 수법을 썼지만, 이 사건에서는 더없이 흉악해져서 끝내 참상을 부르고 말았다. 당시 온 나라를 뒤흔든 사건이었다.

"나오즈미는 많이 두려워했어요. 집을 산다고 들떠 있지만, 아무래도 재고해보는 게 좋을 것 같다고 하더군요. 나는 밤새 집을 비울 때가 많고, 내가 없을 때는 집에 어머니와 두 아이밖에 없잖아요, 강도라도 들면 어쩌겠어요, 하더군요."

강도살인사건이 일어난 후지사와 시의 그 집이 시내의 번잡한 동네가 아니라 시 외곽의 신흥주택지였다는 것도 이시다 나오즈미의 마음에 걸렸다고 한다.

"당시 우리가 열심히 돌아보고 다니던 집도 다 그렇게 새로 개발된 곳이었습니다. 대지도 넓고 집들도 빽빽하게 들어서지 않은 것은 마음에 들지만, 그런 사건을 당해서 소리를 질러도 아무도 도와주러 오지 않을 거라고 걱정을 했어요."

후지사와 시의 그 사건에서도 이웃 사람들은 도와달라는 모녀의 비명을 듣고도 바로 경찰에 신고하시 않았다는 것이 문제시되었다. 신흥주택지의 소원한 이웃 관계도 살인사건의 먼 원인이라는 평가도 나왔다.

"사치코가 죽은 뒤, 나오즈미에게 두 아이는 정말 제 목숨보다 소중한 존재였으니까, 그런 점에서 마음이 소심해졌다고 할까, 겁을 낸 것이지요. 강도사건 이후, 마당 있는 집은 안 되겠다, 포기하자, 하고 갑자기 열기가 식어버린 겁니다."

대부분의 일반 서민에게 내 집 마련이란 평생 한 번 겪는 일이다. 따라서 어떤 이유로 타이밍을 놓치면 좀처럼 다시 기회를 만들지 못하기도 한다.

이시다 가의 경우가 바로 그랬다. 분양주택이나 분양택지를 열심히 구경하고 다녔지만, 일단 열기가 식어버리자 문득 피로감이 몰려서 중도 포기하는 모습이 되고 말았다는 것이다.

"당시는 우라야스의 아파트에 살고 있었는데, 좋은 주인을 만나 살기가 편하고 장보기도 편하고 애들 학교도 가까워서, 어차피 단독주택이 안 된다면 굳이 무리해서 아파트를 사지 말고 계속 여기 살아도 좋지 않으냐, 아파트는 어딜 가나 다 콘크리트 상자 아니냐, 하고 생각하게 되었지요."

이시다 기누에는 재미있다는 듯이 웃었다.

"당분간 새 집으로 이사할 일은 없다, 계속 여기 산다고 결정하자, 유카리가 나한테 다가와서 하는 말이, 할머니, 유카리는 이사하지 않게 되어서 좋아요, 하더군요. 왜 그러냐고 묻자, 여기가 디즈니랜드가 가깝지 않느냐는 거예요. 아이들 마음이 그렇구나, 싶은 것이 우스웠어요."

집을 사려면 물론 신중한 계획과 자금 조달이 꼭 필요한데, 거기에 배짱도 있어야 한다고 기누에는 말한다.

"우리는 그때 일단 배짱을 잃었고, 그 뒤로는 나오키와 유카리가 쑥쑥 커서 학비도 더 들게 되니까 이제는 새집 마련에 신경 쓸 겨를이 없었습니다. 그래서 나오키가 대학에 들어가서 겨우 한숨 돌릴 만하니까, 나오즈미가 다시 내 집 마련을 생각하기 시작한 거예요. 그때 나는 새삼스레 무슨 내 집 마련이냐는 생각도 했습니다."

처음 내 집을 마련한다고 들떴던 뒤로 십수 년, 이시다 나오즈미가 다시 집을 물색하기 시작할 당시의 상황에 대하여는, 앞으로 기누에 대신 아들 나오키의 이야기를 듣기로 하겠다. 왜냐하면 나오키가 "아버지가 죽자 사자 집을 사야겠다고 생각하게 된 계기를 만든 것은 나였으니까요."라고 말했기 때문이다.

아버지와 아들

　이시다 나오키는 현재 치바 현에 있는 사립 도요공과대학에서 건축공학을 공부하고 있다. 거의 무명에 가까운 대학이지만 본인 스스로 제1지망으로 선택한 곳이다.
　"고교 담임선생님에게 나는 건축가가 되고 싶다고 일찍부터 말씀드렸습니다. 담임선생님은, 그렇다면 길은 여러 가지 있다, 대학에서 건축의 건자도 공부하지 않아도 학점만 좋으면 건설회사에 취직할 수 있고, 혹은 대학에 진학하지 않고 건축사무소에 취직해서 현장 경험을 쌓으면서 일급건축사 자격증을 따서 장차 독립하는 길도 있다고 조언해주셨죠. 중요한 것은 네가 어떤 건축가가 되려고 하느냐, 라는 거라고 하셨어요. 어떤 구체적인 꿈이나 미래상이 있느냐고 물으셨어요."
　나오키한테는 그게 있었다.
　"그 시절 사카키바라 선생—지금은 저의 시노교수인데, 당시는 조교수였어요—의 저서를 읽고 있었어요. 선생은 공공시설, 주로 관청이나 병원, 복지시설의 플래닝이 전공인데, 저서에는 현존하는 그런 많은 건물들이 그 안에서 생활하는 인간의 자연적인 생리나 심리를 전혀 고려하지 않고 지어지고 있다는 것, 그래서 많은 문제가 발생하고 있다는 것이, 고교생인 나도 알 수 있게끔 평이한 글로 씌어져 있었습니다. 그냥 그릇과 같은 것이라고만 생각했던 건물이, 그 안에서 살거나 일하는 인간의 내면에까지 영향을 미친다는 것을, 선생의 저서를 통해서 처음 알고 커다란 흥미를 느껴서, 이 선생의 강의를 듣고 싶다, 이 분한테 많은 것을 배우고 나도 선생처럼 훌륭한 건축가가 되고 싶다고 생각하게 된 겁니다."

실은 고교에서 진로지도가 시작되기 전에, 당시 사카키바라 조교수에게 직접 편지를 써서, 저서를 읽고 흥분하고 감동했다는 것과 선생 밑에서 공부하고 싶다는 희망을 전했다. 조교수는 자신이 주관하는 강연이나 세미나에 대해서 간결하지만 명쾌하게 설명한 답장을 보내서 나오키를 더욱 감동케 했다.

"우리 대학은 시험이 그리 까다롭지 않고 문턱도 그리 높지 않으니 정말로 공부할 마음이 있다면 열심히 공부해서 들어오라고 격려해 주셨습니다. 정말 기뻤죠."

나오키는 고교 성적이 매우 우수해서, 진로지도 담당교사 중에는 도요공과대보다 더 유명한 대학에 진학하라고 권하는 사람도 있었지만, 나오키는 전혀 흔들리지 않았다.

"도쿄대를 가라, 게이오대를 가라, 와세다대를 가라고 하는

데, 물론 다 좋은 대학이지만, 사카키바라 선생은 도요공과대에서만 강의하니까 나한테는 의미가 없지요."

나오키는 쿡, 웃음을 터뜨렸다.

"그렇게 고집스럽고 완고한 것도 사실 아버지를 똑 닮은 거예요."

서로 많이 닮은 옹고집 아버지와 아들은 나오키가 대학 진학에 대해서 생각하기 시작한 그때까지도 충돌다운 충돌을 해 본 적이 거의 없었다.

"특별히 사이가 좋은 것은 아닙니다. 하지만 다퉈본 적이 없었고, 내가 아버지를 무시한다든가 아버지가 내가 하는 일을 못마땅해 한다든가 하는 관계도 아니었어요. 친구네 집과 비교해 봐도 참 드문 경우인 것 같아요."

아버지와 자신의 관계를 구체적으로 이야기하기 시작하자 나오키는 아빠라는 호칭을 버리고 '아버지'라고 부르게 되었다. 그 점을 지적하자 얼굴에 또 웃음이 번진다.

"왠지 어린애 같아서 쑥스럽긴 한데, 지금까지 아버지를 아빠라고만 불렀어요. 아버지든 아버님이든 나한테는 다 어색한 말입니다. 지금도 조금 어색해요."

아빠라는 호칭에 길들어 있다는 것은 소위 반항기에도 나오즈미와 충돌한 적이 없었다는 것과 어떤 관련이 있지 않을까.

이 물음에 나오키는 잠시 고개를 약간 숙이고 생각했다. 아버지보다 어머니를 닮아 선이 가는 인상이지만, 옆모습에는 아버지의 그림자도 언뜻 비친다.

"아버지뿐만 아니라 할머니나 누이동생하고도 다툰 적이 거의 없어요. 이건 다들 인정할 거예요."

기누에도 유카리도 이 말을 뒷받침하는 이야기를 해주었다. 말이 나온 김에 덧붙이자면, 기누에는 손자의 이 부드러운 태도에 오히려 불안과 조심스러움을 느끼고 있었다고 한다. 식구들과 평화롭게 지내기 위해서 나오키가 너무 애를 쓰고 있는 것은 아닌가 하고 생각한 것이다.

"애를 쓰고 있었는지도 모르지요." 하고 나오키도 인정한다. "지금은 다르지만요. 예전에는 나도 의식하지 못하는 사이에 나를 억제하며 식구들을 모두 환하게 웃게 하려고 처신했던 것 같습니다."

왜 그랬을까?

"죽는 것이 싫었으니까요." 하고 나오키는 짧게 대답했다.

"나는 일찍 엄마를 잃었어요. 그 영향이 컸습니다. 세 살 때였으니까요. 그때는 영문을 알 수 없었어요. 죽는다는 것이 어떤 것인지도 몰랐어요. 그저 갑자기 엄마가 어디로 가버려서 다시는 돌아오지 않는다, 그것이 죽는다는 것이구나, 점차 그렇게 이해하게 되었던 것 같습니다."

팔짱을 끼고 조금 웃는 얼굴로,

"내 여자친구가 심리학을 공부하고 있는데, 그 친구 말에 따르면 분명히 나한테는 가족뿐만 아니라 타인과 충돌하는 것을 최대한 피하려고 하는 경향이 있다고 합니다."

그리고 그것은 어린 시절 엄마를 여읜 충격에서 온 심리적 외상 때문이라는 것이다.

"나는 기억하지 못하지만, 세 살 때 나는 틀림없이 무슨 장난을 하거나 엄마 말을 듣지 않았거나 해서 엄마한테 꾸중을 들었을 겁니다. 그러다가 어머니가 갑자기 모습을 감추더니 집에 돌아오지 않는 거예요. 세 살이던 나는 내가 엄마 말을 듣지 않아서 엄마가 없어지고 만 거라고 생각했고, 그 생각이 무의식에 자리잡게 된 거라고 그녀는 분석하더군요. 그런 생각이 내부에 단단히 뿌리를 내려 사라지지 않았다. 그래서 지금도 타인과 충돌하지 않으려고 한다. 충돌하면 틀림없이 그 사람이 자취를 감추고 다시는 돌아오지 않을 거라고 생각한다는 거죠."

어떻습니까? 하고 웃는다.

"아무튼 나는 가족 누구하고도 크게 싸우거나 심각한 갈등을 빚은 적이 없어요. 그래서 대학 진학을 놓고 처음으로 아버지와 의견이 갈렸을 때도 처음에는 크게 다투게 될 줄은 전혀 몰랐어요. 더 정확히 말하면 아버지와 어떻게 다투는 것인지도 몰랐으니까, 막상 싸움에 들어가도 이것이 싸우는 거다, 아버지와 나는 지금 심각하게 대립하고 있는 거라는 자각이 없었던 거죠."

이시다 나오즈미는 진로지도 교사들이 권하는 유명대학에 진학할 것을 고집했다고 한다.

"모처럼 온 기회인데 너는 왜 그걸 빤히 보면서 놓쳐버리느냐고 화를 벌컥 냈습니다. 도요공과대를 누가 알아주겠느냐, 게다가 사립이라 학비도 비싼데 굳이 그런 데 가야겠느냐, 도쿄대에 들어가란 말이다, 하고 소리를 질렀습니다. 정말 깜짝 놀랐습니다."

생각하기도 싫은 일이라고 했다.

"어떻게 다투는 것인지 그 요령조차 모르는 두 사람이 처음으로 정면충돌을 한 거죠. 어느 쪽도 요령을 몰랐어요. 갈 데까지 가버리는 거죠. 아버지도 나한테 심한 말을 했지만, 나도 점점 오기가 뻗쳐서 아버지한테 심한 말을 했어요. 부자지간이 아니라면 다시는 화해할 수 없을 정도로 매도해버린 겁니다."

아버지한테 배반당한 기분도 느꼈다고 한다.

"어리석은 놈, 기왕에 진학할 거면 도쿄대를 가야지, 도쿄대가 최고야, 도요공과대는 똥통이야―아버지가 그런 가치관을 가지고 있을 줄은 몰랐어요. 조금 전에 내가 어릴 때부터 아버지를 존경했다고 했죠? 빈말이 아니라 정말 그랬습니다. 몸 하나로 우리랑 할머니를 부양해오셨으니까. 하지만 그런 아버지가 나한테 일류대 가라, 안 그러면 바보라는 식으로 말하는 것은, 뒤집어 말하면 아버지 스스로 자기 인생에 아무런 가치도 인정하지 않는다는 말 아닙니까? 학력도 짧고 지식도 짧은 평범한 운전사니까요."

무엇보다도 그것이 놀라웠다. 실망스럽기도 했다.

"그럼 아빠 인생은 뭔데? 아빠는 자긍심이 없는 거냐고 내가 추궁하듯이 묻자 아빠는, 누가 지금 내 얘기 하자고 그랬냐, 네 얘기나 하라고 또 소리를 쳤어요. 아빠의 그런 모습에서 마음이 나한테서 떠나버린 것이라고밖에 느낄 수 없었어요."

기누에가 두 사람을 달래려고 조심조심 끼어들려고 하자, 나오즈미는 기누에한테도 호통을 쳤다고 한다.

"지금 생각하면 아버지도 나랑 충돌하면서 평정심을 완전히 잃어버린 거예요. 낯선 말들이 오가다 보니 점점 감정이 격해져서 마음에도 없는 심한 말을 해버린 것이죠. 하지만 그때는 그런 걸 몰랐어요."

제삼자라면, 아버지 입장에서는 충분히 그렇게 말할 수 있다고 쉽게 말할 수 있을 것이다.

"내가 얼마나 고생해서 널 키웠는지 네가 알기나 하냐고 하더군요. 좋은 대학에 들어가고 좋은 회사에 취직해서 아빠를 기쁘게 해줄 마음이 요만큼도 없는 거냐? 남들한테 자랑할 만한 아들이 될 생각이 요만큼도 없는 거냐? 참 한심하다, 인정머리 없는 놈 같으니, 하면서."

나오키로서는 감정이 격해지지 않을 수 없었다.

"그렇게 생색낼 처지가 아니잖아, 하고 내가 반격했지요. 부모한테 그런 소리를 들으면 그렇게 반격하는 수밖에 없잖아요. 누가 낳아달라고 했냐, 아빠가 좋아서 낳은 거 아니냐, 그리고 내가 왜 아빠의 자랑거리가 되기 위해 내 인생을 엉뚱한 곳으로 바꿔야 하는 거냐, 말도 안 된다."

아아, 싫어요, 그때를 생각하면 지금도 어디 구멍이 있으면 숨고 싶은 심정이 됩니다, 하고 나오키는 몸을 움츠린다.

"일류대학, 일류대학 하는데, 아빠는 사람의 가치를 그런 걸로 판단하느냐, 그럼 아빠는, 사람은 누구나 나름대로 가치 있는 존재라고 생각하지 않는 거지? 아빠 자신과 회사 동료를 속으로는 계속 경멸해 왔겠네? 하찮은 인생, 하찮은 직장, 쓰레기 같은 자들이라고 생각하고 있었네? 참 딱한 사람이네, 내가 그랬습니다."

이시다 나오즈미는 분노로 얼굴이 하얗게 질려서 바르르 떨고 있었다고 한다.

"아버지는, 네 놈이 어느새 억지 부리는 데만 빠른 인간이 되었다고 했어요."

억지가 아니라고 나오키는 반발했다.

"아빠도 참 한심하다, 자기 삶에 긍지를 가지고 있지 않다, 그래서 아무것도 못했던 거다, 그래서 일개 운전사로 남은 거다, 아빠야말로 자기 자신한테도 세상에도 아무런 도움도 못 주면서 살아온 것 아니냐. 그 한을 자식한테 떠넘기는 것은 비열한 짓이다, 하고 대꾸했지요. 할머니는 그때 내 얼굴도 창백했다고 하더군요."

나오즈미는 더 버티지 못하고 집을 뛰쳐나갔다. 그리고 다음 날 아침까지 돌아오지 않았다.

"우리 집에서는 부자가 다투면 부모가 가출합니다. 이상하죠?" 하고 나오키는 웃었다.

역시 심한 다툼이었고, 서로 날카롭게 주고받은 말들이 머릿속에 메아리처럼 웅웅 울려서 나오키도 그날 밤에는 잠을 이루지 못했다고 한다.

"아침까지 방에 틀어박혀 있었어요. 하지만 아버지가 새벽에 지친 몸으로 돌아올 때는 금방 알았습니다. 하지만 내다보지도 않았고 인사도 하지 않았어요. 아버지와 나 사이는 이제 끝났다고 생각했습니다. 이것으로 부자지간의 연은 끊겼다고. 금방 그런 식으로 생각해버리는 구석이 있어요, 내 성격이."

아무리 강하게 반대해도 도요공과대 진학을 포기할 생각은 없었다. 나오즈미와 말다툼을 해서 오기가 발동한 상태였다. 그러나 현실적인 문제로서 학비나 생활비 등 나오키가 아버지한테 의존해야 할 부분이 산더미처럼 많았다.

"그때는 아버지와 이야기하는 것은 고사하고 눈길도 마주치고 싶지 않아서 오로지 할머니하고만 상의를 했는데……."

기누에한테는 크게 꾸중을 들었다.

"네 마음을 모르는 것은 아니지만, 부모한테 할 말이 있고 못할 말이 있다고, 사죄하라고요. 하지만 그래서는 내 마음이 편할 수가 없겠지요. 이제 됐다, 자꾸 그러면 누구한테도 말하지 않고 집을 나가버리겠다, 라는 소리까지 했습니다. 그러자 이번에는 할머니가 울기 시작했어요."

이런 상태로 집을 나가면 다시는 돌아올 수 없게 될 거라고 나오키를 달래고 또 달랬다고 한다.

"내가 병이 들어 드러누워도 문병도 못 온다, 죽어서 장례를 치러도 참석하지 못한다, 그럼 차마 죽지도 못한다고. 할머니는 어머니 대신 나를 키워준 분인데, 거참, 약한 구석을 찌르고 들어온 거죠."

결국 기누에는 이시다 가의 정전감시단 역할을 맡게 되어, 나오즈미와 나오키의 중간에 서서 양자의 얘기를 중개해주고 조정해주었다.

"솔직히 말해서, 죽어라 아르바이트를 뛰어도 나 혼자서는 사립대학 등록금과 생활비를 벌 수가 없어요. 하지만 잔뜩 오기가 뻗친 때라 아버지 신세는 지고 싶지 않았어요. 그래서 이렇게 제안했지요. 내가 학교 졸업하고 취직할 때까지 등록금을 꿔달라고. 나중에 반드시 갚겠다고. 그리고 혼자 자취할 돈은 스스로 일해서 어떻게든 해결할 생각이었습니다."

그러자 나오즈미는 이렇게 응했다.

"등록금은 빌려주겠지만, 다만 한 가지 조건이 있다. 집을 나가지는 말라는 거였어요. 너한테는 할머니도 있고 누이동생도 있다. 그 가족들에 대한 책임을 내던지고 혼자 살겠다는 것은 말도 안 된다는 겁니다."

기누에도 눈물로 매달렸다.

"아빠는 책임이니 뭐니 말하지만, 요컨대 집에 있었으면 좋겠다는 겁니다. 다만 체면 때문에 그걸 솔직하게 말할 수 없으니까 그런 식으로 에둘러 말한 거죠……."

쓴웃음을 지으며 이시다 나오키는 머리를 긁적인다.

"진로 문제로 다투기 전에는, 대학에 입학하면 통학이 번거로울 테니 기숙사에 들어가자고 생각하고 있었습니다. 그런 형태로 가족으로부터 독립하는 방법도 생각하고 있었죠. 그런데 일이 그렇게 터지는 바람에 그런 계획이 다 어그러지고 오히려 집에 붙들리고 말았어요."

나오즈미와 크게 다투기 전부터 가족을 떠나 독립할 생각을 하고 있었다는 것이다. 왜 그런 생각을 했을까?

그 질문에 나오키는 웃었다.

"음…… 특별한 이유는 없습니다. 이제 독립해도 좋은 때라고 생각했을 뿐이지요."

식사 따위를 생각하면 특히 남자한테는 가족과 함께 생활하는 것이 편하지 않은가?

"그야 물론 그렇지만, 생활이란 게 그런 것만은 아니잖아요."

그렇게 대답하고 나오키는 고개를 살짝 가로저었다.

"글쎄, 너무 듣기 좋게만 대답했군요……." 하고 작은 소리로 말했다. "사실은 할머니나 아버지한테 신경 쓰면서 사는 데 지쳤다는 점도 있었어요."

이건 또 무슨 말일까? 좀 더 구체적으로 물어보려고 했지만, 그보다 먼저 나오키가 이내 도리질을 하며 당황한 말투로 말을 이었다.

"아뇨, 나만 신경 쓰면서 살아온 것은 아닙니다. 모두가 서로에게 신경 쓰면서 살았지요. 그런 것에 지쳤다는 뜻입니다."

이시다 가 사람들은 서로에게 어떤 신경을 씨야만 했을까?

"그것은…… 역시 우리는 조금 변형된 가족이잖아요. 엄마가 없어서 할머니는 할머니인 동시에 주부였어요."

결손감이 있었다는 말일까?

"아뇨…… 결손이라고 말한다면 큰 오차가 생기고 만다고 봅니다. 그게 아니라…… 뭐라고 할까……."

말을 찾으면서 곤혹스러운 듯이 눈을 껌빡였다.

"이 이야기는 할머니하고도 얘기한 적이 있어요. 아버지와 내가 크게 다툰 뒤, 할머니가 중간에서 수습하려고 애쓰실 때였죠. 사이좋은 부자지간이라고 생각했는데, 왜 이렇게 되었을까, 하고 말씀하셔서 내가 사죄를 했어요. 할머니가 우리 때문에 고생만 한다고 하면서. 그러자 할머니가 정말 낙담한 얼굴로, 역시 나는 너희 엄마를 대신할 수 없는 모양이구나, 하셨어요. 이리저리 무리를 해가면서 꿰매 왔는데 이런 식으로 뜯어져 버리는구나, 하시면서."

나오키는 기누에가 무슨 말을 하는지 알아듣지 못했다고 한다.

"무리를 해가면서 꿰매 왔다는 둥 그것이 뜯어졌다는 둥…… 나는 할머니한테 감사하는 마음뿐 불만을 품은 적이 없는데, 그런 말을 들으니까 오히려 불안해졌어요. 나나 유카리의 태도가 우리도 모르게 할머니한테 상처를 주고 있었나, 하는 생각이 들었습니다."

그런 게 아니라고 기누에는 말했다.

"그게 아니라고 했어요. 다만 엄마가 죽은 직후에는 내가 여기 있는 것이 옳았지만, 몇 년이 지나서 조금 안정되었을 때는 내가 마쓰에로 돌아가는 것이 좋았다는 것입니다. 공연히 나 때문에 이 집이 이상하게 안정이 되었다, 그래서 나오즈미도 재혼하지 않았고, 너희도 새엄마를 원하는 마음이 생기지 못했다, 그것은 역시 예사로운 문제가 아니라는 것이지요."

아빠, 엄마, 자식이 다 있어야 비로소 가정이라고 기누에는 말했다. 할머니가 대신할 수 없는 거라고. 그것이 내내 꺼림칙했지만, 그렇다고 지금 새삼 이 집을 나가서 외톨이로 돌아가는 것도 견딜 수 없을 것 같고, 그래서 모르는 척 버티고 있었다고.

"놀랐어요. 정말로 큰 충격을 받았어요."

당시의 감정을 재현하려는 듯이 이시다 나오키는 두 손으로 얼굴을 가렸다. 잠시 그대로 있다가 손가락 사이로 말했다.

"할머니가 이 집에 버티고 있다고 느끼고 있었다니, 그런 건 상상해본 적도 없어요. 나는, 나와 유카리는, 역시 엄마가 없어서 많은 불편을 겪어왔습니다. 역시 세대차가 있어서 할머니한테 아무리 설명해도 이해시키기 힘든 점이 있어요. 수업참관일이나 소풍이나 운동회에 할머니가 오는 것이 너무 창피했던 시절도 있었습니다. 하지만 철이 들면서 우리 오누이는 종종 이야기했어요. 할머니한테 불평불만을 하면 안 된다, 벌 받을 거다, 라고. 원래는 편안하게 은퇴 생활을 즐길 연세인데, 여전히 우리를 위해서 가사를 돌보시고 살림을 꾸리고 있다. 당신의 즐거움 같은 것은 하나도 없이. 그러니 감사는 못할망정 부족하다고 생각한 적은 없어요…… 아니, 솔직히 말하면, 부족하다고 느끼면 못쓴다고 생각했어요. 그런 할머니 입에서 버티고 있어서 미안하다는 말이 나온 거예요."

단숨에 거기까지 말하고 얼굴을 가리고 있던 손을 내리고 고개를 조금 숙였다.

"우리 가족은 서로에 대해서 아무것도 몰랐어요. 그냥 같이 살고 있었을 뿐이죠. 나랑 아비지가 다투면서 그 사실이 드러나

버렸어요. 사실 그 다툼이 있고 나서 얼마 지나서였어요, 아버지가 이상하게 고압적인 모습으로, 애들아, 집을 사야겠다, 하고 말한 것도."

아들이 대학 입시를 앞두고 있어 앞으로 돈 쓸 곳이 첩첩이 쌓여 있는 것을 알면서도 불쑥 집을 사겠다고 선언한다. 이시다 나오즈미의 이 행동은 가족의 눈에도 이상하게 비쳤던 것이다.

이시다 유카리는, 아버지한테 집을 사겠다는 말을 처음 들은 것은, 오빠 진학 문제로 두 사람이 크게 싸우고 그 후유증에 빠져 있을 때였다고 기억해낸다.

"그때 아빠랑 오빠는……"

'아버지'라고 고쳐 말하는 것이 번거로우면 편한 대로 말하라고 권하자, 그녀는 나이 치고는 어린 말투라도 열심히 이야기를 들려주었다.

"주방이나 세면실 같은 데서 얼굴을 마주쳐도 애써 눈길을 맞추지 않게 되었어요. 나는 두 사람이 다투는 자리에는 없어서 나중에 할머니한테 전해 들었지만, 그런 모습을 보니까 굉장히 심하게 싸웠다는 걸 짐작할 수 있었어요."

아들과 완강한 냉전에 들어간 아버지는 딸한테만은 속마음을 그대로 드러냈다.

"너무 냉랭한 분위기에 놀라서 내가 한번 물어봤습니다. 다투고 나서 사흘인가 나흘이 지났을 때인 것 같은데, 아빠, 이제 그만 화해하는 게 어때? 하고요. 그랬더니 화를 내는 건지 울상을 짓는 건지 알 수 없는 표정으로, 나오키는 아빠를 용서해줄 생각이 없는 것 같다고, 아무래도 화해는 힘들 거라고 말했어요."

나오키를 용서하지 않겠다는 말이 아니라 나오키가 용서해주지 않을 거라고 말했던 것이다.

"나는 그 아이한테 한심하기 짝이 없는 아빠였다고 푸념했습니다. 가끔 술에 취해도 푸념 같은 걸 해본 적이 없는 아빠였어요. 취하면 그냥 자버리죠. 그런 아빠가 그때는 맨정신인데도 주방에서 나랑 커피를 마시면서 자꾸 그 말만 되풀이했어요. 나는 못난 아빠다, 보고 배울 것이 하나도 없다, 너희한테 아무것도 해주지 못했다고."

유카리는 너무나 슬펐다.

"아무것도 해주지 못했다니, 전혀 그렇지 않다고 말했어요. 나는 우리 집이 좋아, 우리 집 식구여서 얼마나 다행인지 몰라, 하고 말했어요. 엄마가 없는 것은 슬프지만 할머니가 늘 곁에 있잖아. 이 집은 내 집이야. 밖에서 돌아오면 마음이 푸근해져, 아빠도 그렇지 않아? 하며 많은 말을 했어요."

생각해보면, 이시다 나오즈미가 자꾸 자신을 쓸모없는 사람이라고 푸념한 것은, 그렇지 않다고 위로를 받고 싶었기 때문일 거라고 유카리는 말한다.

"꼭 아이 같아요. 하지만 오빠와 처음 싸우고 깊은 상처를 받은 탓인 것 같아서 나는 웃거나 하지는 않았어요."

그런 딸에게 나오즈미는, 집? 집이 대수냐? 라고 말했다고 한다.

"아빠는 자신감이 사라졌다고 했어요…… 아들을 잘 알고 있다고 생각했는데, 아들은 아빠가 생각하는 그런 아들이 아니었다는 거죠. 그것도 아마 당신이 여러 가지를 잘못한 탓일 것이다, 그 아이는 틀림없이 아빠를 경멸하고 있을 거라고 했어요. 나오키가 이런 말을 하더라, 저런 말을 하더라, 하고 늘어놓으면서요."

그렇다면 가족이라고 할 수 없잖아, 가족이란 조금 더 따뜻한 거잖아, 하며 같은 말을 반복하는 아버지에게, 유카리는 비로소 조금 화가 났다.

"싸우다가 흥분해서 내뱉은 말에 아빠가 그렇게 연연하면 차라리 오빠가 불쌍하지 않느냐, 오빠가 그런 말을 했다면 아빠도 틀림없이 끔찍한 말을 퍼부었을 텐데, 그럼 피차일반 아니냐, 하고 내가 말했어요. 그랬더니 아빠가 눈물을 글썽이는 거예요. 정말 깜짝 놀랐어요."

유카리는 눈을 동그랗게 뜨고 심각한 표정을 짓는다.

"바보 같으니, 싸우고 있을 때니까 평소 말하지 못한 본심이 튀어나오는 거다, 그건 나오키의 본심이다, 라고 하면서 눈물을 글썽거렸어요."

술 취한 사람의 폭언을 놓고, 그것을 술기운에 마음에도 없는 말을 한 거라고 보느냐, 아니면 술기운을 빌어 본심을 드러낸 것이라고 보느냐, 하는 것과 마찬가지였다. 이야기만 길어질 뿐 답이 나올 리가 없다.

"나오키가 집을 나가겠다고 하더라, 하고 아빠가 말했어요. 이 말에 나는 또 놀랐는데, 그건 오빠가 독립하려고 한다고 해서가 아니라 아빠가 그것을 마치 배반당한 것처럼 느끼고 있었기 때문이에요. 나는 전부터 오빠가 대학에 들어가면 틀림없이 아파트나 하숙을 얻어서 혼자 생활할 거라고 짐작했어요. 그 문제를 오빠와 대화해본 적은 없지만, 그냥 오빠 태도로 알 수 있었거든요. 그리고 나도 장차 대학에 들어가면 혼자 살아보고 싶다는 생각을 했어요. 그런 동경심은 누구나 가지고 있을 거예요. 특별히 집에 불만이 있어서가 아니라, 역시 어른이 되려면 한번은 혼자 살아봐야 하는 것 아닐까, 하는 정도의 생각이었지요."

대학생이 되면 따로 나가 사는 것은 요즘 그리 드문 일이 아니고, 자식이 집을 나가는 것을 부모에 대한 배반이라고 보는 것은 지나친 것이라고, 유카리는 생각하고 있었다. 그래서 그 생각을 그대로 솔직하게 말했다.

"뭐 어때요. 오빠는 그런 뜻으로 집을 나가려고 하는 것은 아니에요. 배반 같은 게 아니라고요. 나도 대학에 들어가면 자립해보고 싶은 걸요, 하고 아주 가벼운 마음으로 말했는데, 아빠 얼굴이 갑자기 굳어져서 나도 하던 말을 중간에 멈추어버리고 말았어요."

너도 이 집을 나갈 생각이냐? 이시다 나오즈미는 굳은 얼굴로 그렇게 물었다.

"그냥 혼자 살아보고 싶은 것뿐이라고 당황해서 말했어요."

당시처럼 주눅 든 표정으로 유카리는 계속 말했다.

"우리 집이 싫다는 게 아니에요. 아빠가 너무 심각하게 생각하는 거예요, 라고 했죠. 이야기가 이상한 방향으로 흘러버린 것을 느끼고, 분위기를 바꾸려고 나 나름대로는 실없이 웃기도 하면서 애를 썼죠. 뭐, 어때, 우리 집은 예전에 할머니처럼 마쓰에에서 장사를 하는 것도 아니고 대단한 재산이 있어서 누가 그걸 물려받아야 하는 것도 아니니까 모두 자유롭잖아. 그러니까 우리가 원하는 대로 살게 해줘, 아빠, 아하하, 하고 말이죠. 하지만 아빠는 그 말이 너무나 아팠던 거예요."

유카리에게는 자신의 발언을 글로 옮긴 이 부분을 보여주고 미리 확인을 받아 두었다. 이시다 나오즈미에 대하여 딸 유카리는 이와 같은 발언을 했다. 기록한 그대로 말했던 것이다.

거두절미하고 보면 분명히 유카리는 아버지에게, 우리는 변변한 재산이 없다고 말했다. 하지만 부정적인 맥락에서, 혹은 비아냥거리거나 야유하는 맥락에서 한 말이 아니었다. 오히려 큰 재산이 있어서, 누구 하나가 인생의 선택폭을 좁혀서라도 그것을 지켜야 하는 것도 아니니 오빠나 나나 자유로워서 다행이다, 그러니 자유롭게 살 수 있게 해주면 좋겠다는 맥락이었던 것이다.

그러나 이시다 나오즈미는 다르게 받아들였다.

"그래, 아빠는 가진 재산이 없지, 하고 왠지 초점이 풀린 눈길로 말했어요."

그러니까 나오키도 아빠를 존경하지 않는 거야, 너희에게 무엇 하나 제대로 된 것을 주지 못한 아빠니까…….

유카리는 울고 싶어졌다.

"왜 그렇게만 받아들이는 거야, 제발 그만해, 이게 뭐야, 배배

꼬인 아저씨처럼."

아버지의 뜻밖의 비굴한 태도에 억장이 무너지는 것 같았다고 한다.

"그 뒤였어요. 아빠가, 그러냐? 그럼 재산을 만들어놓으면 되냐? 그런 문제였단 말이냐? 하고 생각하기 시작한 것은. 그래서 집을 사게 된 거예요."

집을 사다

 이렇게 기질이 닮은 아버지와 아들의 다툼 때문에, 제삼자가 보면 어느 쪽에나 동정해주고 싶어지는 부자간의 충돌 때문에, 그리고 딸의 악의 없는 말을 나오즈미가 정색을 하고 받아들인 탓에 이시다 가가 '내집 마련'에 나섰다는 것이다.
 "아버지도 욱해서 한 말이니까, 가만히 두면 곧 흥분이 가실 거라고 생각했는데, 그렇지도 않았던 거예요."
 이시다 나오즈미는 진지했다. 유카리와 말다툼을 하고 바로 다음날, 나오즈미는 야근을 마치고 귀가하자마자 바로 외출하겠다고 해서 기누에를 놀라게 했다.
 "잠도 한숨 안 자고 어딜 그렇게 서둘러 가느냐고 물었더니, 뭐라고 할까, 뭔가를 작정한 듯한 얼굴로, 부동산사무소를 두어 군데 돌아보고 오겠다고 했어요."
 그제야 기누에도 나오즈미의 생각을 알 수 있었다.

"집을 마련하는 거야 나쁜 일이 아니지만, 서둘러서 될 일이 아니잖아요."

기누에는 그렇게 말하고 잠깐 웃었다. 늙은 어머니의 웃음이다.

"나오즈미는 어릴 적부터 그런 성급한 구석이 있었어요."

약 한 달 동안 이시다 나오즈미는 열심히 부동산사무소를 돌아다녔다.

"아빠는 주택관련 잡지나 정보지를 잔뜩 사들여서 거실 구석에 있는 테이블 위에 쌓아놓았습니다. 업무차 돌아다니다가 분양주택지가 보이면 꼭 들러서 팸플릿을 받아오기도 하고요."

이시다 유카리는 구김살 없이 웃는다. 아직은 풋내 나는 웃음이다.

"그렇게 눈에 띄는 대로 걸어 오는 팸플릿 중에 분양주택이 아니라 공원묘지 팸플릿도 있었는데, 사람을 위한 묘지가 아니라 애완동물 묘지였어요. 청소할 때 할머니가 그걸 발견하고는 깜짝 놀라서, 요새는 개나 고양이도 묘지에 묻어주나? 하더군요. 그렇다고 하니까, 참 별일이구나, 했어요. 세상 돌아가는 걸 모르는 할머니가 어쩐지 사랑스러웠어요."

기누에는, 나는 죽으면 마쓰에에 있는 묘지에 들어가지만, 멀어서 성묘가 힘들 테니 절에 맡겨두면 된다. 영감이랑 둘이 있으니까 쓸쓸하지는 않을 테니까, 하고 말했다.

유카리는 애매하게 웃을 뿐 대답을 하지 않았다.

"그리고 할머니는 팸플릿이나 잡지를 정리하다가 가끔 한숨을 지으면서 말했어요."

 영감, 묘지 속에서도 식객으로 계시니 얼마나 마음고생이 많수, 내가 빨리 곁으로 가드려야 할 텐데, 가엾은 분 같으니.

 집을 사려고 열심히 부동산사무소를 돌아다니던 이시다 나오즈미가 어떤 계기로 경매물건으로 눈길을 돌리게 되었을까? 누가 조언을 한 것일까?

 물론 답을 알려면 본인에게 묻는 것이 가장 빠르고 정확할 것이다. 하지만 이시다 나오즈미는 이 건에 관하여 이야기하고 싶어하지 않는다.

 웨스트타워 2025호 사건을 겪으면서 자기가 마치 다른 사람이 된 기분이라고 그는 말한다. 당시의 일을 있는 그대로 말하는 데 거리낄 것은 없지만, 이 건에 관해서만큼은 말을 안 하는 것이 좋겠다고 했다. 적어도 자기 입으로는 말할 수 없다는 것이다.

 그래서 이시다 본인의 육성은 뒤로 미루고, 당시 그가 법원 경매물건에 대해서 조사하기 시작한 즈음, 가족이나 회사 동료 등 주변 사람들에게 어떤 말을 했는지를 살펴보자.

 흥미롭게도 이 점에 대해서는 사람마다 미묘한 차이가 있다. 먼저 가족부터 보자면, 이시다 나오키는,

 "너, 법원 경매물건이란 것을 아냐? 하고 밑도 끝도 없이 불쑥 물은 것이 처음이었어요. 나는 그게 무엇인지 몰랐을 뿐만 아니라 여전히 냉전 상태여서, 모른다고 무뚝뚝하게 대답했습니다. 그랬더니 조만간 깜짝 놀라게 해주겠다고 잔뜩 힘이 들어

간 표정으로 말했습니다."

 유카리한테는 조금 더 친절한 설명이 있었다.

 "부동산사무소를 통해서 사는 것보다 훨씬 싼 값에 좋은 집을 구입하는 방법이 있다고 말했어요. 나는 직장에서 소개해주나 보다 생각했어요. 그랬더니 아빠는 웃으면서, 그게 아니다, 비결이 있지, 법원을 통해서 사는 거야, 라고 했어요. 법원이라면 안심할 수 있겠네요, 하고 내가 말했어요. 관청이니까요."

 나오즈미는 유카리의 그런 반응에 꽤 만족스러웠던 모양이다.

 "지금 생각하면 그때 아빠도 불안했던 게 아닌가 싶어요. 법원 경매물건을 사려면 직접 뛰어다니면서 조사하고 공부해야 하잖아요? 그냥 부동산업자한테 맡겨두는 것보다는 수고가 들잖아요? 나는 그때 그런 것을 통 몰랐기 때문에 정말 바보처럼, 관청에서 알선해주나 보다, 참 잘 됐다, 하고 쉽게 생각했고, 그런 생각을 그대로 말한 거예요. 나의 그런 단순한 말을 듣고 아빠도 스스로를 안심시킨 거예요, 틀림없이. 그래, 유카리 말이 맞다, 관청에서 하는 일이니까 괜찮을 거다, 나는 틀림없이 잘할 수 있다, 라고."

 기누에에게 해준 설명은 간결했다.

 "법원을 통해서 집을 사기로 했다고 했습니다. 그게 언제였더라…… 사건이 일어나기 한참 전이었어요."

 법원을 통한다니, 그게 무슨 뜻이냐고 기누에가 물었다. 그러자 이시다는,

 "어머니한테 설명해봐야 어려워서 이해하지 못할 테니, 그냥

지켜보시면 된다고 했어요. 하지만 내가 아무리 배움이 없어도 법원이 집을 팔고 사는 것을 도와주는 곳이 아니라는 것은 알고 있었으니까, 너 혹시 이상한 이야기에 혹하는 것 아니냐, 하고 물었지요."

이시다는 화가 난 표정으로,

"이 세상에는 어머니 같은 사람이 알 수 없는 복잡한 방법이 따로 있다고 했습니다. 그렇게 복잡한 방법을 네가 알고 있다는 거냐? 하고 물으니, 암, 알고 있지요, 하더군요."

내집 마련이란 평생 한번 있을까 말까 하는 대사이고, 큰돈을 움직여야 하고 많은 빚도 짊어지게 되는 일이니, 섣부르게 벌일 일이 아니다, 하고 기누에는 어머니의 처지에서 타일렀다.

"그러다 만약 무슨 일이라도 생기면 어떻게 하니. 너는 서류 같은 것을 봐도 무슨 내용인지 모를 테니 나오키하고 상의하라고 일렀지요. 지금까지도 그렇게 해왔거든요. 임대아파트 계약이나 갱신 때도 나오즈미는 계약서를 읽어도 이해를 못하고 나도 통 모르고 해서 나오키가 거들어 주었거든요."

그러자 이시다 나오즈미는 나오키 따위가 뭘 알겠느냐고 소리를 질렀다고 한다.

"꼭 애들처럼 발끈하더군요. 그래도 그때 말렸더라면 나중에 그런 일에 말려드는 처지는 면할 수 있었으련만."

가족 앞에서 애써 위엄을 떠는 이시다 나오즈미의 모습에는 왠지 미소를 짓게 하는 점이 있다. 그러면 직장에서는 어땠을까?

상와통운 계약직 운전사는 법적으로는 말 그대로 정사원이 아니지만 그 대신 독립성이 보장된다. 그에게 업무를 나누고 지정해주는 관리자는 있지만, 샐러리맨 사회의 '상사' 같은 존재는 아니다. 계약직 사원은 독립자영업자나 마찬가지다.

다만 어느 세계나 그렇지만, 경력이 오랜 사람이 자연히 리더와 조정자 역할을 맡게 마련이다. 회사가 지정하지 않아도 그런 사람에게는 자연히 '상사'의 관록이 붙고, 부하 같은 태도를 취하는 젊은 계약직 운전사들도 생겨나게 마련이다.

상와통운의 하루미 터미널을 근거지로 삼고 있는 계약직 운전사들은 당시 모두 13명이었다. 이시다는 그 중에서 나이가 가장 많아 사실상 리더와 같았다. 조정자라고 해도 좋았다. 다른 운전사들은 이십대나 삼십대가 태반이라 이시다가 보자면 젊은이들뿐이었다. 운전 경력이 짧은 사람이 많아서 이시다는 많은 수고를 하면서 그들을 돌봐주었다고 한다.

"우리는 하루미 팀을 이시다반이라고 불렀어요. 이시다 씨 없이는 굴러가기 힘든 팀이었으니까요."

상와통운 하루미 창고의 일반물류관리실 출고담당부 스태프 팀장 다가미 다쓰오는 그렇게 말한다.

"직함이 꽤 길죠? 그래서 명함도 멋이 없어요. 별 거 아녜요, 짐을 내보내는 현장을 관리하는 담당자일 뿐이죠."

다가미는 이시다 나오즈미보다 꼭 열 살 연상이다. 야마가타 현 요네자와 시내에서 태어났고, 형이 가업을 물려받은 고향집은 요네자와산 쇠고기를 이용하는 스테이크하우스를 경영하고 있다.

"나는 중학교를 졸업하자마자 상경해서 처음에는 트랜지스터 라디오 조립공장에서 일했습니다. 그런데 일도 지루하고 급료도 낮고, 어린 나이라 놀고 싶은 마음이 간절해서 좀 더 화려한 일을 원했어요. 결국 여기저기 전전했지요. 서른 살 가까이 되어서야 겨우 대형트럭 운전사로 자리잡고 상와에서 계약직으로 일했습니다. 그러다 허리를 다쳤어요. 그래서 출고 업무로 바뀐 겁니다. 다시 채용시험을 치르고 정사원이 되기까지 4년이 걸렸습니다."

앞서 말했듯이 계약직 운전사는 젊은 사람이 대부분이다. 특히 상와처럼 계약직 운전사를 많이 쓰는 대기업에서는 그런 경향이 더 강하다고 다가미는 말한다.

"성과급이니까 돈벌이는 좋은 편입니다. 4, 5년 고생하면 목돈을 쥘 수 있고요. 돈이 좀 모이면 독립하려는 사람들이 많지요. 그래서 다들 열심히 일합니다. 다만 장기 근속하는 사람이 드물고, 업무를 놓고 음으로 양으로 경쟁도 심하고 알력도 있습니다. 이시다 팀도 그랬으니까 이시다 씨의 역할이 중요했지요. 나도 많은 도움을 받았고요."

하루미 창고 출고담당부 스태프 팀장으로는 또 한 사람이 있다. 가나이 아키라가 있다. 가나이는 이시다 나오즈미와 동년배로, 애초에 정사원으로 입사해서 사무직에서 창고로 부서가 바뀐 사람이다.

"가나이 씨는 냉동차 담당인데, 우리랑 근무 사이클이 같은 시간대를 선택했습니다. 거의 다 젊은 사람들이고 사십대, 오십대 아저씨는 단 세 사람이어서 비교적 사이좋게 어울렸습니다. 몬젠나카쵸나 쓰키시마 쪽에서 종종 술도 마셨습니다. 세 사람 중에서는 내가 술이 제일 약합니다. 이시다 씨는 그냥 보통이고, 가나이 씨가 좀 셌어요, 술부대라고 했을 정도니까요."

다가미와 가나이가 이시다의 내집 마련 계획에 대해서 처음 들은 것은 2025호 사건이 일어나기 2년 전인 1994년 봄이었다고 한다.

"왜 잘 기억하느냐 하면, 그날 축하해줄 일이 있었거든요. 이시다 씨의 아들 나오키가 대학에 합격했어요. 그래서 축하한다고 셋이서 술을 마시러 간 겁니다. 그때는 몬젠나카쵸의 술집이었나? 하나비시라는 괜찮은 가게가 있었지요."

자주 들렀던 술집이라고 한다.

"가정적인 요리가 좋고 분위기도 좋은 가게예요. 그날은 가나이 씨나 나나 기분이 좋아서, 이시다 씨를 데리고 가서 무엇이든 먹고 싶은 것을 한턱내겠다고 했습니다. 대학생 학부모가 되었으니 분발해야겠습니다, 사립대 등록금이 만만치 않으니까, 하면서 웃었지요."

가나이는 자식이 없다. 다가미는 결혼하고 바로 1남 1녀를 두었지만 아들이 여섯 살 때 병으로 죽었다.

"가나이 씨는, 역시 자식이 있으면 저렇게 키우는 재미가 있어서 좋다고 꽤 부러워했고, 나도 우리 죽은 아들놈이 생각나서, 이시다 씨 아들이 대학 입시를 치른다는 말을 듣고, 뭐 주제 넘은 생각이었지만, 내 딴엔 가슴을 꽤 졸였습니다. 그러니 희망하던 대학에 합격했다는 소식이 아주 기뻤지요."

나오키가 합격한 대학은 문제의 도요공과대이다. 따라서 이시다 나오즈미가 나오키의 합격을 축하하는 동료들의 인사를 순순히 받았을 것이라고 생각하기는 힘들다. 하지만 그런 사정을 설명하자 다가미는 의외라는 표정을 짓는다.

"네? 진학 문제로 다투었다고요? 암만해도 그렇게 보이지는 않던데요? 나오키는 이시다 씨의 자랑거리였는데, 아니, 지금도 그런 아들일 텐데요?"

아버지 체면 때문에 아들 앞에서는 그런 태도를 취했지만, 본심은 또 달랐던 이시다 나오즈미의 내면이 보이는 듯하다.

"이시다 씨는 아주 즐겁게 술을 마셨습니다. 일찍 아내를 여의고도 참 잘 키웠다고 우리가 얼마나 칭찬을 했다고요."

그 자리에서 나오즈미가, 실은 집을 장만할 생각이라는 말을 꺼냈다고 한다.

"나는 아내가 처가에서 집을 상속받은 덕분에, 뭐, 오래된 집이긴 하지만, 내 집 마련의 어려움은 겪어보지 못했어요. 하지만 가나이 씨는 융자를 끼고 집을 산 지 십 년쯤 된 처지라, 이시다 씨, 그거 아주 고달퍼요, 따님도 장차 대학에 진학할 것이고 결국 시집도 보내야 할 텐데요, 하는 이야기를 하더군요. 먹고 살기 팍팍한 세상에, 한 집안의 생계를 책임진 가장들이 모여서 골머리를 썩일 일이라면 돈 문제 말고 또 뭐가 있겠습니까."

이시다 나오즈미는, 전에도 집을 살까 계획한 적이 있어서 돈은 어느 정도 있다고 말했다고 한다.

"어쨌거나 집은 신중하게 고르는 것이 좋다고 했습니다. 마음에 안 든다고 물릴 수 있는 것도 아니니까요."

이시다는 고개를 끄덕이며 가만히 듣고 있었다고 한다. 다가미는 고개를 갸우뚱한다.

"그 자리에서는 법원 경매물건이니 뭐니 하는 얘기는 비치지도 않았어요. 이시다 씨는 어디에서 그런 정보를 알았을까?"

그 수수께끼는 가나이가 풀어주었다.

사무직 출신이라는 선입견 탓인지 다가미나 이시다 나오즈미보다 선이 가늘어 보이는 인물이다. 물류회사 직원이라기보다 교사 같은 분위기를 풍긴다.

"나오키의 합격을 축하하는 술자리를 가진 지 세 달쯤 지났을 때일 겁니다. 출고를 준비하는 빈 시간에 이시다 씨가 내 사무실에 왔어요. 할 얘기가 있다면서."

가나이 씨, 친척 분 중에 변호사가 계시다고 했지요? 하고 말을 꺼냈다고 한다.

"내 사촌이 나고야에서 변호사를 하고 있습니다. 언젠가 그 얘기를 했는데, 그걸 기억하고 있었나 봅니다. 하지만 이시다 씨의 기억은 정확하지 않아서, 사촌 사무실이 도쿄에 있다고 생각했었나 봅니다. 도쿄가 아니라 나고야라고 했더니 크게 실망하는 표정으로, 그럼 부탁드릴 수가 없겠군요, 도쿄와 나고야는 사정이 다를지도 모르니까, 하는 겁니다."

무슨 일이 있느냐고 가나이가 물었다.

"그러자 이시다 씨는, 상담이라기보다 뭣 좀 물어보고 싶은 것이 있어서 그런다고 하더군요. 무슨 일인지, 괜찮다면 나한테 말해줄 수 있느냐고 물었습니다. 왠지 걱정이 되어서요."

그러자 이시다는 이렇게 대답했다. 법원에서 경매를 통해서 부동산을 파는 제도가 있다는데, 그게 사실이냐고.

"나도 그것은 처음 듣는 거나 마찬가지여서, 무슨 일이냐고 되물었습니다. 그러자 이시다 씨는 보름쯤 전에 초등학교 동창을 만났다고 하더군요."

약 30년 만에 만난 예전 친구가 지금 꽤 잘나가는 모양이었다. 음식점을 몇 군데 경영하고 있다는 것이었다. 반가워서 이런저런 이야기를 나누다가 집 이야기가 나와서, 나도 집을 구입하려고 하는 참이라고 말하자, 그 친구는, 그렇다면 요즘은 당연히 법원 경매물건을 주목해야 한다, 시가보다 엄청 싸고 질 좋은 물건이 수두룩하다고 알려주더라는 것이다.

"흥미로운 이야기였지만 정말로 법원 경매라는 것이 있는지 어떤지 몰라서, 변호사라면 알고 있을 테니 가나이 씨한테 물어보자고 생각했다는 겁니다. 나도 모르는 이야기라서 일단 사촌 형에게 전화로 물어봐 주겠다고 했습니다."

앞서 말한 대로 법원의 부동산 경매는 물론 실시되고 있다. 이것은 사실이다. 가나이의 사촌형인 변호사는 그런 제도가 있다고 설명했지만, 자기는 그쪽을 잘 알지 못한다고 선을 그었다.

"제대로 된 전문가를 만나서 조언을 구한 뒤에 참가하는 것이 좋다고 했습니다."

가나이는 바로 이시다의 집으로 전화를 걸어 그런 내용을 전했다. 마침 집에 있던 이시다는 가나이의 충고를 고맙게 받아들였다.

"혹시 경매물건을 사기로 결심했다면 여러 가지를 잘 조사해서 신중하게 대책을 마련한 뒤에 구입해야 한다고 말했습니다. 그러나 사촌형은 경매에 밝은 변호사나 부동산업자를 찾는 것도 쉽지 않은 일이라고 했고, 운 좋게 찾아냈다고 해도 수수료를 지불해야 하잖아요?

아마추어는 공연한 짓 하지 않는 게 상책이다. 특히 우리는 법률이니 규제니 하는 어려운 것들하고는 인연이 먼 사람이니까, 얌전하게 보통 물건들을 돌아보고 집을 사는 것이 낫다고, 나도 안 해도 좋을 말을 했습니다."

가나이는 머리를 긁적이며 떨떠름한 표정을 짓는다.

"그런데 석연치 않은 것은 이시다 씨를 들쑤신―뭐, 들쑤셨다고 해도 좋겠지요. 경매물건을 잡으면 반드시 득을 본다는 식으로 말해주었다니까―그 동창인지 하는 사람입니다. 남들 하는 말을 곧이곧대로 믿어버리면 안 된다고, 이시다 씨한테 그런 말까지 했습니다. 동창이라고 하니 노골적으로 비난할 수는 없는 노릇이고요."

이시다 나오즈미는 웃으며, "그래요, 알았어요." 하고 말했다고 한다.

이시다 본인에게 확인해보니 변호사 건으로 가나이와 상의한 것은 사실이라고 인정했다. 그때 가나이에게 섣부르게 움직이지 말라는 충고를 들은 것도 분명히 기억하고 있었다.

그래도 가나이가 말하는 '얌전하게 보통 물건을 돌아보는' 자세로 물러설 수가 없었다고 한다.

"아빠는 오기를 부리고 있었던 거예요."

이시다 나오키는 그렇게 해석한다.

"어쩌면 법원 경매물건을 수월하게 구입하기가 어렵다는 충고를 듣고 오히려 더 의욕을 자극받았을 수도 있어요. 내 앞에서 아버지의 권위 같은 것을 과시하고 싶었을 것이고요."

이시다 유카리의 의견은 또 다르다.

"아빠는 너무 사람이 좋아서, 동창의 선전에 혹해서 마음이 완전히 그쪽으로 기운 거예요, 틀림없이."

그러면 이시다 기누에는 어떨까?

"돈이에요." 하고 노모는 단언한다. "벌써 여러 번 말씀드렸지만, 나오키를 사립대학에 보내면서 집을 사는 것은 역시 상당한 부담이 됩니다. 조금이라도 싸게 살 수 있다면 그것보다 더 좋은 일이 없었던 거지요. 나오즈미도 머릿속에 늘 그런 생각이 있었을 거라고 봐요, 나는."

이시다 나오즈미는, 세 사람의 의견은 전부 맞지만, 그러나 그것만은 아니라고 설명한다.

돈, 결국은 주택 구입 자금의 문제다. 여기서 다시 도무라 로쿠로 변호사의 말을 들어보자.

"물론 법원 경매물건은 시가보다 훨씬 쌉니다. 경우에 따라서는 시가의 절반 정도밖에 안 되니까요."

하지만 구입 조건이 까다롭다.

"경매물건일 경우, 대금을 한꺼번에 납부하지 않으면 등기 이전을 못합니다. 그런데 금융기관은 등기가 끝난 부동산을 담보로 제공하지 않으면 특히 개인한테는 대출을 해주지 않아요…… 물론 주택금융공고의 융자도 있으니까 한결같지는 않지요. 결국은 아무리 물건 가격이 싸도 당장 주머니에 여윳돈이 있거나 자금을 여유를 가지고 운용할 수 있는 사람이 아니면 감당할 수 없다는 것입니다."

이시다 나오즈미는 2025호의 대금을 지불할 때, 가진 돈이 부족해서 주위의 아는 사람들한테 돈을 빌렸다. 돈을 꿔준 사람들은 모두 이시다와 같은 계약직 사원이나 독립해서 대형트럭을 가지고 청부일을 하는 운전사 동료들이었다고 한다. 기누에도 이즈음 이시다가 내내 여기저기 전화를 걸거나 누굴 만났던 것을 기억하고 있다. 그들은 성과급이나 일당제로 일을 하는 사람들이어서 비슷한 연배의 평균적인 샐러리맨보다 소득이 꽤 높다. 목돈을 가지고 있는 사람도 있다. 그래서 도움을 청할 수 있었을 것이다.

이 빚은 물론 금방 갚기로 약속한 것이었다. 2025호를 낙찰해서 이전등기가 끝나면, 이것을 담보로 그 지역 신용금고에서 융자를 받을 수 있으므로 금방 다 갚을 수 있다. 어디까지나 임시변통이었던 것이다.

"이시다 씨는 경매에 대해서 공부도 많이 했고 여건도 좋았군요." 하고 도무라 변호사는 말한다.

"여건이 좋았다고 하면, 그 뒤 명도 받을 단계에서 그런 사고를 만났는데 무슨 여건이 좋았다는 말이냐 하고 반론할지도 모르지만, 이시다 씨 경우는 사실 경매에 얽힌 말썽치고는 상당히 드물다고 할까, 이색적인 사례였어요. 우선 물건 자체가 아주 깨끗하잖아요? 물건은 주택인데, 개인 소유자가 대출을 갚지 못해서 경매에 나온, 아주 단순한 경우입니다. 이런 물건은 그리 흔한 게 아닙니다. 이시다 씨가 이런 깨끗한 물건을 찾아내서 낙찰 받았다는 것부터가 아주 행운이었습니다.

게다가 2025호 사례에서는, 엄밀하게 보자면 이시다 씨는 정말로 악질적인 집행방해를 겪은 것도 아닙니다. 물론 하야카와 사장의 사주를 받고 임차인이라고 주장하는 사람들이 눌러 살고 있었지만, 그 사람들이—그러니까 나중에 살해되는 그 네 사람들 말입니다만—이시다 씨한테 무슨 폭력을 휘두르거나 공갈을 친 것은 아니니까요."

이것은 이시다도 인정하는 점이다. 배후자 하야카와 사장은, 완전한 아마추어를 상대로 공연히 폭력을 휘둘렀다가 경찰이라도 개입하면 오히려 손해라는 계산을 했는지도 모른다. 당장 나가달라고 종용해도 임차인이라는 사람들이, 우리도 갈 데가 없다, 모종의 보상을 해달라고 하면서 버티는 통에 이시다는 곤경에 빠졌다.

"곤경에 빠진 선량한 제삼자처럼 행동하는 방식이므로 이시다 씨도 신변의 위험을 느끼는 상황으로 몰리지는 않았어요. 정말 악질적이고 흉포한 자들을 만났다면 그런 정도로 끝나지 않습니다."

 폭력이나 협박은 개입되지 않았지만, 그렇다고 매수인 쪽에서 힘으로 밀어붙인다고 어떻게든 해결되는 상황도 아니지요, 하고 변호사는 계속 말한다.

 "경매물건 매매도 결국은 사람이 하는 일이므로 버티기꾼이 강경하게 나오지 않더라도, 법률적으로는 매수인이 더 강한 처지에 있더라도, 역시 웬만해서는 강제로 쫓아낼 수 없는 점이 있습니다. 사람한테는 감정, 마음이라는 것이 있으니까요."

 예를 들어 채무자나 그 가족이 경매물건에 눌러 앉아 살고 있는 경우,

 "병으로 드러누운 할머니가 집달관이나 매수인에게, 이 집을 꼭 빼앗아야겠다면 이 늙은이부터 죽이고 빼앗아가라고 하면서 울고불고 하면 누구든 기가 꺾이게 마련입니다. 그런 상황에서 우리는 법적으로 정당하다고 아무리 소리쳐봤자 소용이 없겠지요. 어느 정도 공감하는 마음으로 어르고 달래고 설득하고 고개를 끄덕여주면서 얘기를 진행해야 하는 경우도 있어요. 2025호 사례에서도 이시다 씨는 매수인으로서 그런 태도를 취하지 않을 수 없었던 모양입니다.

 이런 것은 현장에 직접 가보지 않으면 알 수 없는 트러블입니다. 경매 안내서를 아무리 많이 읽어도, 민사집행법이나 부동산 거래 전문가한테 맡겨도 실효성 있는 해결책이 금방 나오는 것은 아닙니다.

 그러고 보니 2025호에도 나이든 사람이 한 명 있었지요. 할머

니였습니까? 아마 휠체어를 탔다고 하지요? 예를 들면 그런 노인이, 제발 여기서 그냥 살게 해 달라, 달리 갈 데도 없고 돈도 없다고 머리를 조아리며 애걸하면 차마 쫓아낼 수가 없어요.

앞에도 말했지만 나는 법원 경매물건에 대해서 일반인의 더 많은 이해와 참여가 있어야 한다고 생각하는 사람이므로, 사실 이런 이야기는 하지 않는 것이 더 좋을지도 모르지요……"

이상과 현실의 간극에, 도무라 변호사는 쓴웃음을 짓는다.

2025호에 눌러 앉아 있는 '4인 가족'에 대하여, 그리고 그들과 어떻게 대화를 해나가고 있고 어떤 의견 차이가 있는지에 대하여, 이시다 나오즈미는 자기 가족한테 거의 알리지 않았다.

면목이 없었기 때문일 거라고 이시다 나오키는 말한다.

"멋모르고 경매물건에 손을 댔다가 공연히 말썽에 말려든 거 아니냐, 그것 봐라, 내가 뭐랬냐―아니, 오해는 하지 마세요, 당시 우리가 아버지를 그렇게 냉랭하게 바라보고 있던 것은 아닙니다. 다만 아버지는 우리가 그렇게 생각할 거라고 믿고 있었어요. 그래서 솔직하게, 어려움에 빠졌으면 지금 어려움에 빠졌다, 도움이 필요하면 좀 도와달라고 말하지 못한 것 아니겠어요. 정말 아버지다워요."

이시다 기누에는 그래도 어느 정도 사정을 전해 듣고 있었다. 도무라 변호사의 추측대로 이시다 나오즈미를 가장 고민하게 만든 것은 '4인 가족' 중에서도 노인이었다.

"만약 어머니가 더 나이가 들어서 거동도 못하게 되었을 때, 당신은 이제 이 집에 살 권리가 없으니 당장 나가라, 안 나가는 것은 법률을 위반하는 거라고 한다면 심정이 어떻겠느냐고 나오즈미가 나한테 물은 적이 있어요." 하고 기누에는 말한다.

"경매도 끝나고 사람들한테 꾼 돈도 갚았으니 이제 은행 대출금만 갚아나가면 된다고 처음 얼마 동안은 정말로 기뻐했어요. 그런 좋은 아파트를 싸게 얻었다고 의기양양했지요. 그런데 한 달도 지나지 않아서 표정이 어두워지더니, 내가 이것저것 물어도 아무 말도 해주지 않았어요. 얼마쯤 지나자, 역시 혼자 끙끙대는 것이 힘들었는지, 조금 이야기를 해주었어요."

실은 지금 사는 사람들이 집을 비워주지 않는다고.

"그 말을 듣고 깜짝 놀랐지요. 하지만 법원이 그 아파트는 이시다 나오즈미의 것이라고 결정해주었으니 그 사람들도 나가는 수밖에 없을 거라고 내가 말했어요. 그랬더니 나오즈미는, 그런 건 나도 알아요. 알지만, 그 할머니가 울고불고 매달리니 좀처럼 마음을 독하게 먹을 수가 없다고 했어요."

기누에는 화가 나서 어쩔 줄 모르는 이시다가 가련하고, 뭐라 말할 수 없는 복잡한 심정이었다.

"대체 그 집에 산다는 사람들은 어떤 사람들이냐고 내가 물었어요."

나도 잘 몰라요, 하고 이시다 나오즈미는 고개를 가로저었다.

"다만 뭔가 있는 것 같다고, 뭔가 예사롭지 않은 사람들 같다는 느낌이 든다고 했습니다. 그 말을 들으니 안 좋은 예감이 들더군요."

나이어린 엄마

6월 2일 급하게 입원한 뒤로 다카라이 아야코는 꼬박 1주일을 병원에서 보냈다.

신속한 처치 덕분에 용태는 입원 직후부터 좋아지기 시작했다. 고열이 가시고 심한 기침발작도 점차 간격이 생기게 되자 혼곤한 잠에 빠져들었다. 딸의 잠든 얼굴을 보면서 어머니 도시코가, 어지간히 피곤했나보네, 하고 혼잣말을 하는 것을 야스타카는 들었다.

아야코는 유스케를 도시코에게 맡겼지만, 완전히 안심했는지 아기를 걱정하며 이것저것 묻는 일도 없었고, 오히려 아야코 자신이 갓난아기로 돌아간 것처럼 병상을 살피는 간호사나 아버지에게 철없는 투정이나 어리광을 부리기도 했다.

누나가 무거운 짐을 내려놓았구나, 하고 야스타카는 생각했다. 그날 밤―밭은기침을 하고 구토를 하다가 고열에 들떠 단숨에 뱉어버린 그녀의 고백을 들었던 것은 야스타카뿐이었다. 모든 것을 전해들은 순간, 아야코가 지고 있던 새카만 짐은 야스타카의 두 어깨로 옮겨졌다. 마치 업고 있던 유스케를, "잠깐만 부탁해." 하고 넘기듯이.

─하여튼 나는 바보라니까.

야스타카는 자조했다.

─스스로 등을 내밀고 대신 업어주겠다고 말해버린 거야.

아야코가 병원에 누워 있는 동안 야스타카는 누이가 부탁하는 갈아입을 옷을 가져다주거나 빨랫감을 집으로 나르려고 병원을 출입했지만, 아야코와 단 둘이 병실에 남지 않도록 애쓰고 있었다. 딱 한 번, 입원 나흘째 되는 날, 아야코의 체온이 37도대까지 떨어졌다는 소식을 들었을 때, 학교를 파하고 누나가 좋아하는 플레이버 아이스크림을 사들고 병문안을 갔을 때를 제외하면.

침대 등판을 일으켜 기대고 앉게 해주자 아야코는 평소 좋아하던 민트맛 아이스크림을 맛나게 먹었다. 야스타카도 누나를 지켜보면서 스푼으로 아이스크림을 떠먹고 있었지만, 거의 맛을 느끼지 못했다. 입안에서 녹았을 아이스크림이 목에 걸리는 것이 이상했다.

"누나."

이제 서쪽으로 기운 햇살이 커튼을 꼭두서니 색깔로 물들이기 시작한 병실에서, 야스타카는 작은 소리로 물었다.

아야코가 얼굴을 들었다. 수척해져서 뾰족해진 턱이 그녀를 소녀처럼 여려 보이게 한다.

"여기로 실려 온 날 밤에 나한테 한 얘기, 기억해?"

아야코는 천천히 눈을 깜빡였다. 손에 든 스푼으로 아이스크림 컵 속을 휘젓는 동작을 하고는 크게 한 스푼 떠서 입안에 넣었다.

"기억해." 하고 그녀도 작은 소리로 대답했다.

"그거, 고열에 들떠서 악몽을 꾼 것은 아니지?"

아야코는 야스타카의 얼굴을 보았다. 그도 누나의 눈을 들여다보았다.

"누나가 지어낸 거 아니지?"

아야코는 꺼칠해진 입술을 핥았다. 녹은 아이스크림이 턱 끝에 조금 묻어 있다.

"그게 지어낸 얘기면 얼마나 좋겠니."

"그래……."

"여기 있으니까 뉴스 같은 걸 모르잖아. 어떻게 되고 있는지, 너, 아니?"

야스타카는 고개를 끄덕였다. "한창 보도되고 있어."

아야코는 주눅 든 표정이 되었다. "난리가 났겠네?"

"당연하지. 톱뉴스잖아. 네 명이나……."

야스타카는 병실 문을 돌아보았다. 끽끽 신발바닥 소리를 내며 간호사가 지나간다. 저녁밥이 나오려면 아직 시간이 있었지만, 검온이나 상태를 살피러 언제 간호사가 들어올지 알 수 없다.

야스타카는 바로 일어나 문을 닫았다. 닫기 전에 문 밖으로 얼굴을 내밀고 밖을 살펴보았다. 복도에는 아무도 없다. 벤치도 비어 있다.

 심장이 요란하게 뛰었다. 야스타카는 문득 느끼는 엉뚱한 기분에 웃음이 나올 뻔했다.

 중학교 2학년 때 친한 친구와 전차를 부정승차 한 적이 있다. 승차하는 역에서 기본구간만 표를 끊고 전차를 타고, 하차하는 역에서는 역무원 눈을 피해서 빠져나가는 고전적인 수법이다. 그렇게 해서 남기는 돈은 두 사람 분을 합쳐도 고작 1천 엔밖에 안 되니, 그 금액에 걸맞지 않는 강렬한 스릴과 서스펜스를 맛보는 짓이었다.

 그때도, 전차가 속도를 늦췄어, 하고는 두근두근 거리고, 역에 도착했어, 하고는 등이 오싹오싹했다. 지금 여기서 이렇게 느끼는 두근거림과 전혀 다르지 않다.

 그러나 맥박을 빠르게 만드는 '이유'는 크게 다르다. 하나는 부정승차이고 또 하나는 살인이다. 한 사람당 5백 엔의 차비를 속이는 데서 오는 공포와, 혈육이 살인을 했다는 말을 듣고 느끼는 공포가 똑같을 수는 없다. 그런데도 몸이 보이는 반응은 어느 경우나 마찬가지다. 심장이 두근두근 뛴다. 그저 그뿐이다.

 사람이란 의외로 단순하게 만들어져 있는지도 모른다.

 "야스타카."

 병상에서 아야코가 작은 소리로 불렀다. 누이가 그의 이름을 제대로 부르는 것은 드문 일이다. 특히 유스케가 태어난 뒤로는 늘 장난 반으로 '삼촌'이라고 불렀기 때문이다.

 "미안해." 하고 아야코는 말했다.

누나는 걸핏하면 미안하다지, 하고 야스타카는 생각한다. 뭔가 좋지 않은 일을 해서 그것을 정리해야 할 때는 늘 나한테 의지했고, 그렇게 의지한 것을 사과하곤 했다. 미안해, 하고.

중학생 시절, 학교에서 부모님을 모시고 오라고 할 때마다 아야코는 그 사실을 야스타카에게 털어놓고는, 네가 아빠 엄마한테 말씀 잘 드려, 하고 부탁한다. 그리고는, 고마워, 미안해, 하고 웃는다. 내가 야스타카한테 너무 못된 부탁만 한다, 그치? 하고. 가게에서 물건을 슬쩍하다 잡혔을 때도, 아빠가 나를 때리려고 하면 니가 좀 말려줘, 하고 부탁했었잖아. 실제로 무쓰오는 격분한 나머지 아야코를 발로 걷어차려고 했고, 야스타카가 중간에 끼어들어 대신 얻어맞았다. 그 바람에 앞니도 한 대 부러졌다.

그 자, 아시로 유지와 결혼하게 될지 말지도 결정되지 않은 상황에서 뱃속에 아이가 생기고 말았다. 그때도 아야코한테 먼저 그 사실을 듣고 부모에게 전한 것은 야스타카였다. 암만해도 내가 누나한테 너무 충성을 바치는 거야, 하고 생각하며 한심해한다. 세상에서 제일 착한 동생 다카라이 야스타카 군! 정말 웃기는군.

하지만 이번만은 웃을 일이 아니다. 누나는 물건을 슬쩍한 것도 아니고 선도부 교사한테 부모님 모시고 오라는 명을 받은 것도 아니다.

사람을 죽였다.

이 사실을 부모에게 어떻게 전하면 좋을까? 이런 소식은 어떻게 하면 제대로 전할 수 있을까?

 아야코의 고백을 들은 뒤 야스타카는 사건에 관한 신문 보도를 열심히 모으고 뉴스를 보면서 수사가 어떤 방향으로 진행되려고 하는지 관측해보려고 했다. 아야코한테는 다행스럽게도 경찰의 눈길은 현장에서 도망친 수상한 중년남성 쪽으로 쏠렸고, 얼마 지나지 않아 그 중년남성이 그 아파트의 '매수인'이라는 사실이 판명되자 그에 대한 의혹은 점점 짙어졌으며, 며칠 지나지 않아 그를 범인으로 거의 굳히는 듯한 보도가 나오게 되었다.

 야스타카는 조용한 병실 안에서 자기 목소리 크기에 조심하면서 그런 경과를 설명했다. 아야코는 몸을 앞으로 내밀고 열심히 들었지만, 피곤했는지 중간에 쓰러지듯 눕고 말았다.

 "그럼 난 금방 체포되지는 않겠네." 하고 하얀 천장을 바라보며 중얼거렸다.

 "목소리가 커."

 야스타카는 주의를 주었다. 천장에는 간호사를 부르는 마이크가 설치되어 있다.

 "그 아저씨, 그런 사람이었구나……."

 아야코가 말하는 '아저씨'는 현장에서 도망친 매수인 '이시다 나오즈미'라는 남성을 말하는 것 같았다.

 "누나가 이시다 씨라는 사람을 알아?"

 "만난 것은 그날 밤이 처음이야. 하지만 본 적은 있어."

 "어디서 봤어?"

"유지 씨를 찾아갔을 때 현관 앞에 있었어. 말다툼이라도 하는 것처럼 둘이서 버티고 서서 뭐라고 얘기하고 있었어."

"언제 얘긴데?"

아야코는 잠깐 생각했다. "한 달쯤 전인가?"

이런 이야기까지 나왔으니 아무래도 묻지 않을 수 없는 질문이 있었다. 야스타카는 혈육에 대한 정과 양심이라는 도리 사이에서 흔들리다가 가까스로 목소리를 쥐어짜냈다.

"누나, 한 가지 확인해봐야겠어."

그녀는 누운 채 고개를 틀어 야스타카를 보았다.

"경찰에 출두해서 사실을 솔직하게 밝힐 생각이야? 아니면 이대로 잠자코 있고 싶어? 어느 쪽이야?"

이 질문에는 일단 대답을 하지 않기로 작정했는지, 아야코는 가만히 누워 있었다.

"감싸줄 수만 있다면 누나를 감싸주고 싶어. 감싸줄 거야." 하고 야스타카는 말했다. 제 딴에는 단호하게 말하려고 했지만, 목소리를 죽이고 있어서 박력을 내기는 힘들었는지도 모른다.

"하지만 누나가 잠자코 있으면 이시다 씨라는 아저씨가 피해를 입을 수도 있어. 누나가 자수하면 이시다 씨는 도피를 그만두고 나타날 수 있을지도 몰라."

아야코에게 생각할 거리를 던져줄 작정이었다. 잘 생각해보라고 부탁하고 싶었던 것이다.

그러나 돌아온 것은 이성이 아니라 감정이었다.

"유스케랑 떨어지고 싶지 않아. 떨어지면 못 살아."

아야코는 천장을 올려다보고 있었다. 야스타카가 쳐다보는 동안, 그녀의 눈에서 눈물이 고이더니 눈가로 흘러나와 귓불 쪽으로 굴러 떨어진다.

"어쩌다 이렇게 되었는지 나도 모르겠어. 앞으로 어떻게 해야 하는지도 모르겠고. 하지만 유스케와 떨어지고 싶지 않아. 그 아이와 떨어지면, 나, 죽을 거야."

아야코는 하얀 커버를 씌운 모포를 끌어당겨 얼굴을 가렸다. 그리고 모포 밑에서 작은 소리로 말했다.

"야스타카, 미안해. 미안해."

야스타카도 울고 싶은 심정이었지만, 여기서 같이 울면서 통곡을 한다고 현실이 달라지는 것은 아니다. 애써 마음을 다잡고 다시 물었다.

"누나가 사실을 밝히지 않으면 이시다라는 사람이 계속 의심을 받겠지? 그래도 괜찮아? 누나, 괴롭지 않아?"

아야코는 모포 밑에서 울고 있었다. 끅끅 흐느껴 울면서 야스타카를 나무라듯이 말했다.

"나한테 그걸 물어서 어쩌게? 괴로운 거야 당연히 괴롭지. 괴로워 죽겠어."

계속 우는 아야코 옆에서 야스타카도 잠시 망연자실 앉아 있었다. 저녁식사 시간이 다 되었는지 복도가 점차 소란해졌다. 수레 차축의 끽끽거리는 소리. 식기 부딪히는 소리. 엘리베이터 소리.

"죽여 버리고 싶어." 하고 야스타카는 중얼거렸다. 자기도 의식하지 못하는 사이에 그 말이 입 밖으로 흘러나왔다.

모포자락을 천천히 끌어내리고 아야코가 얼굴을 내밀었다. 눈물에 젖은 얼굴은 흙빛이었고 입술은 떨리고 있었다.

"야스타카."

"죽여 버리고 싶어, 그놈을. 야시로 유지 말이야."

아야코의 목소리는 말끝을 알아듣기 힘들게 잦아들었다. "그 사람은 벌써 죽었어."

야스타카가 팔꿈치로 얼굴을 훔치고 일어섰다.

"세수하고 올게. 나가는 김에 저녁밥도 받아올게. 누나, 오늘 아침부터 죽을 먹는 거지?"

복도로 나가 혼자가 되자 반동처럼 격정이 엄습해서 야스타카는 문손잡이를 쥐고 선 채 부들부들 떨었다.

긴급입원한 날 밤, 헛소리처럼 내뱉은 아야코의 이야기를 들을 때는 아직 현실감이 부족했다. 입원이라는 사태 자체가 일상적인 일은 아니므로, 그때 나눈 대화도, 이루어지는 동작도 조금만 지나면 잊혀져버릴 헛된 꿈처럼 느껴졌던 것이다.

하지만 이것은 사실이다. 맞서지 않으면 안 되는 현실인 것이다. 다카라이 아야코는, 야스타카의 하나밖에 없는 누이는 살인을 했다. 상대는 죽어 마땅한 인간이었지만, 그녀가 죽인 것은 틀림없는 사실이다.

떠밀어버렸다고 아야코는 말했다. 그냥 있다가는 내가 죽을 것 같았어. 그래서 날 붙드는 팔을 뿌리쳤는데, 그때 본 그 사람의 눈이 꼭 짐승 같았어. 정신없이 팔을 휘두르는데 그 사람이 밑으로 떨어졌어.

 시간을 되돌릴 수만 있다면 야스타카는 누나를 대신해서 그 자리에 있고 싶었다. 그리고 이 손과 이 팔을 휘둘러서 그 자를 패주고 어깨를 붙들어 나락으로 떨어뜨려주고 싶었다. 아니, 시간을 더 되돌려서 그 놈이 누나와 만나기 전에 그 놈 인생을 끝장내서 존재 자체를 지워버리고 싶었다.

 새하얗고 매끄러운 병원 복도에 서 있자 방향감각을 상실한 기분이다. 사실 야스타카는 어디로 가야 할지 갈피를 잡지 못하고 있었다. 누나를 지켜야 한다. 누나를 감싸줘야 한다. 하지만, 하지만…….

 정말 그래도 좋은 것일까?

 야스타카는 이마를 벽에 대고 눈을 감았다. 야시로 유지의 얼굴이 눈에 선하다. 누나의 애인. 유스케의 아빠. 그리고 누나에게 죽임을 당한 사내.

 야스타카는 그와 친밀하게 이야기해본 적도 없다. 그도 그럴 것이 그 자는 겨우 한 번밖에 찾아오지 않았던 것이다. 더구나 그 방문도 아야코와 결혼할 마음이 없다는 것을 고하기 위해서였다. 그랬다. 아야코의 뱃속에는 벌써 아기가, 곧 태어나서 유스케라 명명될 아들이 있었는데도 그 자는 우리에게,

 "아야코 씨와 결혼할 생각은 전혀 없습니다."

 하고 딱 잘라 말했던 것이다.

 사윗감을 처음 맞이한다는 긴장감이 단숨에 풀려버린 그때의 부모 얼굴을 야스타카는 분명히 기억한다. 방금 들은 말이 도저

히 믿기지 않는 어머니 도시코는 너무나 정신이 아뜩해서 자칫 웃음이 나올 것 같았다.

"그게, 저어…… 무슨 뜻이온지요?"

턱없이 정중한 말투로 물었다. 평소 잘 쓰지도 않는 존대어까지 나올 정도로 도시코는 충격을 받았던 것이다.

야시로 유지는 고개를 숙였다. 여전히 의자에 앉은 채이기는 했지만 이마가 무릎에 닿을 정도로 몸을 크게 꺾어서, 죄송합니다, 하고 말했다.

"아야코 씨한테 불만이 있어서가 아닙니다. 나는 아무하고도 결혼하지 않을 작정입니다. 가정이라는 것 자체를 가지지 않을 결심입니다. 그것이 제 인생 방침입니다. 그래서 아야코 씨하고 결혼할 수 없습니다."

도시코는 어머, 세상에, 하는 얼빠진 맞장구를 쳐놓고는 그대로 입을 다물어버렸다. 대신 아버지 무쓰오가 그때까지 두 무릎에 얌전히 얹어 놓았던 굵은 팔을 들어 자연스럽게 가슴 앞에 팔짱을 꾹 끼고 입을 열었다.

"그쪽은 그런 말로 사람 감정이 정리될 거라고 보는 겁니까? 당신의 방침이 아야코의 감정이나 아야코 뱃속에 든 아기보다 우선하는 겁니까?"

무쓰오는 야시로 유지의 얼굴을 똑바로 쳐다보고 있었다. 야스타카는 야시로 유지가 눈길을 피할 거라고 생각했다. 내가 저 사람이라면 피하고 말 것이다. 똑바로 마주볼 수는 없을 것이다. 떳떳치 못해서, 수치스러워서.

그러나 야시로 유지는 달랐다. 그는 턱을 쓰윽 쳐들고 무쓰오의 눈길을 정면으로 받아들였다.

"정리되지는 않을 거라고 보지만, 그렇다고 해도 어쩔 수 없고, 내 방침을 바꿀 마음도 없습니다. 아야코 씨한테는 벌써 다 설명했습니다."

무쓰오는 갑자기 힘이 빠진 듯 팔짱을 풀고 바로 옆에 앉아 있는 딸의 얼굴을 돌아보았다.

아야코는 두 어깨를 떨구고 멍한 눈길로 테이블 위를 초점 없이 바라보고 있었다. 누나의 눈이 조금 축축해진 것을 야스타카는 알아보았다. 당연하지, 이판에 눈물이 나오지 않을 수 있겠어?

하지만 아야코의 눈은 그냥 축축할 뿐이었다. 눈물은 볼을 타고 떨어지지 않은 채 그녀의 동공 속에 머물러 있었다. 야스타카한테는 그것이 누나가 모든 것을 체념한 것을 증거하는 것처럼 보였다.

야시로 유지의 이번 방문을 기다리면서 일손을 잡지 못하고 허둥대는 부모 곁에서 그녀가 묘하게 내향적이고 조용히 긴장해 있었던 이유를 이제야 알 것 같았다. 아야코가 기다리고 있던 것은 야시로 유지의 이 말, 이 태도였던 것이다. 아야코는 예상하고 있었다. 그가 오늘 이 자리에서 이런 말을 뱉으리라는 것을. 그에게 이미 속마음을 들었기 때문에.

하지만 한편에서는, 아주 희미한 것이기는 해도, 그의 마음에서 '인생 방침'인지 뭔지가 변하지는 않을까 하고 내심 기대하는 마음도 있었던 것이다. 왜냐하면 야시로 유지가 굳이 다카라이 가까지 찾아왔으니까. 아야코와 아기를 저버릴 작정이라면 굳이 해명하려고 찾아올 것도 없이 도망쳐버릴 것이다. 여기 오는 이상, 그의 마음에도 평범한 인간적 감정이 있는 것이다. 아야코와 아기에 대한 애정―아니 동정이라도 좋고 책임감이라도 상관없다. 인간이라면 마땅히 가져야 할 감정이라면 무엇이든 어떠랴―그런 것이 있을 것이다.

지금 이 순간까지도 아야코는 거기에 일말의 희망을 걸고 있었다. 그래서 누나는 야시로 유지의 이 기계적인 말을, 이 잔혹한 태도를 예상하고는 있었지만 단단히 각오가 되어 있던 것은 아니다. 그런 것이 틀림없다.

그런 아야코에게 야시로 유지는 아무 거리낌 없이 딱 잘라 말했다. 내 방침은 이렇다. 납득하지 못해도 하는 수 없다.

그래서 지금 이 순간 아야코는 모든 것을 체념한 것이다. 아, 이제는 길이 없구나. 말 붙여볼 염도 없구나. 그렇다면 지금 아야코의 눈동자를 적시고 있는 눈물은, 가족이 아무것도 모르고 있는 동안 자기 혼자 흘렸던 충격이나 갈등이나 비탄의 눈물하고는 그 성질이 다른 것이 분명하다. 슬픔이나 분노의 눈물이 아니다. 절단에 따르는 고통의 눈물인 것이다.

그리고 아야코로부터 떨어져나가는 것은 야시로 유지라는 살아 있는 인간이 아니다. 아야코가 잘라내는 것은 그를 사랑하게 된 이후로 내내 품어왔던 따뜻한 감정이나 밝은 미래를 향한 꿈이다. 그렇다. 아야코는 자기 마음의 한 조각을 떼어내 버리는 것이다.

 얼마나 아플까. 그러나 아야코는 눈동자만 촉촉이 적셨을 뿐 말없이 앉아 있었다. 잉태한 아기를 지키려는 듯, 아기의 온기에 위안을 구하려는 듯 불룩한 배를 두 손으로 가만히 감싸 안고서.

 그때를 돌이키니 야스타카의 눈도 축축해지려고 했다. 어깨를 크게 들썩여서 눈물을 뿌리치고 애써 소리 내어 한숨을 짓고는 빠른 걸음으로 복도를 걸었다.

 배선용 수레를 미는 직원이 마침 엘리베이터를 타고 올라온 참이었다. 아야코의 저녁밥 식판을 받아들자 시계 방향으로 돌아서 병실로 돌아간다. 식판 위 식기에서 따끈한 김이 피어오른다. 좋은 냄새가 난다. 요즘은 병원 밥도 아주 좋아져서, 따뜻한 음식은 따뜻하게, 찬 음식은 차게 제공한다고 한다.

 그러고 보니 그날 야시로 유지는 다카라이 가에서 내준 음식을 하나도 입에 대지 않았다. 도시코가 내준 찻잔에도, 야스타카가 타준 커피 잔에도 손을 대지 않았다. 완강하다기보다는 오히려 무표정하게 자신의 인생 '방침'이란 것을 말하는 그의 눈앞에서, 그것들은 천천히 식어갔다. 허망하게 김을 피어 올리며 식어가는 음료와, 거기에 눈길도 주지 않는 야시로 유지의 굳은 표정의 대비가 기묘할 정도로 선명하게 되살아난다.

 ―막 되먹은 놈이로군.

 무쓰오는 야시로 유지를 그 한마디로 평했다. 거의 그 말밖에 하지 않았다.

─처음부터 살림 차릴 생각이 없었으면 왜 아야코와 깊은 관계를 맺었나? 어린애도 아니고, 그러면 임신할지도 모른다는 것쯤은 잘 알고 있지 않나.

무쓰오의 그런 힐문에도 야시로 유지는 표정을 바꾸지 않았다. 그는 이목구비가 가지런하고 매끈했다. 남자치고는 드물 정도로 결이 고운 이마와 볼에 마음 속 감정─후회나 떳떳치 못함이나 분노나 슬픔이나 충격은 주름살 하나 만들지 않았다.

SF팬인 야스타카는 그런 야시로 유지의 모습에 문득 '레프리칸트'를 상상했다. 인조인간. 인간과 흡사하게 제조된 유사 인간. 그들에게는 물론 생식능력은 없다. 그래서 무쓰오의 힐문에 야시로 유지가 이렇게 대답하는 것도 전혀 이상할 게 없다. 그런 생각은 해본 적도 없습니다, 나는 원래 아기를 만들 수도 없습니다.

그러나 현실에서는, 레프리칸트가 아닌 살아 있는 야시로 유지가 이렇게 대답했다.

"나는 아기 같은 것은 원하지 않아요. 그건 부주의해서 생긴 일입니다."

무쓰오는 입을 멍하니 벌린 채 움직이지 않았다. 부주의였습니다. 무슨 기계를 조종하고 있는 것 같은 말이다. 죄송합니다, 버튼을 잘못 눌렀네요.

"아기가 태어난다고요, 당신 자식입니다. 당신 피를 이어받았어요. 귀엽지 않아요? 외면해버릴 건가요?"

보다 못한 도시코가 그렇게 중얼거리듯 말했다. 애원하는 울림이 있었다. 뭔가 급작스런 행동을—야시로 유지에게 덤벼든 다든가 그의 어깨를 붙들고 마구 흔들어댄다든가—해버릴 것 같은 것을 애써 참으려고 양손을 꼭 쥐고 있었다.

도시코가 말하자 야시로 유지는 그녀의 얼굴을 보았다. 그리고 바로 눈길을 돌렸다. 그 순간 야스타카는 일말의 기대를 품었다. 저 자도 마음이 흔들리는 것은 아닐까, 어머니의 애원에 가슴이 저린 것은 아닐까, 하고 느꼈기 때문이다.

하지만 현실은 달랐다. 도시코를 떠난 야시로 유지의 눈에는 노골적으로 경멸하는 기운이 떠올랐던 것이다. 딸을 위해서 울며 매달리는 어머니의 모습을 그는 혐오하고 있었다.

다 틀렸군, 하는 생각이 들었다.

"더 얘기해봐야 소용이 없겠어."

무쓰오가 맥없이 말했다. 야시로 유지는 말없이 고개를 조금 숙였다. 그리고 일어나 발소리도 내지 않고 매끄럽게 거실을 나갔다. 아무도 배웅하지 않았다. 아야코조차도.

당혹스러운 침묵이 다카라이 가의 거실을 가득 채웠다. 분노나 슬픔보다는, 뭔가 아주 기묘하고 이상하고 생태를 알 수 없는 생물과 맞닥뜨린 것 같은 느낌이었다. 야스타카는 계속 유사 인간에 대해서 생각하고 있었다.

"미안해." 하고 아야코가 속삭이듯 말했다.

"저 사람을 욕하지 말아요."

천천히 무쓰오가 몸을 틀어 딸을 바라보았다. 얻어맞은 듯한 표정이었다.

"너, 아직도 저 놈을 감싸는 거냐?"

"그게 아니에요."

아야코는 배를 감싼 채 고개를 가로저었다.

"감싸는 게 아녜요. 사실을 말할 뿐이에요. 불쌍한 사람이에요. 부모랑 사이가 안 좋아 가정의 따뜻함을 모르고 컸어요. 그래서 모르는 거예요. 가족이 뭔지 부모가 뭔지 자식이 뭔지. 아무도 저 사람한테 그런 걸 가르쳐주지 않았어요. 저 사람 힘들어하고 있어요. 아이가 생겼다는 사실에 어떻게 행동해야 좋을지 모르고 있어요. 그래서 저렇게 냉정한 말을 하는 거예요."

정말이에요…… 하고 나직이 말하고는 울기 시작했다.

너무 관대한 해석이라고 야스타카는 생각했다. 누나는 사람이 너무 좋기만 해.

무쓰오는 '도저히 못 말리겠다'는 듯 고개를 가로젓고 있다. 아야코가 하는 말은 당치 않은 착각인데, 뭐라고 말해줘야 딸이 알아들을지, 그것을 알 수 없었다.

도시코는 현실적이었다. 눈물을 훔치고 애써 똑 부러지는 말투로 물었다. "아야코, 너, 아기 낳고 싶니?"

아야코는 전혀 망설이지 않고 크게 고개를 끄덕였다.

"왜 낳고 싶니? 그 남자 아기라서? 아기가 있으면 언젠가 저 남자 마음도 바뀌어서 너에게 돌아올지도 몰라서?"

가혹한 질문이었다. 무던한 아야코도 주춤하는 기색이었다.

"어떻게 그런…… 그러니까 내가 아기를 구실로 삼는다? 그런 생각 없어요, 나는."

횡설수설하듯이 대답한다. 딸의 표정을 똑바로 쳐다보면서 도시코는 또 물었다.

"정말이니? 정말 아기를 구실로 삼으려는 마음이 없는 거니?"

"정말이야!"

"그럼 왜 낳겠다는 거니? 그 남자 아이잖아? 그 놈이 하는 말 들었지? 그 놈, 너 같은 건 안중에도 없어. 너, 그 자한테 채인 거야, 알아? 그런데도 그 놈의 아이를 낳겠다는 거니?"

"내 아기니까!"

두 볼을 적신 채 악을 쓰듯이 아야코는 대답했다.

무쓰오가 불쑥 말했다. "낳는 게 아야코 몸에는 좋지. 낳은 뒤 양자로 보낼 수도 있고."

아야코는 거칠게 도리질을 했다. "싫어! 내가 키울 거야, 절대로 남한테 안 줘! 내 아기라니까, 몇 번을 말해야 알아들어!"

도시코가 일어나 테이블 옆을 돌아서 딸 옆에 앉았다. 두 팔로 아야코를 안고 비로소 따뜻한 목소리로 말했다.

"알았다. 네 마음 잘 알겠다. 그러니 이제 울지 마……."

그리고 약 보름 동안 야스타카의 눈에 띄지 않는 곳에서 부모와 아야코, 무쓰오와 도시코, 도시코와 아야코 사이에 대화가 있었던 모양이다. 그리고 순리대로 결론을 내렸다. 아야코는 아기를 낳는다. 태어난 아기는 다카라이 가의 자손이며, 모두 사랑으로 소중하게 키우자.

그리고 아야코는 야시로 유지를 기억에서 지우기로 했다. 이제 그 사람하고는 상관없는 인생을 살아갈 터였다.

아야코가 분만실에 들어가고 식구들이 대기실에서 초조하게 기다리고 있을 때, 도시코가 문득 두려운 기색으로 야스타카에게 말했다.

"이 경황에 할 말은 아니다만, 나는 아직도 걱정이다."

"뭐가?"

"아야코가 정말 잊었을까? 너는 어떻게 생각하니?"

"잊었냐니, 그 자 말이야?"

"그래."

"잊었어. 틀림없어. 그때 그렇게 말했잖아, 아기를 빌미로 삼을 생각은 없다고."

"그렇지…… 하지만 다른 의미에서."

"다른 의미?"

"아야코가 그 자랑 깨끗하게 헤어지지 못한 것은 아닐까."

당시 아야코는 야시로 유지를 감싸려는 듯이 이렇게 말했다―그 사람은 가정의 따뜻함을 모르는 불쌍한 사람이야.

"이 엄마는 그게 마음에 걸린다. 아야코는 그 자의 심정이 비뚤어졌다든가 자기가 난봉꾼한테 속았다는 생각은 전혀 안 하는 것 같아. 내 생각에는, 지금 아야코 같은 처지에 있는 여자는 설령 자기 자신을 속여서라도 상대방을 나쁘게 생각해야 하는 거야. 도저히 구제할 길이 없는 놈이라고 생각하고 포기해야 해. 상대방을 동정하거나 하면 절대로 안 되는 거야. 지금은 말이야. 동정을 하면 깨끗하게 끊어버릴 수가 없거든."

"엄마……."

"아야코는 마음이 따뜻한 아이라서 그 자를 동정하고 있어. 가정의 따뜻함을 모르고 자라서 마음이 냉정해진 불쌍한 사람이라고. 하지만 그런 생각을 하고 있으면 쉽게 함정에 빠져. 그 불쌍한 사람을 내가 어떻게든 해주고 싶다고 생각하는 함정 말이야. 나라면, 나랑 아기라면 어떻게든 해줄 수 있다고 생각하는 함정. 그건 정말 무서운 함정이야."

기질이 강하고 아무한테도 주눅이 들지 않는 어머니가 두려운 눈빛을 하고 있다. 그 눈빛을 보면서 야스타카도 알 수 없는 공포를 느꼈다.

"야시로 유지 같은 남자를 아야코 같은 여자가 어떻게 할 수 있겠니. 도저히 불가능해. 상관하지 않는 게 좋아. 그래서 나는 차라리 이렇게 된 게 다행이다 싶다. 요즘은 미혼모도 흔한 세상이지 않니."

"정말 그래요."

어머니를 격려하고 싶은 마음에 야스타카는 크게 고개를 끄덕였다.

"다만 문제는 아야코가 정말 그렇게 마음을 굳혔느냐는 거야. 엄마는 그것이 불안해. 우리 집에서 아기를 키우며 행복하게 살수록 야시로 유지를 생각하게 되지 않을지. 지금은 입으로는 그 남자를 생각하지 않는다고 말하지만 본심은 어떤지 알 수 없지. 남몰래 그 남자를 걱정하고 있는 건 아닌지. 미련보다 더 안 좋아, 그런 마음이."

야스타카는, 누나는 제법 영리하니까 괜찮을 거라고 웃으면서 말했다. 도시코는 금방 웃는 얼굴을 보여주지 않았다. 어머니가 가까스로 한숨 섞인 미소를 지었을 때 분만실 문이 열리고 간호사가 나왔다. 축하합니다, 건강한 아드님입니다.

  병실에서 저녁밥을 느릿느릿 떠먹는 아야코를 지켜보면서 야스타카는 새삼 그때 엄마의 염려를 떠올리고 있었다. 엄마의 걱정은 빗나가지 않았다. 누나는 야시로 유지와 끝내 헤어지지 못했다. 그 자를 다시 만나고 있었다. 유스케를 안고 그 자를 만나러 갔다. 가족들 몰래.

  그리고 결과적으로는 그를 죽이는 처지로 몰리고 말았다.

  "사건이 있던 날 밤을 조금 더 자세하게 물어도 좋아?"

  야스타카가 말을 꺼내자 아야코는 퍼뜩 얼굴을 들었다.

  "요전번엔 누나의 상태가 너무 심각해서 자세한 얘기를 들을 수 없었어. 궁금한 것이 많아. 괜찮겠어?"

  아야코는 스푼을 쟁반 위에 내려놓고 야윈 턱을 끌어들였다.

  "지금 들어야겠니?"

  "다른 사람이 없을 때가 좋잖아?"

  "너, 엄마나 아빠한테는 아직 아무것도 이르지 않았지?"

  야스타카는 희미하게 쓴웃음을 지었다. '이르다'라는 어휘의 유치함이 자못 아야코답다.

  "아무 말도 안 했어."

  "왜 말하지 않았니?"

  "엄마와 아빠는 폐렴으로 사경을 헤매는 누나와 유스케 때문에 안 그래도 정신이 없어. 거기다 대고 또 골치 아픈 얘기 하고 싶지 않았어."

어차피 경찰이 조만간 아야코의 존재를 알아내고 추적해오면 부모도 모든 것을 알게 될 것이다. 그러니 그때까지는 잠자코 있자고 생각했다. 하지만 실제로는, 수사의 촉수는 아야코에게 미치지 않고 있는 것 같다. 그렇다면 이야기가 달라진다.

"네가 마음고생 하는구나."

아야코는 살짝 고개를 움츠렸다.

"그리고 부모님한테 말하고 싶다면 누나가 직접 말하는 게 좋을 것 같았어."

"내가 왜 너한테 제일 먼저 말했을까?"

"내가 편하니까 그랬겠지."

아야코는 미소를 지었다. "그렇겠지."

"하지만 앞으로는 누나를 보호하려면 나 혼자만으로는 역부족이야. 아빠랑 엄마도 도와야 해."

"그럼 네가 말할래?"

"그랬으면 좋겠어?"

아야코는 잠시 생각했다. 아니, 생각하는 척했다.

"응. 부탁해."

"그럼 말해봐. 왜 일이 그렇게 되었는지. 내가 엄마 아빠한테 제대로 설명할 수 있게. 애초에 언제부터 그 자를 다시 만난 거야?"

아야코는 꺼칠하게 메마른 입술을 핥고 잠시 뜸을 들였다. 역시 말하기가 떳떳치 못한 것이다.

"그 전에, 내가 왜 다시 그 사람을 만나게 되었는지, 그것부터 물어줄래?"

야스타카는 한숨을 지었다. "좋아. 이유가 뭔데?"

아야코는 저녁밥 식판을 들어 올려 사이드테이블로 옮기려고 했다. 보기에도 맥이 없는 것이, 당장이라도 쟁반을 떨어뜨릴 것 같았다. 야스타카는 당황해서 얼른 손을 내밀어 쟁반을 받아들었다.

"걱정스러웠어." 하고 아야코는 혼잣말처럼 말했.

"너도 그렇지 않니? 곤경에 빠진 사람이나 외로운 사람을 보면 그냥 내버려둘 수 없잖아? 나는 내내 유지 씨가 걱정됐어. 그 사람을 혼자 놔둘 수가 없었어."

야스타카는 갑자기 자기 체중이 무거워져서 앉아 있는 의자째 바닥으로 가라앉아가는 기분이었다. 너무나도 뻔한 이야기 전개에 엉뚱하게도 조금 유쾌한 기분마저 들었다.

엄마는 대단해, 하고 생각했다. 듣고 보니 역시 어머니가 걱정하던 대로였다. 짐작하던 대로였다.

"그 자가 따뜻한 가정과 가족을 몰라서······?"

야스타카의 말에, 용케 알아주는구나, 하고 생각했는지 아야코의 이야기가 활기를 띠었다.

"맞아! 너도 그렇게 생각하지? 그 사람, 원래부터 냉정한 사람은 아니야. 다만 사랑을 모를 뿐이야. 나는 어떻게든 그걸 알게 해주고 싶었어. 분명히 뭔가 할 수 있을 거라고 생각했어. 나는……. 그 사람, 나랑 있으면 뭔가 느낌이 다르다고. 그렇게 말한 적이 있어. 그 말을 믿었어. 잊을 수가 없었어."

하고 싶은 말은 많았지만, 그걸 말하면 옆길로 빠져버릴 것이다. 스스로를 억제하며 야스타카는 물었다.

"일단은 분명히 헤어진 것은 맞지? 그 자가 우리 집에 와서 누나랑 결혼할 생각 없다고 선언하고 돌아갔을 때는."

"응…… 그때는 나도 역시 그 사람을 만날 생각은 하지 않았어."

"언제 다시 시작되었어?"

"아주 한참 지나서야. 유스케를 낳고 병원을 퇴원하고 한 달쯤 지나서."

"어떻게?"

"전화를 했어. 그 사람 휴대전화에."

"왜 전화를 했어?"

아야코는 입을 꼭 다물고 턱을 당기고 하얀 모포커버를 노려보았다. 물론 모포가 미워서가 아니라 원래대로라면 야스타카의 얼굴을 노려보고 싶었을 것이 틀림없다.

"아기가 무사히 태어나서 건강하게 자라고 있다고 알려주고 싶었어?"

야스타카의 물음에도 대답하지 않는다.

"그 자가 지금 어떻게 사는지 궁금했어? 다른 여자랑 사귀지는 않는지 궁금했어?"

여전히 대답하지 않는다.

"아니면 나는 아직도 당신을 좋아한다고 말하고 싶었어?"

아야코는 턱을 휙 쳐들고 야스타카를 똑바로 쳐다보았다. 그리고 한결 높은 목소리로 말했다.

"그래, 전부 맞아. 그렇지만 너는 몰라!"

갑작스러운 공격에 야스타카는 당황했다.

"왜 그래, 왜 화를 내?"

"화내는 거 아냐. 다만 너는 그런 걸 전혀 모른다는 말을 하는 거야!"

말도 안 돼, 하고 야스타카는 생각했다. 갑자기 피가 머리로 솟구쳐서 입술을 일그러뜨리며 반박했다.

"그래, 난 몰라. 살인자의 마음을! 누나, 자기가 무슨 짓을 했는지 잊은 거 아냐? 좋아했다느니 그냥 내버려둘 수 없었다느니 말하지만, 누나는 그 자를 죽였잖아."

어, 하며 숨을 삼키며 말을 끊었다. 저녁식사 시간이라 병원 전체가 소란하다고는 해도 함부로 큰 소리를 내면 어디서 누가 들을지 알 수 없다.

아야코는 공기 빠진 풍선처럼 풀이 죽고 말았다. 안색은 흙빛을 넘어 종잇장처럼 하얘지고, 두 손으로 모포커버를 쥐고 덜덜 떨고 있다.

"미안." 하고 야스타카는 서둘러 말했다. 그도 역시 급상승과 급하강의 반복에 멀미가 나는 기분이었다. 오누이 둘이 행방을 알 수 없는 작은 배에 갇힌 채 바다 한가운데서 헤매고 다니는 기분이었다.

"너는 몰라."

아야코의 이빨이 부딪히는 소리가 들린다. 목소리도 떨린다.

"너는 아직 누굴 정말로 좋아해본 적 없지? 매일 방구석에 처박혀서 책만 파느라 여자를 사귀어본 적도 없잖아? 이론만 훤하지. 그런 놈이 내 마음을 어떻게 알아!"

마치 마술이라도 하듯이 두 눈에서 눈물이 주룩주룩 흘러 떨어졌다. 그녀는 모포를 끌어올려 머리까지 뒤집어쓰고 소리죽여 울기 시작한다.

야스타카는 다시 의자째 바닥 밑으로 가라앉는 기분이었다. 누나를 울리고 말았다는 죄책감 이전에 그도 역시 깊은 상처를 입고 말았다.

─왜 얘기가 이렇게 흘렀지?

손을 들어 자기 얼굴을 문지르려고 하는데 손가락 끝이 부들부들 떨리고 있었다.

"어쨌든 먼저 전화를 건 것은 누나였다는 말이지?"

달래는 말투로 그렇게 물었다. 아야코는 모포를 뒤집어쓴 채 꼼짝도 하지 않는다.

"그래서 누나가 그 자를 만났어. 누나를 피하지는 않았던 모양이지? 그 후 가끔 만나게 되었다, 그런 거야?"

그제야, 모포 속에 숨은 채 아야코는 고개를 끄덕였다.

"그 아파트가 그 자의 집이야? 그곳은 몇 번이나 찾아갔어?"

아야코가 모포 밑에서 뭐라고 말했다. "뭐?" 하고 야스타카는 되물었다. 아야코는 자포자기한 것처럼 모포를 확 걷어치우고 숨을 크게 토해냈다.

"그 아파트에 간 것은 그날 밤이 두 번째였을 거야. 처음 갔을 때는 굉장한 아파트여서 깜짝 놀랐어. 그 사람, 나랑 헤어진 뒤 거기로 이사해 있었어."

야스타카는 내심 혀를 끌끌 차고 싶은 심정이었다. 예전이었다면 이사해서 주소가 바뀌면 아야코가 아무리 만나려고 해도 야시로 유지의 거처를 알 수 없어서 그대로 헤어지고 말았을 것이다. 하지만 지금은 휴대진화라는 번거로운 것이 존재하는 덕분에 아야코는 쉽게 그와 연락을 취할 수 있었고, 결국 예전 관계로 돌아가 버렸다.

"그 자가 왜 이사를 했대?"

그 자도 나름대로는 누나를 잊고 확실히 결말을 짓기 위해서가 아니었을까 하는 뉘앙스를 담아서 야스타카가 물었다. 실연해서 이사하는 것이 꼭 여자 쪽이어야 한다는 법은 없는 것이다. 사실 야시로 유지가 '실연' 당한 것은 아니지만.

아야코는 천장을 쳐다보며 흐릿한 말투로 대답했다.

"그 사람 아버지가 하는 일 때문에 이사한 거래……."

야스타카는 웃음을 터뜨렸다. "뭐야, 그건. 다 큰 남자가 할 소리가 아니잖아. 아빠가 전근을 해서 나도 따라갔어요, 라는 건가? 정말 웃긴다. 웃겨. 그러니까 아버지랑 싸우는 와중에 어머니나 할머니까지 다 죽이고 만 모양이군, 그 자가."

아야코는 동생의 도발적인 말본새에도 여전히 무표정으로 새하얀 천장을 올려다보고 있었다. 의미가 담겼음직한 그 침묵에

야스타카는 입을 다물고 불안한 심정이 되었다.

"내가……."

아야코가 작은 소리로 중얼거렸다. 야스타카는 누이의 침대 옆으로 다가갔다. 그가 가만히 들여다보는데도 아야코는 병으로 야윈 얼굴을 찡그리고 오로지 천장만 쳐다보고 있었다. 마치 거기에 누구의 얼굴이 있어서, 이 눈싸움에 지면 큰일이라도 날 것처럼.

"나, 너한테도 아직 말하지 않은 게 있어."

"어?"

"처음 너한테 말할 때는 내 상태가 그랬잖아. 제대로 설명을 할 수 있는 상태가 아니었어."

"하지만 중요한 내용은 다 나왔어. 누나가 그 자를 만나러 갔다, 유스케를 안고. 그 자와 다시 시작하고 싶었다. 셋이서 가정을 꾸리고 싶었다. 하지만 그날 밤 식구들 몰래 만나러 가보니 그 자의 집이 엉망이 되어 있었다. 방 안 여기저기에 그 자의 아버지와 어머니, 할머니의 사체가 굴러다니고 있었다. 그 자는 누나와 유스케까지 죽이려고 했다. 누나는 자신과 아기를 지키기 위해서 그 자를 베란다 너머로 밀어서 떨어뜨렸다."

"아니야." 하고 아야코는 분명하게 부정했다.

"그게 아니야. 그 사람이 죽인 것은 그 사람의 아버지, 어머니, 할머니가 아니었어. 그게 아냐."

가족사진이 없는 가족

하야카와 사장에게 고용되어 고이토 노부야스 일가를 대신해서 1996년 3월경부터 웨스트타워 2025호에 살고 있던 일가족 네 명. 말하자면 고이토 일가의 가케무샤인 그들은 과연 어떤 사람들이었을까?

그들의 신원이 처음 밝혀진 것은 하야카와 사장의 신병이 확보되어 심문을 할 때다. 하야카와 사장은 그들을 가리켜,

"내가 알고 지내던 스나카와 씨 가족입니다."라고 말했다.

"가장인 스나카와 노부오 씨는, 우리가 고객을 몇 번 소개해준 적이 있는 이삿짐업체에서 아르바이트생들을 통솔하는 일을 하던 사람입니다. 그런 인연으로 서로 알게 된 겁니다. 다만 이런 일을 부탁한 것은 처음이고, 그 사람을 속여서 버티기꾼으로 활용한 것은 아닙니다. 스나카와 씨도 사정을 잘 알고 있었어요. 뿐만 아니라 이번 일은 그 사람한테 큰 도움이 되는 일이었

어요."

하야카와 사장에 따르면 1995년 9월경, 스나카와 노부오가 사무실을 찾아왔다고 한다.

"허리를 다쳐서 이삿짐업체에서 일할 수 없게 되었으니 무슨 일거리가 있으면 소개시켜 달라고 했어요. 나도 당장 떠오르는 것이 없어서, 아무런 도움도 주지 못했지요. 나와 스나카와 씨는 아까도 말했듯이 업무상 아는 사이일 뿐 그리 친한 것은 아니었어요."

스나카와 노부오는 하야카와 사장의 애인이 경영하는 마작하우스에도 종종 드나들었다고 하는데, 거기에서도 그리 환영받는 고객은 아니었던 모양이다.

"노인을 모시자니 병원비도 많이 들고 힘들다고 했어요. 그래도 푸념을 입에 달고 다니는 사람은 아니었고, 일을 할 때는 성실하고 부지런해서 나도 마음에 들어하기는 했어요. 하지만 이 불경기에 나이는 사십대 중반이나 되었고 이렇다 할 특기도 없고, 더구나 요통을 달고 사는 사람한테 금방 일자리가 나기는 힘들지요. 스나카와 씨는 허리만 아프지 않으면 택시 운전을 하고 싶다고 했어요. 그건 일하는 만큼 벌 수 있으니까요. 얘기하는 걸 봐서는 왕년에 한때 택시를 몬 적이 있는 모양입니다."

하야카와 사장으로서는 스나카와 노부오의 행운을 빌어주는 것밖에 해줄 게 없었고, 그 뒤로 그를 잊고 지냈다. 그런데 새해가 밝고 1월 중순경이 되자 스나카와가 또 사무실로 찾아왔다.

"이번에는 지금 살고 있는 아파트에서 쫓겨날 판인데, 노인을 데리고 살 곳을 구할 수 없어서 큰일이라고 하더군요. 일자리도 가끔씩 하루벌이밖에 구하지 못하고, 하는 수 없이 자기가 노인을 돌보고, 부인이 낮에는 슈퍼마켓 계산대에서 일하고 밤에는 주점에서 일한다고 하면서 꽤 낙담해 있더군요."

1996년 그때는 하야카와 사장도 벌써 2025호에 대한 계획이 서서, 필요한 기간 동안 고이토 가를 대신해서 그 아파트에 살아줄 가족을 찾기 시작한 참이었다.

"병약한 노인을 모시고 있는 가족이라면 매수인을 애먹이는 데는 안성맞춤이라는 생각이 들더군요. 그래서 스나카와 씨에게 제안을 하니까, 이 사람, 대번에 좋다고 했어요. 물론 위법행위라는 것도 다 설명했지요. 그래도 좋다고 했습니다. 어지간히 돈이 급했던 겁니다."

다만 하야카와 사장도 걱정이 되어서 스나카와에게 물어보았다. 지금 살고 있는 아파트에서는 왜 쫓겨나게 되었는지를.

"노인이 하체가 하도 부실해서 휠체어를 사다가 타고 다녔대요. 그런데 아파트 실내 여기저기에 있는 문턱 때문에 집 안에서는 제대로 움직일 수가 없었답니다. 그래서 주인 허락도 없이 문지방을 깎거나 홈을 메우거나 이런저런 공사를 했답니다. 그게 계약위반이라는 거죠. 난처해진 거죠. 허락도 없이 공사를 했으니 할 말도 없었을 것이고. 가뜩이나 집세도 많이 밀려서 주인도 쫓아낼 구실을 찾고 있었을 것이고요. 그리고 그 아파트가 2층이었다고 하는데, 노인의 휠체어가 굴러다니는 소리가 시끄럽다고 1층 주민이 종종 싫은 소리를 했던 것 같아요. 아무튼 주인은 이래저래 화가 잔뜩 났겠지요."

이 건에 대해서 말할 때, 하야카와 사장은 꽤 박력 있게 웃어 젖히고는 이렇게 말했다.

"이거, 아이러니 아닙니까? 스나카와 씨 식구들은 예전 아파트에 그냥 눌러 살았다고 해도 주인이 아파트를 비워달라고 강제집행을 했을지도 모릅니다. 안 되는 놈은 뒤로 넘어져도 코가 깨지게 마련입니다."

이리하여 스나카와 노부오와 그 식솔은 하야카와 사장의 지시대로 2025호로 이사하게 되었던 것이다.

"고이토 씨가 야반도주하기 전에 내 사무소에서 스나카와 씨 가족들과 만나게 했습니다. 스나카와 씨 쪽은 부부 두 사람만 나왔습니다. 노파는 멀리 출타하기가 힘들고, 아들은 직장이 있어서요. 고이토 씨 쪽도 부부만 나왔더군요. 이쪽은 아이가 아직 어려서요. 고이토 부인은 스나카와 부부를 탐탁해하지 않아서, 처음 만날 때도 말도 없이 눈만 치켜뜨고 쌀쌀맞게 대했습니다. 스나카와 부부가 먼저 돌아가자, 화를 내면서 나한테 따졌죠. 저런 사람들한테 우리 소중한 가구며 식기를 쓰게 할 수는 없다, 손가락 하나 건드리지 말라고 단단히 일러라, 하며 굉장한 기세였지요."

'매수인' 장에서 고이토 노부야스·시즈코 부부가 2025호의 버티기꾼을 몇 번 만난 적이 있다는 것, 그들을 '스나카와 씨'로 소개받았고, 그 이름으로 불렀다는 것은 이미 말했다. 그들은 사이가 원만하지 않았던 것일까?

하야카와 사장이 가지고 있던 2025호의 가짜 임대차계약서에는 세입자 스나카와 노부오와 그 가족들의 주민표가 첨부되어 있었다. 이 서류 덕분에 우리는 비로소 버티기꾼으로 2025호에 살고 있다가 몰살당하게 되는 '가족' 모두의 풀네임을 알 수 있다.

이 주민표에 따르면 세대주 스나카와 노부오는 1950년 8월 29일생. 사망 당시 45세가 되는 셈이다. 처 스나카와 사토코는 1948년생. 남편보다 두 살 연상이다. 이 두 사람이 거실에 쓰러져 있었다.

그리고 두 사람 사이에 태어난 아들 스나카와 쓰요시. 1974년 11월 3일생. 사망 당시 21세. 이 쓰요시가 베란다에서 지상으로 추락해서 사망해 있던 청년이다.

네 번째 사람—하야카와 사장의 이야기에서 '노파'로 등장한 것이 바로 스나카와 노부오의 어머니 스나카와 도메이다. 6조짜리 다다미방에 사망해 있던 노파다. 1910년 4월 4일생이며, 사망 당시 86세였다.

하야카와 사장은 말한다.

"고이토 부인이 신경이 날카로워져 있었다는 것은, 뭐 다들 짐작할 수 있을 겁니다. 야반도주를 하는 것이니 2025호에는 가구며 양복이며 소품이며 식기를 거의 다 그대로 남겨두어야 했으니까요. 나는 그 부부한테, 야반도주를 하는 거니까 꼭 필요한 것만 최소한도로 가지고 나가라, 하고 단단히 일러두었습니다. 당신들이 언제 사라지고 언제부터 다른 가족이 살기 시작했는지를 근처 사람들이 분명히 기억하면 곤란하다고 일러주었습니다. 크고 넓은 아파트 단지니까 한밤중이라도 누가 보고 있을지 알 수가 없잖아요. 큰 짐가방을 끌고 나가는 것은 말도 안 된다, 작은 가방 하나만 달랑 들고 나가라고 했습니다. 그 대신 남은 짐은 내가 책임지고 보관할 것이고, 스나카와 씨 가족한테도 잘 보관하라고 일러두겠다고 약속했지요."

그러나 고이토 시즈코는 스나카와 부부한테는 아파트를 맡길 수 없다고 우겼다.

"그런 가난뱅이들은 뭘 훔쳐갈지 알 수 없다는 겁니다. 그런 일이 없도록 하겠다고 내가 누차 약속했습니다. 그 부인은 참 까다로운 사람이었어요. 침대에 눕지 말고 바닥에서 자라, 욕실은 지저분해지니까 사용하지 마라 등 요구가 까탈스러웠습니다. 특히 그 부부 외에 스무 살이 지난 아들과 아흔 살 노인이 있다고 하자 펄펄 뛰면서 화를 내는 거예요. 그래서 나도 결국은 은근히 협박을 하지 않을 수 없었습니다. 부인, 당신이 그렇게 까탈스럽게 트집을 잡으면 나도 손을 떼겠다고 말입니다. 내가 손을 떼면 당신은 그 호화 아파트와 영영 이별하는 거라고 말입니다. 그랬더니 삐죽이 튀어나와 있던 입도 얌전하게 들어가더군요."

이미 말했지만 야반도주한 뒤에도 고이토 부부는 2025호를 여러 번 방문했고, 이웃 사람들이 그것을 목격했다. 여기서 기억해야 할 것은 스나카와 사토코와 고이토 시즈코가 2025호 현관 앞에 서서 이야기를 하는 것을 목격한 사람이 '자매가 다투는 것 같았다'고 말했다는 것이다. 이 경우 스나카와 사토코가 언니, 고이토 시즈코가 동생으로 보이는 것이 자연스러울 것이다.

"고이토 부인이 젊어 보이니까요." 하고 하야카와 사장은 말한다. "하긴 나도 스나카와 씨한테 주민표를 받았을 때, 부인이 마흔 여덟? 맞습니까? 하고 물었어요. 나이치고는 꽤 늙었구나, 생각했습니다. 하긴 여자는 고생을 하면 남자보다 두 배 세 배 나이를 먹으니까요. 그래도 별로 신경 쓰지 않았어. 어차피 다른 사람 부인 사정이니까요. 내가 걱정하던 것은 스나카와 씨들이 버티기꾼 노릇을 잘 해줄까 하는 것과 스나카와 부인이 고이토 부인과 다투지 않을 만큼 아파트를 깨끗하게 써줄까 하는 것이었습니다."

고이토 부부가 가끔 2025호를 찾아간 것도 자기와 똑같은 걱정을 하고 있었기 때문이라고 사장은 말한다.

"고이토 부인은 나를 믿지 않았고, 스나카와 부부도 혐오했어요. 그래서 상태를 살피지 않을 수 없었던 겁니다. 나로서야 못마땅한 일이었지요. 이웃들한테 자꾸 눈에 띄면 곤란하고, 만에 하나 집달관한테 들키기라도 하면 큰일 나니까 그만두라고 말렸지요. 하지만 그들은 새벽이나 한밤중에 조심스럽게 찾아가는 것이니 걱정 말라고 하면서 내 말을 듣지 않았어요."

하야카와 사장이 보기에, 스나카와 씨들은 사장의 지시대로 아파트를 깨끗하게 쓰고 있었다고 한다.

"스나카와는 일자리 찾기도 그만둔 상태였어요. 당시는 그 아파트에 있는 것 자체가 일이었고, 매수인 이시다 씨를 상대할 때도 세대주가 실업자인 것이 유리하니까 내내 집에만 있었습니다. 할일이 없으니까 매일 청소나 하고 있다고 하더군요. 실제로 내가 살짝 들여다보니 가구를 배치한 모델하우스처럼 깨끗했습니다."

스나카와 사토코는 한낮에는 슈퍼마켓에서 파트타이머로 일하고 밤에는 주점에서 일하는 생활을 고수하고 있었다. 하야카와 사장도 스나카와 가의 생활비를 전부 대줄 수는 없었고, 사토코도 그런 욕심은 없는 듯했다.

"고이토 부인은 노파의 휠체어에도 불만이 많았습니다. 바닥이 상하니까. 두 사람이 다툰 것도 아마 그것 때문이 아닐까 싶군요."

이 점에 대하여 고이토 시즈코한테 확인해 보았다.

"그런 이야기를 저쪽에서 먼저 털어놓았으니 내가 꼭 악다구니처럼 보이겠군요."

화난 얼굴로 그렇게 말한다.

"물론 휠체어에 대해서는 몇 번인가 불평한 적이 있습니다. 그 할머니는 제 힘으로 걷지 못할 정도로 하체가 약했던 것은 아닙니다. 응석을 부리고 있었던 거예요. 그래서 나는 할머니를 위해서라도 실내에서 휠체어 같은 건 사용하지 않는 것이 좋다고 말했던 거예요."

스나카와 부부하고는 기질이 잘 맞지 않았던 것일까?

"나하고는 사고방식이나 가치관 등 여러 가지 점에서 어울릴 수 없는 사람들이었어요. 하야카와 사상한테 그런 사람들 믿고 다른 사람들을 데려올 수 없느냐고 물어본 적도 있습니다."

하야카와 사장은 들어주지 않았다고 한다.

"부인, 이런 일을 하겠다는 사람들 중에 귀티가 줄줄 흐르는 부자가 있겠습니까, 하고 핀잔을 주더군요."

실제로 하야카와 사장은 그녀에게 딱 잘라 말했다고 한다.

"이보세요, 부인, 자기가 지금 어떤 처지에 있는지 알고나 하는 얘깁니까?"

다만 고이토 시즈코는 하야카와 사장한테 그렇게 노골적으로 핀잔을 들은 기억은 없다고 말했다.

"양가집 따님으로 곱게 크신 분인가 봐요, 하고 비웃은 적은 있었지만."

객관적으로 보자면, 가구를 깨끗이 써라, 거실 바닥에 흠집을 내지 마라, 하고 요구하는 모습은 정상적인(그리고 조금은 까다로운) 집주인이 정상적인 임차인에게 말하는 모습과 전혀 다를 것이 없다. 이것은 곧 고이토 시즈코에게는 2025호에 버티기꾼을 눌러 살게 해서 매수인에게 압박을 가하는 '범죄행위'에 가담하고 있다는 절실한 현실감각이 결여되어 있었다는 것을 보여주는 증거가 될지도 모른다.

"그 사람들은, 꼭 집어 말할 수는 없지만, 아주 이상한 사람들이었어요. 처음부터 예사롭지 않은 분위기를 풍겼어요. 정상이 아니에요. 수준이 낮았다고나 할까."

고이토 시즈코는 스나카와 씨들을 그렇게 매도한다.

"그래서 나중에 여러 가지 사정이 밝혀졌을 때도 나는 별로 놀라지 않았어요. 오히려 납득이 가고 속이 시원해지는 기분이었어요. 그때 남편한테 그랬어요. 봐라, 내가 뭐라고 했냐, 그 사람들, 이상하다고 하지 않았냐. 뭐, 동정적으로 보자면, 그런 속사정이 있었다면 버티기꾼 같은 불법행위라도 하지 않는 한 살아날 길이 없었겠지요. 하지만 누가 그 사람들을 강제로 그렇게 끌어들인 것은 아니잖아요? 타락하는 사람은 대개 제 발로 타락하는 거예요."

그러나 그녀의 이 주관적이고 억지스러운 발언의 밑바닥에서는 어딘지 공허하고 두려움이 묻어나는 울림이 느껴진다.

"고이토 부부는 돈에 쪼들렸습니다. 대출금을 갚지 못해서 살던 아파트를 경매에 넘겼잖아요. 스나카와 부부 보고 가난뱅이라느니 비참하다느니 비열하다느니, 그렇게 잘난 척 할 처지가 아니지요. 하지만 그 부인은 툭하면 그 사실을 망각하고, 나쁜 짓을 한 것은 나랑 스나카와 씨들이고 자기들은 선량한 시민인 것처럼 말합니다. 지금 생각해보면, 그런 모순투성이 말을 떠들면서 현실을 도피하고 있었던 것은 아닌가 하는 생각이 드는군요."

'이웃들' 장에서 웨스트타워 810호의 스노다 이즈미라는 소녀가 쓰레기처리장에 갔다가 고이토 다카히로가 버린 신품(적어도 겉으로 보기에는 완전한 신품인) 카세트라디오를 주워가려다가, 그것을 말리는 고이토 시즈코와 말다툼을 일으킨 일화를, 독자들은 기억하고 있을 것이다. 그 일화에 관한 스노다 이즈미의 기억은 매우 선명했다. 스노다 이즈미는 아주 두려웠다고 말한다. 히스테리 상태에 빠진 고이토 시즈코가 당장이라도 돌아서서 자기를 후려칠 것 같은 기분이 들었다고 한다.

이 사건이 일어난 것은 고이토 가가 하야카와 사장의 지시대로 야반도주를 하기 직전이었다. 경제적인 핍박이 더 이상 빼도 박도 못할 지경까지 와 있던 때다. 고이토 시즈코가 신경질적으로 되어 있었던 것도 능히 납득할 만한 일일 것이다. 그러나 이상한 것은 그 신품 라디오카세트의 출처다.

고이토 시즈코에게 직접 물어도, "그런 일이 있었는지 통 기억이 없네요." 하는 대답만 돌아온다. 그런데 의외로 하야카와 사장이 저간의 사정을 잘 알고 있었다.

"고이토의 남편한테 들은 얘깁니다."

하고 말머리를 놓은 다음,

"그때는 고리대금업자나 카드회사에서도 돈을 빌려 쓰고 있었다고 합니다. 말하자면 생활비가 모자라서 빌려 쓰는 거니까 하나하나는 작은 빚이었다고 하는데, 그 독촉이 한꺼번에 몰렸다고 합니다. 그래서 흔히 말하는 '현물깡'이라는 것에 손을 댄 거죠. 자격심사가 엉성한 카드를 발급받아서 그것으로 전자제품을 잔뜩 사들여서 현물깡업자한테 넘기고 대금을 받아서 대출금 상환에 쓰는 겁니다. 아무리 발버둥 쳐도 이런 식으로 빚을 끌 수가 없다는 것이 분명하지만, 사람이란 구석에 몰리면 이성적인 판단이 힘들어지나 봅니다. 그 영리한 부인도 그런 현물깡에 빠져들었던 겁니다."

신품 카세트라디오는 원래대로라면 다시 깡업자한테 넘겨야 할 물건이었다는 것이다.

"그런데 사정을 모르는 아들이 포장을 뜯어버린 거겠죠."

거기까지 듣고 나서 고이토 시즈코에게 확인해보았지만, 그녀는 그런 기억은 없다고 우긴다. 이럴 경우 가장 빠르고 확실한 방법은 고이토 다카히로에게 물어보는 것이다.

하지만 친권자 고이토 시즈코의 동의가 없으면 소년과 인터뷰할 수가 없다. 일단은 체념하려고 했지만, 몇 번인가 교섭을 거듭하는 가운데 고이토 시즈코가 아들이 인터뷰를 원한다는 소식을 전해주었고, 결국 그 소년을 만날 수 있었다. 더구나 인터뷰 자리에는 다카히로가 원하는 대로 시즈코가 자리를 피해주었다.

소년의 기억도 역시 스노다 이즈미 못지않게 선명했다. 중학생 소년에게는 비록 잠깐이라도 이목을 아랑곳하지 않고 울고불고 아우성치는 어머니의 모습이 적잖은 충격이었을 것이다.

─카세트라디오 사건은 하야카와 사장이 추측하는 그런 사건이었나?

"그렇습니다. 그때 우리 집에는 종종 전자제품이 쌓여 있었는데, 어머니가 그 물건에는 절대로 손을 대지 말라고 했어요. 그런데 그 카세트라디오 상자만은 조금 떨어진 곳에 따로 있어서, 이건 내가 써도 되는 건가보다 생각하고."

영리해 뵈는 소년이다. 얼굴은 어머니를 닮았지만 체구는 아버지를 닮았다.

"내가 포장을 뜯었는데, 집에 돌아온 어머니가 그걸 보고 엄청나게 화를 냈어요. 어떻게든 원래대로 해놓으려고 했지만 잘 안 되었어요. 어머니는 거의 히스테리를 일으키며 당장 내다버리고 오라고 소리를 질렀어요. 어머니도 어찌해야 좋을지 혼란스러워서 그랬을 거예요. 누구한테 넘겨줘야 할 물건에 손을 대고 말았으니까요."

당시 소년은 어머니가 현물깡업자가 시키는 대로 신용카드로 가전제품을 사들이고 있다는 것은 알지 못했지만, 매일 배달되는 카세트라디오나 전자렌지, 소형 오디오세트 등을 보면서, 그리고 그것을 가지러 오는 남자들의 인상착의를 관찰하면서 뭔가 좋지 않은 일이 일어나고 있는 것 같다는 느낌을 받았다고 한다.

"어머니는 그 사람들을 무서워했어요. 야쿠자 같은 남자들이라 나도 무서웠어요."

어린 소년의 눈을 통해서 당시 고이토 가가 처한 상황의 일단을 들여다볼 수 있었다. 고이토 가가 아직 2025호에 살고 있을 때 야쿠자 같은 남자가 출입하는 것을 보았다는 이웃 사람들의 증언을 떠오르게 하는 대목이다.

—야반도주를 해야 한다는 말을 들었을 때는 기분이 어땠어?

"부모님은 나한테 '야반도주'라는 말을 하지는 않았어요. 얼마 동안 이 집을 비워줘야 한다고 했어요. 다만 우리가 없어진 것을 이웃 사람들이 알면 안 되니까 당장 필요한 물건 몇 가지만 들고 살짝 나가는 거라고요."

소년은 맥없이 웃는다. 그러자 눈언저리의 선이 엄마의 그것보다 더 부드러운 곡선을 그린다.

"하지만 나는 야반도주라는 걸 알았어요. 바보라도 알았을 거예요, 그런 건."

비참했어요, 하고 말한다.

"이제 내 인생도 끝장났구나 하는 심정이었어요."

―이제 겨우 중학생인데?

"이런 가정에서 자라니 내 미래도 별 볼일 없을 거라고 생각했어요."

―별 볼일 없을 거라고?

"네. 부모가 내 앞에 깔아주려는 레일이 잘못되고 있잖아요. 그러니 저 앞에 있는 내 미래도 별 볼일 없는 게 되는 거죠. 뽑기에서 꽝 뽑은 것처럼."

―재미난 발상이군.

"그래요? 하지만 우리들은 부모가 뭐든지 다 결정하니까 스스로는 아무것도 고를 수 없어요. 부모가 실패하면 자식이 뒤집어써야 하는 거죠."

담담하게 그렇게 말한 다카히로는 의외의 이야기를 들려주었다. 야반도주하고 스나카와 씨들이 대신 살게 된 이후, 소년도 몇 번인가 2025호를 찾아간 적이 있다는 것이다. 더구나 혼자서.

"야반도주하던 날 밤에는 너무 경황이 없어서, 그리 대단한 것은 아니지만, 참고서나 체육복 같은 것을 깜빡 잊고 왔어요. 그래서 그런 물건들을 챙기러 가야 했어요. 엄마한테 부탁해도 되지만, 역시 뭐랄까, 나도 궁금했어요, 그 집이 어떻게 되어 있는지. 그때는 부모가 무엇을 하고 있는지 몰랐기 때문에, 2025호에 갔다가 낯선 아줌마를 보고는 깜짝 놀랐어요. 틀림없이 빈집으로 있을 줄 알고 비상키를 가지고 갔었으니까."

―아줌마라면 스나카와 사토코를 말하는 거로군.

"예."

―아줌마도 네 얼굴을 보고 놀라든?

"어디 사는 학생이냐고 물었어요. 내가 당황해서 아무 말도 못하고 있는데, 아줌마가, 혹시 고이토 씨 아들이냐고 물었어요."

―그리고 집 안으로 들어오라고 했나?

"챙겨갈 것이 있어서 왔다고 했더니, 문을 열고 들어오라고 했어요. 이웃들이 볼까봐 걱정하는 것 같았어요."

고이토 다카히로가 자기 방에 들어가 옷장을 뒤지고 신발장을 뒤지는데도 스나카와 사토코는 전혀 눈치를 주거나 하지 않았다고 한다.

"그러는데 건너편 방에서 휠체어를 탄 할머니가 나와서 또 깜짝 놀랐어요."

―스나카와 도메 씨 말이군?

"날 보더니 '오, 왔니?' 하고 아는 척을 했어요. 몸집이 작고 주름살투성이 할머니인데, 인상은 조금 고약했지만 빙긋이 웃고 있었지요."

―아는 척을 해? 그럼 네가 누군지 알고 있었던 건가?

"그게 아니에요. 나를 누구랑 착각한 것 같았어요. 아줌마가 그 할머니 곁으로 다가가서 아주 큰 소리로, 어머니, 이 학생은 고이토 씨 아들이에요, 하고 여러 번 말하더군요. 하지만 가는귀가 먹었는지, 계속 착각을 하는 것 같았어요. 그래서 아줌마도 하는 수 없다는 듯이 웃고는, 나에게, 미안해, 하고 말했어요."

―스나카와 도메라는 할머니에게는 노인성치매 기운이 있었다고 하더군.

"그렇다고 하더군요. 나중에 들었어요."

―스나카와 사토코 씨가 쫓아내지 않고 친절하게 대해 주었나?

"예. 내가 들고 가야 할 짐이 크다고 봉지에 담아주고, 들고 가기 편하게 끈으로 묶어 주기도 했어요."

―그런데도 당혹스럽지 않았어? 어디 사는 어떤 사람들인지도 모르잖아. 스나카와 사토코에게 아줌마는 누구고, 왜 이 아파트에 있느냐고 물어보았어?

"묻기가 좀 어려웠어요. 뭔가 좀 이상한 예감도 들고, 물으면 부모님한테 안 좋을 것 같아서."

―그랬구나.

"하지만 내가 이것저것 뒤지고 있는 동안 아줌마가 얘기해주었어요. 우리는 너희 부모한테 이 아파트를 세낸 거라고. 그러니 아파트를 깨끗하게 쓰고 있다고 잘 얘기해 달라고 말예요."

―다카히로는 그 말을 믿었나?

"전혀요. 아파트를 남에게 세주는 사람이 야반도주를 해요? 그러니 그건 거짓말이다, 아줌마는 거짓말쟁이라고 말했어요."

―스나카와 사토코는 뭐라고 했지?

"쩔쩔매면서 말을 더듬었어요. 나는 기분이 아주 안 좋았어요. 뭐랄까…… 완전히 어린애취급을 당하는 것 같아서. 사실을 그대로 말해줘 봤자 이 아이는 이해하지 못할 거라고 믿는 것 같았어요. 그런 취급을 받는 것이 싫어서 짐이 정리되자 당장 돌아가려고 했어요. 그러자 아줌마가, 다음부터는 부모님이 괜찮다고 하기 전에는 너 혼자 여기 오면 안 되는 거야, 하고 말했어요."

―2025호에 오지 말라고?

"그래요. 나는 대답을 하지 않고 밖으로 나갔어요. 마침 현관으로 나갈 때 뒤에서 또 할머니가 유지라는 이름을 들먹이면서 뭐라고 했어요. 그러자 아줌마가 또, 저 학생은 유지가 아니라니까요, 하더군요. 이상하다는 생각은 들었지만, 솔직히 나는 그때 완전히 겁에 질려서 아무튼 빨리 그 자리를 떠나고 싶어서 거의 달리다시피 엘리베이터 쪽으로 갔습니다."

원래 자기 집이었던 곳에 낯선 가족이 살고 있는 것을 보고 겁을 먹은 고이토 다카히로는 허락도 없이 2025호를 찾아간 것을 부모에게 말하지 않았다. 말하면 틀림없이 호되게 야단맞을 것이 틀림없다고 생각했다고 한다.

―낯선 사람들이 2025호에 있는 것을 보았을 때 어떻게 해석하고 있었지? 너 나름대로 납득할 수 있는 시나리오를 생각하고 있었나?

"해석할 방법이 없었지요."

어지럽지나 않을까 걱정될 정도로 격하게 도리질을 하고 그렇게 잘라 말한다.

"다만 기분이 나빴을 뿐이죠. 생각을 해봐도 통 짐작이 안 가고. 엄마 아빠는 매일 다투기만 하니까 나한테 뭐라고 분명히 설명해줄 만한 상태도 아니었어요."

―그때는 히노의 외갓집에 살고 있었나?

"네. 거기서 학교를 다니는 것이 너무 힘들고 피곤했어요. 그래서 엄마한테 혼자 살고 싶다고 말했어요."

―네가 혼자서? 아파트 같은 것을 빌려서?

"예."

―왜?

"통학이 너무 힘들었으니까. 학교 근처에 살고 싶었어요."

―부모님은 뭐라고 했지?

"아빠한테는 말하지 않고 엄마한테만 말했어요. 엄마는 반대했어요. 그거야 처음부터 예상하고 있었지만."

―반대할 거라는 것을 알면서도 말해본 건가?

"네. 말하고 싶었으니까."

―그 정도로 통학이 힘들고 피곤하다는 것을 알아주었으면 해서?

"아니에요. 내가 더 이상 당신들하고 같이 살고 싶지 않다는 걸 말해주고 싶었던 거예요."

거친 말투가 아니라 자연스럽게 나온 말이다. '같이 살고 싶지 않다'고 잘라 말하는 순간 여윈 어깨를 조금 으쓱 했지만, 얍

전한 분위기에는 거의 변화가 없었다.

─부모와 떨어지고 싶었어?

"이젠 질렸다는 생각이었어요."

─뭐가 질렸다는 거지?

"이런저런 잘못들. 얼빠진 짓거리들."

─부모가 경제적으로 곤경에 처한 것?

"글쎄요. 그것만은 아니에요."

많이 피곤한지 지친 표정이 되었다.

"아까 얘기한 카세트라디오 건도 어처구니없는 얘기잖아요? 그 짓을 하려고 산더미처럼 빚을 지면 그걸 다 어떻게 갚겠어요. 그런데도 엄마란 사람은 아무 생각도 없이 그런 수법에 걸려드는 거예요. 하지만 엄마는 자기가 얼마나 바보인지 전혀 몰라요."

신랄하다.

"우리 부모는 언제나 말뿐이에요. 입으로는 늘 대단하고 특별한 사람들이라고 말하지만, 하는 짓은 늘 바보짓뿐이죠. 나는 그런 일에 말려드는 거, 이제는 진저리가 나요."

─하지만 부모는 너를 많이 걱정하고 있던데.

"나의 무엇이 걱정이라는 거죠? 나는 잘 하고 있었어요. 그런데 부모가 엉망으로 만든 거예요."

─하지만 너는 결국 혼자 살지는 않았지? 2025호에서 살인사건이 일어나 경찰이 너희 외가를 방문하려고 할 때 부모는 너를 데리고 급히 도망쳤지. 기억하지, 그때 일?

"예……."

―아주 힘든 경험이었을 것 같은데, 그때도 너는 부모와 함께 움직여주었잖아?

"강제로 끌려 다녔을 뿐이에요."

―그래? 어머니는 그렇게 말하지 않던데.

"뭐라고 했는데요?"

―엄마는 도망가려는 아빠를 말렸었고, 아빠를 따라 도망 다니고 싶어하지 않았지만, 네가 아빠를 혼자 두면 불쌍하다고 했다고 하던데? 그래서 함께 움직였다고.

고이토 다카히로는 파리라도 쫓듯이 머리를 한 번 도리질하고 이렇게 말했다.

"그거 다 거짓말이에요."

―엄마가 거짓말을 했다고?

"거짓말이거나, 엄마가 그렇게 생각하고 싶으니까 그렇게 생각하고 있을 뿐이겠죠. 엄마가 원래 그래요. 그렇게 생각하고 싶으면 그렇게 믿어버리고, 그것을 사실처럼 말하니까."

―그럼 그날의 도피극은 어떻게 된 거였어?

"끌려 다닌 거라고 말했잖아요. 아빠가 너 혼자 남으면 안 된다고 했어요. 자식은 부모를 따르는 거라고. 나는 싫었지만, 잠자코 따라다니다 보면 어차피 오래가지 않아서 체포될 거라고 생각했어요."

―꽤 냉정했구나.

"글쎄요. 그저 진저리가 났을 뿐이에요."

―도망 다니는 동안 엄마는 아빠가 절망한 나머지 무슨 일을 벌일지 알 수 없어서 아주 무서웠다고 하던데.

"무서워하는 것 같지는 않던데요."

―결국 아빠가 경찰에 출두하기로 한 것은 네가 이런저런 이야기로 설득을 했기 때문이라고 엄마는 말하던데?

고이토 다카히로는 눈길을 떨구었다. 무방비한 소년의 여린 모습이 비로소 드러난다는 느낌이 들었다.

"나는 설득 같은 거 하지 않았어요……."

―하지만 아빠하고 대화를 하긴 했지? 어떤 이야기를 했지?

"걱정스럽다고 했어요."

―걱정? 누구를?

"2025호 사람들. 모두 살해되었다고 들어서요. 사실인지 아닌지 알고 싶었어요. 굉장히……. 충격적이었고 걱정스러웠어요."

―아까 이야기했지만, 네가 만나본 것은 스나카와 사토코와 도메뿐이었지? 그것도 딱 한 번. 더구나 그 사람들한테 별로 좋은 인상을 받지 않았잖아?

눈길을 내린 채 고이토 다카히로는 입을 다물고 말았다. 그가 스스로 입을 열 때까지 이쪽에서는 아무 말도 하지 않고 기다리기로 했다.

1분 반쯤이 지났다. 고이토 다카히로는 눈을 몇 번 깜빡였다. 어쩌면 애써 눈물을 감추려고 했는지도 모르지만, 확실히 그렇다고 단언할 수는 없다.

"그 뒤에도 그 아줌마를 몇 번 만났어요."

―스나카와 사토코를?

"예. 2025호에 갔거든요."

―한 번 갔던 게 아니었나?

"예. 네 번인가 다섯 번 갔을 거예요. 더 갔었나?"

―왜 갔지? 또 필요한 물건을 가지러?

고이토 다카히로는 자꾸만 손가락으로 코를 문지른다. 킁, 킁, 하고 콧소리도 낸다.

"두 번째 갔을 때는 혹시 나한테 방 하나를 내주지 않을까 기대하고 그걸 부탁하러 갔었어요."

―2025호의 네 방을 돌려달라고?

"예."

―그때는 스나카와 사토코가 왜 그 아파트에 있는지 속사정을 알고 있었나?

"아직 몰랐어요. 하지만 이 아파트는 우리 집이라고 주장하면 내줄지도 모른다는 생각이 들었어요. 왜 그런 생각을 했는지는 알 수 없지만."

―그럼 그것은 아파트를 빌려서 혼자 살고 싶다고 어머니한테 말했다가 거절당한 뒤였나? 따로 살고 싶으면 혼자 2025호로 돌아가면 된다고 생각한 건가?

"예, 그래요. 아파트라면 통학도 훨씬 편하고."

―스나카와 사토코는 뭐라고 했지?

"당황했어요."

―화를 내거나 웃지는 않고?

"그렇지 않았어요. 나도 진지하게 설명했으니까."

―네 이야기를 잘 들어준 모양이군.

"엄마보다 나았어요."

―하지만 혼자 2025호로 돌아가서 생판 타인인 스나카와 씨들하고 같이 살 수 있다고 생각한 거야?

"뭐 그렇게 어려운 일은 아니잖아요."

―그럴까? 가족하고 같이 사는 것하고는 완전히 다를 것 같은데.

"그래요? 나는 부모랑 사는 게 훨씬 더 힘들었어요. 자식이라는 이유만으로 영문도 모른 채 부모한테 이리저리 끌려 다니고. 타인하고 살았다면 꼭 필요한 최소한의 규칙만 지키면 되니까 오히려 간편하잖아요."

―그런 얘기를 스나카와 사토코한테 했나?

"했어요."

―놀랐겠군?

"우리랑 같은 신세네, 했어요."

―우리랑 같은 신세?

"예. 하지만 그때는 그게 무슨 소린지 이해하지 못했어요. 스나카와 씨 집안 사정을 전혀 몰랐으니까. 그런데 아줌마가 말해주었어요. 사실은 우리도 핏줄이 닿지 않은 사람들끼리 임시로 모여서 사는 거란다, 하고요. 그래서 아줌마 이름도 사실은 스나카와 사토코가 아니라는 거예요."

―이번엔 네가 놀랐겠군?

"예. 깜짝 놀랐죠. 아저씨는 스나카와 노부오라는 사람인데, 유일하게 본명이고, 아줌마와 다른 사람들은 아저씨의 가족 이름을 잠깐 빌려 쓰고 있는 거라고. 이 아파트 때문이라고 했어요. 하지만 처음에는 잘 이해가 되지 않았어요."

―혹시 그 이야기를 듣고 난 뒤에 가족과 떨어져 2025호에서 지내고 싶어한 것은 아닌가?

"맞아요. 하지만 아줌마는 그게 그렇게 쉬운 일은 아니라고…… 그리고 그때 처음으로 아줌마들이 왜 2025호에 사는지, 경매니 버티기니 하는 것까지 다 설명해주었어요."

고이토 다카히로는 일련의 상황을 부모가 아니라 버티기꾼 가운데 한 사람인 스나카와 사토코한테 들었던 것이다.

"그래서 학생 마음은 이해하지만 우리로서는 하야카와 사장님 눈도 있고 해서 학생을 여기 있게 할 수가 없다고 했어요. 나도 그 설명을 듣고 어쩔 수 없나보다 생각했고요."

―실망했겠군.

"하지만 조금 기쁘기도 했어요. 나처럼 느끼는 사람이 또 있구나 해서."

―가족과 사는 것보다 남과 사는 것을 더 행복하게 느끼는 것?

"그래요. 아직 어린 나이인데 부모랑 헤어지고 싶어하고, 부모한테서 해방되고 싶어하는 거죠. 다른 아이들은 그런 생각을 하지 않으니까."

―스스로를 평범하지 않다고 생각했던 거로군.

"지금도 그렇게 생각해요. 인생이 엉망진창이죠."

―그건 네가 하기에 달린 거야. 그 뒤에도 2025호를 몇 번 찾아갔나?

"혼자 있고 싶을 때는 와도 좋다고 했어요. 그리고 제일 안쪽에 있는 방을 비워주었어요. 그래서 종종 학교가 끝나고 돌아가는 길에 아파트에 들러서 저녁에 아줌마가 이제 가라고 할 때까지 있었어요."

―이제 늦었으니 히노의 집으로 돌아가렴, 하고 말할 때까지?

"그래요. 가끔 밥도 지어주었어요."

―스나카와 사토코가 밥을 차려주었다고?

"예. 사내아이는 돌아서면 배가 고픈 법이라고 하면서. 하지만 아줌마는 직장을 다니느라 늘 바쁘셔서 밥 얻어먹기가 미안했어요."

―낮에는 슈퍼마켓에서, 밤에는 주점에서 일했다고 하더군.

"그렇다고 했어요. 내가 2025호에 들른 시간은 대개 오후 네 시나 네 시 반 정도였는데, 그 시간은 아줌마가 돌아와서 할머니를 돌보거나 저녁밥을 지었어요."

―다른 사람은 만나지 않았니? 스나카와 노부오나 쓰요시는?

"아저씨하고는 두 번쯤 만났어요."

―어땠지?

"조금 어두운 인상을 풍기는 사람이었어요. 하지만 나한테는 친절했어요. 학생도 고생이 많다고 하면서 어른을 대하듯이 상대해주었어요."

―스나카와 쓰요시는 어땠지?

고이토 다카히로의 얼굴이 문득 흐려졌다. 눈길이 다시 무릎께로 떨어지고, 눈꺼풀 밑에서 눈동자가 불안하게 움직인다.

―그 사람은 만나보지 못했어?

"만나지⋯⋯못했어요."

―호기심이 없었어? 그 사람이야말로 너랑 거의 같은 처지랄까, 같은 심정을 가지고 있을 법한 청년인데. 부모라는 이유 하나만으로 자식의 인생을 좌지우지하거나 이리저리 끌고 다닐 권리는 없다는 네 의견을 가장 잘 이해해 줄 것 같은 사람 아닌가?

"⋯⋯모르겠어요."

―그가 2025호에서 지내기는 했었나?

"거의 잠만 자러 들어올 뿐이라고 아줌마는 말했어요."

―아줌마는 쓰요시에 대해서 어떻게 생각하는 것 같았어?

"모르겠어요. 아줌마는⋯⋯ 걱정하는 것 같긴 했어요."

―누구랑 다투고 있다는 말은 안 하던가?

"그런 말은 하지 않아요."

―이야기를 다시 돌려볼까. 아까 부모를 따라 히노의 외가에서 도망쳐 나왔을 때까지 이야기했지. 2025호의 살인사건 소식을 듣고 너는 아버지한테 스나카와 씨들이 걱정이라고 했지? 그 사람들이 살해당했다는 것이 사실인지 아닌지 확인해보고

싶다고 했고.

"그래요."

―아버지는 그 말을 듣고 어떻게 반응했지? 역시 스나카와 씨들을 걱정했나?

"애초에 그런 놈들과 인연을 맺은 것부터가 잘못이라고 했어요."

억양이 없는 말투였다. 설령 아버지의 말을 인용하는 것이기는 해도, 스나카와 씨들을 '그런 놈들'이라고 부르는 것이 견디기 힘든 일인 모양이다.

―스나카와 씨들을 알고 있다는 너의 말에 아버지가 놀라지 않았나?

"그때는 그런 것까지 신경 쓸 여유가 없었겠지요."

―그런데 용케 아버지가 경찰에 출두했군.

"계속 도망 다니다가는 스나카와 씨들을 죽인 살인범으로 의심받을 거라고 생각한 거예요. 그때는 매수인 이시다 씨도 도망 중이라는 것을 아직 모르고 있었으니까."

―아버지한테는 스나카와 씨들을 죽일 만한 동기가 없는데.

"모르겠어요. 있었는지도 모르죠. 아버지는 스나카와 씨들을 싫어했으니까."

―왜 싫어했을까? 아버지도 너처럼 스나카와 씨의 특별한 사정을 알고 있었나?

"몰랐을 거예요. 아빠나 엄마는 신문 같은 데서 떠들기 시작한 뒤에야 스나카와 씨들이 평범한 가족이 아니라는 것을 알았어요. 전부터 알고 있던 것은 나뿐이었죠."

―너는 알고 있는 사실을 부모한테 말하지 않았군?

"그럴 필요 없잖아요."

―네 얘기를 들어보면 적어도 당시 너는 부모보다 스나카와 사토코한테 더 친근감을 느꼈던 것처럼 들리는데?

"글쎄요. 모르겠어요."

소년은 고개를 갸웃거리고는 굳은 표정으로 변한다. 그리고 문득 서두르는 것처럼 말했다.

"친근감인지 뭔지는 몰라요. 다만 스나카와 아줌마는 내 얘기를 잘 들어주었어요. 엄마처럼 내 얘기를 자기 편한 대로 듣는 게 아니라, 내가 하는 말을 그대로 받아들여 주었어요. 그래서 말하기가 편했어요. 아줌마가 나를 정말로 이해해주는 것은 아니지만, 왜냐면 그렇게 잘은 모르는 사이니까, 하지만 아줌마는 엄마처럼 자기가 듣고 싶은 것만 골라 듣는 사람은 아니었어요."

사실 경관들은 2025호에서 스나카와 씨들의 사체를 실어낸 뒤, 아파트 내부를 수색하면서 일찌감치 어떤 어색함을 느끼고 있었다. 이 집은 보통 집은 아니다, 왠지 임시로 거처하는 듯한 분위기가 난다, 이 가구며 전기제품은 꼭 다른 사람이 맡긴 것을 보관하는 것 같다는 평가가 있었다. 실제로 내부 복도 쪽 침실에는 소파나 테이블이 꼼꼼하게 커버가 씌워진 채 보관되고 있었다.

게다가 서랍 속에서는 이 어색함을 증폭시키고 뒷받침해주는 물건이 발견되었다. 가족사진을 모은 몇 권의 앨범이 깔끔하게 정리되어 박스에 담겨 있었는데, 결론부터 말하자면, 이 앨범은 고이토 가가 남기고 간 것이었고, 따라서 사진들도 고이토 노부야스 일가의 것이었다. 사체가 되어 있던 스나카와 씨들의 사진이 아니었다.

스나카와 도메의 사체가 있던 다다미방의 서랍에는, 마치 임시 살림을 위해 당장 필요한 신변잡화만 가져다놓았다는 것을 잘 보여주는 보스톤백과 커다란 종이봉지들이 있었다. 아파트 거실도 매우 조심스럽게 쓴 흔적이 역력했다. 거실 테이블에는 커다란 테이블보가 덮여 있어 얼룩이나 때가 묻지 않도록 배려되어 있었고, 컴포넌트스테레오는 전원을 빼서 코드를 일일이 말아 묶어 놓고 비닐시트를 씌워놓았다(그 비닐 시트 위에 많은 혈흔이 튀어 있었다). 아무리 봐도 빌린 집과 빌린 가구 속에서 살얼음 위를 걷듯이 조심스럽게 살았다는 분위기가 엿보인다.

이때까지만 해도 뒤바뀐 가족, 즉 사체가 되어 있는 사람들에게는 '얼굴'이 없었다. 그들은 어떤 사람이었나? 집 안을 샅샅이 뒤져도 그들의 앨범은 물론이고 스냅사진 한 장도 없었다. 다른 데서 온 편지 같은 것도 없었다. 마침내 하야카와 사장의 신병이 확보되고 가짜 임대차계약서와 거기 첨부된 주민표를 통해서 네 사람의 신원은 판명되었지만, 그들의 '얼굴'은 그런 문서에도 붙어 있지 않았다. 데드마스크로 생전의 표정을 읽어내는 데는 대단한 상상력이 필요하다. '스나카와'라는 성을 가지고 있던 2025호의 네 사람은 상당히 오랫동안 얼굴이 없는 사람들이었다.

그들의 얼굴이 분명히 떠오르게 된 것은 고이토 다카히로도 말했듯이 '신문 같은 데서 떠들기 시작한' 이후의 일이다.

"매스컴에서 떠들기 시작할 때 놀라지 않은 사람은 아마 전국에 나 하나밖에 없었을 거예요." 고이토 다카히로는 그렇게 말하며 희미하게 웃었다.

―그래? 하야카와 사장도 그 소식에는 놀랐다고 하더군. 너는 스나카와 가 사람들이 죽기 전에 유일하게 비밀을 나누었던 사람이었어.

소년의 얼굴에서 희미한 웃음이 사라졌다. 이번에는 정말로 울음을 터뜨릴 것 같은 표정이었다.

"하지만 이제는 나만 남고 말았어요. 아줌마랑 그 사람들, 이제 없잖아요. 없잖아요."

산 자와 죽은 자

 고이토 다카히로가 말하는 '야단'이 시작된 것은 하야카와 사장이 경찰에 출두해서 2025호에 쓰러져 있던 네 사람의 신원이 밝혀지고, 그 이름과 나이가 상세하게 보도되고 사흘이 지난 6월 8일이다.
 사이타마 현 후카야 시. 도쿄 도심에서 80킬로미터쯤 떨어진 작은 도시로, 다카사키 선이 통과한다. 일찍이 조카마치(봉건영주의 성을 중심으로 발달한 도시 — 옮긴이)였지만, 그 흔적은 후카야 성터 근방에 조금 남아 있을 뿐이다. 이웃 도시 구마가야 시가 조에쓰 신칸센의 정차역이 되는 이권을 얻은 대신 옛 도시의 정취를 잃어버렸다면, 이곳은 여전히 그런 정취가 감돌고 있다. 다만 장거리 출퇴근을 마다않는 '수도권 시민'의 노력 덕분에 후카야 시도 도쿄의 베드타운이 되었고, 덕분에 후카야 역 입구에 나란히 자리잡은 작은 식당이나 빵집 등은 한결같이 아침 일찍부터 문을 연다.

샌드위치전문점 '아시베'도 그런 가게들 가운데 하나다. '아시베'는 후카야 역 앞 버스정류장에서 북쪽으로 30미터쯤 물러선 곳이라, 꼭 십 년 전에 개업할 때는 아마 반년도 못 버티고 문을 닫을 거라고들 했다. 무엇보다 목이 안 좋았다. 첫차를 타려고 역으로 서두르는 사람들은, '아시베'에서 빵을 사려면 버스를 내려서 다시 30미터를 되돌아가야 하는데, 여기에 걸리는 몇 분간을 차라리 이불 속에서 더 보내고 싶어할 터였다.

실제로 '아시베'의 경영 상태는 좀처럼 궤도에 오르지 못했다. 이 가게에서 직접 만드는 샌드위치나 주먹밥이나 유부초밥이 맛이 좋고 가격도 다른 곳보다 30엔 내지 100엔 정도 싸고, 종이컵에 내주는 커피는 진짜 드립 커피이며, 사전에 예약해두면 물병이나 보온병에 담아주고, 예약을 하면 점심도시락도 만들어주는 등 다양한 서비스가 제공된다는 사실이 사람들 사이에서 입소문으로 퍼지기까지는.

'아시베'의 경영자 이자와 가즈노리·후사코 부부는 모두 후카야 시에서 나고 자라서 어릴 적부터 아는 사이였다. 양가가 모두 식당을 경영해서 고교를 졸업하고 바로 식당일을 돕기 시작했는데, 스무 살에 결혼하면서 독립했다. 독립하면서 오코노미야키 가게를 했는데, 이 장사는 찻집, 꼬치구이집 등, 잇달아 창업했다가는 문을 닫고, 인테리어를 고쳐서는 다시 창업하는 화려한 장사 이력의 출발이었다.

장사꾼 기질이 있었는지, 아니면 어지간히 운이 따랐는지, 그렇게 아이템을 바꾸어 오면서도 지금까지 크게 실패한 적은 없다고, 이자와 가즈요시는 말한다. '아시베'만 해도 그랬다. '아시베'는 부부가 후카야 시내에서 경영한 식당이나 식료품점으로는 일곱 번째 가게였고, 투자액도 가장 적었다. 노점이나 별반 다를 게 없는 규모다. 앞서 말한 대로 목도 나쁘다. 근처 상인들도 이자와 씨가 아무리 재주가 좋아도 저 자리에서는 실패할 거라고 수군거렸다. 그런데 문을 열고 몇 달이 지나면서 '아시베'가 번창하기 시작하자 다들 혀를 내두르며 이자와의 불패 신화를 믿게 되었다.

이자와 부부는 남들 눈에는 무슨 취미 활동처럼 장사를 하는 것으로 보였는데, 그들이 말하는 성공 비결은, 첫 번째, 가게 규모를 무리하게 키우지 말 것, 두 번째, 인건비에 인색하지 말 것. 세 번째는 두 번째와 관련된 것으로서, 직원을 '지배인'으로 키울 것, 이라고 한다. 실제로 그 동안 여러 가지 장사를 해 오면서도 부부는 늘 앞장서서 일해 왔지만, 4평이나 5평밖에 안 되는 작은 양식점을 경영할 때도 반드시 직원을 따로 고용해왔다. 부부끼리만 꾸려나가려고 하면 얼마 못 가서 운영이 매끄럽지 못하게 되고 마침내 경영이 어려워진다고 믿기 때문이다.

그리하여 지난 10여 년 동안 이자와 부부에게 고용되어 '지배인' 역할을 해온 것이 스나카와 사토코라는 여성이었다. 물론 '아시베'에게 없어서는 안 되는 직원이다.

스나카와 사토코는 1948년에 태어났으니 올해 48세다. 사이타마 현 아사카 시 출신이다. 부모는 오래 전에 세상을 떠났지만, 친정집에는 두 살 어린 여동생이 가정을 꾸리고 살고 있다. 사토코는 그곳에서 고교를 졸업하자 도쿄로 올라와 신주쿠의 백화점에 근무했다. 그리고 25세 때 상사의 주선으로 맞선을 보고 결혼을 했다. 2년 뒤 아들 쓰요시가 태어났다. 쓰요시는 현재 21세, 어머니와 함께 고생해온 탓인지, 그 연령대의 다른 모자지간보다 훨씬 사이가 좋고 서로 잘 배려한다.

반다루 센주기타 뉴시티 웨스트타워 2025호의 일가족 4인 살해사건 뉴스는 스나카와 사토코의 눈에도 처음부터 흥미로웠다. 사건과 직접적인 관계가 없는 전국의 모든 사람들과 마찬가지로 사토코도 텔레비전이나 신문에서 그 소식을 접하고, 단편적인 사실들(그리고 사실에 억측을 보탠 것)에다 추측을 보태가면서 수다를 떨곤 했던 것이다.

'아시베'에서 사토코가 하는 일은 이자와 후사코와 함께 식재를 구매하고 조리를 하고 매대를 담당하는 것이다. 새벽 3시에 출근해야 하므로 그 30분 전에는 일어나야 한다. '아시베'의 개점 시간은 새벽 4시인데, 그 사이 1시간은 눈코 뜰 새 없이 바쁘다. 곁눈으로라도 텔레비전이나 신문 같은 것은 볼 수 없고, 애초에 새벽 3시라면 텔레비전도 뉴스 프로그램을 내보내지 않고 조간신문 배달도 한참 기다려야 하는 시각이다. 스나카와 사토코는 매일 아침 묵묵히 일어나 묵묵히 일하러 나간다. 이것은 이자와 부부도 마찬가지다.

그러므로 '아시베'가 문을 열고 손님들이 얼굴을 비쳐야 비로소 그날의 활기찬 대화가 시작된다. 손님의 태반은 도쿄 시내로 출근하는 샐러리맨인데, 그들은 한결같이 옆구리에 조간신문을 끼고 들어온다. 버스정류장 근처의 역전 매점에서 일삼아 신문을 사가지고 오는 사람도 있다. 그날 아침 스나카와 사토코한테 샌드위치를 받아들고 돈을 지불하고 거스름돈을 받다가 그녀에게 장난을 걸 듯이 이런 말을 던진 것도 그런 샐러리맨 가운데 하나였다.

"언니, 언니가 아라카와 구에서 살해되었다면서요. 알고 있어요?"

스나카와 사토코는 어리둥절했다. 벌써 다음 손님의 주문에 정신이 팔려 있어서 그 손님의 말을 제대로 알아듣지 못했다.

"예? 뭐라고요?"

"이거요, 이거. 여기 나왔다니까요."

중년의 샐러리맨이 옆구리에 끼고 있던 조간신문을 톡톡 두드렸다.

"아라카와 구의 고급아파트에서 네 명이 살해된 사건 있죠? 그 피해자들의 신원이 밝혀졌대요."

"어머, 그래요?"

"그런데 언니랑 이름이 똑같네요. 깜짝 놀랐어요. 물론 우연이겠지만, 언니도 별로 좋은 기분은 아닐 거예요."

이자와 부부는 물론 조리사 자격증을 가지고 있지만, 사토코도 10년 전 이 부부와 일하게 된 직후, 부부의 권고와 자금 지원을 받아서 조리사 자격증을 취득했다. 그래서 '아시베'의 노점 같은 점포 벽에는, 이 식당의 메뉴는 정식 자격증이 있는 조리사가 만든다는 사실을 홍보하기 위해서 세 사람의 자격증이 나란히 걸려 있다.

이자와 후사코가 웃으면서 하는 말에 따르면, 이런 매점 같은 스타일의 식당에서 일하면 좋은 점이 하나 있단다. 오갈 데 없는 중년 아줌마인데도 동년배 남성 손님들이 '언니'라고 불러 준다는 것이다. 샐러리맨들은 벽에 붙어 있는 자격증에서 사토코나 후사코의 이름을 볼 수 있고, 그녀들이 서로 부르는 소리를 듣고 어느 쪽이 사토코이고 어느 쪽이 후사코인지 자연히 알 수 있게 된다. 그래도 중년의 손님들도 그녀들을 '언니'라고 부르고, 듣는 쪽도 그 호칭에 익숙해졌다.

그래서 이때 스나카와 사토코는 손님이 농담 삼아 던진 그 말의 내용보다 그 손님이 사토코의 이름과 얼굴을 일치시켰다는 사실에 왠지 쑥스러운 기분이 들었다. 그녀는 "어머, 그게 뭔 일이래요." 하고 무난한 웃음으로 그 손님의 말을 받아넘겼다.

그런데 잠시 후 우유와 샌드위치를 구입한 젊은 남자 손님이 조금 전 중년의 샐러리맨과 똑같은 이야기를 했다.

"아줌마, 아줌마 이름이 신문에 났어요."

이 젊은 샐러리맨은 아마 총각일 것이다. 거의 하루도 빠짐없이 '아시베'에서 아침을 해결하는 단골이다. 점심도시락도 자주 주문한다. 가운데가 쏙 패여 조금 건방져 보이는 턱과 웃는 얼굴이 애교스러운 사람인데, 이름은 모르지만 후사코도 사토코도 그를 동생처럼 여기고 있었다.

"아까도 그런 말을 하는 손님이 있더구만."

사토코가 웃으며 이렇게 말하자 젊은 샐러리맨은 들고 있던 신문을 내밀었다. 《닛칸재팬》이다.

"읽어봐요. 얼마 전부터 요란하게 보도되고 있는 사건이니까 잘 아실 거예요. 아라카와 일가족 4인 살해사건. 거기서 죽은 피해자 일가족의 성이 스나카와래요. 게다가 부인의 이름이 스나카와 사토코 씨라고 나왔어요. 읽어볼래요?"

"아, 됐어요. 나중에 한가할 때 사다 읽죠, 뭐."

"이거 놓고 갈게요. 난 다 읽었으니까. 가끔 깎아주시잖아요."

그 젊은 샐러리맨은 웃는 얼굴로 그렇게 말하면서 《닛칸재팬》을 내려놓고, 샌드위치 꾸러미를 받아들었다.

"아줌마, 아마 오늘은 여러 손님들한테 그런 소리 듣게 될 걸요. 살다보면 이렇게 사람 황당한 우연도 있네요."

실제로 그 뒤에도 단골 가운데 몇 사람이, "신문 봤어요?"라느니, "언니, 신문에 났네요."라느니 하는 말을 했다. 한창 바쁜 시간대라 파는 사람이나 사는 사람이나 서두르고 있어서 손 놓고 노닥거릴 여유가 없어서, "그게 뭔 일이래요." 혹은 "예, 알아요." 하고 적당히 받아주면 되었다. 그런 말을 하는 손님도 심각한 모습으로 말하는 것은 아니다. "달갑지 않은 우연이네요." 하고 위로 반 장난 반으로 말해보고 싶을 뿐인 것이다.

스나카와 사토코는 일에 정신이 팔려 있는 동안은 아무것도 생각할 수 없었다. 젊은 샐러리맨이 놓고 간 《닛칸재팬》도 바쁜 시간대가 일단락될 때까지는 훑어보는 것은 고사하고 곁눈질할 틈도 없었다.

"어디 보자, 도대체 뭐가 나왔다는 거야."

그렇게 말하며 가까스로 《닛칸재팬》을 펼쳐본 것이 아침 9시가 지나서였다. 이 시간이면 '아시베'는 일단 문을 닫고 2시간 동안 휴식을 취한다. 이 휴식시간에 스나카와 사토코와 이자와 부부는 좁은 가게 뒤에 세워둔, 옆구리에 '아시베'라는 상호를 페인트로 그려놓은 라이트밴 속에서 늦은 아침을 먹는 것이 정해진 일과였다. 아침밥은 늘 이자와 후사코가 준비해 준다. 그날은 주먹밥과 더운 된장국이었다.

사토코는 후사코가 보온병을 열고 머그컵에 따라준 뜨거운 차를 마시면서 《닛칸재팬》을 뒤적였다. 일간지 특유의 기사 배치 방식에 따라, 1면에 '아라카와의 일가 4인 살해사건 피해자 일가의 신원이 판명되다'라는 제목이 나와 있지만 본문은 2면에 있었다. 제목의 활자 크기만큼 대대적인 보도는 아니었다. 그것도 그럴 것이, 범인이 잡혔다거나 용의자가 밝혀져서 전국에 지명수배했다거나 하는 것이 아니라 그저 피해자의 신원이 밝혀졌다는 것이니, 톱뉴스가 되기는 어려운 것이다.

2단짜리 기사를 자세히 읽을 것도 없이 '스나카와'라는 성이 시야로 날아들어서 사토코는 자기 이름이 적힌 부분을 즉시 찾아낼 수 있었다. 사토코 어깨 너머로 들여다보던 후사코도, "어머, 정말이네, 스나카와라는 성을 가진 사람이야." 하고 한결 높은 목소리로 말했다.

사토코는 잠시 머릿속이 새하얘져서 후사코의 말에도 반응을 보이지 않고 한손으로 신문을 잡은 채 앉아 있었다. 그러다가 오른손에 든 머그컵이 기울어 차가 무릎 위로 쏟아질 뻔했다.

"사토코 씨, 왜 그래요?"

후사코가 당황해서 사토코의 오른손을 붙들고, 차가 막 쏟아지기 시작한 머그컵을 바로잡았다.

"이러다 데이면 어쩌려고, 무슨 생각을 그렇게 해요."

후사코의 말대로 무릎에 쏟아지다 그친 차는 아직도 매우 뜨거웠다. 차는 사토코가 입은 수수한 빛깔의 레이온 바지에 스며들어 무릎께에 그림책에 나오는 수수께끼의 무인도 같은 모양의 얼룩을 만들었다. 사토코는 그런 것에 전혀 아랑곳하지 않고 머그컵이 없어져서 자유로워진 손까지 모아서 두 손으로 《닛칸재팬》을 꼭 잡았다. 마치 그렇게 붙잡아두지 않으면 그 얇은 석간지가 그녀 앞에서 도망쳐버리기라도 할 것처럼.

"스나카와 씨."

후사코는 남편 이자와와 얼굴을 마주보았다.

"네? 왜 그래요?"

후사코는 사토코의 어깨를 잡고 가볍게 흔들었다. 사토코는 버팀대를 잃은 것처럼 목이 건들건들 흔들렸다. 그리고는 문득 뭔가가 생각난 것처럼 두 손을 내리고 신문에서 눈길을 떼고 옆에 있던 후사코를 돌아보았다.

사토코의 얼굴에서 핏기가 사라져 있었다.

"그 사람이에요."

그렇게 한마디 중얼거렸다. 후사코가 알아듣지 못할 만큼 작고 빠른 말이었다. 마치 혀를 쯧, 하고 짧게 울린 것처럼 들렸다.

"네? 뭐라고요?"

후사코보다 이자와의 귀가 더 밝았다. 밴 앞좌석에 앉아 있던 그는 몸을 틀어 사토코 쪽으로 얼굴을 돌리고,

"그 스나카와 씨라는 것이 우연이 아니라 정말로 남편이란 말예요?" 하고 물었다.

사토코는 아직도 넋을 놓은 채 신문을 무릎 위에 펼쳐놓고 멍한 표정으로 눈만 깜빡거리고 있다. 후사코는 《닛칸재팬》을 집어 들고 서둘러 지면을 훑어보았다. 마음이 급해서 글자들이 좀처럼 눈에 들어오지 않았다.

"살해된 네 명은 스나카와 노부오 씨(45), 처 사토코 씨(48), 아들 쓰요시 씨(21), 그리고 노부오 씨의 어머니 도메 씨(86)가 아닌가 보고 있다."

후사코는 그 문장을 두 번 읽었다. 틀림없이 사토코라는 이름이 적혀 있었다. (48)이라는 숫자를 보고 반사적으로, 그런데 사토코 씨가 지금 몇 살이지? 하는 생각을 하는데, 이자와가 그녀의 손에서 《닛칸재팬》을 뺏어들었다.

"이게 남편이에요? 행방불명된 그 남편?"

사토코는 두 손으로 볼을 누른 채 고개를 한 번만 끄덕 했다. 그 모습이 소녀처럼 연약해 보여서 후사코는 문득 그녀가 가엾어졌다. 그래서 바짝 다가앉아 어깨에 팔을 두르고 안아주었다.

"괜찮아요? 마음 단단히 먹어요. 착오일지도 모르니까."

사토코는 도리질을 했다. "모르겠어요." 하고 말끝을 흐리듯이 중얼거렸다.

"무얼 모르겠다는 거예요?"

"남편 이름이잖아요. 나이도 맞고."

타성처럼 도리질을 계속하며,

"게다가 함께 적혀 있는 것도 내 이름과 쓰요시 이름과 시어머니 이름이 맞고."

"에? 그게 무슨 말이에요?"

후사코는 입이 귀 옆으로 옮겨간 것처럼 아주 새된 목소리를 냈다.

"남편 이름과 함께 사토코 씨 이름도 있어요? 게다가 사토코 씨만이 아니라고요? 쓰요시도 나왔어요?"

이자와가 떨떠름한 얼굴로 《닛칸재팬》을 쳐든 채로 후사코를 쏘아보았다.

"당신이 제일 정신을 못 차리고 있구만. 뭐가 뭔지 아직도 모르겠어?"

"몰라요."

후사코는 다시 한 번 이자와한테서 《닛칸재팬》을 빼앗아들었다. 하지만 기사를 다시 읽을 것도 없이 사토코가 무슨 말을 하는지, 아까 읽은 글이 무엇을 의미하는지가 마침내 머릿속에서 정돈되고 이해되었다.

스나카와 사토코의 남편 노부오가 가족을 버리고 가출한 지 올해로 벌써 15년쯤 되었을 것이다. 요즘 식으로 말하자면 '실종'일 터인데, 이자와 부부나 사토코 세대에서는 '증발'이라고 일컫는 사태였다. 그 뒤 사토코는 여자 혼자 몸으로 쓰요시를 키웠다.

이자와 부부가 처음 사토코를 고용한 10년 전에는, 그녀는 지금보다 훨씬 수척했고, 첫눈에도 경제적으로 어려움을 겪고 있다는 것을 짐작할 수 있었으며, 무엇보다 지칠 대로 지쳐 있었다. 실은 사토코를 만난 것은 함께 아는 사람의 소개를 통해서였다. 무책임한 남편한테 버림받고 힘들게 살고 있는 아주머니가 있는데, 괜찮다면 고용해서 써보지 않겠느냐는 청을 받았던 것이다.

이력서를 지참하게 해서 근처 찻집에서 만나, "채용 면접 같은 딱딱한 절차는 아니니까요." 하고 웃으면서 차를 마셨다. 그리고 채 한 시간도 지나지 않아서 채용이 결정되었다. 사토코의 불행을 동정해서 일자리를 내준 것은 아니었다. 이자와 부부는 그렇게 무르지 않다. 어디까지나 그녀의 됨됨이에 호감과 신뢰감을 느꼈기 때문이다.

사토코는 자신의 힘든 형편을 말하면서도, 증발한 남편을 한마디도 비난하지 않았다. 그 점에 관한 한 사토코를 소개한 지인의 말이 훨씬 신랄했다.

"필시 다른 여자가 생긴 거겠지만, 어느 날 갑자기 사라져서 그걸로 끝이에요. 그 달치 급료도 몽땅 들고 나갔으니 남은 식구들은 당장 먹고살 길이 막혀버렸지요. 그런 자는 남편이 아니라 인간쓰레기죠."

그러나 사토코는 그런 식으로 말하지 않았다. 남편에게 다른 여자가 있다고는 생각할 수 없다. 아니, 그럴지도 모르지만 그 여자 때문에 가출했다고는 생각할 수 없다고, 조용한 말투로 설명했다. 남편이 증발한 원인은 어디까지나 스나카와 집안의 복잡한 내력과 관계가 있다고 생각한다는 말도 했다.

"나한테도 모자란 점이 많았겠지만, 그것을 불평할 줄 아는 사람도 아니어서, 잠자코 집을 나가는 수밖에 없었을 거라고 생각합니다. 나와 아이도 고생을 하지만, 남편도, 어떻게 살고 있는지는 모르지만, 결코 편하게 살고 있을 거라고 생각하지는 않아요."

그녀의 말에서 후사코는 남동생을 생각해주는 누이의 모습을 느꼈다. 얼마 뒤 사토코가 연상이었다는 말을 듣고는, 역시 그렇구나, 하고 고개를 끄덕였던 것이다.

아무튼 사토코의 남편 노부오는 그렇게 행방불명이 되었고 지금도 그 상태로 남아 있다. 그 노부오의 이름이 도쿄 아라카와 구의 고급아파트에서 살해된 피해자의 이름으로 신문에 실린 것이다. 더구나 거기서 함께 죽었다는 가족들의 이름은 스나카와 노부오의 실제 가족, 즉 사토코와 쓰요시였다.

"사토코 씨는 죽지 않았고 쓰요시 군도 펄펄 살아 있으니, 이것은 틀림없이 착오예요."

어안이 벙벙해서 그렇게 결론짓는 후사코의 말을 무시하고 이자와는 사토코에게 물었다.

"시어머니 성함이 도메 씨 맞나요?"

사토코는 또 고개를 한 번만 끄덕였다. "맞아요. 그 사람의 어머니예요, 도메라고 합니다."

"그럼 모든 이름이 다 일치하잖아."

"그러니까 착오죠."

"당신은 여전히 얼떨떨하지? 그러니 잠깐만 잠자코 있어봐."

그렇게 쏘아붙이고 이자와는 눈살을 찡그렸다.

"어떻게 할까요, 스나카와 씨. 이거, 속 시원하게 확인해보는 게 좋지 않아요?"

사토코는 초점 없는 눈길을 위로 올렸다. "확인하다니, 어떻게요?"

"이게 사실인지 아닌지 말예요."

"다른 신문을 읽어보는 게 좋겠어요." 하고 후사코가 힘차게 제안했다.

이자와도 그게 좋겠다는 눈치였다. "매점에서 사올까? 좀 더 자세히 알 수 있었으면 좋겠군."

"그래요, 그래요. 그리고 쓰요시한테도 물어보는 게 어때요? 전화해 봐요, 사토코 씨."

"그게 좋겠군요." 하고 이자와도 고개를 끄덕였다. "자, 이걸 쓰세요."

이자와가 허리에 차고 있던 휴대전화를 꺼내서 사토코에게 내밀었다. 사토코는 휴대전화를 받아들었지만 손이 덜덜 떨리고 있었다. 손가락도 부들부들 떨려서 휴대전화의 작은 버튼을 좀처럼 누르지 못한다. 보다 못한 후사코가 손을 내밀었다.

"내가 걸어줄게요. 쓰요시는 지금쯤이면 회사에 도착했겠죠?"

스나카와 쓰요시는 오미야 시내의 인테리어회사에 근무한다.

"현장에 나갔으려나?"

"개도…… 휴대전화가 있어요."

사토코는 마치 헛소리를 하듯이 전화번호를 불렀다. 후사코는 그 번호를 누르고 잠시 기다렸다. 꽤 오래 기다려야 했지만, 업무시간에 걸고 있는 것이니 어쩔 수 없었다.

벨소리가 열 번쯤 울리고서야 쓰요시가 받았다. 조금 숨이 가쁜 눈치였다. 후사코가 이름을 밝히자 쓰요시의 무뚝뚝하던 말투가 갑자기 부드러워졌다.

"아, 아주머니. 안녕하세요."

스나카와 쓰요시는 이자와 부부를 아저씨, 아주머니라고 부른다. 명랑한 말투로 보건대 그는 아직 신문이나 텔레비전 뉴스도 보지 못하고 회사 동료들한테서도 "네 이름이 신문에 났더라."라는 말을 듣지 않은 모양이다.

"근데 어쩐 일이세요?" 그렇게 묻고는 쓰요시의 말투가 이내 다급해졌다. "엄마한테 무슨 일 있나요?"

"그게 아니야, 어머니는 여기 잘 있어."

후사코는 당황해서 그렇게 대답하고 곁눈으로 사토코를 보았다. 그녀는 아직도 고개를 툭 떨구고 앉은 채 《닛칸재팬》의 기사를 보고 있다.

후사코는 빠른 말투로 사정을 설명했다. 쓰요시는 중간중간에 "예에?" 하고 반응하고 있었다. 물론 건성으로 장단을 맞추는 것이 아니라, 그로서는 그것 말고 달리 할 말이 없었을 것이다.

쓰요시와 통화를 하는데 이자와가 신문더미를 안고 달려왔다. 주간지도 몇 권 사온 모양이다. 오늘 조간에 실린 사태를 지금 매대에 깔려 있는 주간지가 다룰 리가 없는데, 이이는 이렇게 덜렁대는 구석이 있다니까, 하고 후사코는 생각했다.

"쓰요시는 회사에서 무슨 소리 못 들었어?"

"전혀…… 오늘은 하필 현장으로 바로 출근했거든요."

회사의 친한 동료들하고는 아직 만나지 않았다고 한다.

"어머니가 조금 놀라신 것 같아. 그래서 지금도 안색이 안 좋아."

쓰요시의 목소리에 걱정이 고스란히 묻어났다. "괜찮으실까요?"

"우리가 옆에 있으니까 괜찮아. 쓰요시, 오늘 늦게 끝나나? 혹시 조퇴할 수는 없어?"

"그게…… 좀 곤란해요."

이자와가 통통한 배를 흔들며 앞으로 나서서 후사코의 손에서 휴대전화를 낚아챘다.

"쓰요시, 나야, 나."

"안녕하세요, 아저씨."

"어머니는 우리랑 같이 있으니까 걱정 말고, 쓰요시는 일이 다 끝난 뒤 저녁에 우리한테 들르라고. 이 신문기사의 내용이 사실인지 아닌지 확인해봐야 하니까, 우리가 알아서 여러 곳에 알아보겠지만, 그래도 너하고 상의해야 할지도 모르니까."

쓰요시는 그러마 약속하고 자기도 당장 신문을 봐야겠다고 했다. 이자와가 사토코에에 눈짓으로 '전화 바꿔 줄까요?' 하고 묻자 사토코는 여전히 떨리는 손을 내밀어 휴대전화를 잡았다.

"여보세요? 쓰요시?"

"어머니? 괜찮으세요?"

"너무나 놀라서……."

"정말로 아버지일 수도 있겠지만, 어머니하고 나, 그리고 할머니 이름까지 나온 것은 이상하잖아요? 뭔가 얼토당토않은 착오일지도 모르니까, 아버지가 아닐지도 모르니까, 너무 성급하게 생각하면 안 돼요. 알겠죠? 아저씨 아주머니랑 잘 상의하세요, 네? 저도 일이 끝나면 바로 거기로 갈 테니까."

사토코는 고개를 끄덕였다. 한층 맥을 놓는 모습이었고, 눈물도 그렁그렁했다.

"이런 일이 생기면 어쩌나 걱정했는데. 아빠가 돌아가셨다는 전화가 걸려온다든가, 그래서 시신을 보러 간다든가, 얼굴을 확인하러."

"그렇게 함부로 넘겨짚지 말라고 했잖아요. 하여간 엄마는 늘 생각이 너무 복잡하다니까. 신문이 실수한 건지도 몰라요. 보세요, 나도 엄마도 죽었다고 나왔잖아요. 아, 그렇지, 할머니 병원에도 전화해 보세요. 그쪽은 사람이 많으니까 여기보다 더 난리가 났을지도 몰라요. 간호사들도 신문을 봤을 것이고, 엉터리 기사네 뭐네 하고 말예요."

사토코가 통화를 마치자 이자와가 운전석에서 자리를 고쳐 앉았다.

"쓰요시도 말했지만 전화보다 직접 가보는 게 나을 거예요. 시어머니가 계신 병원, 가까운가요?"

스나카와 도메가 지내는 요양원은 '아시베'가 있는 역에서 시내 북쪽으로 30분 정도 차를 타고 가야 한다. 매주 일요일 오후에 병문안을 가는 것이 습관처럼 되어버린 사토코에게는 눈에 익은 길이다. 길이 한산해서 이자와는 꽤 속도를 냈다.

달리다가 카라디오를 틀자 마침 뉴스가 시작되는 참이었다. 아라카와의 일가 4인 살해사건의 피해자 신원이 밝혀졌다고 보도하고 있었다. 그러나 이 뉴스에서는 가족들 모두의 풀네임을 밝히지 않았다. '스나카와 노부오 씨, 무직, 사십오 세와 그 가족으로 보이는'이라는 식으로 표현할 뿐이었다.

차를 타고 있는 세 사람은 모두 귀를 바짝 세우고 들었지만 뉴스가 다음 화제로 넘어가자 이자와 후사코가 한숨을 지었다.
"신원을 자세히 말하지 않네요, 라디오에서는."

사토코는 아까 이자와가 사다준 신문들도 저마다 내용이 조금씩 달랐다는 점을 생각하고 있었다. 가족 네 명의 이름을 구체적이고 단정적으로 보도한 신문이 있는가 하면, 네 사람의 이름을 보도하되 '~라고 생각된다' '~라고 추측된다'라고 토를 단 신문, 세대주 스나카와 노부오만 풀네임으로 보도한 신문, 노부오에 대해서도 '하야카와 사장이 고용한 무직 남성'이라고 보도하면서 나이조차 생략한 신문도 있었다.

이런 차이가 있다는 것은 곧 이 기사 내용이, 경찰이 공식 기자회견 등을 통해서 발표한 내용은 아니라는 것을 말해주는 것이 아닐까. 추측을 보탠 것은 아닐까.

남편 스나카와 노부오가 실종된 이래 사토코에게는 '고생'이 곧 '생활'이 되었다. 하루하루 힘든 것이 너무나 당연한 것이 되었고, 한숨 돌릴 틈도 없고 마음을 놓을 여유도 없었다.

그래도 사토코는 집을 나가 종적을 감춰버린 노부오를 원망하거나 저주한 적이 없었다. 어떻게 살고 있는지 문득 걱정이 되거나 부아가 치밀 때는 있었지만, 증오한 적은 한 번도 없었다.

이런 심정을 아무도 이해해 줄 것 같지 않아서 누구한테도 말하지 않고 묵묵히 살아왔다. 남편이 사라진 뒤에도 시어머니를 모시고 혼자서 아이를 키우며 살아왔지만, 그런 그녀를 동정하고 칭송하는 풍문도, 시시콜콜 악의적으로 깎아내리는 험담도 대체로 사실이 아닌 경우가 많았다.

사토코가 시어머니와 계속 같이 사는 모습을 보면서도, 호의적인 사람들은 "시어머니를 나 몰라라 하지 않다니, 사토코 씨는 대단해."라고 말한다. 곱지 않게 보는 사람들은, "시어머니 재산을 노리는 거겠지."라고 말한다. "보나마나 그것 때문이야." 하고 비웃는다.

노부오가 실종되고 2, 3년 동안은 이런 억측과 풍문이 어디에선가 끊임없이 생겨나 사토코나 도메의 귀에까지 들어왔다. 그럴 때마다 사토코나 도메는 쓴웃음을 짓거나 실소하거나 깔깔 웃었고, 둘이 웃거나 혼자 웃었으며, 화가 난 상대를 웃기려고 애써 하하 웃어 보이기도 했다.

사실은 사토코와 도메는 따로 살아야 할 이유를 찾지 못해서 함께 있었던 것이다. 노부오는 사라졌지만 두 여인이 서로를 필요로 한다는 사실에는 변함이 없었다. 사토코는 밖에 나가 일을 해야 했기 때문에 자잘한 집안일과 쓰요시를 보살피는 데는 도메의 손길이 필요했다. 당시 일흔을 막 넘기고도 여전히 정정했던 도메도 지금 와서 새삼 혼자 사는 것도 무섭고 외롭다면서 사토코와 쓰요시 곁에 있기를 원했다.

게다가 두 사람은 마음이 잘 맞았다. 다투기도 잘 하고 서로를 성가시게 여긴 적도 있지만 기본적으로는 마음이 잘 맞았다. 예를 들면 음식 간이라든지 청소하고 수납하는 방식처럼 일상생활의 지극히 구체적인 점에서 성향이 곧잘 일치했다. 두 사람 모두 청소를 좋아하고 정리와 수납을 잘하고, 특히 욕실이나 화장실처럼 물 쓰는 곳을 청결하게 하는 데 신경을 쓰는 타입이었다. 따라서 요리에는 별 어려움이 없었다. 어묵이나 돈가스처럼 기름을 튀겨서 주방을 지저분하게 만드는 부식은 밖에서 사먹거나 사다 먹는 것이 좋다고 생각했다. 여성들은 이런 부분에서 취향이 맞으면 자본주의자와 공산주의자라도 같이 살 수 있는 것이다.

일찌감치 부모를 여의고 일가친척도 드문 사토코에게는 도메가 '부모'라고 부를 만한 유일한 존재였다는 점도 크게 작용했을지 모른다. 쓰요시가 할머니를 따랐던 것도 좋은 쪽으로 영향을 미쳤을지도 모른다. 아무튼 노부오 없이도 사토코와 쓰요시와 도메는 훌륭한 가족을 이룰 수 있었던 것이다.

그리고 이 여인들에게 가족이란 함께 사는 사람들이었다.

그리고 도메는 늘 사토코에게 미안하다고 사과했다. 물론 노부오를 두고 하는 말이다. 처자식 버리고 증발하는 아들을 키운 것은 나다, 내 탓이다, 사토코, 미안하다. 그렇게 사과하는 동시에 노부오를 매섭게 비난하는 것도 잊지 않았다. 덜 되먹은 놈 같으니, 하면서. 화를 내기 시작하면 사과로 끝내고, 사과하기 시작하면 화를 내면서 끝냈다.

할머니가 감정을 발산하는 양상을 두고, 전에 고교생이던 쓰요시는, "그건 그냥 할머니의 취미예요. 거의 사는 보람이라고 할 수 있죠." 하고 말한 적이 있다. 사토코는 그 말이 너무 우스워, 쿡쿡 터지는 웃음을 참으려고 쩔쩔맨 적도 있었다.

도메는 화를 낼 때도, 노부오 새끼, 어디서 객사나 하라지, 하는 심한 말도 거침없이 내뱉었다. 그 놈이 집으로 엉금엉금 기어들어오려고 하면 내가 가만 두나 봐, 내 손으로 모가지를 비틀어버릴 테니까, 하는 말을 할 때도 있었다.

사토코는 그런 악담에도 별로 놀라지 않았다. 애초에 노부오가 증발한 것도 이 괄괄한 어머니의 오랜 구박에 지친 때문이라고 알고 있었기 때문이다.

노부오는 메모 같은 것을 남기고 나간 것도 아니고, 어디서 전화 한 통 한 적도 없었다. 훌쩍 나가서 그냥 돌아오지 않고 있을 뿐이었다. 다만 당장 필요한 것들을 여행가방에 담아서 나간 흔적이 있어서 자발적인 가출이라고 판단한 것이다. 저금통장도 없어졌다.

그때 사토코는 울고불고 하거나 분노하거나 탄식하거나 불안

해하기 전에 먼저,

'아, 당신은 결국 이렇게 나가버리는 건가요.'

하고 생각했다. 마침내 작심을 하고 나가버렸구나. 그리고 남편이 너무 가엾어서 잠시 눈물을 짓기도 했다.

그로부터 한 달 정도는, 역시 기가 꺾인 노부오가 여행가방을 들고 돌아오지 않을까, 하는 생각에 밤마다 선잠을 잤다. 무슨 기척만 있으면 금세 잠이 깼다. 이게 무슨 소리지, 하고 일어나 보면 도메가 잠옷차림으로 현관에 서 있다가 이쪽을 돌아본다.

"뭔가가 유리를 때리는 소리가 들렸는데." 하고 겁먹은 표정으로 말하곤 했다.

"노부오는 배짱이 없어서, 돌아온다면 아마 한밤중일 거다. 슬금슬금 기어들어오려고 할 거야. 내가 가만 두나 봐. 두들겨 패서 쫓아낼 거야. 사토코, 너, 말릴 생각일랑 아예 마라."

네, 말릴 생각 없어요, 어머니. 그렇게 받아넘기고 사토코는 다시 잠자리로 돌아간다. 하지만 결국은, 혹시 노부오가 돌아오는 기미는 없나, 하는 미련에 아침까지 베개 위에서 귀를 바짝 세우곤 했다. 그이가 돌아오면 어머니보다 내가 먼저 알아차리고 맞이해줘야 할 텐데. 안 그러면 그이가 너무 딱해. 그이나 어머니나 다 딱한 사람들이야, 하는 생각을 하면서.

그렇게 잠을 설치는 밤은 세월이 흐르면서 점차 줄어들었다. 간격이 뜸해져갔다. 전혀 없어진 것은 아니지만, 노부오를 생각하지 않고 지내는 날들이 늘어갔다. 그렇게 해서 익숙해졌던 것이다.

하지만 미워하거나 증오한 적은 없었다.

스나카와 노부오가 죽어버렸다, 그것도 살해된 것 같다. 그이가 어머니보다 먼저 죽다니. 그것만은 안 된다고 생각했는데. 죽는 사태만은 있어서는 안 된다고 생각했는데.

바꾸어 말하면 스나카와 노부오는 어머니 도메를 죽이거나 도메와 함께 죽거나 도메로부터 도망치기 위해 자기가 죽거나, 그런 파괴적인 짓을 하지 않으려고 가출해버린 것이다. 사토코는 그렇게 생각하고 있었다. 그것이 제일 평화롭고 무난한 길이라고 생각했기 때문에 노부오는 증발해버린 것이다. 사토코와 쓰요시를 저버린 것도 도메로부터 떨어지기 위해서는 아무래도 그렇게 하지 않을 수 없었기 때문이지, 사토코 들이 미워서도 사토코 들에 대한 애정이 없어서도 아닐 거라고 생각하고 있었다.

사토코가 막연하게 상상하던 스나카와 가의 미래는 이런 것이었다. 도메가 천수를 다해서 오래 고생하지 않고 편안하게 세상을 떠난다. 그러면 예금을 찾아서 가능하면 커다란 '찾습니다' 광고를 낸다. 노부오의 눈에 띄도록. 모친의 부고를 알리고 사토코가 사는 곳을 알리는 것이다.

그러면 노부오는 틀림없이 돌아올 것이다. 새로운 인생, 새로운 가정을 꾸리고 있다고 해도 틀림없이 찾아올 것이다. 그에게는 도메가 죽어야 비로소 그 위패 앞에서 털어놓을 수 있는 이야기들이 많을 테니까.

그러나 사토코는 만약 노부오가 그렇게 돌아와도 이미 그와는 살 수 없을 것이고, 그때야말로 정말 이혼할 때일 거라는 생각도 하고 있었다.

그러나 3년 전 정월 초, 그런 그림의 한 구석이 망가졌다. 도메가 쓰러진 것이다. 구급차로 병원에 실려가 뇌경색 진단을 받았다. 목숨에는 지장이 없지만, 그때는 대화가 거의 불가능했고 우반신을 전혀 움직이지 못했다. 의사의 설명을 들으며 사토코는 시어머니의 극락왕생이 사라져버렸구나, 하고 생각했다.

도메는 입원생활을 계속하며 재활에 애썼다. 하지만 여든을 넘기고 당한 뇌경색 발작은 노파의 몸 여기저기에 악영향을 미친 것 같았다. 쓰러지기 전에는 가는귀 먹은 것과 만성적인 요통으로 고생하는 것 말고는 이렇다 할 병이 없었는데, 이제는 여기가 아프네, 저기가 아프네 하며 늘 불안과 불편을 호소하게 되었다. 그래도 힘겹게 요양을 계속하고 있었는데, 마침내 가벼운 노망기가 나타나게 되었다. 입원한 지 반년쯤 지났을 때 담당의는, 내과적으로는 더 이상 입원해서 치료할 의미가 없지만, 가정에서 보살피는 것도 힘들 것 같다고 말했다. 전문 요양원에 들어가는 것이 어떠냐는 제안이었다.

사토코는 고개를 가로저었다. 우선 심정적으로 받아들이기 힘들고, 경제적으로도 그럴 여유가 없었다. 그러자 담당의는 시에서 운영하는 간병 헬퍼 제도를 이용할 것과 특별노인요양원에 입주 신청을 해두라고 권했다. 앞으로 도메의 병상은 후퇴는 있을지언정 개선은 없을 거라고 단언할 수 있기 때문이라면서.

도메가 퇴원해서 집으로 돌아오자 그날부터 사토코의 생활은 전보다 턱없이 바빠졌다. 의료비만큼 지출도 늘어서 경제적으로도 어려움이 커졌다.

이자와 부부가 이것저것 배려해주었지만, 그들의 호의에 기대고 있을 수만은 없었다. 당시 아직 고교생이던 쓰요시도 새벽부터 신문배달 아르바이트를 하고, 학교가 파하면 공사현장이나 편의점에서 일을 해서 거의 쉴 틈이 없을 정도였다. 돈벌이가 좋은 아르바이트거리가 생기면 몰래 학교를 빠지고 일을 할 때도 있었다. 대학 진학은 애초에 포기한 상태였고, 아예 고교도 중퇴하고 돈을 벌고 싶다고 말한 적도 있었지만, 그것만은 애원하다시피 해서 말렸다. 이다음에 역시 고교 졸업장 정도는 받아두는 것이 좋았구나, 하고 후회하는 일이 있어서는 안 되기 때문이다.

친구들이 놀러 다니는 동안 허기진 배와 무거운 눈꺼풀을 견디며 공사현장에서 교통정리를 하는 쓰요시 모습을 보거나, 하루 4시간 정도밖에 잠을 못 자서 눈 밑이 거뭇해진 자기 얼굴을 거울로 볼 때마다, 무던한 사토코도, 우리만 이렇게 고생하며 사는구나, 하는 생각에 피로감이 와락 밀려드는 것이었다. 하지만 무엇보다 슬펐던 것은, 그렇게 정정하고, 남에게나 당신에게나 엄하고, 매사 야무지게 마무리 짓지 않고 대강 넘기는 것을 그렇게나 싫어하던 도메가 오갈 데 없는 병자가 되어 버렸다는 사실을 하루하루 생활 속에서 두 눈으로 확인해야 하는 것이었다.

집에 혼자 남는 것을 두려워하는 도메를 떼어놓고 일하러 나가는 것이 괴로웠다. 헬퍼가 아무리 잘해줘도 쉽게 받아들이려하지 않고, 마치 아이가 엄마를 찾듯이 사토코만 찾는 도메에게서 저 매서운 시어머니의 모습은 완전히 자취를 감추고 말았다.

그래도 종종 헬퍼가 기겁을 할 정도로 지독한 악담을 퍼부을 때가 있다고 사토코는 크게 기뻐했고, 그것이 또 헬퍼를 놀라게 했다. 담당 지역에서 갖가지 사정을 안고 있는 가정을 순회하는 홈헬퍼들은 누구보다도 세상사에 눈치가 빤한 사람들인데도, 모두들 사토코와 도메를 모녀지간으로 알고 있었고, 그것이 사토코를 즐겁게 했다. "네? 며느리세요?" 하고 깜짝 놀라면 까닭 없이 통쾌한 것이, 정체를 알 수 없는 기분을 느끼는 것이다.

외줄타기 같은 이런 생활을 사토코와 쓰요시 둘이서 힘겹게 2년 동안 지탱해왔다. 쓰요시는 고교를 졸업하고 취직을 했고 성인식도 치렀다. 하지만 도메의 노망기는 눈에 띄게 악화되어, 사토코가 직장을 그만둘 수 없는 이상, 이제 가족의 간호만으로는 도메의 안전과 안락을 보장하기가 어려워졌다.

마침 그럴 때 후카야 시 교외의 특별노인요양원에서 빈 침상이 났다는 소식이 왔다.

이자와 후사코는, "이런 걸 두고 기적이라고 하는 거예요." 하고 반색했다.

"말 그대로 구원의 손길이 내려온 것 같지 않아요?"

사토코도 이것이 행운이라는 데는 이론이 없었지만 가슴 한켠은 복잡했다. 사토코도 쓰요시도 지칠 대로 지쳐서, 솔직히 말해서 이쯤에서 도메를 전문시설에 맡길 수만 있다면 오죽 좋을까 싶었다. 하지만 한편에서는 도메를 내다버렸다는 죄책감에 시달리게 될 것이다.

그리고 사토코는 이런 생각도 했다. 나보다도 더 고생하고 더 절실하게 노인요양원의 빈 침상을 찾는 가족이 있지는 않을까…… 하고.

그런 말을 하자 쓰요시는 기가 차다는 듯이 웃었다. "지금 무슨 소리 하는 거야, 엄마. 세상에 엄마처럼 고생하는 사람이 또 어디 있다고 그래."

사실 쓰요시가 말은 그렇게 하지만 그 역시 할머니를 요양원에 맡기는 것을 반가워하는 것만은 아니었다.

"요양원에 들어갔다가 노망기가 더 악화되는 거 아냐?" 하고 불안해했다. "내가 밤낮으로 일하면 엄마가 직장을 그만둘 수 있지 않을까? 야간 공사현장 아르바이트 자리라도 찾아볼까 생각하는데. 엄마가 집에서 할머니를 보살필 수 있다면 요양원에 들어가지 않아도 되잖아."

그런 소리는 아예 하지도 말라고 사토코는 야단을 쳤다. 아무리 쓰요시가 젊다고 해도 잠을 줄여가면서 일한다면 언젠가는 틀림없이 건강을 해쳐서 돌이킬 수 없게 될 것이다. 그리고 만약 쓰요시가 그렇게 쓰러진다면 사토코의 인생은 더욱 막막해질 것이다.

어렵게 얻은 기회다. 의료시설을 제대로 갖추고 있어서 필요하면 언제라도 간호를 받을 수 있는 요양원에 들어가는 것이 할머니를 위해서도 더 좋을 것이다―이자와 부부가 그렇게 설득해도 결심을 하기까지는 며칠이 걸렸다. 결심한 후에도 자꾸 마음이 흔들렸다.

더구나 결심한 뒤에도 도메를 설득하는 커다란 벽이 기다리고 있다. 도메는 요양원에 들어가는 것을 싫어할 것이 틀림없다. 집에 있겠다고 할 것이다.

울면서 싫다고 버티는 도메를 요양원에 밀어 넣을 만큼 모진 구석이 사토코한테는 없었다. 도메가, "네가 나를 이렇게 내다 버리는구나!" 하고 비난한다고 해도 할 말이 없을 것 같았다. 그것이 사실이기 때문이다. 형식이야 어떻든, 또 지금까지 아무리 고생을 해왔든, 지금 노인요양원에 넣는 것은 도메를 버리는 일이다.

하지만 걱정했던 것과는 달리 도메는 요양원에 들어가겠다고 순순히 승낙했다. 아니, 오히려 자진해서 요양원에 가겠다고 했다.

"요양원에 가면 그만큼 빨리 좋아질 거야. 어서 고치고 싶으니 요양원에 들어가야겠다."

도메는 그렇게 말했다. 사토코는 놀라운 것도 놀라운 거였지만, 도메가 자기 나름대로 '나는 병에 걸렸다'는 의식을 가지고 있고, '고치고 싶다'고 갈망한다는 것을 알고는 가슴이 한없이 저렸다.

적절한 시설에서 간호를 받고, 다른 사람들과 집단생활을 한다는 자극을 통해서 '노망기'가 호전되는 경우도 있다는 요양원 직원의 설명에, 사토코도 결단을 내릴 수 있었다. 그래도 남아 있는 일말의 죄책감에 마음이 개운치 않았지만, 그 대신 최대한 사주 도메를 면회하러 감으로써 그 마음의 빚을 갚기로 결심했다.

 다행히 도메는 요양원 생활에 금세 적응했다. '빨리 낫고 싶다'는 바람이 있었기 때문일 것이다. 그리고 사토코는, 도메가 지금까지의 일상생활—매일 혼자 집에 틀어박혀 집만 봐야 하는 생활에 사실은 지루해하고 있었는지도 모른다는 생각을, 이쯤에 와서야 처음 해보았다. 도메의 노망기는 배회하거나 수선스럽게 움직이거나 자꾸 먹을 것을 탐하는 양상이 아니라, 말이 없어지고 자꾸 내면으로만 침잠해서 식물처럼 무표정·무반응이 되어 가는 것이었다. 정말로 내면에 틀어박혀 있다가도 비교적 명랑하게 이야기하거나 놀랄 만큼 박력 있게 행동하는 등, 증상이 하루하루 변하고 매주 달라지기는 하지만, 기본적으로 도메의 몸과 뇌의 노쇠는, 느리기는 해도 확실하게 노파를 '고요의 가옥' 속에 가두려고 하고 있었다. 시어머니의 노망은 그런 유형의 것이라고 사토코는 생각하고 있었다.

 그래서 사토코가 적극 나서서 도메를 즐겁게 해준다거나 뭔가 할일을 맡기고 책임을 지우는 능동적인 배려를 해주지 못하고 방치하기가 쉬웠다. 집 근처에 역시 시부모를 모시는 주부가 있는데, 그녀는 시어머니가 다동형 노망이라 간호하기가 너무 힘들다는 불평을 자주 했다. 그리고 스나카와 씨는 시어머니가 늘 얌전하게 있으니 얼마나 좋겠느냐고 부러워했다. 그 말을 들으니 왠지 마음이 놓이고 무슨 득을 보는 것 같은 기분이 들기도 했다.

그러나 요양원에서는 늘 외부의 자극을 받는다. 덕분에 도메가 되살아났다. 적어도 도메 내부의 감정 영역을 관장하는 부분이 오랜 잠에서 깨어나 다시 활동을 시작한 것은 분명했다. 일요일에 사토코가 병문안을 가보면 간호사 아무개가 심술을 부린다고 꼬장꼬장하게 불평하기도 하고, 몇 호실 할아범이 친절히 대해준다고 하면서 쑥스러워하기도 하고, 휠체어를 밀고 뜰을 산책시켜 주면 참새 새끼가 땅에 떨어져 죽은 것을 보고 눈물을 짓는 등 오랫동안 잃고 있었던 감정을 드러내게 되었다.

그런데 참으로 기뻐할 만한 이런 변화 때문에 생각지도 못한 어려운 문제가 발생하고 말았다.

도메가 요양원에 들어가고 반년쯤 지났을 때였다. 평소처럼 일요일 오전에 사토코가 면회하러 가보니 도메가 침대에 앉아 텔레비전을 뚫어져라 쳐다보고 있었다. 같은 방 노인들이 하는 이야기도 귀에 들어오지 않는지, 화면에 완전히 몰입해 있었다. 무슨 내용인데 저러시나 싶어서 사토코도 텔레비전을 보았다.

텔레비전에서는 시청자의 의뢰를 받아서 사람을 찾아주는 프로그램이 방영되는 중이었다. 마침 화면에는 서른 살쯤 돼 보이는 여성이 등장해서 눈물을 흘리면서, 부모가 이혼하면서 20년 전에 헤어졌던 어머니를 만나고 싶으니 부디 찾아달라는 이야기를 하는 참이었다.

도메는 몸을 앞으로 내밀고 텔레비전에 매달릴 것 같은 모습으로 화면을 들여다보고 있었다. 사토코가 인사를 건넸다.

"어머니, 저예요, 저 왔어요."

도메는 알아듣지 못한다. 입안에서 뭐라고 중얼거리는 것 같은데, 무슨 말인지 알아들을 수가 없었다.

"네? 뭐라고요? 텔레비전이 그렇게 재밌으세요?"

그러자 도메는 문득 몸을 일으키며 돌아보았다. 사토코가 있는 것을 보자 팔을 붙들고 텔레비전을 가리켰다.

"사토코, 뭐 해. 빨리 받아 적어."

사토코는 어리둥절했다. 화면에서는 사회자와 게스트 여배우가 방금 전 의뢰자 여성과 함께 눈시울을 붉히고 있었다.

"받아 적으라뇨, 뭘요?"

도메는 답답하다는 듯이 손발을 버둥댔다.

"글자가 나오잖아. 전화번호가 나오잖아. 빨랑 적어, 저기다 전화해봐."

과연 화면 하단에 '사람을 찾고 싶은 분'이란 안내문이 비치고 있다. '생이별한 가족, 잊지 못할 첫사랑, 옛 은사를 만나게 해 드립니다.'

도메는 저 안내문을 가리키는 것이었다.

"빨랑 받아 적으라니까, 사토코. 저기다 부탁하자. 찾아줄 거야."

"찾다니, 누굴 찾아요, 어머니?"

도메는 이미 사라진 지 오래여서 최근에는 보여준 적이 없던 저 매서운 표정을 지었다.

"누굴 찾다니? 너는 왜 그렇게 박정하냐. 그러고 보니 너는 한 번도 찾아보려고 한 적이 없었지. 생각해보니 그렇구나."

"어머니……."

"노부오를 찾아야지." 도메는 그렇게 말하고 축축한 눈을 손으로 문질렀다. "텔레비전에다 노부오를 찾아달라고 해야지. 보나마나 걔도 집에 돌아오고 싶어할 거야."

사토코는 너무나 놀라서 방향감각을 상실한 느낌이었다. 도메에게 어떻게 대답해야 좋을지 얼른 판단이 서질 않았다.

도메가 이런 말을 한 것은 노부오가 증발하고 15년 가까이 지나도록 처음이었다.

"노부오를 찾아야 해."

"걔도 집으로 돌아오고 싶어해."

사토코는 자기 귀를 의심하지 않을 수 없었다. 도메가 다른 사람도 아닌 사토코에게 증오와 주저의 눈길을 보냈다는 사실에 깊은 충격을 받고 말았다.

스나카와 가에서 도메의 증오와 짜증과 한탄이 향한 대상은 언제나 노부오였다. 도메는 마치 노부오가 자기 인생을 불행하게 만든 원흉인 것처럼 아무한테나 거침없이 노부오 욕을 해왔다. 그런 한탄 뒤에는 꼭 '머저리 같은 새끼'에 대한 분노와 한을 품고 살아가는 이내 고통은 누가 알아주겠느냐는 말을 덧붙였다.

물론 노부오 본인 앞에서도 말을 삼가는 법이 없었다. 오히려 노부오를 괴롭히고 싶어서, 잘 들으라고 일부러 큰 소리로 떠드는 듯한 모습도 있었다.

사토코도 처음 시집와서는 이 이상한 모자지간에 크게 당황했다. 직장 상사의 소개로 맞선을 보고 결혼한 사이인 만큼 스나카와 노부오라는 남자에게 깊은 애정을 품고 시집온 것은 아니었다. 다만 성실하게 조신하고 친절할 것 같다는 호감 정도를 품고 있었다.

그렇지만 보통은 아들을 턱없이 칭찬하고, 무슨 안 좋은 일이 생기면 기다렸다는 듯이 며느리를 탓해야 할—적어도 세상에서는 고부간을 그렇게 보니까—시어머니가 사토코에게,

"노부오 같은 사내한테 용케 시집을 와주었네. 고맙구나. 하지만 사토코, 너도 참 안됐다, 고생을 자처하고 왔으니 말이다."

하고 말하는 것이었다.

그뿐만 아니라 아들 보고는,

"너 같은 걸 신랑이라고 알고 시집와준 사람이니까 고맙게 생각하고 잘해줘라. 안 그러면 천벌 받는다." 하고 표독스런 말투로 저주를 했다.

스나카와 노부오는 어머니가 뭐라고 해도 대개는 못 들은 척하거나, 예, 예, 하고 흘려듣고 말았다. 이런 모습도 사토코로서는 이해할 수 없는 것이었다. 도메의 뼈아픈 저주를 덤덤히 듣고 있는 노부오를 보다 못해서 사토코가 이렇게 물어본 적이 있다. 어머니한테 그런 모진 소리를 듣고도 어떻게 그렇게 참고 있어요? 어머니는 왜 당신을 그렇게 못살게 굴죠?

스나카와 노부오는 힘없이 웃었다. 그리고 조금 지친 것처럼 입가를 처지게 하고 이렇게 말했다. "어쩌겠어. 그게 내 역할인 것을. 당신도 어머니 말에 일일이 신경 쓰지 않는 게 좋아."

"어떻게 그럴 수 있어요. 당신은 내 남편인데. 아무리 어머니라도 당신한테 그렇게 심한 말을 하는 것은 싫어요."

사토코가 정색을 하자 노부오의 웃음이 뿌리 깊고 복잡한 감정을 속이기 위한 가면의 웃음에서 진짜 웃음으로 변했다.

"그래? 기분 좋은데. 적어도 당신은 내 편이니까."

사토코의 기억에 남아 있는 노부오의 가장 보기 좋은 얼굴이 이때 보았던 웃는 얼굴이었다.

그리고 또 한 가지, 이 얼굴과 늘 짝을 이루며 기억에 되살아나는 얼굴이 있다. 결혼해서 처음 맞는 정월, 스나카와 가의 본가─당시 도메 혼자서 살고 있던 일자형의 작은 목조가옥─현관 앞에서 찍은 사진에 나오는 노부오의 얼굴이다. 카메라를 들고 밖으로 나가서 마침 지나가던 이웃집 부부한테 셔터 누르는 걸 부탁해서 찍은 사진인데, 도메와 노부오와 사토코 셋이서 나란히 서서 찍었다.

일반적인 경우라면 노부오와 사토코가 붙어 서고, 노부오 옆에 도메가 설 것이다. 그런데 이 사진에서는 도메가 노부오와 사토코 사이에 버티고 서 있다. 다만 이런 순서로 서도, 이를테면 도메가 사토코를 밀어내고 노부오에게 바짝 붙어 서 있다면 아들에 대한 애정과 독점욕이 강한 어머니라는, 세상이 금방 납득할 만한 스토리로 설명이 될 것이다. 하지만 스나카와 가의 세 사람은 그렇지는 않았다. 도메가 노부오에게서 떨어져서 사토코에게 바짝 다가서 있는 것이다.

사진 속에서 울모직 옷을 입고 머리를 곱게 단장한 새색시 사토코는, 단단한 몸집에 턱을 힘 있게 쳐든 관록 있는 시어머니에게 팔이 붙들린 채 턱없이 진지한 눈길로 카메라를 쳐다보고 있다. 그리고 노부오는 역시 울모직 앙상블을 입고 어머니한테서 반어깨넓이만큼 떨어져서 조금 우울한 표정으로 입가에만 희미한 웃음을 짓고 있다.

그의 양손은 양복 소매와 마찬가지로 몸통 옆에 힘없이 늘어뜨려진 채 전혀 자기주장을 하지 않고 있다. 그리고 엷은 웃음에서도 자기주장이 전혀 느껴지지 않는다. 어릴 적부터 늘, 어쩔 수 없는 일을 담담하게 체념하기 위해서, 다름 아닌 자기 자신을 속이기 위해서—당신의 이런 대응에 나는 상처받지 않았고 신경 쓰지도 않는다고—그러기 위해서 짓는 웃음이다. 사토코가 슬프게 생각하는 것은 노부오가 그녀에게 보였던 저 명랑한 웃음도, 그가 버릇처럼 짓고는 했던 저 공허한 웃음도 그로서는 모두 진실이었다는 것이다.

도메와 노부오의 관계는 내내 이랬다. 오랜 세월 동안 사토코는 거기에 익숙해졌다.

그러므로 도메의 말에 충격을 받은 것이다. 이제 와서 갑자기 제정신이 들어 노부오를 찾아야 한다고 하다니. 지금까지 그를 찾으려고 하지 않은 사토코를 '냉정하다'고 비난하다니.

대체 어떻게 된 일일까?

그러나 도메는 잠시 변덕으로 그런 말을 한 것이 아니었다. 정신착란을 일으킨 것도 아니었다. 요양원 생활을 하면서 도메는 새로워진 것이다.

뭔가가 일그러졌는지, 아니면 일그러져 있던 것이 바로 펴졌는지, 혹은 무엇이 부러졌는지, 무엇이 접속되었는지, 잠자고 있던 무엇이 깨어났는지, 날뛰고 있던 무엇이 조용해졌는지— 도메 내부에서 무슨 일이 일어났는지 정확한 것은 아무도 알 수 없었다. 의사조차 진단을 내리지 못했다. 알 수 있는 것은 그저 도메가 변했다는 사실뿐이었다. 그때까지 애증의 양 극단이 거꾸로 되어 있던 도메에서, 아들을 사랑하고 며느리를 비딱하게 바라보는, 세상에 흔한 시어머니 스나카와 도메로.

비록 이것이 정상으로 돌아온 것이라고는 해도 사토코로서는 힘든 나날의 시작이었다.

이때를 경계로 도메의 하루하루는, 사토코에 대한 불만과 울분을 발산하는 것을 원동력으로 삼게 되었다. 요양원 직원이나 간호사들, 그리고 같은 방 노인들은 지금까지 며느리를 그렇게 의지하던 도메 씨가 손바닥 뒤집듯이 갑자기 며느리한테 불평을 터뜨리기 시작한 모습에 모두들 놀랐다. 그리고 놀라움이 진정되자, 도메의 말에 맞장구치고 위로하고 서로 제 며느리 험담을 하는 사람이 있는가 하면, 면회하러 온 사토코의 소매를 잡고 위로하며 도메를 비난하는 사람도 있었다. 자기 처지에 따라 저마다 다른 반응을 보이는 것이다.

하지만 도메가 변했다고 해서 사토코까지 변한 것은 아니었다. 아무리 심한 말로 구박을 듣고 날조에 가까운 험담을 들어도 이제 와서 도메를 나 몰라라 할 수는 없었다.

게다가 사토코는 궁금했다. 도메의 내부에서 무슨 일이 일어난 것일까? 왜 갑자기 노부오를 사랑하고 가여워하게 되었을까? 노부오가 증발한 것은 부부 사이가 나쁜 탓이었다느니, 노부오를 찾으려 하지 않고 그냥 내버려둔 사토코를 마귀 같은 계집이라고 말하게 되었을까? 스러져가던 도메의 뇌 어딘가에서, 지금까지 도메가 아들 노부오에게 했던 짓에 대하여 모종의 거부반응이 일어난 것일까? 그것을 청산하지 않고는 죽을 수 없다―설령 '거짓'과 '기만'에 사로잡혀 남에게 책임을 전가해서라도 그것을 청산하지 않고는 편안해질 수 없다―그런 충동이 도메를 극적으로 바꾸어버린 것일까?

노부오의 증발 이후 오랜 시간이 지나고 나서야 비로소 사토코는 그의 귀가를 바라게 되었다. 정말로 오래간만에 노부오가 집에 있는 꿈도 꾸었다. 꿈속에서 그는 웃고 있었다.

'그랬는데……'

왜 이렇게 상황이 얄궂게 되었을까. 노부오가 죽다니. 아니, 살해당하다니.

'아니, 살해당한 것이 정말로 그 사람인지 아닌지는 아직 모르는 거잖아, 모르고말고. 살해당한다는 것이 어디 그리 흔한 일인가. 그 사람이 그런 일을 당했는지 어떤지 아직은 모르는 일이야.'

오랫동안 소식이 없던 남편이다. '죽었다'는 것이나 '살해되었다'는 것이나 금방 받아들이기 힘든 이야기였고, 어떤 종류의 감정도 솟아나지 않는다는 점에서는 매한가지였다. 다만 그래도 사토코로서는 그 얌전한 스나카와 노부오가 남의 손에 죽는다는 것이 도저히 상상도 할 수 없는 일이었다. 더구나 저 아라카와 일가 4인 살해사건인지 뭔지에는 불법행위에 얽힌 복잡한 사정이 있는 것 같다고 하지 않던가. 노부오가 그런 일에 끼어들었을까?

15년이란 세월이 사토코 옆으로 소리도 없이 흘러갔다. 그저 바쁘기만 한 세월이라 시간 흐르는 소리에 귀 기울이고 있을 틈도 없었고, 시간이 옆을 스쳐지나갈 때 그녀의 몸과 마음에 남긴 흔적을 돌아볼 틈도 전혀 없었다. 그래서 결과적으로 시간은 사토코 옆을 지나갔지만 그녀에게 아무런 실감도 남겨놓지 않았다. 너무나 바빠서, 예를 들면 지금 거울에서 15년 늙은 스나카와 사토코를 보더라도 15년 전의 자기 얼굴이 어땠는지를 벌써 오래 전에 잊어버렸으므로—이것도 너무 바빠 살아온 탓이다—'어머, 어느새 이렇게 할머니가 되었네.' 하고 쓴웃음을 지을 새도 없다.

그래도 노부오가 돌아온다면—언젠가 돌아오게 된다면—그의 얼굴 위에는 그 지나간 세월이 또렷하게 새겨져 있을 거라고 사토코는 생각하고 있었다.

"현관 앞에 주차해도 되나요?"

운전석의 이자와가 그렇게 묻자 사토코는 그제야 정신을 차렸다. 도메가 사는 '아케보노요양원'의 3층 건물이 눈앞에 바짝 다가와 있었다.

사토코는 이자와에게 건물 뒤 방문객용 주차장에 세우라고 일렀다. 그리고 차에서 제일 먼저 내려 이자와와 후사코를 기다리지 않고 접수처를 향해 종종걸음으로 서둘렀다. 어쩌면 당치 않은 착오일 수도 있는 정보라고는 해도, 노부오가 아라카와 구에서 살해된 피해자 가운데 하나일지도 모른다는 소식에 그녀는 너무나 가슴을 졸였다. 시어머니는 오죽할까. 시어머니가 이곳의 어느 경솔한 사람을 통해서 그 소식을 듣지나 않았으면 좋으련만, 하고 생각했다. 차라리 이런저런 소식을 들어도 얼른 이해하지 못할 만큼 정신이 흐릿해졌으면 좋으련만, 하는 생각마저 들었다.

요양원의 웬만한 직원은 벌써 낯이 익다. 특히 그날 접수대를 지키던 초로의 남성 직원은 사토코와 이야기가 잘 통하는 사람으로, 면회 올 때마다 대화를 즐기는 상대였다.

자동문을 통과해서 달려오는 사토코의 얼굴을 보자 그 초로의 직원이 엉거주춤 일어섰다.

"아, 스나카와 씨, 마침 잘 오셨네요."

"안녕하세요."

사토코는 숨을 헐떡이고 있었다. 주차장을 가로지르는 동안 왠지 맥박이 점점 빨라졌다. 곧 무슨 일이 터질 것 같은 이상한 예감에 휩싸였던 것이다.

"아까부터 야마구치 선생님이 스나카와 씨한테 전화를 했었어요. 스나카와 씨, 뉴스 보셨어요?"

그렇다면 여기에서도 이미 화제가 되었단 말인가.

"제 남편 이름이…… 아라카와의 4인 살해사건 말이죠? 뉴스라 하시면, 텔레비전 뉴스에도 나왔나요? 저는 신문에서 보았는데요."
 직원은 카운터에 두 손을 짚고 몸을 앞으로 내밀었다.
"오늘 아침 텔레비전 와이드쇼에 나왔어요. 도메 할머니 성함도 나왔어요. 그래서 난리가 났죠. 도메 할머니는 여기 멀쩡하게 계시니까요."
"저도 너무 놀라서……."
 그때 이자와 부부가 따라 들어왔다. 사토코는 급하게 말했다.
"역시 여기에서도 다들 알고 있나 봐요."
"할머니도 아시나요?" 하고 이자와 후사코가 물었다. 그리고는 접수처 직원과 눈길을 맞추며 눈인사를 했다.
"아직 알려드리지 않았어요." 하고 직원이 말했다. "도메 씨는 오늘 아침 제 시간에 일어나지 않으셨어요. 아침밥도 싫다고 하시고 계속 주무셨어요. 오늘은 그런 날이었어요."
 도메는 가끔 그렇게 잠이 많아지는 시기를 겪는다. 특히 심할 때는 하루 종일 식사도 하지 않고 내내 잠만 자고 싶어한다. 그러면 건강에 안 좋으므로 간호사가 어르고 달래서 먹이는데, 그런 시기에는 숟가락을 입으로 옮겨주는 사이에도 꾸벅꾸벅 졸기까지 한다.
"야마구치 선생님은 어디 계신가요?"
"의국에 물어볼 테니 잠시 기다려주세요."
 접수처 직원이 내선전화를 집어 들려고 할 때 전화벨이 먼저 울렸다.
"네, 접수처, 아, 야마구치 선생님, 전화가 연결되지 않았지요? 스나카와 씨가 지금 막 여기 도착하셨거든요. 네? 알겠습니다."

"어머니한테 무슨 일이 있나요?"

"아뇨, 도메 씨는 건강하십니다. 아직 주무시고 계세요. 야마구치 선생님이 3층 간호사실로 올라오시랍니다."

사토코 들은 계단을 급하게 올라갔다.

귀가

―그렇다면 '아케보노요양원' 직원들도 아라카와 일가 4인 살해사건의 피해자 중에 스나카와 도메라는 이름이 있다는 것을 알고 당황하고 있었군요.

"네. 텔레비전을 보고 처음 놀란 사람이, 마침 어머니가 있는 층을 담당하는 간호사였어요. 그래서 어머니 이름은 물론이고 내 남편이 15년 전 실종된 상태라는 것도 알고 있었어요. 어, 이상하네, 하고 생각했다고 합니다. 그래서 담당인 야마구치 선생님한테도 보고했다고 합니다."

―다들 많이 놀랐겠군요.

"그렇죠…… 아라카와 사건이라면 워낙 떠들썩한 사건이라 홍미는 있었지만, 설마 스나카와란 이름이 튀어나올 줄은 몰랐다고 하더군요."

스나카와 사토코 인터뷰는, 그녀가 쉬는 날, 후카야 시 교외

'후카야 메모리얼파크' 안에 있는 찻집에서 있었다. 아라카와 일가 4인 살해사건의 전모가 밝혀지고 한 달이 지나서였다.

스나카와 사토코는 키가 165센티미터로, 또래 여성 중에서는 큰 편에 속한다. 너무 야윈 탓인지 실제보다 더 커 보인다. 기성복이라면 9호 사이즈면 충분하지만 소매나 기장이 짧은 듯해서 하는 수 없이 11호를 산다고 한다.

"그래서 늘 헐렁헐렁한 옷만 사 입게 돼요. 시어머니가 늘 너는 옷 입는 게 왜 맨날 그 모양이냐고 하셨지요."

이날 그녀는 차콜그레이 니트 양장을 입고 있었다. 세련되고 차분한 색조가 아주 새 옷처럼 보였지만, 발에는 닳을 만큼 닳은 운동화를 신고 있다.

"이제는 완전히 습관으로 굳어졌어요. 시어머니를 모시는 동안은 일단 움직이기 편한 옷, 여차하면 뜀박질도 할 수 있는 신발을 신었거든요. 옷은 원하는 대로 바꿔 입을 수 있지만 신발은 발이 운동화에 익숙해져서 이제는 굽 높은 구두는 신을 수가 없어요."

촌스러운 차림이라 미안하네요, 하고 웃으며 고개를 숙인 다음, 문득 생각난 듯이 목소리가 조금 높아졌다.

"그러고 보니 '아케보노요양원'으로 경황없이 달려가던 그날도 이 운동화를 신고 있었네요."

―그렇다면 말이 나온 김에 그날 일부터 순서대로 말씀을 듣기로 하죠. 야마구치 선생님을 만나러 3층 간호사실로 갔지요?

"그래요. 의사 선생님도 그 사건에 스나카와란 이름이 나온다고 놀라고 있더군요. 하지만 굳이 나한테 전화를 걸려고 했던 것은 그것 때문만은 아니었어요."

―다른 이유가 있었습니까?

"텔레비전이나 신문에 스나카와란 이름이 나온 것은 물론 얘깃거리는 되겠지만 요양원에서 나를 급하게 찾아야 할 일은 아니겠지요. 그 보도는 무슨 착오이거나, 혹시 정말로 내 남편이라고 해도, 그거야 내가 뭔가 대책을 세워야 할 일이지 요양원이 나설 일은 아니겠지요."

―그렇군요.

"다만 신문이나 텔레비전에 보도되지 않았더라도, 그 이삼 일 전부터 야마구치 선생님은 나한테 전화를 할까 어쩔까 망설이고 있었다고 합니다. 스나카와, 그러니까 남편하고 관계가 있는 일이라서."

―일가족 4인 살해사건의 피해자에 대한 보도가 있기 전부터 '아케보노요양원'에서 스나카와 노부오 씨가 관련된 일이 있었다는 겁니까?

"시어머니가 꿈을 꾸었다고 말한다고 하더군요."

―꿈?

"노부오가 꿈에 당신 베갯머리에 나타났다고."

―언제부터요?

"피해자 신원이 밝혀졌다는 기사가 나오기 이삼 일 전부터입니다. 그래서 야마구치 선생님은 나에게 알릴까 말까 망설였다고 합니다."

―그렇군요. 그냥 꿈에서 본 것과 베갯머리에 나타났다는 것은 느낌이 조금 다르군요.

"그렇지요? 하지만 노인이 하는 말이라 처음에는 선생님도 시어머니가 무슨 말을 하는지 이해하지 못했다고 합니다. 더구나 그런 꿈을 밤에만 꾸는 것이 아니라 낮잠을 자거나 잠깐 깜빡 졸다가도 꾼다고 하니까 횟수도 많았던 것이죠. 그때 시어머니는 하루의 태반을 자거나 누워서 멍하니 텔레비전을 보면서 지냈으니까 하루에 몇 번씩 그런 꿈을 꾼 것이죠."

―아무튼 잠만 자면 스나카와 노부오 씨가 현몽했다는 거군요?

"네. 처음에는 선생님도, 아드님이 꿈에 나타났다고요? 그럼 조만간 돌아올지도 모르겠네요. 그걸 예고하는 거겠죠, 하고 시어머니를 위로했다고 하는데, 시어머니는, 선생님, 노부오가 벌써 죽은 게 아닐까요? 새파란 얼굴을 하고 내 베갯머리에 나타났거든요. 그리고 그냥 우두커니 서 있는 거예요, 하고 말했다고 합니다."

―할머니는 그것이 노부오 씨라는 것을 금방 알아봤을까요?

"알아봤다고 해요. 하지만 이야기를 하지는 않았다고 합니다. 노부오도 그냥 양 어깨를 이렇게 힘없이 떨군 채 슬프고 면목없는 표정으로 시어머니를 가만히 쳐다보았다고 합니다."

―야마구치 선생님도 그 이야기가 마음에 걸렸던 모양이군요.

"네. 증발한 아들이 그렇게 꿈에 나타났다고 하니까요. 정말 나타났는지 어쨌는지는 알 수 없죠. 사실 우리 시어머니처럼 노망이 들기 시작한 노인은 종종 무서운 이야기를 꾸며내기도 하니까요. 다만 정작 본인은 꾸며낸 이야기라고 생각하지 않지요. 본인은 진짜 체험한 것이니까요."

―음, 그렇군요.

"시어머니와 한 방을 쓰는 한 할머니는 밤이 되면 아주 고운 꽃이 방바닥을 온통 채우듯이 피어난다고 우긴 적이 있어요. 30초 정도 만에 활짝 피었다가 30초 정도 만에 싹 시들어버린다고 하는데, 정말 꿈속처럼 예뻤다고 합니다. 하긴 꿈이었으니까요."

―일종의 환각인가요?

"글쎄요, 그런 것은 나도 모르지만, 선생님 말씀으로는, 시어머니가 꾸었다는 노부오 꿈이 너무 암울해서 마음에 걸렸다고 하더군요. 그래서 나한테 연락을 해야 하나……."

―연락을 할까 말까 하던 차에 그 보도가 나온 거군요.

"그래요. 우연치고는 지나치게 잘 들어맞잖아요. 꿈에 시어머니 베갯머리에 나타난 노부오가 실제로 죽었을지도 모르는 상황이니까요. 간호사실에서 그 이야기를 듣는데, 갑자기 소름이 확 돋더군요. 그때까지는 반신반의였지만, 그 순간, 아, 노부오가 정말 죽었구나, 하고 생각했어요."

―그래서 결국 경찰에 연락해보기로 한 거군요.

"네. 야마구치 선생님도 사장님도 그렇게 하는 게 좋겠다고 하셔서. 그런데 나는 경찰이 무서워서 왠지 내키지가 않았어요.

만약 우리가 괜한 걱정을 한 거라면 경찰한테 야단을 들을 것 같아서."

─그날은 시어머니를 만났나요?

"네, 만났어요. 일단 경찰에 신고하기로 하고, 간호사실을 나와 시어머니를 뵈러 갔습니다. 가보니 시어머니가 주무시고 계셔서 잠시 침상 옆에 앉아 있는데, 옆 침상의 할머니가 일러주기를, 도메 씨가 오늘 아침 아드님이 나타나, 지금 그쪽이─나를 말하는 거예요─앉아 있는 그 자리에 앉았다고 말하더랍니다."

─침상 옆, 같은 자리에요?

"네. 4인실이라 통로가 좁거든요. 병을 앓는 노인을 보살피는 곳이라 많은 기구들이 침상 주변에 놓여 있어서 어수선합니다. 그래서 잡동사니들을 밀어내고 자리를 만들어서 앉는 기분이지요. 등받이가 없는 의자였어요. 거기에 노부오가 앉아 있었다고 시어머니가 말하더랍니다."

─도메 씨는 확실히 그런 꿈을 꾼 거군요.

"틀림없이 꾸었어요. 그래서 나는 잠시 당황했어요. 정말 그 사람, 노부오가 돌아와서 이 의자에 앉는 일은 아마 없을 거라고 생각하고 있었으니까. 하지만 시어머니 꿈속에서 노부오가 여기 앉았구나, 그런 생각을 하는데 시어머니가 잠에서 깼습니다. 너 여기서 뭐하니, 하시더군요. 오늘은 네가 오는 날이 아닌데, 하면서. 정신이 맑을 때는 그런 것까지 다 생각해냅니다. 그래서 나는 시어머니가 노부오 꿈을 꾸셨다고 해서 와봤다고 했습니다."

―도메 씨는 어떤 상태였나요?

"나는 또 구박을 받을 게 분명하다고 각오하고 있었어요. 시어머니가 요양원에 들어간 뒤로는 완전히 못된 며느리, 남편을 찾으려고도 하지 않은 독한 여자가 되었으니까. 하지만 어찌된 일인지 그날은 시어머니가 나를 전혀 나쁘게 말하지 않고 내내 차분하셨습니다. 노부오가 나한테 왔던데, 너한테는 가지 않았냐고 물었어요. 너한테도 틀림없이 갔을 텐데, 하시면서.

내가 물었어요. 어머니, 분명히 확인하고 싶은데요, 그이가 그냥 꿈에 보인 건가요? 아니면 어머니를 만나러 눈앞에 나타난 건가요? 그랬더니 시어머니는 분명하게 말했어요. 베갯머리에 나타난 거란다. 노부오가 벌써 죽은 게 아닌가 싶구나, 하시더군요."

―다시 묻습니다만, 도메 씨는 보도를 접하지 못한 거군요.

"모르고 계셨어요. 노인네니까요. 하지만 노부오는 이미 죽었다고 체념한 듯이 담담하게 말했습니다.

나는 일단 로비로 내려가서 사장님 부부한테, 경찰에 전화하는 것보다 직접 가보는 것이 나을지도 모르겠다고 말했습니다. 사장님은 깜짝 놀랐지만, 시어머니가 계시 같은 것을 분명히 느끼고 있더라고 말했더니, 그럼 경찰서로 가자고 하더군요."

―그래서 아라카와 북부서로 출두한 거군요.

"그렇습니다. 그 이튿날 갔어요."

스나카와 사토코는 잠깐 말을 끊고 눈을 가늘게 떴다.

"하지만 나중에 여러 가지 사실이 밝혀진 뒤에도 그 사람은 내 꿈에 나타나지 않았어요."

—아라카와 북부서에는 혼자 갔습니까?

"아뇨, 어림없는 일이죠. 혼자 갈 용기는 없었어요. 쓰요시와 사장님과 후사코 씨가 함께 가주었어요."

—경찰에서는 즉시 설명해주던가요?

"우리도 놀란 일인데요, 아주 정중하게 맞이해주더군요. 무슨 황당한 소리냐, 당장 돌아가라, 하고 내칠 줄 알았는데, 그런 분위기는 전혀 아니었어요."

—신원을 증명할 서류 같은 것을 가지고 갔습니까?

"나는 그것까지 생각하지는 못했는데, 쓰요시가 주민표와 호적등본을 가지고 가자고 했어요. 그 아이는 운전면허증이 있으니까 그것도 가져갔고요. 그리고 사장님은 나를 채용할 때 받았던 이력서를 들고 갔고, 노인요양원 쪽에서도 스나카와 도메라는 노인은 분명히 여기 있다는 것을 증명하는 간단한 서류를 만들어 주었습니다."

—수사본부 사람들도 놀랐겠군요.

"처음에는 그랬지요. 하지만 크게 놀라는 눈치는 아니었어요. 일단 우리 이야기를 다 듣고 난 다음, 사장님 부부를 밖으로 내보내고, 나와 쓰요시 각각에게 그 사건에서 살해된 남성의 사진을 보여줘도 되겠느냐고 물었어요."

—그래서 즉시 사진을 확인했나요?

"형사가 먼저 물어보더군요. 사망한 상태를 찍은 거라 눈을 감고 있고 머리를 맞은 탓에 얼굴이 달라져 있을 것이다, 게다가 15년 만에 보는 얼굴이라 남편인지 아닌지 제대로 분간할 수 없을지도 모른다, 그래도 사진을 한번 보겠느냐고요. 나는 물론 보여 달라고 했지요. 그러자 형사는 만약 정말로 남편이라면 아주 힘들 거라고, 사체의 사진이라 정신적으로도 좋지 않을지도 모르는데, 그래도 괜찮겠느냐고 다시 묻더군요. 하지만 나는 아무래도 확인해보고 싶었어요."

―사진은 몇 장이던가요?

"모두 네 장을 보여주더군요. 얼굴을 정면으로 해서 조금 위에서 찍은 것하고 전신을 찍은 것, 그리고 왼쪽과 오른쪽에서 찍은 것하고."

―어땠습니까? 금방 알아볼 수 있던가요?

"……그게…… 처음에는 조금 다른 것 같다는 생각도 들었습니다. 형사가 말한 대로 눈을 감고 있었으니까. 내가 기억하는 남편보다 얼굴이 훨씬 뚱뚱하고요. 그리고 죽은 사람, 그것도 살해된 사체의 사진을 보는 것은 역시 무섭더군요. 자세히 볼 수가 없었어요. 하지만 오른쪽에서 찍은 사진은 이렇게…… 얼굴 옆선이라고 합니까, 그 사람은 코끝이 밑으로 조금 휘었는데, 그 사진도 그랬어요."

―그래서 스나카와 노부오 씨라는 것을 알았군요.

"아마 남편 같다고, 하지만 조금 살이 찐 것 같다고 말했습니다."

―당신이 사진을 본 다음 쓰요시가 안으로 불려갔군요.

"그렇습니다. 형사가 나를 다른 방으로 안내하고, 아드님이 사진을 다 볼 때까지는 아드님을 만나거나 대화를 하지 말아달라고 부탁했습니다. 서로 얘기를 하면 내 생각이 쓰요시에게 전해지고 말 테니까요."

─영향을 미칠 거라는 거군요.

"그렇지요. 하지만 나는 쓰요시가 걱정이었어요. 쓰요시는 지금이야 나보다 사리판단이 훨씬 정확하지만, 아버지가 집을 나갈 때는 겨우 여섯 살이었으니까요. 더구나 그 사람이 없어진 뒤에 시어머니가 펄펄 화를 내면서 앨범이고 뭐고 다 없애버려서 쓰요시한테는 사진 같은 것도 보여주지 못하게 했거든요. 그러니까 쓰요시는 아버지 얼굴을 분간할 수 없을 거라고 생각했어요."

실제로 스나카와 쓰요시는 이때 아라카와 북부서에서 만난 수사본부 경관들에게, 나는 유체 사진을 봐도 아버지인지 아닌지 판단하지 못한다고 대답했다. 그래서 초점은 스나카와 사토코에게 쏠렸다.

"쓰요시가 사진을 다 보고는 자꾸 미안하다는 말을 하더군요. 어머니, 저는 영 모르겠어요, 하면서. 하기야 네가 어떻게 알 수 있겠니, 하고 말해주었어요. 노망이 들지 않았다면 할머니가 제일 잘 알아볼 수 있었을 거예요. 역시 어머니니까요."

─수사본부에서는 도메 씨한테 끝까지 사실을 밝히지 않았나요?

"물어도 시어머니가 제대로 대답할 수가 없었는걸요. 하지만 형사들이 요양원에 몇 번인가 갔었어요. 그래요, 그러고 보니 형사들도 시어머니의 꿈 얘기를 물은 적이 있어요."

―피해자 신원에 관한 보도가 나오기 며칠 전, 스나카와 노부오 씨가 꿈에 나타났다는 이야기 말이군요.

"네. 나는 형사들이 그 이야기에 실소를 터뜨릴 거라고 생각했어요. 나는 공연한 생각을 하고 있었어요. 정말로 노부오가 현몽했다면 좀 더 일찍 현몽했어야 마땅할 텐데, 이상한 거 아닌가, 하고요. 하지만 본부의 형사님 가운데 한 사람, 꽤 연배가 되신 분이 있는데, 시어머니의 말씀을 진지하게 들어준 분이 있었어요. 그 분이 나중에 나에게 말하더군요. 아주머니, 그런 일은 분명히 있습니다, 죽은 사람이 유족한테 소식을 전하러 오는 일은 흔히 있는 일입니다. 하기는, 여러 가지 사실들이 분명해진 다음에 했던 말이지만요. 아무튼 그 형사님은, 아주머니, 스나카와 씨는 틀림없이 부인과 아드님과 어머니가 계신 집으로 돌아오고 싶었을 겁니다, 하고 말하더군요."

―시신 사진 외에 소지품 같은 것도 확인했나요?

"확인했습니다. 다만 그런 것들을 사진으로 보았을 뿐 실물을 만져본 것은 아니었어요. 일일이 사진을 찍어두었더군요."

―어떤 것들이 있던가요?

"입고 있던 셔츠나 바지 같은 것만 찍은 사진도 있고, 손목시계나 방 안에 있던 옷가지, 구두나 슬리퍼, 읽으려고 빼놓은 책 같은 것들. 그 아파트 안에서는, 사정이 사정이어서 그랬겠지만, 임시로 살림하는 분위기가 역력했어요. 노부오 들의 신변잡화 같은 것이 종이봉지나 종이박스에 담긴 채 실내 여기저기에 놓여 있더군요. 장식장이나 장롱 같은 것은 고급스러운데 속은 텅 비어 있었고요."

―고이토 부인이 아주 까다롭게 굴었다고 하더군요. 가구나 비품을 사용하지 말라고.

"네, 그랬다고 하더군요. 그래서 사진에서도, 예를 들면 이 안에 셔츠와 내의가 들어 있었다고 하면서 종이봉지를 찍어 놓았더군요. 그리고 다음 사진에서 그 내용물을 찍어서 보여주고요."

―보니까 어떻던가요? 기억에 남는 것이 있었습니까?

"아뇨, 전혀. 십오 년 만이니까요. 양복 같은 것은 달라져 있는 것이 당연하지요. 그 사람이 집을 나갈 때 차고 있던 손목시계라면 우리가 결혼했을 때 직장의 부장님이 축하선물로 준 것이라 보면 금방 알 수 있겠지만, 그건 보이지 않더군요."

―필적 같은 것은 어땠습니까?

"달력을 봤습니다. 사진이 아니라 실물을 비닐봉지 안에 넣어두어서, 직접 만질 수는 없었지만 책상 위에 놓인 것을 바로 눈앞에서 볼 수 있었어요. 아주 커다란 한 장짜리 달력으로, 메모 같은 걸 할 만한 종류는 아니었지만 많은 글자가 적혀 있더군요. 예를 들면 '하야카와 사장 2시' '이시다 방문' 같은 내용이 유성펜으로 적혀 있었는데, 아주 잘 보였어요. 그게 노부오의 필체인지 어떤지, 십오 년이나 본 적이 없어서 뭐라고 말할 수는 없지만, 그 사람은 원래 글씨체가 아주 형편없었어요. 거의 글자라고 하기도 힘들 정도로 엉망이었지요. 결혼할 당시 아주 잠깐 동안 운송회사에 근무한 적이 있는데, 회사에서 종종 야단을 맞았다고 했어요. 스나카와 씨가 쓰는 전표는 통 알아볼 수가 없다고. 무슨 암호 같다고. 하지만 달력에 적힌 글씨는 반듯한 것이 다 읽을 수 있었습니다."

―그렇다면 사진에서 얼굴 옆모습이 비슷하다는 것만으로는 확신할 수가 없었겠군요.

"네…… 그래서 시신을 보게 된 겁니다. 덕분에 확인할 수 있었지만."

인터뷰의 이 대목에서 스나카와 사토코는 비로소 눈물을 지었다. 눈이 축축해지는 정도였지만, 잠시 말을 잇지 못했다.

―시신은 냉동 보존되어 있었겠군요.

"네. 딱딱하게 얼어 있었어요. 그렇게 할 수도 있더군요, 요즘은."

―수사본부에서도 시신 네 구의 신원을 확인할 자료가, 하야카와 사장이 가지고 있던 주민표뿐이라는 사실에 불안감을 느끼고 있었겠지요. 그래서 신원이 밝혀졌다고 공식적으로 발표하지는 않았어요. 그래서 당시 스나카와 씨들이 본 신문이나 뉴스에서도 신원이 밝혀졌다고 분명히 단정하는 곳은 몇 군데 없었던 겁니다. 어디까지나 '그렇게 추측된다', '그렇게 보인다'는 식이었지요.

"그렇군요. 나도 형사한테 그 얘기를 듣고, 아, 그렇구나, 했어요."

―사진이 아니라 직접 시신을 보니까 금방 알아볼 수 있던가

요?

이 질문에도 스나카와 사토코는 금방 대답하지 못했다. 인터뷰 장소인 메모리얼파크 내의 찻집은 정원에 면해 있어서 창 밖으로 신선한 초록 잔디가 펼쳐져 있다. 본래는 출입이 금지된 잔디밭에는 초등학생쯤 돼 보이는 세 어린이가 화려한 색채의 비치볼을 던지며 놀고 있었는데, 그녀는 잠시 그 아이들을 바라보고 있었다.

"우리는 결혼생활이 아주 짧았으니까요."

―결혼하고 7년 2개월 만에 노부오 씨가 집을 나갔지요.

"네. 그래서 사실대로 말하자면, 나는 그 사람을 잘 알지 못해요. 세상의 여느 부부 같지가 않았으니까."

―하지만 당신과 노부오 씨는 결코 사이가 나빴던 것은 아니지요?

"뭐, 비교적 사이는 좋았다고 생각해요. 내 입으로 말하는 것이 좀 그렇지만, 다퉈본 적이 없으니까요. 다만 그 사람과 시어머니가 너무 맞지 않아서, 내가 스나카와 가에 시집와서 두 사람 사이의 완충장치 노릇을 했기 때문에 우리가 부부싸움 같은 걸 하고 있을 여유가 없었던 것뿐이었는지도 모르지요.

내가 보기에, 그 사람은 어딘지 동생 같은 구석이 있었어요. 어머니와 잘 맞지 않는 동생이라 집 안에 제자리가 없는. 늘 그렇게 유약하고 자기주장이 없었습니다. 꽁꽁 언 시신을 보니까―사진과는 달리 눈앞에서 자세히 볼 수 있었는데, 역시 옛날 모습이 보여서, 아, 노부오가 맞구나, 하고 생각했고, 형사님한테도 그렇게 말했어요. 그런데 그 지경이 되어서도 마음이 여려 보이는 인상이더군요. 세상을 두려워하는 것 같은. 하기는 그 사람이 하던 일을 생각하면 당연한 일이겠지만요."

스나카와 사토코와 쓰요시는 지금도 당시와 마찬가지로 후카야 시내의 임대아파트에서 살고 있다. 내 집 마련은 이 모자에게는 아직도 요원한 꿈이다. 스나카와 노부오가 '하던 일'이란 초고층 고급아파트에 버티기꾼으로 고용되어 있던 것을 말한다.

―노부오 씨의 시신을 확인한 뒤 반다루 센주기타의 웨스트 타워를 보러 갔다고 하더군요.

"네, 딱 한 번뿐이었지만, 가보았습니다. 사건이 일어난 지 한참 뒤, 그러니까 비교적 최근이었어요."

―남편이 사망한 곳을 직접 보고 싶었나요?

"그런 마음도 있었지만, 한편으로는 그 사람이 무엇을 하고 있었는지 역시 실감이 없었거든요. 버티기꾼이라는 거, 우리하고는 거리가 먼 얘기였고요. 애초에 그런 고급아파트부터가 딴 세상 얘기니까요."

―가 보니 어떻던가요? 안에도 들어가 보았나요?

"들어가 봤습니다. 관리인이 친절한 분이라, 나만 괜찮다면 들어가 봐도 괜찮다고 했어요. 사노 씨라고, 죽어 있는 남편을 처음 발견한 사람이라고 하는데, 네 사람이 어떻게 쓰러져 있었는지, 어떤 상태였는지 여러 가지를 얘기해 주었습니다."

―호화롭고 멋진 아파트지요?

"그렇더군요…… 하지만 죽은 사람들은 활개 치며 살 수 있는 처지가 아니었으니 그 아파트를 보는 마음이 어땠을까요? 왠지 나는 그 사람이 마지막까지 누군가의 안색을 살피면서 주뼛주뼛 살았구나, 하는 생각이 들고, 그것이 한심하고 가련해요. 세 살 적 버릇 여든까지 간다고. 그 사람은 어릴 적부터 내내 어머니 눈치를 보면서 자랐고, 끝내 거기서 헤어나지 못했던 거예요. 그런 인생을 버리려고 집을 나가버린 건데도."

스나카와 노부오와 어머니 도메가 성격이 맞지 않아 며느리 사토코가 두 사람 사이에서 일종의 조종자 역할을 했다는 것을 사토코는 재삼 이야기한다. 노부오가 사라진 이유도 어머니와 갈등이 심했기 때문이고, 사토코하고는 원만했다고.

그렇다면 모자는 왜 그렇게 사이가 안 좋았을까? 원인은 무엇일까?

—노부오 씨와 도메 씨는 왜 그렇게 사이가 안 좋았을까요? 그 점에 대해서는 어떻게 생각하세요?

스나카와 사토코는 잠시 주저하는 듯이 눈을 깜빡이고 있었다. 조금 전 잔디밭에서 놀던 어린이들은 비치볼을 내버려둔 채 어디로 가고 없었다. 찻집은 아주 조용했다.

"애초에는…… 뭐라고 할까요, 스나카와 집안의 복잡한 내력이 모두 그 사람 어깨를 짓눌렀던 거예요. 그런 거라고 봐요. 적어도 노부오는 그렇게 믿고 있었어요. 나한테도 그렇게 말했으니까."

—본인이 그렇게 말했다고요?

"네. 아까도 말했지만, 그 사람과 시어머니 사이가 너무 나빠,

아니, 시어머니가 그 사람을 너무 심하게 대하기에, 나는 도무지 이해할 수 없어서, 왜 이렇게 되었느냐고 노부오한테 물어본 적이 있어요. 그랬더니 그 사람은, 내 얼굴이 어머니를 지독하게 학대한 할아버지하고 닮은 탓이라고 했습니다. 자기로서는 어찌 해 볼 도리가 없는 옛날 일 때문이라고요."

즉, 스나카와 도메와 노부오의 사이가 그렇게 나빠진 이유를 찾자면 스나카와 집안의 내력을 한참 거슬러 올라갈 필요가 있다는 것이다.

스나카와 도메의 처녀 때 성은 나카무라였고, 후카야 시 교외에서 농사를 짓던 집안의 딸이었다. 나카무라 가는 그 마을의 소작농이라 살림이 어려웠고, 도메의 어머니는 도메가 여섯 살 나던 해 병사했다. 달리 자식이 없었으니 도메는 외동딸이었다.

"시어머니의 부친은 그곳 토박이가 아니고 원래 도쿄 사람이었다고 합니다. 장사를 했는데, 전쟁 전에는 상당히 벌이가 좋았다고 합니다. 그러다가 실패를 해서 큰 빚을 지게 되고, 빚을 갚을 길이 없어서 도망을 쳤다고 합니다. 후카야에 친척이 있어서 그 집에 얹혀살며 농사일을 돕게 되었는데, 본래 도시에 살던 사람이라 역시 촌에서 농사지으며 사는 것을 싫어했다고 합니다. 그때는 후카야도 지금처럼 개발되지 않았을 때고, 수도권 근교농업으로 벌이가 좋아지기 한참 전이었으니까요. 시어머니의 어머니하고 함께 살게 된 것도 친척이 꾀를 내서 인연을 만들어주었기 때문이라고 합니다. 애초에 남자가 그런 사람이라, 부인이 사망하자 바로 가출해버렸다고 합니다. 아마 도쿄로 돌아갔겠지요. 그래서 시어머니는 죽은 모친의 친정인 나카무라 가에서 외할아버지 외할머니 밑에서 자랐던 겁니다. 그 분들은 외손녀를 아주 귀여워해 주었다고 합니다. 애초에 시어머니의 모친은 막내인 데다가 다른 형제들과 터울이 컸고, 외할아버지 외할머니도 시어머니를 맡아서 키우기 시작할 때는 벌써 나이가 예순 살에 가까웠다고 합니다. 당신들 힘으로 키울 수 있을지 어떨지 불안했겠지요. 그래서 시어머니는 아주 어렸을 적에 시집을 가게 된 겁니다."

―몇 살에 시집을 가셨답니까?

"막 열세 살이 되었을 때였답니다."

스나카와 도메는 1910년생이니 1923년에 시집을 간 셈이다.

"그 시절에도 열세 살이면 아직 어린애였지요. 남들 듣기 좋으라고 시집을 갔다고 하는 것이지, 실상은 식모살이였어요.

장차 도메를 스나카와 가의 며느리로 받아준다는 약속은 있었지만, 당장은 입주식 식모살이와 다를 게 없었다고 한다. 결국 일손으로 받아들였던 것이다.

"시어머니가 들어왔을 무렵, 스나카와 가는 상당한 부자였다고 합니다. 짐마차꾼이라고 합니까, 요즘 식으로 말하자면 운송업 같은 것을 했다고 합니다. 인부와 말을 여럿 부렸다고 하는데, 시어머니도 말을 돌보느라 고생이 많았다고 합니다."

―그 시댁은 역시 후카야 시내에 있었습니까?

"아닙니다. 도쿄 쪽에 더 가까운 곳이었는데…… 저, 사정이 있어서 그러니 지역은 구체적으로 밝히지 않았으면 합니다. 스나카와 본가는 이제 없어졌지만 친척들이 아직 살고 있으니까요."

─알았습니다. 부유한 상인 집안이었다는 것만으로 충분합니다.

"스나카와 가에는 자식이 다섯인데, 아들 둘에 딸이 셋이었다고 합니다. 막내딸은 시어머니와 동갑이었답니다. 그러니까…… 어려운 처지로 스나카와 집안에 들어간 시어머니는 이 동갑내기 막내 시누이한테 호되게 구박을 받았다고 합니다. 시어머니는 한참 나중에도 그 막내 시누이를 원망했습니다. 이 막내 시누이라는 사람은 열다섯 살이 채 못 되어 병으로 죽었다고 하는데, 시어머니는 그 사람이 죽을병을 앓고 있을 때 시중을 들었다고 합니다. 죽기 직전까지 구박을 해서 화가 많이 났었다고 합니다. 그런 일은 좀처럼 잊혀지지 않게 마련이지요.

나머지 두 시누이는 모두 열여덟 살쯤에 시집을 갔고, 때문에 시어머니는 이 사람들에 대해서는 별로 기억이 없는 것 같습니다. 맏딸은 오사카로 시집을 갔는데, 종전을 바로 코앞에 두고 공습을 받아 일가족이 몰살당했다고 하는데, 뼛조각 하나 찾지 못했다고 합니다. 둘째딸은 도쿄 야마노테에 사는 의사와 결혼해서 꽤 떵떵거리며 살았던 것 같은데, 연락이 없어서 잘 모른다고 했습니다.

그리고 문제의 그 집안의 장남과 차남이 있었는데, 장남은 시어머니보다 다섯 살 연상이고, 차남은 세 살 연상이었답니다. 시어머니는 애초에 차남의 배필이 되기로 하고 그 집안에 들어간 거라고 합니다. 부잣집이니까 맏며느리는 더 좋은 집안에서 데려올 생각이었겠지요. 얼른 짐작으로는 사실은 애초에 며느리로 삼을 계획도 없이 그냥 그걸 구실로 급료가 필요 없는 일꾼을 원했던 것인지도 모릅니다."

―부유한 집인데도 말입니까?

"왜 있는 사람이 더한다는 말도 있지 않습니까. 게다가 스나카와 가의 당주―나중에 시어머니의 시아버지가 되는 사람이죠. 이 사람이 원래 굉장히 인색한 사람이었다고 하니까요."

―도메 씨를 '학대했다'고 하는 시아버지로군요.

"네, 아주 지독했다고 해요."

연호가 쇼와로 바뀐 직후(1926년 이후―옮긴이), 나카무라 가에서 도메를 키워주었던 외조부모가 잇달아 세상을 떴다. 그러자 도메가 기댈 곳이라고는 정말로 스나카와 가밖에 없게 되었다.

"외할머니는 만주사변이 나던 해에 세상을 떴다고 합니다. 당시 시아버지라는 사람은 관동군이 잘 싸웠다고 크게 기뻐하면서 단골 모두에게 술을 한턱씩 냈다고 합니다. 그래서 집 안이 온통 야단법석이라 시어머니는 외할머니 장례식에 갈 수가 없었다고 합니다. 보내달라고 울면서 애원했지만 허락하지 않았답니다. 그것도 맺힌 한 가운데 하나라고 합니다."

마침내 중일전쟁이 시작되고 혹독한 시절이 찾아왔다.

"스나카와 가에서는 장남이 용케 징병을 면했어요. 전쟁터에 나간 것은 차남뿐이었다고 합니다. 시어머니는 당신의 시아버지가 장남만이라도 눈감아 달라고 여기저기 뇌물을 쓴 것 같다고 내내 의심하더군요. 그러고 보니 1936년의 2. 26사건이 나던 당시, 장남이 무슨 일로 도쿄에 올라간 적이 있다고 합니다. 시아버지는 장남한테 무슨 일이 있을까봐 사나흘을 잠도 안 자고 노심초사하며 불단에 기도를 드렸다고 합니다. 장남은 그런 사정도 모르고 있다가 교통편이 회복되자 멀쩡하게 돌아왔는데, 시어머니는 당신의 시아버지가 눈물을 흘리며 장남을 반기는 것이 어쩐지 우습기만 하더라고 가시 돋친 말투로 말하더군요."

도메가 '화가 나 있었다', '한을 품었다', '가시 돋친 말투로 말했다'고 이야기할 때도 스나카와 사토코의 표정에는 이야기 내용하고는 반대로 언제나 희미한 웃음기가 돌았다. 그 웃음은 노골적이지 않았고, 고집스레 심술을 부리는 귀여운 자식에 대해서 이야기하는 어머니처럼 씁쓰레하고도 따뜻한 웃음이었다.

─아까부터, 편의상 당시 스나카와 가의 당주를 '시아버지'라고 부르고 있지만, 1936년에도 도메 씨는 여전히 스나카와 가의 정식 며느리가 아니었나요?

"네, 아니었어요. 차남이 입대해서 집에 없었기 때문에 아직 붕 뜬 처지였습니다. 그런 상태가 내내 계속되었습니다. 정식으로 호적에 올려준 것은 1946년이었다고 하니까요."

─종전 후에 말입니까?

"예. 당시 시어머니가 서른여섯 살이었지요. 이미 노처녀였지요."

─결국 어느 분이랑 결혼하셨나요?

"장남하고요. 당시 장남도 마흔이 넘었습니다."

―왜 그렇게 시간이 걸렸을까요?

"그게…… 시어머니의 가장 큰 원한인데, 사실 원한을 품을 만도 했습니다. 실은 1940년에 스나카와 가의 안주인이 세상을 떠났습니다. 장남의 어머니, 그러니까 원래대로라면 스나카와 도메의 시어머니가 될 사람이죠.

아무래도 맹장이었던 것 같아요. 내버려둔 탓에 복막염을 일으키고 말았겠지요. 아까도 말했지만 시아버지는 지독하게 인색한 사람이라, 여자라면 자기 아내라도 가축이나 다름없이 생각해서, 배 아픈 것 따위로 병원까지 가느냐면서 전혀 돌보지 않았다고 합니다. 그래서 허망하게 세상을 뜨고 말았지요. 아직 오십대밖에 안 되었는데.

시어머니의 배필이 되었어야 할 차남이란 사람은 운도 어지간히 없었는지 모두 세 번이나 소집영장을 받았다고 합니다. 두 번째는 살아서 돌아왔지만 세 번째는 결국 태평양전쟁 중반에 전사 통보가 왔다고 합니다. 하지만 스나카와 가의 안주인이 사망할 때는 마침 두 번째 소집을 당했을 때라 어머니 장례식에도 참석하지 못했다고 합니다. 차남은 그게 너무나 한스러워서, 당신과 빨리 결혼해서 어머니한테 손자 얼굴을 보여주고 싶었다는 내용의 편지를 도메에게 보내기도 했다고 합니다. 하지만 그 편지를 본 시아버지가, 아직 상중인데 이런 망측한 짓이 어디 있냐고 트집을 잡았답니다. 그래서 결혼이 또 연기되고 말았지요.

시어머니 말씀으로는, 그 전에도 도메와 차남을 정식으로 결혼시키려는 움직임이 몇 번 있었다고 합니다. 하지만 그때마다 시아버지가 이런 저런 이유로 가로막았다고 합니다. 시절이 나쁘다면서요. 그래서 시어머니는 내내 식모 같은 처지로 살고 있었지요. 당시는 어머니도 시아버지가 어지간히 나를 싫어하나 보다, 하고 생각했다고 합니다.

그런데 알고 보니 그게 아니었어요. 그 반대였던 겁니다. 스나카와 가의 안주인이 사망한 직후, 그 사실이 분명해졌다고 합니다."

─무슨 말씀이죠?

"어머니가 밤에 자고 있는 방에 시아버지가 들어왔답니다. 상을 치른 지 나흘도 지나지 않아서."

─아……. 저런.

"시어머니는 물론 끔찍하게 싫었지만, 방법이 없었겠지요. 스나카와 가를 쫓겨나면 갈 데도 없었으니까요. 어머니는 그 일을 평생 후회하게 되었습니다. 만약 그때 집을 박차고 나가서 도쿄에서 돈을 벌었다면 내 인생도 달라졌을 거라고 하셨지요. 눈물을 그렁그렁해가며 후회를 했습니다, 마지막까지.

같은 여자 처지라 나도 시어머니의 한을 알 것 같습니다. 일찍이 부모를 여의고 어린 나이에 시집에 들어갔는데, 이다음에 며느리로 삼겠다는 약속은 말뿐이고 실은 식모처럼 일만 시켰지요. 진짜 식모였다면 급료라도 받았으련만 그것도 못 받고 청춘시절 내내 스나카와 집에 갇혀 살았으니까요. 그래도 명목상으로나마 정혼자였던 차남은 아주 좋은 사람이었다고 하더군요.

차남이 좋은 사람이라, 장차 이 사람과 같이 살 수 있을지도 모른다는 실낱같은 희망이 있었기 때문에 도저히 못 참을 것도 참아낼 수 있었다고 합니다. 하지만 그 사람은 군대에 나갔다가 끝내 돌아오지 않았지요. 집에는 시아버지와 장남밖에 없었으니, 결국 시키는 대로 따르는 수밖에 없었겠지요.

역시…… 모든 게 다 시절이 고약한 탓이었겠지요. 이런 식상한 말을 한다고 시어머니 한이 풀어지겠냐마는."

―그런데도 그 집에 같이 살던 장남이 아무 말도 하지 않았나요?

"워낙 얌전한 사람이었다고 하니까요. 마음이 여렸다고 해요. 우습죠, 그런 여린 구석이 노부오에게 유전되었으니까."

스나카와 도메의 불안한 처지는 전쟁이 끝날 때까지 계속된다. 한편 일본의 패색이 짙어지면서 어디서나 물자가 딸리고, 스나카와 가의 사업도 거의 개점휴업 상태가 되었다.

"그 얌전하다는 장남이 딱 한 번 용기를 낸 적이 있답니다. 종전을 코앞에 두었을 때, 하긴 당시 사람들은 1945년 8월에 전쟁이 끝날 줄은 미처 몰랐으니까 종전이 코앞에 닥쳤다는 생각은 없었겠지만, 특공대에 지원하겠다고 불쑥 나섰다고 합니다. 당시 그런 젊은 사람이 많았다고 하더군요. 하지만 아무리 많이 지원해본들 타고 갈 비행기가 없었고, 애초에 비행장까지 병사를 데려다줄 교통수단도 없었지요. 결국 특공대원이 되지 못했지만, 장남의 마음속에는 자기는 결국 당당하게 참전하지 못했다는 개운치 않은 구석이 생겼겠지요. 그래도 마음만은 아버지처럼 애국자였으니까 스스로도 한심스럽게 느꼈을 거예요. 거기다가 전쟁이 패전으로 끝나자 안 그래도 소심한 장남은 더욱 무기력해졌고, 결국 스나카와 가의 사업도 망하고 말았답니다. 사업을 접은 것이 1947년 새봄이었다고 합니다. 그러니까 시어머니가 뒤늦게 장남과 정식으로 결혼한 지 1년도 못 되었을 때지요.

이 결혼도 애초부터 이상한 거였어요. 스나카와 시아버지는 정혼자인 차남이 전사했으니 이제 도메는 스나카와 가의 며느리가 될 수 없다고 주장했다고 합니다. 하지만 자기 첩으로 삼고 싶어서 내세운 구실이겠죠. 하지만 전쟁이 끝나고 세상이 안정을 되찾자, 조합의 동료나 친척들이 불쌍한 도메를 보다 못해, 앞으로는 주둔군이 말하는 민주화 시대가 오니까 너무 심한 짓을 하면 체포될 거라는 말까지 해가며 시아버지를 설득해주었다고 합니다. 결국 시아버지가 물러서서 어머니는 장남과 결혼할 수 있었다고 합니다.

하지만 형편이 좋아진 것은 아니었어요. 일상생활은 변하지 않았으니까."

―그렇다면 맏며느리가 된 뒤에도 시아버지와 관계를 끊을 수가 없었다는 겁니까?

"물론 그렇지요."

―장남이 용케 입을 다물고 있었군요.

"그러니까 무기력하고 여린 사람이었다고 했잖습니까."

스나카와 사토코의 말투가 처음으로 노기를 띠었다.

"아버지 앞에서 말 한 번 제대로 못했던 것이죠. 또 시아버지도 종잡을 수 없는 인간이라, 자기 핏줄 중하다고 장남을 징병되지 않게 손을 써놓고도, 전쟁이 끝나자 너는 나라를 위해서 한 번도 총을 들고 싸우지 않은 놈이라고, 술만 마시만 꼭 그렇게 구박했다고 합니다. 그래요, 주위의 아는 사람들은 종전 후에 스나카와 가가 기운 것은 집안의 당주—시아버지 말입니다—가 술에 빠져 살았기 때문이라고 수군거렸다고 합니다. 종전 후 갑자기 술에 빠졌다고 하는데, 요즘은 그걸 알코올중독증이라고 하니까, 내내 그런 상태로 살았다고 하니까요. 세상을 뜬 것도 간경화 때문이라고 합니다."

—그리고 도메 씨는 1950년 마흔 살에 노부오 씨를 낳았군요.

"그렇지요. 그때는 이미 가게도 없어지고, 장남 부부는 시아버지와 함께 오미야에서 살았다고 합니다. 경제가 부흥하던 시절이라 몸만 건강하면 일자리는 얼마든지 있었지만, 역시 가난했지요. 젖이 나오지 않아 아기 노부오는 바싹 여위었대요. 시어머니는 안 그래도 고령출산인 데다가 산후조리를 잘못해서 하마터면 죽을 뻔했다고 하니까 몸이 더욱 약해져 있었겠지요. 시어머니 말씀으로는, 전쟁 당시보다 전후에 애를 키우던 시절이 훨씬 더 괴로웠다고 합니다."

—말을 꺼내기가 쉽지 않은 얘깁니다만, 한 가지 물어봐도 되겠습니까?

"스나카와 집안과 시어머니 이야기에서 어느 것 하나 말하기

편한 게 있나요."

―도메 씨는 노부오 씨 외에 아기를 낳지 않았나요?

거의 아무런 망설임도 없이 스나카와 사토코는 바로 대답했다. 다시 분노의 기색이 얼굴을 스친다.

"시어머니도 그 얘기는 분명하게 말한 적이 없어요. 하지만 노부오한테 들었어요. 형제가 있었다고 합니다."

―그 아기는 남편의 아기였나요?

"아뇨, 시아버지의 자식이었어요. 부모가 소리죽여 이야기하는 것을 들은 적이 있다고 노부오가 말해준 적이 있어요. 두 명이 있었다고 해요. 두 아이 모두 시어머니가 삼십대 초반일 때 낳았는데, 한 아이는 사산이었고, 또 한 아이는 어느 집에 수양아들로 주었대요. 첫 아이가 사산한 것은 조금 의아한데, 공식적으로는 그렇게 하고 산파가 알아서 처리한 게 아닐까 하더군요."

―끔찍한 이야기로군요.

"그렇습니다. 일본에도 옛날에는―그래봐야 백 년도 안 되었지만―여자나 아기를 그런 식으로 대하던 시절이 있었어요."

―그러나 노부오 씨는 장남분의 아기였고, 무사히 태어나서 자랐군요.

"그것은 그렇지만, 그렇기 때문에 상황이 더 이상하게 되고 노부오가 딱하게 되었지요. 노부오는 점점 자랄수록 시아버지를 쏙 빼닮게 되었다고 합니다. 얼굴만이 아니라 체구까지도. 보통 사람들은 할아버지를 꼭 닮은 아기가 태어나도 그저 그런 가보다 할 뿐, 다른 이상한 생각은 하지 않잖아요. 하지만 시어머니와 남편은 사정이 사정인지라 기가 막혔겠지요. 노부오가 초등학교에 들어갈 즈음에는 낯가죽 두꺼운 시아버지도 꽤 얌전해졌는지 더 이상 며느리한테 손을 대지는 않았다고 합니다. 그 대신 노부오를 애지중지해서, 목욕을 해도 같이 하고 밤에도 같이 자고, 아이 엄마나 아빠의 말은 깡그리 무시하고 자기 멋대로 노부오를 키우려고 했다고 합니다.

그런 상황은 시아버지가 죽을 때까지 계속되었다고 합니다. 어머니는, 며느리한테 이런 얘기까지 하면 나중에 지옥에 떨어질까 두렵지만 말을 하지 않고는 못 배기겠다, 하시면서 마치 어제 일처럼 말해준 적이 있어요. 노부오가 열 살 때 시아버지가 죽었는데, 그 소식을 듣고 손뼉을 치며 좋아했다고 합니다. 상을 치르는 동안 너무 기쁘고 즐거워서 못 견딜 지경이었답니다. 화장터에서도 대기실에 있지 않고 밖으로 나가서 연기가 꾸역꾸역 피어오르는 굴뚝을 가만히 바라보고 있었다고 합니다. 그 연기를 보면서, 아아, 정말 죽었구나, 지금 저렇게 재가 되고 있구나, 이제 집에 없겠구나, 하는 말을 속으로 자꾸 되뇌었다고 합니다."

이 대목에서 스나카와 사토코는 잠시 말을 멈추고 잠깐 주위를 살폈다.

"장소가 장소인 만큼 남이 들으면 곤란한 이야기지만, 이것도 시어머니가 들려준 이야기인데요, 그렇게 화장터 밖에서 굴뚝을 올려다보고 있을 때, 옛날 화장터니까 굴뚝이 아득할 정도로 높잖아요. 그 맨 끝에서 연기가 하늘로 피어오르겠지요. 그런데 시어머니가 쳐다보고 있을 때, 그 연기가 자꾸 시어머니를 향해 내려오는 것처럼 보이더랍니다. 나중에 유골단지를 안고 집으로 돌아왔을 때는 온몸에서 연기냄새가 나는 것 같아서 죽을 노릇이었다고 합니다.

시어머니의 눈에만 그렇게 보였을 뿐, 연기냄새는 필시 착각이었겠지만, 그 말을 들었을 때는 소름이 쫙 돋더군요. 지금 생각해도 등에서 식은땀이 납니다."

―노부오 씨는 자기가 어머니와 앙숙이던 할아버지를 닮았다는 것을 언제부터 알았다고 하던가요?

"어릴 때부터 알았다고 합니다. 어머니가 그렇게 말해주었다고 했어요."

―노부오 씨가 집을 나가 실종된 것에 대해서 부인이 아무런 원한도 느끼지 않았다는 것도 그런 내력을 알고 있었기 때문이군요?

"그렇지요…… 누구라도 가출하고 싶어할 거라고 생각했어요."

스나카와 사토코는 긴 이야기에 지쳤는지, 손을 들어 목 뒤를 가볍게 두드렸다.

"여기, 참 예쁜 공원묘지죠? 메모리얼파크라고 해서 무슨 뜻일까 생각해보니 공동묘지더군요."

스나카와 가의 새로운 묘지가 여기에 있다.

"노부오의 시신을 찾다가 장례식을 치르고 1주일도 지나지 않아서였어요. 시어머니 상태가 나빠진 것은. 심장이 약해졌다고 하지만, 결국 노쇠현상이겠지요. 금방 자리보전을 하게 되더니 하루 종일 꾸벅꾸벅 졸기만 했어요. 그러다가 보름도 안 돼서 돌아가셨어요. 아마 아들이 돌아오기를 기다렸다가 돌아가신 것 같아요. 누가 뭐래도 어머니시잖아요."

―도메 씨와 노부오 씨를 함께 매장하는 것은 당신 생각이었나요?

"그래요. 어머니는 시아버지 묘 옆에 매장되는 것을 싫어할 테니까요. 스님들은 말도 안 된다고 반대했지만, 어차피 나야 며느리 자격도 없는 며느리라서 지금은 누구한테 무슨 말을 들어도 아무렇지도 않으니까요."

―그렇다면 이제야 겨우 노부오 씨와 도메 씨는 친밀한 모자 지간이 되었군요.

"종종 싸움도 하면서 말예요."

그렇게 말하고 하하 웃은 스나카와 사토코는 웃음기를 입가에 남긴 채 말했다.

"스나카와 집안 사정이나 시어머니가 겪은 일들은 요즘 젊은 사람들한테 얘기해줘도 아마 믿지 않을 거예요. 그런 일이 정말 있었나요? 지어낸 얘기 아니에요? 일본이 문화적으로 야만국도 아닌데 어떻게 그런 일이 있겠어요? 하고 말하겠지요. 나도 내 눈으로 직접 본 것은 아니고 시어머니한테 들은 이야기를 전하는 것뿐이지만, 나는 믿어요. 시어머니가 거짓말을 했다고는 생각하지 않아요. 하지만 노부오의 장례를 치른 뒤 다시 그 웨스타워에 가 보고, 뭐랄까⋯⋯ 핀트가 어긋난 것 같은 이상한 기분을 느낀 것도 사실입니다. 할리우드 영화에나 나옴직한 그 굉장한 고층아파트에서 죽은 사람이, 따지고 보면 시아버지가 며느리를 건드리는 구시대적인 일들 때문에 뒤틀린 인생을 살고 있었다니, 실감이 나질 않았어요. 하지만 현실이란 게 다 그런 게 아닐까요? 시대는 늘 흐르고 있는 거잖아요. 어딘가에서 딱 멎게 하고 다시 맨 처음부터 시작되는 것이 아니잖아요.

시어머니 같은 며느리가, 아니 여자가 고통을 당해야 했던 시대가 바로 얼마 전입니다. 지금은 아무 일도 없었던 것처럼 입을 씻고, 일본인들이 모두들 말짱한 얼굴들을 하고 있지만.

나는요, 그 어지러울 정도로 높은 아파트 창문을 밑에서 이렇게 올려다보면서 생각을 했어요. 저 안에 사는 사람들은 당연히 갑부들이고 세련되고 교양도 있고 옛날 일본인의 감각으로는 상상도 못할 생활을 하고 있을 거라고. 하지만 그건 어쩌면 가짜인지도 몰라요. 물론 실제로 그런 영화 같은 인생을 사는 사람도 있을 것이고, 또 그것은 그것대로 점점 진짜가 되어가겠지요. 하지만 일본이라는 나라 전체가 거기에 다다르기까지는, 얇은 껍데기 바로 밑에는 예전의 생활 감각이 그대로 남아 있는 것 같은 위태로운 연극이 아직은 한참 동안 계속되지 않을까요? 다들 핵가족, 핵가족 하는데, 내 주위의 좁은 세계를 보면 진짜 핵가족은 한 집도 없어요. 나이든 부모를 모시고 살거나 부모를 보살피러 자주 드나들고, 자식이 결혼해서 손자가 생기면 이번에는 저희 부모처럼 자기도 조만간 식객 취급을 당할까

봐 두려워하고 있어요. 그런 구차한 이야기라면 발에 채일 정도로 흔해요.

 그 웨스트타워를 올려다보고 있을 때, 뭐랄까, 갑자기 화가 꾹 치밀어 오르더군요. 자기 안에 살고 있는 비열한 사람들을 전혀 아랑곳하지 않고 저렇게 떡하니 버티고 서 있잖아요. 저런 곳에 살면 사람이 못쓰게 돼요. 사람이 건물의 품격에 장단을 맞추려고 영 이상하게 돼버리는 거 같아요. 생각해보면 노부오 들이 저기 옮겨가 살게 된 것도―물론 노부오 들이 나쁜 짓을 하고 있었던 거지만―애초에 저 2025호를 소유한 가족이 분수에 맞지 않는 소비를 하다가 빚을 갚지 못하게 된 것이 원인이잖아요.

 그래도 만약에 노부오 같은 사람들이 졸지에 버티기꾼 흉내를 내면서 살게 된 곳이 그런 고급아파트가 아니라 그냥 일반적인 주택이었다면 살해당하지 않을 수도 있지 않았을까, 하는 생각이 자꾸 들더군요. 그 4인 살해사건은 그런 고급아파트였기 때문에 일어난 게 아닐까, 다른 곳이었다면 상황이 그렇게까지 끔찍하게 흘러가지는 않았을 텐데, 하는 생각이 들어요."

현장에 없던 사람들

 스나카와 사토코가 등장하여 2025호에서 죽은 스나카와 노부오는 신원이 확정되었다. 그와 동시에, 노부오가 하야카와 사장에게 주민표를 제출하면서, "어머니와 처, 그리고 장남 쓰요시입니다."라고 소개했던 세 인물은 어디 사는 누구인지 전혀 알 수 없게 되고 말았다. 세 사람의 신원을 밝히는 일은 출발점으로 되돌아간 것이다.
 이 상황에 하야카와 사장도 깜짝 놀랐다고 한다.
 "스나카와 노부오는 분명 스나카와 노부오가 맞아요. 얼굴을 보면 압니다. 그때 그 일을 누구한테 맡기나 하고 고민하고 있을 때, 마침 스나카와가 찾아와서, 내가 지금 돈이 너무 급하니 그 일을 나한테 달라, 가족들도 협력할 것이다, 라고 했고, 스나카와의 아내라는 아줌마도 만났는데, 자칭 아내라는 그 아줌마도, 우리는 병든 노인도 모시고 있다는 둥 하며 돈이 급하니 맡겨 달라, 확실하게 해주겠다고 했고, 아들은 나름대로 바빠서 집에도 거의 들어오지 않으니까 문제가 없을 거라고 하면서 애원하다시피 부탁한 겁니다. 그런 상황에서 세상의 어느 누가, 스나카와의 아내가 진짜 아내일까, 어머니라는 노인도 사실은 어디서 데려온 엉뚱한 노인이 아닐까, 또 엉뚱한 놈을 데려다가 아들이라고 하는 것은 아닐까, 하고 의심하겠습니까? 그런 걸 처음부터 의심하는 놈이 있다면 한번 데려와 보세요, 얼굴 좀 보게. 계약서를 쓰기 위해 주민표를 가져오라고 했을 때도 금방 가져왔어요. 후카야 시라면 꽤 먼 곳인데, 하고 생각은 했지만. 사실 이런 일은 건실한 직장인이 아니라면 흔히 접하는 일입니다. 분명히 말하지만, 건실한 직장인이 아니라고 해서 꼭 야쿠자를 말하는 건 아닙니다. 무슨 사정이 있어서 신원보증이 필요한 일자리에는 취직할 수 없는 사람이란 뜻이죠. 사실 스나카와라는 사람은 참 성실했어요. 나는 다른 사람을 시시콜콜 뒷조사하지 않는 주의라 한 번도 물어본 적은 없었지만, 장사하다 망해서 빚쟁이를 피해 도망 다니나보다 생각한 적은 있어요. 아니면 사람이 워낙 순하니까 연대보증이라도 잘못 섰나보다 생각했지요. 하지만 가족에 대해서까지 내가 어떻게 알겠습니까. 안 그래요? 내 딴에는 살 곳이 없어서 발을 동동 구르는 사람들을 도와주려고 했던 점도 있었다니까요."

스나카와 노부오의 신원이 확정된 뒤, 수사본부에서는 나머지 세 사람의 신체적 특징 등 단서가 될 만한 것들을 일반에 공표해서 정보를 모으기로 결정했다. 같은 시기에 일부 주간지에서 세 사람의 몽타주를 보도했지만, 이것은 수사본부에서 정식으로 제공한 것이 아니라 취재기자가 웨스트타워 근방에 사는 사람들을 찾아다니며, 고이토의 식구들 다음으로 2025호에 살았던 사람들의 얼굴을 기억하느냐고 물어서, 그 증언들을 토대로 대강 그린 것이었다. 지금 보면 세 사람 다 전혀 닮지 않았다. '휠체어를 밀고 있던 여성'이라고 그려놓은 몽타주는 오히려 고이토 시즈코와 흡사해 보였다. 목격자의 증언을 의지하면 안 된다는 것을 보여주는 한 사례일 것이다.

그런데 이때 반다루 센주기타 뉴시티라는 커뮤니티 내부에서는, 여기 사는 주민들에게 세 사람의 신원을 찾는 것보다 더욱 절실하고 번거로운 문제가 떠오르고 있었다. 이 사건에 관한 취재 공세에 반다루 센주기타 주민들이 어떻게 대응할 것인가, 하는 문제였다.

반다루 센주기타 단지 내부를 외부 주민들에게 개방할 것이냐 폐쇄할 것이냐를 놓고 의견이 갈려서, 그 절충안으로 게이트 폐쇄와 개방 사이를 계속 왔다갔다 해왔다는 것은 이미 앞에서 말했다. 그냥 내버려두었다가는 취재기자들이 새벽이든 한밤중이든 가리지 않고 단지 안을 돌아다니고 사진을 찍어댈 것이다. 그런 달갑지 않은 상황을 방지하기 위하여 사건 후에는 '당분간 폐쇄'하기로 방침을 정해 놓았다.

그런데 주민들 중에서 개별적으로 취재에 응하는 가정이나 개인이 나타났다. 그렇게 초대받은 매스컴 관계자는 방문객으로 대해줘야 하므로 어디를 돌아다니고 어디를 촬영해도 간섭할 수가 없게 된다. 이것이 주민들 사이에 심각한 갈등을 불렀다.

 떠들썩하고 특이한 사건이 발생하면 현장 근처에 사는 사람들은 싫든 좋든 온 국민의 주목을 받게 된다. 2025호 사건은 강도나 광포한 젊은이들이 저지른 연쇄살인이 아니라 경매물건과 버티기꾼이라는 희귀한 배경을 가진 사건이어서, 범인이 체포되지 않고 있다는 상황이 반다루 센주기타 주민들에게 심리적인 압박감을 가중시키지는 않았지만, 역시 하루 종일 주목을 받고 있다는 것 자체가 일상생활에 생각지 못한 부작용을 불렀다.

 낯선 사람들이 어슬렁거리므로 반다루 센주기타의 어린이들은 단지 안에서 놀 수가 없게 되었다. 이것이 어머니들의 불만을 부른다. 이 불만은 매스컴 관계자를 쉽게 단지 안으로 불러들이는 주민들에게 쏠린다. 그러나 취재에 응하는 사람들도 나름대로 사정이 있거나 조속한 해결을 위해서, 혹은 시민의 의무로서 그렇게 했다고 말할 수 있는 것이다.

 하지만 이런 대답도 더없이 신경이 날카로워져 있는 취재 반대파한테는 핑계로밖에 들리지 않았다.

 "텔레비전에 나가서 있는 얘기 없는 얘기 다 지어낸 아무개 씨와 그 부인."

 이런 험담이 어지러이 오간다면 설령 제아무리 현대적이고 녹음이 풍부하고 최첨단 설비를 갖춘 초고층 아파트라도 마음이 편할 수가 없다.

 그리고 이런 상황은 수수께끼 같은 세 사람의 신원을 밝히는 데도 나쁜 영향을 미쳤다. 가장 많은 단서를 쥐고 있을 것이 분명한 반다루 센주기타 주민들이 하는 말이 자기증식 하는 허구 덩어리로 변하기가 쉽게 되었기 때문이다.

그런 사례를 하나하나 헤아리자면 한이 없다. 그래서 세 피해자의 신원 찾기에 관련된 사례 가운데 관리조합 이사회에서도 그 대책을 의제로 상정할 만큼 커다란 '허구'로 발전한 두 가지 사례를 소개해 보겠다.

하나는, 2025호의 매수인 이시다 나오즈미가 등장하는 날조 사례다. 사건 발생 직후 그의 이름이 거론된 데다가 그가 자취를 감추었다고 보도되자, 반다루 센주기타 단지 내에서 사건 전에 그를 '목격'하거나 '접촉'했다는 증언이 여러 곳에서 나오기 시작했다.

증언들은 태반이 보잘것없는 것이었다.

"애를 잔디밭에서 놀리고 있는데, 웨스트타워는 어느 쪽입니까? 하고 물었어요. 바로 눈앞에서 두고 묻다니, 참 이상한 사람이네, 하고 생각했어요."

"한밤중에 귀가할 때, 차량 출입이 금지된 단지 내 산책로에 하얀 승용차가 서 있고 운전석에 한 남자가 타고 있었어요. 이시다 나오즈미였던 것 같아요."

"한밤중에 지하주차장에서 커다란 소리로 휴대전화 통화를 하는 수상한 남자가 있었어요. 이시다 나오즈미였던 것 같아요."

이들 증언은 수사본부에서 수집했다가 그 근거가 약해서 하나하나 지워나갔지만, 2025호의 4인 가족이 '스나카와 노부오와 신원불명의 세 사람의 집단 거처'로 판명되자 갑자기 증언이 부풀려져 갔다.

"살해된 2025호의 여성—스나카와 사토코 씨로 추정되었지만 사실은 그렇지 않았다는 사람—과 이시다 나오즈미처럼 보이는 남자가 밤늦게 쓰레기처리장에서 수군대는 것을 보았어요. 무슨 얘기를 하는지까지는 알 수 없어도, 꽤 가까운 사이처럼 보이던걸요."

"2025호 부인과 아들은 사실은 모자지간이 아니죠? 그럴 거예요. 왜냐면 내가 역 뒤 러브호텔에서 두 사람이 나오는 걸 본 적이 있거든요. 지금까지 모자지간이라고들 해서 이런 이야기를 해본들 아무도 믿어주지 않을 것 같아서 잠자코 있었지만 말예요. 아이고, 이제는 속이 다 시원하네요."

"그 사람들, 삼각관계 아니었나요? 왜냐하면 스나카와 노부오란 사람과 2025호의 젊은 남자가 엘리베이터 앞에서 심하게 다투는 것을 보았거든요. 이시다 나오즈미가 말리더라고요. 틀림없어요. 나는 시력이 좋거든요. 언젯적 얘기냐고요? 사건이 터지기 꼭 1주일쯤 전입니다."

여기 나열한 증언 중에는 분명한 사실이었음이 나중에 다름 아닌 이시다 나오즈미에 의해서 확인된 것도 있다. 하지만 완전한 사실오인도 있고, 일부러 날조한 것은 아니더라도 날조나 공상이 분명하다고 추측되는 것도 있다. 그 중에 특히 문제가 된 것이 '2025호의 어머니와 아들이 역 뒤 러브호텔에서 나오는 것을 보았다'는 한 주부의 증언이다.

이 주부를 가령 A씨라고 하자. A씨의 목격담이 사실이라면 2025호의 네 사람이 어떤 관계였는지를 파악하는 데나 나머지 세 피해자의 신원을 알아내는 데도 중요한 정보가 될 가능성이 있다. 수사본부에서도 흥미를 느끼고 A씨한테 보다 상세한 증언을 얻으려고 그녀의 집을 몇 번이나 드나들었다.

A씨의 집은 이스트타워에 있다. 회사원 남편과 초등학생 자녀가 있는 3인 가족이다. A씨는 전업주부여서 평소 집에 있을 때가 많지만, 아는 사람이 경영하는 수입화장품 카탈로그 판매 회사의 일을 돕고 있으며, 러브호텔에서 걸어나오는 두 사람을 목격한 것도 그 회사에 다녀오던 길이었다고 한다.

A씨의 기억은 매우 분명했고 진술도 막힘이 없었지만, 이스트타워에 사는 A씨가 웨스트타워 2025호에 사는 사람 얼굴을 어떻게 첫눈에 알아볼 수 있었을까, 하는 부분이 의아했다. 그러나 러브호텔 이름과 장소, 건물 모양 등 세세한 부분은 사실과 정확히 일치하고 있다.

수사본부 내부에는 A씨가 그저 '때마침 지나가던' 러브호텔에 대하여 이상할 정도로 상세하게 기억한다는 점에 의문을 품는 사람도 있었다. 문제의 목격담은 대체 언젯적 것일까? A씨는 러브호텔 근처를 자주 지나다니는 것은 아닐까? 더 노골적으로 말하자면 러브호텔 타운을 출입하고 있는 것은 아닐까?

A씨의 증언은 일찌감치 주위에 널리 알려졌다. 취재하러 온 매스컴 관계자가 흘리기도 했을 것이고, 본인도 이웃들에게 말했을 것이다. 그러자 그 말을 들은 사람들 중에 수사본부의 일

부와 마찬가지로 의심을 품는 사람들이 나타났다.

수사본부에게 중요한 것은 A씨의 증언이 맞느냐 틀리느냐이므로 A씨의 행동까지 운운할 필요는 없다. 하지만 A씨 개인과 A씨 가정으로서는 사정이 달랐다. 자기 아내에 대한 추잡한 소문이 나돈다는 말을 들은 A씨의 남편은, 이런 소문을 악질적인 수사 방해이며 수사에 협조적인 주민을 부당하게 박해하는 것이라고 이사회에 항의했다. 당시는 취재 협력파(또는 환영파)와 취재 거부파의 대립이 점점 깊어지고 있던 터라, A씨 부부가 이사회에 문제를 제기한 것도 그 대립의 연장선상에서 받아들일 수도 있었던 문제였다.

관리조합 이사회는 당황했다. 지금의 소란을 '수사 방해'라고 말하는 것은 지나치게 과장된 표현처럼 들린다. 오히려 A씨의 목격담이 엉터리일 경우에야말로 수사 방해라는 표현이 적용돼야 할 것이다. 이사회로서는 A씨의 소행에 관한 이상한 소문을 앞장서서 불식해야 할 의무도 없었다.

A씨의 목격담은 일부 민방 프로그램에서도 거론되고, 이를 계기로 2025호의 '4인 가족'이 사실은 묘한 관계였던 것은 아닌가, 라는 설이 나돌게 되었다. A씨에 대한 취재가 빈번해지자 이스트타워의 다른 주민들로부터도 2025호에서 동거하던 중년 여성과 젊은 남성이 '내연관계에 있는 것처럼 행동하는 것을 보았다'는 증언이 튀어나오게 되었다.

이런 상황에 대하여 수사본부가 걱정한 것은 다만 한 가지, 그런 요상한 정보가 어지럽게 나돌면 2025호의 세 사람을 알고 있는 인물, 특히 그들의 가족이 이목을 두려워해 경찰에 정보 주기를 포기해버리지나 않을까 하는 것이었다. 세 사람의 신원이 백지상태로 돌아가자, 수도권에서 제출되고 있는 수사 요청을 재검토하기 시작했고, 수사본부에 '어쩌면 내 아들일지도 모른다', '아내가 아닌가 싶다'는 문의 전화도 여러 통 왔었다. 그러나 2025호에서 졸지에 버티기꾼 노릇을 하던 그 네 사람이 쉽게 상상하기 힘든 난잡한 남녀관계에 있었다는 정보가 공공연히 나돈다면 뭔가 짐작을 하고 있던 가족이 이목을 저어해 입을 다물어버릴지도 모른다.

수사본부는 스나카와 노부오의 신원이 확정되고 1주일 뒤, 나머지 세 사람의 신장, 체중, 추정 나이에 관한 정보를 공개했다. 그 시점에서는 그들의 사진이 아직 발견되지 않아 몽타주를 그려서 공개했다. 본부 내에 전용 창구와 전용 전화를 설치하고 일반인으로부터 정보를 모으기 시작했다. 그리고 2025호에서 발견된 유류품이나 실내 상태, 하야카와 사장과 고이토 부부의 증언으로 추정되는 '4인 가족'의 생활상에 대하여 최대한 상세하게 설명했다. 이런 모든 조치는 앞으로 나설지도 모르는 진짜 '가족'의 심정을 배려한 조치였다. 결과적으로 이 조치가 다른 무책임한 억측과 추측(망상과 날조라고 해도 좋을지 모른다)을 다소 중화시키는 역할을 했지만, 그래도 이 조치가 나오기까지는 2개월 이상의 시간이 필요했다.

반다루 센주기타 내부에서 나온, 사건을 왜곡해버릴 뻔했던 불확실한 증언의 두 번째 사례를 설명하려면 다소 기억을 거슬러 올라갈 필요가 있다.

　사건이 발생한 당일 밤, 반다루 센주기타에서 들어온 110번 신고가 두 건 있었고, 그 때문에 웨스트타워 밑에서 젊은 남성의 사체를 최초로 발견한 1225호 주민 사토 요시오와 관리인 사노가 경찰을 만났을 때 조금 언짢은 상황을 겪는 장면이 있었다.

　"왠지 무서웠어요." 하고 사토 요시오는 말한다.

　두 건의 신고 가운데 한 건은 사노의 요청으로 중앙동 관리인의 아내 시마자키 후사에가 신고한 것이지만, 이보다 9분쯤 앞서서 여성의 목소리로 반다루 센주기타 아파트라는 사실만 알리고 신고자의 이름도 주소도 밝히지 않은 채 끊어버린 신고가 있었다. 이 신고 전화에서 그 여성은,

　"싸움을 하다가 한 사람이 다쳐서 쓰러졌어요. 여럿이 한 사람을 때리고 있어요. 한 남자가 현장에서 도망치는 것을 보았어요."라고 이야기했다.

　이 전화가 어디에서 온 것인지 알아낼 수가 없었다. 아무래도 휴대전화로 신고한 것 같았다. 당일 밤은 폭풍우가 몰아치고 있었으므로 반다루 센주기타의 정원이나 녹지에 사람이 있었다고 생각하기는 힘들다. 이 신고가 애초에 거짓말이 아니라 어떤 근거를 가진 것이라면, 이 여성은 아마 반다루 센주기타의 주민일 것이다. 전화를 걸었을 때도 아마 실내에 있었을 것이다. 신고를 받은 통신사령실에서도 여성의 목소리가 아주 작아서 알아듣기가 힘들었지만, 비바람 소리는 들리지 않았다고 했다.

　그렇다고 해도 실제로 일어난 사건과 이 여성의 신고 내용은

하늘과 땅만큼이나 동떨어졌다. 일부러 엉터리 신고를 한 것은 아닌가, 생각하고 싶을 정도다. 만약 이것이 일부러 거짓신고를 한 거라면 그 목적은 무엇일까? 현장을 교란하고 초동수사를 방해하기 위한 것일까? 그럴 가능성도 없지는 않다.

그래서 수사본부에서는 이 여성을 파악하는 데 힘을 쏟았다. 한편 이 신고가 엉터리가 아니라 어떤 사실을 잘못 파악했을 가능성을 확인하기 위하여, 관리인들이나 사토 요시오의 협력을 얻어 당일 밤의 상황을 최대한 정확하게 재현하는 실험도 실시했다.

이 여성이 신고한 뒤 시마자키 후사에가 신고하기까지 9분이 걸렸다. 수사본부에서는, 사노나 사토 들이 젊은 남성의 사체를 옆에서 육안으로 살펴보고, 시마자키를 부르고, 사토 요시오의 장남 히로시가 내려와 현장에 합류하는 일련의 움직임을 만약 누군가가 멀리서 보았다면, 마치 어느 한 명을 둘러싸고 여럿이 구타를 하는 것처럼—패거리 한복판에 '처음부터 쓰러져 있던' 남성이 구타를 당해서 쓰러진 것처럼—보지 않았을까, 하고 추측했다. 즉, 사노 들이 사정을 파악하고 110번 신고를 하려고 하기 전에 멀리서(그리고 아마 높은 곳에서) 그들의 행동을 관찰하고 있던 여성이 사실을 오인해서 그들보다 먼저 신고해버린 것은 아닐까, 생각한 것이다.

위에서 누가 추락한 것 같다고 판단한 사토 요시오가 가족을 집안에 있게 하고 혼자 밑으로 내려가는 한편 사토의 아내가 관리인 사노에게 전화를 걸어서 두 사람이 웨스트타워 밑에서 만나 젊은 남성의 사체를 발견한다. 여기에만 족히 5분은 걸린다.

더구나 당일 밤은 비바람이 거세서, 사노의 말에 따르면, "두어 발자국 떼어놓기도 힘들었습니다."

당시 상황이 그러했으므로 멀리서 누가 바라보고 있었다면, 그들이 상황 파악에 애를 먹고, 눈앞의 사체에 당황하여 우왕좌왕하는 모습을, 사건을 수습하려고 하는 것인지, 아니면 사건을 저지르고 낭패하는 것인지를 분간하지 못하고 혼동해버렸다고 해도 어쩔 수가 없었다. 9분 전에 있었던 첫 번째 신고는 그런 것이 아닐까?

당일 밤의 행동을 재현해보니 사노나 사토 요시오가 사체 옆에서 우왕좌왕하는 모습을 볼 수 있는 곳은 이스트타워 서쪽에 면해 있는 집, 그것도 10층 이상의 창문이라는 것을 알았다. 9층 이하에서는 나무들에 시야가 가리기 때문이다. 그래서 해당 아파트로 범위를 좁혀서 탐문해보니 의외로 쉽게 신고자를 만날 수 있었다. 이스트타워 1320호에 혼자 사는 22세의 회사원이다. 그녀를 편의상 B씨라고 하자.

B씨는 경관이 방문하자 자기가 신고했다는 것을 바로 인정했다. 물론 2025호 사건에 대해서도 알고 있었지만, 자기가 신고한 건과 그 건은 전혀 별개라고 믿고 있었다고 말했다.

그녀의 승낙을 얻어 다시 한 번 사노 들에게 그날 밤의 행동을 재현해 달라고 부탁하고 그녀의 집 창문에서 현장을 내려다보자 수사본부의 추측이 옳았다는 것이 밝혀졌다. B씨는 상황을 잘못 해석하고 있었던 것이다.

그러나 그녀는 현장에서 도망치는 남자가 있었다는 점만은 틀림이 없다고 단언했다. 그 남자는 웨스트타워 현관을 나와 서쪽 게이트 쪽으로 달려갔다고 한다. 웨스트타워에 가까운 게이트다.

당일 밤 서쪽 게이트로는 웨스트타워 관리인 사노가 달려가고 있었다. 구급차가 어느 쪽 게이트로 도착할지 몰라 서쪽으로는 사노가, 동쪽으로는 중앙동 관리인 시마자키가 달려갔다. 하지만 B씨가 기억하는 '도망친 남자'는 사노가 아닌 듯했다. 왜냐하면 "잘 생각해보니 그 남자가 도망친 것은 여러 사람이 웨스트타워 밑에 모이기 전이었던 것 같기 때문"이라는 것이었다.

그러면 B씨가 본 것은 누구인가? 가장 가능성이 높은 것은 웨스트타워 엘리베이터 내 방범카메라에 찍혀 있는 부상당한 수상한 중년남성, 이시다 나오즈미일 것이다. 그러면 가장 가까운 출구인 서쪽 게이트를 통과했을 거라고 판단해도 부자연스러울 것이 없다.

B씨의 신고 내용은 이렇게 일단은 정리가 된 셈이다. 그런데 2025호의 세 사람의 신원이 백지로 돌아가면서 다시 한 번 문제가 제기되었다.

"그날 밤 일을 잘 생각해보니 도망친 사람이 또 한 명 있었던 것 같아요."

B씨가 그런 이야기를 해서 경관들은 다시 한 번 그녀의 진술을 듣게 되었다.

"역시 서쪽 게이트 쪽으로 달려가는 사람을 보았어요. 여자 같았어요. 몸을 앞으로 수그린 것이 무엇을 안고 있는 것 같았어요."

그 사람을 보았을 때는 벌써 동쪽 게이트에 구급차가 도착해 있었다고 한다. 사이렌소리가 잘 들렸다고 했다.

"그래서 지금까지는 그 여자는 관계가 없을 거라고 생각하고 있었어요. 소동이 일어나자 상황을 구경하러 온 사람일 거라고만 생각했어요. 하지만 여러분이 그날 밤 행동을 재현하는 것을 보면서 가만히 생각해보니, 그렇다면 역시 그 여자가 이상하다는 생각이 들어서……."

여기서 다시 기억을 되살려야 할 것 같다. B씨가 말하는 그 '여자'가 실재했다면, 사건 당일 밤, 이시다 나오즈미보다 나중에 현장을 떠난 사람이 존재한 것은 아닐까, 라는 추측을 가능하게 한다. 그렇다면 사건이 발생한 사실을 모르고 2025호 앞을 지나가다가 반쯤 열린 문 틈새로 '누군지는 모르지만 사람이 걸어서 가로지르는 것을 보았다'는 가사이 미치코의 증언이 중요해진다.

"실내에서 사람이 가로질러가는 것을 분명히 보았고, 인기척 같은 것도 느꼈습니다. 하지만 경찰은 그 점에 대해서는 분명하게 말해주지 않았어요. 왠지 내 얘기가 묵살당하는 것 같았어요. 그래서 나 역시 착각이었나…… 석연치는 않지만 그런 생각을 했어요."

그러나 사실은 수사본부에서도 가사이 미치코의 목격 증언을 착각일 거라고 무시하지는 않았다. 사건 전후 시간대에 웨스트타워의 모든 엘리베이터 내 감시카메라에 촬영된 영상 가운데는 이시다 나오즈미 외에도 웨스트타워 주민이 아닌 인물이 딱 한 명 기록되어 있다는 사실이 있었기 때문이다. 다만 이 정보는 외부에는 누설되지 않았고, 따라서 가사이 미치코도 모르고 있었다.

이시다 나오즈미에 대해서라면, 부상당해서 도망치는 모습을 찍은 영상 외에도 그가 웨스트타워 20층에 찾아올 때의 영상도 확인되었다. 그 영상기록에 따르면 이시다 나오즈미가 엘리베이터를 타고 20층에 도착했다가 같은 엘리베이터로 20층을 도망쳐 나갈 때까지 38분이 걸렸다. 그 사이에 엘리베이터 내 카메라에 기록된 다른 인물은 가사이 미치코를 포함해서 세 명이 있는데, 모두 웨스트타워 주민이었다. 가사이 미치코 외의 두 사람은 지하주차장 옆 쓰레기처리장까지 쓰레기를 버리러 왕복했을 뿐이다.

그러나 이시다 나오즈미가 20층에 올라가려고 엘리베이터를 탄 지 15분쯤 뒤에 아기를 안은 한 젊은 여성이 1층에서 엘리베이터를 타고 20층으로 올라갔다. 그녀는 분명히 외부에서 온 사람인 듯하며, 흑백 감시카메라 영상에서도 손에 든 우산과 상의의 어깨 언저리가 비에 젖어 있는 것이 분명히 보였다.

그런데 이 아기를 안고 온 젊은 여성이 20층에서 엘리베이터를 타고 밑으로 내려가는 영상은 남아 있지 않았다. 즉, 이시다가 20층에 올라간 지 15분 뒤에 20층에 도착해서, 그대로 20층의 어느 집에 내내 있었거나 아니면 계단을 내려갔거나 둘 중에 하나일 것이다.

수사본부에서는 비디오 영상에서 이 젊은 여성의 스틸사진을 출력해서 20층 주민들에게 탐문해보았으나 주민들은 한결같이 그녀가 20층에 사는 사람이 아니라고 증언했다. 사건 이전에 그녀가 20층에 출입하는 것을 본 적도 없다고 했다. 당일 밤 그럴 만한 사정이나 이유가 있어서 아기를 안은 젊은 여성이 방문했다는 집도 없었다.

폭풍우가 치는 한밤중에 아기를 안은 젊은 여성이 그저 호기심이나 충동으로 웨스트타워를 찾아올 리도 없고, 20층의 다른 주민들도 짐작이 가는 데가 없다는 이상, 그녀의 방문처는 2025호일 가능성이 높다. 그녀 역시 사건 관련자가 아닐까? 그녀가 엘리베이터를 내려가는 영상이 남아 있지 않다는 것이 오히려 마음에 걸린다. 2025호를 떠날 때 이시다 나오즈미보다 냉정했던 이 여성은 감시카메라를 의식하고 굳이 엘리베이터를 피해서 계단을 걸어서 내려간 것이 아닐까?

만약 그렇다면 두 가지 상황을 생각해볼 수 있다.

① 이시다 나오즈미가 2025호를 방문한다.
② 젊은 여성이 2025호를 방문한다.
③ 젊은 여성이 계단으로 내려간다(도망친다).
④ 이시다가 엘리베이터로 도망친다. 그 직전에 '스나카와 쓰요시'가 추락한다.

Ⅰ 이시다가 2025호를 방문한다.
Ⅱ 젊은 여성이 2025호를 방문한다.
Ⅲ 이시다가 부상당해서 엘리베이터로 도망친다.
Ⅳ 이시다 바로 뒤에 젊은 여성이 계단으로 돌아간다(도망친다). 이 경우 그녀가 2025호를 떠난 것이 먼저인지, '스나카와 쓰요시'가 베란다에서 추락한 것이 먼저인지, 그 타이밍이 매우 미묘해진다.

여자 모습이 서쪽 게이트를 향해 달려가는 것을 보았을 때 이미 동쪽 게이트에 구급차가 도착해 있었다는 B씨의 증언을 그대로 받아들인다면, 그리고 B씨가 목격한 여성이 이 신원불명의 젊은 여성이라고 가정한다면, 가장 가능성이 높은 것은 두 번째 상황이다. 아기를 안은 이 여성은 이시다보다 나중에 왔다가 이시다보다 나중에 웨스트타워를 떠났다. 왜냐하면 20층에 도착한 가사이 미치코가 구급차 사이렌 소리를 듣기 전에 이시다가 이미 20층에서 엘리베이터를 타고 밑으로 내려갔기 때문이다.

이렇게 되면 '스나카와 쓰요시'의 추락사와 이 젊은 여성의 관련이 새로운 문제로 떠오른다. B씨가 본 '여자처럼 보이는 사람'이 '몸을 앞으로 수그린 것이 뭔가를 안고 있는 것 같았다'는 것도 아기를 안고 있었기 때문이라고 생각하면 정확히 설명되지 않는가.

그러나 당시 매스컴의 눈은 이시다 나오즈미 한 사람에게만 집중되어 있었다. 그와 2025호 사람들의 관계를 생각하면 능히 그럴 만한 현상이었다. 실제로 그에게는 의심받아 마땅한 배경이 있다. 또 아기를 안은 젊은 여성이 어떤 형태로든 네 명의 살해에 연루된다는 것은 아무래도 상상하기가 힘들다. 그것은 그녀가 저 폭풍우 치는 한밤중에 웨스트타워 20층의 어느 집을 방문해야 했던 이유에 못지않게 상상하기가 힘든 가정이다.

수사본부 내에서는 그녀의 존재를 공표해야 할지 말지를 놓고 의견이 갈렸다. 그녀도 이 사건에서 이시다에 못지않은 주요 관련자일 가능성이 상당히 높다.

그래도 최종적으로는, 이시다 나오즈미의 주변을 더 자세히 조사하고, 이 젊은 여성이 어떤 형태로든 이시다와 관계가 있는 인물인지 아닌지를 확인하고, 그리고 무엇보다도 이시다 나오즈미를 찾아내는 것을 우선하는 것이 좋겠다는 신중론이 우세했다. 역시 이 여성이 안고 있던 아기의 존재가 수사관들에게 심정적으로 깊은 영향을 미쳤을 것이다. 사건의 중요 관련자가 공식적으로는 이시다 나오즈미 단 한 명으로 알려지고, 가사이 미치코가 자기 증언이 묵살당하는 것 같다는 불쾌감을 느낀 데는 이런 배경이 있었던 것이다.

게다가 B씨의 증언에는, 그런 가설을 확신하지 못하게 만드는 모호한 부분이 있었다. 증언 자체보다는 증언하는 방식이 문제였다. B씨는 정말로 그날 밤 자기 눈으로 본 것을 증언하고 있을까?

"아마 그건 지어낸 얘기일 거예요. 유명해질 기회라고 보고 그런 말을 지어낸 게 아닐까요?"

이스트타워를 탐문하던 경관들은 주민들이 B씨에 대하여 그렇게 말하는 것을 종종 들을 수 있었다.

"젊은 독신녀가 이런 고급아파트에서 혼자 산다는 것부터가 이상하잖아요. 무슨 영화프로덕션 사장인가 하는 남자의 정부일 거예요. 여배우라느니 사장비서라느니 말하지만 그걸 누가 알아요."

물론 B씨의 경제사정은 매우 여유롭고, 그 아파트에 출입하는 중년남성도 있는 모양이지만, 그녀가 자기 직장이라고 말한 시내의 금융회사에는 분명히 그녀의 자리가 있고, 분명히 사장비서로 일하고 있었다. 본가는 기후 시내에 있고, 아버지가 의류회사를 경영하고 있으며, 부모가 부쳐주는 돈이 많아서 사치도 부릴 수 있는 듯했다. 또 이스트타워 1320호의 소유자도 B씨의 아버지였다.

하지만 B씨 개인에 대한 편견을 제외하면, 이것만으로는 그녀의 목격증언을 의심할 필요는 없었다. 그런데 수사본부가 2025호의 세 사람에 대한 정보를 공개하고 신원 찾기에 나선 다음날, 한 일간지의 독점취재라는 형식으로 B씨의 인터뷰 기사가 실렸다. 그 기사에서 B씨는 웨스트타워 밑에 사망해 있던 2025호의 젊은 남자와 사귄 적이 있는데, 그가 '나는 언젠가 살해당할 것이다', '나랑 인연을 맺으면 골치 아픈 일에 말려들 수 있으니 무슨 일이 생겨도 모른 척 해라'라고 말했다고, 신문 내용을 믿는다면 '눈물을 글썽이면서 본지 기자에게 고백했다'

는 것이다.

당연한 일이지만, 이 기사는 주목을 끌었다. 그때까지 탐문에서는 전혀 나오지 않았던 이 증언에 수사본부는 급하게 B씨와 연락을 취했지만, 그녀는 이스트타워 1320호에서 자취를 감춘 상태였다. 고향집에서도 소재를 모른다고 했다.

"아파트 단지 안에서 그 여자에 대한 평판이 그래서, 우리는 처음부터 그런 이야기는 믿지 않았어요."

하고 이스트타워 관리인 사사키 시게루는 말한다.

"내가 아파트관리 일을 처음 해보는 거라서 익숙지 못한 일들이 많아요. 전에는 교사로 일했습니다. 고교생을 가르쳤지요. 아주 감수성이 예민한 아이들이죠. 그래서 그런 유형의 여자애들이라면 잘 알아요. 아, 여자애라고 하면 실례일까요? 아무튼 그런 식으로 떠벌이는 사람한테 놀라지 않아요. 한마디로 어린애 같은 짓이죠. 사회에서 주목해주고 잘한다 잘한다 하니까 좋아 죽을 지경이겠죠. 아마 교묘하게 꼬득이는 사람이 곁에 있을 겁니다. 추켜세워주고 떠받들어주니까 있는 얘기 없는 얘기 죄 말하는 거 아니겠습니까."

B씨를 이 석간지 기자에게 소개한 것은 '소에에이전시'라는 제작회사의 사장 다카노 히데오라는 인물이다. 2025호 사건이 일어나기 전부터 B씨 아파트에 출입하던 사람이 바로 이 다카노 사장이다. 즉, B씨하고는 개인적으로 친밀한 관계였던 것이다.

사사키가 말하는 것처럼 꼬득였는지 어땠는지는 알 수 없지만, 일련의 폭로 증언을 연출한 사람은 분명 다카노 사장이었다. 석간지의 '고백' 기사로부터 1주일 뒤, B씨가 민방 와이드 쇼에 출연하기 위해 나타났을 때도 그가 옆에 붙어다니고 있었다. 마치 프로덕션 사장이 소속 탤런트를 따라다니는 것처럼.

"우리 부부는 텔레비전을 보다가, 저건 또 뭐야, 하고 한참 웃었다니까요. 꼭 유명인이나 된 것처럼 굴더군요. 다카노 사장 얼굴을 보자마자 B씨의 남자란 것도 알았고, 아하, 역시 그럼 그렇지, 하고 생각했어요. 그녀의 부모는 심정이 어땠을까요. 본인이야 기분이 좋았겠지만."

나중에 소에이전시에서는 2025호 사건을 모델로 텔레비전 드라마를 제작했는데, 이 드라마가 전국네트워크로 방영된 뒤, 어느 저명한 추리작가의 초기 작품을 도용했다는 의혹이 제기되어 소송사건으로 발전하게 된다.

B씨의 증언이 불러일으킨 소동에 대해서는, 결과적으로는 특별히 언급할 거리가 거의 없다. 그녀가 모습을 나타내자 수사본부에서도 증언 내용에 대하여 직접 만나 확인할 수 있었는데, 2025호의 젊은 남자와 사귄 적이 있다는 것도, 그 남자가 신변의 위험을 이야기했다는 것도, 이야기하는 내내 모순점들이 줄줄이 감지되는 조잡한 '시나리오'여서, 신뢰성이라고는 전혀 없었다. 이 1인극이 너무나 경박하고 천박해서 한때는 '현장에서 도망치는 남자를 보았다'는 증언까지 의심스러운 것으로 치부되고 말았다. 결국 B씨 자신도 귀중한 프라이버시를 희생했음에도 불구하고 아무런 이득도 얻지 못했다.

그러나 커다란 주목을 끄는 사건이 발생하면 B씨처럼 행동하는 사람이 반드시 나오게 마련이다. 그녀는 그 전형일 뿐 특이한 예가 아니다. 반다루 센주기타 내에서도, 일시적이기는 해도 B씨가 꾸며낸 이야기에 동조하는 듯한 증언이 드문드문 튀어나왔다는 사실이 그것을 뒷받침한다.

왜일까? 평화롭고 평범하게 사는 지극히 일반적인 사람들에게 '일가 4인 살해' 같은 사건이 묘한 흡인력을 발휘한다는 것은 쉽게 이해할 수 있다. 강 건너 불구경처럼 재미난 것도 없다. 바람직하지 못한 모습이기는 하지만 그것이 현실이다. 그러나 이야기를 꾸며내면서까지—그 꾸며낸 이야기를 진실이라고 스스로를 속이면서까지—사건에 '참가'하려고 하는 충동은 어디에서 생겨나는 것일까?

지어낸 이야기는 파장을 일으켜 주위에 공명하는 사람을 만들어내고, 또 다른 이야기로 부풀어져간다. 그리하여 그 자리에 있지도 않았던 사람이 있었던 것이 되고, 나누지도 않았던 대화가 나누었던 것이 된다. 게이트를 닫아 주거공간을 외부와 격리하고, 자기들이 원하는 분위기와 환경만을 애지중지하면서 굳세게 지켜내려고 애를 써도 헛것에는 이길 도리가 없다. 헛것을 몰아낼 수는 없지 않은가. 이시다 나오즈미와 2025호의 중년여성에 관한 목격담의 태반은 이런 종류의 헛것이었다. 그러나 그런 증언들이 나오는 순간에는, 적어도 증언하는 사람에게는 진실이었다. 그 자리에 없던 사람들도, 증언이 나오는 순간에는 분명 거기 있었던 것이다. 스나카와 노부오 외에 세 사람, 그 생생하게 존재하는 세 사람의 신원이 불명인 채로 남아 있는 한편에서는, 수많은 실재하는 사람들이 '일가 4인 살해사건'을 어떻게든 자기 인생에 얘깃거리로 남기려고 움직이고 있다. 그들의 증언이 무수한 근거 없는 '기억'을 낳고, '지금 생각해보니 그때 그것은……'이라는 추측을 낳고, '그러고 보니 그때 보았던 그 사람은……'이라는 추상을 부른다. 이렇게 해서 유령이 배회하게 되는 것이다.

가출인

"경찰에 가서 말할까 말까…… 물론 망설였습니다. 도쿄까지 가는 것도 번거로웠고. 매정하게 들릴지는 모르지만, 경찰서에 드나드는 게 두려웠고, 그런 의미에서 번거롭다는 거예요. 울면서 시신을 넘겨받고 장례를 치르고 하는 것이 귀찮다는 것은 아니었어요. 우리도 가쓰코를 늘 걱정하고 있었으니까."

군마 현 고즈마 군 아가쓰마쵸. JR 아가쓰마 선 나가노하라 구사쓰구치 역에서 시라네 산 방향으로 국도를 10분쯤 달리면 왼쪽으로 세련된 산장 같은 집이 보인다. '원두커피와 수타 파스타'라는 커다란 간판 아래 '지역특산물도 있습니다'라고 손으로 써 놓았다. 이 가게가 아키요시 가쓰유키의 '레스토랑 사나에'다.

"사나에는 아내 이름입니다. 도쿄에서 장사를 하다가 인연이 닿아 나랑 살게 되면서 여기로 이사를 했지요. 이 가게의 기본적인 아이디어는 모두 아내가 생각해낸 거라서 가게 이름도 아내 이름을 붙였습니다. 덕분에 장사가 잘 됩니다. 그 전에는 촌티 나는 가게였어요. 내가 부모한테 물려받은 것은 옛날식 밥집이었으니까요."

아키요시 가쓰유키는 현재 52세. 구사쓰마치에서 나고 자랐는데, 삼십대 중반이 넘을 때까지 도쿄에서 조리사로 일했다. 그러다가 부인 사나에와 알게 되고, 결혼을 하면서 고향으로 돌아와 부모가 하던 장사를 물려받아서 지금의 가게를 운영하고 있다.

"가쓰코는 나의 두 여동생 중에 어린 쪽입니다. 나보다 한 살 어린 여동생은 결혼해서 지금 사이타마 쪽에서 삽니다. 우리 집은 형제가 셋인데, 가쓰코만은 그렇게 가출할 때까지 한 번도 구사쓰를 벗어나지 않은 채 한가롭게 살았는데, 결국 도쿄에서 남들 손에 죽게 되다니, 참 어이가 없군요."

아라카와 일가 4인 살해사건에 대한 수사가 빠르게 진전되고, 아파트 안에서 죽어 있던 중년여성의 신원이 백지로 돌아가 버렸다는 뉴스를 들었을 때도 처음 얼마 동안은 별로 신경을 쓰지 않았다고 한다.

"그러다가 점차 자세한 정보가 나오기 시작했어요. 죽은 여성의 체구나 나이, 얼굴 인상 같은 것. 그래서 나도, 나이를 보면 가쓰코랑 비슷한 또래구나, 하고 생각했지요. 어쩐지 언짢더군요. 하지만 설마 가쓰코일 줄은 몰랐죠. 아내도 그렇게 말했어요. 내가 잠깐 가쓰코가 아닐까 생각하기는 했지만 걱정이 지나치다 싶었어요. 아내도 웃어넘겼고요."

그리고 얼마 뒤 이스트타워의 B씨의 '고백'이 세상에 알려졌다. 그 결과 2025호의 '일가 네 명'이 본래는 가족도 무엇도 아니고 문란한 남녀관계에 있었던 것이 아니냐는 소문이 난무하기 시작했다.

"그 얘기도 주간지에서 읽었어요."

"함께 살해된, 창문으로 떨어져 죽어 있던 젊은 남자에 얽힌 이야기였죠? 가쓰코와 그 남자가 팔짱을 끼고 가는 것을 아파트 주민이 보았다고 하더군요."

―하지만 그 얘기는 아무래도 착각이거나 사실무근인 것 같습니다.

"그렇습니까? 그렇다면 조금 우스워지네요. 나는 그 기사를 읽고 가슴이 덜컥했거든요. 정말로 가쓰코 아닌가 생각했으니까요. 물론 죽은 사람, 그것도 자기 핏줄을 나쁘게 말하면 안 되겠지만, 가쓰코도 이해해줄 거예요. 그 아이도 알고 있을 테니까. 나나 바로 아래 여동생이나 가쓰코의 남자관계 때문에 지겹도록 고생을 했거든요. 그 애가 그런 여자란 건 사실이니까. 다만 욕정을 못이기는 여자라는 말은 아닙니다. 정이 많다고 할까, 피가 뜨겁다고 할까, 남자한테 쉽게 빠지거든요. 일단 빠지면 물불을 안 가리고, 상대가 아무리 엉터리 같은 사내라도 죽기 살기로 갖은 정성을 다 바칩니다. 게다가 잘 생긴 남자, 번지르르하게 생긴 남자를 좋아해요. 젊은 남자도 좋아하고요. 그래서 내가 아내한테 정색을 하고 말했어요. 아라카와의 그 여자,

혹시 가쓰코일지도 모른다고. 그랬더니 아내가 그럴 리가 있겠냐마는, 정 걱정이 되면 한번 확인하러 가보겠느냐고 묻더군요. 아내가 텔레비전 뉴스에서 보았다고 하더군요. 비슷한 연령대의 가출인을 찾고 있는 가족들이 아라카와 경찰서로 찾아가서, 그 아파트에서 죽은 청년이 자기들이 찾고 있는 가출인지 확인하고 있다고."

잠깐만요, 하고 아키요시 가쓰유키가 자리에서 일어났다. 그와 '레스토랑 사나에' 안쪽 사무실에서 이야기하고 있었는데, 반쯤 열린 문으로 점포 안을 흐르는 클래식음악이 들렸다.

"이거, 이걸 보시죠."

아키요시 가쓰유키가 사진 한 장을 내밀었다. 작은 액자에 넣은 스냅사진이었다. 평소 벽에 걸어두는 것 같았다.

"가쓰코가 가출하기 얼마 전에 찍은 겁니다. 십 년쯤 전이죠. 가게에서 찍은 겁니다. 인테리어를 새로 하고 식구들끼리 축하를 했습니다. 집사람 옆에 있는 것이 가쓰코입니다."

―십 년 전이라면 서른아홉 살 때군요.

"그렇습니다. 요란하게 치장한 탓도 있지만 금방 눈에 띄는 얼굴이죠? 화장이 워낙 진하긴 했지만."

조금 통통한 얼굴에 이목구비가 가지런한 여성이다. 곱슬한 머리를 갈색으로 염색하고 대담한 컬러의 스웨터를 입은 탓에 언뜻 술집여자처럼 보이기도 한다.

"이 사진을 찍은 뒤, 사귀던 사내와 헤어지고 집을 나가버렸습니다. 그래서 이게 마지막 사진인데, 단서라고는 이것밖에 없었습니다."

―예전의 가쓰코 씨와 도쿄 아라카와에서 죽은 여성은 인상이 많이 다른데, 그 점은 어떻게 생각합니까? 아까 '젊은 남성과 팔짱을 끼고' 운운하는 이야기뿐이라면, 가쓰코 씨다 아니다를 판단할 만한 근거로는 조금 부족한 것 같습니다만.

"그건 그렇습니다, 지금 생각해보면. 다만 이것은 가쓰코를 두둔하려고 하는 얘기는 아니지만, 그 애는 본래 마음이 따뜻해서, 아까도 말했지만 사람을 쉽게 좋아하는데, 그때그때 상대방에게 목숨을 바칠 정도로 정성을 다합니다. 오로지 상대방의 기쁨만을 위해서 행동하고, 복장이나 화장은 물론이고 음식 취향까지 상대방한테 맞추어서 바꾸니까요. 이 사진을 찍을 당시, 가쓰코가 사귀던 사람은 도쿄에서 여기로 흘러들어온 술집 주인인데, 뭐, 소문이라 분명한 것은 알 수 없지만, 젊을 때는 호스트로 일한 적도 있다고 합니다. 화려했지요. 그래서 가쓰코도 이렇게 호스테스처럼 차려입은 겁니다.

나랑 아내가 아라카와 북부서로 찾아가서 사정을 이야기하고, 결국은 사체를 직접 보고 가쓰코라는 것을 알았습니다. 지문이나 혈액형 등 그 밖에 가쓰코와 일치하는 점들도 많았지요. 그리고 경찰서에서 가쓰코가 그 아파트에서 어떻게 살았는지에 대해서 많은 얘기를 듣고, 죽기 전까지는 그래도 나름대로 행복하게 지냈던 게 아닌가 생각했습니다. 휠체어를 탄 할머니를 돌보고 있었다고 하더군요. 이 사진 좀 보세요, 이렇게 생긴 여자가 정신이 온전하지 않은 노인을 살뜰하게 보살핀다는 게 믿어지지 않을지도 모르지만, 이게 바로 가쓰코의 옛날 모습 가운데 하나입니다. 도쿄에서 스나카와란 남자와 전혀 다른 생활을 하면서 전혀 다른 얼굴로 변한 게 아닌가 생각됩니다.

스나카와 노부오라는 사람이 어떤 사람인지 우리는 잘 몰라요. 내가 자꾸 신경을 쓰니까 아내가, 한번 스나카와 씨 본부인을 만나러 가자고 말하기도 했어요. 하지만 왠지 결심이 서지 않더군요. 스나카와 씨가 가쓰코 때문에 가족을 버리고 집을 나온 것은 아닙니다. 가쓰코가 스나카와 씨와 알게 된 것은 스나카와 씨가 증발하고 한참 뒤였으니까요. 그 점에서는 걱정할 게 없지만, 역시 본부인한테 미안한 마음이 있지요.

하지만 한편으로 나 아내는, 가쓰코도 결국 그 사람한테 죽은 거나 마찬가지다, 그런 인생을 따라다닌 탓에 살해된 거라는 생각을 안 하는 것은 아닙니다. 하지만 가쓰코가 얌전한 차림으로 노인 휠체어를 밀고서 함께 장을 보고 산책도 했다니, 참 다행이었구나, 하는 생각도 듭니다. 심정이 조금 복잡한 거지요."

이래서 스나카와 노부오와 함께 살해된 중년여성이 구사쓰의 아키요시 가쓰코라는 사실이 밝혀졌다. 세 사람 중에서 그녀의 신원이 제일 먼저 확정된 것이다.

수사본부에서는 신원 확인이 가장 어려운 것은 2025호 다다미방에서 사망해 있던 노파일 거라고 예상하고 있었다. 아마도 여든은 넘어 보이는 이 노파에게 애초에 신원을 확정해 줄 가족이 있는지부터가 의심스러웠기 때문이다. 자식이 있다면 이야기는 전혀 다르지만, 엄연히 자기 자식이 있는 노인이 생판 타인을 의지해 산다는 것도 생각하기 힘든 일이다. 그 노파는 아마도 남편과 단 둘이 살다가 남편을 먼저 보내고 혼자 살게 되었거나 본래부터 독거노인이었을 것이다. 그렇다면 노파가 어디 살던 누구인지, 어떤 경위로 스나카와 노부오나 아키요시 가쓰코와 알게 되고 그들과 가족처럼 동거하게 되었는지를 알고 있는 것은 본인들밖에 없다는 말이 된다. 노파의 죽음과 함께 그녀의 정확한 이름과 이력도 어둠 속으로 사라져버린 셈이다.

사실 이와는 별개로 당시 수사본부 내에는 조금 냉소적으로 보는 사람도 있었다. 노파의 신원을 알고 있는 사람이나 가족이 있어도 세상 이목이 두려워 도저히 나서지 못할 거라는 의견이다. 이런 사건이 일어나고 노파의 신원이 문제가 될 때까지도, 거동이 불편한 노인을 내내 방치한 채 적극적으로 찾으려 하지 않았기 때문이라는 것이다.

게다가 노인이라고 가출하지 말란 법은 없다. 스나카와 노부오와 살기 시작할 때는 아직 노망이 심각하지 않았을 가능성도 있다. 며느리나 딸 등 아무튼 같이 살던 가족과 마음이 맞지 않아 스스로 집을 나와버린 노인이 스나카와 노부오 혹은 스나카와 노부오와 아키요시 가쓰코 커플을 우연히 만나서 함께 살게 되었다는 시나리오도 충분히 가능할 것이다. 그러나 이런 경우라도 가출 노인을 방치해온 가족은 적극적으로 나서기 힘들 것이다.

실제 대답은 이 두 가지 시나리오를 절충하는 모습으로 드러났다. 2025호 노파에 대한 공개 정보를 들어보면, 시즈오카 현

하마마쓰 시 교외에 있는 사립 '아스카 양로원'의 사무국 직원이, 그곳에서 5년쯤 전까지 생활하던 노인이 아닌지 확인하고 싶다고 연락을 해왔다.

'아스카 양로원'은 입원 보증금이 수천만 엔에 달하는 고급 양로원이다. 설립된 지 8년밖에 안 되었지만, 현재 입원자가 57명이며, 그 3분의 1이 독거노인이고, 나머지는 배우자와 함께 재산을 정리해서 입원하거나 자매가 함께 입원하는 등 가족을 동반한 사람들이다.

사무국에서는 1991년 4월 1일에 외출한다고 밖으로 나갔다가 폐원 시간이 지나도록 돌아오지 않은 미타 하쓰에라는 노인이 혹시 2025호의 노파가 아닐까 생각한 것이다. 실종 당시 82세였는데, 고혈압 약을 복용하고 있었지만 그것만 제외하면 모든 면에서는 매우 건강해서 10년은 젊게 보였다고 한다. 하쓰에는 실종되던 날 기모노 차림으로 백화점에 쇼핑하러 간다고 양로원 관리인에게 신고하고 외출했었다.

미타 하쓰에는 건강하고 활달해서 양로원에서도 남들을 잘 도와주는 사람이었다. 특히 남성 입원자들에게 인기가 높았다고 한다. 입원 14년 전에 남편을 여의었고, 딸이 둘 있지만 동거하지는 않았다.

하쓰에의 남편은 하마마쓰 시내에서 큰 규모로 자동차판매업을 하던 사람으로, 매우 부유했다. 남편이 죽자 회사 문을 닫았지만, 땅이나 건물 등이 있어서 하쓰에의 노후는 경제적으로 윤택했다고 할 수 있다.

'아스카 양로원'의 이야기로는, 입원을 결정한 것은 하쓰에 자신의 의사였다고 한다. 직접 팸플릿을 요청하고 설명회에도 혼자 참석했다고 하는데, 그때 면접을 담당했던 사람은 하쓰에가,

"딸들이 재산 때문에 지저분하게 싸우는 것을 더는 볼 수 없다."고 말하는 것을 들었다고 한다. 그리고,

"아스카 양로원은 양로원이라기보다는 의지할 사람이 없는 노인이 안심하고 지낼 수 있는 공동체 같은 곳이라고 들었기 때문에 들어가기로 결정했다."는 말도 했다고 한다. 사실 양로원에서 모습을 감추기 직전까지 하쓰에는 원내 일상생활에서 헬퍼의 손을 빌린 적이 한 번도 없었다고 한다.

그런 사람이었기 때문에 문제의 1991년 4월 1일, 하쓰에가 문 닫을 시간이 지나도록 돌아오지 않았을 때도 양로원 사무국에서는 크게 당황하지 않았다. 물론 규칙을 어기는 것은 곤란하지만, 1시간 남짓이라면 늦게 와도 크게 문제 삼지 않고 있었다. 당시 양로원에서는 일반 외출에 대하여 문 닫는 시간을 오후 7시로 정해 두었는데, 그 시간이 너무 빠르다고 건강한 입원자들로부터 종종 항의가 들어오고 있었던 것이다.

오후 9시가 되고 관리인이 야근 당직자와 교대할 때가 되어서야 비로소 하쓰에가 돌아오지 않은 것이 문제시되었다. 여전히 심각한 사태로 생각하지는 않았지만, 점차 걱정이 커져갔다. 하쓰에의 긴급연락처로 등록된 두 딸의 자택에 전화를 걸어보았지만 어느 집에도 오지 않았다고 했다. 그래서 혹시 하쓰에의 소재를 알게 되면 즉시 알려달라는 부탁을 하고 다시 기다리고

있었다.

그러나 하쓰에는 끝내 돌아오지 않았다. 시계바늘이 자정을 지나자 아스카 양로원에서는 제일 가까운 파출소에 신고하기로 결정했다. 하쓰에의 방이 있는 건물의 관리책임자이며 개인적으로도 하쓰에와 친했던 미나가와 야스코는 그날 밤 한 잠도 자지 못했다.

"하쓰에 씨가 건강하다고 해도 역시 연세가 연세인지라 언제 무슨 일이 생길지 알 수 없어요. 특히 하쓰에 씨는 고혈압이 있기 때문에……."

고혈압이 있는 노인은 뇌졸중을 경계해야 한다. 교통사고도 있을 수 있다.

"혹시 쓰러져서 병원에 실려 간 것은 아닐까, 하는 생각에 시내 구급병원에 일일이 전화를 걸어보았습니다. 하지만 어디에도 하쓰에 씨로 보이는 노인은 없었습니다. 시내를 벗어났나? 등 이런저런 생각을 했었어요."

아스카 양로원에서는 입원자용 신분증명서 겸 긴급연락처 쪽지를 겸하는 카드를 발행해서 고령자가 외출할 때는 반드시 휴대하도록 지도하고 있다. 당뇨병이나 심장질환 같은 지병이 있는 입원자는 사소한 외상에도 세심한 치료가 필요하므로 카드 뒷면에는 그 사람의 병력이나 복용하는 약을 기입하는 난도 있다.

하쓰에도 그 카드를 가지고 나갔다. 그러므로 만에 하나 병으로 쓰러지거나 사고를 당했다면 그녀를 보호하거나 수용한 의료기관은 틀림없이 그것을 발견하고 아스카 양로원에 연락해줄 것이다.

결국은 그것을 믿고 기다리는 수밖에 없었다.

그러나 아무데서도 연락은 없었고 미타 하쓰에는 돌아오지 않았다. 그녀가 나간 지 꼭 48시간이 지나자 아스카 양로원에서도 경찰서에 신고를 하기에 이르렀다. 경찰도 실종자의 나이를 고려해서 하마마쓰 시내의 주요 백화점이나 쇼핑센터에 문의하고, 순찰차 확성기로 실종 사실을 알려 신고를 호소하고, 지역 소방단의 협력을 얻어 가까운 강변이나 수풀을 수색하는 등 애를 써주었지만, 그 모든 일들이 성과 없이 끝났다. 미타 하쓰에는 마치 증발한 것처럼 모습을 감추어버린 것이다.

미나가와 야스코는 간호사 자격증을 가지고 있었고, 시즈오카 시내 시민병원에서 간호부장까지 역임한 이력이 있다. 아스카 양로원에는 훌륭한 성품과 실력을 인정받아 스카우트 형식으로 전직해왔던 것이다. 그녀는 고령자의 안심과 안락을 강조하는 이 양로원에서 한 사람의 불행한 환자나 쓸쓸한 독거자도 나오지 않게 하겠다는 이상에 불타서 하루하루 노력하고 있었다. 그런데 바로 눈앞에서 미타 하쓰에가 사라져서 안부도 알 수 없는 상황이 벌어진 것이다. 양로원 운영을 의뢰받은 전문가로서 자존심이 걸린 문제라는 생각과 개인적인 걱정이 어우러져 밤에 꿈까지 꿀 만큼 마음고생을 했다.

"꿈에 하쓰에 씨가 나타났는데, 아주 두려워하는 표정으로 서 있는 거예요. 나는 하쓰에 씨가 잘 보이는데 그 분은 나를 보지 못해서, 불러도 불러도 듣지를 못하고 점점 멀리 가버리는 거에요. 그것도 캄캄한 쪽으로. 그쪽으로 가시면 안 돼요! 하고 소리 소리 지르다가 잠이 깼어요."

경찰이 수색에 나선 지 이틀 만에 하마마쓰 역 근처 쇼핑센터의 쓰레기통에서 노인의 것으로 보이는 핸드백이 발견되었다는 정보가 들어왔다. 미나가와 야스코가 달려가 확인해보니 분명히 눈에 익은 하쓰에의 소지품이고, 속에는 손수건과 콤팩트 등 자잘한 물건들과 함께 양로원 카드가 들어 있었다.

"지갑만 없었어요."

아무래도 하쓰에는 이 쇼핑센터 안이나 이 근처에서 핸드백을 도난당한 것 같았다.

"평소의 하쓰에 씨라면, 만약 절도범을 만나면 어떻게 대처해야 하는지 잘 알고 있을 겁니다. 파출소에 신고하거나 양로원에 연락하거나 했겠지요. 그런 점에서는 세상물정 모르는 요새 젊은 아가씨들보다 훨씬 나은 분입니다. 주저앉은 채 쩔쩔매고 있을 나약한 노인이 아니었어요."

미나가와 야스코는 그래서 더욱 불안했다.

"혹시 핸드백을 빼앗기면서 주먹질이나 발길질을 당해서 부상이나 당하지 않았는지 걱정했습니다. 혹은 너무나 무서운 상황에 충격을 받았다거나. 노인들 중에는 그런 충격으로 기억이 잘못돼서 행동이 이상해지는 경우가 있거든요. 뇌졸중이라고 하면 나무기둥 쓰러지듯 쾅당 쓰러져서 코를 고는 장면을 연상하기 쉽지만, 아주 미세한 모세혈관이 끊어지거나 막혀서 뇌의 일부가 잠깐 동안 허혈 상태를 일으켜 의식장애가 나타날 수도 있습니다. 심리적인 충격으로 그런 허혈성 발작이 일어난 것인지도 모르지요. 그래서 정신없이 헤매다가 어느 친절한 사람의 도움을 받거나 경찰의 보호를 받았으면 좋으련만, 그 전에 또 다른 사고를 당하지나 않았는지 걱정한 겁니다."

실제로 핸드백이 발견된 쇼핑센터에서는 반년쯤 전부터 혼자 나온 노인이나 여성 쇼핑객을 대상으로 악질적인 도난사건이 발생하고 있었다. 범인은 여러 명의 젊은 남녀들인데, 피해자들 이야기에 따르면 수법이 악질적이다. 먼저 일당 가운데 여성 한 명이 피해자에게 다가와서, 길을 가르쳐 달라는 둥, 이상한 남자가 따라오고 있으니 잠깐 같이 걸어 달라는 둥 다양한 구실을 대고 접근한다. 피해자는 그 여성을 도우려고 하다가 범인 일당이 기다리고 있는 인적 드문 곳으로 유인당하는 것이다.

지갑이나 핸드백 등은 물론이고, 몸에 지니고 있는 액세서리나 시계, 신고 있는 구두까지 빼앗기도 하고, 피해자가 젊은 여성일 경우 즉시 도움을 청할 수 없도록 일부러 옷을 벗겨서 속옷 차림으로 방치하기도 했다. 그리고 저항하는 피해자에게 집단으로 폭력을 휘두르는 사례도 있었다.

"하쓰에 씨도 그런 일당한테 당했구나, 하고 생각했습니다. 경찰도 그런 방향으로 수사를 진행하는 것 같았습니다. 하지만 범인들은 좀처럼 잡히지 않고."

절도단은 하마마쓰 시내뿐만 아니라 시즈오카나 나고야 쪽으로도 원정을 다녔다. 신칸센을 이용하는 것이다. 그러자 경찰에서도 지역수사로 전환했지만, 여러 지역에 걸쳐 있다 보니 각 경찰서 사이에 제휴가 잘 되지 않았다. 이 역시 검거가 지연되는 원인이었다.

"범인들이 잡히면 하쓰에 씨가 어떻게 되었는지, 그들이 가방을 강탈할 때 하쓰에 씨가 어떤 상태였는지를 알아낼 수 있겠지요. 물론 양로원에서도 하쓰에 씨에 대한 정보를 모으기 위해 많은 노력을 하고 있었고, 하쓰에 씨랑 비슷한 사람이 있다는 소식이 들리면 당장 달려가 알아보기도 했습니다. 하지만 이 역시 성과가 없었어요. 그리고 경찰에서는 문제의 절도단은 역시 집단범죄인 데다 수법도 점점 흉악해져서 어쩌면 미타 하쓰에 씨를 어떻게 했을 수도 있다고 생각하고 있었어요. 그래서 그런 각오를 해두라고 넌지시 비치기도 했습니다."

미나가와 야스코는 걱정으로 마음을 졸이는 한편, 하쓰에의 딸들이 의외로 냉담하다는 사실에 놀랐다. 하쓰에가 행방불명이 된 지 보름도 안 돼서 두 딸이 함께 아스카 양로원을 방문해서 어머니가 맺은 계약을 해제하니 보증금을 돌려달라고 요구했다.

"깜짝 놀랐습니다. 이제 하쓰에 씨가 돌아오지 않을 거라고 결론을 내린 듯한 분위기였어요. 물론 보증금은 큰 금액이지만 본인의 안부를 알 수 없는 이상 함부로 내줄 수는 없었습니다. 무엇보다 아직 보름밖에 안 되었으니까요. 그리고 어머니가 흉포한 강도단한테 당했을 가능성이 있다고 하는데도 전혀 걱정하는 기색이 없었고 너무나 사무적이었어요. 이러니까 하쓰에 씨가 딸들한테 기대지 않고 양로원에 들어왔구나, 하는 생각이 들더군요."

하마마쓰-시즈오카-나고야-도요하시 등 신칸센을 타고 다니며 범죄를 저지르던 일당은 미타 하쓰에가 행방불명된 지 열 달 뒤인 이듬해 2월에야 체포되었다. 공을 세운 것은 하마마쓰 경찰서의 형사과로서, 현행범으로 잡은 것이 아니라 장물을 꼼꼼하게 추적해서 체포한 것이다. 줄줄이 체포된 일당의 수는 모두 8명이나 되었는데, 그 중에 셋이 여성이고 다섯이 미성년자였다. 말하자면 무직청소년들이었던 것이다.

8명에 대한 조사가 시작된 직후에 미나가와 야스코가 기대하던 대로—지극히 슬픈 기대였지만—미타 하쓰에에 관한 정보가 나왔다.

"일당 가운데 한 소녀가 작년 초봄에 하마마쓰 쇼핑센터에서 할머니를 털었다고 자백했다는 겁니다. 기모노를 입은 할머니였는데, 돈이 있어 보여서 노렸다는 겁니다. 사실 하쓰에 씨는 세련되었고 기모노도 좋은 걸 입고 있었어요. 머리도 제대로 틀어 올리고, 흰머리가 많아서 그것을 연보라색으로 살짝 염색하고 있었는데, 그 소녀는 그것까지 다 기억하고 있었습니다. 하쓰에 씨가 분명하다고 생각했습니다."

그 소녀는 당시 자기가 처음으로 표적을 유인하는 미끼역을 맡은 것이라 분명히 기억한다고 말했다고 합니다.

"이상한 남자가 쫓아오고 있으니 잠깐만 같이 걸어달라고 부탁하면서 접근했다고 합니다. 하쓰에 씨는 깜짝 놀라서, 큰일 날 수가 있으니 파출소로 가자고 말했다고 합니다."

물론 소녀는 말을 이리저리 돌려서 파출소행을 거절했다.

"그러자 하쓰에 씨는, 그럼 내가 아가씨를 택시로 집까지 바래다주겠다고 했다고 합니다. 원래 친절한 분이니까요. 겁에 질린 소녀를 그냥 내버려둘 수가 없었던 거죠."

소녀는 하쓰에와 택시를 타고 소녀의 일당이 기다리는 범행 장소로 데려갔다.

"역 뒤 빌딩가 안쪽이었다고 하는데, 빌딩가라고 해도 술집이나 식당이 입주한 임대건물이 대부분이라 한낮에는 인기척이 드문 곳입니다. 다만 그런 건물들 사이로 드문드문 연립주택이나 아파트가 있었기 때문에 하쓰에 씨도 소녀가 하는 말을 의심하지 않았겠지요."

절도단은 미타 하쓰에를 위협해서 가방과 손목시계를 빼앗았다고 한다. 하쓰에는 내심 무서웠겠지만 대담하게 처신했다고 미끼역 소녀는 말했다.

"할머니는 크게 화를 내면서, 너희들, 이런 짓을 하다가는 장차 큰 벌을 받을 거라고 훈계를 했다고 합니다. 물론 범인 일당은 그런 말을 들은 척도 하지 않았어요. 히히덕거리거나 비웃었답니다. 그래도 하쓰에 씨가 수그러들지 않자 누군가가 폭력을 휘둘렀다고 합니다."

쓰러진 하쓰에의 머리를 다른 누군가가 발로 걸어찼다. 일당은 할머니가 맥없이 널브러져 꼼짝도 하지 않자 덜컥 겁이 났다.

"미끼역 소녀 말로는, 할머니 괜찮냐고 말을 걸어보았다고 합니다. 그래도 하쓰에 씨가 꼼짝도 하지 않자 그대로 도망쳤다는 겁니다. 그 다음 일은 모른다고 합니다. 내내 마음에 걸렸다고 말하지만, 정말 그랬는지 알 수야 없지요."

이리하여 쇼핑센터에서 하쓰에에게 무슨 일이 일어났는지는 알 수 있었다. 문제는 그 다음이다. 하쓰에는 일당에게 당한 뒤 어디로 갔을까? 어떤 상태였을까?

"하쓰에 씨가 없어진 지 1년이 지났을 때는 딸들과 양로원의 대립은 더욱 날카로워져 있었습니다. 하쓰에 씨의 생사를 모르는 이상 보증금을 돌려줄 수 없는 것은 물론이고 우리로서는 매달 관리비 같은 것도 사실은 꼬박꼬박 받아야 마땅한데, 사정이 사정인 만큼 청구하기가 어려웠지요. 결국 내내 미지불 상태였습니다. 그런데도 딸들은 양로원의 하쓰에 씨 방에 있던 가구나 비품을 멋대로 가져가버렸습니다."

게다가 미타 하쓰에의 두 딸은 어머니의 행방불명에 대하여 아스카 양로원의 관리책임을 묻는 손해배상청구 소송을 제기하겠다고 통고해왔다.

"그 말을 듣고 정말 면목이 없었어요…… 하쓰에 씨가 있던 동의 책임자는 나였으니까요. 그래서 사표를 써서 당시 원장에게 제출했습니다. 하지만 수리되지 않았어요. 하쓰에 씨가 돌아왔을 때 늘 친하게 지내던 내가 없으면 섭섭해 하실 거라면서…… 양로원에 남아 맡은 업무를 해가면서 계속 하쓰에 씨를 찾아보자고 격려해주셨습니다."

사실 결과적으로 이 소송은 제기되지 않고 끝났다. 아스카 양로원과 미타 하쓰에의 딸들 사이에 여러 차례 협상이 있었고,

양로원 측이 약간의 '위로금'을 지불하는 것으로 수습된 것이다. 그러나 양로원 측은, 하쓰에의 외출은 어디까지나 본인의 의사에 따른 것이고 양로원 규칙에 따라 이루어진 것이며, 외출했다가 강도를 당하는 것까지 예측하기는 불가능하므로, 이 건에 대해서 양로원은 관리책임을 질 수 없다는 공식적인 주장에 대해서는 한 치도 물러서지 않았다.

"하지만 나 개인적으로는 책임을 느꼈습니다. 내내 그렇게 느꼈어요." 하고 미나가와 야스코는 말한다.

"5년 동안 많은 일들이 있었지만, 하쓰에 씨를 하루도 잊은 적이 없어요. 어디서 어떻게 지내는지 늘 생각했죠. 만약 폭행을 당한 쇼크로 기억이 잘못되었다고 해도 친절한 사람한테 도움을 받았을 수도 있고, 그 사람과 함께 살고 있을지도 모르고, 혹은 이름도 주소도 기억하지 못한 채 어느 공공양로원에 기거하고 있을지도 모르죠. 어쩌면 이미 하마마쓰나 시즈오카에 없을지도 모른다는 생각에 전화번호부를 뒤져서 양로원이나 병원마다 전화를 걸어보았습니다. 전국을 상대로요. 시간이 걸려도 이 잡듯이 샅샅이 훑어나가면 언젠가는 찾을 수 있을지도 모른다는 생각에."

절도단을 조사하던 하마마쓰 경찰서의 일부 형사들은 노파가 이미 그들에게 살해되어서 어디에 유기된 것은 아닐까 생각하고 있었다. 체포된 자들이 살인을 저질러 놓고도 입 다물고 모른 척 하고 있는 것은 아닐까 하는 것이다.

"형사한테 그런 말을 들으니 가만히 있을 수가 없었어요. 처음 자백한 그 미끼역 소녀를 만나러 갔습니다. 그 애는 일당 중에서는 죄가 가벼운 편이라 1년이 채 못 되어 집으로 돌아가 있었으니까요. 집으로 찾아갔어요. 혹시라도 아직 감추고 있는 게 있다면 제발 얘기해 달라고 고개를 숙이고 부탁했습니다. 혹시 하쓰에 씨가 살해된 거라면 그렇다고 말해 달라. 그렇다면 참으로 괴롭고 슬픈 일이지만, 그래도 하쓰에 씨가 어떻게 되었는지, 어디에 있는지 전혀 모르는 것보다는 낫다고, 그런 말까지 했습니다."

미끼역 소녀는, 노파는 죽지는 않았다, 적어도 자기들은 죽이지는 않았다고 주장했다. 쓰레기투성이 도로에 쓰러져 움직이지 않는 것을 본 것이 마지막이고, 그 다음은 전혀 모른다고 했다.

"그 말을 믿고 싶었지만, 믿어도 좋을지 알 수가 없었어요. 정말 난처하더군요. 그 집을 나설 때 그 소녀의 아버지가 현관 앞까지 따라 나왔어요. 우리 애한테 이것저것 물은 모양인데, 무엇을 물어도 소용없다고 하더군요. 그 애가 사실을 솔직하게 말할 리가 없다, 만약 살인을 했다면 사체가 나오지 않는 한 처벌받을 일은 없으니까 제 입으로 자백할 리가 없다, 그런 아이한테 솔직히 말하라고 요구하다니, 당신도 참 순진하다, 라고 말했어요. 무슨 집이 이 모양일까 싶더군요."

실종자나 행방불명자의 가족이나 친구들에게 이야기를 들어보면 한결같이 미나가와 야스코처럼 말한다. 죽은 거라면 그보다 더 슬픈 일은 없다. 하지만 어디서 어떻게 되어 있는지 모르는 것보다는 차라리 사실을 아는 편이 낫다고.

"그 5년간이 참 길었어요." 하고 미나가와 야스코는 회고한다.

"그렇게 굳세게 버티던 나도 하쓰에 씨를 이대로 영영 찾지 못하나보다, 하고 마음이 약해지기도 했습니다. 그래서 어느 날 신문에서 도쿄 아라카와 일가 4인 살해사건의 피해자 신원이 백지 상태로 돌아가 버렸다, 노파의 신원도 알 수 없게 되었다는 기사를 읽을 때도 얼른 하쓰에 씨와 결부지어서 생각하지 못했던 겁니다. 끔찍한 사건이라고, 나의 담당 동에 있는 사람들과 이야기까지 했으면서도요. 혹시 하쓰에 씨가 아닐까, 하는 생각이 얼른 떠오르지 않더군요."

그리고 며칠이 지나자 피해자 세 명의 나이와 신체적 특징이 상세하게 보도되었다. 미나가와 야스코도 그 기사를 읽었지만, 이때도 역시 그 생각이 스치지 않았다.

"내가 아는 하쓰에 씨는 건강하고 싹싹하고 세련되고 활달한 할머니였어요. 그래서 강도를 당해서 심신에 변화가 일어난 게 분명하다고 머리로는 생각했으면서도 역시 구체적인 이미지로 떠올릴 수는 없었어요. 그래서 그런 생각이 떠오르지 않았던 겁니다."

아라카와의 피해자 노파는 평소에도 혼자 걷지를 못해서 휠체어를 타고 있었다. 노망기가 진행 중이었던 것으로 보이지는 않지만, 미타 하쓰에처럼 활발한 모습은 없었고 병자라는 인상이 강했다. 신문이니 텔레비전 뉴스에서도 노파는 늘 그렇게 연약한 모습으로 보도되었다. 미나가와 야스코로서는 그런 보도에서 미타 하쓰에를 연상하기가 어려웠던 것이다.

"그래서 나는 신문도 별 생각 없이 읽고 있었습니다. 그런데 그 기사가 나온 지 이삼 일 지났을 때, 양로원에 있던 한 분이, 그 노인, 혹시 하쓰에 씨가 아닐까, 하고 말하는 거예요."

깜짝 놀라서, 무슨 말이냐고 물었다.

"하쓰에 씨와 같은 시기에 입원한 할머니인데, 연세는 하쓰에 씨보다 열 살이나 적었지만, 지병이 있어서 간호가 필요한 분이었어요. 그날도 내가 목욕을 시켜드리는 중이었는데, 선생님— 저를 말하는 거예요—선생님, 아라카와에서 죽었다는 할머니의 신체적인 특징이 신문에 나왔는데, 옆구리에 희미한 커피색 점이 있다고 해요. 하쓰에 씨한테도 그런 점이 있었는데, 선생님도 기억하시지요? 하고 말하더군요."

미나가와 야스코는 기억은 고사하고 미타 하쓰에에게 그런 점이 있었다는 것조차 알지 못했다.

"그 분은 아주 정정해서 특별히 탈의나 목욕을 거들어줄 필요가 없었어요. 그래서 나는 알 수가 없었다고 말했지요. 그러자 그 분이 말했어요. 선생님, 그런 점이 분명히 있었어요. 내가 분명히 기억해요. 목욕을 할 때 하쓰에 씨한테 도움을 받은 적이 있는데, 내가 더운 물을 잘못 끼얹어서 하쓰에 씨 옷이 젖었어요. 하쓰에 씨는 한바탕 웃고는, 아예 함께 목욕을 하자고 하면서 옷을 벗은 적이 있어요, 하더군요. 그때 점을 보았다는 겁니다. 아주 구체적인 설명이었어요. 그때 목욕을 돕던 직원 이름까지 기억하고 있었어요. 그 직원은 이미 다른 직장으로 옮겼지만, 틀림없이 기억하고 있을 테니 한 번 물어보라고 하더군요."

그 직원은 미타 하쓰에의 몸에 있다는 점에 대해서는 기억하지 못했지만, 도움이 필요한 입원자를 목욕시킬 때면 하쓰에가 종종 거들어주던 것은 기억하고 있었다. 완력이 필요한 일은 못해도, 머리를 감기거나 수건 따위를 준비해주는 자잘한 일을 도와주었다고 한다.

"나는 깜짝 놀라서 당장 도쿄에 보내달라고 원장에게 부탁했습니다. 하쓰에 씨 사진과 의료진의 진료기록, 양로원 기록 등 아무튼 준비할 수 있는 것은 전부 준비해서 그날로 신칸센을 탔어요. 기차 안에서 내내 눈물을 흘렸어요. 아직 확실한 것도 아닌데 자꾸만 눈물이 나더군요."

최종적으로 반다루 센주기타 뉴시티의 웨스트타워 2025호의 노파가 미타 하쓰에라는 것을 검증해준 것은 의학적인 증거였다. 치과 치료 기록과 2025호 노파의 치아 상태가 일치했던 것이다.

"사진을 봐도 하쓰에 씨인지 아닌지 알 수가 없었어요."

미나가와 야스코는 그 이야기를 할 때면 지금도 표정이 어두워진다.

"사진은 물론—음, 시신을 찍은 것인데, 피부색 같은 것을 착색해서 살아 있는 모습처럼 다듬어 놓았더군요. 그래도 언뜻 봐서는 알 수가 없었습니다. 얼굴이 너무 많이 변해 있었어요. 목소리를 듣거나 몸동작을 볼 수 있었다면 사정이 달랐겠지만…….

하쓰에 씨의 시신은 딸들에게 인계되었습니다. 딸들은 예상대로라고나 할까, 별로 슬퍼하지 않는 것처럼 보였어요. 어머니가 사망한 것이 확실해진 덕분에 상속 절차를 밟을 수 있게 되었다고 말했을 정도니까요.

그런데 납골할 때였나, 내가 집을 찾아갔더니 맏딸이 조금 침울하게 말하더군요. 어머니는 정말 대단한 사람이었다고. 사리 판단이 분명하고 머리가 좋아서 가사일이든 뭐든 못하는 게 없었고, 사업가인 남편도 훌륭하게 내조하고 주변 사람들을 잘 이끌었어요. 그래서 딸들한테도 요구하는 것이 많았다고 해요. 그리고 딸의 인생에도 적극적으로 개입하고 싶어했다고 합니다. 남자친구나 친구들을 품평하듯이 관찰해서는 그 사람은 더 이상 만나지 말라고 요구하기도 했답니다. 딸한테만 그렇게 말했다면 모녀지간의 다툼으로 끝났을 텐데, 그 친구나 남자친구를 불러내서 면전에다 대고 직접 말했다고 하네요. 매사 그런 식이었답니다. 그래서 딸들도 철저하게 반항해서, 아예 하쓰에 씨와 엇나가기로 작정했다고 합니다. 동생이나 자기나 결코 어머니를 사랑하지 않는 것은 아니지만, 자기 인생을 지키기 위해서는 어쩔 수가 없었다고 하더군요……. 하쓰에 씨의 장점만 알고 있는 나로서는 딸의 말을 곧이곧대로 받아들일 수는 없었지만, 적어도 맏딸이 나에게 그런 말을 하는 것은 어머니에 대한 행동을 조금은 후회하고 있다는 말이니, 그나마 다행이다 싶었습니다.

그런데 그 5년 동안 하쓰에 씨는 어떻게 지냈던 걸까요? 휠체어를 탔다면 역시 그때 강도를 당하면서 그렇게 된 것인지도 모르지요. 그리고 역시 기억이 온전하지 않았던 거겠지요. 뭔가 기억이 났다면 그런 사람들하고 같이 살지는 않았을 테니까요."

이리하여 신원이 밝혀지지 않은 피해자는 한 명만 남게 되었다. 베란다에서 추락사한 것으로 추정되는 젊은 남성이다.

그런데 역설적이게도 시민들의 문의나 정보 제공 건수는 세 사람 중에 그에 관한 것이 가장 많았다. 접수된 문의나 정보를 전체적으로 훑어보면 집을 나가 소식을 끊어버린 젊은이가 이렇게 많은가 하며 놀랄 정도다.

그 청년에 관해서라면, 앞 장에서 말한 이스트타워 B씨의 증언이나 아키요시 가쓰코와의 관계를 의심케 하는 소문이 유포된 것 등이 공연한 억측을 낳고, 그것이 또 다른 억측과 날조를 불러서, 한때 생전의 그를 알고 지냈다고 '주장하는' 사람들이 모자이크 처리된 화면에 숨어서 그럴 듯한 목소리로 말하는 장면이 각 텔레비전 와이드쇼 프로그램에서 방영되었다. 오사카에서 한때 잘 나가던 호스트였는데 가게 돈을 들고 도망친 아무개라는 설. 부임한 지 세 달 만에 여학생을 임신시키고 해고되어 소식이 끊긴 모 유명 사립여고 국어교사였다는 설. 자사 컴퓨터시스템을 통해 거액을 인출해서 자취를 감춘 모 컴퓨터회사 신입 프로그래머라는 설 등.

그러나 이 설들은 한결같이, 죽은 청년이 왜 스나카와 노부오·아키요시 가쓰코·미타 하쓰에라는 타인들의 집단에서 짐짓 아들처럼 행세하며 살고 있었는지, 그 이유를 설명하지 못했다. 또 수사본부에서는 청년이 스나카와 노부오의 친아들 스나카와 쓰요시의 이름을 도용해서 수도권에서 취직해 있었을 가능성을 생각하고 열심히 조사를 했지만, 이렇다 할 만한 사실은 나오지 않았다. 그러나 2025호에 출입하는 그를 보았다는 신뢰할 만한 목격증언이 적지 않은데, 그 증언에 따르면 청년은 아무래도 직장을 다녔던 것으로 보인다. 그렇다면 이 청년은 직장이든 학교든 일정한 시설의 심사를 통과하는 데 필요한 고유한 신분을 가지고 있었고, 그것을 공개하는 데 거리낄 게 없었던 건 아닐까. 공금횡령 같은 범죄를 저지른 도피자라면 그렇게 부주의하게 처신하지는 않았을 것이다.

이를 뒷받침하는 증언으로서, 세 사람의 신원이 백지로 돌아갔을 때 하야카와 사장이 이런 말을 했다. 사장이 스나카와 노부오에게 가족의 주민표를 가져오라고 요구했지만, 스나카와 노부오가 그 주민표에 적힌 가족의 이름을 부르는 것을 들어본 기억이 없다는 것이다. 그렇다면 스나카와 가의 주민표는 어디까지나 하야카와 사장의 '업무'를 위해서 발행되고 이용되었을 뿐이고, 스나카와 노부오와 아키요시 가쓰코와 미타 하쓰에와 문제의 청년은 평소 서로 '본명'을 부르고 있었을 가능성이 높다는 말이 된다. 기억 상실이나 부분적인 손상이 의심되는 하쓰에 씨를 제외한 세 사람에 대해서는 이것은 거의 확실한 것으로 보인다.

스나카와 노부오와 아키요시 가쓰코는 남녀관계에 있던 커플일 것이다. 동거든 내연관계든 같이 사는 것이 이상할 게 없는 사람들이다. 거기에 미타 하쓰에가 가세한다. 하마마쓰에서 강도를 당하고 부상을 당해서 실신해 있던 노파를 발견하고 도와준 것은 스나카와 노부오였을까, 아키요시 가쓰코였을까? 생각할 수 있는 시나리오가 몇 가지 있지만, 그들이 생활하던 상황으로 추측컨대 두 사람이 이 노파를 돌보고 있었다는 점에는 의심의 여지가 없다.

그 세 사람의 고리에 이 청년은 어떻게 가세했을까? 혹시 그가 제일 먼저 스나카와 노부오와 살기 시작한 것은 아닐까? 아니면 가쓰코와 함께 지내고 있었을까? 몇 살 때부터 그런 생활을 했을까? 진짜 가족은 어디에 있을까? 사람이 하늘에서 뚝 떨어지는 것이 아닌 이상 어딘가에 반드시 생물학상의 부모가 있을 것이고, 청년의 가족들은 지금도 건강하게 생활할 연령층일 것이다.

그러나 경찰에 들어오는 정보 중에 그런 가설에 어울리는 것은 없었다. 가출해서 소식이 끊긴 아들을 둔 부모들이 혹시나 하는 마음에 수사본부로 찾아오지만, 모두들 고개를 가로저으며 집으로 돌아갔다.

이상한 점은 청년이 다녔을 직장에서는 전혀 정보가 없다는 것이다. 웨스트타워 주민들은 청년이 양복차림으로 엘리베이터를 타는 것을 여러 번 보았다고 했다. 퇴근하고 귀가하는 것처럼 보이는 청년과 관리인실 앞에서 스쳐지나간 적이 있다는 증언도 있었다. 양복을 입었다고 회사원이라고 단정할 수는 없지만, 그 청년이 사회의 어떤 구석과 인연을 맺고 개인적인 인간

관계를 쌓고 있었을 것이 틀림없는데, 거기에서 아무런 정보가 나오지 않는다는 것은 기묘한 일이었다.

청년의 직장 관계에 대해 문의나 정보 제공이 없는 점을 놓고 수사본부 내에서는 이렇게 추측하고 있었다. 그가 불법과 합법을 넘나드는 방문판매업이나 고리대금업처럼 기본적으로 경찰과 거리를 두고 싶어하는 회사에 있었던 게 아닌가 하는 것이다. 청년이 스나카와 쓰요시로 여겨지던 시점에서도, 그가 다녔을 회사나 사무실에서는 어제까지 건강하게 출근하던 사원이 무단결근하고 연락도 없는 것을 이상하게 생각하고 있었을 것이다. 그래도 경찰에 신고하지도 않고 그 사원의 집을 찾아오지도 않았다. 웨스트타워 2025호에 그런 방문자나 문의 전화가 걸려온 사실이 없었던 것이다. 이것은 그 회사 자체가 떳떳하지 못한 일을 하는 탓에, 경찰에 실종신고를 했다가 엉뚱하게 걸려들지나 않을까 두려워하는 게 아닐까? 실제로 수도권에는 그렇게 법적으로 위태로운 '회사'들이 발에 거치적거릴 정도로 많다.

어쨌거나 이런 추측과 의문도 결정적인 사실만 밝혀지면 바로 해소될 터였다. 그리고 그 사실을 쥐고 있는 인물이 분명히 있었다. 이때까지만 해도 그는 아직 도쿄 한구석에서 숨을 죽이고 있었다.

아야코

 누이가 퇴원해서 집에 돌아온 뒤에도 다카라이 야스타카는 불안한 날들을 보내고 있었다.
 아라카와의 '일가족 4인 살해사건'에 대한 속보는 싫어도 듣고 있어야 했다. 아직 아무것도 모르는 부모가 이 사건의 추이에 대하여 세상 사람들과 마찬가지로 깊은 관심을 가지고 있어서 더욱 그랬다. 아버지와 어머니가 놀라운 국면으로 접어든 사건을 화제로 삼을 때도, 설령 이미 아야코한테 들어서 알고 있는 내용이라도 놀라는 척 해줘야 하고, 그 정보가 잘못된 것이어도 정정하거나 해서는 안 되며, "네가 그걸 어떻게 아니?" 하고 반문할 만한 발언도 하면 안 된다. 하루하루가 스릴의 연속이다.
 야스타카는 이상했다. 정작 아야코는 이렇게 아슬아슬한 줄타기를 너무도 쉽게 해내고 있는 것처럼 보이기 때문이다. 폭심지에 있으면 오히려 배짱이 생기는 것일까? 속에 숨겨 놓았던 사실을 야스타카에게 다 털어놓고 짐을 동생 어깨로 옮겨 놓고 나니까 속이 편해진 것인지도 모른다.

하지만 야스타카는 아야코의 비밀을 알았다는 것과, 그 비밀을 부모에게 털어놓아야 하는 중책을 떠맡았다는 이중 압박에 짓눌려 숨이 막힐 것만 같았다. 아야코는 그런 이야기는 한마디도 하지 않은 채, 때때로 문득 눈길이 마주치면 '그거, 아직 아버지 어머니한테 얘기하지 않았니?', '아직 얘기하지 않았구나? 다행이네.' 하는 듯한 표정을 지을 뿐이다. 야스타카가 부모에게 그 이야기를 어떻게 꺼내야 좋을지, 밤잠을 설치며 고민하고 있다는 것은 상상도 못하는 눈치였다.

다 털어놓아버리면 잠시는 속이 시원하고 편할 것이다. 하지만 그 다음 일을 생각하면 무서워서 못 견딜 지경이다. 다행히 수사는 엉뚱한 곳으로 흘러가는 것 같다. 아야코의 존재를 아무도 눈치채지 못하고 있다. 잠자코 있으면 이대로 끝나버릴 공산이 크다. 하지만 그것은 역시 용서받을 수 없는 일 아닌가? 특히 아야코 대신 모든 의혹을 덮어쓰고 도피중인 이시다 나오즈미라는 사람이 있는 이상은.

너무 답답한 나머지, 태평스런 부모한테 버럭 소리를 질러버리고 싶을 정도다. 그날 밤, 폭풍우 속에서 아야코가 어디를 다녀왔는지, 왜 폐렴에 걸릴 정도로 흠뻑 젖어야 했는지, 왜 젖먹이 유스케까지 데려갔는지, 그때는 얼굴이 파랗게 질려서 걱정을 했으면서 아야코가 건강해지자 그런 것을 몽땅 잊고 그녀에게 한마디도 묻지 않은 채 아무 일도 없었다는 듯이 일상생활로 돌아가버렸다. 태평하다 해도 너무 태평한 것 아닌가.

한편 야스타카는 병원에서 아야코와 말다툼을 하다가 들었던 말을 잊지 못하고 있었다. 너는 아직 누굴 정말로 좋아해본 적 없지? 매일 방구석에 처박혀서 책만 파느라 여자를 사귀어본 적도 없잖아? 이론만 훤하지. 그런 놈이 내 마음을 어떻게 알아! 야스타카는 깊은 상처를 입었다. 그 말이 진실을 건드리고 있었기 때문에, 그가 두려워하는 구석을 까발렸기 때문이다.

아야코가 급하게 입원한 날, 마감에 몰려 있던 원고는 결국 끝내지 못하고 말았다. 덕분에 JSC 회원들한테 비난을 들어야 했고, 여름 합숙에 간사 자리를 떠맡게 된 데다가 《웨이브메이커》 가을 특별호에 이번에 못 쓴 원고의 두 배나 되는 양을 쓰게 되었다.

7월에 들어서고 마침내 여름방학이 시작되자, 비록 비밀을 감춘 상태이기는 해도 조용한 생활이 돌아왔다. 하지만 야스타카의 원고는 통 진전될 줄 몰랐다. 스스로도 선택한 소재부터가 글렀다고 생각하고 있었다. 현실과 비현실. 리얼리티와 버추얼 리얼리티. 지금 야스타카가 처한 상황이 바로 그랬다.

텔레비전과 신문에서는 아라카와 사건에 대한 속보나 화제를 다루지 않는 날이 없었다. 브라운관으로 보는 사건은 영화 속 장면처럼 관객에게 더없이 안전하면서도 흥미진진해서, 식자나 전문가가 사건을 분석하는 이야기를 듣고 있으면 저도 모르게 빨려들어가버릴 정도다.

그리고 다음 순간, 문득 찬물을 뒤집어쓴 것처럼 제정신으로 돌아와 눈을 깜빡이며 생각한다. 이 사건의 범인은 누나다—여기서 죽은 사람 가운데 적어도 한 명을 나는 알고 있다—야시로 유지를 알고 있다—그 자가 우리 집 문지방을 넘어와 소파에 앉았던 것을 알고 있다—나는 그 자와 눈길이 마주쳤고, 그의 눈빛이 더없이 희미했던 것을 잘 기억하고 있다.

하지만 다시 한 번 눈을 깜빡이자 야스타카의 마음은 순식간에 반전된다. 이런 큰 사건이, 텔레비전에서 이렇게 떠들어대는 사건이, 이 다카라식당과, 우리 집과 관계가 있을 리 없다. 텔레비전 속에서 일어나는 일은 거실의 화면 안에 있지만, 사실은 머나먼 세상의 '이야기'인 것이다. 따라서 아야코가 말한 '이야기'는 텔레비전 속에 담길 수 있을지는 몰라도, 진짜 아야코와 진짜 다카라이 가는 텔레비전 화면 속으로 넘어갈 수는 없다.

이러다보면 어느새 머릿속이 혼란스러워지는 것이다. 어느 쪽이 정말일까? 누나의 체험일까? 텔레비전에서 보도되는 그것일까? 지금 여기서 텔레비전을 보고 있는 나는 정말 누나의 고백을 들었던 나인가?

살해당한 네 명 가운데 세 명의 신원이 일단 백지로 돌아가고, 새롭게 사실이 드러나는 과정도, 야스타카는 텔레비전과 신문을 통해서 추적하고 있었다. 아야코 이야기만으로는 알 수 없었던 부분도 있었고, 그녀의 이야기가 더 상세한 부분도 있었다. 그리고 마지막으로 한 사람, 다카라이 가가 '야시로 유지'로 알고 있는 젊은 남자만이 신원불명 상태로 남았을 때, 야스타카는 정말로 두려움에 사로잡혔다.

지금까지는 신원이 밝혀지지 않았지만, 그것도 시간 문제여서, 조만간 야시로 유지의 진짜 가족이 나타날 거라고 생각한 것이다. 경찰이 이렇게 많은 정보를 공개하고 있다, 가출해서 소식이 끊긴 아들이 아닐까, 하고 확인하려는 가족이 나타날 것이다.

그것 때문에 이토록 깊은 공포감을 느끼다니, 스스로 생각해도 의외였다.

단 한 번뿐이었지만, 야시로 유지는 이 다카라이 가를 찾아와 야스타카가 보는 앞에서 말하고 숨 쉬고 걸어서, 분명히 실재하는 살아 있는 인간임을, 누나의 상상 속에만 있는 애인이 아니라는 것을 실증하고 돌아갔다. 그러나 그래도 역시 야스타카 마음속의 야시로 유지한테는 피가 통하지 않고 있었다. 체온이 없었다. 어머니 도시코라면 어린 여자애를 임신시키고 차버리는 냉혈한에게 체온 같은 게 있겠느냐고, 자못 문학적인 저주를 퍼붓고 접어버릴 테지만, 야스타카가 말하는 것은 그런 맥락이 아니었다.

야스타카에게는 야시로 유지라는 '인간'이 마치 싸구려 애니메이션 영화의 주인공 같기만 했다. 2차원 세계에서 활개를 치고 있지만, 과거도 없고 내력도 없다. 인간과 비슷하게 그려져 있기는 하지만 역시 그림일 뿐이다. 그것이 움직이는 것처럼 보이는 것은 보는 사람의 착시 현상일 뿐이다.

아야코는 그에게 학창시절이나 직장에서 있었던 일 등 그의 생활을 알 수 있는 이야기를 많이 들었다고 한다. 야스타카도 그 이야기를 전해 들었다. 하지만 아무리 그런 이야기를 들어도 야스타카에게는 역시 그라는 존재가 애니메이션 캐릭터처럼 느껴졌다. 애니메이션 캐릭터인 만큼 제작진이 만들어놓은 그럴듯한 경력을 가지고 있다. 하지만 그것 역시 가상으로 창조된 것이라는 데는 아무런 변함이 없지 않은가.

이 기묘한 느낌이 도움이 되는 점도 있었다. 야시로 유지가 애니메이션 캐릭터처럼 느껴지기 때문에 야스타카는 상상력을 아무리 대담하게 구사해도 그를 20층 베란다 밖으로 밀어 떨어뜨리는 아야코의 모습을, 그 순간의 그녀의 표정을 생생하게 떠올릴 수가 없었다. "내가 그 사람을 죽였어."라고 말하는 아야코의 고백을 들었고 그것이 사실이라는 걸 알면서도, '살인'이라는 것의 무게가, 아야코의 손이 피로 더럽혀졌다는 사실이 실감이 되지가 않는다. 거슬러 올라가면, 야시로 유지와 희롱하거나 동침하는 아야코의 모습도 역시 상상할 수 없었다.

아야코와 야스타카는 사이좋은 오누이지만, 기질은 판이하게 달랐다. 야스타카는 중학생 시절부터 일찌감치 아야코가 귀여운 누나요 마음씨 좋은 여성이지만 자기는 아야코와 정반대 유형을 여자친구로 선택할 거라는 확신이 있었다. 마찬가지로 아야코도 야스타카와 정반대되는 남자를 애인이나 남편감으로 고를 것이 틀림없다고 생각하고 있었다.

그리고 야스타카는 그리 멀지 않은 미래에 누나 옆에 한 남성이 나란히 설 때, 자기는 그 남자와 결코 잘 지낼 수 없을 거라고, 이 역시 확신을 하고 있었다. 당연히 사이가 좋아질 수가 없다. 그러면서도 상상 속의 미래에서는 아야코와 그 남자의 묘하게 생생한 장면만이 선명하게 머릿속에 떠올라서 곤혹스러웠다.

현실은 그럴 계제가 아니었다. 아야코 앞에 실제로 야시로 유지라는 남자가 나타났고, 아야코가 그의 아기를 임신하고 낳았으며, 끝내는 그를 죽이고 말았다. 그런데 그런 사실들에서 전혀 현실감이 느껴지지 않았다. 어쩐지 '아무렇지도 않다'는 느낌조차 있었다. 애니메이션 캐릭터가 사라진 것일 뿐이잖은가. 그래서 이렇게 부모한테도 사실을 밝히지 않은 채 시간이 흘러가는 것을 뻔히 지켜보고 있을 수 있는 것인지도 모른다.

야스타카는 문득 생각했다. 나만 이렇게 느끼는 것이 아니라 어쩌면 누나도 마찬가지로 느끼고 있는 것이 아닐까. 물론 사실을 털어놓을 때 아야코가 보여준 격한 모습은 연극이 아니었고, 그녀는 한때 야시로 유지를 정말로 사랑했다. 몸과 마음을 다 바쳐서 사랑했다. 하지만 그 야시로 유지를, 뼈와 살이 있는 한 인간을―설령 자기 목숨을 지키기 위해서였다고 해도―자기 손으로 죽이고 말았다는 것에 대해서 과연 얼마나 절실하게 느끼고 있을까?

느끼지 않는 것은 아닐까? 적어도 이런 상황에서 도의적으로 마땅히 감당해야 하는 무게만큼은 느끼지 못하는 것이 아닐까? 하지만 아야코가 인격에 결함이 있는 것도 아니고 사람의 생사에 대하여 무감각한 것도 아니다. 조부 다케오가 갑자기 죽었을 때 아야코가 보여준 모습을 야스타카는 지금도 잊지 못하고 있다.

 야스타카의 상념은, 아야코에게도 역시 야시로 유지는 2차원적인 인간이 아닐까, 하는 데까지 미치고 만다. 그를 사랑할 때, 그를 자기 손으로 죽일 때는 격한 감정이 들끓었을 것이다. 하지만 2차원 인간은 스위치를 끄자 사라져버렸다. 그리고 아야코의 손안에는 확실한 실재감이 있는 3차원의 '생명'이 있다―젖먹이 유스케. 그녀의 마음은 이제 유스케 쪽으로 쏠리고 있다.

 자기 누이의 이런 감정은 제삼자의 눈으로 보면 제 편의대로 생각해버리는 것이고 용서하기 힘든 것으로 비칠 것이다. 그러나 야스타카는 그래도 이대로 있고 싶은 심정이었다. 이대로 넘길 수만 있다면 그렇게 넘기고 싶었다.

 하지만 만약 야시로 유지의 부모나 진짜 가족이 나타난다면, 아마 아라카와 북부서나 어느 법의학 교실 같은 곳에 아직도 냉동 처리되어 보관되어 있을 그의 시신에 매달려 우는 어머니가 등장한다면 야스타카 들이 안주하고 있는 지금의 이 세계는 산산조각이 날 것이다. 야시로 유지는 애니메이션의 캐릭터가 아니다. 어머니 배에서 태어난 살아 있는 인간이었다. 진자리 마른자리 갈아 뉘고, 손을 잡고 예방접종을 하러 다니고, 무릎이 까지면 약을 발라주고, 학생복을 꿰매주고…… 그렇다, 도시코가 야스타카를 위해 해준 자잘한 일들을 전부 야시로 유지라는 '자식'을 위해서 해준 어머니가 그에게도 있었다. 그것이 밝혀지는 순간 아야코는 진짜 살인자가 되고, 야스타카는 누나를 감싼 공범자가 된다.

사람을 사람으로 존재하게 하는 것은 '과거'라는 것을 야스타카는 깨달았다. 이 '과거'는 경력이나 생활 이력 같은 표층적인 것이 아니다. '피'의 연결이다. 당신은 어디서 태어나 누구 손에 자랐는가. 누구와 함께 자랐는가. 그것이 과거이며, 그것이 인간을 2차원에서 3차원으로 만든다. 그래야 비로소 '존재'하는 것이다. 과거를 잘라낸 인간은 거의 그림자나 다를 게 없다. 본체는 잘려버린 과거와 함께 어디론가 사라져버릴 것이다.

야시로 유지의 가족이 나타난다는 것은 곧 그의 정체가 드러나는 것이다. 아야코는 그런 상황을 견뎌낼 수 있을까? 적어도 야스타카는 견뎌내지 못한다. 그 자의 어머니라는 사람이 울고불고 하는 꼴을 보는 것은 너무나 두려운 일이다.

살인사건에 관련된 처지에 이런 일에 겁을 먹다니, 만약 다른 사람이 그랬다면 이해할 수 없을 것이다. 엄살이라고 느낄지도 모른다. 하지만 야스타카가 밤에 꾸는 악몽에는, 심각한 얼굴로 다카라식당을 찾아오는 형사나 야시로 유지의 창백한 죽은 얼굴 대신에 슬픈 얼굴로 그의 뼈를 수습하는 어머니만 나타나는 것이었다.

그러나 야시로 유지의 신원은 좀처럼 밝혀지지 않았다. 야스타카의 악몽은 어디까지나 꿈에 머물러 있었다. 수사본부에는 신원 조회 문의가 끊이지 않았지만 해당되는 정보는 없다고 한다.

이런 일이 있을 수 있을까? 이렇게 되면 야시로 유지가 정말로 하늘에서 뚝 떨어진 캐릭터 같지 않은가.

"행방불명된 사람들이 참 많기도 하더라. 깜짝 놀랐을 정도야." 이마에 땀을 흘리며 유스케를 품에 안고 있던 아야코가 뜬금없이 말했다. 9월로 접어들었건만 한여름 더위는 여전했고 햇살도 뜨거웠다.

야스타카는 그녀와 나란히 걸으며 유스케 머리 위로 양산을 받쳐 들고 있었다. 유스케의 땀띠가 심해서 병원에 가야겠는데, 같이 좀 가달라고 아야코가 부탁했던 것이다. 야스타카는 마침 누나와 둘이서 하고 싶은 이야기가 있던 참이라 잘 되었다 싶었다.

집을 나서는데 도시코가 웃으며 말했다. "야스타카가 이제 착한 삼촌이 되었네. 유스케 일이라면 아무 소리 않고 가줄 줄도 알고."

신생아 진단 때도 이용했던 병원이라 아야코는 의사나 간호사와 낯이 익었다. 그녀는 열심히 수다를 떨고, 깔깔 웃고, 일회용 기저귀 샘플을 받는 등 요란하게 진찰을 받았다. 대기실에 혼자 앉아 있던 야스타카는 거기에 텔레비전이 없는 걸 다행이라고 생각했다. 그리고 돌아가는 길에, 그 자의 신원을 모르나봐…… 하고 슬쩍 이야기를 꺼내본 것이었다.

"조회 문의만 잔뜩 들어온다고 하던데." 아야코가 유스케에게 웃음을 지어보이며 말했다. "가출한 사람이 그렇게 많다는 거겠지? 나는 유스케를 절대로 가출 같은 거 하지 않게 할 거야. 그런 일이 없게 키울 거야."

누나, 무섭지 않아? 하고 물으려던 야스타카는 그 물음을 꿀꺽 삼켜버렸다. 아야코는 건널목에서 신호를 기다리면서 유스케의 작은 코에 콧등을 비벼대며 희롱한다. 그 옆모습에서는 공포나 죄책감이 느껴지지 않았다.

"사건이 어떻게 될까?"

모호하게 중얼거려 보았다. 신호가 바뀌고 아야코가 걷기 시작했다.

"어떻게 되겠지, 뭐. 야짱, 아무하고도 상의해보지 않았어?"

아야코가 야스타카를 '야짱'이라고 부른 것은 요즘으로는 매우 드문 일이었다. 말투는 가벼웠지만 입매는 조금 화가 난 듯하다.

야스타카도 불쑥 부아가 치밀었다. 자기 짐을 야스타카의 어깨에 옮겨놓고는 유스케를 껴안고 오갈 데 없는 엄마 얼굴로 생글생글 웃고 있는 아야코가 더욱 얄밉게 보였다.

"경찰에 출두할까 생각해보기도 했어."

그 순간 아야코가 발길을 딱 멈추는 통에 야스타카가 받치고 있던 양산이 그녀의 머리카락에 걸렸다. 아야코가 야스타카를 매섭게 노려보았다.

"왜 사람 겁주고 그래?" 하고 빠르게 내뱉었다.

"겁주려는 거 아냐."

야스타카는 스스로 생각해도 한심할 정도로 주눅이 들었다. 지금까지 아야코하고 백 번도 넘게 다퉈봤지만, 이렇게 압도되기는 처음이었다.

"야짱, 나랑 유스케를 도와주려는 거 아니었어? 약속이 틀리잖아?"

 "어, 나는."

 "이렇게 더운 길바닥에서 얘기하고 싶지 않아. 애기한테 안 좋아. 나 먼저 갈게."

 거침없이 걷기 시작한다. 야스타카는 당황해서 아야코 뒤에서 양산을 받치고 쫓아갔다. 골목을 돌자 동네 담뱃가게 아주머니와 마주쳤다. 아주머니는 야스타카와 아야코와 유스케를 번갈아 보면서,

 "아, 잘 지내? 아이고, 완전히 젊은 애기아빠네." 하고 야스타카를 놀렸다.

 "안녕하세요." 아야코는 활짝 웃는 얼굴로 돌아가 인사했다. 걸음도 조금 늦추었다. 두 사람은 다시 나란히 걷기 시작했지만, 아주머니 모습이 보이지 않자 아야코가 입을 삐죽거렸다.

 "저 아줌마, 저렇게 애교가 넘치지만 조심해야 돼. 나보고 사생아 낳아 키우는 한심한 여자애라고 떠들고 다닌데. 엄마가 벼르고 있어."

 살짝 땀이 밴 유스케의 작은 이마를 거즈 손수건으로 닦아내고 다시 웃는 얼굴을 지어보였다.

 "난 괜찮아. 유스케만 있으면 행복하니까. 아무것도 무서울 거 없어."

 야시로 유지가 없어도? 야스타카는 내심 그렇게 물었다. 그가 죽었어도? 그가 살해당했어도?

그리고 며칠 뒤 저녁에, 야스타카가 자기 방 책상 앞에 앉아 있는데 문밖에서 아야코가 불렀다. "야짱, 들어가도 돼?"

저녁식사도 끝났고 내일이 정기휴일이라 부모는 오랜만에 함께 외출했다. 문틈으로 들여다보는 아야코 얼굴을 보고 야스타카는 누나도 단 둘이 이야기할 수 있는 이런 드문 기회를 기다리고 있었다는 것을 금방 알았다.

"애기는?"

"자. 괜찮아, 문을 열어두면 깨어나 울어도 금방 알 수 있으니까."

덥네, 에어컨 좀 틀어, 하고 말하며 아야코는 창가로 갔다. 누나가 에어컨 리모컨을 만지고 창을 닫고 하는 동안 야스타카는 입을 다물고 있었다. 아야코가 뭐라고 말을 꺼내는지, 그걸 들어보고 싶었던 것이다.

아야코는 야스타카의 침대에 걸터앉아 순면원피스 무릎께의 주름을 꼼꼼하게 폈다. 그리고 불쑥 얼굴을 들고 물었다.

"중학교 때 도키와 선생이라고 기억나니?"

야스타카는 기억이 나지 않았다. "누나 담임이었나?"

"아니. 하지만 내 진로지도 담당이었어. 주임인지 뭔지 조금 높은 선생 아니었나? 사회과 담당이었고."

"내가 다닐 때는 없었어."

"그럼 다른 학교로 갔나보다. 너는 다행이었구나."

누나가 무슨 말을 하려는지 짐작하지 못한 채 야스타카는 미소를 지었다.

"도키와 선생은 내가 고교에 진학하지 않겠다, 공부가 싫다고 하니까 굉장히 화를 냈어. 그랬다가는 장차 별 볼일 없는 인간밖에 못 된다고. 나도 그땐 꽤 건방져서, 공부 안 한다고 별 볼일 없는 인간이 되는 건 아니다, 하고 대꾸했지. 고교에 안 가도 나는 반드시 멋진 사람이 되겠다고 큰 소리쳤어."

아야코는 다시 원피스의 주름을 매만지기 시작했다. 그러고 있으면 고개를 숙이고 있을 수 있기 때문일 것이다.

"하지만 나는 결국 그 선생 말대로 별 볼일 없는 인간이 되고 말았어."

야스타카는 꾹 참고 계속 입을 다물고 있었다.

"이상해. 경찰 같은 걸 생각하면 무섭기만 하고, 무엇보다 유스케와 떨어지고 싶지 않아. 나, 붙잡히고 싶지 않아. 무엇보다도 체포돼서 방방곡곡에 살인범으로 알려지면 도키와 선생이, 그것 봐라, 내 말대로 다카라이 아야코는 저질 인간이 되었잖느냐, 하고 말할 거야. 그게 너무나 싫고 분해. 도키와 선생이 자기 말이 백발백중이라고 만족스러워하는 얼굴이 머릿속에 생생하게 떠올라."

아야코는 두 손을 힘차게 움직이며 머리를 쥐어뜯는 시늉을 했다.

"그것만은 못 참아! 그 선생이 너무 싫거든."

그 심정은 야스타카도 잘 알 것 같았다. "와세다대 출신이든 도쿄대 출신이든 시시한 인간은 있게 마련이야." 하고 말했다.

아야코는 거칠게 도리질을 했다. "내가 말하는 건 그런 게 아야. 넌 머리가 좋으니까 잘 알 거야. 하지만 그렇게 아는 것하고는 달라."

그리고 비로소 야스타카를 똑바로 쳐다보았다.

"나, 어쩌면 좋지? 역시 이대로 잠자코 숨어 있으면 안 될까? 나…… 나, 사람을 죽였잖아."

그 말투는 한없이 무거웠고, 목소리도 갈라져 있었다. 야스타카는 문득 가슴이 꽉 막혀서 금방 입을 열지 못했다. 잠시나마 누나를 얄밉게 생각한 것이 한없이 부끄러웠다.

"잡히면 벌을 얼마나 받을까? 형무소 같은 데 들어가야 하나? 아기—유스케가 엄마 소리를 할 때까지는 나올 수 있을 것 같니?"

야스타카는 마음을 다잡고, 눈물을 글썽이고 있는 아야코에게 애써 무뚝뚝한 말투로 말했다.

"그 놈의 신원은 아무도 몰라."

아야코는 고개를 한 번 끄덕였다.

"내 생각엔 그 놈이 누나한테 말한 '야시로 유지'란 이름도 본명이 아닐 것 같아."

"그렇지 않아. 그건 그 사람 본명이 맞아. 부모가 지어준 이름이야."

"누나한테만은 사실을 말했을 거라고 믿는 거야?"

"그게 아니라니까. 너도 참 얄궂게 말한다." 아야코가 삐친 듯이 언짢은 눈빛을 보냈지만, 곧 웃었다. "그 사람 호적등본을 떼어본 적이 있어. 그래서 그게 본명이란 걸 아는 거야."

야스타카는 눈을 크게 떴다. "누나가?"

"아니, 둘이서."

"어디서? 언제? 그 놈이 어디 출신인데?"

"사귀기 시작하고 반년쯤 지났을 때였나. 그 사람이 가족 얘기를 해주었어. 너무 한심한 가정이더라. 그 사람은 자기 부모를 증오했어. 아버지가 알코올중독이래. 벌써 5, 6년이나 집에 가보지 않아서 잘은 몰라도 아버지는 아마 이미 죽었을 거라고 했어. 죽었으면 좋겠다고 하더라."

"그래서 확인해보려고 호적등본을 떼본 거야?"

"응. 슬쩍 들여다보는 것뿐이라도 집에 돌아가는 것은 죽어도 싫다고 하기에, 그런 것은 등본만 떼어 봐도 알 수 있지 않느냐고 내가 말해주었지."

아야코는 길게 한숨을 지었다.

"나는 웃자고 농담한 거였어. 그런데 정말로 등본을 떼 보러 가겠다고 하더라. 사이타마 현의 다야마 시라는 데야. 너, 아니?"

다야마 시라면 시내로 쉽게 통근할 수 있는 곳이다. 아키하바라 역에서 교힌도호쿠 선을 타면 다야마 역까지 한 시간 남짓 걸린다. 그 자가 그렇게 가까운 데서 태어났다니, 의외라는 느낌이 들었다.

"그럼 다야마 시청까지 갔어?"

"그래. 차를 타고 갔는데, 주차장에 빈자리가 없어서 애먹고…… 맞아, 그래서 그 사람이 투덜댔어. 하지만 그 사람은 전철도 아주 싫어하거든. 버스든 뭐든 다른 사람들과 같이 타는 것은 다 싫어했어."

나도 합승하는 탈것을 좋아하지 않는다. 야스타카는 잠깐이지만 희미하게 오싹한 기분이 들었다.

"기왕에 차를 몰고 갔으면 굳이 등본 같은 걸 떼 보느니 집에 들러보면 될 텐데……."

"집을 그렇게 싫어했다니까."

아까부터 아야코는 야시로 유지를 내내 '그 사람'이라고 부르고 있다. 실수로라도 그의 이름을 입에 담았다가 원귀의 귀에 들릴까 두려워하는 것처럼.

"그래서 정말 등본을 뗐어?"

"뗐어. 당연하지."

서류를 보니 야시로 유지의 아버지와 어머니는 모두 건재했다고 한다.

"게다가 그 사람한테는 동생이 하나 있었어. 터울이 꽤 많이 나. 그 사람하고 열 살 터울일 거야. 그래서 나도 모르게 물어봤어. 어린 동생이 어떻게 지내고 있는지 걱정되지 않느냐고. 형이 없어져서 슬퍼하고 있을지도 모르지 않느냐고. 그랬더니 그 사람, 말도 안 되는 소리를 한다고 나를 완전히 바보취급을 했어. 나랑 한 호적에 올라 있기는 해도 동생은 나하고 씨가 달라, 하더라. 어머니가 음란해서 내내 이 사내 저 사내랑 붙어서 애들을 줄줄이 낳았대나. 지금 호적에는 자기랑 동생밖에 없지만 그 밖에도 씨 다른 형제자매가 몇이나 되는지 짐작도 할 수 없다고 했어. 자기만 해도 정말로 친아버지랑 엄마 사이에서 생긴 자식인지 어떤지 모르겠대. 그래서 아버지한테 내내 죽도록 매를 맞으며 살았다고 했어. 그래도 어머니란 사람은 감싸줄 생각도 하지 않았다고 하더라."

그래서 집을 나왔고, 다시는 돌아가고 싶어하지 않았던 것일까?

"그 사람, 몇 살 때 가출했대?"

"중학교 졸업하고 바로라고 했으니까 열다섯 살 정도였을 거야."

지금의 야스타카보다 어렸을 때다. 그리고 그 자가 누나에게 말한 가정사가 모두 사실이라면 지금의 야스타카보다 훨씬 혼란스럽고 훨씬 분노에 차고 훨씬 고통스러운 열다섯 살이었을 것이다.

"그 어머니란 사람은 뭘 했는데?"

아야코는 어깨를 으쓱해 보였다.

"나도 물어봤지만 술집에서 일한다고 할 뿐, 자세한 얘기는 해주지 않았어. 어머니 얘기를 할 때면 숫제 다른 사람이 된 것처럼 얼굴이 일그러지거든. 입술이 일그러지고 눈알이 번뜩이고, 무서웠어."

이 대목에서 아야코는 눈을 몇 번 깜빡이다가 자리에서 일어났다. "유스케가 깨어났나 봐."

귀를 기울여 보았지만 야스타카의 귀에는 들리지 않았다. 하지만 조금 뒤, 아야코가 자기 방에서 유스케에게 뭐라고 말하는 소리가 들리고, 거기에 응답하듯이 유스케가 울기 시작하는 소리가 들렸다.

그런 일이 종종 있었다. 아무도 듣지 못하는 유스케의 칭얼대는 소리를 아야코만은 알아들었다. 그 민감함, 그 예리한 지향성에는 코브라데인(수평선을 날아오는 미사일을 조기에 경보하는 첨단 레이더―옮긴이) 같은 레이더라도 못 당할 것이다.

야스타카가 누나의 모습에 감탄하자 어머니 도시코는 콧구멍에 힘을 주며, "그게 엄마라는 거란다." 하고 으스댄다. 물론 대단하단 생각은 들지만, 야스타카는 어머니의 으스대는 모습에 씁쓸한 기분도 느끼는 것이다. 특히 도시코가, 오랫동안 자식이 없어서 슬퍼하며 지내는 동서 앞에서도, 이 세상에서 제일 위대한 것은 자식을 낳은 여자라고 거리낌 없이 말하는 모습에는 자기가 몸 둘 바를 모를 지경이었다.

만약 도시코에게, 야시로 유지의 어머니가―그의 말을 그대로 믿는다면―음란한 여자여서 누구 씨인지도 모르는 자식을 쑥쑥 뽑아내고, 그 자식이 남편한테 구타를 당해도 나 몰라라 하는 사람이라고 하면 과연 뭐라고 할까. 야스타카의 짐작으로는, 먼저,

"그런 여자는 엄마 될 자격이 없어."

라고 단정짓고 말 것이다. 하지만 그런 여자도 잉태를 하고 출산을 하면 싫든 좋든 엄마가 되는 것이다. 누구도, 그 무엇도, 산부인과 의사도 복지사무소도 민생위원도 조물주도 부처님도 지장보살도 한 여자가 엄마가 될 자격이 있는지 없는지를 심사할 수 없다.

그걸 할 수 있는 것은 그녀가 낳은 자식뿐이다. 자식만이 그럴 기회와 권리를 가진다. 야시로 유지는, 거듭 말하지만 그의 말을 그대로 받아들인다면, 의무교육이란 굴레에서 풀려난 직후에 그 권리를 행사한 것이다. 하지만 그래서 그는 행복해졌을까? 가출해서 6년이 지난 지금, 그는 죽은 자들 틈에 서 있다. 그를 방치한 어머니와 그를 학대한 아버지는 아마도 여전히 현세를 살고 있을 텐데.

하지만 야스타카는 알 수 없었다. 그런 구제할 길 없는 육친을 버리고 야시로 유지는 자유로워졌다. 그런데도 그의 인생은 조금도 좋은 쪽으로는 흘러가지 않았다. 왜 그렇게 되었을까?

아야코가 발소리를 죽이며 돌아와 방문을 조심스레 반쯤 열고 잠깐 미소를 짓는다.

"이제는 괜찮아, 잠들었으니까. 젖먹이도 잠꼬대를 하는 수가 있어. 꿈을 꿨나봐."

오갈 데 없는 아기 엄마의 얼굴이다. 행복해 보인다.

"누나, 그 자의 가정환경이나, 그 자가 생판 타인과 같이 살고 있는 것은 언제부터 알았어?"

아야코는 침대에 앉으려고 하다가 바로 일어섰다.

"글쎄, 언제였더라."

방금 전에 재워두고 온 유스케 쪽을 힐끔힐끔 살피는 표정이다.

"유스케는 괜찮을 거야. 제대로 얘기해보자. 누나가 먼저 얘기를 꺼냈잖아."

야스타카는 알고 있었다. 아야코는 잠깐 물러가 유스케의 잠든 얼굴을 보면서 다시 방어태세를 굳히고 만 것이다. 처음 이 방에 올 때는, 지금 이대로는 안 되겠다, 입 다물고 계속 모른 척 할 수는 없다는 심정이 간절했을 것이다. 하지만 아기 얼굴을 보고 나니, 이 아이랑 떨어지기 싫다, 이 아이를 살인자 자식으로 만드는 것은 못할 짓이다, 라는 감정이 더욱 강해져버렸다. 아야코는 그 두 가지 생각 사이에서 내내 흔들리고 있었다. 야스타카는 자기까지 함께 흔들리면 곤란하다고 생각했다.

"얘기해보자니, 뭘?" 아야코가 마음이 상한 듯 침대에 털썩 앉았다. "내가 경찰에 자수하면 끝나는 거 아냐? 그렇지?"

"그럼 그렇게 하자. 지금 가자. 마음 변하기 전에. 내가 같이 가줄 테니까. 옷 갈아입고 와."

아야코는 야스타카를 노려보았다. 야스타카도 지지 않고 마주 노려보았다.

"누나는 후안무치해." 하고 그는 조용히 말했다. "이대로 놔두면 그렇게 될 거야. 그 자가 그런 놈이란 걸 알면서도 아이를 낳았잖아. 그 자가 그런 놈이니까 헤어지는 게 낫다고 우리 가족이 그렇게 말렸는데도 누나는 듣지 않았어. 계속 그 자식을 쫓아다녔어. 그러다 결국 이렇게 되었잖아. 누나가 저지른 짓 때문에 죄도 없는 이시다 씨가 도망 다니고 있잖아. 그렇게 후안무치하게."

아야코가 사납게 말을 가로막았다. "그게 아냐! 그 사람이 나를 보호해주겠다고 말했단 말이야! 내가 너한테 다 말했잖아!

다 알면서 왜 그딴 식으로 말하는 거야."

와락 울음을 터뜨릴 것만 같다.

"이시다 씨는 나랑 유스케를 보호해주겠다고 했어. 어차피 자기는 혐의를 뒤집어쓰게 되어 있으니까 아가씨는 모른 척 하고 가만있으라고, 다 잊어버리라고 말했단 말이야! 젖먹이한테는 엄마가 필요하다고…… 어차피 그건 사고 같은 거였고, 자기한테는 이제 돌아갈 집도 없으니까 괜찮다고."

야스타카는 누나의 눈을 가만히 쳐다보았다. 아야코가 고개를 숙였지만 그래도 고개를 숙여서까지 계속 누나의 눈을 들여다보았다.

"알고 있어. 나도 들었잖아. 알고 있다고."

아야코는 두 손으로 얼굴을 거칠게 비벼댔다.

"하지만 정말 그래도 되는 거야? 모르는 척 할 수가 없으니까, 잊을 수가 없으니까 나한테 다 털어놓았던 거 아냐? 아까부터 망설이고 있었지? 이시다 씨가 감싸주는 대로 모르는 척 하고 있어도 되는 걸까, 하고 고민했지?"

"이시다 씨는 아기가 불쌍하니까 자수할 생각 같은 것은 하지도 말라고 했어." 어깨에 고집스레 힘을 주고 아야코가 말했다. "약속하랬어. 아기한테는 아무 죄도 없으니까 엄마인 당신이 곁을 떠나지 않겠다고."

"이시다 씨는 그렇게 하는 것이 누나를 위해서 좋을 거라고 생각한 거야." 하고 야스타카는 말했다. "하지만 나는 그건 아니라고 봐. 누나, 그 분한테 보호를 받는 것이 오히려 더 괴롭지 않아?"

아야코는 고개를 획 쳐들었다. "이시다 씨는, 당신을 보호해 주려고 하는 것은 당신을 위해서가 아니라 아기를 위해서라고 했어. 그러니까 괴롭더라도 나는 유스케를 위해서."

이야기가 계속 공전되고 있을 뿐이다. 아야코가 마음속에서 겪고 있는 갈등을 두 사람이 연출하고 있는 것일 뿐이다.

야스타카는 전혀 다른 문을 열기로 했다. "누나, 야시로 유지의 어디가 그렇게 좋았어?"

"무슨 소리야, 갑자기."

"그 사람 가정환경 얘기에 동정심을 느꼈어?"

"그런 거 아냐." 아야코는 거칠게 고개를 가로저었다. "그 사람이 어린 시절을 그렇게 보내고 지금도 남들과 같이 살고 있는 거, 나는 유스케가 생길 때까지도 몰랐으니까. 그 사람한테 임신했다고 말하고, 나는 낳고 싶다, 낳아서 당신이랑 같이 키우고 싶다고 말했어. 그랬더니 그 사람, 나는 아버지 될 자격도 없고, 가정 같은 것은 원해본 적도 없다고 했어. 그리고 처음으로 자기가 어떻게 자랐는지 이야기해준 거야."

좋아, 이제야 겨우 야스타카의 첫 질문에 대한 대답이 돌아온 셈이었다. 야스타카는 '누나 조종법'을 터득하고 있었지만, 아야코가 연애를 시작한 뒤로는 그것을 내내 잊어버리고 있었다.

"가출하면서 바로 스나카와 씨나 아키요시 가쓰코 씨들과 함께 살기 시작한 건가?"

"아니……. 그 사람들하고는 같이 산 지는 4년쯤 되었다고 했어. 유지 씨가 열일곱 살 때부터. 가족처럼 지냈던 것은 아니고 그냥 하숙 같은 거라고 했어. 다른 사람은 몰라도 유지 씨는 그렇게 생각했던 거야. 매달 정해진 돈을 내고 식사나 청소, 세탁 같은 것을 맡기는 관계였을 뿐이지. 주민표 같은 게 있었다니까 유지 씨들이 사이좋게 소꿉놀이나 하는 것처럼 보였을지는 모르지만, 그런 건 아니었어."

"왜 그런 하숙을 시작했을까? 열일곱 살이면 혼자 살 수도 있잖아."

"그게 여의치 않았나봐. 버블 붕괴 때처럼 경기가 안 좋아서 입주해서 일할 수 있는 자리도 많이 줄어들고, 편의점 같은 아르바이트 자리는 숙식할 장소가 없고. 숙식하며 일하던 파칭코에서 해고되어 오갈 데가 없어서 고민하자 스나카와 씨가 일단 자기 집에서 지내라고 권한 것이 계기였다고 해. 스나카와 씨도 그때 그 파칭코에서 일하고 있었거든."

새로운 일자리를 찾고 셋집을 얻을 돈이 모일 때까지 자기 집에 있어도 좋다고 스나카와 노부오가 제안했다고 한다. 당시 그와 아키요시 가쓰코는 이미 동거하고 있었고, 도쿄 시모오치아이의 낡은 셋집에서 살고 있었다.

"내가 가보니 낡고 엉성한 집이었지만 면적 하나는 넓더라. 유산상속으로 분쟁중이라 철거하려야 철거할 수도 없는 집이어서, 관리와 청소를 잘 해준다는 조건으로 저렴하게 빌렸다고 하더라."

"그때부터 말썽 난 부동산하고 인연이 있었군." 하고 야스타카는 자기도 모르게 중얼거렸다. 훗날 버티기꾼 노릇을 흔쾌하게 받아들일 만한 바탕이 있었던 셈이다.

"그 할머니도 그때부터 같이 살았던 거야?"

아야코는 고개를 끄덕였다. "응. 참 잘 웃는 할머니였는데, 말은 거의 통하지 않는다고 했어. 스나카와 씨 얘기로는, 2년쯤 전에 트럭 운전사로 일할 때 하마마쓰에서 데려왔대. 역 주차장에 멍하니 앉아 있는 것이 길을 잃은 것처럼 보여서 다가가서 말을 건넸더니 집에 돌아가고 싶다고 울더래. 그래서 스나카와 씨가 파출소로 가자고 했더니 거기는 무서워서 싫다고 아이처럼 떼를 쓰더래. 스나카와 씨도 어지간히 인정이 많았나 봐……. 나나 너라면 할머니를 어르고 달래서 경찰한테 맡기지 않겠니? 노파랑 어울리는 것이 기분 좋을 리도 없고, 내가 떠맡을 수도 없을 테니까. 하지만 스나카와 씨는 그렇지 않았대. 할머니가 불쌍해서, 경찰 같은 데 데려가면 어디로 넘길지 모른다고 생각하고 굳이 트럭에 태워서 도쿄의 자기 집까지 데리고 돌아왔대. 당시 이미 동거하고 있던 가스코란 사람도 어지간했나 봐. 화를 내기는커녕 할머니를 정성껏 보살펴드렸다는 거야. 어머니가 생긴 것 같다고 좋아했대. 유지 씨가 처음 만났을 때, 그 하쓰에라는 할머니는 머리를 다쳐선지 기억이 온전하지 않은 것 같다고 했어."

아무튼 아시로 유지는 그런 사람들이 살던 집에 '하숙'을 시작한 셈이다. 거기에서 3년쯤 살다가 아야코를 알게 된 것이다.

"불편하지 않았나보지. 그 사람들과 계속 함께 살다가 그 아라카와 아파트까지 따라간 걸 보면."

아야코는 고개를 가로저었다. "그건 나도 잘 모르겠어. 시모오치아이 집에 있을 때는 스나카와 씨들을 만난 적이 없으니까. 집 안에 들어가본 적도 없고. 전화는 계속 휴대전화만 이용했고."

"그 사람은 직업이 뭐였어? 회사원이란 말은 들었지만, 구체적으로 무슨 일을 하고 있었어?"

아야코는 눈길을 피했다. "나는 그만두길 바랐는데……."

역시…… 하고 야스타카는 생각했다.

"금융에 관계된 일 같았어. 일은 힘든데 수입은 별로라고 늘 불만이었어."

아무래도 떳떳한 일은 아니었을 것이다. 직장에서는 야시로 유지라는 사원이 무단결근을 하고 행방불명이 되어도 대수롭지 않게 생각했으리라는 것은 거의 틀림이 없을 것이다.

"누나하고도 유흥가에서 알았겠군."

"유흥가!" 하고 아야코는 오래간만에 웃었다. "아저씨들처럼 말하네. 신주쿠의 볼링장에서 그 사람이 먼저 말을 걸었어. 그쪽도 여럿이었고 우리도 여럿이었지. 유지 씨는 회사 사람들과 같이 온 것 같았어."

그 기억은 지금 이런 상황에서 돌이켜봐도 즐거운 모양이다.

"그래서 애인이 되고, 유스케도 생기고." 야스타카도 가볍게 받았다. "정말 빨랐네."

아야코의 웃음기가 사라졌다. "미안해." 하고 불쑥 중얼거렸다. "하지만 나는 진지했어."

야스타카는 서둘러 말했다. "누나가 경솔했다는 말은 아니야."

경솔했는지 아닌지 나는 알지 못한다. 나는 아직 여자애랑 연애를 해본 적도 없으니까. 솔직히 말하면, 나에게는 누나가 그 자를 포기하지 못하고 계속 쫓아다닌 것을 책망할 자격도 없어. 내가 같은 처지였다고 해도 그렇게 했을지 모르니까.

하지만 무엇보다 두려운 것은 그런 것을 한 번도, 한순간도 경험해보지 못하고 나이를 먹을지 모른다는 것이다. 나는 아무하고도 연애 같은 것을 못할지 모른다. 연애가 어떤 것인지 평생 모를지도 모른다. 이 뇌로는, 누군가를 생각하고 잊지 못해 눈물을 흘리는 고통도, 전혀 모르는 것보다 겪어보는 것이 나을 거라고 생각하지만, 어떻게 하면 그런 사랑을 만날 수 있는지, 이 뇌는 그 방법을 가르쳐 주지는 않는다.

"유스케가 생겼을 때……."

아야코의 목소리에 야스타카는 다시 대화로 돌아왔다.

"유지 씨는 아까 말했던 그런 얘기를 하면서, 나하고 결혼하지 않겠다고 했어. 아이가 생긴 것도 자기로서는 실수라고밖에 생각할 수 없다고 했어. 나는 그래도 낳겠다고 했어. 그리고 아기 아빠가 어떤 사람인지, 우리 가족에게 보여주고 싶으니, 단 한 번이라도 좋으니 집에 인사하러 와 달라고 부탁했어. 그러자 유지 씨는 정말로 와 줬어."

그게 바로 그 방문이었던 것이다.

"그날 유지 씨가 약속을 어기고 집에 오지 않았다면 나는 포기했을지도 몰라. 역시 구제할 길이 없는 사내라고. 하지만 그 사람, 정말로 왔어. 와서 아버지 어머니한테 차가운 얼굴로 인사를 하고 비난을 듣고 말없이 돌아갔어. 나는 견딜 수가 없었어. 그 사람은 나를 그냥 즐기다가 차버린 게 아니야. 다만 가정을 꾸리는 것이 두려웠던 거라고, 부모가 되는 것이 무서울 뿐이라고 생각했어. 그 사람이 한 말에는 거짓이 없다고 믿었어. 그래서 나는 그 사람을 잊지 못했던 거야. 나라면 틀림없이 유지 씨와 가정을 꾸릴 수 있어. 그 사람이 어릴 적에 겪어본 적이 없는 가정을 말이야. 나는 유지 씨의 부인이 될 수도 있고 엄마가 되어줄 수도 있을 것 같았어."

야스타카는 어머니 도시코가 했던 말을 떠올리고 있었다. 아야코가 야시로 유지 같은 사내를 도울 수 있다고, 돕고 싶다고 생각한다면 그거야말로 정말 문제다, 그것이 미련보다 더 뒤끝이 안 좋다.

하지만 그래도 야스타카는 누나의 얼굴을 쳐다보며 생각하지 않을 수 없었다. 어쩌면 잘 되었을지도 모른다고. 시간이 좀 더 있었더라면. 일의 진행 순서가 조금만 달랐더라면.

"그래서 유스케가 태어난 뒤 그 사람한테 연락했어."

야시로 유지는 시모오치아이에서 아라카와의 반다루 센주기타 뉴시티로 이사해 있었다. 버티기꾼 생활을 하고 있었다.

"유지 씨는 스나카와 씨들이 이상한 일을 시작했다고 화가 나 있었어. 더 이상 어울리고 싶지 않고, 헤어지고 싶다고. 하지만 스나카와 씨들은 너무 돈이 궁했기 때문에 유지 씨가 집을 나가는 것을 이런저런 말로 말렸다고 해. 그의 급료에 의지하고 있었던 거야. 아라카와로 이사하면서부터 스나카와 씨도 가쓰코란 여자도 늘 유지 씨한테 돈을 달라고 졸랐다고 해."

제대로 된 일자리도 없이 노인까지 모셔야 하므로 경제적으로 쫓기는 것이 당연했다. 스나카와 노부오와 아키요시 가쓰코로서는 '하숙'이라고는 해도 지금까지 야시로 유지를 돌봐준 만큼 그에게 기대려고 하는 것도 당연하다면 당연한 일이 아닌가. 핏줄이 닿는 사이는 아니지만, 거의 가족이나 다름없는 사이 아닌가.

하지만 그런 생각은 야시로 유지한테는 통하지 않았다. '가족'이란 관계는 그가 가장 혐오하는 것이었다.

"애초에 가족이 싫어서 가출했는데 스나카와 씨들이 가족처럼 기대려고 하니까 화가 나고 두려웠던 거야. 그래, 그 사람은 두려워하고 있었어. 이대로 스나카와 씨들한테 붙들리는 것은 아닌가 하고. 바보 같은 생각처럼 들리겠지만 그 사람한테는 그것처럼 무서운 것도 없었던 거야."

날 혼자 내버려 둬라. 자유롭게 놓아 달라.

"나는 당장 갈아입을 옷가지만 챙겨서 우리 집으로 오라고 부탁했어. 아버지 어머니도 틀림없이 이해하고 용서해줄 테니까. 하지만 내 말도 듣지 않았어."

당연하지 않은가. 그렇게 되면 또 다른 '가족'에게 붙들릴 뿐이니까. 야스타카는 야시로 유지가 그때 느꼈을 공포를 알 것 같았다.

 그렇다면 아야코는 아시로 유지에게 열렬히 공감하는 것처럼 보이지만 사실은 전혀 이해하지 못하는 것이 아닌가, 하고 야스타카는 생각했다. 그렇지 않고서야 어떻게 스나카와를 버리고 우리 집으로 오라는 말을 할 수 있을까.

 이상한 일이다. 집안의 굴레에서 벗어나 한 개인으로 자립하고자 갈망하고 노력하는 것이 '여자'들일 터인데, 한편으로는 애오라지 혈연과 모자지간이라는 관계 속으로 회귀하려고 하는 것도 역시 '여자'들뿐이다. '남자'들은…… 그저 도망치기만 할 뿐이다. 나처럼.

 "내가 유지 씨를 궁지로 몰아세웠다는 걸 지금은 알아." 하고 아야코는 내처 말했다. 눈동자는 허공의 한 점을 응시하고 낯은 창백해져 있었다.

 "그럼 어떻게 할 거냐고 내가 물었어. 스나카와 씨들한테서 벗어나고 싶으면 그렇게 해. 남자답게 확실하게 행동해, 하고 몰아세웠어. 그 사람, 돈이 없다고 했어. 모아둔 돈이 있으면 어디든 갈 수 있고 우리와 정상적인 삶을 살 수 있을지도 모른다고 했어."

 우리. 유지와 아야코와 유스케.

 "유지 씨도 나랑 헤어지고 싶지 않다고 했어. 나를 좋아한다고 말했어. 나랑 같이 있으면 안심할 수 있다고, 내가 곁에 있으면 가정이란 것도 꾸릴 수 있을지 모른다고, 유스케 얼굴을 보고, 나를 다시 만나면서 그런 생각을 하게 되었다고 했어. 그러니까 그때가 정말 좋은 기회였던 거야."

하지만 그러려면 돈이 필요하다.

"나는 돈이야 있든 없든 상관없다고 생각했어. 우리 집으로 들어와 주기만 하면 되니까. 하지만 유지 씨는 그런 창피한 짓은 죽어도 못한다고 했어."

그도 그럴 것이라고 야스타카는 생각했다. 창피하다는 말이 조금 가볍기는 하지만, 그로서는 절실한 심정이었을 것이다.

아야코는 왜 그걸 이해하지 못했을까?

"몇 주 동안이나 내내 고민하는 눈치였어. 하지만―그래, 그게 아마 5월 초의 황금연휴 직후였어―아주 밝은 얼굴로 목돈을 만질 방법이 떠올랐다고 말했어. 하지만 나한테 구체적으로 말해주지는 않았어."

아야코는 일단 이야기를 쉬고는, 용기를 쥐어짜내려는 것처럼 숨을 크게 들이쉬었다.

"그래서 나는 유지 씨가 이시다 씨를 만나서 1천만 엔만 내놓으면 2025호를 비워주겠다고 거짓말을 했다는 것을 몰랐던 거야. 하지만 아무래도 예감이 안 좋았어. 그래서 내내 신경이 날카로웠지. 그날도, 그 큰비가 쏟아지던 그날도 점심 때 만나기로 약속했는데 그 사람이 나오질 않았어. 휴대전화로 몇 번이나 연결을 시도했지만 받지를 않았어. 아무래도 불안해서 아파트로 가본 거야."

"유스케까지 데리고?"

"그래. 그 사람을 만날 때는 늘 함께 갔어. 그 사람이 무슨 안 좋은 짓을 하려고 하다가도 유스케 얼굴을 보면 마음을 바로잡을 테니까."

적어도 아야코는 그렇게 믿고 있었다.

야스타카는 입을 다물어버린 아야코를 돌아보았다. 집 안은 쥐 죽은 듯 조용하고 야스타카의 자명종시계만 째깍째깍 소리를 낼 뿐이었다.

"누나가 2025호로 갔을 때는 이미 세 사람이 살해되어 있었던 거로군."

아야코는 침대에 걸터앉은 채 멍하니 발치를 내려다보고 있었다. 야스타카가 계속했다.

"그 자는 스나카와 씨들한테 비밀로 하고 이시다 나오즈미 씨한테 퇴거비 1천만 엔을 받아내려고 했던 거야. 잘만 되면 물론 만만세겠지. 하지만 아무래도 무리한 계획이었겠지."

"이상하게 생각한 이시다 씨가 스나카와 씨에게 말하는 바람에 들키고 말았대." 하고 아야코가 고개를 숙인 채 중얼거렸다.

"당연한 일이지."

그래서 살인으로 청산을 하게 되었다는 것이다.

"방에 들어갔다가 너무 놀라서 기절할 뻔했어." 아야코가 억양도 없이 말했다. "그 사람, 뭐에 홀린 것 같은 얼굴로 베란다에서 비닐시트를 자르고 있었어. 그 비바람 속에서 머리가 죄 헝클어지고 온몸이 흠뻑 젖어서. 사체를 비닐로 싸서 내다버릴 거라고 했어."

아야코는 두 손으로 입가를 눌렀다. 토할 것 같은 얼굴이었다.

누나의 크게 열린 눈 속에 그날 밤 광경이 각인되어 여전히 지워지지 않는 거라고 야스타카는 생각했다. 앞으로도 내내 그럴 것이다.

그러나 야스타카는, 저 체온이 느껴지지 않는 야시로 유지라는 레프리칸트가 악귀처럼 눈을 치뜨고 정신없이 칼을 휘두르고 사체를 처리할 비닐시트를 자르고 하는 모습을 도저히 떠올릴 수가 없었다. 아야코를 사로잡았던 공포라면 상상할 수 있을 것 같았다. 하지만 그날 밤 거기에서 야시로 유지를 감싸고 있었을 게 틀림없는 고양된 분위기, 절박감과 승리감, 그리고 초조감은 상상도 할 수 없었다. 자기로서는 상상조차 불가능하리라 생각했다. 그것은, 야시로 유지에게 없는 것이 야스타카한테 있기 때문이거나, 야시로 유지한테 있는 것을 야스타카가 가지고 있지 못하기 때문일 것이다. 둘 중에 하나일 터인데, 그것도 판단할 수 없었다. 야스타카는 거의 넋을 놓은 채, 그가 할 수 있는 유일한 질문을 던졌다.

"누나는 왜 도망가지 않았어?"

아야코는 맥없이 고개를 가로저었다. "모르겠어. 내 눈을 믿을 수가 없었어."

하지만 역시 야시로 유지가 가련해서가 아니었을까? 그를 버려두고 혼자 도망칠 수는 없었던 것이 아닐까?

"그런데 그 자리에 이시다 씨도 있었던 거야?"

"뭐 하러 왔을까, 그 아저씨는." 눈물에 젖은 목소리로 아야코가 중얼거렸다. "바보 같아. 순진한 것도 어지간해야지. 유지가

1천만 엔을 사기 치려고 했다는 것이 드러난 뒤, 유지와 스나카와 씨들 사이에 무슨 일이 일어날지 걱정했던 거야. 그래서 그 아저씨도 그날 2025호와 유지 씨 휴대전화에 계속 전화했지만 아무도 받지 않으니까 나와 마찬가지로 예감이 안 좋아서 달려온 거야."

노부코

　그 남자가 가타쿠라하우스에 온 것은 9월 20일 이른 아침이었다. 가타쿠라 노부코는 그즈음 여관에서 자는 날이 많아진 아버지 요시후미를 위해서 집에서 아침밥을 싸가지고 갔다가 그 남자가 여관 입구에 우두커니 서 있는 것을 보았다.

　노부코는 평소 여관 손님을 아는 척 하지 않는다. 간이숙박여관이라는 가업을 물려받을 생각이 전혀 없으니 무엇을 배워야 할 것도 없고 경험을 쌓을 필요도 없었다. 어머니 유키에는 숙박객 앞에서 어슬렁거리지 말라고 평소부터 단단히 일러두고 있었다. 그래서 구부정하게 서서 '가타쿠라하우스 빈방 있습니다'라는 간판을 올려다보고 있는 남자 옆을 무뚝뚝하게 스쳐 지나가려고 했다.

　원래 아버지 식사를 나르는 일은 어머니 몫이었다. 아니, 애초에 집안이 온전하게 꾸려지고 있었다면 아버지가 여관에서 자는 일도 없었을 것이다.

할머니 다에코가 쓰러져 구급차로 병원에 실려 가는 소동이 있은 지 벌써 세 달 이상 지났다. 다에코가 심한 복통으로 고생하다가 시야가 가물가물하고 손발이 저리다고 호소하자 가족과 의사는 식중독부터 중증 간장 질환까지 다양한 가능성을 생각했다. 하지만 진통제를 처방하자 다행히 다에코의 복통은 씻은 듯이 사라지고, 며칠 동안은 미열이 있기는 했지만 금세 건강을 되찾았다. 기왕 병원에 온 김에 각종 검사를 꼼꼼하게 실시했지만, 혈당치가 약간 높은 것을 제외하면 아무 이상도 없다고 나왔고, 오히려 아들 요시후미보다 더 건강한지도 모른다고 할 정도였다.

"결국 식중독 비슷한 게 아니었나 싶구나." 하고 다에코는 기분 좋은 얼굴로 노부코에게 말했다. 식중독 같은 거라면 당신이 아팠던 것도 당신 탓이 아니라 며느리 유키에 탓이 되는 셈이니 은근히 즐거웠던 것이다.

"가타쿠라 다에코 씨, 아직 예순여덟밖에 안 되셨잖아요. 요즘은 일흔 밑이면 노인 축에도 끼지 못합니다. 백 살까지 장수하겠다는 생각으로 계속 건강에 신경을 쓰시도록 하세요."

담당의는 그렇게 요란하게 격려했고, 다에코도 기쁜 마음으로 퇴원해서 귀가했다. 그리고 그날부로 전쟁이 시작되었다.

다에코가 동네 사람들에게, "식중독으로 입원했었다우. 아주 죽다 살아났다니까." 하며 다니는 것이 유키에의 신경을 거슬렀다. 남들이 나를 뭘로 알겠어, 꼭 내가 일부러 시어머니한테 몹

쓸 걸 먹인 것 같잖아, 하고 분통을 터뜨리는 것을 노부코도 몇 번인가 보았다.

"우리도 똑같이 먹었는데 어머니만 배가 아프다는 것도 이상하잖아. 식중독이 아니었다니까."

다에코가 동네에 식중독 얘기를 하고 다닐수록 유키에의 불만도 점점 커져갔다. 마침내 시어머니가 나를 몹쓸 년으로 만들려고 꾀병을 부린 거 아니냐는 말까지 나왔다. 천성이 거짓말쟁이라고 하면서.

남편 가타쿠라 요시후미는 처지가 처지인지라 그런 말까지 들리자 역정을 냈다. 그때까지는 어머니와 아내 사이에서 중립을 지켜왔지만, 아내에게 화를 벌컥 내며 상당히 모질게 야단을 쳤다.

야단을 맞은 유키에는 전에 없던 남편의 언동에, 남편이 의도한 것 이상으로 충격을 받고 말았다. 당신, 어머니를 편드는 거예요? 응, 그런 거예요? 그렇게 어머니가 좋아요? 좋아, 내가 나가버릴 거야, 하고 남편이 대답할 틈도 주지 않고 쏘아대더니 정말로 집을 뛰쳐나가버렸다. 평상복에 앞치마까지 두르고 그 밑에는 샌들을 신은 차림이었다.

그날 노부코는 방과 후 클럽활동을 마치고 숨이 턱에 차도록 뛰어서 집으로 돌아왔지만 부엌에는 불기가 없고 어머니도 보이지 않았다. 여관 카운터에 있는 아버지한테 전화를 걸었다가 부부싸움 소식을 들었다.

"조금 지나면 분을 삭이고 돌아올 거다. 어차피 갈 데도 없는 사람이니까."

 물론 어머니의 친정은 후쿠시마여서, 기차삯 없이는 갈 수 없는 곳이다. 차비가 있다고 해도 올케가 버티고 있는 친정집에는 돌아가지 않을 거라고 노부코는 짐작했다. 어차피 갈 데도 없는 사람이라는 아버지의 말은 딱하게도 사실이어서, 노부코는 어머니가 가엾어졌다.

 아울러 배가 고파 죽을 지경이었다. 잠시 뒤 학원에서 돌아온 동생 하루키도 아귀처럼 배가 고프다고 야단이었지만, 할머니도 아버지도 부엌에 얼씬거릴 기미가 없어서 하는 수 없이 오누이가 볶음밥 비슷한 걸 만들어 먹었다. 다 먹고 접시를 닦고 있는데 유키에가 돌아왔다. 지칠 대로 지친 얼굴이었다. 어머니는 두 아이에게 저녁은 먹었느냐고 물어보지도 않고 집을 한참 비운 것에 대해서도 일언반구 말도 없이 곧장 방으로 들어가 이불을 뒤집어쓰고 잠이 들어버렸다. 이윽고 요시후미가 여관 카운터를 닫고 집으로 돌아왔지만, 유키에가 돌아와 방에서 자고 있다는 것을 알고는 냉큼 여관으로 돌아가 버렸다.

 다에코는 기분이 좋아서, 그날 밤 늦게까지 텔레비전을 보았다. 이튿날 아침에 일어나 나왔다가 며느리를 곁눈으로 보고도 아무 말 없이 그냥 아침 밥상에 앉았다. 그리고, 어제는 빈 집을 지키느라 고생했지? 하며 노부코와 하루키에게 천 엔씩 용돈을 쥐어주었다. 노부코가 괜찮다고 사양했지만 억지로 쥐어주었다. 아무 생각 없는 하루키가 반색을 하며 용돈을 받았다가 나중에 노부코한테 머리를 한 대 얻어맞았다. 이래서 남자애들은 모두 바보라니까.

　전단은 이렇게 열리고 말았다. 그 뒤로 유키에와 다에코는 아무것도 아닌 일로도 정면충돌을 거듭하게 되었다. 유키에 처지에서는 오랫동안 참았던 불만이 한계에 달한 것이고, 다에코 처지에서는 "어차피 내가 먼저 죽을 텐데, 젊은 사람이 따라줘야 하는 것 아닌가." 하는 것이니, 타협의 여지가 없었다. 그리고 격돌할 때마다 어느 한 사람이 집을 뛰쳐나가거나 단식투쟁에 들어가거나 이불 뒤집어쓰고 눕기가 반복된다.

　7월 초였던가, 다에코가 "그렇게 꼴 보기가 싫으면 내가 죽어주마!" 하며 집을 뛰쳐나갔을 때는 파출소의 경관들까지 나서서 수색을 하는 소동을 벌인 탓에, 노부코는 이튿날 학교에서 얼굴을 들 수 없을 만큼 창피했다. 결국 할머니는 기차역으로 한 정거장 떨어진 동네의 파칭코에서 발견되었다. 그 파칭코는 노부코 급우의 아버지가 운영하는 곳이었는데, 다에코는 당첨되었다고 흥분하고 있다가 발견되었던 것이다.

　"가타쿠라 할머니였던가? 전부터 종종 오셨지. 당첨이 안 나오면 기계를 때리면서 화를 내셔서 아주 난처하다니까."

　할머니 수색작업을 친절하게 도와준 파출소의 이시카와라는 순사도 원래부터 아이들을 좋아하는지, 노부코와 하루키만 보면 너무 친한 척을 해서 곤란할 지경이었다. 순찰을 돌다가도, 친구와 걷고 있는 노부코를 보면, "어이, 노부짱, 할머니는 요즘 어떠셔?" 하고 소리를 질러대는 통에 노부코는 번번이 부끄러워 죽을 지경이었다.

어머니와 아내가 충돌할 때마다 요시후미는 여관으로 피난을 갔다. 밥 먹으러 잠깐 들리기도 하지만, 집안 분위기가 흉흉할 때는 내내 여관에서 자고 식사도 식당에서 시켜다 먹고, 일거리가 없어서 빈둥대는 숙박객을 앉혀놓고 장기나 두고 있었다. 노부코가 그런 아버지의 처신에 대해서 불평을 하면, 어느 한쪽 편을 들 수 없는 처지라 입 다물고 있는 거라고 발뺌을 한다. 아버지인 것은 분명한데, 노부코의 눈에는 전혀 어른스러워 보이지 않았다.

하루키는 당장 먹을 것만 있으면 흡족해하는 개구쟁이라서 차라리 다행이지만, 노부코는 어머니 마음속에 시커먼 구름이 맺혀 있는 것을 느끼고 마음이 편치 못했다. 집안이 잘 돌아가지 않으면 장사에도 영향이 가는지, 아니면 이 지리한 불경기가 마침내 이 주변부까지 영향을 미치는 것인지, 여관도 파리를 날리는 날이 늘어갔다.

그래도 밤에 잠이 들면 어김없이 아침이 오고 일상생활이 계속된다. 그날 아침은, 그 이틀 전 저녁식사 시간에 작은 충돌이 있어서 요시후미가 여관으로 대피하고, 그 하루 전에는 유키에가 하루 종일 가족을 방치했으며, 그날 아침이 되어서야, 싸움을 한 데는 내 잘못도 있다는 반성적인 심정이 되어 마침내 아침밥을 짓고, 아버지한테 식사를 가져다주고 오라고 노부코에게 심부름을 시킨 참이었다.

흰쌀밥에 된장국, 그리고 낫토. 노부코는 그것들을 쟁반에 얹어 가타쿠라하우스의 카운터를 향해 서둘러 걸었다. 여관 앞에

어두커니 서 있는 남자는 당연히 무시했다. 하지만 그가 소리를 내어 중얼거렸다.

"오, 된장국이구나."

노부코는 자기도 모르게 걸음을 멈추고 돌아다보았다. 남자는 쉰 살쯤 돼 보이는 아저씨로—노부코에게 노동자들은 모두 '아저씨'였다—얼굴이 우락부락했다. 반소매 흰 셔츠에 헐렁한 면바지, 허리띠는 단단히 죄었고, 발에는 양말도 없이 지저분한 발가락슬리퍼를 신고 있다.

남자의 '오, 된장국이구나.' 하는 말은 간절한 그리움을 풍기고 있었다. 노부코는 투숙객에 대한 평소의 경계심을 한순간 잊어버리고 남자의 얼굴을 똑바로 쳐다보고 말았다.

남자는 많이 지친 것처럼 보였다. 적어도 배가 고픈 것만은 분명해 보였다. 문득 이 사람 얼굴을 어디서 보았던 적이 있는 것 같았다. 하지만 가타쿠라하우스의 손님들은 옷차림과 풍모와 주머니사정이 대개 엇비슷하므로, 그 생각은 분명 착각일 것 같았다.

"여기서는 아침밥을 제공하지 않아요."

남자가 너무 간절한 눈빛으로 아침식사 쟁반을 들여다보자 노부코가 그렇게 말했다.

"이건 우리 집 식구들이 먹는 거예요."

그러자 카운터 쪽에서 요시후미가 불렀다. "노부코, 손님이냐?"

노부코는 남루한 남자 옆을 지나서 아버지에게 달려갔다. 달려 들어간 탓에 된장국이 절반쯤 넘치고 말았다.

남자는 노부코를 따라 가타쿠라하우스 안으로 들어왔다. 노부코가 카운터 안쪽 밥상에다 아침밥을 차리는 동안 요시후미가 남자를 응대하고 있었다. 숙박계를 작성하거나 키를 건네주는 것이 아니라 그냥 비어 있는 방(정확하게는 침대)과 공동화장실 장소를 가르쳐주고 선금을 받으면 되는 일이지만, 손님이 꾸물거리는 통에 시간이 걸렸다. 겹쳐 입은 옷의 여기저기 주머니를 뒤져서 잔돈을 긁어모으는 것이다. 그의 동작은 느렸고 손가락도 굼뜨게 꼬무락댔다.

남자가 2층의 빈 침대를 찾아 삐걱 소리를 내면서 계단을 올라가는 것을 바라보면서 노부코가 아버지에게 말했다. "아무래도 또 알코올중독 환자인가 봐."

요시후미는 동전을 헤아리면서 고개를 가로저었다. "아니야. 얼굴에 술기운도 없고 흰자위도 멀쩡하게 하얗잖아."

그리고 문득 고개를 들어 남자가 사라진 계단을 올려다보았다.

"영양실조인 게로군. 아마 요즘 불경기로 일자리를 잃고 이런 생활을 시작한 지 얼마 안 돼서 아직 익숙해지지 못했을 거야."

그의 말투에는 특별한 감정이 깃들어 있지는 않았다. 물정에 어두운 새 손님을 대할 때도, 떠돌이 노동자로 완전히 노가 난 손님을 대할 때도 요시후미는 동정하거나 얕잡아보는 일이 없었다. 아버지가 가타쿠라하우스를 이용하는 노동자 계층에 대하여 일반적인 의견을 말하는 것을 노부코는 지금까지 한 번도 들어본 적이 없다. 아버지가 화를 내는 것은 손님이 규칙을 어길 때, 즉 화장실을 더럽히거나 비품을 망가뜨리며 싸우거나, 한 사람 숙박료로 여럿이 침대를 돌려쓸 때뿐이고, 그것만 아니면 손님이 무슨 짓을 하든, 술에 절어 살든 도박으로 세월을 보내든 모른 척 하기로 정해두고 있었다.

"근데 아빠, 저 사람 얼굴, 어디서 본 것 같지 않아?"

노부코가 묻자 아버지는 거의 본능적으로 카운터 책상의 비닐시트 밑에 깔아둔 경찰의 수배전단지를 살펴보았다. 거기에는 현재 지명수배된 23세의 강도살인범과, 치바 쪽에서 일어난 폭탄테러 용의자 그룹의 얼굴사진들이 죽 나열되어 있었다. 건강이 몹시 안 좋아 보이는 저 오십대 아저씨처럼 생긴 얼굴은 없었다. 그것을 확인한 요시후미는 "글쎄, 생각이 안 나네." 하고 말했다.

노부코는 그 뒤 학교로 가서 수학 쪽지시험에서 형편없는 점수를 받고 농구부에서 훈련을 하느라 녹초가 되어서 귀가했다. 그 하루를 마칠 즈음에는 된장국을 보고 간절한 표정을 짓던 아저씨 같은 것은 깨끗이 잊고 있었다.

더위가 여전히 맹위를 떨치는 9월이 하루하루 조용히 지나가고 있었다. 노부코는 여관에서 자는 아버지에게 종종 아침밥과 저녁밥을 날랐지만, 숙박객과 마주친 적은 없었다. 그들은 새벽에 여관을 나서서 다행히 일자리를 잡으면 하루 종일 고되게 일했다. 일자리를 잡지 못해도 한낮에는 여관으로 돌아오지 않는다.

그러므로 된장국 일화로부터 열흘쯤 지나서 노부코가 오후 4시경에 볼일이 있어서 요시후미를 부르러 여관으로 갔다가 여관 입구에 된장국 아저씨가 멍하니 앉아서 담배를 피우고 있는 것을 보았을 때는 조금 놀랐다. 된장국 아저씨는 처음 보았을 때보다 더 여윈 것처럼 보였다. 몸이 아파 일을 못 하나보다 하고 노부코는 생각했다. 숙박료는 제대로 내고 있을까?

카운터에 요시후미는 없었다. 안쪽 작은 방에도 없다. 보험영업자가 화재보험을 갱신하려면 도장을 받아야 한다며 와서 기다리고 있었다. 도장은 요시후미가 관리한다. 노부코는 큰 소리로 아버지를 부르다가 된장국 아저씨가 가까이 있는지라 고함을 지른 것이 부끄러웠다.

그러자 아저씨가 손가락 사이에 담배를 끼운 채 고개를 돌려 노부코 쪽을 바라보았다. 그리고 뜻밖의 좋은 목소리로,

"너희 아빠는 담배를 사러 갔단다." 하고 일러주었다.

노부코는 언젠가 국어선생님이 했던 말을 떠올렸다. 사람은 '보다'라는 단순한 동작을 못한다고 한다. 사람이 할 수 있는 것은 '관찰하다', '내려다보다', '재보다', '노려보다', '쳐다보다' 처럼 특정한 의미가 있는 눈동자 동작뿐이고, 그냥 단순히 '본다'는 동작은 할 줄 모른다는 것이다. 과연 노부코를 포착한 된장국 아저씨의 눈동자는 그가 아니면 의미를 알 수 없는 어떤 움직임을 보여주고 있었다.

"아, 예." 하고 노부코는 턱을 내밀어 가볍게 끄덕 인사하고는 휙 돌아서 여관 밖으로 나가려고 했다.

"학생은 여기 주인장의 따님인가?" 하고 아저씨가 물었다.

노부코는 다시 턱을 끄덕 해서 그렇다는 시늉을 했다. 어머니가 보았다면 버릇없는 행동이라고 경을 쳤을 것이다. 하지만 아저씨 눈을 쳐다보기도 싫고 아저씨한테서 눈길을 떼는 것도 싫으니 이렇게 하는 수밖에 없다.

"그래." 하고 된장국 아저씨는 말했다. 짤막한 꽁초에 달라붙다시피 하며 피우고 있어서 저러다 손가락을 데일 것 같았다. 아저씨의 입이 담배를 감당하느라 다음 말을 잇지 못하고 있을 때 노부코는 얼른 밖으로 나갔다.

역시 저 얼굴은 어디서 본 얼굴 같았다. 어디였더라? 게다가 저 아저씨는 건강이 아주 나쁜 것 같지 않은가. 얼굴이 누렇게 떴다. 낯빛이 저러면 대개 간이 상한 것이다.

노부코의 일상은 중학 1학년생 소녀의 바쁜 스케줄로 꽉 차 있었다. 아직 어린 학생이므로 두뇌나 마음에는 냉동칸은 물론이고 냉장칸도 마련되어 있지 못하다. 있는 것이라고는 잠시 보관하는 데 알맞은 선반뿐이다. 그래서 외부에서 정보가 들어와도 바쁘게 교체되어 버리기 때문에 방금 전 일이라도 하루만 지나면 한참 지난 과거가 된다. 따라서 아라카와에서 일어난 일가족 살해사건이나, 그 사건에 연루된 것으로 알려진 이시다 나오즈미라는 중년 남자가 계속 행방불명이며 도피 중인 것으로 추측된다는 사실 따위를 얼마 전에 와이드쇼나 뉴스쇼에서 누차 접했음에도 불구하고 이때 금방 떠올리지 못한 것도 이해하지 못할 일은 아니었다.

그래도 마음 한구석에 기억이 남아 있기는 했다. 저 아저씨를 본 기억이 있다. 어디선가 저 얼굴을 본 것 같다. 아버지의 태도를 보거나 그 아저씨의 꾸물거리는 모습으로 보건대 가타쿠라 하우스나 이 근방 간이여관의 단골은 아닌 것 같다. 그렇다면 왜 저 얼굴이 기억에 남아 있을까?

그 주 일요일 노부코는 가까운 미용실로 머리를 자르러 갔다. 노부코는 좀 더 고급스러운 미용실로 가고 싶지만, 이 미용실 원장은 오랜 이웃이고 어머니와 원장이 잘 아는 사이라 마음대로 바꿀 수가 없었다. 주로 아줌마들이 드나드는 곳이라, 비치해놓은 잡지도 《앙앙》이나 《논노》가 아니라 두꺼운 주간지뿐이고, 게다가 새로 사다가 보충하는 데도 인색해서 늘 한참 지난 것들만 잔뜩 쌓여 있었다. 그래서 노부코가 아예 읽을 책을 준비해가면 원장이 기분 나쁜 말투로, 노부짱은 대단한 공부벌레인가 봐, 하며 책갈피 사이로 잘린 머리카락을 떨어뜨려서 기분이 상하곤 한다.

미용실은 붐볐다. 노부코는 하는 수 없이 어수선한 미용실 구석에 나란히 놓인 스툴에 앉아 철지난 주간지를 뒤적이고 있었다. 아마 한 시간은 기다려야 할 것 같다. 페이지를 대강 넘기며 이 잡지 저 잡지 갈아치우면서 시간을 죽이고 있었다. 그러다가 발견했다.

그 아저씨 얼굴이었다.

결국 노부코는 그날 머리를 자르지 않고 집으로 돌아왔다. 미용실 원장이 손님들과 요란하게 웃고 떠드는 소리를 배경음악

삼아서 잠시 식은땀을 흘리며 앉아 있다가 잡지를 손에 든 채 밖으로 나와버린 것이다. 올 6월에 나온 주간지인데, 거기에 그 아저씨의 얼굴이 선명하게 실려 있었다. 지금보다 훨씬 건강해 보이고 조금 젊게 보이지만, 특유의 우락부락한 얼굴생김과 이목구비가 풍기는 인상은 틀림없이 그 아저씨였다.

여관에는 무서워서 가지 못했다. 그 아저씨가 또 입구에 버티고 있을지 모른다. 잡지를 든 채 카운터로 가서 아버지에게 함부로 말하다가는 부녀가 몰살을 당할지도 모를 일이다. 이때의 노부코에게 이시다 나오즈미는 그저 네 사람을 죽인 살인범일 뿐이었다. 잡지에 실린 사진은 눈에 분명히 각인했지만, 이시다 나오즈미는 '용의자'가 아니라 그저 사건에 대해서 뭔가를 알고 있을 법한데 자취를 감추어서 경찰이 행방을 쫓고 있다는 내용의 기사까지는, 상세히 읽었지만 머리에 들어오지 않았다.

노부코는 집으로 달려갔다. 그런데 어머니는 부엌에서 머리를 팔로 감싸고 울고 있었다. 수돗물은 좔좔 흐르고 있고 접시 위에는 만들다 만 만두들이 나란히 놓여 있었다. 식탁과 바닥은 온통 하얀 밀가루 투성이였다.

부엌 건너편 복도 가까운 곳에는 할머니가 앉아 있었다. 할머니 얼굴에도 하얀 밀가루가 묻어 있었다. 어머니는 노부코가 다가가도 울기만 할 뿐이고, 할머니는 노부코를 보자 눈을 부라리며,

"노부짱, 니 엄마가 날 쳤지 뭐냐." 하고 아이가 고자질하듯이 말했다.

노부코는 어머니를 돌아다보았다. 어머니는 두 손을 밑으로 내리더니 빨갛게 퉁퉁 부은 눈을 깜빡이며 노부코는 보지도 않고 부엌을 나갔다.

"왜 또 싸웠어요? 이번엔 뭐예요?"

노부코의 목소리는 서글픔으로 갈라져 나왔다. 할머니는 마치 좋은 질문을 했다는 듯이 목청을 가다듬고는 일어나서 의자에 매달리는 모습으로 앉아서 설명을 시작했다.

"니 엄마가 또 만두를 빚고 있더구나. 바로 전에도 우리가 만두를 먹었잖니. 늙은이한테는 기름진 것이 나쁘거든. 그런데도 또 만들고 있길래, 이 늙은이 죽는 게 그렇게 소원이냐고 내가 말했더니, 아 글쎄, 나를 때리더구나."

노부코는 진저리를 쳤다. 빚다 만 만두들이 새침하게 놓여 있었다. 그걸 움켜쥐고 벽에다 태질을 치고 싶었지만, 오른손을 꼭 움켜쥐고, 그리고 왼손에 든 잡지를 더 꽉 움켜쥐고서 꾹 참았다.

"우리가 다 죽을지도 모를 판에 왜들 싸우고 난리예요!"

할머니한테 그렇게 소리를 지르고 부엌을 달려 나갔다.

할머니가 뒤에서 뭐라고 소리쳤지만 울음이 터져 나오려고 하던 노부코의 귀에는 들리지 않았다.

가타쿠라하우스에는 뒷문이 따로 없어서 꼭 현관으로만 출입해야 한다. 노부코는 심장이 목까지 치받고 올라와 거기에서 툭탁툭탁 소리를 내고 있는 것을 느꼈다. 걸음을 멈추고 발돋움해서 안쪽을 들여다보았지만 입구에는 아무도 없는 것 같았다. 그 안쪽에 텔레비전이 켜져 있고 카운터 의자에 앉아 그것을 보고 있는 요시후미 뒷머리가 보인다. 노부코는 잽싸게 카운터로 달려갔다.

아버지는 노부코가 하는 말을 좀처럼 얼른 이해하지 못했다. 처음에는 그저 노부코의 울상을 의아해할 뿐이었다. 하지만 곧 알아듣고는 얼굴이 노부코보다 더 하얗게 질렸다.

"어쩌지, 아빠? 파출소에 신고할까?"

"아냐. 넌 여기 있어봐라."

아버지가 상황을 보고 오겠다고 잔뜩 긴장한 얼굴로 말했다.

"싫어. 혼자 있는 건 싫어. 나도 같이 갈래. 무슨 일이 생기면 큰 소리로 고함을 칠 테니까."

"바보 같은 소리 하지 마."

요시후미는 살금살금 발소리를 죽이며 계단을 올라갔다. 노부코는 카운터를 둘러보고는, 오래 전에 세워둔 비닐우산을 움켜쥐고 아버지를 따라갔다.

요시후미는 엉거주춤한 자세로 2층의 첫 번째 방 앞에 서 있었다. 2단 침대가 나란히 놓인 방 안을, 목을 늘였다가 주저앉았다 하며 바쁘게 들여다본다.

"여기야?"

노부코가 등 뒤로 조심스레 다가가 말을 건네는 순간 아버지는 흠칫 놀라서 앞으로 반 발짝쯤을 펄쩍 뛰었다.

그 기척을 들었는지, 안쪽 2단 침대 아랫단에 누워 있던 남자가 모포를 느릿느릿 걷어치우고 이쪽을 보았다. 된장국 아저씨였다. 여위고 졸리는 얼굴이었다. 남루한 객실에서 문득 병실 냄새가 풍겼다.

아버지 목젖이 꿀꺽 소리를 내는 것을 노부코는 들었다.

"이봐요, 손님."

된장국 아저씨는 여관 주인이 자기를 부른다는 것을 알고 있을 터였다. 하지만 아저씨의 눈은 요시후미를 보고 있지 않았다. 노부코를 보고 있었다. 아니, 국어 선생의 말을 다시 인용하자면, 그냥 보는 것이 아니라 노부코를 기다리고 있었다. 노부코가 두 손에 쥐고 있는 우산을.

"손님, 혹시 이시다 나오즈미 씨 아닙니까? 손님 사진을 주간지에서 봤어요."

아저씨는 아무 말 없이 여전히 노부코의 우산을 기다리는 듯한 눈길을 보내고 있다. 이 우산을 빼앗아서 나를 치려고 해도 그렇게는 안 될걸, 하고 노부코는 번개처럼 빠르게 생각했다. 같은 반 연약한 남학생들과 팔씨름을 해서 져본 적이 없는 완력이다. 그렇게 호락호락할 줄 알고?

된장국 아저씨는 납작해진 베개 위에서 머리를 움직여 고개를 주억거렸다.

"예, 내가 이시다 나오즈미입니다."

아저씨는 병을 앓고 있었다. 일어나기도 힘겨운 모습이었다. 그런데 놀랍게도 아버지가, 얇은 이불에서 힘겹게 몸을 일으키는 아저씨에게 다가가 부축해주는 것이었다. 엉덩이는 뒤로 빠져 있지만 손은 아저씨를 단단히 받쳐주고 있었다.

"많이 아픈가 봐요, 손님."

요시후미는 그렇게 말하고 이시다 나오즈미라고 인정한 아저씨의 얼굴을 찬찬히 들여다본다. 노부코는 계속 비닐우산을 꼭 움켜쥐고 긴장해 있는 탓에 손바닥이 축축했다.

이시다 나오즈미는 다시 노부코가 꼬나들고 있는 우산을 쳐다보았다. 이번에는 '기다리는' 눈길이 아니었다. "걱정하지 말아요, 아무 짓도 안 해요. 그런 일은 없을 거요." 하고 맥없는 목소리로 말했다. 하지만 사람을 넷이나 죽인 혐의가 있다는 아저씨의 말을 곧이곧대로 믿을 수는 없다. 노부코는 오히려 경계태세를 가다듬었다.

이시다 나오즈미는 쓴웃음을 지었다. 그리고 요시후미에게 말했다. "놀라게 해드려서 죄송합니다, 주인장."

"어디가 아픈 거요?" 하고 요시후미가 물었다.

"글쎄요, 잘 모르겠어요. 전부터 간도 조금 안 좋았고, 6월부터 내내 도망을 다니면서 이렇게 살다보니 여기저기가 고장 난 모양입니다."

"아빠." 노부코는 속이 탔다. "110번에 신고하고 올게요."

그런데 놀랍게도 요시후미는 노부코를 돌아보지도 않고 이시다 나오즈미에게 물었다. "지금까지 누구한테 들킨 적은 없었소?"

"없었어요, 지금까지는, 한 번도."

"정말이요?"

"나도 금세 발각될 줄 알았는데, 의외로 그렇지 않았어요. 아무도 의심하지 않았어요."

"아버지." 노부코는 한손을 우산에서 떼어 아버지 등을 건드렸다. "내가 파출소에 갔다올게."

이시다 나오즈미는 목을 빼 노부코를 보았다. "학생이 내 얼굴을 알고 있었나?"

그러자 깜짝 놀랄 정도로 빠르고 단호한 목소리로 요시후미가 부정했다. "아뇨, 내가 알아봤어요. 처음에 당신이 여기 올 때부터 어디서 본 얼굴인데, 하고 생각했어요. 하지만 당신이 처음부터 몸도 안 좋아 뵈고 자칫 잘못 보았다가는 큰일 나니까 상황을 살피고 있었던 거요."

그렇군요, 하고 이시다 나오즈미는 베개를 고쳐 베었다. 노부코는 기가 막혔다. 아빠도 참, 딸의 공을 가로채면서까지 잘난 척을 해야겠어? 이 아저씨가 이시다 나오즈미라는 걸 알아본 것은 나잖아!

하지만 어깨 너머로 들여다본 아버지의 옆모습은 말붙일 염을 낼 수 없을 만큼 무거워서, 당장 항변하려던 마음이 금세 사라져버렸다. 노부코는 이렇게 무거운 아버지 얼굴을 생전 처음 보았다. 어머니와 할머니가 싸울 때도 이렇게 위엄 있는 얼굴로 두 사람을 꾸짖어주면 얼마나 좋을까, 하는 엉뚱한 생각까지 스쳤을 정도다.

"아무래도 경찰을 불러야 할 것 같은데." 노부코가 조심스럽게 말했다.

"그래요, 이시다 씨, 이제 곧 경찰을 부를 텐데, 우리를 원망하지는 마세요."

 요시후미가 어렵게 말을 꺼냈다.

"이시다 나오즈미 씨가 틀림없지요? 사실대로 말해봐요, 당신이 그 사람들을 살해하고 도망쳤소? 그럼 체포되어도 어쩔 수 없지, 안 그렇소?"

"아버지도 참, 이제 그만해. 우물쭈물하고 있을 때가 아니야."

 노부코는 화가 났다. 아버지가 여전히, 사람을 잘못 보았을까 봐 염려하고 있다는 것을 알았기 때문이다. 잘못 보았을 리가 없지, 본인이 자기 입으로 그렇다고 했는데. 게다가 만에 하나 이 아저씨가 엉뚱하게 거짓말을 하는 거라고 해도, 사실이 분명해지기 전에는 신고하지 않는 것보다 신고하는 것이 좋지 않은가. 시민의 의무니까.

"만약 아니라고 밝혀져서 무안을 당하면 좀 어때. 그런 것까지 생각할 때가 아니잖아."

"넌 잠자코 있어라. 저리 가 있어!"

 요시후미가 엄하게 말했다. 노부코는 흠칫 놀라 입을 다물었다.

 이시다 나오즈미가 요시후미와 노부코의 얼굴을 번갈아 보았다. 마침내 신열이라도 있는 것처럼 흐릿했던 그의 눈이 문득 밝아졌다.

"이시다 나오즈미가 맞습니다. 사람을 잘못 본 게 아닙니다, 주인장. 그리고 체포되었다고 해서 주인장을 원망하지는 않을 테니 안심하세요."

그 말에 요시후미가 잠깐 눈길을 내렸다. 노부코는 아버지가 지나치게 신중한 것은 사람을 잘못 보았을까봐 염려하는 탓이 아니라 신고를 했다가 이시다 나오즈미한테 원한을 살까 두려워하는 탓이라는 것을 비로소 깨달았다.

한심하다는 생각이 들었다. 왜 그렇게 바보처럼 두려워할까? 경찰에 체포되는데 이 아저씨가 무슨 짓을 할 수 있다는 걸까.

머릿속에 열이 확 오른 노부코는 이시다 나오즈미의 두런거리는 말소리를 듣지 않고 있었다. 그때 요시후미가 불쑥 이시다의 침대 가장자리에 걸터앉자 노부코가 깜짝 놀라서 소리쳤다.

"뭐 해, 아빠, 빨랑 가자니까!"

요시후미는 노부코를 돌아보았다가 이내 다시 이시다를 내려다보았다. 그리고 낮은 목소리로 물었다. "그게 정말이요?"

"얼른 믿어주지 않을 줄은 알고 있었어요."

"뭐래요, 아빠?" 노부코가 등을 흔들자 아버지는 고개를 들어 딸을 올려다보며 말했다. "이 사람은 아무도 죽이지 않았다고 한다."

노부코는 팔로 제 머리를 감쌌다. 이렇게 궁지에 몰리면 누구라도 그렇게 말하겠지.

하지만 요시후미는 그렇게 생각하지 않는 것 같았다. 턱없이 진지하게 이시다에게 물었다. "그게 사실이라면 왜 도망을 다녔소? 도망치지만 않았으면 이렇게 고생하지 않아도 좋았을 텐데."

이시다 나오즈미는 눈만 꿈뻑거리고 있었다. 까칠하게 마른 입술을 핥는 혀끝이 거의 회색빛이었다.

"경찰이 처음부터 당신을 범인으로 지목한 것은 아니잖아요?" 하고 요시후미가 말했다. "게다가 당신도 다치지 않았나요? 그 아파트 엘리베이터 CCTV에 찍힌 걸 보니까 부상을 당한 것처럼 보이더구만."

이시다는 얇은 이불에서 오른손을 꺼내서 내보였다. 손바닥 안쪽에 날붙이로 깊이 베인 것으로 보이는 흉터가 있었다. 요시후미는 이시다의 손끝을 잡고 흉터를 찬찬히 살펴보았다.

"제대로 치료하려면 꿰맸어야 할 상처로군."

"병원에 갔지만 잘 낫지를 않아요."

"누가 이랬소? 스스로 찌른 거요?"

이시다는 대답하지 않았다. 망설이거나 곤혹스러워하는지, 눈을 내리깔고 주뼛거리는 얼굴이었다. 얼굴이 심하게 수척해서 절반쯤 내려간 눈꺼풀 밑에서 눈동자가 이리저리 움직이는 것이 노부코의 눈에도 잘 보였다.

마침내 그는 눈을 들고 뜻밖의 질문을 했다. "주인장은 그런 걸 아실지 모르겠군요. 아시면 가르쳐주세요. 경찰에서 거짓 진술을 하는 것이 어려운 일인가요?"

요시후미는 조금 놀라는 눈치였지만, 곧 침대 가장자리에 걸터앉은 채 팔짱을 끼고 고개를 조금 숙였다.

"글쎄, 나도 경찰에 관한 건 잘 몰라요. 여기 묵던 손님이 경찰에 끌려간 경우가 지금까지 한 번도 없어서."

"그런가요……"

요시후미는 완전히 눌러앉은 모습이어서, 노부코는 왠지 자기만 모기장 밖에 서 있는 것 같은 묘한 기분을 느꼈다.

"혹시 누구를 감싸주려는 거 아니오?" 하고 요시후미가 물었다. "그래서 도망다니는 거 아니오? 아무래도 그런 것 같은데?"

"아빠도 참!"

"어허, 잠자코 있으라니까." 요시후미가 노부코를 제지시켰다. "이 사람은 이제 도망치려야 도망칠 수도 없어. 몸이 너무 안 좋아."

"도망치고 말고 하는 게 아냐. 이런 얘기를 들어서 뭘 어쩌겠다는 거야. 우리가 들어봐야 아무 소용없잖아."

"그렇군요, 학생 말이 맞아요." 이시다 나오즈미가 조용히 말했다. "주인장, 다만 한 가지 부탁이 있어요."

이시다 나오즈미는 베개 옆에 둘둘 말아 놓은 셔츠를 끄집어내 윗주머니에서 작은 수첩 같은 것을 꺼냈다. 그는 후들거리는 손가락으로 수첩을 뒤졌다. 원하는 데를 찾았는지 그것을 요시후미에게 내밀고 몸을 가까이 기울였다.

"여기다 전화를 해주시겠습니까? 내가 걸면 이상하게 생각할 것 같아서 지금까지 전화를 못했어요."

메모에는 지저분한 글씨로 이름과 전화번호가 적혀 있었다.

"젖먹이가 딸린 여자입니다. 이 사람이 전화를 받으면 이시다가 체포되게 되었다고만 알려주시면 됩니다."

"그 말만 하면 됩니까? 당신을 바꿔주지 않아도 괜찮아요?"

"전화를 바꿔도 아무 할 말이 없어요. 사과하는 것 말고는. 하지만 주인장, 나도 이제 지쳤고, 솔직히 말하면 누가 날 알아보고 경찰에 신고해주었으면, 하고 생각하던 참입니다. 하지만 그건 배반 같은 거라서. 내가 감당할 수 없는 약속을 했어요. 뭐랄까, 한때 기분에 휩쓸렸다고 할까, 그런 거였어요."

이시다는 단숨에 그렇게 말하고 숨을 헐떡였다.

"여기 적힌 사람이 가족인가요?"

"아니, 아니에요."

"가족한테 알려서 데리러 오라고 하는 게 어때요? 그래서 함께 경찰에 출두하면."

"아무도 오지 않을 거예요."

요시후미는 뭔가 말하려고 하다가 고개를 힘없이 가로저을 뿐 입을 열지 않았다.

"그럼 여기에 전화만 하면 되는 건가요?"

"부탁합니다."

요시후미는 일어서려고 하다가, 그제야 비로소 어려운 선택에 몰린 것을 깨달은 듯했다. 노부코는 하마터면 웃음이 터질 뻔했다. 아무리 아버지가 사람이 대담해도 이시다 아저씨를 혼자 놔두고 이 자리를 뜰 수는 없을 것이다. 역시 누가 망을 보지 않으면 안 된다. 하지만 누가 망을 보지? 노부코를 혼자 남겨둘 수도 없을 것이다.

"내가 갈게."

노부코는 손을 뻗어 아버지 손에서 수첩을 받아들었다. 요시후미는 엄한 표정으로,

"엄마한테 말해서 전화하라고 해라. 아버지는 여기 있을 테니까." 하고 말했다.

노부코는 계단을 뛰어 내려갔다. 여관 카운터와 홀에는 아무도 없었다. 카운터 옆에 공중전화가 있지만, 역시 먼저 엄마한테 알려야 한다는 생각에 집으로 달렸다.

그런데 집에는 어머니가 없었다. 고부간에 싸움이 벌어졌던 부엌은 벌써 깨끗이 청소되고, 빚다 만 만두도 식탁에서 사라져 있었다. 할머니 다에코도 없었다. 귀를 기울이니 할머니 방 쪽에서 희미한 텔레비전 소리가 들려온다. 노부코는 그쪽으로 뛰어갔다.

"느이 엄마는 짐 싸들고 친정에 갔다."

노부코의 물음에 다에코가 시원하게 대답했다.

"이제 아예 안 올지도 몰라."

노부코는 아연실색해서 입을 벌린 채 할머니 얼굴을 쳐다보았다. "할머니, 그게 무슨 말이에요?"

할머니는 텔레비전 쪽으로 돌아앉은 채 대답을 하지 않는다. 따분한 재방송 드라마가 나오는 텔레비전 화면에서는 여주인공이 뭐라고 울부짖고 있었다.

"정말 엄마가 집을 나갔어요?"

그럴 리가 없다고 생각했다. 엄마는 후쿠시마에는 절대로 돌아가지 않는다. 적어도 노부코와 하루키에게 한마디 말도 없이 돌아가지는 않는다. 또 밖에서 분을 삭이고 있는 것을 할머니가 심술궂게 말하는 것일 게다.

노부코는 문득 맥이 탁 풀렸다. 여관에서는 엄청난 일이 벌어지고 있는데 집에서는 다들 뭐하는 짓이란 말인가.

노부코는 부엌으로 돌아가서 짧게 한숨을 지었다. 그리고 해야 할 일을 떠올렸다. 손에 들고 있는 수첩을 보았다.

'다카라이 아야코'라고 적혀 있다. 전화번호는 03으로 시작된다. 거실의 수화기를 집어 들고 버튼을 누르다가 자기 손가락이 떨리고 있다는 것을 깨달았다.

벨소리가 여러 번이나 울렸지만 좀처럼 받지 않았다. 역시 속은 것이 아닐까, 하는 의구심이 급강하 폭격을 하는 폭격기처럼 노부코를 엄습했다. 그 아저씨는 사기꾼이고 살인자다. 전화 부탁을 해서 노부코를 내보내고 그 틈에 아버지를 죽이려는 것이 아닐까? 혹시 지금 도망치고 있는지도 모른다!

전화를 그만두고 여관으로 돌아갈까 하는 순간, 수화기 저편에서 딸깍 하는 소리가 들리고 사람 목소리가 들렸다.

"여보세요?"

여자 목소리였다. 노부코는 심장이 목구멍 밖으로 튀어나올 것만 같았다. 연결되었다! 정말 연결되었다!

"여보세요, 누구세요?"

귀여운 목소리였다. 이시다 아저씨는 '젖먹이가 딸린 여자'라고 했는데, 잘해야 여고생쯤이나 될 것 같은 목소리였다.

"으음, 저어……."

노부코가 어물거리자 상대방은 다시 "여보세요?" 하고 말했다.

"저어, 다카라이 아야코 씨인가요?"

겨우 그렇게 말할 수 있었다.

"네, 그런데요?"

그녀의 목소리 뒤로 아기 우는 소리가 들렸다. 칭얼대고 있었다. 분명히 아기가 있다. 거짓말은 아니었다.

"다카라이 아야코 씨인가요?" 조금 전보다 분명한 목소리를 낼 수 있었다. 노부코는 수첩의 전화번호를 읽었다. "이 번호가 틀림없는 거죠?"

저쪽 목소리가 의아해하는 울림을 띤다. "그런데요, 무슨 일이죠?"

"이시다 나오즈미라는 사람, 아세요?"

노부코의 물음에 전화 저쪽이 갑자기 캄캄해졌다. 눈에 보이는 것은 아닌데도 노부코에게는 보였다. 갑자기 접속이 끊겨 불이 꺼지고 어둠이 왔다.

그렇게 상대방의 침묵은 갑작스럽고 깊었다.

"그 사람 부탁으로 전화를 하는 거예요." 노부코는 어둠을 뚫고 저쪽까지 들리도록 최대한 분명하고 커다란 목소리로 말했다. "그 사람, 이제 곧 경찰에 체포됩니다. 음…저어……."

여기는 가타쿠라하우스라는 간이여관이라는 것, 이시다가 여기 묵고 있다는 것 등을 설명할까 말까 망설였다. 하지만 이쪽의 신원은 밝히지 않는 것이 좋겠다는 경계심이 본능적으로 고개를 들어 우물쭈물 했다.

"장난전화 같은 거 아녜요. 이시다 씨한테 부탁받고 전화한 거예요. 이시다 씨는 자기가 체포된다는 것을 다카라이 씨에게 말해주라고 했어요."

달그락 하는 소리가 들렸다. 다카라이 아야코가 수화기를 내려놓은 것 같다. 멀리 아기 우는 소리 사이로 새된 여자 목소리가, 아마 그녀일 것이다, 누군가를 부르는 것처럼 들린다.

시간은 자꾸 흘렀다. 노부코는 전화기 바로 옆 벽에 걸려 있는 시계를 쳐다보며 꼬박 3분을 기다렸다.

"여보세요?"

이번에는 남자 목소리가 들려왔다. 역시 고교생쯤 되는 것 같았다.

"여보세요? 거기, 누구세요?"

노부코는 그 물음에는 대답할 생각이 없었다.

"이시다 나오즈미 씨의 부탁으로 전화를 하는 거예요." 하고 고집스레 반복했다.

"정말입니까?"

"정말이에요. 그 아저씨, 이제 곧 경찰에 잡혀요."

"곧 체포되니까 여기다 알려주라고 했다는 겁니까?"

"그래요."

"왜죠? 자기는 체포되니까 그 전에 도망치라는 겁니까?"

"그런 건 몰라요, 부탁을 받았을 뿐이니까."

노부코는 전화를 끊고 싶었다. 더 이상 말려들고 싶지 않았다. 어머니도 집을 나가버리고, 나도 힘들다. 빨리 경찰에 신고하고 싶다.

"이시다 씨는 지금 어디 있나요?"

"그건 말할 수 없어요."

남자는 바로 옆에서 아까 그 여자, 다카라이 아야코가 울음 섞인 목소리로 말하고 있었다. "난 어쩌지, 전화는 걸지 않겠다고 했었는데."

"만나고 싶군요. 이시다 씨를."

"그런 건 나도 몰라요. 아무튼 전화는 했으니까요."

그 말만 하고 노부코는 전화를 끊었다. 무엇이 잡아끄는 것처럼 수화기가 꽤 묵직했다. 노부코는 청바지 무릎께에 손바닥을 비벼서 땀을 닦았다.

도망자

 이시다 나오즈미의 인터뷰가 실현되기까지는 공적인 사건 수사가 끝나고도 1년 이상을 더 기다려야 했다. 이 대기시간은 이번에 인터뷰한 사람들 중에서는 가장 길었다.
 이시다가 매스컴은 못 믿겠다, 매스컴 관계자는 얼굴도 보기 싫다고 생각한다고 해도 이상할 것이 없었다. 약 4개월 동안 도피하는 동안 온갖 매체들이 그에 대해서 입방아를 떨었다. 처음부터 각오는 했지만, 각오했던 것 이상으로, 위아래와 좌우로 더 넓은 영역에서 '이시다 나오즈미'라는 인간이 까발려져 가는 것을 그는 지켜보았다. 거기서 한 가지 교훈을 얻었다고 그는 말한다. '매스컴'이라는 것을 거치고 나면 '진짜'는 아무것도 전해질 수 없다는 것이다. 전해지는 것은 '진짜처럼 보이는 것'들뿐이다. 그리고 그 '진짜처럼 보이는 것'들은 종종 완전한 '허구' 속에서 끄집어 올려진다.

사건의 진상이 밝혀진 뒤에도 그가 매스컴 관계자를 피하려고 한 것은 당연한 것이었다. 온갖 곳에서 취재 신청이 들어오고, 인터뷰 신청이 있었지만, 이시다는 그 어떤 곳에 대해서도 공평하게 거절하고 접촉을 피하면서 지냈다. 다만 그들을 거절하느라 정말 많은 에너지를 소모한 것은 사건 해결 이후 고작 세 달 정도였을 뿐이었다고 한다. 잇달아 새로 발생하는 사건 쪽으로 모두들 몰려갔기 때문이다.

게다가 반년쯤 지나자, 수기를 써보지 않겠느냐는 제안이나, 그 사건에 대하여 다큐멘터리 소설을 쓴다는 작가로부터 사건에 대하여 개인적으로 만나서 이야기를 듣고 싶다는 신청 같은 것만 가끔 들어올 뿐이었다. 수기 출간을 제안한 출판사는 전에도 이런 종류의 책을 몇 권이나 출간했다고 하는데, 편집장을 겸한 그곳 사장은,

"이시다 씨, 당신은 참으로 힘든 상황을 겪었으니까 수기를 쓰고 베스트셀러로 만들어서 목돈을 만질 권리가 있는 겁니다." 라고 말했다고 한다. "수기라고 해서 꼭 당신이 직접 쓸 필요는 없어요. 그저 얘기만 들려주시면 그걸 녹음해서 대필 작가한테 쓰게 할 겁니다. 다들 그렇게 하니까요."

사실 이시다도 이 제안에는 조금 혹하기도 했다. 도피중일 때는 일단 '병결'로 처리해주었던 회사도 사건이 해결되고 나자 그가 복귀하는 것을 좋아하지 않아, 결국 의원면직 형식으로 그만두지 않을 수 없었다. 자기 때문에 유명해져버린 우라야스의 임대아파트도 도저히 조용히 살 수 있는 상황이 아니었고, 집주

인도 넌지시 나가주었으면 하고 내비쳐서 이사를 하게 되었다. 수입원은 끊기고 지출은 늘어났다. 돈이 절실했다. 그 편집장 겸 사장이 말하는 것처럼 정말로 책이 많이 팔리고 목돈이 들어온다면 한번 해볼까 하는 생각이 들었다. 자기가 직접 쓰지 않아도 된다고 하는 이야기가 더욱 구미를 당겼다.

이시다는 어머니 기누에와 상의했다. 그러자 기누에는 반대했다. 그런 책을 써서 팔았다가는 틀림없이 후회할 일이 생길 거라고 노모는 말했다.

"어머니는 그렇게 돈 벌 생각은 아예 하지도 말라고 했어요. 그런 일로 목돈을 쥐면 또 그것 때문에 또 다른 시샘과 불화를 부를 거라고, 세상은 그런 법이라고 하면서."

무엇보다 이시다의 마음을 잡아준 것은 기누에의 이런 말이었다.

"너는 남보다 약다는 것을 보여주려고 법원 경매물건에 손을 댔다가 이렇게 되었잖니. 책을 써서 돈을 번다는 것도 그것과 비슷한 일이 아니냐."

결국 이시다는 편집장 겸 사장이란 사람의 제안을 거절했다. 그 뒤 이 출판사는 이시다에 대한 취재나 사실 확인도 없이 '아라카와 일가족 4인 살해사건'에 대한 다큐멘터리 소설을 출간했는데, 이시다는 그것도 읽어보지 않아서 어떤 내용인지 전혀 모른다고 했다.

그런 이시다가 어째서 이 인터뷰에는 응했는지 의아했다.

─왜 인터뷰에 응할 생각을 했나요? 먼저 그 점부터 묻고 싶군요.

"그건, 뭐라고 할까요, 가장 큰 요인은 시간이 많이 지났다는 것이겠지요. 이제는 꽤 조용해졌으니까, 제대로 듣고 제대로 써주는 곳이 있다면 이제는 만나서 이야기해주고 싶다는 생각이 들었습니다. 그런데 오히려 이제는 내 이야기를 들어주겠다는 곳이 없어요. 아라카와 사건도 벌써 과거지사가 되어버려서요."

이 인터뷰는 이시다의 희망대로 반다루 센주기타 뉴시티의 동서 타워가 건너다 뵈는 호텔 객실에서 이루어졌다. 이시다는 또 한 가지 조건을 제시했는데, 그의 현주소와 근무처를 밝히지 않는다는 것이었다.

"그리고 이 인터뷰는 나만 하는 것이 아니지요? 나 말고 여러 사람들 이야기도 모으고 있는 거죠?"

─그렇습니다.

"그 점이 마음에 들었습니다. 나 혼자서만 많은 이야기를 하는 것은 왠지 부담스럽거든요. 사건을 전체적으로 잘 써서 기록해줄 수 있다면 만나서 이야기해보자고 생각했습니다."

─가족들은 뭐라고 하시나요?

"찬성해주었습니다. 역시 제대로 된 기록이 하나쯤 있는 것이 좋을 거라고 생각한다고, 특히 아이들이 찬성해주었어요."

─이 기록을 출간해도 거액의 사례금이나 인세를 드리기는 힘들 것 같으니 안심하셔도 됩니다.

이시다 나오즈미는 멋쩍게 웃었다. "그렇겠죠. 인터뷰에 응한

다니까 어머니가 걱정이 많거든요. 지금은 내가 다시 취직해서 급료도 받고 안정되어 있는데, 공연히 무슨 말썽이나 생길까 봐."

인터뷰는 총 40시간이 넘는 방대한 것이었다. 이시다가 퇴근한 뒤, 혹은 철야근무를 마치고 쉬는 날에 이루어졌는데, 인터뷰 한 회당 평균 2시간 정도 이야기를 들을 수 있었다. 이시다는 눌변에다 이야기가 종종 앞뒤가 바뀌거나 옆길로 새기도 해서 문장으로 옮길 때 적절히 다듬어주었지만, 이 수정에 대해서는 당사자의 검토를 거쳤다. 따라서 다음 일문일답은 이시다 나오즈미의 육성이라고 봐도 무방할 것이다.

―건강은 이제 괜찮으세요?

"덕분에 아주 좋습니다. 역시 사건 이전보다는 못한 구석도 있지만, 역시 나이가 나이니까요."

―간의 상태는 어떤가요?

"계속 약을 복용하고 있습니다. 술도 끊고요. 가타쿠라하우스에서 경관에게 인계된 직후에 병원부터 들렀는데, 그 병원에 지금도 통원하고 있어요."

이시다 나오즈미는 가타쿠라하우스에서 신병이 확보된 뒤, 먼저 병원으로 안내되었다. 그리고 그대로 2주간 입원했다.

"간도 나빴지만 그때 가장 심각했던 것은 영양실조라고 했어요. 제대로 먹지를 못했으니까. 영양실조로 죽을 수도 있다고 형사님한테 야단을 맞았지요."

―가타쿠라하우스의 가타쿠라 씨도 당신을 처음 볼 때부터

병자로 생각했던 모양이더군요.

 이시다 나오즈미는 뼈가 불거진 큼직한 손을 쳐들어 머리를 긁적였다. 오른손 손바닥 한복판에 야시로 유지의 칼에 베인 흉터가 보였다. 봉합하지 않고 방치하는 동안 새살이 돋아서 다 아물었지만, 그 새살이 눈에 띄게 생생해서, 조금만 거친 일을 해도 입을 벌리듯 찢어져서 피가 콸콸 나올 것 같은 느낌이었다.

 "가타쿠라 씨는 참 좋은 분이었어요. 그 분이 그런 분이 아니었다면 상황이 많이 변했을 겁니다. 가타쿠라 씨는 만나보셨습니까?"

 ─만나봤는데요. 그 여관도 너무 유명해져서 한동안 곤욕을 치렀다고 하더군요.

 "그렇습니까? 가타쿠라 씨가 나를 처음부터 병자로 생각했다고 하던가요?"

 ─무엇보다 안색이 안 좋았다고 하더군요.

 "그 분은 내가 이시다 나오즈미라는 것을 알지 못했어요."

 ─그렇다고 하더군요. 처음 알아본 것은 딸 노부코였습니다.

 "가타쿠라 씨가 내가 누워 있던 침대로 올라왔을 때, 그 여학생이 비닐우산을 이렇게 단단히 꼬나쥐고 잔뜩 긴장한 표정을 짓고 있었지요. 아버지를 지키겠다고 말이죠. 그땐 정말 견딜 수가 없었어요. 그 모습에 집 생각이 나고 내 딸이 생각났어요. 그때 노부코가 없었더라면 나도 금방 솔직하게 말할 결심이 생기지는 않았을 거예요. 노부코의 그 얼굴을 보니까, 이 가족한테 살인범으로 보이는 것이 싫다는 생각이 들더군요. 도피하는

데 지친 것이야 벌써 오래된 일이었지만, 갑자기 마음이 약해졌어요. 결국 나는 살인 같은 짓은 하지 않았다고 말하고 싶어진 것은 가타쿠라 씨들을 만났기 때문입니다."

―당신이 이시다 나오즈미라고 인정하고, 하지만 살인을 하지는 않았다고 하니까, 가타쿠라 요시후미 씨는 바로, 당신이 누군가를 감싸려고 하는 게 아니냐고 말했지요.

"네, 그랬어요. 참 눈치가 빠르더군요."

―예리했지요. 왜 그때 그런 생각이 들었는지, 가타쿠라 씨가 이유를 말하던가요?

"아뇨, 못 들었어요."

―당신에 대해서 아무것도 모를 때, 부인과 그 사건을 종종 화제로 삼았는데, 당신이 도피한 것은 진범을 숨겨주려고 하는 것이 아니냐는 말이 나온 적이 있다고 합니다.

"네? 그래요? 뜻밖이군요."

―그 사건을 보도한 뉴스 프로그램의 한 논평자가 그런 가설을 말한 적이 있다고 합니다. 가타쿠라 씨가 그걸 기억하고 있었던 거죠.

"아하……."

―정말로 살인 혐의가 짙었다면 경찰이 이시다 나오즈미를 지명수배했을 텐데, 계속 그러지 않았다는 것은 곧 범인이 아니라는 게 아닐까 하는 생각도 있었다고 합니다. 평소 그런 식으로 생각하고 있던 참에 실제로 이시다 나오즈미라는 사람을 만나보니 나약한 병자였다는 겁니다. 당장이라도 쓰러질 것 같아

서 매정하게 대할 수가 없었다고 했습니다.

"그래도 나를 만날 때는 역시 두려웠을 겁니다. 처음 얼마 동안은 얼굴이 딱딱하게 굳어 있었으니까요. 노부코가 옆에 있어서 더 그랬을 겁니다. 딸한테 무슨 일이 생기면 큰일이라는 생각 때문에 두려웠을 거예요."

─가타쿠라 씨는 당신이 이시다 나오즈미라는 것을 알게 된 이후에 너무나 순진하게 대응했다고 나중에 부인한테 혼쭐이 났다고 합니다.

"그것 참 죄송한 일이군요."

이시다 나오즈미는 망막에 적힌 일기를 뒤지듯 눈을 깜빡였다.

"내가 가타쿠라 씨들한테 번거로운 부탁을 했거든요……."

노부코는 전화를 끊고 여관 쪽으로 달려갔다. 아버지는 아까와 똑같은 자세로 이시다 나오즈미의 침대 가장자리에 걸터앉아 열심히 이야기를 하고 있었다.

"어떻게 되었어?"

가쁜 숨을 몰아쉬는 노부코에게 이시다 나오즈미가 물었다. 떳떳하지 못한 표정이었다. 노부코는 얼마 전 일요일, 어머니와 함께 니혼바시로 쇼핑하러 나갔을 때, 지하철에서 차량이 흔들리는 것을 핑계로 노부코의 가슴을 만지던 치한 아저씨의 표정을 문득 떠올렸다. 물론 모르고 한 짓도 아니고 당사자도 일부러 만졌다는 것은 알지만, 나도 너한테 지저분한 짓을 했다는 건 알아, 하고 말하는 듯한, 한마디로 괘씸한 얼굴이었다.

"여자가 받았어." 노부코는 이시다가 아니라 아버지를 보고 말했다.

"제대로 전했니?" 하고 아버지가 물었다. 아빠는 대체 어느 쪽 편이냐고 따지고 싶게 만드는 말투였다.

"말했어. 이시다 씨가 체포된다고."

이시다 나오즈미가 일어났다. "뭐라고 하던가?"

"몰라요. 중간에 어떤 남자가 전화를 바꾸었으니까. 아기가 울었어요."

그 말에 꾸깃꾸깃한 셔츠에 싸인 이시다 나오즈미의 두 어깨가 툭 떨어졌다. 노부코는 아버지가 그런 이시다 아저씨의 모습을 찬찬히 관찰하는 것을 보았다. 아버지는 이제 전혀 무서워하지 않는 것처럼 보였다. 그렇게 쉽게 마음을 놓는 것도 노부코에게는 무모한 짓처럼 보였다.

"그 아기 딸린 여자를 지켜주려는 거요?" 하고 가타쿠라 요시후미가 물었다.

이시다 아저씨는 금방 대답하지는 않았다. 얇은 이불 위에 고개를 숙이고 맥없이 앉아 있었다. 그의 몸에서 환자 냄새가 났다.

"전화를 해서 걱정을 덜었을 테니 이제 경찰에 알리겠소."

요시후미가 오금을 박듯이 말했다. 노부코는 그제야 안심했다. 이런 아저씨는 빨리 넘겨버리는 것이 상책이다. 우리 같은 아마추어들은 감당할 수 없다.

"한 통 더……." 이시다가 띄엄띄엄 중얼거렸다. "전화를 한 통 더."

"또 걸어야 합니까?"

"이번에는 내가 걸게요. 아래층에 전화 있는 곳까지, 미안하지만 주인장, 날 좀 데려다주지 않겠습니까?" 요시후미가 침대에서 일어났다. "이번에 전화를 하면 정말로 마음이 정리되겠소?"

"나는, 주인장……."

"이런다고 해서 당신한테 별로 득 되는 일도 없을 것 같은데. 무엇보다 당신은 이미 한계에 와 있는 거 아니오? 빨리 경찰에 가서 얘기를 털어놓는 것이 좋아요. 당신도 더 이상 도망 다닐 마음도 없는 모양이니까."

"지칠 대로 지쳤어요."

"당신 가족들도 걱정하고 있을 테고. 암, 걱정하고 말고."

노부코는 노부코대로 속으로 많은 생각을 하고 있었는데, 그때 어떤 생각이 반짝 하고 스쳤다. 그 생각이 너무나 강렬해서 그만 입을 타고 나와버렸다.

"아저씨, 그 아기, 아저씨 아기죠?"

이시다 나오즈미가 멍한 눈으로 노부코를 올려다보았다. 요시후미도 고개를 돌려 노부코를 내려다보았다.

"너, 무슨 소리를 하냐."

"아닌가요?" 노부코가 묻자 요시후미도 물었다. "그런 거요?"

이시다 아저씨는 주뼛거렸다. "그렇게 보여요?"

"그럼 아닌가요?"

"아닙니다."

"그럼 왜 감싸주려는 건가요?" 노부코가 입술을 씰룩이자 요시후미가 찰싹 하고 머리를 때렸다.

"너는 저리 가 있어."

노부코는 이 자리를 떠날 마음은 없었다. 아버지한테 맡겨두었다가는 이시다 아저씨를 놓칠 것 같았기 때문이다. 이런 아저씨의 너저분한 이야기에 휘둘리다니, 아빠도 참 순진하시지. 남자라면 좀 더 의연하게 대처해야 한다. 이렇게 약하게 나가니까 할머니와 어머니 사이에 끼어 꼼짝도 못하는 것이다.

"그럼 전화를 하러 갑시다."

노부코의 아버지가 이시다 나오즈미에게 손을 내밀어 일으켜주며 말했다.

"이번 한 번뿐이요. 이게 끝나면 경찰을 부르겠소."

"알았습니다, 주인장."

비틀비틀 계단을 내려가는 두 사람을 따라 노부코도 아래층으로 내려갔다. 전화기 옆에는 여전히 아무도 없었다. 한낮이라 다른 손님들은 다 밖에 나가 있었다.

가끔 얼굴을 디밀고 잡담을 나누다 가는 이시카와 순사도 하필 오늘따라 오지 않는다고 생각하며 노부코는 내심 혀를 찼다. 순사님도 꼭 일이 없을 때만 찾아온다니까.

이시다가 바지 주머니에서 느릿느릿 지갑을 꺼내어 동전을 헤아린다. 요시후미는 그가 전화를 거는 것을 도와주었다. 노부코는 조금 떨어져서 그 모습을 보고 있었다. 여차하면 요란하게 고함을 지를 수 있도록 호흡을 가다듬으며.

이번에는 전화가 금방 연결된 것 같았다. 아마 저쪽에서는 두 번째 전화가 오기를 기다리고 있었는지도 모른다.

그러나 이시다 나오즈미는 상대가 전화를 받자 겨우 이름만 대고는 다음 말을 잇지 못하고 있었다. 수화기를 꼭 쥔 채 조용히 몸을 구부리고 있는 아저씨는 문득 20년은 늙어보였다. 가타쿠라 요시후미가 보다 못해서 손을 뻗어 이시다의 손에서 수화기를 받아들었다. 이시다는 거의 저항도 없이, 오히려 구원이라도 만난 듯이 순순히 수화기를 내주었다.

"여보세요? 저어, 거기는 어딥니까? 이 전화가 어디에 연결된 겁니까?"

아버지가 저쪽에 묻는 말을 들으며, 노부코는 아버지가 참 바보 같다고 생각했다. 이시다 아저씨가 사실을 밝힌 대로 저쪽 여자를 감싸주려고 하는 거라면, 그 여자가 신원을 물었을 때 순순히 밝힐 리가 없지 않은가.

"여기 말입니까? 여기는 간이여관이에요. 이시다 씨가 여기 묵고 있어요. 그래서 저어, 내가 이시다 씨를 알아본 겁니다."

또 남의 공을 가로채네! 처음 알아본 것은 자기라고 노부코는 생각했다.

"잘은 몰라도 이시다 씨는 아라카와의 살인은 하지 않았다고 말합니다. 그렇다면 더더욱 경찰에 가자고 제가 권한 겁니다.

그런데 이시다 씨는 건강이 아주 안 좋아 보여요. 그리고 이시다 씨가 경찰에 가기 전에 이 번호로 전화해달라고 부탁한 거예요……예."

요시후미는 고개를 조금 기울인 채 상대방이 하는 이야기를 듣고는 다시 물었다. "댁은 그 집 식구입니까? 아직 어리신 것 같은데, 혹시 학생인가요? 아, 그래요."

그러고 보니 지금 아버지가 통화하는 상대는 아까 노부코가 전화할 때 젊은 여자의 부름을 받고 전화를 받았던 남자인 모양이다.

이상한 일이다. 저쪽 집에는 젖먹이 아기랑 여고생 같은 고운 목소리를 가진 젊은 여자랑 그녀보다 더 어린 것으로 짐작되는 '학생' 밖에 없는 걸까? 하고 노부코는 생각했다. 이 '학생'은 그 젊은 여자나 아기와 어떤 관계일까? 그 아기는 젊은 여자와 '학생' 사이에서 태어났을까? 노부코의 젊은 상상력은 이리로 저리로 거침없이 날개를 펼치고 있었다.

"우리도 당황스럽습니다. 그렇다고 이시다 씨를 그냥 놔둘 수도 없잖아요. 어떤 관계인지는 몰라도. 예? 이시다 씨는 아무 말도 안 했어요. 우리는 아무것도 몰라요. 그저 이 사람이 자기는 살인을 하지 않았다고 말했을 뿐이에요."

요시후미의 말투에는 상황이 무색할 만큼 절박감이 없었다. 예를 들어 신문이 너무 늦게 배달되어서 항의를 해야 한다면, 조금 세게 항의하지 않으면 이쪽 뜻이 제대로 전달되지 않고, 상대방도 별로 심각하게 듣지 않을 것이다. 그 정도는 노부코도 안다. 정말이지, 아빠란 사람은!

"네? 예에? 그게 무슨 말입니까? 뭐요?" 요시후미는 강한 억양으로 되묻는다. "기다리라뇨? 내일까지요? 그건 좀. 네? 전화를 바꿀까요?"

요시후미는 이시다 나오즈미에게 수화기를 내밀었다.

"저쪽 학생이 당신과 통화하고 싶어해요."

이시다는 웅크린 자세 그대로 수화기를 귀에 댔다. 저쪽에서 계속 뭐라고 말하는 것 같았지만. 그는 눈을 절반쯤 감고 가만히 듣고만 있었다.

그리고 마침내 입을 열었다. "그럼 내일 이맘때까지 기다리면 됩니까?"

노부코는 낭패였다. 기다려? 기다린다니, 그게 무슨 말이지?

"가타쿠라 씨의 가족이 받아들일지 어떨지 모르겠군요." 하고 이시다 나오즈미는 말한다. 이 아저씨가 결국 저쪽에다 우리 이름을 발설하고 말았네, 하고 노부코는 더욱 안절부절 못했다. 가만 두면 주소와 위치까지 술술 말할지도 모른다. 그러면 이시다 아저씨가 감싸왔다는 여자가 자기 안전을 위해서 우리 집으로 처들어와 가족을 몰살하려고 들지도 모른다.

이시다 나오즈미는 시선을 들어 옆에 있던 가타쿠라 요시후미를 보았다. 지칠 대로 지쳐 보이는 그의 얼굴은 심하게 일그러져 있었다. 그것은 당장이라도 울 것 같은 얼굴이라기보다는, 지칠 만큼 울었지만 눈물의 원인은 여전히 해결되지 않고 있는 사람의 그것처럼 보였다.

"나를 경찰에 넘기는 것을 내일 이맘때까지 기다려줄 수 있겠습니까?" 하고 이시다는 물었다. "내일 이맘때면 두 말 않고 경찰서에 갈 테니까요. 딱 하루만 기다려주실 수 없나요? 저쪽도 부모와 상의를 하든 뭐든 해야 할 것이고, 내가 경찰에 가기 전에 그쪽이 먼저 경찰에 출두하면 자수하는 셈이 되니까 여러 가지로 정상이 참작될 것이고."

노부코의 미덥지 못한 아버지는 변함없이 모호한 태도로 이시다를 내려다보고 있었다.

"사정을 모르니 뭐라고 말할 수가 없군요." 하고 역시 절박감이 안 느껴지는 말투로 말했다.

"사정은 제가 말씀드리겠습니다."

"그렇다면 하는 수 없지요."

"뭐하는 거야, 아빠!" 노부코가 소리치자 아버지는 깜짝 놀랐다. "뭐야, 너, 여태 여기 있었냐?"

"지금 뭐하는 거야, 왜 시키는 대로 고분고분 따르는 거야!"

"애들은 잠자코 있어!"

"어떻게 잠자코 있어!"

부녀간에 말다툼을 하는 동안 이시다는 다시 저쪽과 짧게 통화를 하고 가타쿠라 요시후미에게 수화기를 넘겼다. 노부코는 아버지가 뜻밖에 의연하게 등을 펴고 저쪽에 통고하는 것을 들었다.

"이제 이시다 씨한테 얘기를 들을 겁니다. 그래서 납득이 가면 하루를 기다릴 것이고 납득이 가지 않으면 바로 파출소로 갑니다. 그렇게 아세요."

그리고 아버지는 바로 전화를 끊었다. 공중전화가 찡, 소리를 냈다. 그러자 여관 입구 쪽에서 소리가 들렸다.

"뭐하니, 노부코."

돌아보니 어머니가 서 있었다. 많이 추운지 어깨를 움츠리고 두 손을 카디건 주머니에 찔러 넣고 우두커니 서서 이쪽을 보고 있다.

"웬일이야, 당신, 마침 잘 왔네." 하고 아버지가 어머니에게 말했다. "조금 복잡한 일이 생겨서 말이야."

이시다 나오즈미는, "사모님이십니까?" 하고 확인한 다음 허리를 크게 꺾어서 인사했다.

"죄송합니다, 폐를 끼치는군요."

"이 사람이 이시다 나오즈미 씨야." 하고 아버지가 소개했다. "알지? 아라카와 사건."

노부코는 어머니가 졸도하는 줄 알았다. 양말도 안 신고 콘크리트 바닥으로 뛰어내려가 어머니 옆으로 달려갔다.

"그렇게 요란 떨지 않아도 이 사람이 잡아먹지 않아. 어쨌든 지금부터 잠깐 이 사람 이야기를 들어야 해."

이리하여 이시다 나오즈미가 이야기를 시작했던 것이다.

―그래서 가타쿠라 씨 부부에게 그간의 사정을 다 설명했군요?

"그렇습니다. 잘 이해하게끔 말할 수 있을지 걱정이었어요. 원래 나는 말을 잘 못하거든요. 배운 것이 없어서."

이때 이시다 나오즈미가 말한 긴 이야기가, '아라카와 일가족 4인 살해사건'의 이시다 쪽에서 본 진상이 될 것이다.

"애초에 어머니 말씀처럼 팔자에도 없이 약삭빠른 점을 보여주기 위해 법원 경매물건을 사자고 마음을 먹은 것부터가 실수였지요. 그런 일은 법이나 세상물정에 훤한 영리한 사람들이나 하는 일입니다."

―아드님은, 당신이 아들에 대한 대항심리를 가지고 있었던 것이 아니냐고 말하던데요.

"그래요? 이것 참…… 뜨끔하군요, 속을 간파당해서요. 아들은 나보다 훨씬 머리가 좋거든요. 나를 비웃었어요. 한때는 분명히 그랬어요. 그게 아니란 걸 보여주자, 아버지가 대단하다는 것을 보여주자. 너 같은 것은 엄두도 못 낼 만큼 어렵고 복잡한 일도 척척 해낼 수 있다는 것을 보여주겠다는 마음은 분명히 있었습니다."

―나름대로는 공부도 하셨고, 실제로 처음 얼마동안은 잘 진행되지 않았습니까?

"뭐, 그렇지요. 2025호를 낙찰 받을 때까지는. 자금 조달도 필사적으로 뛰어다닌 덕분에 상당히 일찍 해결되었습니다.

그런데 아파트에 스나카와 씨들이 눌러 살고 있다는 것을 알고 몇 번인가 교섭을 하다가, 그 사람들이 책에서 읽었던 버티기꾼이라는 것을 깨달았죠. 하지만 그때도 여전히 나는 상황을 너무 안이하게 봤어요. 버티기꾼이라고 해도 그 사람들은 전혀 무섭지 않았으니까요. 나를 협박하는 것도 아니고, 그저 우리도 죽을 지경이다, 어렵다, 우리는 제대로 임대계약을 맺고 들어왔다, 이사하려면 돈도 들고, 휠체어 타는 노인도 모시고 있고, 당장 어디 갈 데도 없다고 죽는 소리만 하고 있을 뿐이었지요. 그렇다면 이쪽에서 조금 세게 나가면 어떻게 해결되지 않을까 하고 쉽게 봤지요. 하지만 그 사람들은 물러나지 않았어요."

─하야카와 사장은 그 바닥에서 베테랑이거든요.

"그렇지요. 세 달 네 달이 되도록 아파트는 비워주지 않고, 나는 빚은 갚아야 하고, 초조해지기 시작했어요. 하지만 어디다 상담해야 좋을지도 몰랐어요. 아는 부동산사무소에 물어보았더니, 그거 힘들어요, 이시다 씨, 변호사한테 의뢰하세요, 하더군요. 나쁜 뜻으로 하는 말이 아니라, 변호사라면 그 방면의 전문가니까 금방 해결해줄 거라고요. 나도 그때는 그럴 생각이었어요. 하지만 또 2025호로 상황을 살피러 갔다가 스나카와 씨와 얘기해보고 그 부인, 사실은 스나카와 씨가 아니었지만, 아무튼 부인과 얘기해보면 역시 그 사람들이 만만해 보이는 겁니다. 그래서 역시 내가 이대로 조금 더 버티면 어떻게 해결되지 않을까 생각하게 되었지요.

변호사한테 의뢰하면 또 돈을 써야 하잖아요. 나중에 명도 받아서 결산할 때, 아예 분양 아파트를 사는 것이 수고로 보나 돈으로 보나 덜 들게 되는 상황이 너무 싫었어요. 인색하게 들리겠지만, 그래서 그 단계에서도 가능한 한 싸고 쉽게 끝낼 생각밖에 없었습니다. 그러다가 스나카와 씨를 만나면 그 사람이 그렇게 약하게 나오니까 그 생각이 점점 굳어지지요. 조금만 더 기다려보자, 이 자들은 그렇게 막무가내가 아니다, 하고 말이죠. 나로 하여금 그렇게 생각하게 하고 착각하게 하는 점을 그 부부는 가지고 있었어요. 더구나 노파도 딸려 있잖아요. 금상첨화죠. 말이 좀 이상하지만, 이해가 가시죠?"

―2025호의 '스나카와 가'는 이쪽이 강경하게 나오지 못하게 하는 요소를 갖추고 있었다는 말씀이지요?

"네, 그래요. 하지만 약한 것이 강한 것이더군요."

―그 사람들이 실은 '가족'이 아니라 스나카와 노부오 말고는 이름도 본명이 아니라는 것을 알고 있었습니까?

"아뇨, 그때는 전혀 몰랐습니다. 눈치 채지 못했지요. 하야카와 사장도 몰랐다면서요?"

―그렇습니다. 고이토 다카히로 군도 '스나카와 사토코' 아주머니가 본명이 아니라는 것을 몰랐다고 합니다.

"나름대로는 규율이 잘 잡힌 사람들이었군요. 주위에 다른 사람이 있을 때는 애써 가족처럼 행동했잖아요. 특히 나를 상대할 때는, 가족이 아니란 것이 발각되면 일이 힘들어질 테니까 특히 조심했을 겁니다."

―고이토 다카히로 군이 2025호를 드나들고 있었다는 것은 알고 있었나요?

"아뇨, 그것도 몰랐습니다. 그 아파트를 내놓은 부부의 아들 말이군요."

─그렇습니다. 중학생이라 자세한 사정은 몰랐던 모양입니다만.

"나도 직장이 있어서 그 아파트를 자주 찾아가서 교섭할 수는 없었거든요. 그것도 역시 고민거리 가운데 하나였습니다만."

─'스나카와 쓰요시'라고 하던 야시로 유지는 언제 처음 만났습니까?

"그게…… 그다지 분명하지 않아요. 몇 번인가 교섭하러 가다 보니 한두 번…… 그게 아마 초봄이었나, 그때 본 것이 처음이었던 것 같기도 하고요."

─2025호에서 보았나요?

"그렇습니다. 내가 스나카와 부부와 이야기하고 있는데 집에 돌아왔어요. 그가…… 그 야시로 유지가 말입니다. 이제 오니, 하고 부인이 말을 건네도 뚱한 얼굴로 방으로 들어갔다가 금세 다시 외출했습니다. 아드님인가요? 하고 물었더니 그렇다고 하더군요. 저렇게 장성한 아드님도 있으니, 아드님 장래에 혹시 지장이 생기면 안 되니까 이 아파트 건은 모쪼록 원만하게 해결합시다, 하고 내가 말했던 기억이 나네요. 이렇게 버티기꾼 노릇이나 하는 것이 부모로서 부끄럽지 않느냐고 우회적으로 말한 거였는데, 아무 효과도 없었지요. 물론 진짜 가족이 아니니까 그랬겠지만, 그때는 그런 사실을 몰랐으니까요."

─그 뒤 그를 만나거나 대화해 본 적은 없나요?

"없어요. 내가 받은 느낌으로는 그 아파트에는 별로 들어오지 않았던 것 같습니다. 들어와도 잠만 자러 오는 것 같았고요."

─실제로 그랬다고 합니다.

"사내들은 다 그렇지요. 일반 가정에서도. 그래서 특별히 이상하다고 생각하지 않았어요."

─야시로 유지는 그때 어떤 일을 하고 있었는지, 직장이 어디였는지 아직도 밝혀지지 않았습니다.

"그렇습니까? 비교적 깔끔하게 양복을 입고 다니던데. 아무래도 젊은 건달이었으니까, 돈벌이는 괜찮지만 떳떳하게 자랑할 만한 일은 아니었겠지요? 그런 일이라면 요새는 특별히 야쿠자가 아니라도 여러 가지가 있잖아요. 피라미드식 방문판매 같은 거요."

─여러 회사를 전전했는지도 모르지요. 고용보험기록도 없어요.

"그렇습니까? 사실 그런 식으로 살겠다고 다짐하면 충분히 그렇게 살 수도 있는 세상이지요. 솔직히 말하면 지금도 그 젊은 친구를 통 모르겠어요. 스나카와 씨 부부라면 그래도 조금 알 것 같기도 한데, 그 사내만큼은 알 수가 없어요. 아마 앞으로도 이해할 수 없을 겁니다."

─야시로 유지가 당신한테 연락한 것이 언제였나요?

"그게 아마…… 5월 황금연휴 직후였던 것 같습니다. 날짜까지 기억하지는 못하지만. 형사들도 잘 좀 기억해보라고 했지만, 미안하게도 기억이 나질 않아요."

─댁으로 전화가 걸려왔나요?

"아뇨, 휴대전화로 왔어요. 아파트 명도에 문제가 생겼다는 것을 가족한테 숨기고 있었기 때문에, 연락은 꼭 휴대전화로 했습니다. 조금 놀랐지요, 스나카와 씨의 아들이 왜 연락을 했을까 하고요. 잠깐 만나서 단둘이 얘기하고 싶다, 나쁜 이야기는 아니라고 했어요."

—바로 만났나요?

"만났습니다. 나쁜 이야기가 아니라고 하고, 나는 빨리 명도를 받고 싶었으니까요."

—어디서 만났나요?

"신바시의 술집이었어요. 장소는 내가 정했어요. 그렇게 하라고 해서요. 지금 생각해보면 그 자는 자기가 자주 가는 가게를 드러내고 싶지 않았을 겁니다. 그래서 나한테 장소를 정하라고 했을 거예요."

—처음에 어떤 이야기를 하던가요?

"솔직히 말하겠다고 하면서 여러 가지를 알려주더군요. 다만 하야카와 사장 이름은 말하지 않았어요. 스나카와 사람들이 버티기꾼으로 고용된 사람들이라는 것과, 사실은 한 식구가 아니라 타인들의 집단이라는 것도요."

—놀라셨겠군요.

"당연히 놀랐지요. 남녀가 동거하는 거라면 드물지도 않은 일이지만, 노파와 젊은 남자까지 같이 지내는 거잖아요."

—야시로 유지는 왜 자기가 스나카와 노부오 들과 그렇게 지내고 있는지, 그 이유를 설명했나요?

"그렇게 같이 사는 게 불편하지 않느냐고 물었더니, 스나카와 씨하고는 벌써 오래 전부터 같이 지내왔고, 친부모는 워낙 형편없는 자들이라서 오히려 지금 이런 생활이 더 편하고 좋다고 하더군요. 그래서 내가, 하지만 당신의 친부모가 걱정하고 있을 것이고, 미타 하쓰에 씨라고 했나요? 그 노파의 가족들도 찾고 있지 않겠느냐고 말했습니다.

그러자 그 친구는 웃더군요. 자기 친부모는 전혀 찾으려고 하지 않을 거라고. 미타 하쓰에 씨의 가족도 그렇게 노망든 노파를 찾아서 데리고 가봐야 거추장스러워하기만 할 테니, 이대로 스나카와 씨들의 보살핌을 받는 편이 더 나을 거라고 거침없이 말하더군요."

—말투는 어떻던가요?

"아주 거침이 없어요. 시원시원했어요. 그래서 나도 타인들이라도 잘 지낼 수만 있다면 그것도 그리 나쁘지는 않구나, 하고 생각했어요. 실제로 당시 우리 집만 해도 나도 아들과 다투고, 딸도 나를 생각해주지 않고, 그때는 한참 엉망이었으니까요."

—야시로 유지는 그런 속사정을 밝히고 나서 무슨 말을 하던가요?

"그게……. 돈 얘기죠. 목돈을 마련해 달라고. 그러면 자기가 스나카와 씨들을 설득해서 버티기꾼 노릇을 그만두고 2025호에서 깨끗이 물러나게 하겠다고 했습니다. 스나카와 씨들을 고용한 부동산업자—하야카와 사장 말입니다—가 제일 나쁜 놈이라고 하면서 스나카와 씨들은 돈 몇 푼에 법을 어기고 있는 것이니, 자기라도 나서서 빨리 그만두게 하고 싶다고 했어요."

—그런데 그렇게 그만두게 하는 것도 무료가 아니라 돈을 달라고.

"네."

—얼마를 요구하던가요?

"1천만 엔."

—거금이군요.

"그렇지요. 그런 돈은 없다고 했지요. 그런 돈이 있으면 변호사한테 의뢰했지요."

—그렇게 말하니까 야시로 유지가 뭐라고 하던가요?

"비싼지 아닌지 잘 생각해보라고 했어요. 왠지 자신만만하더군요."

—결국 결렬로 끝났군요.

"네, 당연하지요. 내가 받아들일 리가 없지요. 다만 그때는 그 청년이 나한테 그런 얘기를 했다는 사실을 스나카와 씨한테는 말하지 않고 있었습니다.

그 청년도 깊은 생각 없이 떠벌린 거라고 짐작했으니까요. 아직 생각이 어릴 때니까요. 머리로만 생각할 때는 잘 될 것 같아서 말을 꺼냈을 거라고 생각하고 나도 곧 잊어버렸습니다. 당시 나는 변호사에게 의뢰할지 말지를 놓고 한창 고민 중이었어요.

하지만 그 뒤에도 몇 번인가 전화가 왔어요. 어떠냐, 생각이 바뀌었냐고 묻더군요. 참 끈질기더군요. 나도 결국은 화가 나서, 가당치 않은 소리 집어치우라고 소리를 질렀습니다. 그랬더니 그 청년은 오히려 껄껄 웃으며, 돈을 내놓는 것이 당신한테 좋을 거라는 식으로 말했어요. 무엇이 나한테 좋다는 거냐고 물었더니……물었더니…….”

"미안합니다. 아, 역시 그때를 생각하면 가슴이 답답해지는군요."
―괜찮으세요?
"네, 이제 괜찮아요."
―야시로 유지가 뭐라고 그러던가요?
"자기는 스나카와 씨들 세 명이 어찌되든 상관없다고 하더군요. 진짜 가족도 아니고, 지금까지 내가 신세를 졌다지만 신세진 것으로 따지면 피차일반이라고 하면서요. 그런데 요즘은 마치 친부모나 되는 것처럼 굴면서 이래라 저래라 명령하고, 노후가 불안하니 너만 믿겠다는 둥 주제 넘는 말만 한다고 하더군요. 실제로 어땠는지는 알 수 없지요. 스나카와 씨가 정말로 그런 요구를 했는지, 아니면 야시로 유지가 멋대로 그렇게 짐작했을 뿐인지는 알 수는 없습니다. 하지만 그 자는 그렇게 말했어요."
―야시로 유지에게 '부모'란 나를 지배하고 나의 자유를 빼앗으려고 하는 섬뜩한 괴물이었겠지요. 친부모뿐만 아니라 '부모 같은 자리'에 있는 존재라면 다 그랬을 겁니다.
"그런가요? 나는 그렇게 깊이는 모릅니다. 다만 그 자는 스나카와 씨들에게 아무런 은혜도 느끼지 않았던 거예요. 그것만은 분명합니다. 같이 지내면 편리한 식모 정도로 알았던 것이 아닐까요? 그래서 자꾸 귀찮게 구니까 떼어내고 싶었던 것이겠지요.

아무튼 그 자는 천연덕스럽게 말했어요. 스나카와 씨들을 버리고 말없이 나가버릴 수도 있지만, 그 사람들도 집요하기 때문에 계속 쫓아다닐지도 모른다고. 가출소년을 데려다 키워주었다는 둥 대단한 은혜라도 베푼 것처럼 말하면서요. 그래서 그 세 사람을 한꺼번에 처리해버리고 싶다, 지금이 좋은 기회다, 지금 그 세 명을 죽이면 당신이 범인으로 몰릴 테니까, 라고요."

―아파트를 비워주지 않는 스나카와 씨들이 미워서 당신이 살해한 것처럼 보일 거라는 말이군요.

"그렇지요. 또 그런 식으로 보이게끔 만들어주겠다고 했어요. 소름이 확 돋더군요. 이 자가 미친 거 아닌가 싶더군요. 그래서 일단 만나서 이야기하자고 설득했던 겁니다. 그래서 다시 신바시의 그 술집에서 만나서 이야기했습니다."

―어떻던가요?

"의기양양했어요. 어떠냐, 항복했지? 하는 얼굴이더군요. 살인사건의 용의자가 되고 싶지 않으면 1천만 엔을 내놓으라는 겁니다. 나는 생각할 시간을 좀 달라고 말하고, 얼굴이 하얗게 질려서 집으로 돌아왔습니다.

다만 그때는 나도 야시로 유지가 그 세 사람을 정말로 죽일 줄은 상상도 못했습니다. 세 사람을 죽이고 그 죄를 나한테 덮어씌우겠다고 협박하면 내가 겁을 집어먹을 거라고 짐작했을 것이다, 아마 돈 욕심에 그렇게 협박한 것일 뿐이라고 생각했어요. 어쨌거나 지금까지 같이 살아온 사람들이니까요. 스나카와 씨들은 전혀 핏줄이 닿지 않는데도 가출소년 야시로 유지를 데려다가 재워주고 먹여준 것 아닙니까. 여러 가지 점에서 그들은 정상적이지 못한 사람들이었는지는 몰라도, 적어도 그것은 친절한 행동 아닙니까. 그렇게 잘해준 사람들인데, 자기가 어른이 되어서 이제는 필요가 없어지고 거추장스럽게 군다고 해서 살해할 수는 없을 거라고 생각했어요. 나는 정말로 돈을 뜯어내려고 협박하는 것일 뿐이라고 봤어요. 정말로 그렇게 생각했습니다."

―그래서 어떻게 되었나요?

"이야기했어요, 스나카와 씨한테. 아들인지 뭔지 당신과 함께 사는 야시로 유지라는 자가 나한테 이런 말을 했다고. 스나카와 씨는 마치 망치로 얻어맞은 듯한 표정이었습니다. 하지만 그 사람도 역시 심각하게 받아들이지는 않았던 것 같아요. 유지가 우리에게 불만이 있다면 나가서 따로 살아도 상관없다고 했습니다.

그는 자기들이 생판 타인을 부모다 아들이다 하며 같이 살아온 것을 내가 이상하게 여기고 있을 거라고 생각했나 봐요. 물론 이상하다고 생각하기는 했지만, 그래도 자기들은 참 재미있게 살아왔노라고 변명처럼 말했습니다. 당신의 진짜 부인과 자식은 어디에 사느냐고 물었더니, 처자식은 있지만, 그 집으로는 돌아가지 않는다, 돌아가 봐야 잘 살 수가 없다고 말하더군요. 별로 하고 싶지 않은 이야기였겠지요."

―이시다 씨는 스나카와 노부오에게 그 청년의 말을 알려주고 나서도 걱정이 되었겠군요?

"물론 걱정이었습니다. 하지만 내가 어떻게 해줄 수 있는 일이 아니잖아요. 일종의 가정불화 같은 거니까. 그래서 역시 그 사람들과 하루라도 빨리 관계를 끊는 것이 좋겠다고 생각했습니다. 그래서 실력 있는 변호사에게 의뢰하자고 생각하고 아는 사람과 상담을 했어요. 그런데 그런 상황이 내 아들 귀에 들어갔어요. 아들은 나를, 뭐라고 할까, 한심하다는 듯이 쳐다봤어요. 결국 아버지는 무엇 하나 제대로 하는 게 없군요, 하는 말까지 들었어요. 아들은 별 생각 없이 비난한 거겠지만, 나는 견디기가 힘들었습니다. 왜냐하면 그게 사실이었으니까요. 그래서 집안 분위기가 어두웠어요. 나도 오기를 부렸고요. 철야를 하고 들어와도 집에 거의 붙어 있지 않고 술집이나 파칭코를 드나들었어요. 그래서 그날 밤, 사건이 일어난 그날 밤입니다만, 야시로 유지의 전화를 받을 때도 나는 술집에 있었어요. 우라야스의 새로 생긴 체인점인데, 그날 그곳에 처음 들어가서 한 잔 마시고 있을 때 휴대전화가 울렸어요."

―폭풍우가 몰아치던 밤이었죠.

"그렇습니다. 날씨도 사납고 집에 돌아가기도 싫어서 술을 홀짝홀짝 마시고 있었습니다. 그런데 전화가 왔어요. 받아보니 그 자더군요. 나보고 아파트까지 와보라고 했어요. 당신이 스나카와한테 다 일러바쳤지? 덕분에 크게 싸웠어. 이대로 가면 무슨 일이 벌어질 판이니까 당신이 여기 와서 책임을 져, 하고 말했습니다. 왜 내가 책임을 져야 하는지는 모르겠지만, 그 자가 한 말을 스나카와 씨한테 전했다는…… 미안한 점이 있기는 했지요. 스나카와 씨는 괜찮겠지? 그 사람들한테 무슨 짓을 한 것은 아니겠지? 하고 물어봤지만, 그 자는 대답을 하지 않았어요. 아무튼 와라, 와보면 안다고. 그래서 하는 수 없이 갔습니다. 그곳으로 가는 마지막 전철을 탈 수 있었지만, 역에 내리고 보니 택시가 없어서 비에 흠뻑 젖으며 걸어갔던 겁니다.

  하지만 도착해보니…… 이미 늦었어요…… 그 사람들은 벌써……."

출두

―야시로 유지는 당신을 불러다놓고 무엇을 요구하려고 했던 걸까요?

"……그것이…… 뒤처리를…… 거들라는 것이지요."

―잠깐 쉬었다 계속할까요?

"아뇨, 괜찮습니다. 미안합니다."

―그때를 떠올리는 것이 괴로우신 모양이군요.

"이제는 꽤 안정을 찾았다고 보는데도 이렇군요. 나는 스나카와 씨들과 친했던 것은 아니라서, 솔직히 말해서 그들이 살해되었다는 사실이 특별히 슬프거나 하지는 않습니다. 스나카와 노부오 씨야 복잡한 사정이 있어서 그랬겠지만, 나는 아무리 어머니랑 사이가 안 좋다고 해도 처자식을 버리고 집을 나갈 수는 없는 사람이니까요. 나는 그 사람의 인생이 싫었어요. 그래도 그 사람들이 그렇게 된 데는 내 탓이 전혀 없는 것은 아니라서,

그 점이 역시 제일 괴롭습니다."

― 이시다 씨가 죽인 것은 아니지 않습니까.

"그래도 괴롭지요. 물론 내가 죽인 것은 아니라는 생각을 하면서도 괴로운 것은 괴로워요. 한편으로 이런 생각도 해봅니다. 야시로 유지는 그런 일이 아니더라도 결국은 스나카와 씨 곁을 떠났을 겁니다. 돌봐달라고 부탁해서 돌봐준 것은 아니니까 거추장스러워지면 바이바이 할 수 있다는 거죠. 그것은 어디까지나 바이바이고, 자기 의지로 없어지는 것이지 스나카와 씨들을 없어지게 하는 것은 아니지요. 그 자는 언제 어디선가 무슨 문제를 일으킬 것이 틀림없는 인생을 살고 있었지만, 그래도 그냥 바이바이 하고 헤어졌더라면 스나카와 씨들은 무사했을 겁니다.

2025호에 그런 사정이 생기고 명도를 둘러싸고 스나카와 씨들과 내가 지리하게 교섭을 하고…… 그런 일이 있었기 때문에 야시로 유지는 나한테 돈을 뜯어낼 수 있다고 판단했을 것이고, 그런 판단이 그 자를 미쳐버리게 했겠지요. 그저 염치 모르는 별난 건달로 끝났을지도 모르는 인간이 목돈을 쥘 수 있을지도 모른다고 생각한 순간, 황당할 정도로 무서운 짓을 저지를 수 있게 된 겁니다.

그렇게 생각하니까 내가 좀 더 일찍 변호사한테 의뢰하고 말았더라면, 하는 후회가 생기더군요. 야시로 유지가 황당한 생각을 떠올린 것은 상대가 나 같은 어수룩한 자였기 때문입니다. 스나카와 씨들이 살해되면 내가 범인으로 몰릴 거라는 협박을 받고는 정말로 낭패했으니까요. 그 자가 나를 상대로, 이놈은 얼마든지 편리할 대로 이용해먹을 수 있다고 생각했더라도 무리는 아니지요. 말하기도 한심한 일이지만.

그날 밤, 2025호 거실에 들어가서 처음 본 것은 스나카와 씨의 발바닥이었어요. 양말을 신은 발바닥이 덩그러니 놓여 있는 게 보였어요. 발만 본다면 마치 낮잠을 자는 것 같았어요. 그런데 그 양말이 아주 새 거였어요. 산 지 얼마 안 되는 신품 같더군요. 새 양말은 풀기가 있어서 윤이 나잖아요. 한 번 세탁하면 윤기가 없어지지만. 그래서 언뜻 보고는 아, 새 양말이구나, 하고 생각했는데, 아무 의미도 없는 것이었지만 이상하게 기억에 선명해요. 피를 흘리고 있는 모습보다 더 선명하게 기억이 납니다."

─악몽을 꾸기도 합니까?

"내가 둔감한 탓인지는 모르지만, 꿈은 꾸지 않아요. 다만 집에서 누가 낮잠을 자는 것을 보면 가슴이 덜컥하기는 합니다. 그래서 말하죠, 내 눈에 띄는 데서 아무렇게나 낮잠을 자지 말라고요."

─야시로 유지는 그때 어디 있었습니까?

"나랑 함께 거실에 있었어요. 역시 눈에 핏발이 선 것이, 상당히 흥분해 있었어요. 덜덜 떨거나 말을 더듬거나 하지는 않았어요. 다만 이런 말을 아주 집요하게 반복하더군요. 이렇게 된 것도 다 당신 책임이다. 이제 이 사체들만 처리하면 당신은 이 아파트에서 살 수 있다. 그러니 만사 오케이 아니냐. 그 말을 하고 또 하고 그랬습니다."

─그러니까 거들라고.

"그래요. 마치 내가 무슨 고용주나 된 것 같고 그 자는 청부살인업자 같았어요. 그 자가 그러더군요. 스나카와 씨들을 고용한 그 사장, 하야카와 사장이었나요? 그 사장한테는 이 사람들이 버티기꾼 노릇을 하기에는 마음이 너무 약해서 말도 없이 도망친 것이라고 말해놓을 테니, 사체만 깨끗이 없애버리면 그것으로 끝나는 거다. 내가 입 다물고 있어줄 테니까 아저씨는 나한테 1천만 엔만 내놓으라는 얘기였어요."

―물론 이시다 씨가 독하게 마음먹고 움직였다면, 야시로 유지와 짜고 그렇게 해서 성공할 수 있었을지도 몰라요. 하야카와 사장이 스나카와 씨들의 행방을 추적하는 일은 없었을 테니까. 게다가 사장은 스나카와 씨들을 진짜 한 가족이라고 믿고 있었으니까요.

"그렇지요. 그러니까 선악 판단을 젖혀놓는다면, 꼭 엉터리 계획만은 아니었던 거죠. 내 입으로 이런 말 하기는 뭣하지만."

―그때 비명을 지르며 아파트 밖으로 도망쳐나갈 생각은 하지 않았나요?

"그런 생각은 없었어요…… 그런 생각을 할 수가 없었지요. 겁에 질려 정신이 없었으니까요. 세 사람이 살해되고, 그 사체가 내 발치에 있는데, 그 살인 혐의가 나한테 씌워질지도 모른다고 생각하니까 그 자리에서 기절할 것 같았습니다. 빠져나갈 길이 전혀 없다고나 할까, 경찰을 부른다고 해도 야시로 유지가 도망쳐버리면 내 말을 전혀 믿어주지 않을 거라고 생각했습니다. 아마 경찰은 여기서 실제로 벌어진 일보다, 아파트 명도를 놓고 스나카와 씨들과 다투던 내가 그들을 살해했다는 것이 훨씬 설득력이 있다고 볼 테니까요. 무엇보다 내가 그 현장에 있었잖아요. 오라는 연락을 받고 어슬렁어슬렁 찾아갔던 것이지만, 그때는 그런 해명이 전혀 통하지 않을 거라고 생각했습니다.

 게다가, 나는 그때 정말이지 바보 같았어요. 지금 생각해도 내가 왜 그런 걸 물었는지 알 수가 없습니다. 내가 야시로 유지에게 물었어요. 당신, 이 세 사람의 사체를 어쩔 셈이냐고. 그때는 나도 혼란에 빠져서, 도대체 왜 이런 엄청난 짓을 저질렀느냐는 뜻으로 말했던 것인데, 그 자는 내 말을, 뒤처리를 거들 생각이 있는 거라고 알아들은 것 같았어요. 계획에 동참할 생각이 있는 거라고. 그 자가 말했어요. 어차피 나랑 이시다 씨는 공범 같은 사이니까 돈은 나중에 줘도 좋다고. 이 아파트를 팔아서 돈을 마련하는 것은 어떠냐, 어차피 이 아파트는 찜찜해서 들어와 살기는 힘들 거라고 하면서요.

 사체를 싸려고 비닐시트도 준비해 두었다고 하면서 베란다로 나가는 문을 열더군요. 방에서 작업하면 나중에 청소하기가 힘들고, 욕실은 좁으니까 베란다에서 하자고요. 비에 흠뻑 젖겠지만 옷이야 나중에 갈아입으면 된다고, 아주 거침이 없었어요."

 ─사체를 토막 낼 생각이었을까요?

 "아마 그랬을 거예요. 그대로는 운반하기가 힘들 테니까. 하지만 그 작업을 시작하지는 못했어요. 마침 그때 초인종이 울렸거든요.

 그 순간에는, 적어도 그 순간만은, 나는 분명히 야시로 유지의 공범자였어요. 그 자와 함께 순간적으로 온몸이 얼어붙었으니까요. 누군가가 왔다! 들키면 큰일 난다! 그런 생각을 했거든요. 그런데 내가 들어올 때 문 잠그는 것을 잊었었나 봐요. 우리가 바짝 얼어서 멀거니 서 있는데 현관문이 열리더군요. 거실과 복도를 나누는 문이 활짝 열려 있었기 때문에 훤히 보였어요. 저쪽에서는 이쪽 상황이 잘 보이지 않았겠지만, 내가 있는 곳에서는 현관에 들어온 사람의 얼굴이 잘 보였어요. 확실하게 보였어요.

젊은 여자가 아기를 안고 비에 젖은 우산을 들고 서 있었어요. 안녕하세요, 하고 주눅 든 표정으로 나에게 인사를 하더군요. 얼굴이 창백했는데, 추워서가 아니라 불안하고 무서워서였겠지요. 야시로 유지의 낌새가 이상해서 달려온 거니까. 이런 것은 모두 나중에 들어서 알게 된 것이지만요……"

─다카라이 아야코를 만난 것은 그때가 처음입니까?

"처음이었어요. 하지만 아야코는 내가 누구고 어떤 상황에 있는지 알고 있었답니다. 전에 여기 왔다가, 내가 스나카와 씨와 말다툼을 하는 것을 보았다고 하더군요."

─그녀가 안으로 들어와서 사체를 보았겠군요.

"야시로 유지는 쫓아내려고 했습니다. 하지만 아야코는, 그것이 아마 여자의 직감이란 것일 텐데, 안 좋은 예감이 들어서 달려온 만큼, 아기를 꼭 껴안고 재빠르게 달려와 사체를 보고…… 안 좋은 예감이 들기는 했지만 이 정도까지는 상상하지 못했다는 표정이었어요. 후들거리는 무릎을 엉거주춤 꺾은 채 뒷걸음치듯이 물러가다가 벽에 부딪히더군요.

 왜 이런 짓을 했어요, 왜 이런 짓을 했어요, 왜 이런 짓을 했어요, 하고 점점 목소리가 커지더군요. 그러자 야시로 유지가 냉큼 다가가서 아야코의 뺨을 힘껏 쳤어요. 입 다물어, 하면서. 다 너를 위해서 하는 일인데, 왜 와서 방해하는 거야, 하면서.

 참 이상한 일이죠, 그 지경에도 아기가 쌔근쌔근 자더군요. 그런 일이 벌어지는 동안 전혀 울지 않았어요. 엄마 아야코는 울었지만.

 아야코는 따귀를 맞고 스르륵 주저앉았습니다. 그때 아기가 떨어질 것 같아서 내가 급하게 달려갔어요. 레인코트도 없이 아기를 업고 왔는지, 아기 모자가 비에 젖어 있더군요.

 내가 아기를 안아주려고 하자 아야코는 다시 정신을 차리고 아기를 꼭 껴안더군요. 나까지 살인자로 보았겠지요. 나는 당황해서, 아냐, 아냐 하고 말했어요. 그리고 야시로 유지가 제정신이 아니라는 말도 했던 것 같아요. 아야코가 나와 그 자를 번갈아보는데, 눈초리가 점점 매서워지더군요. 나를 위해서 한 일이라니, 대체 무슨 일을 했는데? 하고 아야코가 다그쳤어요.

 그러다가 말다툼이 벌어진 겁니다. 아야코가 벌떡 일어나는 바람에 아기를 내가 받아 안았습니다. 한심하게도 나는 계속 안절부절 못하고 있었어요. 아기한테 무슨 일이 생길까봐 겁이 났거든요.

 야시로 유지는 아야코를 상대하지 않겠다는 듯이 베란다로 나가서, 구석에 세워두었던 비닐시트 롤을 펴서 칼로 자르기 시작했어요. 그리 큰 칼은 아니었어요. 공작용인데, 그래도 칼날이 15센티미터는 되었을 겁니다. 시트를 잘라서 사체를 둘둘 쌀 생각이었겠지요.

아야코는 종잡을 수 없는 말들을 헛소리처럼 늘어놓고 있었어요. 당연히 제정신이 아니었겠죠. 그래도 그녀의 말을 듣다 보니 그때 내가 안고 있는 아기가 아야코와 야시로 사이에서 태어난 아기라는 것을 알 수 있었습니다.

야시로 유지는, 시끄러워, 큰 소리로 말하지 말라니까, 옆집에서 들잖아, 하고 종종 아야코를 윽박지르며 시트를 자르고 있었습니다. 동요하는 기색은 전혀 없었지만, 비가 심하게 내려서 젖은 머리카락이 얼굴에 들러붙고 빗물이 눈으로 들어가고 해서 얼굴이 엉망이었어요. 두 사람이 했던 말들을 전부 기억하지는 못하지만, 야시로가 한 말은 이런 것이었어요. 아야코가 원하는 대로 살려면 자기 생활을 바꿔야 하고, 그러려면 스나카와 씨들이 방해가 된다, 돈도 있어야 한다, 따라서 이렇게 하는 것이 최선의 방법이라고. 그런 이야기였던 것 같습니다.

아야코는, 내가 바란 것은 이런 게 아니야, 라는 말을 반복했어요. 당신, 머리가 어떻게 된 거 아냐? 미쳤어? 하고 울면서 말했지만, 야시로는 섬뜩하게 웃으며, 내가 미쳤다고? 내가 미친 게 아니라 네가 배짱이 없는 거라고 대꾸하더군요.

그러다가 아야코가 경찰을 부르겠다는 말을 했고, 야시로가 그녀에게 칼을 휘둘렀어요. 앉아 있다가 퉁겨 오르듯 일어나면서. 정말 찌르려고 하는 것 같았어요. 닥쳐, 너는 입 다물고 나만 따라오면 돼, 하면서. 지금 생각하면 그 자리에 아야코가 나타난 것은 야시로 유지에게도 전혀 뜻밖의 일이었고, 그래서 그자도 나름대로 당황하고 있었던 겁니다. 적어도 아야코한테는 좋은 남자이고 싶었을 것이고, 거금을 원했던 것도 그것 때문이었을 텐데, 하필이면 무대 뒤로 그녀가 찾아온 셈이니, 이제는 완력으로 밀어붙이는 수밖에 없었을 겁니다.

그때 나는 아기를 안고 있다가 재빨리 한 손을 뻗어 야시로의 칼을 든 손을 쳤습니다. 그때 손바닥을 베였어요. 피가 확 튀고 아야코는 비명을 지르고, 나도 공포에 질려서 이제는 죽는구나 싶어서 현관 쪽으로 도망쳤습니다. 그때 아야코는 베란다 쪽으로 피한 모양입니다.

순간적으로 벌어진 일이었고, 그 순간 나는 베란다를 등지고 있었기 때문에 직접 본 것은 아닙니다. 아악, 하는 소리가 들려서 돌아다보니 야시로가 베란다에 없더군요. 아야코는 시트 옆에 주저앉아 있었습니다. 내가 달려가보니, 그 사람이 떨어졌다고 하면서 울기 시작했습니다.

길게 이야기할 시간이 없었습니다. 나는 야시로가 죽었고 아파트 안에 스나카와 씨들의 사체가 뒹굴고 있다는 것밖에 생각할 수 없었습니다. 야시로가 죽었다, 야시로가 도망쳐서 행방을 감춘 것보다 더 고약하게 되었다, 내가 꼼짝없이 살인 혐의를 뒤집어쓰게 되었다, 그렇게 생각했습니다.

아야코 씨는 생명줄을 낚아채듯이 내 품에서 아기를 빼앗았습니다. 거의 내 팔까지 떼어갈 기세였어요. 생각해보면 당연한 일이지요. 아야코는 내가 야시로의 공범이 아니라는 것을 알 도리가 없었으니까. 내가 야시로와 함께 스나카와 씨들을 죽였다고 믿어도 어쩔 수 없었어요.

　나는 변명할 길이 없었습니다. 아야코가 아기를 찾아간 순간, 나는 이제 빠져나갈 길이 없다는 것을 알았습니다.

　그래서 내가 베란다의 아야코 옆에 쪼그리고 앉으니까…… 아야코 씨는 겁을 내며 몸을 웅크리고 온몸으로 아기를 보호하려고 했어요…… 내가 말했어요. 당신은 믿지 않을지 모르지만, 나는 살인을 하지 않았다고. 스나카와 씨들을 죽이지 않았지만, 죄를 뒤집어쓰게 생겼으니 도망치는 수밖에 없다고. 하지만 나는 정말 나쁜 짓은 아무것도 하지 않았다. 그걸 믿어주었으면 좋겠다. 당신이 경찰에 신고해서 나를 추적하게 해도 원망하지 않겠지만, 만약 당신이 나를 믿어주고 잠자코 여기서 도망쳐준다면 나도 당신에 대해서 아무한테도 말하지 않겠다고."

　─다카라이 아야코는 뭐라고 하던가요?

"자기를 감싸주겠다는 거냐고 묻더군요. 자기가 그 사람을 밀어서 떨어뜨렸다. 그 사람은 나를 위해 이런 끔찍한 짓을 한 거라고 말했다. 그런 것들을 다 없었던 것으로 덮어줄 수 있냐고 물었어요. 그리고 말을 안 하고 있으면 견딜 수 없었는지, 그녀는 야시로와 자신에 대해서 정신없이 들려주었어요. 거의 넋이 나간 것 같더군요. 말도 굉장히 빠르고 내용도 뒤죽박죽이었지만, 어쨌든 아야코가 아직 야시로와 정식으로 결혼하지 않았다는 것과, 남자가 아기를 받아들이지 않고 있다는 것을 알 수 있었습니다. 그래서 내가 말했어요. 감싸주겠다, 그러니 오늘밤 일은 아무것도 없었던 것으로 하고 모르는 척 하고 있으라고."

―약속을 했군요.

"했지요. 약속을 했습니다.

어차피 경찰과 세상 사람들은 나를 의심할 것이고 가족들도 나를 비난할 것이니, 이제는 정말로 버림 받을 거라고 생각했습니다. 아들도 딸도 이런 처지에 빠진 나를 증오할 게 틀림없다고 생각했습니다. 얼마 전에 변호사를 찾고 있다고 해서 아들한테 비난을 듣고 다투기도 했으니까요. 그래서 나한테는 이제 돌아갈 곳이 없다고 아야코한테 말했어요. 나야 이제 어찌되든 상관없지만, 당신한테는 젖먹이가 있지 않느냐, 아기도 아주 귀엽던데, 아기한테는 엄마가 꼭 필요하다, 그러니 나는 아무한테도 말하지 않겠다, 잡히지 않고 계속 도망 다닐 테니 당신도 오늘밤 일을 아무한테도 말하지 말고 깨끗이 잊어버려라, 그렇게 하지 않으면 안 된다고 말했습니다."

―이시다 씨가 다카라이 아야코를 감싸줘야 할 이유는 없었을 것 같은데요.

"네, 그래요. 물론 그렇지요. 하지만 그때는…… 나 자신을 완전히 포기한 상태였어요. 아야코라는 아가씨도 야시로 유지라는 인간한테 말려들었을 뿐이라는 것을 알았고, 그리고…… 역시 아기가 있었으니까요. 아기가 있다는 점이 제일 신경 쓰였어요. 아야코뿐이었다면 이야기는 또 달랐을지도 모르지요."

―다카라이 아야코는 야시로 유지가 뭔가 극단적인 짓을 저

지르려고 해도 아기 얼굴을 보여주면 생각을 고쳐먹을 거라고 생각했고, 그래서 그날 밤도 아기를 데려갔던 거라고 합니다.

"그렇습니까? 뭐, 아시로 유지의 생각을 바꾸지도 못하고 행동도 바꾸지 못했지만, 적어도 나한테는 효과가 있었던 셈이군요.

만일의 상황을 대비해서 아야코 씨의 휴대전화 번호를 적어두고, 그리고 칼을 챙겼습니다. 베란다에 떨어져 있더군요. 아야코 씨가 칼을 만졌다고 해서, 지문 같은 거라도 나오면 골치 아파지니까 내가 가져다가 버리겠다고 했지요. 스나카와 씨들을 죽인 물건이라고 생각하니까 기분이 섬뜩했지만, 그런 걸 생각하고 있을 상황이 아니었으니까요."

―사실 범행에는 칼이 사용되지 않았습니다.

"그랬다고 하더군요. 도망치다가 가까운 강에다 던져버렸습니다. 지금도 그 칼은 발견되지 않았지요.

그 아파트를 빠져나온 뒤로는 정신없이 움직였습니다. 당장 가지고 있는 돈도 별로 없어서 오랜 지기를 찾아갔습니다, 내가 젊을 때 회사에서 신세를 졌던 선배인데, 당시 닛포리의 아파트에 혼자 살고 있었습니다. 일찍 상처한 거죠. 한밤중에 거기로 가서 선배를 두드려 깨우고, 자세한 이야기는 할 수 없지만 돈을 조금 꿔줄 수 있느냐고 부탁했습니다. 내 꼴이 심상치 않았을 텐데도 돈을 조금 꿔주었습니다. 갈아입을 옷도 내주고 우산까지 쥐어주며 말없이 보내주더군요. 정말 고맙게 생각하고 있어요. 내가 왜 도망치는지, 다음날에는 일찌감치 알 수 있었을 텐데도, 나에 대해서는 내내 입을 다물어 주었어요.

 집에는 딱 한 번 전화를 해서 어머니와 통화했고, 그 뒤로는 전화를 한 적이 없습니다. 그 뒤 약 네 달 동안 거의 홈리스처럼 지내면서 도피하다가 마침내 가타쿠라하우스에 들어간 겁니다.

 그런데 정작 아야코의 아기 이름을 모르겠군요. 사내아이인지 계집아이인지도 모르겠고. 뭐지요?"

 ―사내아이입니다. 이름도 아빠 이름에서 한 글자를 따서 지었다고 합니다.

 "그렇습니까? 그랬군요…… 사내아이였군요."

 이시다 나오즈미의 기나긴 이야기를 다 듣고 나서, 가타쿠라 요시후미는 그의 바람대로 하룻밤을 기다려주기로 했다.

 "다카라이 씨라는 아가씨가 먼저 경찰에 출두하는 것이 좋겠군."

 그리고 요시후미는 자기 판단으로 다카라이 아야코에게 직접 전화를 걸었다. 이번에는 아야코의 아버지가 전화를 받았다. 그쪽이 시내에 있는 식당이며, 아야코는 그 집 외딸이라는 것도 알았다. 처음 얼마 동안 그녀를 대신해서 전화를 받았던 '학생'은 고교에 다니는 동생 야스타카라고 했다.

 다카라이 가의 부모는 오늘 저녁에 처음으로 아야코한테 사정을 들었다고 했다. 처음에는 전혀 믿어지지 않았다. 하지만 지어낸 이야기도 거짓말도 아니었다. 아야코가 이미 야스타카에게 사실을 털어놓고 상의를 했었다는 말을 듣고는, 부모도 사태를 직시해야 한다는 것을 깨달았다.

상대방 말에서 진심을 읽은 요시후미는 이쪽의 신상을 밝히고 가타쿠라하우스의 위치와 전화번호를 가르쳐주고, 무슨 일이 있으면 전화를 하라고 이르고 전화를 끊었다.

노부코는 이시다 아저씨의 이야기를 전적으로 믿는 것은 아니었다. 잘 만든 시나리오일 수도 있다고 여전히 개운치 않게 생각하고 있었다.

그날 밤에는 요시후미가 이시다 나오즈미의 곁을 지켰다. 노부코는 어머니 유키에와 함께 집에 있었다. 아버지는 특별히 비아냥거리는 표정은 아니었지만, 심술궂은 말을 던졌다. 아직도 그렇게 이시다 씨가 무서우면 모두들 집을 비우고 호텔에라도 가서 자라고.

유키에는 노부코가 예상한 것처럼 놀라거나 동요하지는 않았다. 그녀는 남편한테 협조하면서 그날 하룻밤을 가능한 한 조용히 넘기려고 하는 것처럼 보였다. 노부코가 볼 때 가장 바보 같은 사람은 하루키였다. 이 바보는 내일이면 각종 텔레비전 방송국이 가타쿠라하우스로 우르르 몰려들 거라고 하면서 이발소에 다녀와야 한다고 했다. 노부코는 동생을 발로 걸어차서 의자에서 떨어뜨렸다.

시어머니 다에코도 며느리 유키에와 다툴 계제가 아니다, 전혀 차원이 다른 사건이 가타쿠라하우스에서 일어났다는 데 대하여 조금 뿌루퉁해 있었다. 여관 주인은 요시후미이고, 이 집

안 안주인은 유키에이며, 이 두 사람이 집안을 다스리고 있다는 것을 공공연하게 드러내는 것이 마뜩치 않았던 것이다. 뭐라고 궁시렁거리면서 다시 며느리한테 싸움을 걸려고 했지만, 유키에는 시어머니를 상대해주지 않았다.

 잠자리에 들어서도 노부코는 좀처럼 잠을 이루지 못했다. 화장실에 가고 싶어서 아래층으로 내려가니 거실에는 아직도 불이 켜져 있었다. 들여다보니 어머니가 탁자 앞에 앉아 가계부를 적고 있었다.

 "엄마, 아직 안 자?"

 어머니의 눈에는 졸음이 걸려 있었다. "너도 아직 안 잤니?"

 "조금 흥분이 되는지 잠이 안 와."

 노부코가 화장실에 갔다 돌아오자 어머니는 코코아를 마시겠느냐고 물었다. 노부코는 내가 탈게, 하고 말했다. 둘이서 테이블을 사이에 두고 앉아 따끈한 코코아를 마셨다.

 "아버지, 괜찮을까?" 하고 노부코가 말했다.

 "괜찮아."

 "이시다 씨라는 사람, 그렇게 믿어도 괜찮은 건가?"

 "아빠가 저 일을 한 게 어디 하루 이틀이냐. 아빠의 사람 보는 눈을 무시하면 안 돼. 이 바닥에서 잔뼈가 굵었으니까."

 노부코는 뾰로통했다. "그 사람이 이시다 나오즈미란 걸 알아차린 건 바로 나였어. 그런데 아빠는 자기가 알아봤다고 그 사람한테 거짓말을 하는 거 있지."

 어머니는 웃었다. "그거야 이시다 씨라는 사람이 위험한 사람인 줄 알고 그랬던 거지. 네가 알아봤다고 했다가 만약 원한이라도 사면 어쩌니. 그러니까 자기가 알아봤다고 말한 거야."

그런 깊은 뜻이 있을 줄이야.

"다만 텔레비전에서도 이시다 씨는 아라카와 사건의 진범이 아닌 것 같다고 하니까 아빠도 크게 두려워하지 않을 수 있었던 거겠지."

"텔레비전이 하는 말은 순 엉터리라고 하지 않았어?"

"누가 말하느냐에 따라 다르지."

유키에는 가계부 정리를 마치고 가계부를 닫았다. 코코아를 다 마시고는 조금 쑥스러운 표정으로 물었다. "너도 이 집을 뛰쳐나가서 부모형제 같은 건 깨끗이 잊고 자유롭게 살고 싶은 적 없었니?"

노부코는 깜짝 놀랐다. "무슨 소리야, 그게? 그건 엄마 얘기 아냐?"

어머니는 깔깔 웃었다. 겸연쩍어하는 얼굴이다. "그래. 이 엄마는 집을 나가버릴까 생각한 적이 한두 번이 아니야."

"오늘도 그랬지?"

"오늘은 아니야. 잠깐 산책을 하니까 기분이 풀리더라."

"나는 가족이 아닌 사람들과 같이 사는 것은 싫어."

"신경 안 써도 되고, 좋을지도 모르잖아?"

"그렇지 않아. 스나카와 씨들도 야시로 유지란 남자와 결국은 그렇게 끝나고 말았잖아."

그렇지, 하고 어머니는 중얼거렸다.

"가족이니 핏줄이니 하는 것은 누구한테나 번거롭고 신경이 쓰이는 것이야. 그런데 실제로 그런 것들을 싹둑 잘라내 버리고 살아가려고 하는 사람들도 있었구나."

"하지만 실패했잖아."

"그래, 실패했지, 그 사람들은."

어머니는 빈 코코아컵을 들고 일어났다. 그리고 작은 소리로 말했다. "돌아갈 곳도 갈 곳도 없다는 것과 자유라는 것은 전혀 다른 걸 거야."

"응?"

"이제 그만 자렴, 노부코."

학생이란 참 갑갑한 신분이어서, 텔레비전 방송국 관계자들이 집으로 우르르 몰려올 것이 틀림없는 사건이 진행되고 있는데도 꼼짝없이 등교를 해야 한다. 노부코와 하루키는 아침 일찍 일어나 세수를 하고 학교에 갔다.

학교에 있어도 생각은 온통 집으로만 쏠렸다. 빨리 돌아가고 싶었다. 배가 살살 아프다고 핑계를 대고 서클활동을 빠지고 쏜살같이 집으로 돌아왔다. 노부코가 농구부 연습을 빼먹는 것은 전에 없던 일이었다.

뜀박질로 집에 돌아가 보니 현관에 자물쇠가 걸려 있고 아무도 없었다. 가방을 든 채 여관 쪽으로 향했다. 여관 앞에는 낯선 밴 차량이 한 대 세워져 있었다. 차량 옆구리에 '다카라식당'이라는 상호가 그려져 있다.

다카라이 가에서 찾아온 것이다. 심장이 쿵쿵 뛰었다.

여관 입구에서 들여다보니 카운터 로비에 아버지와 어머니, 이시다 나오즈미가 앉아 있었다. 이시다 아저씨는 어제보다 더 옹색하게 웅크리고 있었다.

이시다 아저씨 앞에는 체격이 건장한 중년 남자와 학생복을 입은 남자가 앉아 있었다. 노부코가 있는 곳에서는 그들의 등밖에 보이지 않았다. 그때 아버지가 노부코를 알아보고 "아, 왔구나." 하고 말하자 그들이 일제히 뒤를 돌아보았다.

멀뚱하니 서 있는 노부코에게 어머니가 말했다. "다카라이 씨의 아버님과 동생분이란다."

다카라이의 아버지라는 사람은 노부코를 보더니, 이시다 씨를 알아보았다는 따님이군요. 하고 요시후미에게 물었다. 그러자 이시다가, 저 학생이 얼마나 무서웠는지 몰라요, 호신용 비닐우산을 꼬나들고 나를 노려보았지요, 하고 말했다. 잠깐 웃기는 했지만 미안해하는 말투였다.

다카라이의 아버지는 노부코에게 고개를 숙이며 정중한 말투로 사과했다. "조금 전에 우리 딸이 아라카와 북부서에 도착했다고 애 엄마한테서 연락이 왔어요. 따님한테도 걱정을 끼쳐서 미안하게 되었어요."

스스로도 뜻밖의 질문이 노부코의 입에서 튀어나왔다. "아기는 어떻게 하고요?"

다카라이의 부친은 아들과 얼굴을 마주보았다. 그리고 희미하게 웃었다. "오늘은 이웃집에 맡기고 왔습니다."

그때까지 잠자코 있던 다카라이의 동생이 입을 열었다. 조금 흥분했는지 목소리가 어색했다.

"누나가 돌아올 때까지 우리가 키울 거니까 괜찮아요."

노부코는 야스타카라는 소년의 얼굴을 찬찬히 쳐다보았다. 상대도 노부코를 뚫어져라 쳐다보았다. 그러다가 야스타카가 꾸뻑 고개를 숙였다.

"노부코, 파출소에 가서 이시카와 씨한테 잠깐 이리로 오시라고 전해주겠니?" 하고 요시후미가 말했다. "이시다 씨를 걸어가게 하는 것보다 순찰차로 데려가는 게 나을 것 같구나."

응, 알았어, 하고 대답하고 노부코는 달려갔다. 곁눈으로 이시다 아저씨가 눈가를 훔치는 모습이 보였지만, 돌아보지는 않았다.

왠지 야스타카라는 저 소년이 자기도 함께 가겠다고 쫓아올 것 같은 기분이 들었지만, 그것은 착각이었다. 노부코는 있는 힘껏 달리다가 가슴이 터질 것 같아서 속도를 늦추고 크게 숨을 쉬었다. 시야가 흐려져서 자기가 울상을 짓고 있다는 것을 알았지만, 왜 자기가 울어야 하는지 얼른 납득이 가지 않아서 눈을 연신 깜빡여서 눈물을 지워버렸다.

반다루 센주기타 뉴시티의 웨스트타워에는 유령이 출몰한다고 한다.

그 소문이라면 이시다 나오즈미도 알고 있었다. 사건이 일단

락된 후 2025호는 일단 이시다의 소유가 되었지만, 곧 매물로 내놓았다. 그 절차를 밟다가 관리인 사노한테 들었다고 한다.

"그 말을 듣고 나는 틀림없이 스나카와 씨들의 유령일 거라고 생각했어요. 그런데 그게 아니랍니다. 야시로 유지의 유령이 나온다는 거예요. 2025호 창가에서 새파란 얼굴로 밑을 내려다본다고 합니다. 엘리베이터를 같이 탔다는 사람도 있다고 하니까요."

—직접 보신 적이 있나요?

"아뇨, 나는 못 봤어요. 봐도 아마 무섭지는 않았을 겁니다. 살아 있는 그 놈이 훨씬 더 무섭지."

인터뷰에 응해준 관계자들 중에서 실제로 유령을 보았다는 사람은 없었지만, 이야기는 꽤 유명한 듯하다. 이스트타워 관리인 사사키 부부도 중앙동 관리인 시마자키 부부도 주민들한테 참으로 다양한 버전의 목격담을 들었다고 한다.

그런데 왜 야시로 유지의 유령일까? 왜 피해자 세 사람이 아니라 살인자의 유령이 나올까.

"그 편이 더 무섭기 때문이 아닐까요?" 하고 사노는 웃는다. "공원에서 밤늦게까지 놀고 있는 아이들을 겁주는 데 딱 좋은 얘기 아닙니까."

사건이 아직 해결되지 않았을 무렵에는, 이시다 나오즈미가 살인 현장과 도주 경로를 사전 답사하는 것을 보았다느니, '스나카와 사토코'와 '스나카와 쓰요시'가 포옹하고 있는 것을 보았다느니, 관계자마다 살아 있는 유령 이야기가 다양하게 튀어

나왔다. 그러나 사건이 끝난 뒤, 말하자면 사건이 '죽은' 뒤에 등장했다는 유령은 왠지 야시로 유지뿐이었다.

"결국 그 사람이 제일 오리무중이기 때문이 아닐까요?"

이렇게 말한 것은 가사이 미치코다.

"집을 뛰쳐나가서 가족들을 다 부정하고, 타인과의 따뜻한 관계도 믿지 못한 채 정말로 외톨이로 살았던 사람이잖아요. 애인을 통해서 얻은 자기 자식도 귀여워했던 것 같지 않고요. 그 범행만 해도 결코 애인을 위해서 저지른 것은 아니었다고 봐요. 아차 실수로 아기가 생기고, 여자는 같이 살자고 물고 늘어지고 하니까 구석에 몰린 심정이었을 거예요. 그녀에게 자기는 진짜 부모도 아닌 사람들과 살고 있고, 그런 사실을 너희 부모가 알면 좋은 소리 안 나올 거라고 말했다고 하지만, 그가 진심으로 그렇게 생각했을까요? 본심은 스나카와 씨든 애인이든 아기든 다 버리고 도망쳐서 혼자 마음대로 살고 싶고, 거기다 돈 욕심도 났을 것이고, 거금을 쥐려면 지금이 기회라고 생각하고…… 그런 짓을 벌인 게 아닐까요. 살인 현장을 애인한테 들키지 않고 모든 일이 자기 계획대로 진행되어서 이시다 씨가 돈을 내놓았다면, 그 자는 아마 돈만 들고 사라졌을 거예요. 애인과 아기를 위해서 그런 짓을 벌였다는 것은 뻔뻔한 변명이에요."

그렇게 자기밖에 모르는 사람들은 분명히 늘어나고 있다고 가사이 미치코는 말한다.

"요즘 젊은 사람들은 모두들 야시로 유지 같은 구석을 가지고 있어요. 부모 알기를 그저 용돈 주고 먹여주고 재워주고 식모 정도로밖에 생각하지 않거든요. 젊은 사람들은 아마 야시로 유지의 심정을 이해할 수 있지 않을까요?"

그러나 아직도 이 세상의 수많은 가정에서는 이런 생각을 이해하지 못하고 납득하지 못할 것이다. 반다루 센주기타 뉴시티라는 고층 성곽에 가정을 꾸린 사람들도 마찬가지다.

"이곳 사람들에게 야시로 유지는 완전히 이질적인 괴물 같은 인간입니다. 실제로는 꼭 그렇지도 않았겠지만, 지금은 일단 그렇게 치부해두고 싶은 거죠. 그래서 그런 괴물답게 사후에 원령으로 출몰해서 사람들을 두려움에 떨게 하는 존재로 치부해야 우리도 심정적으로 안심할 수 있는 게 아닐까요?"

고이토 다카히로는 어머니에게 말하지 않고 웨스트타워를 여러 번 찾아갔다. 사노에게 부탁해서 안에 들어간 적도 있다고 한다.

―왜 아파트 안에 들어가고 싶었지?

"음……."

―그리웠니, 아주머니들이?

"그 사람, 진짜 가족이 아니었죠?"

―야시로 유지 말이니?

"네."

―그래, 스나카와 아저씨 아주머니는 가족이 아니었어.

"하지만 사이좋게 같이 살았잖아요."

―속마음은 저마다 달랐겠지만.

"나도 아주머니들을 죽일 수 있는 인간이 되었을까, 하는 생각이 들어요."

―그건 무슨 말이지?

"내가 아주머니들한테 같이 지내게 해 달라고 부탁한 적이 있어요. 그때는 우리 부모보다 아저씨 아주머니가 훨씬 편하다고 생각했기 때문에 그렇게 부탁한 거예요. 부모보다 타인인 아주머니들이 더 편했어요. 야시로 유지도 진짜 부모보다 아저씨 아주머니가 더 편했을 거예요. 그런 점에서 나도 마찬가지 아닌가요?"

―그렇구나.

"그러니까, 내가 그렇게 아주머니들과 계속 같이 살았다면, 역시 어른이 되어서 아주머니들이 방해가 되면 나도 아주머니들을 죽였을까요?"

나도 아주머니들을 죽였을까요?

야시로 유지의 유령을 만나면 꼭 물어보고 싶다고 고이토 다카히로는 말한다.

고이토 다카히로가 원하는 대답을, 야시로 유지는 알고 있을까? 그도 역시 모르지 않을까?

하지만 미래의 어느 날이 되면, 그것도 의외로 가까운 미래의 어느 때가 되면, 지극히 평범한 사람들이 고이토 다카히로의 의문에 지극히 자연스럽게 대답할 날이 올 것이다. 그것은 싫든 좋든 맞이해야 하는 날인지도 모르며, 혹은 우리가 적극적으로원해서 도래하게 만드는 날인지도 모른다.

  야시로 유지의 망령은 그때가 되어야 성불할 수 있을 것이다. 그때까지는, 그는 반다루 센주기타 웨스트타워 속에 있을 것이다. 아무도 그를 두려워하지 않을 때까지, 그를 두려워하는 자가 하나도 없어질 때까지, 그의 창백한 그림자를 두려워하는 사람들과 함께 내내 거기 있을 것이다.

해설

시게마쓰 기요시(소설가)

 이 중후한 소설과 함께 지극한 행복을 누린 독자들에게 새삼 또 무슨 말을 보태야 좋을지, 거반 심통을 부리고 싶은 심정이다.
 혹은, 이제 막 『이유』를 읽기 시작하려는 사람에게라면, 이야기의 시작은 저쪽입니다, 라고 그저 말없이 손짓으로 가리켜주는 것보다 더 나은 해설이 있을까 싶은 것이, 서툰 해설자는 맡은 바 소임을 내던져버리고 싶은 심정인 것이다.
 굳이 말머리를 떼어볼까.
 대단했지요?
 엄청나게 재미있었지요.
 역시 미야베 미유키는 누가 뭐래도 최고지요.

……써놓고 보니 싱겁다.

그렇지만 이런 단순한 감상이야말로 해설자의 에누리 없는 속마음이며, 독자 여러분과 함께 하고픈 것도 바로 그런 느낌이라는 것을 대전제로 해서 이제부터 잠시 해설문을 읽어주셨으면 한다.

플롯이나 제재에 대한 해설은 옥상옥이 될 터이니 생략하기로 하겠다.

내 나름대로 써보고 싶은 것은 단 하나, 미야베 미유키가 현대 문학의 최전선으로 뛰쳐나가는 것과 갈음하듯이 세상을 떠난 한 소설가가 남긴 작품과 『이유』의 관계에 대해서다.

모두 21개 장으로 구성된 이 작품 중에서 제3장 '가타쿠라하우스' 앞머리를 보겠다.

"자석이 쇳가루를 끌어 모으듯 '사건'은 많은 사람을 빨아들인다. 폭심지에 있는 피해자와 가해자를 제외한 주위의 모든 사람들, 이를테면 각자의 가족, 친구와 지인, 근처 주민, 학교 친구나 회사 동료, 나아가 목격자, 경찰의 탐문을 받은 사람들, 사건 현장에 출입하던 집금인, 신문배달부, 요리배달부 등, 헤아려보면 한 사건에 얼마나 많은 사람들이 관련되어 있는지 새삼 놀랄 정도다."

　무인칭 화자가 말하는 이 문장은 줄거리에 직결된 내용은 아니지만, 이 작품을 읽고 나서 해설을 읽고 있는 독자라면 한층 감개를 느끼지 않을까.

　미야베 미유키는 '새삼 놀랐다'는 것을 그저 수사로 묶어두지 않았다. '아라카와 일가족 4인 살인사건'을 다룬 이 장편소설은 몇 개의 착종된 수수께끼를 푸는 이야기이자 '하나의 사건에 얼마나 많은 사람들이 관련되어 있는지'를 풀어내 보이는 이야기이기도 하다. 게다가 그들을 그저 '많은 사람들'이라는 집합명사에 묶어두지 않고 개개인의 윤곽을, 그 깊이와 음영까지 지극히 꼼꼼하고 선명하게 그려낸 이야기다.

　위의 인용부는 이렇게 이어진다.

　"물론 이 사람들 전부가 '사건'에서 등거리에 있었던 것은 아니며, 또 서로 관계를 맺고 있는 것도 아니다. 그들 대다수는 '사건'을 기점으로 방사형으로 그어진 직선 끝에 있는 것이며, 바로 옆 방사선 끝에 있는 다른 '관련자'하고는 전혀 면식이 없는 경우도 많다."

　읽어보면 금방 알 수 있듯이 이 작품은 르포르타주 형식을 취한다. 말하자면 "'사건'을 기점으로"하는 '방사선'을 잇달아 그어나가는 작업이다.

 무인칭 화자는 다양한 '관련자'를 만나 다양한 '방사선'을 긋는다. 그것은 결국 그들과 '사건'의 관계성을 찾는 작업이라고 바꾸어 말해도 좋은 것일 텐데…… '방사선'이 한 줄 그어질 때마다 그 '기점'은 크게 흔들린다. 본래대로라면 흔들릴 수가 없는 '폭심지'에 있는 중심, 즉 가해자와 피해자의 존재가 불안정하게 움직이고, 초점이 흐려지고, 마침내는 '폭심지'라는 특권적 장소가 텅 비어버린다.

 아쿠타가와 류노스케의 『덤불속』이 떠오르는가?

 하지만 해설자는 이 작품을 읽는 내내 아베 고보의 『불타버린 지도』를 생각하고 있었다.

 1967년 9월에 발표된 장편소설 『불타버린 지도』는 집필하던 때와 시기적으로 거의 중첩되는 동년 2월의 교외 아파트촌을 무대로 한다.

 '레몬색 커튼'이 걸린 아파트에 사는 여성으로부터 실종된 남편을 찾아달라는 의뢰를 받은 흥신소 직원 '나'는 아파트단지를 누비며 조사작업을 벌이지만 단서가 될 많은 것들이 잇달아 사라져버리고, 마지막에는 '나' 자신의 아이덴티티조차 모호해진다.

『불타버린 지도』의 줄거리를 상술할 만한 지면의 여유는 없지만, 예를 들면,

"〈그〉는 역시 그 자신이지 않으면 안 되는 것이다. 다른 누구로 바꾸어서 해결될 수 있는 것이 아니다. 〈그〉…… 어떤 축제에 대한 기대에도 완전히 등을 돌려버린 이 인생의 정리 선반에서 감히 탈출을 시도한 〈그〉…… 어쩌면 결코 실현되지 않을 영원한 축제일을 향해 길을 떠날 작정이었던 것은 아닐까? (중략) 나는 〈그〉를 찾아 손을 더듬는다…… 아니, 안 된다, 내가 찾고 있는 이 암흑은 결국 나 자신의 내장에 지나지 않는 것이다."

"곤혹이 불안으로 변하고, 불안이 두려움으로 변하고…… 나의 눈길은 3호 건물의 모퉁이를 따라 위아래로 달리고, 뒤돌아서 끝에서부터 건물 수를 헤아리고…… (중략) 없다! 레몬색 창문이 없는 것이다! ……레몬색 창문이 있어야 할 자리에는 전혀 닮지 않은 흰색과 진갈색의 세로줄무늬 커튼이 걸려 있다!"

"다들 사라져간다. 사무실 동료들 눈에는 뜻밖에 나도 그 사라진 동료들 가운데 하나일지 모른다. 아니, 나뿐만이 아니다. 오직 독백만을 친구 삼으며 맥주로 겨우 버티고 있다는 그녀도 그 생존을 진지하게 증명하려고 해주는 사람은 고작 세무서 직원 정도일 것이다. 존재하지 않는 것들끼리 서로 상대를 찾아서

손을 더듬거리는 우스꽝스러운 술래잡기."

어떤가, 이 문장은 조금만 손질하면 별 위화감도 없이 『이유』 속에 녹아들 것 같지 않은가?

하지만 분명히 말해두지만, 『이유』는 『불타버린 지도』와 모티프의 어느 부분을 공유하기는 하지만 결코 동일하지는 않다.

가장 커다란 차이는 화자의 위상일 것이다.

'나'라는 일인칭으로 서술되는 『불타버린 지도』는 '곤혹이 불안으로 변하고, 불안이 두려움으로 변한' 끝에 '나'가 돌아갈 자리를 잃어버리는 이야기다. 당연히 '사건' 자체도 공중에 붕 떠 있다. 지도에 시작도 끝도 없는 것처럼 '방사선'의 '기점', 즉 '폭심지'는 어디에도 없고 또 어디라도 좋다. 그곳이 '나' 자신이라 해도.

한편 『이유』의 무인칭 화자는 '사건'의 '폭심지'가 흔들리고 있는데도 불구하고 말투가 지극히 안정되어 있다. 단수인지 복수인지 분명치 않고 성별도 분명치 않은 화자는 다양한 각도에서 '방사선'을 그어나가고, 그 연장선상에 있는 다양한 '관련자'를 이야기 속으로 자유롭게 소환해서, 예를 들면 이런 식으로 독자에게 들려주기까지 한다.

"초동수사 단계에 이런 추측이 경찰의 머리에 뿌리를 내리고 있었으니, 그 선입견에 따라 수사가 이루어지지 않았을까, 하고 걱정하는 독자가 있다면, 그것은 기우라는 것이다."

 어떤 의미에서는 전근대적인 화법이 채용된 셈인데, 여기서 잊지 말아야 할 것은 이 작품이 르포르타주 형식을 취하고 있다는 것이다.

 르포르타주는 '보고'이고 '기록'이다. 『불타버린 지도』의 '나'는 실시간으로 보고서를 써나가면서 이야기에 삼켜지고 끝내 자신이 돌아갈 자리를 잃어버린다. 하지만 『이유』는, 말하자면 전편이 이미 완성된 보고서다. 화자는 이야기를 통합하는 존재다. 애초에 이야기 자체가 '발생한 6월 2일부터 사건이 전반적으로 해결되는 10월 중순까지'라는 식으로 이미 닫혀 있다.

 '사건'의 〈폭심지〉가 흔들리고 〈방사선〉의 〈기점〉도 계속 어긋나지만, 화자가 서 있는 자리는 그 불안정한 상태가 최종적으로 마무리된 시점인 것이다.

 미야베 미유키는 왜 화자를 '사건이 해결된 뒤'라는 지평에 세웠을까?

 서스펜스를 강조하는 데 주안점으로 두고자 했다면 보다 효과적인 위치가 달리 있었을지도 모르는데.

 해설자는 바로 이 점에서 미야베 미유키의 각오를 본다.

새로운 기법으로 모험해 보겠다는 각오는 물론이고, 좀 더 크고 근원적인 각오, 본인 의사가 정말 그런지 어떤지는 몰라도 이쪽 주관대로 말한다면, 결코 『불타버린 지도』가 그렸던 세계에 머물지는 않겠다는 각오. 해설자는 이에 압도되었으며, 한 사람의 독자라기보다 한 사람의 동시대인으로서 내가 찾아낼 수 있는 모든 찬사를 다 바치고 싶은 것이다.

도시생활자의 불안과 고독, 인간성 소외의 시대……『불타버린 지도』에서 발견되는 모티프는 오늘날 우리에게 자명한 것이 되고 있다(달리 보자면 그것이 바로 아베 고보의 선견지명을 말해주는 것이다). 『불타버린 지도』와 마찬가지로 리얼타임으로, 즉 신문에 연재되던 1996년에 '사건'이 일어난 것으로 설정된 『이유』가, 만약 『불타버린 지도』와 같은 모티프에 머물거나 아이덴티티가 흔들리는 화자를 채용했더라면, 유감스럽게도 이 작품은 모종의 목가적인 분위기마저 풍겼을 것이고, 화자는 그저 병적으로 고지식한 인물에 지나지 않게 되었을 공산이 크다.

그러나 미야베 미유키는, 『불타버린 지도』의 시점에서는 현대문학으로서 충분히 첨예했던 모티프를, 이 이야기의 대전제로 깔고 출발했다. 부조리나 환상 같은 것으로 수렴하지 않고 어디까지나 리얼한 이야기로서, 보통 사람들의 일상생활에 밀착된 범죄담으로서 '사건'을 풀어나갔던 것이다.

『불타버린 지도』의 '나'는 '존재하지 않는 것들끼리 서로 상대를 찾아서 손을 더듬거리는 우스꽝스러운 술래잡기'라고 했다.

한편 『이유』의 화자는 말한다.

"지어낸 이야기는 파장을 일으켜 주위에 공명하는 사람을 만들어내고, 또 다른 이야기로 부풀어져간다. 그리하여 그 자리에 있지도 않았던 사람이 있었던 것이 되고, 나누지도 않았던 대화가 나누었던 것이 된다. (중략) 그러나 그런 증언들이 나오는 순간에는, 적어도 증언하는 사람에게는 진실이었다. 그 자리에 없던 사람들도, 증언이 나오는 순간에는 분명 거기 있었던 것이다."

분명히 『이유』는 『불타버린 지도』 뒤에, 요컨대 『불타버린 지도』로부터 삼십 몇 년이 지난 '지금'의 현실에 기초하여 이야기를 구축하고 있다. '방사선'의 '기점'이 흔들리는 것이나 '폭심지'가 텅 비게 되는 것이 이야기의 종착점이 아니라 어디까지나 통과점으로 묘사된다. 이것이 '지금'의 이야기 『이유』의 대단함이고, 화자의 어조가 강인한 까닭이다.

기억이 완전히 혼란에 빠져버린 『불타버린 지도』의 '나'는 이야기 말미에서 이렇게 말한다.

"마을은 공간적으로는 의심할 나위 없이 존재하고 있었지만, 시간적으로는 진공과 전혀 다를 것이 없다. 존재하고 있는데 존재하지 않는다는 것은 얼마나 무서운 일인가."

마치 그 말에 호응이라도 하듯이 『이유』의 화자는 매력적인 소년 야스타카의 독백을 빌려 이렇게 말한다.

"사람을 사람으로 존재하게 하는 것은 '과거'라는 것을 야스타카는 깨달았다. 이 '과거'는 경력이나 생활 이력 같은 표층적인 것이 아니다. '피'의 연결이다. 당신은 어디서 태어나 누구 손에 자랐는가. 누구와 함께 자랐는가. 그것이 과거이며, 그것이 인간을 2차원에서 3차원으로 만든다. 그래야 비로소 '존재'하는 것이다. 과거를 잘라낸 인간은 거의 그림자나 다를 게 없다. 본체는 잘려버린 과거와 함께 어디론가 사라져버릴 것이다."

'과거'를 가지지 못한 만주국을 먼 배경으로 하는 아베 고보와, 현대소설뿐만 아니라 뛰어난 시대소설까지 쓰고 있는 미야베 미유키. 이 좋은 대조에서도 두 사람을 논하는 실마리가 보일 듯 말 듯한데, 그러나 그 이야기를 더 파고들 지면은 아닌 듯하다.

정리해보자.

『불타버린 지도』는 세목 그대로 지도=아이덴티티를 잃어버린 인물을 그린다.

　그에 대하여 『이유』는 인물에 얽힌 아이덴티티＝이야기를 일단 탈피하여 '허구에서 만들어낸' 존재로 정해두고, 거기에서 다양한 각도로 '방사선'을 그어나감으로써 새로운—슬프고도 우스꽝스럽고 그로테스크하기까지 한 아이덴티티＝이유를 획득해가는 이야기라고 읽을 수는 없을까?

　그리고 나아가 『이유』의 화자가 서 있는 '사건이 해결된 뒤'라는 시점은 결코 '모든 것이 끝난 뒤'를 말하는 것은 아니다.

　이미 완독한 독자의 가슴에 남아 있을 여운을 해치고 싶지 않고, 아직 읽지 않은 독자의 흥을 깨는 것도 내 뜻이 아니므로 인용이나 상술은 피하겠지만, 이야기의 말미에 화자는 한 가닥 '방사선'을 긋는다. 마침내 '폭심지'에 수습되어야 할 인물이 수습되고, 흔들림을 멈춘 '기점'에서 그어져 나온 '방사선'은 이야기를 뚫고 독자의 가슴을 향해 일직선으로 뻗는다.

　이 해설자는 계속 자의적인 해석만 해오고 있지만, 기왕에 독단을 부리는 김에 이런 생각도 해본다.

　미야베 미유키가 화자를 '사건이 해결된 뒤'라는 시점에 세운 것은, 평온한 일상이 돌아온 뒤에야 은밀히 준동하기 시작하는 무엇을 보다 인상적으로 독자에게 전하고 싶었기 때문인지도 모른다. 화자는 새롭고 조용한 '무엇'을, 이제는 '사건'의 모습을 취하지 않을지도 모르는 그 '무엇'을 독자에게 전하는 마지막 '방사선'의 강도를 강화시키려고, 축구로 비유하자면 오프사이드 라인 아슬아슬한 곳에 서서, 독자가 이야기를 타고 당도하기를 기다리고 있었던 것인지도 모른다……

그러나—그렇다, 여기까지 천착해두고서 '그러나'인 것이다.
위의 글은 해설자의 소임을 그럴듯하게 완수하기 위한 억지스런 입담에 지나지 않는다. 『이유』의 매력, 더 나아가 미야베 미유키 작품의 진짜 매력이 이러한 도식화로는 다 담아낼 수 없는 무엇이라는 것은 새삼 말할 필요도 없을 것이다.
예를 들면 르포르타주 형식을 취하면서도 매 장마다 보여주는 현장감 넘치는 기술과 존재감이 분명한 인물상은, 각 인물을 주인공으로 하는 단편소설집을 읽고 싶을 정도다.
그리고, 안정된 어조를 보여주는 화자를 '신의 시점'이라고 부를 수 있다면, 이렇게 자상하고 따뜻한 눈길을 이야기 구석구석까지 보내는 신이 있기나 하느냐고 투정을 부리고 싶을 정도다.
그러므로 이제 이론을 앞세우는 입담은 그만두기로 하겠다.

이미 읽은 독자에게는 마음에 둔 부분을 다시 한 번 읽어보도록, 그리고 아직 읽지 않은 독자라면 한시라도 빨리 첫 페이지를 펼치도록 만드는 것이 해설자의 마지막 소임이라면, 역시 내가 할 일은 고개를 숙이고 말없이 손짓으로 가리키는 것밖에 없을 것이다.

이야기의 시작은 저쪽입니다.

2002년 6월

옮긴이의 글

호황기에 착공되고 불황의 시작과 함께 입주가 시작된 도쿄의 고급아파트. 출세의 상징과도 같은 그 아파트에서 어느 날 일가족 4명이 살해됩니다. 아파트 주인은 자취를 감추었고, 살해된 사람들의 정체는 쉽게 밝혀지지 않습니다. 부동산 경기의 호·불황의 그늘에서 드러나는 현대의 망가진 가정의 모습과 헛된 욕망들.

다양한 형식의 추리소설을 통해서 당대의 다양한 사회문제를 예리하게 파헤쳐온 미야베 미유키는 개인파산과 신용불량자 문제를 다룬 『화차』를 통해서 이미 한국 독자들에게 선보인 바 있지만, 『이유』를 통해서 그의 역량을 재확인할 수 있을 것입니다.

이 작품은 부동산 문제라면 누구나 한두 마디쯤 할 말이 있다는 한국의 독자들에게는, 무겁기보다는 차라리 친근한 사회문제를 배경에 깔고 있습니다. 등장해서 나름대로 역할을 하는 인물이 대략 30명 이상. 이 많은 인물들이 무리 없이 작품 속에 제자리를 잡고 있는 것을 보면서, 작가의 노련한 필력에 감탄하지 않을 수 없었습니다.

이 소설에 나오키 상 수상이 결정될 당시, 심사위원 이쓰키 히로유키는 '만장일치로 수상이 결정되었다'고 전하면서, '현대 일본의 빛과 어둠을 드러내고, 사회와 인간을 폭넓게 그린 발자크적인 작업'이라고 평했지요. 당대에 대한 뛰어난 관찰자이자 기록자이며, 사회의 거의 모든 영역에 집요한 흥미를 드러내고 탐구하는 자세를 보여준 발자크를 언급한 것은 충분히 수긍할 만한 비유입니다. 미야베 미유키가 당대를 얼마나 예리하게 관찰하고 꼼꼼하게 기록해 왔는지는, 그의 작품 목록을 죽 훑어봐도 금방 알 수 있습니다.

작가 하야시 마리코가 그를 일본에 사회파 추리소설을 유행시킨 대가 '마쓰모토 세이초의 손녀'라고 칭한 것도 역시 같은 맥락입니다. 실제로 미야베 미유키는 마쓰모토 세이초를 존경해서, 그의 단편집 시리즈를 편집해서 출간한 바가 있지요. 그래서 그런지, 옮긴이로서도 미야베 미유키는 역시 『화차』, 『이유』, 『모방범』 같은 '사회파' 추리물에서 그다움이 잘 드러난다고 보는데, 물론 독자의 취향에 따라 다르겠지요.

한편 왕성한 집필량을 보더라도 위의 비유들은 적절해 보입니다. 이태 전, 국제우편으로 도착한 미야베 미유키의 『모방범』이란 두 권짜리 소설을 보고 기가 질렸던 기억이 납니다. 장편인 줄은 알고 있었지만, 원고지로 7천 장은 족히 넘을 듯한 분량에서 새삼 미야베 미유키의 완력을 보는 느낌이었습니다. 이런 압도적인 분량의 작품들을, 작가는 거의 해를 거르지 않고 발표해왔습니다. 그 많은 원고를 쓰면서도 하루 두어 시간씩 비디오게임을 즐긴다니, 그 작은 체구 어디에 그런 왕성한 에너지가 숨어 있는 걸까요.

해를 거르지 않고 신작을 발표하는 것도 놀랍지만, 형식 또한 다양하고 대담합니다. 중세 일본을 무대로 하는 '시대추리'를 비롯해서 SF, 판타지, '명랑추리', 비디오게임을 소설화한 작품 따위를 보면 이것이 다 한 사람의 작품인가 의아할 정도입니다.

작가 시게마쓰 기요시가 잘 설명하듯이 이 작품에서 미야베 미유키는 대담한 모험을 시도했습니다. 이 작품에서 작가는 추리소설임에도 불구하고 독자들과 추리 '게임'을 벌이는 데 몰두하지 않는 것처럼 보입니다. 애초에 명탐정이나 민완형사가 등장하지 않거니와, 범인과 추적자가 게임을 벌이는 것도 아닙니다. 따라서 주인공이 누구인지도 꼭 집어내기 힘들지요. 더군다나 야시로 유지 같은, 작가로서 최고의 주의를 기울였을 법한 주요 인물조차도 주위 인물들의 증언을 통해서 희미한 윤곽만 그려질 뿐입니다. 야시로 유지의 실존적 내면을 드러내기보다는, 객관적으로 드러나는 그의 배경에 주목하도록 유도하고 싶었는지도 모릅니다. 독자들은 야시로 유지의 출신배경과 성장환경을 통해서 그의 어두운 내면을 상상하게 됩니다.

그렇다면 작가가 하고 싶었던 작업은 추리라는 게임이 아니라 위기에 처한 일본의 가족, 즉 위기에 처한 일본사회에 주의를 환기하는 것이겠지요. '가족이란 무엇인가' 라는 물음을 던지는 것입니다. 이와 관련하여, 가타쿠라하우스의 가족이나 다카라식당의 가족을 보는 작가의 시선과, 반다루 센주기타 뉴시티를 보는 시선은 그 온기에서 분명한 차이가 느껴진다는 점을 지적해야 하겠습니다. 작가는 일본의 풍요를 온전히 누리는 것처럼 보이는 반다루 센주기타 뉴시티에, 계층 상승에 실패한 고이토 노부야스의 가족과, 망가진 가족의 결정체와도 같은 유사가족 스나카와 집안을 번갈아 살게 하지요. 반면에 가타쿠라하우스나 다카라식당을 그리는 장에서는, 많은 갈등을 안고 있지만 가족이 서로 힘을 합쳐서 알콩달콩 살아가는 가족의 모습을 보여줍니다. 이들 가족을 그리는 부분에서 작가는 르포 형식을 버리고 전통적 소설 형식으로 돌아가지요. 이들 가족의 모습이 더욱 생생하게 묘사되는 소이입니다.

우아한 사람들이 세련된 가정을 꾸리고 살고 있을 것 같은 고급아파트지만, 막상 들어가 보니 헛된 욕망에 휘둘리는 사람들과 깨어져나가는 가정이 드러납니다. 소설의 중후반에 나오는 스나카와 사토코의 말은 곧 작가의 심정이었을 겁니다.

"저런 곳에 살면 사람이 못쓰게 돼요. 사람이 건물의 품격에 장단을 맞추려고 영 이상하게 돼버리는 거 같아요."

작가에게 드높은 호화아파트는 호황에 휘둘린 일본사회의 상징입니다. 그리고 가타쿠라하우스와 다카라식당의 가족들이 보여주는 끈끈한 유대와 근면함은, 정글과도 같은 자본주의사회에 저항할 수 있는 힘은 가정과 가족 간의 유대라고 믿는 작가의 생각을 잘 보여줍니다.

미야베 미유키를 추리소설 작가로 구분하지만, 추리게임에 익숙한 추리소설 애호가라면 초반부의 전개와 전체 구성이 낯설지도 모르겠습니다. 그래도 일본 최고의 현역작가로 꼽히는 미야베 미유키의 대표작 가운데 하나인 만큼 추리소설의 새로운 모습을 보여주리라 믿습니다. 이 독특하고 중량감 있는 소설이 한국의 독자들에게 어떤 반응을 얻을지 자못 기대가 됩니다.

2005년 11월

이유

1판 1쇄 펴낸날 2005년 12월 12일
1판 23쇄 펴낸날 2024년 11월 26일

지은이 미야베 미유키
옮긴이 이규원
펴낸이 정종호
펴낸곳 (주)청어람미디어

편집 박세희
디자인 김세은 | 표지디자인 이원우
마케팅 강유은
제작·관리 정수진
인쇄·제본 한영문화사

등록 1998년 12월 8일 제22-1469호
주소 04045 서울특별시 마포구 양화로 56(서교동, 동양한강트레벨) 1122호
전화 02)3143-4006~8
팩스 02)3143-4003
이메일 chungaram@naver.com

ISBN 978-89-89722-80-9 03830
잘못된 책은 서점에서 바꾸어 드립니다. 값은 뒤표지에 있습니다.